国家社科基金重大项目"中国历代民间说唱文艺研究资料整理与数据库建设"（17ZDA246）阶段性成果

第61批中国博士后科学基金"新马汉文报刊载
广府说唱文学文献整理与研究"阶段性成果

《广州大典》与广州历史文化研究项目"新马汉文报刊所载
广府说唱文学文献整理与研究（1815—1919）"阶段性成果

中国说唱文艺研究丛书

新马汉文报刊载广府说唱文学文献汇辑

李奎◎整理

中国社会科学出版社

图书在版编目(CIP)数据

新马汉文报刊载广府说唱文学文献汇辑 / 李奎整理 . —北京：中国社会科学出版社，2023.4

（中国说唱文艺研究丛书）

ISBN 978 - 7 - 5227 - 2032 - 6

Ⅰ.①新… Ⅱ.①李… Ⅲ.①汉语—说唱文学—文学研究—新加坡②汉语—说唱文学—文学研究—马来西亚 Ⅳ.①I330.73

中国国家版本馆 CIP 数据核字（2023）第 106359 号

出 版 人	赵剑英
责任编辑	慈明亮
特约编辑	史慕鸿
责任校对	周　昊
责任印制	戴　宽

出　　版	中国社会科学出版社
社　　址	北京鼓楼西大街甲 158 号
邮　　编	100720
网　　址	http://www.csspw.cn
发 行 部	010 - 84083685
门 市 部	010 - 84029450
经　　销	新华书店及其他书店
印　　刷	北京明恒达印务有限公司
装　　订	廊坊市广阳区广增装订厂
版　　次	2023 年 4 月第 1 版
印　　次	2023 年 4 月第 1 次印刷
开　　本	710×1000　1/16
印　　张	35.75
插　　页	2
字　　数	603 千字
定　　价	199.00 元

凡购买中国社会科学出版社图书，如有质量问题请与本社营销中心联系调换

电话：010 - 84083683

版权所有　侵权必究

前　言

　　说唱文艺是一种基于民间大众的生活、心理与想象，运用口语来说唱故事、塑造形象、反映社会生活的文艺样式，具有鲜明的民族风格。清末民初以来，受西方文学观念的影响，我国学者开始重视俗文学，把过去认为不登大雅之堂的小说、戏曲等奉为文学正宗，文学观念发生了根本性的转变。但是，这种转变实际上并不彻底。受强大的雅文学传统的影响，人们关注的还是那些比较接近雅文学的俗文学作品，即一些已经经典化了的戏曲、小说作品。对于真正最通俗的民间说唱文艺，仍然不够重视，投入的学术力量严重不足。

　　20世纪上半叶，一些前辈学者在说唱文艺文献的寻访与发现、资料的钩稽与考辨、目录与索引的编制、作品的校勘与整理，以及说唱文艺文献的研究等方面，筚路蓝缕，做出了开创性工作，为后来的说唱文艺研究打下了根基。

　　中华人民共和国建立之初，党和政府对说唱文艺高度重视，一些文化工作者及曲艺研究人员在全国范围内开展说唱文艺文献资料的搜集与整理，对说唱文艺的渊源流变、体制类别、题材内容、说唱形态、重要艺人与刊印流传等皆有较深入的研究。

　　改革开放以后，说唱文艺研究再次焕发新的生机。一方面，大型说唱文艺志书的纂修，说唱文献的叙录编目，说唱文献研究资料的钩稽汇考，大型说唱文献的汇集出版，有力地推动了说唱文艺研究的开展。另一方面，说唱文艺的理论研究也开始四处开花，成果迭出。

　　可以说，说唱文艺研究从20世纪上半叶的开创，到50—70年代的推进，再到80年代以来的全面拓展，经过几代学人的共同努力，在文献资料的整理与理论研究方面，均取得了不俗的成就，为今天的说唱文艺研究奠定了良好的基础。

但是整体来看,还没有形成独立的学科,与小说、戏曲等领域的研究相比,明显薄弱、滞后,在文献整理和理论研究方面,均存在不少有待继续拓展、深化的研究空间。

首先,说唱文艺的文献家底还没有摸清。目前,除了敦煌变文、诸宫调、子弟书、宝卷的文献调查、整理相对全面外,其他各类说唱文艺文本究竟有多少数量存世还是一个未知数。

其次,说唱文艺文献的整理,还存在诸多不足或缺欠。就已知的说唱文艺文本来说,目前被整理出版的只是其中一小部分。即便是已整理、出版的一些说唱文本,由于整理者作了不少删改、加工,导致它们在不同程度上失却了本来面目,并没有多少研究价值。

再次,有关说唱文艺的作者、表演者、说唱体制、表演与接受、流传地域、版本、序跋、评点、考论等研究资料的发掘、辑录与整理,也存在很多薄弱环节。这主要表现在:(1)说唱文艺研究资料的搜集、整理缺乏整体性,目前只有宝卷、弹词、子弟书、评话等研究资料的分类整理较有进展;(2)一些载录于史传、小说、戏曲、笔记、诗文别集、方志、宗教典籍以及近现代报纸杂志中的说唱文艺研究资料,缺乏必要的、系统的钩稽与整理;(3)古代说唱文艺研究资料的搜集、整理相对多一些,而近现代说唱文艺研究资料的搜集、整理则明显不足;(4)汉民族说唱文艺研究资料的搜集、整理相对多一些,而少数民族说唱文艺研究资料的搜集、整理则很简略;(5)说唱文艺研究资料的搜集与整理多局限于国内,而海外汉文文献中保存的说唱文艺研究资料则有待进一步的调查与发掘。

有鉴于此,目前亟须在全面钩稽、分类整理说唱文艺研究资料的基础上,编纂一部涉及各曲种、多民族、跨时段、海内外的大型说唱文艺研究资料汇编,并进而建立一个文献资料数据库,以期为说唱文艺研究奠定坚实的文献基础。

最后,就说唱文艺的研究状况来看,其研究成果的体量比较有限,质量也不太高。

目前只有弹词、宝卷、子弟书、鼓词、评话得到了一定的关注,学术空白点较多,甚至一些较重要的学术问题,如说唱文艺的文体流变,说唱文艺的表演形态、地域分布、接受与传播,不同种类说唱文艺之间的互涉关联,说唱文艺与小说、戏曲、诗文之间的相互影响等，都没有得到应有的关注与深入的研究。至于说唱文艺的学术史、批评史研究等则付之阙如。另外，说唱文艺的跨学科研究，也甚少有人问津。

说唱文艺研究之所以会存在上述这些薄弱环节或学术空白点，除了与不少学者在文学观念上鄙视说唱文艺有关外，实际上也与说唱文艺的研究视角的逼仄与研究方法的局限等有较密切的关系。迄今为止，说唱文艺的研究还多拘囿于说唱文艺本身，即便是说唱文艺本体研究，也还需要加强对各类说唱文体的渊源流变、表演情况、艺术特征、流行地域、社会影响等进行系统、深入的考察。至于不同种类说唱文艺之间的互涉关联等，也应纳入研究视野。

不仅如此，说唱文艺与小说、戏曲等其他文学样式往往也存在较密切的交叉、互动关系。所以，20世纪前中期，蒋瑞藻、钱静方、顾颉刚、郑振铎、孙楷第、阿英、叶德均、傅惜华、赵景深、谭正璧等在从事说唱文艺文献的搜集、整理与研究时，大都持有一种俗文学的整体观，注意将说唱文艺与小说、戏曲等放在俗文学的生态场域中进行关联性考察与研究。遗憾的是，这一良好的学术开端，后来并未得到自觉的承续和发展，说唱文艺与小说、戏曲等常常被人为地分割开来，进行各自为政的研究，彼此之间缺乏必要的沟通与交流，因而研究说唱文艺也就难以确切、深入地揭示其生存、发展与演化的动因与规律等。

就说唱文艺的研究角度而言，以往研究者一般多局限于从文学角度来研究、评价说唱文艺。实际上，说唱文艺的价值远不限于文学。说唱文艺对古代民间社会政治、历史、道德、商业、法律、宗教、信仰、医药、游艺等方面的生动反映，使其具有多方面的社会文化价值。对于说唱文艺，除了从文学角度研究外，有必要从历史学、社会学、人类学、民俗学、宗教学、民族学、传播学、音乐学和语言学等角度，进行多维度、多层面的跨学科研究，这样才能更充分地发掘说唱文艺的存在价值。

至于说唱文艺的研究方法与评价标准，也存在认识错位与评价失当的问题。长期以来，研究说唱文艺的学者，习惯于以文人作家书面创作的眼光去看待说唱文艺，评价故事编创时喜欢强调新颖性、独创性，评价情节结构时赞赏不落俗套、另辟蹊径，品评人物形象则推重人物性格的典型化与个性化等，这样的认识、评价，其实多少有点郢书燕说，不得要领。因为说唱文艺依托的是民间口头传统，主要是为聆听而编创的。为了强化书场的讲唱与接受效果，同时也为了方便说唱伎艺的习得与承传，说唱文艺在塑造人物时往往喜欢走类型化、特征化、传奇化的路子，情节建构则多半是套路化、直线性、缀段式的，叙事写景则频繁地使用程式化的诗词赋赞、韵文套语。有鉴于此，我们在认识、研究和评价说唱文艺时，就不能简单地套用评价作家文学所采用的理论与方法，而应该充分考虑口头文学与书面文学的差异，革新民间说唱文艺的评判标准与研究方法，在梳理、总结本土说唱理论的基础上，适当借鉴西方的口头诗学理论，重建一套基于民间说唱艺术而总结出来的理论话语体系。

除以上所言外，说唱文艺研究也有必要将文献整理、文本研究与田野调查有机地结合起来。当下有不少说唱文艺如弹词、宝卷、评书、评话、大鼓、快书、坠子等，秉承着丰富的传统说唱基因，继续存活于民间，并且还多被列入非物质文化遗产的重要保护对象，所以对之进行深入的田野调查，不仅可以亲身体会某一说唱文艺体裁的表演特点与艺术魅力，而且通过与历史文献记载的相互印证，以"流"反溯其"源"，也有助于我们更切实地认识该种说唱文艺的渊源与流变。

总之，今后的说唱文艺研究，亟须在全面、系统地发掘、整理各种说唱文艺文献资料的基础上，拓新研究的视野、角度与理论方法。一方面既要立足于说唱文艺本身，研究其作者、表演者、成书、版本、文体特征、说唱形态、渊源流变、地域分布以及不同门类的说唱文艺之间的交互影响等；另一方面也要将说唱文艺与戏曲、小说乃至诗文等文学样式贯通起来，将说唱文艺的文献整理、文本研究与田野调查结合起来，开展跨文本、跨文体乃至跨学科的交叉、融通与互补研究，这样才可以有效地拓展、深化说唱文艺的研究空间，从不同维度、不同层面去研究、揭示说唱文艺的价值与意义。

基于上述对于说唱文艺文献整理与研究现状的回顾与前瞻，2017年度由我牵头联络国内有志于从事民间说唱文艺研究的学者，以"中国历代民间说唱文艺研究资料整理与数据库建设"为题，一起合作申报了国家社科基金重大项目，有幸获得了立项资助。该课题旨在对先秦以至民国时期各种说唱文艺研究资料（不包括具体的说唱作品）进行全面、系统的辑录与整理，对历代说唱文艺文献的一些重要问题进行深入考论，对历代说唱文艺文献整理与研究历程进行回顾与总结，并在此基础上构建"中国历代说唱文艺研究资料数据库"。

　　课题组经过三年多的调查研究，现已取得较为可观的成绩，于是商定以"中国说唱文艺研究丛书"之名，与中国社会科学出版社合作，陆续推出该课题的研究成果。衷心希望这套丛书能为海内外中国说唱文艺研究者、从业者、爱好者等提供一点有价值的参考，能对中国民间说唱文艺的文献整理、理论研究与说唱文艺的学科建设等起到一定的推进作用。

纪德君
2020 年 6 月

目 录

序　言 ……………………………………………………………… 1

整理说明 …………………………………………………………… 1

粤　讴

一　叻报 ………………………………………………………… 1
二　槟城新报 …………………………………………………… 59
三　天南新报 …………………………………………………… 64
四　中兴日报 …………………………………………………… 76
五　总汇新报 …………………………………………………… 82
六　星洲晨报 …………………………………………………… 168
七　四州日报 …………………………………………………… 172
八　南侨日报 …………………………………………………… 174
九　侨声日报 …………………………………………………… 245
十　振南报 ……………………………………………………… 254
十一　国民日报 ………………………………………………… 288
十二　益群日报 ………………………………………………… 298

龙舟歌

一　国民日报 …………………………………………………… 312
二　侨声日报 …………………………………………………… 314

· 1 ·

  三 中兴日报 …………………………………………………………… 317
  四 星洲晨报 …………………………………………………………… 318
  五 总汇新报 …………………………………………………………… 320
  六 叻报 ………………………………………………………………… 321
  七 南侨日报 …………………………………………………………… 324

南　音 …………………………………………………………………… 330
  一 国民日报 …………………………………………………………… 330
  二 侨声日报 …………………………………………………………… 333
  三 中兴日报 …………………………………………………………… 357
  四 南侨日报 …………………………………………………………… 361
  五 星洲晨报 …………………………………………………………… 378
  六 叻报 ………………………………………………………………… 393
  七 总汇新报 …………………………………………………………… 395

班　本 …………………………………………………………………… 397
  一 国民日报 …………………………………………………………… 397
  二 南侨日报 …………………………………………………………… 399
  三 中兴日报 …………………………………………………………… 469
  四 侨声日报 …………………………………………………………… 487
  五 星洲晨报 …………………………………………………………… 494

板　眼 …………………………………………………………………… 524
  一 南侨日报 …………………………………………………………… 524
  二 益群报 ……………………………………………………………… 541
  三 振南日报 …………………………………………………………… 542

拍板歌 …………………………………………………………………… 549
  南侨日报 ……………………………………………………………… 549

序　言

中国传统文化源远流长，在历史演变进程中，中国文化也传到了域外，影响了我们的近邻——朝鲜、日本、越南，形成了以中国为核心的"东亚文化圈"，又被称为"汉字文化圈"，其核心要素是汉字、儒学、佛教、科技、律令，在域外依托汉字形成的文学称为"域外汉文学"。在相当长的历史时期内，中国文化一直是东亚文化的核心。直到鸦片战争时，中国在东亚的核心地位跌落，邻国使用汉字的传统也大致由此中断。学界现在的域外汉文学研究也一直关注着朝鲜、日本、越南历史上汉文学作品，而对于深受中华文化影响的早期新加坡、马来西亚文学关注度不够。

新加坡、马来西亚与中国的交流，可以上溯至汉代。中国文化何时传入新马，大概可以上溯至汉代。中国文化在新马的传播，很大程度上与国人移民下南洋有关，最早何时国人下南洋，目前难以找到确切的证据佐证。新马历史上留存下来的寺观、口耳相传的故事、具有中国特色的美食等等都说明了中国文化跨洋过海的影响。

新马早期文学文献，通过纸质媒介保存下来的，目前能看到的是以新马早期汉文报刊为载体。笔者对新马汉文报刊文学文献整理与研究多年，认为其学术意义如下：

第一，对新马汉文学史的重新构建和还原有助，新加坡方修先生认为1919年前的新马文学是中国文学的附庸，在笔者看来此说并不准确，通过新马汉文报刊文学就能发现问题，它能支持重新书写甚至重构新马文学史。第二，有益于拓展中国本土文学研究范围的外延，比如中国古代文学、近代文学的海外传播研究，比如小说、诗词、散文、文学社团等；中国近代文人的海外创作传播研究，比如姚鹓雏、邱菽园、叶季允、黄遵宪、左秉隆等；中国文学的海外批评研究，海外华人对古典诗词、《红楼梦》、《聊斋志异》、《金瓶梅》等的批评，值得我们去关注。第三，为中国近代政治的研究，特别是对康有为、梁启超等人的研究，提供了异于国内的部分资料，辛亥革命、戊戌变法、剪辫运动、路权运动等在新马汉文报刊文学中也有反映。第四，加深中国文化的海外传播研究，通过报刊中资料整理，还可见儒学在新加坡、马来西亚的传播，它对于现在的中国文化海外传播有一定的借鉴作用。第五，对学术研究视域的完善，对域外汉文学研究、海外华人华侨研究而言，这些汉文报刊毫无疑问能够提供大批的新资料，单从文学角度出发，将来可以拓展为"海外汉文报刊文学资料整理与研究"课题，它对于完善中华文学史有极大的意义。

  本书中所收集到的说唱文学文献资料，国内尚无学者整理，笔者属于第一次将其系统性收集整理，这些说唱文学包括了南音、粤讴、班本、拍板歌、龙舟歌等，而这些文学艺术形式正是广府说唱文学样式。广府说唱文学在国内虽有部分研究成果，但与其他文学作品相比，数量仍是偏少，在新马汉文报刊中刊载的说唱文学更是无人关注。在新加坡和马来西亚，仅见有李庆年先生整理粤讴。新马汉文报刊中的说唱文学与广府说唱文学有着非常的紧密的关系，在形式上、语言上向广府说唱文学学习；中国政治、中国历史更是在体现在新马说唱文学中，比如辛亥革命、国民捐、北伐战争等纷纷进入新马说唱文学，新马说唱文学还关注了中国的历史变迁和自然灾害，体现了说唱文学作者对故国的关心和他们的政治观。新马说唱文学并不是一味关注祖国，而且关注了新马当地华人的生活。新马说唱文学继承了广府说唱文学的优点，还有了独特创新，促成了新马文学发展成熟，逐步摆脱对中国文学的依赖。总而言之，中国文化、新马文化渗透在新马汉文报刊刊载的说唱文学中。

  广府说唱文学在新马是如何传播的，可从以下两个方面分析。

（一）华人南下的传播

  中国人何时下南洋，我们无法得知准确时间。但是不可置疑的是华人下南洋的同时，中国的民俗、信仰、文学等也到了海外落地生根，艰难发展。

  广府说唱文学也在这个移民潮流中，漂洋过海到了新马。由于早期移民多数文化素质不高，广府说唱文学具体的传播无法考证，但是可以肯定的是它的传播必须有粤语方言群体的存在，还必须有能够演出的场所。通过当时一些文人的游记，我们从中可以发现一些线索。

上海人李钟珏1887年游历新加坡两月有余，写下了《新加坡风土记》，书中对此有所体现。书中如是说：

> 有地名牛车水者，在大坡中，酒楼、戏园、妓寮毕集，人最稠密，藏垢纳污，莫此为甚。……戏园有男班，有女班，大坡共四五处，小坡一二处，皆演粤剧，间有演闽剧、潮剧者，惟彼乡人往观之，戏价最贱，每人不过三四占，合银二三分，并无两等价目。

第一个环游地球的江苏人李圭的《环游地球新录》也写道：

> 先游中国街，大小店铺、庙宇、酒楼、娼寮咸备。闻有八九万人，闽人十七，粤人十三，有在此间娶土人生子数世不归者。

两人描述了新加坡牛车水的场景，这些都为广府说唱文学的表演提供了必要的条件。

据《叻报》1890年7月2日记载，新加坡营业十年的新玉山凤歌楼倒闭，而新闻透露以前还有多所歌楼倒闭，歌楼是另一个演唱粤曲的场所。粤曲中包括了广府说唱文学，歌女表演也不为奇。

寓居新加坡的文人邱菽园曾推动广府说唱文学的传播。他曾经组织好学会等团体，在好学会中他出题《粤讴题后》，鼓励社员写文应征。在《五百石洞天挥麈》卷六中有记录，但是结果并不是太理想，"作者寥寥，且到多不详其出处"。邱菽园文中提到的作品目前也不见踪影，但是可以肯定新加坡华人在邱菽园影响下有过创作。根据《总汇新报》（1909年12月20日）记载，邱菽园在新加坡还校订过粤讴，这是因为"余幼留粤，亲粤人，能粤谈，遂喜粤声，故亦颇喻粤讴之滋味，间尝考之"。但其校订成果难觅踪影。

因此我们有理由相信：广府说唱文学随着国人移民也到了新马，它的创作、演出在一定时间内还在继续。

（二）以华文报刊为主体

新马华人历史上创办了许多华文报刊，现存的报刊中约有 16 种刊有广府说唱文学作品。他们为后人保留了珍贵的文化遗产。这些都归功于办报人的"独具慧眼"。

广府说唱文学在新马报刊中的传播存在着一个"怪象"：办报者祖籍大部分为福建籍，比如《叻报》创办者薛有礼、《星报》创办者林衡南、《天南新报》创办者邱菽园、《国民日报》创办者陈新政等，但是报中却看不到福建的说唱文学，刊载的都是广府说唱文学，特别是"南音"，在广府和福建都有，但是二者从演唱、表演到文本绝无"雷同"。据史料记载，当时闽籍华人数量多于广府籍华人，这个现象值得我们去分析。历史发展有时真是"三十年河东，三十年河西"，到了现在，福建南音在新马还有演出，但是广府南音却烟消云散。

在新马汉文报刊中的广府说唱文学，包括龙舟歌、南音、粤讴、班本、板眼、拍板歌等艺术形式。这些说唱文学形式与广府粤剧的形成与成熟也有非常大的关系。

这些艺术形式在内容上都有着趋同性，在笔者看来，它们已经成为广府籍华人的一种情感寄托，成为华人社群团结的一种固化剂，更是新马华人了解中国、关注中国的一种渠道。

新马汉文报刊中的广府说唱文学关注辛亥革命前后中国社会发生的变化。比如龙舟歌里《阅电报祝独立成功》（《南侨日报》1911 年 10 月 23 日）、《卖太太》（《南侨日报》1912 年 8 月 6 日）、《保哥附荐》（《星洲晨报》1909 年 8 月 31 日），南音中《国民秋恨》（《南侨日报》1912 年 10 月 17 日）、《祸粤记》（《总汇新报》1913 年 9 月 1 日）等。一些作品还关注了祖国人民遭受的苦难，比如地震、水灾、旱灾等。

说唱文学中也不乏对女性的关注，特别是对于妓女的描述，以妓女之口写出了下南洋女性的生存不易，对于部分女性也暗有劝诫之意，对于现实表现出了无奈。比如龙舟歌中《老藕烟妓陈三太诉情》（《叻报》1907 年 6 月 29 日），作品回忆了妓女陈三太的悲惨经历，靠出卖肉体攒钱又去吸食鸦片，最终什么也没有留下。部分描写女性作品立意更高一筹：鼓励女性要勇于争取自己的权利——受教育的权利、自由结婚、男女平等等。南音作品《药女呆》（《总汇新报》1914年1月31日）就是很好的证明，"药女"自述经历，批评了男尊女卑的思想，呼吁要加强开通民智，尊重女性权利。

更有对于华人劝诫的作品：对好赌现象的批判，告知世人赌博会让人倾家荡产，不可涉足；还有劝诫华人不要迷信，否则上当受骗；劝诫华人不要吸食鸦片烟。

笔者研究推断：广府说唱文学不仅仅在新马有传播，在整个华人世界都有流传，时间从清末华人出洋开始，一直持续到20世纪30年代，大部分是以报刊作为载体。笔者研读加拿大汉文报刊《大汉公报》，发现20世纪30年代的报刊中其中也有广府说唱文学刊载。另外，在加拿大有一个华人先贤——黄滔先生，生前在加拿大推广广府说唱文学，他不仅会演唱，还会编，留下了一些有价值的研究资料。

在整理过程中，海外汉文报刊文学文献整理国内尚无人进行，面临着较多的困难，比如概念的梳理，笔者并没有囿于概念束缚，正如关德栋先生所言："俗文学研究不能停留在概念之争上，应该和整个民族文化联系起来，脱离了民族传统文化就无法全面理解俗文学"；收集到的报刊文献部分内容模糊，不可辨识，给整理工作带来了不便；整理工作工程大，耗时长。但是笔者克服困难，对早期的新马汉文报刊中的广府说唱文学进行了辑录，为研究广府说唱文学在新马及海外的传播奠定基础，为广府说唱文学可持续研究做好准备，同时也希望能够引起学界对海外汉文报刊文学研究的重视。

本书在整理中或多或少肯定有着不足，笔者欢迎读者提出批评意见！笔者将认真汲取，继续打磨完善并推进新加坡、马来西亚汉文报刊文学文献的整理工作！

整理说明

1. 本书收集的广府说唱文学资料,源自早期新加坡、马来西亚的汉文报刊,大部分藏于新加坡国立大学图书馆。笔者搜集了1815年到1919年的汉文报刊,从中辑录出说唱文学资料。

2. 笔者前往新加坡、马来西亚搜集资料时,条件所限,只能看到诸多报刊的缩微胶卷,部分资料保存不是太完善,不能辨识,在文中以"模糊无法辨识"予以说明。

3. 笔者搜集的资料中,个别字词也难以辨明,在文中用"□"代替。

4. 笔者搜集的资料中,个别汉字在报中是以拆字的方式发表的,本书中多已用已有字或造字,有个别难以辨识字仍以"□(字旁)"保留。

粤讴

一 叻报

1906 年

12 月 28 日　　神本要敬　　珠江逸渔

神本要敬，缓急更要分明，先求兴学正系份所应当。我地国弱得咁交关成了病症，只为民愚俗陋唎致有外侮纷乘。人叫我地野蛮本属唔愿应，造乜每逢开战就要弃甲抛兵？可见兴学育才实系强国捷径。但凭神力至怕拜极度唔灵，试睇日本得咁富强只为迷信已醒。我地求神拜佛点怪得外人轻？由得你日日出游把罗伞拧，等到无烟炮响势不留情。今日咁样风潮要把宗旨细认，军民失学所以国势难兴，总要捐款去建学堂蒙以养正，子弟栽培责在老成。有日国势复强狮睡已醒，环球万国共仰威声，望你地大破悭囊唔好限定。须自警，人定天能胜，个阵迎神赛会正好点致承平！

讴者曰：仆生长汾江，垂竿珠海。青年浪迹，雅好听歌。而今白发青衫，久不作狂奴故态矣！近睹本坡闽帮人仔天福宫决议节省迎神媚鬼之赀，以裕兴学育才之费，心焉佩之，聊作此讴，试为桑梓劝驾。渔并识

12 月 29 日　　灵过圣旨（规嫖客也）　　珠江逸渔

灵过圣旨，佢叫你至紧开嚟，青楼情重惨过结发娇妻，想你出外多年似觉无乜挂系，做乜一时唔见佢啫就意乱心迷？人话你食左降头邪术作弊，我话自投色网所以翼难飞，只为姊妹成班嚟去串计，假情假意把你困入重围。想必坐实灯头唔好体势，传书递柬要棍你几文鸡，就系跟你住埋情愿过世，重欠鸨娘身价点

样施为，况且好食懒飞行动又咁贵细，中馈未晓分劳点带得去归，呢几句就系仙丹嚟治你蒙蔽。唔好咁魏，你话真心我话全系假肺，重怕你痄疬鱼口件件沾齐！

12月29日　　　钱本恶惠赊（劝捐赈也）　　　珠江逸渔

急难亦要相周，只为江苏蒙祸海水横流，田土与共楼房遭水浸透，可怜晚造粒米难收转眼冬来霜雪应候，饥寒交迫好比火上加油！凑着萍乡作乱刁斗，至怕饥民响应点得干休？所以英领事致电本坡嚟去拯救，真系唔分畛域义务同筹，岂有同属华人甘袖手？唔怕外人耻笑有架难兜，闽粤虽则平安乃系天庇佑，总要及时行善正可以盛世长游，若然唔信睇下清江口，三十万饥民成日等候，边一个倾囊助赈就哙百代公侯！

12月31日　　　唔怕绝路（谏烂赌也）　　　珠江逸渔

乜你唔怕绝路，重赌得咁猖狂，新山条路正系苦海愁乡，咪话李白好招呼唔怕去账，等到输埋车费点样商量？你自哙赌至今人品日降，周时赶注好似饿鬼回殃，首饰变完衣服尽当，估话再存孖宝遂得你心肠，点想财不入急家难打胜战。个阵多条当票更重深伤，一自变成无赖相。有时胆大重哙马借刘王，睇住十个一抽你重唔哙想象，抽嚟抽去在水中央，抽到个的码官肥到咁样，只为你把家财奉送得心凉，舍得赌哙兴家唔怪你戆，总系输多赢少就要调转心肝。劝你及早回头唔好上当，还有指望，辛勤将业创，有日捞成世界咯怕乜气吐眉扬。

12月31日　　　烟要快戒（惩既往也）　　　珠江逸渔

烟要快戒，重有乜商量，明明上谕断有更张，限满是年就把鸦片扫荡，呢回唔断引问你点样回唐？咪话外部未必禁烟还有指望，迟迟唔决重想顾住烟枪，呢阵中英合力是必除烟瘴，再有依然在呢处南洋，想到我国贫弱得咁交关情就惨怆！漏卮唔塞点得物阜民康？讲到爱国与共保家原是一样，一个个废时失业你话几咁凄凉！呢几句逆耳忠言还要你见谅！休再混账，禁烟真系膨胀，想到废民个两个字啫就要调转心肠。

12月31日　　　你唔好咁折堕　　　惺霭生

昨阅珠江逸渔《灵过圣旨》解心一阕，不觉顿触凤好，戏作妓语答之，此不过同事相调，笔墨游戏，以资遣兴，观者勿向情理上絜较短长也！

你唔好咁折堕，叫佢把我嚟疏，亏我几多忍颈正得两意融合。我失足在呢处青楼知道系错，只恨一时浅见我都怨在当初。早知道沦落风尘无乜结果，只望跟个情人客免使困在江河，点想你白白无端安卧罪过，有冤难诉叫我点样子收科，你叫佢唔使开嚟休要咪我，重话我假情假意串计张罗，虽则系老举少有真情多是假货，亦都要分开良歹点好话猫鼠同窝。你唔信睇吓红拂与共李仙都有做过，一个死心李靖一个特识元和。若话晒我地无情你未免嘅亦嘥得太多，总系担心一片俾得过咁多多。我唔抵得你咁思疑就一句道破，天下总有真情老举只怕冇仗义龟婆，恼佢度唔怕开嚟等我同佢讲过，若系佢唔落踏我断无把佢监硬嚟拖，总要佢问吓良心方好我。须想过，待佢唔会错，佢咪听人唆摆咯误了我地呢一段丝罗！

1907年

1月2日　　打你真到极地　　珠江逸渔

打你真到极地，我都话你系害人王，成箩泡话实在冇定嚟装。你话坠落风尘实系前者上当，乜你年年今日总有想到从良，就系碧麒麟挂红都要制账，有个大人做主义怕乜鸨母嚟劏？一定你心事太多难以实讲，拣嚟拣去都冇个遂得你心肠。你想跟我个好友住埋都唔系乜贵相，野猫性情本属乖张，老举想去番腌又系异样，一阵跳槽反面就唔揾旧日情郎，睇你热度好比单料铜煲难以久涨，不过暂时昏一阵致要水底凫央。带你入住家就唔得咁放荡，话去游街睇戏叫佢点样子关防。我正系绮梦醒余所以知得咁的当，唔系话伴魂唔好引佢别处寻芳，今日打破个沙煲如果快畅，唔在怨唱，讲极古人我都话你系混帐，点算得宋朝红玉唅去早识蕲王？

讴者曰：前撰《灵过圣旨》一阕，系为某友误投欲海，视作情关，将不难自作多情，终为欲累，特讴一曲，盖欲使彼临崖勒马，免为该妓所患，故言中有物焉，非空中楼阁也。不意词友惺噩生和以《唔好咁折坠》一阕，为彼姝代作辩护士，顿翻前案，使司法者何以为怀？生盖夙精音律，殆于闻歌之顷，忍俊不禁耳。兹故再成此讴，为个中人当头一棒，生若再以躬自蹈矣，尚何言哉！八字相诘难，则渔父又何辞？生软，生软，古今来枇杷门巷岂无一二以巨眼而特识英雄者？第念此等卓识，求治于当代士夫尚未可，鄙传面索诸南荒之卖笑者，能勿慎欤？按拍之余，长叹！珠江逸渔并识

1月3日　　唔好咁笨（杜将来也）　　珠江逸渔

劝你唔好咁笨，学食个种败国洋烟。望你地青年子弟细听良言，各国都富强

做乜我国贫弱得咁贱！我地沉迷烟海，所以远隔天渊。自哙食烟情性渐变，好似袁安卧雪日夜贪眠，办事不过半天神就带倦，就要横床吹直竹你话几咁恹尖？一自烟瘾日深财产荡尽，个阵犹如张旭遇酒流涎，整到骨瘦如柴黄纸似面，周身毛病点哙育子传孙？外国禁烟人就壮健，各勤职业几咁安然，礼拜致去偷闲潇洒一遍。学吓刘伶李白以酒味先，所以民富就哙国强权力日展。我地畇畇禹甸都被各国侵权，你睇黑雾漫漫遮住中国呢一边。总要拨开云雾正见得青天，就系上瘾多年还要戒断，再有青春少年重被毒物痴缠。但愿四万万同胞相劝勉，须要打算，劣败招天谴，是必立除烟毒正可以国祚绵绵！

1月3日　　成日落雨　　珠江逸渔

你话几咁收人，雨哑乜你好似怀人垂泪洒湿罗衿，泥泞满途行到肉紧，个的肩挑背负更要步步留神。舍得你十日落场我就唔使怨恨，系咁咯之无了叫我怎不伤心？你系出入坐车亦都唔得隐阵，至怕一时碌倒啫便四体沾尘，况且寒士空囊车费恶揾，时常破费就哙惹起愁根。今日漂泊在呢处天涯心本不份，搔首为天问，做乜每逢阴雨啫我就更觉消魂？

1月4日　　怨发　　珠江逸渔

发哑劝你唔好白住，白咯就哙惹我伤神，亏我海外栖迟负却半生，舍得我壮志早酬就唔使咁着紧。今日飘零书剑叫我怎不消魂，想我生长膏粱家世稳阵，点估到桑田沧海壮岁九更新，个阵投笔远游估话唔使受困，谁怜廿载系咁卖字医贫！今日皤发渐斑愁思更甚。法哑做乜你要变成霜雪动我乡心？你睇公□尚有黑头才略正大振，点好话年迈强仕啫就哙发白于银，此后岁月催人问你心点忍？唉，真可恨！搔头将发问，点解你唔知体贴快要老却才人？

1月5日　　赠中兴树　　珠江逸渔

中兴树，树呀乜你得咁神奇，立除烟毒我话你惨过天医，烟害几咁累人实在无法可治。每逢瘾发准过食宿知时。我地种弱民穷都系鸦片所致，就系实行立宪都怕有计难施！幸得皇上圣明传一道圣旨，定要扫除烟毒十载为期。总要上下同心致有兴旺日子。等到人强马壮怕乜外国嚟欺？树呀你肯为我国效灵真系天大幸事，点好话痴缠唔戒断重咁死性难移！今日善界仁善将你煎水，谁言草木实无知？但望你万应万灵无往不利，化为甘露洒遍痴迷。个阵黑雾消沉致有天日再遇！唉，须紧记，人心真未死！若想复强中国咯树哑你就竭力扶持！

讴者曰：仆不敏，弱冠前窗下青灯，弱冠后榻上青灯。洵可谓一盏青灯误半生矣！而今幸矣，奉旨戒烟矣！友以专除烟毒之中兴树贻我矣，今犹不戒，更待何时？岂真欲由黑籍转隶废民籍耶？倘藉此树而跳出迷津，其荣幸何拟！兹特讴以赠树以奖之，树而有知，自当助我！珠江逸渔并识

1月7日　　折枪（除心瘾也）　　珠江逸渔

枪要折断，烟客致唔心辞，免令戒后咯又试相思。枪哑你生长崖州本系名声地（注：枪以崖竹为最）因截为湘管惹我神驰，我把牙嘴共银鞍将你配置，你就靓成金桔仔重硬过酸枝（注：崖竹色丽而质坚，携往北方能耐雨雪不裂），共你相好到入心都系凭个气味，一自自香留肝膈重觉顷刻难离。有你配住香娘（注：烟斗名），可以消我俗虑，正系半生怀抱一竿知。可爱你呼吸几咁通灵为我吐气，等到龙吟清夜重唔响彻庭除。今日致肯戒烟原系奉旨，把你折为两截咯就要改过前非，任你系马岭七鸡无奈都弃置！唉，须决意，丢枪唔系负义，总要割除私爱正做得报国男儿！

讴者曰：老子不云乎："剖斗折衡，而民不争。"我则曰："剖斗折枪，而瘾不发。"盖仆一枪两斗，仆仆风尘廿载，视同健仆。今既恭奉明诏，立限戒烟，仆虽海外逸民，仍属中原赤子，敢不立除癖痼，仰答圣明耶！兹特先讴《折枪》一阕，以坚痛除烟患之心，容俟剖斗有期再图。按拍闻者能勿怜其痴而疑其狂屿？如以为狂，则仆以七字报之曰：自歌一曲自家听！珠江逸渔讴并识

1月8日　　赠别（送友之某岛）　　珠江逸渔

明日就要过埠，叫我点样子相留，乍闻真信惹我私忧。想我地倾盖论交唔算系久，做乜好比芝兰同味份外相投。有阵你我分金学管鲍，总系要你常为鲍叔叫我怎不怀羞？你重劝我癖痼痛除期望咁厚（注：友人劝我戒烟），真系如搓如切不愧道义交游，点想骊歌乍唱学折长亭柳今日送君南浦我更伤秋，此后客窗茶话谁堪偶！等到怀人天末更望添愁。但愿你前途努力休回首，际会风云此去更忧。况你亿中才长商战已久，呢账既逢知己咯你就好把恩酬，或者后会有期缘分唔巧凑，个阵人如李郭正好同舟共济，长剑既系有灵怕有光射斗！唉，心想透，阳关三叠奏，为祝一帆风顺等你大展鸿猷！

1月10日　　唔系乜靓（拟劣妓怼客语）　　珠江逸渔

你话我唔系乜靓，我话你半句都唔灵。点解人人见我啫系咁眼擒青，边一个

姊妹似奴生得四正？事头婆去买我都话揾过通城，见我苏貌委实消魂佢就唔使落定，呢阵三厘重想起价你话几好名声！日后边一个带奴就咁好声名。砌埋个的大话实在有耳嚟听，你的点白在口唇脚板又咁四正，重有周身潮气委实压晒羊城，泥污肯去水面照真就唔使怨镜。今日做得三厘老举不过你重年轻，遇着个种花王佢又怕你误命，荷包街都肯去咯又有话揾佬唔成？共你有百一晚孽缘致肯将你踢醒，你唔使咁拗颈，致怕丢人新闻成左笑柄，好似个臭狐香透咯个阵你讲极都唔灵！

  1月11日 闻得你咁烂赌（规赌妇也） 珠江逸渔

  我劝你咪去为高，事关廉耻问你知无，女子至怕当娼男怕犯盗，总系一时输到滚就哙立乱嚟捞，重估话躲入客房随你乱做，点想旁人睇破话你系畜类披毛。恭喜你带歇两人新戴绿帽，点估你系良家咁落步？哙想到终身名节就要挑出迷途！

  讴者曰：本坡不幸与葛为邻，沾彼赌风，害吾商旅。然而巾帼嗜赌之惨，原不亚于须眉，每有赌败计穷，即私赴阳台，以皮肉而博人财，冀可背城借一。此等陋习，言之痛心，苟有人心，乌容缄口？兹当年关在迩，凡百需财，彼姝有赌癖者，又必以博场为乐园。苟不幸而冥冥堕行，丑何如之？惟愿阅此讴者，父戒其女，兄勉其妹，夫劝其妻，尤必禁使离家，庶可保全名节。至于选句之下，未免过粗，则以彼愚妇劝惩，正如箭在弦上，不得不发。仆窃愿附钟仪，操土音之义，知音者谅之！

  1月15日 唔好百厌（刺尖酸也） 热肠冷眼者

  劝你唔好百厌，咪话个个都系痴呆，过头刻薄就哙惹祸招灾。帮主笔咁大嘅声名须要自爱，即使暂时庖代亦要顾吓将来。想你生高两眼估话无人配，就系游戏文章理亦不该，此后下笔与共出言都要痛改。但求刻薄咯就可惜你略有微才，毁誉纵使难凭真品有在，有文无行枉费样里培栽。你既肯认过唔该就要常耐忍。我唔系捏罪，你告白曾登载，若系依然咁乖谬啫要顾住墨炮轰来！

  1月15日 船哙打限（再赠友之某岛） 珠江逸渔

  第日致扬帆，乍闻佳耗略把愁删，总系到底都要分离无法可挽。想到明晨七点又见心烦，造乜判决得咁匆忙相识又咁晚，今夕无言相对自叹缘悭，虽则后会有期不过争在早晏，无奈客中嚟送客实见艰难。但愿关山不阻个只传书雁，平安两字慰吓孤单。第一更要咪过爱河第二唔好咁懒！唉，休放诞，一夕深谈想见有限，总要你时常听劝咯别亦开颜！

1月16日　　多的笔墨（设附张也）　　　　逸渔

虽系多的笔墨，亦要煞费心神。我地卖文为活点比得自由身？想我嫁线日忙好似贫女受困，总系阅者欢迎我又未敢恣文，作到解心与共谐谈亦系词令妙品，不过游戏文章咪太认真！有阵嬉笑怒骂俱齐人就火滚，但系我本无成见岂敢下笔伤人至怕偶然关合就哈招人恨，重望海量涵汪恕我有心，所以创设附张就要明讲吓本分，只为便于流俗致造浅白新闻，若系唱野就唱到出年我都唔使着紧。嘻真有瘾，带歇睇家唔使眼瞓，但得众人原谅咯就好去日日敷陈。

1月16日　　讲得咁得意（拟老妓怼客语）　　逸渔

乜你讲得咁得意，我重岂有唔知？你咁冷言嘲笑我就实首思疑，古道跟佬上街唔得咁易，唔同买把菜可以讲吓儿嬉。正系企倒入门就要同佢过世，若系半途而废自愿削发为尼。人客系有几班都有边个合意？只靠白水拈嚟致肯整到咁痴。唔讲到两个住埋防有醋味，一定假装情义佢致肯晚晚开嚟。第一怕有大娘兼有妾侍，个阵错脚难翻有药可医。第二怕到少年难管得住，仍然花散叫我点样子开眉。人话年纪老成然后可恃，又怕风烛残年寿者稀，所以覆想翻思似极潮落又起。唉，唔使着意，自抚华年刚廿四，乜你就嘲（后缺）

1月16日　　嬲得咁快（拟客答老妓语）　　逸渔

乜你嬲得咁快？嬲晒亦要听埋，我劝你还清花债早日埋街，唔系话老藕难煲。笑你年纪太大，怕到你落花无主咯，又似水面流柴，舍得大早上上街怕有人客肯带，就系淡饭清茶都系你自己命歪，只为你唔晓见机致使仍旧挨债，抑或贪图风月好比欲海无涯。恃在相好已有几年致肯将你劝戒，点估到一场好意哈话我把你嚟睄，此后冷眼旁观由得你点捱。唉，唔使怪，我两个情丝将近断晒，任得天涯漂泊都系你自己安排！

1月17日　　乜得咁哢　　当头下棒人

乜生的你咁哢，发到咁嘅老乡头，附张个的词曲整到乱啾啾，广嗓讲到唔通把乡话搭毂。甚至无端牵扯讲到穆拉油，马蕴话马因广东人叫反斗。《客途秋恨》调出扬州，你话系旧日南音站长差到外埠，况且不分平仄好似听琴牛。古乐唔通今乐又乱奏，似极一池蛙唱与共鸟语钩舟，枉费你八字乌须痴口正上，重讲乜京腔官话去共领事交游？你日日抄书都冇咁丑！须则系旧，知你技穷人重恕宥，只怕你蟛蜞番话学捻个的莺喉！

1月17日　　有谱　　鹭江游客

腊月三夜，鹭江游客酒酣大噱，旋讴此曲于砭舫轩中。

真系冇谱，你晓得佢嘅土音无，闽言粤语好似说共油捞，落笔就话千钗你唔系福建佬。话声唔计带都重有的皮毛，况且唱野晓得尖沉弦索正合路。你个的乡音唔改略点免得调哑音高，我虽系鹭岛游人亦知道大套。为着珠江红粉致哙辱在歧途，今日梦醒天涯嗟怨已暮，只为闻歌忍俊致去学吓操刀，不过偶发狂言劝你唔使气怒。唉，唔好再造，多错防难补，只好闭门思过认一句自己糊涂！

1月18日　　唔好白霍　　横拳

劝你唔好咁白霍，乜得你咁沙尘！花林惹祸就哙引火烧身，席上争风原本冇品，当场打架更失斯文。咪估你系师爷就包得佢半阵，至怕拳头在近就哙折骨伤筋。八字须捋完不若回馆去瞓！想到心肝人抢去又怕你暗自伤神，猜饮唱靓四件俱齐乃系歌妓嘅本份，过眼烟云点好认真，此后跟尾开厅你就唔好咁笨。唉，须记紧，往事何堪问，至怕你单思成病咁就丧了三魂。

1月19日　　废枪　　刺舟渔父

某日敌不发一枪，疑将潜逃，故以此命题，以当浮罗底书。

乜得咁短引，点极你都唔声，三千毛瑟价值唔平，想必你铁锈中藏生到冇定，所以攀鸡唔响有个人惊。带歇敌人唔使致命，点估你打磨精致都系仅得虚名，既系火气冇厘就唔好捻靓，免致东人指尔整得一身腥。（注：欧西废枪贩来东亚，东人不知其废也，用以克敌，负东人矣。）火药煲丢埋唔使再钉（去声），嗌真系笑柄，一定畀人哄到病，笑你系生虫拐杖点去掠地攻城？

1月19日　　挑战（此第一哀的美敦书）　　刺舟渔父

开左战，就要约法三章，同行敌国我共你预早商量，一要兵对兵时将对将，咪靠旁人静静请枪。（注：昨阅两歌，大不如前，似局外某人手笔。误请此等废枪，转为汝累。今与汝约除同国，将兵不计外，他国人须严守中立规则，否则以违此第一战例论。）二戒毒口臭言村妪咁样。若捻旧时吊字缺，又怕失礼通行。

（注：日前汝辈曾用此缺满纸污言不堪卒读，此与市井无赖奚殊？戒之戒之，毋贻同业羞也！）三则战到出年唔准歇帐，若然停炮你就咪再夸张，呢阵种族竞争常有嘅事干，要晓得并无私怨唔系别有他肠，所以战例要订明和约致有望，有日重敦玉帛点好战到深伤！总系开衅在个只粤讴我要同你斗唱，（注：此外非我手笔，其辩之！）等你喉干声哑我致肯另外参详，若肯三事依从话你系好汉！唉，须放量，独力精神焉用相？你有一违犯啫我就任得你癫狂！

1月21日　　刺帮闲者　　渔父

唔怕丑，使乜你咁心嬲，斯文辩驳断冇成仇。门口买脚鱼使乜搭口，（注：此等俗语只用以刺帮闲，非对敌人不犯第二条战例。盖扛帮闲者为山吊，特以其人之道还治之。）由得你臭言辱骂我总唔哼，况且你学唱粤讴又唔得顺漏，（注：此等粤讴，不特词句强凑，而且不分尖沉，万难被之弦管，真令人读之欲呕。）枉费你声明帮手好似一群牛，闹过呢帐我就收声等你知道梗斗。我不过一枝红笔唅整到你冷汗难收！我劝你企硬侧跟体插手，唔好咁咊！不若登山观吓虎斗，等我地斗完斗罢致共你另自开喉。

1月21日　　乜咁混沌（再劝赌友）　　渔

乜你生得咁混沌，劝极度当作闲文。睇你输成咁样咯点得翻身，世界既系难捞钱就恶揾。若系再唔戒赌啫你噂点样子成人，一自唉去新山见你钱水日紧，你把钱财奉送共佢有乜交亲？呢阵腊鼓声传年晚已近，你重无衣无褐点度元辰！我劝你早出迷途修吓正品，古云一艺亦可以谋生，心地你几咁高明做乜行止咁笨？唉，须紧慎，全得你多防到冇引，等到你回头有岸就话我系痛你嘅时文。

1月21日　　花烟客　　吕

你做乜咁情痴，定省晨昏冇咁合时，晚晚开灯就见你在门口企，两头征逐好似蝶绕花枝。有阵佢用手拉你上楼咪话渠系有意，不过贪图五角故此卖弄风仪，妓女心思个个都系金钱主义，你非愚昧想亦先知，况且呢阵毛瑟咁猖狂轰你脑智，勿谓性成凉血就冇冇更移。况且世界文明将烟禁止，叫你早除烟毒咪被外国嚟欺，我本系念吓同胞来去劝你。唉，须紧记，财字非轻易，勿话中元少许就去稳吓皮宜。

1月22日　　唔使誓愿（真历史之一）　　刺舟

唔使誓愿，你记得个年无，当堂县令碌眼吹须，发票签差迟刻就到，走为上着你好在私逃。咪话你系绅矜名誉几好，要晓得灭门令尹势似天高，话你系劣绅吾界造廪保，把你功名详革易过吹毛。你重话打点衙门真系冇谱，做乜推人落水静静抽蒿？感得县尊都算唔做，满门家眷不致带累分毫。（注：初，记者与斯人文战，不过只嘲其争风吃醋之琐事，雅不欲尽揭其平日私德之尤。惟彼既订明历史须真，迫得略为点缀，然尚多从阙略者，则以有同业之谊，终当息此兵锋，存忠厚也！如箭在弦，不得不发，并愿斯人有责改之，何如？）致怕你躲在南洋官唔搵路，移文缉犯打烂沙煲，个阵亲戚未敢窝藏兄弟亦不顾。唔着数，知你生平多犯众怒，由得你解回故国做吓囚徒。

1月26日　　　三太逐客（真历史之四）　　　吕

蕉呀，我劝你回馆去训，咪咁失羞人！歇阵就要关门重有乜好斟，我地太过痴缠又怕龟鸨怨恨，乜你有心嚟到冇带占银。况且有佬先嚟就唔到你肉紧，古云后到就要为宾。你把三太叫奴慌冇福份，正系青楼漂泊讲极都闲文。你系酒醉抑或花癫成晚咁混沌？摸吓你的荷包变了手巾，（注：粤方言嘲人囊空曰荷包变手巾，盖隐喻其干也。）你想床底躲埋唔得稳阵，至怕外人知道话你败类斯文，不弱畀账开嚟我致同你再饮！有日还清花债重要搵你嚟跟，呢几句心腹言词唔系将你棍。唉，我情切甚，第一望君唔好斗银（去声），但得你从今唔到咯我就上庙还神。

1月26日　　　真正白霍　　　吕

真正白霍，丑极重不知羞，连篇浮话绝冇根由！日日都闹忘八乌龟真系乱狗吠，胸无点墨重斗乜歌讴？倘若冇个捉刀问你心血点呕？你话小坡唔好住点解你日夜遨游？记得你三日代庖眉就咁皱，动谓并无题目暗自心嬲。幸在某店得部新书嚟庇佑，当场拍掌正话可以开喉，咪估话冇个人知就唔怕丑，点晓得吕公明眼唔把你魂勾，重话始创报章出在厨手。唉，真老藕，面皮咁厚，等我略开毛瑟逐日喝醒你只老乡牛！

1月29日　　　隔靴搔痒（致冇皮蕉）　　　吕

搔不着痒处，枉你重咁劳神。点解你三千毛瑟乱向天轰，（注：拿破仑畏报馆如四千毛瑟枪。此新兴也，彼昏不知，自诩三千毛瑟，则减去千枝，宜其挫败于克虏伯炮也！）我地克虏伯炮开齐将得你咁紧。你既系咁唔久战咪去撩人，（注：衅由汝启，谁不知之？）我重忠厚待人饶过你数阵，只为你砍头（上声）

埋墙又话历史要真。呢阵丑事远扬你就肉空紧，一定怕人指摘话你失礼斯文。不若割地求和唔好斗银（去声）！唉，休怨恨，个只山膏你唔好问，咪听旁人唆摆咯免使二撇沾尘。

1月29日　　专讲臭话（一刺浊世）　　　　渔

乜你浊得咁交关，清浊分明鬼共你讲顽？我地文字干戈见惯，你叫我证据声明想揾老山？你帮住个只粪船真系唔带眼，重咁言三语四替佢遮拦。你嘅劣迹太多容易探。不过念在旁人免把战例删，若想共我战过就把时日拣，等你知道我大笔专长就哙厌烦，不若你趁早缩头唔好再犯，听我劝谏，从此南人休再反，我就可以从轻发落免你贴地羞颜！

1月30日　　真正折堕（刺匪丧也）

真正折堕，重着绫罗，唔顽唐山死左亚哥。既系身列胶痒碑要守卧，点估你匪丧嫖舍重假过喃磨，（注：粤俗谓火居道士曰喃无先生，无读若磨。）或者失却家书都系鱼雁错，总系明明信到并冇空过（平声）。想必你记住出首嘅前仇重话兄长嫁祸，唔肯认错，家信收埋欢喜佢结果，若系咁伦常多缺点怪你老蹉跎！

1月30日　　真正冇品（刺匪丧也）　　　　渔

真正冇品，有玷斯文，既系客舍囊空咪把阔佬跟，一定嫌你映佢眼帘跟得咁紧，整到一时情急点得你离身？所以叫你好比摆道前呼在门口硬等，等到担完炮屎又试随行，数到呢件秽史太过深伤原本不忍，只为你罾人祖宗点得甘心？呢帐大炮开齐知道你倒运，任得你三千毛瑟尽化泥尘。但愿你从此见机唔好咁笨，睇出佢眼角传情自己快奔，唔系你个膊头担到起枕。唉，你须要守分，若系贪图肥腻就哙失礼同群。

1月30日　　真正冇味（致冇皮蕉）　　　　吕

真正冇味，乜咁痴迷，把我历史搬齐乱咁筛，想必你颠倒过头将耳造鼻，所以一闻草气你就快走埋嚟。就系名士风流亦都唔算作弊，好过你专做花王冇定可归。做乜把你骂尽千声你都唔乜挂系，仍旧乱吠。唔系失心就应份塞肺，可惜你咁劳神侦访咯略乜有的端倪？

1月30日　　迎邸驾（为英亲王过叻作）　　逸渔

迎邸驾，切勿喧哗，表吓中英联络好似白璧无瑕。唔系为身列侨民致讲巴结话，只为邦交咁和睦地我地点敢矜夸。试睇鸦片几咁害人真系可怕，佢都准我地派员游印把土数跟查，重话烟饷咁大单唔要亦罢，总要助我地华人除害都系出资佢王家。今日迎驾至要同心唔系卑以自下，不过当作亲王一样系出中华，但得肯助我国禁烟情就要记挂。唉，旗要绘画，画出黄龙高插瓦，等佢晓得我地华人恭敬都为着感激嘅根芽。

2月1日　　人要爱国（题罗奇生新制纸卷香烟）　　渔

人要爱国，国致称强！强权世界就哙越界侵疆，疆场有事唔敢想，想起个年西狩你话几咁凄凉！凉血嘅人民心就外向，向来物件都话外国嘅馨香，香梘与共香烟今日同佢一样，样事都要留心致免益晒外洋。洋装品物你话何难仿，仿到佢嘅装头重要制炼有方，方法睇吓奇生烟仔致正当，当作系卫顾同胞就好买盒去尝，尝真烟味精神壮，壮志男子姓字芳，芳名远播环球仰！唉，我唔系乱讲，讲起华人佢应赞赏，赏识我地爱国人多就系国祚都哙长！

2月2日　　祝钱神　　渔

钱字累世，实在收人。有佢就哙开眉冇就困身。舍得世上冇个爱钱我就唔使咁着紧，只为人人都咁思想咯我就要祝吓钱神。点解富者富有千金咁容易揾？有等贫无量钱叫佢点得甘心？不若你尽化青蚨飞散一阵，重要深藏踪影等我地冇法跟寻，个阵受伤个个都冇君君讶你就唔使惹恨。唉，休过问，待等人人都去守分，免致为君忙碌重去仆仆风尘！

2月4日　　鸡鸣自叹　　吕

叹吓命薄，乜生得我咁身微？若然强大咯就驶乜咁低威？睇吓我辈成群俱受人节制，上嚟砧板要任佢削骨遭皮。天呀做乜赋我血性咁凉脑无智计，瓜分鱼肉有翼难飞！越思越想委实真唔抵。人重话无知畜类抵制唔嚟，等我奋起精神企在硬地，磨尖利嘴乱咁嚟嘶。可惜身小力单罔为重弊，前生折堕今世就咁沉迷，你地热血人群心醒未？须换过□，勿被人欺你，想到人枪国富定要个个心齐！

2月4日　　谏赌（良闺四谏之一）　　渔

君呀你唔好去住，急极都要听埋，新山条路惨过柳巷花街。记得你哙赌到而家常日捱债，整到分文输尽点样粜米烧柴。明知道死路一条你就收手要快，乜好似年年进贡重咁把钱嚟唯，况且赌到交关名誉就坏，哙整到亲朋避道让你自己开怀。我劝你赶注咪咁狼忙今日就起戒，但得你唔赌咯我就吃长斋。虽则系阻势拦头君你咪怪！唉，唔赌就还晒，睇破赌场系世界，总要听天由命咯自有安排。

2月5日　　　谏嫖（良闺四谏之二）　　　渔

君呀劝你唔好咁放荡，乜你晚晚得咁癫狂，睇你今日咁嘅行为讲起就切肝！今日家计已自萧条，你爹妈又挂望，就系妻儿唔使顾，亦要念吓高堂，想佢在故国倚门一定心惨怆，况且翁姑年迈白发苍苍，你重好采野花佢就无乜倚向。你把钱财花散点样回唐？妓妇边个真心你又唔怕讲，讲明个地真处我好去造佢嘅梅香，大抵你欢喜佢嘅风情抑或中意佢好样，所以做成咁颠倒啫要我独守空房，话我系呷醋拈酸我亦唔在怨唱。你睇吓眼前儿女系咁一双双，正系花事几咁阑珊人事就可想。重有开门七件事日日都要商量，但望你趁早回头离却欲网！唉，须要想象，二老系咁年高儿女又渐长，若系重唔听劝咯我就去自缢悬梁！

2月5日　　　谏饮（良闺四谏之三）　　　渔

君呀劝你唔好过量，酒系毒药穿肠，自古道忍辱和柔处世嘅妙方，一入醉乡言语乱讲，有阵逢人开罪似极癫狂，点似李白醉草蛮书才咁跌宕！致怕酒后行凶好似打庙薛刚，重有个醉斩郑恩无义汉，等到兵临城下悔煞元郎。（注：妙在所引典故，妇孺皆知，恰肖女流口吻。）试睇个几古人多少怪状，都只为贪杯难舍惹祸招殃。乜你赋性得咁聪明行止又咁放荡，终朝沉醉枉你一貌堂堂。况且世界难捞酒价又嚟得咁涨。点好话一家唔顾住你口头香，我劝你到口干亦要从我一账！唉，须要想象，但得你的心肝我就唔使怨唱，若系你再唔思戒我自愿早见阎王！

2月6日　　　谏吹（良闺四谏之四）

乜你话唔使戒住，重咁思疑颁行上谕点敢唔依！君呀你身在外洋亦系中国嘅赤子，若系再唔知戒就系背国嘅男子。只为鸦片害人真系英属憾事，佢致肯同心减种补救来兹。你睇外国都咁真心怜悯我地，呢帐若然唔戒咯佢就哈借口为词。凑着国运中兴寻得树药，人人都系咁重话百病能医。我地钱水紧得咁交关年晚又至，而家唔哈戒重等何时，睇吓药水煎得咁浓你又唔怕试。唉，容乜易，你肯戒烟奴肯扶侍，但得你脱离烟劫我就命短都唔辞！

2月6日　　　岁暮慰友　　　渔

虽系年晚已近，劝你咪咁伤神，你睇个的富商财主更重担心。咪估话坐拥多金疑到佢稳阵，要晓得桑田沧海唅成贫。虽则有屋收租唔使受困，又怕一场天火佢就剩个空身。讲到生意个种艰难赊了就恶问，明明收账重惨过求人。放债想去图财又怕人事恶揾，等到无力清偿点把佢尾跟，所以富者每到年终忧虑口甚，不若清茶淡饭口可以暂口良辰。今日同病相怜我致将你劝问。唉，休着紧，富贵穷通都要守分，任得佢无衣无褐亦只可素位而行。

2月7日　　年晚又到　　（为岁暮停报作）　　　渔

年晚又到，岁月无情，亏我屈指年华几度轻！做乜我地中国好比睡狮还未尽醒？莫不是漫漫长夜重未天明，救国靠住报章嚟去告警，既系责任常肩点敢放轻？只为岁暮冇乜余闲凡事要预订，况且商场都咁热闹买卖唔停，所以明日我就停工又把开报预订，一到新年初六就要楮墨重兴。我重唱曲要唱到国民痴梦醒。唉，宗旨要正，唔好随风拧，总要复强宗国致见报界嘅文明，统带平南得胜四字全军返粤讴王！

2月7日　　恭喜多贺（为开报贺春作）

恭喜大众，福自天来，新年初六就要把笔嚟开，只为旧岁订期唔好乱改，等我借几句吉祥嘅好话劝吓列位仁台。第一个多戒烟强可立待，第二戒嫖节欲作客应该，戒酒系第三还要忍耐，第四要戒除赌博免致坏品伤财。四大劫免佢痴身你话何等自在！重要人人兴学去把子弟栽培，等到佢可以保国就唅名动四海。唉，须自爱，机会原难再，总要及时努力致不负济济多才。

2月7日　　唔使望（岁暮代友慰所欢）

劝你唔使盼望，佢断冇白水拈嚟。虽系青楼情重想学海燕双栖，独惜大为谈得咁交关都为钱字员员，佢嘅手头咁紧短点学得阔佬行为？你共佢相与既系有心就要原谅到底，切勿因财失义学足路头妻。你若肯□□咁情长佢就唔舍得抵制。等到新年初八我共佢再打茶围，个阵百果盆已自收埋唔使破费，重可以挽回佢个架子免畀姊妹嚟筛。你两个好到入心我致谈吓肺腑。唉，唔使计，无奈叫声人地老契，你估我真心嚟驳缆抑或假意提携？

2月19日　　收百果盆（拟劝妓语）

盘叫着百果，果实精良，老举寨行情实系逗货嘅妙方，总要阔佬临门还有指望，至怕悭哥嚟到就要你舌本致心凉，弥兰地系咁开樽闲话又咁细讲。等吓全盆果品畀佢食到精光，利是不过三毫重话今日系错荡，待等来年补够佢重讲得荒唐，只为世界难捞嫖重要欠账，边外有闲钱施舍合得你心肝？罢咯不若索性把果盒收埋唔使上当！唉，休怨唱，佢个荷包唔系肿胀，你要佢无端花费又只怕日子头长！

2月19日　　度岁感怀　　渔

年本恶过，好在唱野痴缠。停工十日我又抵制洋烟，照旧系咁高眠就哙倦，所以我把粤讴嚟解闷和吓三弦。你睇个个冇阵得闲都为钱字起见。我地寒士空煲快活似仙，虽则度岁需财凡事都未便，总要叠埋心事便觉安然。咪估债主临门唔得过线，我又会塞埋两耳当佢疯癫。转眼就要团年同把岁钱，佢就要打埋枯数以待来年，况且穷通两字好似车轮转，秋菊春桃各有后先，我打你穷过个个范丹亦都唔在抱怨。唉，唔到你算，天道到底祸淫兼福善，等到春回花放佢就有日鲜妍。

2月20日　　劝岁（为四十五初度作）　　渔

岁哑劝你唔好咁吽，咪个激到人嬲，未必青衫红粉共你结下前仇，人地遭际得咁艰难你原本要里手，等佢浑忘甲子就哙稳度春秋。点解你特设个度年关监佢赖厚，频频催过腊尾春头，转眼一年真系无法可救。你咁哙催人老大点怪佢怨恨唔休。既往虽系难追亦要同你讲究。唉，须想透，咪到冬残仍照旧，但愿你粒声唔出啫任得你似水东流！

2月21日　　唔好勉强（砭夫巳氏）　　渔

劝你唔好勉强，好似学做喃磨，喃得磨多拍你自己着魔，既系唔识得请神慌到你请错。重怕梵音唔正哙奈神何。况且各有专长边个同你考过？既然唔和板拍乜认句初哥，日日乱筛咪估人话你好货。唉，须改过，瞒得众人还重有我，不若知秀藏拙免受笔墨诛锄！

2月22日　　相法如神　　吕

名哙相法，就话应验如神。茫茫世上未必尽系维新，你睇吓咁多亚丁听我乱呻（去声），睇到凶狼恶相我就话佢杀气腾腾。生意满门冇的成日咁等，等到黄昏捱晚始相到渠身，排一段支干话佢行到好运，睇佢嚶开笑面我就慢慢铺陈。君呀你咪穿我个沙煲把的乔难问，讲到存亡生死究竟有乜来因？望你毛瑟咪开毋将

· 15 ·

我捻，做乜忍藏唔住就要落新闻？世界共进文明我便无乜号棍。唉，乾坤震，何须问艮，不若再寻到艺免使米瓮生尘！

2月23日　　真正肖调（述某妓登门索债语）　　　渔

真正肖调，乜咁贪嫖！乍逢奴面晓得你心焦，舍得你界账开嚟我就唔使拗撬。只为你居然挞账想学过水抽桥。今日好比差役催粮官府发票，若然唔逗货怕呤揾架嚟丢。你自认二百鬼嘅工银充硬阔少。我致长年相信任你快乐逍遥。点想过左尾祸重唔见你影兆。事头婆个的冷语惨过刀么，况且几十晚账银唔算少。唉，你唔好讲笑，无奈叫声人地太少，重系咁有厘声气我就眼眉调。

2月23日　　车仔佬　　　吕

车仔佬，乜你心地咁唔平，车钱不给理所当应（平声），做乜落雨之时叫极你都唔肯应。唔啾唔米去不留停。重话个悭哥你就无耳听。任佢等嚟等去等到天气晴清。做乜白种之人你就频频去敬，若然慢步个只火腿无情，丧气低头甘受此病，给钱少许你亦唔声，同种同胞你就偏要扭拧，顽皮人格点把你上进文明。我今日苦劝一番你就要从此猛醒！唉，须想定，唔好行偏径，或者茅开有日免负万物之灵。

2月26日　　冇狗拉猫食屎（粤谚之一）　　　渔

无可奈，冇狗拉猫，啖粪虽系艰难亦都要你造煞。乜你晚晚要去柳巷花街好似巡哨卡，虎豹咁威严你都敢把佢嘈！重话你有老鼠充饥肠肚甚饱，点估你全无牙力好比杉木为铙。你个职守有乖原本要闹，总系一时无狗点好话把粪嚟抛，所以任你食抱一餐望你唔好咁恶教！唉，你休乱跑，呢的人粪咁馨香正系投你所乐（去声），等到狗嚟个阵我致赶你离巢。

2月28日　　水鬼升城隍（粤谚之二）　　　渔

你原本鬼怪，点做城隍？睇你略似人形冇的大方。第一黑心就望人地命丧，得嚟替代你致再世还阳。今日你侥幸高升真系欢喜过望，总怕你无才无德一定暗揾人帮。有日玉皇风闻就呤将你降职，唔到你乱讲。正直为神点容得你放荡，一定要把你贬回海外等你照旧凄凉！

3月2日　　烟一个字（劝新戒烟者）　　　渔

烟一个字，救命灵丹，点解有佢就精神冇佢就费烦，想必相与至到入心情性弄惯，时常痴恋惨过日食三餐，所以一日共佢丢疏情未冷淡，常思续缆不怕羞颜。总系勉力致得抛离我就唔敢再犯，好比重逢天日点好再陷深坑。我自劝又试劝人心要斩（入声）硬。唉，时局可叹，前车须借鉴，任得佢茫茫烟海亦要早挂归帆。

3月5日　　唔好咁莽撞　　渔

忠告由柔佛附小轮返坡之游客

唔好咁莽撞，大众都要关防，你睇人命咁多都系在水一方。若系上落平安我就唔再讲，至怕偶然集侧。（注：集侧，粤东方言，犹倾倒也，此指小轮言。）问你点样子飞飏？大抵拥挤得咁交关都尉心急上岸，总系船身偏重太过深伤，（注：船将傍岸，客皆奔集搭桥上岸之舱侧。）我想赌字累人真系冤孽账！因为回家抑或赶注故此意乱情心忙。奉劝个的赌徒须要想象！唉，我唔系会看相，不过睇出你地情形都为个样，但愿你保全身命致不负我度曲嘅衷肠。

3月8日　　天问（为翠桐眉史作）　　渔

天呀你何苦咁妒忌，我恨总难平！搔首停杯我要问你一声，叫得做红颜乜你偏要佢薄命！真系天网恢咁森严冇的恂情！大抵红袖与共青衫都系同一样病症，都要沦落天涯有个放轻。自古话富贵贫穷系天你注定，不若畀佢无才无貌免致困在愁城。你咁样子待人就系心亦不正，等到佢有冤无路诉叫极你又唔应。天呀劝你此后收心唔好咁扭拧！唉，须猛醒，人定天能胜，若系坚心由命你就要可惜佢咁娉婷。

3月11日　　唔好呷醋（拟妓怼酸客语）　　渔

君呀劝你唔好呷醋乜得咁思疑，奴奴心事点讲得人知？独系姊妹略知奴嘅主意，所以但逢君到佢就有个行嚟。但话蝶咁有情花又弱腻，花蝶相逢一定唔痴。独惜苦海茫茫未有登岸日子，系咁迎新送旧有个实力扶持。既系堕落呢处青楼难以自主，寻芳有客就要假意相依，点想顺得人情君你就厌弃。唉，真正冇味，减颈就得你多你重成日斗气！

3月14日　　真正快（述其鸨柔佛赌败怨言）　　渔

真正快，又试输埋，金钗钗环拼止大嘥，火起一铺曝去买晒，点想买三开一委实难捱！有便心水叠埋番去本寨，当作宫主今年个个都上街。谁料滩官留硬佢话何须怪，佢肯信回三五百等我再去开怀，我估话佢有心唔计带，等到输穷极致识得佢信歪。实在炮台乃系四方唔怕撼坏，任你时常攻打当作火猛烧柴，今日金器当完还要捱债。唉，真真破败，寨口执埋都为礼拜，不若招人顶手等佢换过招牌！

3月14日　　真古怪（刺赌局也）　　　渔

真古怪，做到局赌嘅生涯，坐地又要分肥重使乜食斋！睇你行动似系斯文年纪又咁大，点想你串同鸽计去做冇皮柴。我估话知己二三嚟得几大，逢场作兴好过行街，况且几个都系女流人品亦见晒。谁知你串骗要我一个榆埋，好在醒水尚属唔迟知得快。唉，唔计带，输去不过十元和八块，等你哋得嚟执药去把老命嚟捱！

3月15日　　乜得咁毒（嫖客怨妓语）　　　渔

娇呀乜得你咁毒，几哙收人。七姊妹嚟齐叫我点样斟酌，睇佢打扮得咁娉婷，估话身势都稳阵，点想系蛇蝎穴毒得咁深沉！我地孤客各种凄凉唔使问，只为鳏愁难捱致去揾佢开心，今日乐极生悲真系行到尾运，整到周身脓血臭不堪闻。泻药食得太过攻伐过甚，重怕变成风瘫有处栖身，正系离家万里谁亲近。唉，空抱恨，奉劝你地青年须要谨慎，勿学我贪嫖纵欲免致日后伤神！

3月18日　　唔好咁吽（劝赌棍某妇）　　　嗤

劝你唔好咁吽，问你有几鸡兜，抛头露面去做赌场牛。你把脂粉迷人应系要觳斗，若系分人四份一你话几世唔修，姿色虽有几分年纪老藕，况且从良咁耐点做得咁寒流？今日骗局已自穿煲名字渐臭。唉，真系亚寿，共个的靓仔捞埋问你心动否？重怕你良人知道又哙打到崩头！

3月19日　　送客（忆槟城所欢赠别语）　　　渔

你如果要去，使乜讲过奴知，既然分手咯懒问归期。你睇姊妹尽知奴系有意，今日半途而废叫我怎不伤悲！点想红粉得咁有情又到男哙负义？别时方悔往日痴迷，人客纵有万千难得个到底，等到昏完个一阵又试两地分飞。舍得你满载荣归我亦难以劝止，既系相依歧路怕乜暂且稽迟，总系归心似箭未必丝能系，折柳阳关叫我点样赋诗？但愿风送一帆归路得志。唉，由得你去住，往日个种恩情唔使再记，待等送郎归去咯我就削发为尼！

粤讴

3月21日　　原本宝贝　　逸渔

闻有以珊瑚作烟枪者，讴此以惜之。

原本系宝贝，可惜造过烟枪，洋烟流毒几时猖狂。你原质既系珊瑚应份入网，重要靠人雕琢正显得精光。总系有幸遇着知音咁就唔使上当。把你琢位瑚琏贡上明堂，点想你失运遇着庸人真系冤孽账，不过供人玩弄怎不替你心伤！好在到底有人知道你贵相，龙门登进致唫价值高翔，大抵隐现都有定期唔到你妄想。唉，休怨唱，你睇盖世英雄都系同你一样，等到风云际会致唫气吐眉扬！

讴者曰：昨于客座中，闻人述其矿佣发土，得珊瑚一枝，彼固有烟癖者，用以作枪。嗣因贫故，往质长生库，弗受，卒为碧眼紫髯人以重价得之。其事奇而详，容暇褛记于报，兹特先讴一曲，以寄吾慨！

3月22日　　须要斩缆　　吕

须要斩缆，咪咁痴迷，客寄南洋实系惨凄！况且呢阵清明宗祖亦要拜祭，切勿流连风月正可以跳出重围。你有父母与共妻儿在家里挂系，佢话清明游子岂有唔归？劝你地旅客归装须要预备，勿学清廷立宪日日都立佢唔嚟！若系留恋他乡防唫做土地，快的帆悬风正水脚不过几文鸡，想到一室团圆你话何等趣味！唉，心醒未？贪欢唔系计，纵有多情老契都要共拒早日分离！

3月23日　　中兴树　　烟海乘桴客

中兴树，点得世界亦唫中兴？树哑莫不是烟癖你都能除肯为我国效灵？你睇烟界困住英雄酣睡未醒，百年流毒点唫十载就丢清？但重话笑傲呢种烟霞真系仙佛嘅妙境。匡床高卧咯就可以隐姓埋名。有等话好逸恶劳乃系人嘅本性，苦中寻乐份所当应，有等又话洋药好比仙丹除得百病，提神节欲又唫适性怡情，所以个个迷恋得咁交关成了病症。民穷种弱点讲得富国强兵？老大帝国个个成名就系烟客嘅笑柄！点怪得每逢开战系咁割地投诚。树哑你今日正肯出头或者天数已定，漫漫长夜重唫日朗天清！总要四万万嘅同胞人自警！唉，休委命，奋起英雄性，务必戒除烟害正见得上国嘅文明。

3月25日　　咪话唔使戒住　　烟海乘桴客

咪话唔使戒住，重有日子商量，你睇家国都时艰难想起就切肝，赔款重未交清难以赖账。重有中原腹地渐变洋场，只为鸦片就系漏卮长久上当。整到民穷财

· 19 ·

尽几时深伤！就系讲到一身亦都唔得便当，睇你瘦成咁样啫寿数度难长。父母与共妻儿长日挂望，钱财散尽点样还乡。既系中兴有树为尼除魔障，就好回头是岸立实心肠。若系誓愿去戒烟神佛都见谅，一定苍天怜悯等你免病除殃，个阵跳出火坑嚟做过好汉，怕乜外人欺藐恃佢国富兵强。呢几句苦口良言须要想象，从头想透就哙斩断烟枪。唔信睇吓日本禁烟人就敬仰，强到咁样，国权真膨胀。我地若然唔戒咯就哙贱过猪羊！

3月26日　烟数已尽　烟海乘桴客

烟数已尽，总要戒脱为先。圣旨颁行限以十年，想你上瘾到而今人事大变，衣裳面目冇日光鲜，揸着瞰样嘅风潮须要打须要打算。若然唔戒点得复转家园？莫不是拼做废民人格时贱！总系担牌挂号点受得个种恹尖？况且父母为你担愁妻子又抱怨，重有亲朋嘲笑点样回言？咪话上瘾多年防到恶断，至怕唔除心瘾立志唔坚！有种树叫做中兴名动四远，人人戒过都话实首安然，想我地中国受害有年已定天意转，所以令人易于戒免受迍邅。今日世界系咁难捞财字又恶算，休眷恋，良药行方便，但得人人知戒就好比缺月重圆！

4月1日　深夜客来茶当酒（慨贫交也）　　　渔

良朋乍到，就要置酒欢迎，话旧与共排愁都要仗吓酒兵。虽系不速客来逢夜永，亦要衔杯相对致见得旧雨嘅深情。今日款接只有烹茶知道失敬，总系贫无藏酿任得佢月白风清。愁唤侍儿嚟煮茗，真系淡交如水咪论枯荣。况且茗战可以雄谈茶重更胜。但得知交原谅佢就话处境当应。我地道义之交确系同一样品性。唉，休怨命，时来风自竞，待等功名立致学过李白刘伶！

4月10日　清明日独酹兼奠亡友　　　渔

灵魂否在？想起就痴呆，怕触前尘只为百事都可哀！记得我沦落嘅时期君呀蒙你过爱，相逢一面就话我系海外通财，见我笑傲烟霞你就要（平声）我痛改，（注：当年亡友与仆以一面识而订刎颈交，推食解衣，犹属常事。最足感者，强扁仆于一室，凡饮食与戒烟丸药等，均以窗进，勉仆以比除烟癖，此则朋友也，骨肉也！）又话能除癖痼好比脱劫消灾。君你期望虽则咁深我哙中道吝悔，个阵迷途深入点跳出火坑来？今日恶习似系渐除可惜难以唔对！纵有醇醪倾酒亦不过湿吓尘埃，此后人海系咁茫茫又怕知己不再！唉，琴欲碎，独饮愁难耐，不若每逢佳节我便奠吓泉台！

4月11日　忧时　　渔

怀故国，恨难平，你睇天步几时艰难点敢责任放轻？虽则远客天涯仍系中国百姓，宗邦危难都系一样嘅关情。第一留学的少年心性未定，私行结党又试叛道离经。个几句平等自由成了话柄，重话权平男女就可以步武文明，累到士女都咁轻佻真系成了怪病，漫漫长夜点得佢日朗天清。第二朱紫满朝都系贪与佞，无才御侮嘅就枉受恩荣。试问老大与共青年边一个可敬？纵有谠论忠言怕佢懒听。眼见大陆将沉个只狮梦快要醒！唉，休委命，人定天能胜，但得同心救国咯就唔复振声灵！

6月7日　危巢燕（为讽夫巳氏作）　　老犹

燕呀劝你唔好咁放荡，重要顾住吓你个危巢。等到树倒个只猢狲点样解嘈？咪话巧语呢喃你就随便咁闹，闹到人人火发怕你冇定抛锚，依傍住朱雀桥边似系长久有靠，又怕冰山融化个阵冇个扳梢。想必你飞极唔得几高不过系床底下训教。唉，天报巧，羽毛将要脱掉，有日把你炸成禾雀付与烹庖。

6月13日　提起老举（劝夫巳氏）　　呵

造乜提起老举，你就格外精神，想必你误会风流所以得咁认真。人地生疏话名士嘅行为我话系无赖到极品，噉样去开通民智实在失礼同群。讲到老举游街你就无限憾恨，就系被人撩斗亦不过陌路嘅星君，乜你当作系千古罕逢描写得咁肉紧，噉世间常事点算得新闻？重有妓女从良原系本份，点好话任情嘲笑重去数佢前因！致怕阔佬听谗将佢见摈，个阵冇人追究更重失了三魂。今日一片婆心我致将你试问！唉，休怨恨，就系笑谈都要谨慎，咪去败人名誉咯信吓我劝谏嘅时文。

6月17日　端午节停工有感　　渔

端节又到，岁月如流，遇着呢一个端阳独抱隐忧。今日民物几咁凋残边一个补救，凶年致唔多盗大有根由。宗邦回望频搔首，点得吏治民安岁又有秋？总系令节既逢应份要抖手。唉，心想透，排愁应对酒，想去消除块垒不若捻正歌喉。

6月17日　仍拒谏（为诛心作）　　嘻

仍旧系拒谏，你想卸责就艰难，撞板番来我怕你冇定可扳。耳目既系糊涂你就应份带眼，遇着事关名誉咯点到佢立乱嚟顽。个段咁腐败嘅闲闻已事描写到咁趣，重使乜撰成歌曲又试唱得咁交关！莫不是挟有微嫌致使将佢咏叹！唉，你要防到再惯，（注：粤东方言，犹云冉跌乜。）冇乜新闻宁愿去躲懒，若系唔明军律哩咪去拜将登坛。

6月17日　　鉴前车（再劝夫巳氏）　　　电鞭

前车既覆，后轸就要关防。只为你曾经撞板致哙整到疴糠。前日个几句歌辞唔系孟浪，我怕你重循覆辙致肯劝吓同行。你话祖妓就系龟公造乜嚟得咁雯夎？赶你睇袁枚共苏小肯认同乡，重有作札去恳官场要把金妓释放。话佢杨枝无力点抵得雨暴风狂。你嗽样叱燕嗔莺正系元绪嘅本相。想去勾栏求节义你就咪爱野浴嘅鸳鸯。你咁刻薄我咁慈祥好比天与壤。唉，须要想象，一言可丧邦，你要晓得虚衷闻过致不负我话短心长！

6月17日　　神龙树　　　见首

龙不见尾，有乜痛脚你揸拿？老子犹龙不过小可嘅自夸，点似你谵语几咁含糊重去安佢造易卦。睇到我周身毛管又见骨痹筋麻。婢学夫人实属成乜说话？你肯自知藏拙免咁羞家！咪学屎艇乘风乱挂，仍旧去谩骂，经史咁精微唔捻就罢，待等我病躯重健致把你个的秽史跟查！

6月18日　　千里眼（剌胡言也）　　　利见

千里眼，身又非凡，故乡锣鼓你哙听到咁真栏（上平声），发岩话发得咁离奇我亦知道你口惯，重有几多奇事久被众口讥弹！你话我两日一讴虽似极懒，重好过时常梦呓似你劣到咁交关。呢会我奋赴精神就要共你顶到岁晚。唔好歇板，有麝当风散，我怕神龙一出就整到你贴地羞颜！

6月19日　　顺风屎艇　　　云从

扁舟一只，海外飞来，风利帆轻八字开。我估你系外国贡船将宝载，点识得你系冇皮蕉臭得咁冤毒！舍得风慢你又徐行都无乜大碍。今日好似天公嫌臭把你远处嚟吹，你若泊在个处码头就系个处将你得罪。唉，难忍耐，秽气腥闻再，总要把你个只臭船驱逐等你冇定徘徊！

6月20日　　专哙诅咒　　　系我

专哙诅咒，惹我笑到李肠，嗽叫造文人实在见笑大方。毒口不过村童我话你同佢一样，试问呢回文战点样收场？善变致系神龙本等无乜迹象，就系知名姓你又点把佢嚟伤？今日我摆白良心同你再讲，须细想，龙威唔好揽撞，咪咁花牙利嘴重可以把秽史收藏！

6月21日　名既叫着公益　　冷眼热肠客

名既叫着公益，就要公办为佳，点好话用人财政都要一手兜埋？回想发起个时重几咁正派，又话事忙不暇止好勉强当差。点想得到收捐佢宗旨就变晒，专权独断都唔肯请吓大众行埋，睇见收得咁大注缘金佢就自借贷，后至被人指摘始强把厚面来挨。你睇佢私人滥用实在多无赖！更有因为不通被革重偏要共佢格外安排，试想吓学务处派定嘅教员断估都系几坏，做乜送关后又将人辞退唔怕巨款来徙（平声）？佢个地霸道横行讲亦唔讲得晒，总之伸开只手就想把大抵遮埋。好好一个公益规模都被佢破败，广行罪恶重估话几咁精乖。个个副总理嘅威权如果系大，任得你同人济济都当作系杉本灵牌，因此舆情不协就觉得人心懈，都话有名无实由得佢自己施派（平声）。唔想众人让佢佢重乱咁将人怪，又话人地虎头蛇尾唔肯把苦来捱，佢噉样行为真正污了学界！一郎呀，你都唔知头尾枉费替佢乱想胡猜，今日我忍到唔忍得咁交关，故此略略将佢告诫。唉，休要自大，众目瞒唔晒，你睇吓历来撞板嘅，都只为公论难谐。

6月24日　巴结阔佬　　懒办私益人

巴结吓阔佬，好过叩拜灵神，独惜装束得咁文明乜你立品又咁失真！唔访吓街外嘅行情就把歌曲乱捻。人话你托渠大脚未免有玷斯文，佢估有钱佬话事灵荢使乜人地过问？所以专权武断整到地黑天昏。记得捐款佢去挪移人就怂恨，况且学堂咁大件事佢重位置私人！今日一个造埋我亦知道佢有引，所以危（上平声）人帮手致去嘱托公亲，总系众叛亲离重有边一个着紧？随佢鬼混，学务知难振，你想维持公益咯就讲过句直白嘅时文！

7月5日　欢迎苓督　　渔

欢迎督宪，怕乜远隔重洋？见佢办事得咁灵荢替我百粤举觞，督抚虽系咁多都唔配我赞赏，独有呢个贤明宫保我致肯度曲称扬！记得铁路个账嘅风潮真系唔到你想象，点估到全凭一激就哈搅海翻江，认股个种频图你话何等气象，好似人人发誓都望国富兵强！后至夺我使君致使人尽失望，遇着扁舟嚟到捻得咁疴糠。今日福星重照你地休惆怅！堪仰仗，路事前途广，重哙安良除暴致见得督宪嘅贤良！

7月10日　骗食鸡仔（夫已氏秽史拾遗之一）　　心伤

乜得时折堕，骗食鸡雏，娶到偏房又不是亚初，况且瞓到三朝一定多次试过。乜你致诬人不洁累佢吊颈投河，立妾共到朋友借钱原本系冇货，噉就不若低头跪你个二哥，或者借得聘钱唔使咁嫁祸！唉，你真正系错，眼白白监骨吞完然后复唾，舍得你良心早发使乜把佢咁修磨！

7月11日　挪便草纸（夫已氏秽史拾遗之二）　　心伤

挪便草纸，确系老手嘅花王，独惜太过无廉咁就捻到佢慌。但话你心事幼过微尘原本冇上当，只为你斯文人客乜得咁轻狂！所以越想越疑知你为个样，一定入门三相下作到深伤。况且佢久历风尘无异老将，任你千般狐媚当作平常。恰好桃花玉洞逢春涨，只管从容笑纳免致水溢春江。重嫌你手势粗唔好咁硬朗！饶过你一账，纸权休膨胀，若系再无仔细罚你去洗马铺床。

7月12日　贬佞　　心翳

华字各报，列有出使嘅参随，边个拾你遗闻讲得咁衰！我有数月旧殽你重嚟食口水，若系逐盆打破怕你百喙难辞。大抵巴结咁争先因佢系岭树，估话将来挨依免被县票传拘，所以竭力逢迎都重唔算事。称颂小子，人远神先注，若系贵人好色叫你献卯何如？

7月15日　跟尾狗（诮帮闲也）　　心开

跟尾狗，就系你自己呼名，想必你自己就肯跟人所以练得咁精，遇着殷户与共官绅系咁头尾扭佞，好似随风杨柳八面逢迎。叫你跟去花丛惟命是听，又好似校书陪酒伴到月白风清，独惜老陆粗毫佢把拳奉敬。唉，真系整定，好在你知人性，噉就当场曳尾跑到有影无形。

7月17日　劝仙医　　渔

仙呀劝你唔好咁攞命，重要顾住吓生灵。朵目京皮未必件件都咁精（注：江湖术士谓拆字曰分朵；睇相曰班目；问卜曰叩京；行医曰造皮。）揸住个的梗方点去调治得百病，致怕药唔对症势有留情。舍得你只系书符嚟治鬼病，重话神权迷信世俗当应，况且符法唔灵都重话唔使致命。若系医人嘅药石就要格外高明，虽系愚妇信从重话生死整定，总系你草菅人命罪本非轻，若系你再唔收手我亦唱口唔停！

讴者曰：地下有擸命恶鬼，天上有救命神仙，世俗云然矣。仙而曰擸命，则仙之为仙可知，讴以儆之，为仙劝，兼为迷信者劝也。嗟乎，人生百艺，均可谋生，又何必学庸医杀人，视性命如儿戏哉！仙乎，仙乎，盍归乎穗垣！

7月20日　　真好笑（为夫罗底夫已氏作）　　还棍客

真好笑，委实奇闻，布店生涯都算你耳目顶真，独惜巴结官场你哙争到肉紧。点解咁大条案件你又立乱敷陈，莫不是幡杆灯笼唔去照近？所以眼前要事任佢地黑天昏。今日再吃残肴睇你心亦不份。唉，你休怨恨，呢账当头还你一棍，把你棚牙打折等你咪咁沙尘！

7月22日　　唔顾命　　渔

乜咐唔顾性命，重话仰仗仙灵，信实佢个签筒把你性命睇轻。求得个纸仙方估话调治你病症。点想佢的梗方人造不过假冒仙名。神棍系咁儿戏你就应要醒定！点好话听人摆弄就把性命危倾。我见佢撞板撞得咁交关所以嚟把你唤醒。唉，方要绁订，访吓良医致哙明药性，但得人人唔上当佢就想棍都唔成。

讴者曰：西人恒言，我华人性命太轻，吾试征诸抱病者，礼佛求仙，动曰神方仙方，已可概见，而彼舞神棍者，则又晓他人之性命太轻，谬托神灵，庶拾多少梗方，乘机蛊惑，遂依此而伤人性命者，时有所闻。未卜神棍知之者，其亦有稍发天良否耳？第思彼之主义系在金钱，只顾图财，佢肯顾及他人死活，且中衡其咎，则迷信者当分任之，盖彼虽设阱，而我不投罗，其奈我何？兹故特讴此曲，为信巫不信医而自轻其生命者劝。

7月26日　　唔好育女　　渔

劝你唔好育女，不若早日从良，点好话衣钵重去传人毒的咁伤！你想养到成人监佢学唱，个阵上厅陪酒赕佢量翼鹰洋，抑或搭寨当娼同你噉样，零沽皮肉泄尽春光。你既系身入火坑嗟怨上当，就咪去拉人落水得咁心狠。今日你个心肝我唔系乱讲。唉，须要想象，唔好做埋冤孽账，但得有个知心人客你就要早别欢场。

讴者曰：迩来青楼妓女多半抚育一女孩，预为他日薪传计，不惜自娱娱人，顿令挟女南来者日众，而女孩之价值日以昂，似此相沿成习，流毒何极！讴以劝之，虽明知如此居心，断无望其悔悟，亦惟是我尽我道，或能挽救毫厘，此本意也！

8月15日　　七夕又到　　　渔

七夕又到，竟乞仙灵，个的闺阁痴人佢话分所本应，重话巧极点似仙姬所以人要奉敬，呤织天衣无罅佢用七宝装成，点想牛女系星名分野有定，唔系话牛郎织女有噉嘅伉俪奇星。只为我地民智不开致呤迷信未醒，成了笑柄，陋俗今宜摒，一定能兴女学致可以共进文明！

8月21日　　唔好咁献世（劝妓女勿再陷风尘作）　　　渔

娇呀劝你唔好咁献世，去做再醮猪头，皮肉嘅生涯讲起就愧羞，既系识得从良想必咸苦都捱透，一定风尘心厌致肯早觅鸾俦。就系世界艰难亦要安份去耐守，点好话重投孽海做过野鹜闲鸥。况且花事阑珊，娇呀你容貌渐瘦，终年将度点忿再捻歌喉，声价怕会日低人事点似旧。唉，唔系诅咒，信吓菱花你致知道面口，但愿你叠埋心事切勿再入青楼！

8月23日　　佳节又到　　　渔

佳节又到，庆贺中元，普度幽魂讲起就肉酸，人事你都未修点得神鬼顾眷。自古话事人致事鬼总要次第完全，我地故国危得咁交关做乜唔去打算？荷包咁丰阜就要助吓国民捐，抑或凑款去助学堂或者贫弱可转，栽培后进致可以种族常存。讲到各省灾情魂又欲断，凶年多盗不少咁嘅乡村，就系穷乏嘅亲朋都要防佢抱怨。扶危济急总要事事周旋，况且积少可以成多唔好话力倦！唉，须要合算，人事应先尽，切勿等到覆巢方悔一卵难完！

8月27日　　符水摄命（劝某青年作）　　　渔

符水饮过，送你去见阎罗，年青命短怨在当初，乜你做鬼投胎唔搵别个，搵到呢个痴呆爹妈系袂（借音）你自己蹉跎。李铁拐但肯临凡你应份好咗，或者灵丹唔带便误杀你个后生哥，整到你死落黄泉致知道系禾（上声）。唉，真正折堕，难得你个双亲唔肯认错，但重话娇儿应命尽去怨谁何？

9月12日　　唔好摄命（劝女赌棍）　　　渔

娇呀劝你唔好去摆命，乜你咁呤生财？十二枝几咁收人入厂系你开！乜你身务女流偏把巾帼暗害！累到佢穷输掘（借音）都系得你栽培。咪话设赌害人安享得自在，有日报应临头事就可哀，就系死落黄泉你亦应要受罪。唉，须自爱，知机宜痛改，你若肯即时收厂一定祸去祥来！

9月13日　　唔好咁哗（劝诸赌妇）　　渔

劝你唔好咁哗，去把十二枝投，若系笨得咁凄凉就哙整到冇收。十二枝个字阔过江河猜亦不透，睇吓买滩难中就好及早回头。咪估本少利多话佢赔得咁厚，怕你钱银输尽冇定（借音）遮羞，个阵夫婿但哙怨嫌知你闺范不守，重有翁姑含怒问你点样绸缪？又话好赌嘅女流唔要亦罢就。有日输干无路就哙堕落青楼，况且世界几咁难捞凡事要顾后。唉，须睇透，赌败悬梁随处有，望你及时收手咯咪个整到咁寒流！

9月24日　　中秋祝月　　渔

秋夜咁静，月色咁晶莹，独对嫦娥我要祝告你一声。月呀既缺你哙复圆期咁有定，每年今夕你又格外光明。独惜宗国黑暗得咁凄凉如梦未醒！你就好导渠光线分所当应。咪话弦管嗷嘈尘世重几盛，不过系怡堂燕雀自己忘形。若系大地陆沉怕你无处着影。唉，须救正，沧桑唔得定，拟若想东方常照住就威灵！

10月7日　　投降贼　并序　　黄韬颖

每见世之狎妓者，当床第谈心之际，类皆以阔佬自居，而为妓者莫不有从良之心，于是海誓山盟，订以偕老。及至双栖双宿，中馈自司，所谓阔佬之态，皆托空言。此辈皆繁华欲海中人，如此焉能安于其室哉？必再图别向而后已，故粤俗谓从良之妓妇曰：投降贼，以其居心难测，如谓贼者，身虽降而心实难降也。故讴以讽之，并使怜香客有所触感焉。

投降贼，唔系过俟（上平声），但本系性似杨花逐浪漂浮，你的嫖客立心估话去掘大藕，叫着个合心老举咯，咁就连夕唔休。讲到海誓山盟情意两透，话带卿你埋街实系自在优游，衣服首饰任你用究，重有使妈过你呼唤咯你话几咁无忧！咁样你都唔跟真正系吽哐（借用），重等乜惹人客至嚟共结鸾俦。点知住埋几日就知道全系假柳，做乜你件件欺人总不愧羞。估话一世得享膏粱兼共文绣，咁样子孤寒重讲乜惹风流？个时日日系咁缱绻就冇阵停口，不若再图别向至阵阵系咁心嬲。呢阵鸾凤分飞鬼共你将住佳偶？唉，声名臭，当场哙出丑，不若讲吓老实咯或不同赋白头！

10月10日　　投降贼（赠从良某妓）　　渔

投降贼，呢句系脊梁骨（注：粤谚犹言讥刺）嘅名词，徽号得咁稀奇妇道可知。话你虽则从良至怕心重唔死,好比绿林诸寇贼性难移。又话你目的向往钱财都系同贼嘅气味,遇着家嚛清淡又唔另拣高枝。劝你争气致去跟人须要立志!唉,唔系咁易,往事休提起,但得你叠埋心水咯就可以免我思疑!

  10月16日 九皇盛会 并序 子敏

  膳罢无聊,闲游散步。偶见道馆陈光洁,结彩张灯,粉白黛绿者,罗列满室,归询之人,则为本月九日,南北斗辰。相传南斗注生,北斗注死,故各善信,虔修斋醮,为忏悔迎麻之计,因而有感,戏作俚词,聊为解颐醒世,知我罪我,所不顾也。

  九皇盛会,闹热非常,钟鸣鼓响顶礼焚香,大抵佢话佛法无边能消孽障,故此引动无知妇女日夜奔忙,重话要几日持斋方许坛前往,若然不洁就有渎金刚。想佢咁洁净虔诚心系乜惹想象,不过贪求神庇想望福寿绵长。计起贵寿丁财本属系世人嘅奢望,惟有修德行仁或者可感上苍。第一孝可动天从古有讲纵然遇难亦唔转祸为。讲到处世待人还要大量,若系心存险诈枉祷三光。系咁怕死贪生存此妄想,就要和平忠厚正得号收场。若谓斋醮果可以消灾唔用别向,唔通菩萨亦系贪赃?劝你地及早回头咪咁混帐,吉人自有天相,莫作痴迷样,噉样神权深信点得国富民强!

  10月16日 唔好去自(代某妓作) 子明

  君呀你唔好去自,坐埋嚟我身跟,等我从容共你讲句肺腑嘅时文。想你自到青楼长日受困,总无情客合我奴身,你到食花烟奴就心共你贴近,时常相会咯就在梦里香魂。见你性格温柔真正恶揾,况且颜容出众有边个似你霸郎君?虽则未结丝罗心带怨恨,总系酒逢知己都要等候吓时辰。奴有意等君君呀唔好薄幸,蓝桥有路你便早日了此缘姻,奴话说尽千千君呀须要记紧!心不份,点得同衾?个阵同偕鱼水永效殷勤!

  10月18日 唔好去住 渔

  君呀劝你唔好去住,重要讲透吓衷肠。提起又试分离我格外惨伤,记得你昔日东归离别过一账,你要两存忠孝点顾得外宠偏房?呢账一别讲到重逢都怕劳妹盼望,君归南岭任得妾在他乡,虽则尘海茫茫都系无乜定向,或者天缘生定可以再渡南洋,总怕花事阑珊人事唔变样,絮随风动点挽得春光?独惜两个热到咁交关都唔成了幻相。唉,情惨怆,往事成虚望,君呀问你咁多盟誓点对得住东皇?

粤讴

10月18日　　直真不肖（代某嫖客寄所爱妓作）　　子明

真真不肖，做乜你揿一条辫，好似了大姐坐在灯前，想你咁好嘅花容真睇不厌，梳光头髻容貌改变，耳环唔戴十足一个男子少年，大抵你潮信到期故此造呢个招牌面。既系惜身唔接客你重卖乜花烟？抑或梳髻无人难以打算，或者你悭银唔用定是有佬痴缠？我想妇女娇娆先讲头髻个件，形容俏丽正讲到衣服光鲜，我本系多情嘅人不禁将妹你劝，心眷恋，为妹花容损，点似得蟠龙坠马越见妹娇妍。

10月27日　　湿身狗（粤谚诮忘恩也）　　渔

湿身狗，重记得落水时无，有个人扶睇住你律（俗从口旁，犹言脱也）须，大海茫茫扒极度不到，靠吓秋风频搅亦系暂把头蒲（方言蒲，犹浮也），幸得扁舟一叶把你残生护。点估你一时登岸志比天高，毒口伤人如似呷醋，引埋个的雌犬系咁摆尾松毛。狗呀样事得咁冇情真系冤枉你咁老。唉，唔好乱造，反噬将情负，若系身干唔记得点算系灵獒！

10月28日　　白须公搵契女（刺耄淫也）　　渔

名叫造契女，实系扭契家婆。自愧衰年重被色魔，独惜须发白得咁交关谁肯爱我？监大契佢致奈我唔何！有阵诈作疯癫同但顽（粤音读若反）过，任佢啐声潮气我亦监硬摩挲。佢见叫过一句契唔敢发火，唔系就捻和（上声）咁样立心唔系契错，但得旁人唔议论啫好过叫艇游河！

10月29日　　吊凤仙　　子明

乜系得咁贱，死得咁无辜！究竟所因何事令我含糊？我想虫蚁尚且贪生观吓世务，点估你繁华未尽就一命呜呼！大抵你久涴风尘捱尽困苦，脱身无计拔出泥涂，故此舍命归阴寻此绝路，早望转生来世做过一个丈夫！抑或遇着个薄幸王魁将你宝，前言尽弃不念分毫？你睇吓世界维新渐求进步，文明女子绝顶风骚，动话自由唔使靠佬，若郎唔合意又可另作良图。况且你青楼地面不少多情到，迎新送旧客至滔滔，你便两眼磨精寻个至好，亦得安闲半世乐也陶陶。计起你嘅年华亦都唔系算老，锦绣丛中貌亦算高，使乜服毒捐躯从地府，一时愤起命化为无？虽则系痴情注意在个段鸳鸯谱，总系有谁知到你玉守冰操？今日你灵魂至紧对着阎王诉。休懊恼，薄情天有报，死为守义亦算一个花界英豪！

11月20日　　眼福　　　逸渔

唔系乜老，做乜两眼咁昏麻？大抵生平执业都带差，笔墨系咁磨人无日稍暇。幸良友夜又去笑傲烟霞，晨夕几咁劳形就系铜铁都打怕。所以中年双目唅见昏花，幸得药水好比仙丹嚟去滴下，光闪乍，顾盼重潇洒，呢阵异书能读好去把卷烹茶。

讴者曰：仆年甫逾强仕，渐觉而视茫茫，自知目力过劳，深恐久而益甚。近蒙游人陈君灼文赠以秘制药水，如法涂抹，顿复光明，自指双眸，福诚不浅，故讴以纪之。陈君悬壶于牛车水戏园前街，所痊沉剧之目疾，指不胜屈，故未言谢云。逸渔并志

11月29日　　唔份老　　　戒之

有个老伧子，专门契搵契女，乜惹作用呢？实为个宗事，明搵契家婆，怕人唔想佢，故此做契爷，易得来相与，渐渐契上床，遂足他意思。咁样嘅行为，哆呀真丑死！

你真正唔份老，堕落欲海茫茫，年将就木尚咁窃玉偷香！细想风流两字本是多魔障，就系情根广种亦属少年郎，未见过有满口干思还重放荡。见人妇女你便勾引多方，纵使共你暗结丝罗亦都唔似样，好似公孙年貌配合鸾凤。虽则老人纳妾不乏枯杨想，个的心存继后可对三光，点好话一味贪淫廉耻尽丧。日为契女夜作妻房，偶或红粉无缘虽与结伉，你就奸心诬捏乱动唇枪。想你咁样嘅行为断难漏网，一时事败就唅非命身亡。你系几十岁人须要想象，休放浪，看透空色相，个阵优游晚景或者有个号收场！

12月21日　　安乐晒　　　渔

十二枝赌祸深矣，今日捕治颇多，赌棍稍为敛迹，故喜而讴。

安乐晒，个的棍徒都拉埋，累世得咁凄凉重使乜食斋？日夜厂轮流随你去买，由得你输穷输掘佢正在开怀。妇女重去信神随地咁乱拜。有等乞灵土偶拜到石敢当街，整到衣物当完还重去借贷。唉，冤孽债，冇赌安贫唔使练坏，但望官差严捉佢再去安排！

1908年

1月11日　　残腊自慰　　　渔

残腊已到，转眼就系新年，讲到呢个年关，我睇好大嘅变迁，富者就唅成贫

贫又抱怨？关心时序所以后顾茫然，只为商业艰难工业又咁贱。有等急流难退我亦替佢心酸。咪话寒士空囊无术计算，想到商场支绌佢重堪怜。舍得几个月致得过年重唔使意乱。今日频催腊鼓叫佢怎不忧煎？大抵过左呢个残年声望致可羡。唉，心未免，将己比人忧乐渐见，系噉安贫守分重好过问舍求田。

1月27日　淫毒发　渔

闻得你毒发，实在心凉，想必往日贪淫种下祸殃，首尾未清原本上当，噉就带埋花柳走过南洋。生果铺既系再开你就唔好混帐，自医无术我有独步单方，信石三钱将毒扫荡。唔系乱讲，保全声与望，若系周身脓血不若早日辞阳！

1月29日　治狗　渔

由永翁所蓄犬，近患目疾，陈君灼文愈之以药，故讴以美之。

医好狗眼，术可通神，用药得咁灵荟我睇事出有因，一定独得真传唔使再问，所以畜牲能治不止医人，况且慧犬胜过呆人应要着紧。若系变成盲狗点去守得宵昏？药水点吓眼头真系除膜妙品，登时去翳好似扫荡乌云。狗呀你落在医门真正稳阵。唉，无所恨，想报主人唔好眼瞓，总要目光如炬识透吓匪类良民。

2月8日　开报解心　渔

闲得几耐，又试要我登场，开报得咁频仑，点样子酌商？好在平日工夫熟过油共酱，临时执笔就哙洒洒洋洋。既系入世做到旁人唔得咁放荡，担任义务点学得最懒嘅稽康，况且民智要我地先开唔到你混帐。唉，唔使怨唱，世界文明多仰仗，想到宗邦时局点敢自托伴狂！

2月10日　防火　渔

有某勾院以祀神故，几兆焚如，故讴以警之。

神你想敬，亦要顾住吓前程。点烛焚香就哙惹着火星，虽则个度绣帘悬挂甚正，独惜门旁个位土地不甚威灵，化宝化得狼忙风势又不定，就哙门帘蔚着你话怎不心惊！累得三驾水龙先后到境，揸齐喉笔就想射入你中庭。好在老举众多寮口又咁醒，真系水能克火可以暂免危倾，总系呢帐正系前车你须要自警。唉，关系症，火德星君防佢照命，若系你再唔知错咯就怕烈焰无情！

2月11日　新年套话　渔

又是正月，庆贺新年，声声恭喜都以财字为先，我想世人多半系俗见，唔谈道义净系去讲钱，大抵世味愈深道味愈浅，故此风俗浇漓得咁倒颠，朋友以义相交就要以义来相勉，满口恭维不过系梦里嘅狂言，岁岁系咁恭维理宜有日财星现，做乜年年一样总有变迁。须知穷命由天唔系幸免！唔使怨，能安贫与贱，但求谋道咯就哙福禄绵绵。

  2月11日 唔认老（四十五岁生朝作）   渔

  唔系几老，乜哙白发盈头？每遇生辰更触隐忧。记得十八岁过到南洋名尚未就，估话舍名图利博吓晚岁优游，点想剑蕴丰城光未射斗，卖文为活你话几咁堪羞！今日年齿每催容似菊瘦，况且嶙峋骨傲点去服贾牵牛？人话主笔好比帝王不过冠未上首，我话磨人笔墨实在几世唔修，利路仅有一条未卜何日得手？唔系乜讲究，苦辣酸甜尝到佢透，讲到世态炎凉世态咯更重悔恨耽游！

  2月13日 问吊钟花（借讽仗马之言官）   渔

  钟咁乱吊，做乜总总唔鸣，叫起花神试问你一声，花呀名字叫做系钟就要如响咁应，乜你粒声唔出浪负虚名。况且你根本种在鼎湖真系仙佛胜境，树高峦耸接近天星。呢阵风势几咁猖狂摇曳不定，睇住狮王酣睡点好话响寐音停？但愿你改过前非须自警，唔好时寐静，名实应相称，若系高枝徒寄咯就系错赋钟形！

  2月17日 过新年   渔

  唔算系闹热，噉就过左新年。世界艰难样事都变迁，叫得做人边个唔想顾面？缩埋头颈只为手上无钱。炮仗唔怕烧多衣服唔见尽演，挂枝唔唱任但靓过天仙，百果盆（潘上声）摆到上元人客未见，酒厅无客至边个去奏管调弦？大抵作客整到空囊应份要打算，撑埋架子不过暂下光鲜，不若素位而行方自便。唉，唔使抱怨，富贵由天眷，你睇十年沧海啫都变左桑田。

  2月20日 乜重唔到   偶

  乜重唔到，令我想断肝肠，孤苦无聊倍觉惨伤！一自共你相交九情意极畅，虽则系乘机偷食都望地久天长。金屋未得藏娇心本惆怅，但望多情贾女屡着韩香。点知你日日系咁话嚟都系令我懋想，望穿秋水盼住斜阳。记起当日嘅恩情心更痛痒，触景生情眼泪双双。早知你系咁寡情我唔敢咁放荡。唉，冤孽障，何日重相访，点得身如燕子共宿华梁！

  2月21日 唔好捉景   渔

  劝你唔好咁捉景，都要记吓前情，情字重起番嚟万事都尽轻。记得起首共你相交我就咁顾性命，真正系任郎颠倒我都样样应承，估话你有真心我正寻得乐境。点想把心唔定好似柳逐奉倾，佢个容貌或者胜奴又怕唔得定性，等到爱情中断你啥话妹真灵。呢几句苦心良言未必郎你肯听。唉，嗟怨薄命，日久伤心成了病症，但愿我早归黄土免做苦海浮萍！

2月22日　　戒乱唱　　渔

文艺都一样，各有专长，舞得藤牌使乜又唔舞枪，好比老举识猜佢又唔识唱，总系既唔识唱就要闭口深藏，乜你躐乱开喉专向板撞，当场出丑叫我点样包荒？今日苦口劝君唔好咁上当。唉，须要自量，婢学夫人唔系乜似样，就系夫人学婢啫亦都大费商量。

2月28日　　牛车水（讽狎客也）　　渔

牛车水，水唔迷人，咪话水性温柔怕乜湿身。总要行到水滨唔好过问，若系沧浪濯足怕唔荡魄销魂。古道水性好比女流监极度恶紧，东决东流有乜本真，致怕秋水漾回撩客恨，个阵心随水逝想去梦里行云，独惜急流勇退免致日后伤神！

2月29日　　牛车水（再讽嫖客）　　渔

牛车水，水极汪洋，咪话秋水盈盈向住此乡，所谓伊人心有定向，好比水深难度数亦难量，扁舟泛泛虽系凭双桨，只怕变作惊涛点样酌商？况且醋风吹送啥把情波荡，两头唔到岸落在苦海茫茫。我地破浪归来知佢系孽障。唉，须想象，逝水冇情休上当，总要回头有岸勿负我话短心长！

3月2日　　唔好闹事（三讽嫖客）　　渔

劝你唔好闹事，怕啥上到公堂。风月场中更要醒江，老举当系老婆真正霎戆，行人呷醋就啥出丑难防。酒后挥拳如果上当，若系官差拿去要揾担杠。咪话地胆九去横行嚟得咁莽撞。唉，须要想象，嫖舍例规闽粤一样，乜谁先到就要让佢为王。

3月3日　牛车水（四讽嫖客）渔

牛车水，水又啥车牛，水势猖狂有法可收，想挽狂澜姑袖手，有心无力不若及早回头，苦海茫茫本系无筏可救，轻身嚟试吓就要替你担忧，重怕半渡收帆人力未够，个阵吹嚟吹去都系逐浪飘流，此水溺尽多人无论夭寿。唉，须想透，流水落花容易去就，至紧临流回步勿负我再捻歌喉。

3月4日　　唔使战住　　　渔

唔使战住，你咪听信谗言，同业相残点好起自你先？师出无名开口就要战，究竟因何开罪不怕明言，我想叹息与共讥弹分作两面，乜你居然唔会意嗽就急急相煎，就系无奈竞争亦要明定界限！唉，须有定见，一脉斯文唔好结怨，若系洞明真意点哙祸兵连。

讴者曰：目下报界中视为最有关系于我同胞之问题，当莫过于贡言政府，求免提议更改生死注册律例一端。议若无成，则造福华侨，较之无谓之争持，相去不能以道理计。我同业者盍速图之！

3月4日　　天咁大架　　　渔

天咁大架，点估到冇的揸拿，佢重密咁开嚟当作住家，满口应承都系假。讲乜唔还旧账就系四脚扒扒，年晚我去登门然后变卦，面皮放厚重话讲吓嘻哈，送客送到时癫骡真可怕！唉，唔送就罢，旧账唔完新账免挂，拣过现钱大少咯我致饮佢杯茶。

3月7日　　唔使厌弃（拟老鸨慰客语）　　　渔

唔使咁厌弃，总要听我良言，妓女逢迎都系钱（读若浅）字最先，有钱佢致有情同你眷恋，见赊唔见结佢共你痴缠，只为账口糊涂爹妈哙抱怨。就系你常供白水都系化作轻烟，今日寮口几咁难捞人事大变。唉，心似箭，债主临门无计可算，望你还清旧账致好结埋一段姻缘！

3月9日　　唔在话（拟嫖客反唇稽鸨语）　　　渔

唔在话，使乜咁吱喳，谁人挞账要你跟查？旧客是谁都哙责吓。挨年找结就算系标家，凑着旧岁生涯好似江海日下，手头紧短我致整得咁篱喇（平声）。估话老举有情姑且放下，等到新年初几几致去酌酒观花，点想踏脚入房但开口就骂！唉，真正冇架，噉样待人边个都变卦，若然能忍气造得四脚扒扒。

3月9日　　唔带眼（拟司祝替仙开光之通诚语）　　　渔

唔带眼，等我共你开光，咪话仙凡好似大海茫茫。仙要有灵人就塑像，独惜有眼无珠鬼都哙吓慌。呢阵朱笔点成睛一样，切勿眼红心黑我别有他肠。你睇善信临门多仰仗，总要两眼精灵普照十方。今日司祝禀神心事尽讲。唉，须细想，见着钱财你光就大放，重要仙缘广结我致大饱贪囊！

3月11日　　唔认老（为某君等效忠告作）　　渔

唔认老，致哙咁凄凉，问你势蹙财穷点样酌商？有志竟成重怕成了幻相。宗邦回望正在逐鹿开场，大众好比同舟逢恶浪，总要合力支持免此祸殃，点好话事到临头秦越一样？重去阋墙生变共佢偕亡？呢几句逆耳忠言须见谅。唔好混帐，大陆将沉多现象，你系识时豪杰就要善审行藏！

3月15日　　问雷　　渔

近日加笼雷殛孟加里人及其四牛，讴此诘之。

如果要劈，点似奸臣，劈呢处人牛未必有因，天道果系无私我就唔使过问，无端乱劈就要问吓雷神。政府几时昏庸超等可恨，重有堂堂亲贵佢都负了君恩，诛恶你系有权就好跟到佢紧！造乜都唔劈去劈贱畜羁民？或者你揸住斧头因为眼瞓？唔得紧，斧跌将渠震，若系咁唔中用重讲乜驾雾腾云？

3月17日　　唔见咁耐（拟某妓却客语）　　渔

唔见咁耐，点估重哙开嚟，乜你正话开嚟九想带我去归？跟佬得咁频嚟唔务计。我把良心摆白免你日夜思维。百一晚嘅客情无乜挂系，（注：勾栏中谓春风一度者为百一晚人客，此冷语也。）况且四载致得番留手段太低，脾气未得试真谈极度系废，若系一时差错个阵点出重围？闻得令正花容真系大贵，珍珠成座满面光辉，（注：粤人谚诮人豆皮曰珍珠座，盖象形也。）我地贱格生成唔做得亚细。唉，唔谗（上声）肺，得到上街唔使员员，独惜欠落鸨娘三几百问你点样施为？

讴者曰：客述某友四年前曾狎一妓，近始再访桃源，辄求妓适彼为妾，妓以冷语却之。夫却之诚是，然使彼何以为情？兹为成讴，使一般狎客中止之过于冒昧者闻之引彼为鉴。

3月18日　　吊某妓　　渔

妓与某友颇媚近以殴抱微恙，故误信人言，所谓某大仙者与符服之，病日以剧，竟致不起，友闻而哀其愚，嘱我为讴以吊之。

唔估到你话死，实在惹我思疑，死得咁糊涂算你最痴。你为药石冇灵唔怪得你死，若系死因符咒叫我点得开眉？就把往日交情丢了落水，纵有单方灵极带不到阴司，但愿你魂魄有灵唔散住，你便梦中提醒遍地痴儿，叫佢有病要求医者治，切勿求神问卜去请仙医。或者感动阎王将你罪恕，赐你托生来世免落污池，咪话幻相到冥途佢系沓事。唉，须紧记，柱死城中唔好乱试，咪学你身亡方悔去请医迟！

3月24日　　劝某女伶　　　渔

姣得咁抵力，重惨过饥荒，个的深闺淫态嗽就献出当场，自己亦系女流须要想象，点好话咬牙肉紧嬲得咁深伤！咪话戏假情真原系恶毒，但得描摹大意就算系倒凤颠凰，戏子见尽万千唔见过嗽样，一定你生成贱格贱过当娼，所以慌怕冇人知你放荡，定要人前卖弄致得远处传扬，致怕寡妇孤男容易上当，睇你淫成个样佢唅想学鸳鸯。劝你立刻收心唔好混帐！唉，须细想，怕者有人将你影响，个阵形容难看你就自悔猖狂！

讴者曰：某女伶以精演淫剧者，致令下流社会如蚁附膻殊足伤风败俗，故讴以劝之，倘更得有权力者使彼改良，则于世道人心裨益不鲜！

4月2日　　戒赌　　渔

邻妇某嗜赌十二枝，日即贫困，故讴此劝之。

名叫赌博，实系进贡钱财。好赌得咁贪狼就唅惹起祸灾。赢得一千都话咁毂傲，重想捞埋个万去界笋抬。只为十二枝行情真可爱，一钱赔十你话几咁心开，点想赌瘾入心难以变改，一时输去又想博佢返来，个阵越买越输魂魄不在。个的带家同厂主佢重笑话唔该，劝你趁早收山贫要忍耐。唉，休挂碍，千个赌钱千个害，但愿人人知错咪去赌得唔痴呆！

4月15日　　如果胆大（刺赌妇作）　　渔

如果胆大，惹我思疑，睇你成晚游行似为十二枝，未晓你拜佛求神前去问字，抑或孤眠荒冢为倒红旗，年纪重咁青春点好话唔使在意？怕遇着麻疯死佬你就冇法嚟医，个阵知你孤身唔济乜事，监你行埋一阵嗜都怕乜更移。又怕撞着强徒将你截住，劫财劫色佢唅暮夜相欺，不若趁早归家唔好放肆！唉，须紧记，财字唔轻易，到底知勤识俭重怕唅有日开眉！

4月28日　　年纪咁细（为一般雏妓作）　　渔

乜你年纪咁细，就去抱住琵琶，嗽样行为我想问句你亚妈（平声），未晓你为家贫成苦捱怕，出于无奈侍酒斟茶，抑或自小过家唔到你话，学成弹唱想做野草闲花？一自自廉耻两忘人品日下，养成贱格嗽就误了春华，他日鸨母贪财一定将你散（上声）嫁，个阵任人糟挞你话几咁羞家！可惜你少小无知唔识想吓，娘又巧诈，咁细就摆房叫你唔使怕，点得官绅查确就把恶鸨拘拿！

5月13日　戒凶（为枭案莫耀定诫作）　　　渔

如果恶凸，嗽就吉出人肠（注：粤人谓刺为吉），出手凶狠就哙把佢命伤。人命关天唔到你赖账，有日行刑问吊亦系一命填偿，咪话前世有仇致此嚟得咁莽撞，实在系无名火起所以出到刀枪，大抵嬲极不过一时回首就怨怅，总系弄成命案个阵冇法商量，奉劝你地中人须要忍让，凡事都见谅，错手杀人就要投法网，睇吓凶徒老莫咯好去记在肝肠！

5月30日　唔好做妾（为普通欲为人妾者告）　　　渔

唔好做妾，太过艰难，嫡庶唔和我都见尽世间，妾命薄过桃花无法可挽，纵有东皇为主点禁得雨酷奉残！大抵名份叫做偏房唔到你颈硬，时常糟挞冇个人扳（蛮上平声），就畀你忍辱偷生唔敢怨叹。佢重要安条重罪逼到你服毒投环，罢咯，不若大早立心嚟去细拣，嫁个穷家人仔共佢渴饮饥餐，重好过身旁朱门夫系贵宦。唉，须要带眼，从今听我谏，免使你错投苦海自惹忧烦！

6月11日　戒酸（有以呷醋酿祸者，讴此劝之）　　　渔

唔好时呷醋，重要顾住吓前程，醋味深时万事都睇轻，大抵世上痴男都系一样病症，人人眼浅想去独占倾城，独惜路柳墙花唔得定性，边一便风狂就向个一便倾，个的过眼嘅烟云真就哙错认，唔系老婆妻子点到你画地为营，点好话争气得咁交关宁愿拼命，致怕相逢狭路就哙架子丢清，佢把痛脚硬揸唔到你扭拧。唉，须自省，呢哙开厅唔好任性，记住缩埋头颈免受官刑。

6月19日　如果要去　　　渔
前报某再醮妇弃夫挟女另觅新欢，致夫抱恨而卒，故讴以刺之。

你如果要去，都要有的因由，两老咁和谐有冇好嬲？呢阵半老徐娘人话你老藕，就系有人招搭都系有点贪头，只为你年纪大些儿女重幼，棺材有本佢又怕乜嚟吼？至怕佢系薄幸王魁唔得耐久，半途丢手问你点样绸缪？又怕你夫婿冤魂唔肯罢手，时常跟住尾我重替你担忧，总系错脚亦都难翻唔讲罢就。唉，无法可救，日后行藏须想透，重系咁更新唔守旧，怕哙抱恨悠悠！

· 37 ·

6月30日　　　祸水（为劝赈粤东水灾作）　　　　渔

真系祸水，做乜祸得咁凄凉！讲起个的灾情海外都吓慌，只为西北嘅洪流随地扫荡，整到人成鱼鳖又试倒屋倾墙，眼白白崩哂基围无力去挡，睇住几多人命付水中央。重怕五谷畀佢浸霉灾害更广，收成无几咯后患方长！虽则远客他邦唔见惨状，总系听闻消息都要替佢心伤！望你地顾吓同胞开吓善量，捐呢一账，晓得话合群唔好白讲，总要力行施济啫，致唒福至名扬！

7月3日　　　唔怕少（再劝协济广东水灾作）　　　　渔

唔怕少，总要量力而为，捐赈行情有乜定规？贫者出到分文唔算律底，富人妖多舍至系有意扶危。呢帐水害时深全靠接济，指望人人乐助快救吓孤凄！况且福善祸淫天唔暗睇，救人灾难赐你福寿俱齐。你咪揸紧荷包还重去诈伪！唉，须自计，奇灾应急济，有份去救咁多人命怕乜竭力提携！

7月4日　　　捐得踊跃（三劝协赈广东水灾作）　　　　渔

捐得踊跃，确系品格慈祥，一力扶危就唒感动上苍，福善祸淫唔系白讲，而今报应近在当堂。总系遍地难民灾害太广，围崩屋倒就要走上高冈，有等水到合村无一漏网，只为夜深河决佢重梦黄粱，累到男女万千缘水命丧，睇住死尸浮起怎不悲伤！呢阵生者要扶持尸要代葬，你话几多财力致得各事收场？重有晚造收成知道绝望，凶年多盗唒趁饥荒，望你地大众齐心捐呢一帐，还要尽量，无限灾民多仰仗。总要咪居人后致见得乐善扬名！

讴者曰：近读广东水灾捐册，喜悉绅商士庶无不踊跃捐赀，且有再复加捐，善信激发者，而办捐诸君子，或垫巨金，或舍利息，分帮汇款，以期急解倒悬。义举热肠，洵足令鄙人感佩！尤望已捐者不妨再舍，未捐者立赐仁浆，以期集腋成裘，早图补救，纵使凤衔一粟，亦应鳌戴三山矣，积此阴功，福报何极！

7月23日　　　君子义务　　　　渔

昨登捐册，内有以隐忧子、难能子、时艰子、杞忧子、无力春风署名者，作此勉之！

君子嘅义务，致唒隐抱忧愁，水患连绵咪当杞忧，虽系无力春风吹极度未够，但得人人出力亦都唒集腋成裘，捐款确系难能捐册致肯收。再有话时艰唔顾任得佢白册重收，你肯鼎力扶危天唒庇佑，生涯昌泰又唒海外名留。近日触景生情惭我劣陋，分文未舍赠几句歌讴，愿你康健荣华先兆唸考凑，应永寿，桃李花同茂，想到祸淫福善就要快占先筹！

8月1日　　花丛怪剧　　狷

牛车水戏园街某号妓院内，某氏年逾四十，抚有一女，同居三楼，以人皮肉作生涯，实半为娼鸨，半为佣者也。尝与女之稔客某有私，前夕客至，女适往酒厅侍饮。氏往告女，二楼某姊妹代为招纳，而氏实不欲也，爰以私意不遂，移怒于其姊妹，大肆恶骂。某姊妹亦反口相稽，继至用武，打作一团，路人环观者如墙堵。呷醋如此，诚花丛中之怪剧也，因思粤讴之起本委花丛写照，故作此笑之！

既系偷食，就要咪咁明扬，便宜女婿点好话合作鸳鸯？你睇佢年纪虽高容貌丑样，老来心事胜过徐娘，腌极嘅猪头又唸菩萨鼻闻来鉴赏，时常欢会秘密春光，个佬开嚟想话共佢寻欢畅，正好女儿陪饮趁此快活一场。姊妹招呼难以阻挡，重楼远隔点得去窃玉偷香，机会难逢实在难逢一帐，心心点份咯隔断个对老鸳鸯，虽则系花柳丛中伦理唔讲，总系既为母女就要名分相当，纵然痕起番来亦都要寻过别向，做乜女婿当作情夫总唔顾吓伦常？呷醋骂人唔知臭当，个嗒屎搅起番来臭气愈张，料必你花丛债未完至唸生此妄想，真淫荡，年高无可望，待来生做过老举正合得你嘅心肠！

8月3日　　空闺人对织女有感　　狷

余素不甚精粤讴，故所作甚少，亦不甘居不唸作之列。前日承友嘱作，偶尔效颦，工拙实不知也。夫粤讴一门，宜为妇女抒写心事。昨夕偶有所感，再讴一阕，工拙不计，敢以质诸知我者。

牛与女，隔住银河，一年一会乜你缘分咁疏，既系仙缘应亦唔慌注错，做乜私奔无术愧比嫦娥。相必你系前生多恶果，故此被天谴罚独自投梭，七夕佳期容乜易过？此后盈盈一水莫奈伊何！人地话你一岁一逢无乜乐所，我话你年年相见快活好多，亏我十载姻缘多半是隔阻，数年寂寞拆散丝罗，顾影自怜愁苦楚，点似得欢同鱼水乐在当初。每逢七夕怕见陈花果，真折堕，留华空老我，我要问声织女做乜我唸受此灾磨？

9月25日　　劝减妆　　渔

唔使咁架势，总要老师为佳。你睇几多财主都把首饰收埋，只为盗贼猖狂唔好世界，时常抢野你话点样行街？失物当作破财都重唔使计带，至怕无情刀下个阵恶以安排，身体被佢伤残财又破晒（借音），叫天唔应枉怨时乖。罢咯有便雅淡梳妆唔去插戴，噉就唔使吓坏。嘉言须下拜，你地肯听人劝啫，使乜局外关怀！

讴者曰：近来坡中抢匪日多，抢法日凶，而抢案鲜闻破获者，故讴此以戒女流。

12月8日　　因乜缘故　　狷

因乜缘故，实在思疑，索性丢离斩断情丝，平日当我系知心亦该冇别意。做乜索然斩缆冇句言词，千想万思寻吓往事，缠绵缱绻叫我怎不伤悲？大抵热极生风人事亦都如此，抑或被人唆摆故此凤拆鸾离？起首共你相交就估话有乜变异，两人欢爱怎不情痴！近日唔知乜事嬲亲令我闷气，唔知何日正有相好嘅日期？早知呢阵又啥嬲亲就唔好咁痴腻，累得我万种愁怀你总未知。人地话嬲过好番个情字都系唔似，我话重新好过重啥胜过旧时。春宵寂寞撩人意，点学得檐前飞燕两两相依？若系未断情缘或者重有相会日子！空恋记，咫尺成千里，讲到恩情两个字你就想过都唔迟！

1909 年

1月4日　　劝妓从良　　渔

闻嫖界人言，坡中妓院因见门前冷落，有欲集众决议，减收淫费，故讴以劝之。

如果要减价，确系贱得凄凉！噉样行情是在替你惨伤！想话四减到三时三又减到两，平沽扁货引吓蝶乱蜂狂，总怕大位都咁难捞人啥想象。况且过年过节点顾得买笑时风光，个阵容到唔多都系平日一样，咁就益嚟益去益晒花王。不若索性收山唔使咁浪荡，就系做人妾侍都好过野合嘅鸳鸯。今日我一片好心致肯同你尽讲，唔系毁谤，劝娇离孽障，咪等到花残春暮你致想去从良！

1月6日　　劝赌妇　　渔

年近岁晚，乜拟重憎得咁凄凉？大抵赌系你生平救急嘅妙方，问你日日噉去求财到底赢过几账，若系输多赢少就要改变心肠。财不入急家从古有讲，越穷越赌越发深伤，十二枝累人劝你唔好上当。唉，须要自谅，小富由勤唔到你妄想，

· 40 ·

若果赌能发达咯使乜远处飘洋？

1月9日　　劝博徒　　渔

唔好时笨，重话去新山。新山条水实在有去无还，（赌界人谓柔佛水势湾环而复转，故虽偶然获彩，终难挟赀出境，必致复输而后已，职此之由。）输少赢多常见日惯，迷头迷脑好似鳝困沙滩，到底输干然后愿返。好人唔做乜你要受艰难。你睇开赌个的捞家成日咁叹（粤人谓安享曰叹）。赌钱人仔整到有件新衫，罢咯，不若早的收山唔去买难（去声）！听我劝谏，而家逢岁晚，舍得勤勤力力怕冇好路嚟行（坑上平声）！

1月16日　　岁晚慨言　　渔

时局时急，日月重咁行迟。你睇外侮咁深时乱又暗滋，主少国危唔系安乐嘅日子，好似船逢风逆恶以支持，舍得日亚你肯快行重唥催佢办事，人才急育好去大局同支。重要立刻提防军械满置，制船发帑咪咁思疑，个阵国势复强正系天地所赐。想扶正宗国快的梦醒黄狮，若系岁月悠悠我怕灾祸已至！唉，须要早备，扶危唔系易，咪话咁长日子啫整到死性唔移！

2月1日　　蜜煎砒霜　　渔

嫖一个字，重惨过砒霜，长迷风月就唥毒入肝肠，只为气味香甜人致妄想，迷头迷脑好似蝶恋花香。点估到情味深时酸味日胀，重怕变成苦辣嘅就恶以沾尝，舍得先苦后甜还有指望，但系先甜后苦致唥累倒深伤。奉劝少年唔好上当！唉，须要想象，得左甜头心要异向，咪话试真条味你致自叹凄凉！

2月9日　　还佢一炮（事详昨报）　　渔

还佢一炮，致唥累倒咁交关，七条人命乜你嗽样嚟顽，丢去丢嚟虽系常日见惯，总系佢堆成炮仗似座高山，一时霉着就唥齐轰散，个阵房间咁窄叫佢点样遮拦？弹到个孩童今重闭眼，重有两男女先后命丧阴间。问吓良心你就知错恨晚！唉，真撞板，嗽样嘅前车须借鉴，但愿人人知戒免致日后伤残！

2月12日　　风火咁毒（指羊城花舫事）　　渔

风火咁毒，问你有乜谁怜，打定风飑啫又试惹火生烟。（廿年前，诸花舫既遇风灾之后，继以火灾，予尝为《赋珠江两灾行》诗以记之。不意去岁亦遇风灾，近日又毁于火。）呢帐火星佢又嚟放火箭，想把你东船西舫尽地烧完。旧岁灾余已自难打算，生钱装艇致得外面光鲜，老举买到咁多财力已倦，点想吴回巽二共你次第痴缠？大抵欲海几咁迷人灾就恶免，定要龟公淫鸨喊一句青天，重要荡子与共淫娼魂魄散乱，再唔敢结呢段水上姻缘，天意咪话冇凭歌系乱串。唉，休眷恋，福善祸淫唔系乜远，咪话咁唔知死重想再整花船！

2月12日　　真正庆闹（劝博徒也）　　　　渔

真正庆闹，大放烟花，新山连日几咁繁华，（近藉迎神，故连日演剧，夜放烟花，博徒益众。）绿水湾环风景似画。（俗传新山港水湾环流而复转，故赴博者鲜能挟其所得彩赀出境。）重有赌场香味胜过鲜葩，（粤有番摊香之俗谚，以喻赌可迷人也。）就系唔派车赀亦都唔使罜，（新山赌码，每逢礼拜日补回赴博者之车费，惟大日子则否。）总要中渠孖宝就有揸拿，至怕买一开三就唔系嗽话。你求单跳佢又啮角交加，个阵现款输完镖鈚又当下，赌嚟赌去点穀滩扒？奉劝你地收山唔去就罢！唔系号洒，赌吓担惊怕，不若富由勤致都重有的根芽。

2月13日　　开炮（事详正张）　　　　渔

开呢只炮，又试打坏多人，赌祸绵绵点得断根？十二枝边个做头唔使问，又嚟开过确系手段通神，大抵天地生成渠做赌棍，好比子龙大胆大到包身，王法条条佢都唔使震，总要四围招架派足规银，嗽就个个唔声天咁稳阵。唉，成了劫运，好赌嘅女流点得长久受困，点得绅商联合救吓我地羁民！

2月25日　　代友吊银蟾　　　　渔

银蟾校书，同事某君旧曾赏识，隶棠籍，于江天小舫中。近以大沙头失慎，故闻已学凌波仙子，置身于蛟宫鼍窟中矣！君话前尘，悼叹何极，嘱我为讴一曲以吊香魂！

珠江月，暗合娇名，怕对银蟾为忆爱卿。记得小舫倚舷双照影，我话兰桡波底一对倾城。点想往日闲谈今日啥应，清波寒澈嗽就葬妹娇英！虽则死别生离人话有定，独惜世间难揾妹咁痴情，呢阵誓海盟山成泡影，好花唔折我负卿卿，任得天上跌个落嚟我都唔敢再领！唉，心想定，好梦由来多易醒，但愿你芳魂西去咪入枉死重城！

3月1日　　劝卖羔丕之少女　　　　渔

生的咁俏，点解要你抷茶，借问娇娆你系边个嘅住家？定系年纪长成还未嫁，量珠待聘重系碧玉无瑕。或者堂前有位爹和妈，露面抛头只为养家。满腹思疑我致嚟问吓。睇你风情到噉样恶以跟查，不若听我良言唔做就罢，还重要嫁，出左私盐唔系噉话，不若深藏闺阁免致咁离媵（下平声）！

  3月6日 吊某鸨 渔
  妹呀劝你唔好死自，也你死得咁频崭（借音）！死到临头冇个至亲，大把你嘅的心谁到问？可惜日厘人去你致葬落孤坟！（闻该鸨旧日姘夫多成劳燕，其最新近者又挈八妓赴日里埠，殆为迁都避债计。）记得往日青楼叫你陪酒个阵，（该鸨固十五年前之章台柳，颇负时名。）能猜能唱怕冇好佬嚟跟。人话生得太高唔合衬，我话你交枝连理格外销魂。老举做到行时点估唔得稳阵，咁多人客冇个心真？一自自花信摧残霜晗上鬓，况且高头硬鼻点去跟人？好在八宝满身成日打棍，开亲寮口都系把债嚟盟（上平声借音），整到越借越多成了债苋，欠人三万几问你点样还银？今日死落阴司唔系点笨，免入啰债话你韧过牛筋。独惜你心事太多无个倚凭，死归黄土边个做主安神？我虽一面之缘心都不忍，唔算薄幸，几句歌词嚟当祭品，愿你来生唔好再堕风尘！

  3月16日 记梦（为某班马戏女伶作） 渔
  骑匹白马，着脱黑色衣裳，雅淡娉婷靓过艳妆，见你玉手落缰我就魂已荡，趁住纤腰摇摆好似柳界风扬。貌美叫做如花全系混帐，点似你比花能语比玉生香。你睇人人双眼向住娇模样，似极满园蜂蝶都泰绕住花旁。今日江上峰青我重常梦想，成了幻相，梦到巫山上，可惜鸡声频唱噉就散左欢场！

  5月5日 鸠系拙 佚名
  鸠系拙，竟占鹊巢栖。鹊呀你几多辛苦，共佢啄春泥。一心只望，得一筸藏身地，点估到呢阵巢成，就被别鸟见欺。况且你羽翼未丰，难以抗抵！重怕飘摇风雨，累得你失所悲啼！虽则话别借一枝，还可暂寄，总系山林虽大，都有得畀你依归。除是学往阵大众填桥，联络一体！唉，真闭翳，保存须早计，况且自家巢穴，正要合力图维！

  5月6日 贺抢元 渔
  粤谚谓误交疯妇名曰点状元，此等状元近来不少，孰意得人之盛却在海外，故歌以贺之。

· 43 ·

真可贺，独点鳌头，艳福如君几世修？一举成名唔使再候。状元阴点重唅发到通喉，鉴定你要斯文遮住对手，时常屈指暗数春秋，百日传胪你就唔系噉面口，登时发福好似抹左膏油？独惜此后远离亲共友，只为你身荣唔敢照旧相周。呢几句颂词都算浑厚，还未讲透，重有句良言须领受，愿你荣归府上咪去楚馆勾留！

6月4日　　代某妓寄声某阔少　　渔

无乜好怨，怨吓时乖，抑或嫌奴容貌失礼你朋侪。记得个晚你开嚟通寮都叫晒（借音），灯笼收去好过拜佛长斋，只为全鸭食多寮口恶捱。得郎帮衬你话几咁开怀，点想你一账就收山嚟咁快，重畀鸨娘埋怨话我立心歪，一定落足淮盐将你腌坏，定系招呼唔到未得和谐！今日呢段冤情天咁大！唉，真孽债，总要我郎唔好错怪，但愿你再嚟阔过免致我畀人柴！

7月8日　　有所赠　　渔

无乜好送，送副软颈嘅龟头，等你学成龟噉样好去遮羞。有阵理屈辞穷逢敌手，你就缩埋头颈塞紧吓咙喉，面目可以保全唔算系哗，任得佢登门凌辱使乜心嬲？好过勉强出头嚟献丑，整到食完猫面重舔猫油。人暂拟忍颈忍得咁凄凉天下少有！唉，真讲究，特别征仪须领受，若系时常使惯咯你便转送朋侪！

7月12日　　再赠　　渔

腾无乜好送，送一把钢刀，等你杀人如草又如毛。埠上人多生意恶造，得你暗中除却免使心操。如果系桂附参茸将药乱补，点似一刀嚟杀左等佢快到阴曹。睇你撞板撞到咁多唔见被告，一定杀星临世所以劫运当遭，杀手佬一名应份你做。我唔系乱道，耳闻兼目睹，学你话素无仇恨我致略讲分毫。

7月16日　　输贴地　　乐乐然

输到贴地，又试私逃，（夫已氏文战失败，步其师兄之覆辙，遁而他之。）腹内无才你咪唱得咁高，有理驳人就把私德乱数。（自命为大将者，既已奔北，所余小卒讵堪背城借一。）有人冷眼话你不值分毫，你个的历史几咁污糟难尽诉。任得你口含血水自己先污，公论在人唔怕你乱想。唉，唔觳数（去声），丑声传海岛，试对住菱花嚟照面问你自己羞无？

7月17日　　星洲雨　　渔

酷暑兼旬，久未得雨，讴此寄慨。

星洲雨，雨呀乜你咁收入？别离三几日又想共你相亲，处世咁得人怜真系妙品。我话人人思慕你紧要过钱银，有阵夜半闻声加倍肉紧，点得你流连唔去共度朝昏，总系物罕为奇你须要谨慎。若系常时噉落去叉怕结怨农民，大抵出处都要知时唔好乱混。唉，须记紧，热极又呺生风唔使问，我睇天心人事都系噉样云云。

8月27日　呼懵仔　　渔

事详丛谈栏《覆懵仔》一则中。（编者按：该文乃谈论粤讴重韵者，其中有言"夫粤讴之作，乃出于珠女珠儿口吻，全凭天籁，固无所谓重韵，亦无所谓不重。近世所行正粤讴一书，实为此等歌词之正鹄，凡作粤讴者，莫不奉为圭臬"。）

呼一句懵仔，仔亚你咪懵得咁交关。讴王声价乜你当佢为闲？（注：昔年与某报文战大捷，曾署号讴王。）词曲呢一门睇你唔系唱惯，可怜你生长远在乡间，仄韵使重我唔系杜撰。粤讴唔睇过你就乱咁嚟弹，足迹未到过珠江唔怪你撞板！丢埋呢账架怕你攞彩唔番，（注：更甚于误嘲，恐恐然。）劝你趁早收声防住再惯。（借音，犹言跌也。）唉，须带眼，本地番人你嘅花号可赞，咪学足蟾蜍声气惹我笑到开颜！

9月3日　辞客之一　　渔

君呀乜你嚟得咁夜，叫我点样子相留？见面都唔留又怕礼义不周，况且我地相交情字咁厚，独惜贪花人仔佢又早占先头。烟花弱智好比随堤柳，四便迎风实在自见愧羞，舍得移种有人归佢苑后，个阵海棠深护怕乜蝶怨蜂愁，可惜飘泊呢处天涯真系成苦都捱够。有阵呢一便心甜个一便哈嬲，呢阵唔知夜短抑或情长谈极度未透。唉，归去罢就，夜阑休中洒，但愿化为蝴蝶唎共你梦里同游！

9月6日　辞客之二　　渔

君呀你又嚟得咁早，客未埋街，做乜窝两人相见啫就好似火凭干柴？自系起首共你相交就见古怪，估话捱通钱债都哈有的依挨，点估相与亦有几年都系长日苦捱，好比萍浮波面暂且痴埋。呢阵为客辞君又怕君你错怪，想话留君嚟逐客又怕佢怨妹心歪，左想右思实在肠都想坏。唉，休介介，今晚开嚟我致同你讲晒，总要呢回唔呷醋致共得你日久和谐！

9月4日　释树妖　　渔

某友言某姓庭后老树一株，久不着花，生机垂尽矣。孰意连夜有声，嘤嘤自树间出,细听之下,如乡巴佬之学人唱曲,第不辨尖沉,且长句累累,又如小丑之急口令。某欲焚之,予曰:无须,为撰此讴一阕,嘱友交某焚于树下,以觇其究竟。

劝你唔好咁作怪,快的收声,分明枯树你重显乜精灵?好比秃棍一条枝叶都冇剩,重去学人唱曲趁乜月白风清?况且唱极度咁糊涂腔口又未正。有阵叠成都重韧过麻绳,只为你草本无知冇的人嘅质性,讴歌唔学过点晓得一板三丁。若系唔停须要顾命,人地整定,当你系枯柴削正,重怕归炉火化要你灭迹消形!

9月10日　　唔好发梦　　渔

君呀劝你唔好发梦,乜你重睡到咁朦胧?怕你梦醒番嚟万事都化空,山河寸割岂有话心唔痛!重怕做人奴仆好似鸟入樊笼。回首中原愁。你睇外人马足踏遍西东,更有隔邻有个称同种,佢个的强横手段重惨过异族群雄,只为行军铁路连安奉,今日佢自由再造又话想把商通,立约已事过期佢致嚟去作弄。唉,心想痛,政府唔中用,我想讲埋呢件事又怕你泪雨飘红!

9月11日　　慰彼哉　　略知公益人

劝你唔使咁扆鬎,我都诈惯痴聋。你平日个的行为在握眼中,不过我品性和平唔肯话妄动,如果系父仇国耻我就誓不宽容!讲到公益要去扶持人各自重。若系有心嚟搅散亦都太冇阴功,总系做事做到头钉唥大揸唔怕你运动,揭出你嘅黑心嚟示众,个阵我在旁边嚟睇住瞪吓你满面通红!

9月25日　　戏代某妓吊亡客死少　　渔

题词:系,规矩,做老举,想斩白水,四少唔识趣,鸦片烟糊满嘴,啐,死左都要闹过佢。

乜你生得咁四正,又呤死得唔痴呆。睇你往日的排头都算系阔哉,四少咁大嘅声名应份自爱,断冇话开刀求白水唥整到贵步。早知道削得咁交关我就唔肯咁厚待,金钱主义怪我地老举应该,大抵夹万不过过眼看你都难以揭盖,锁匙唔到手逼到你惨赴泉台。独惜你令正重咁年轻爹妈又健在,呢阵孤帏相对一定泪湿香腮,总系你既死未得复生难悔改。唉,无可奈,冇便哀恳个位阎王将你赦罪,又等你来生嫖过舍带定有贝之才!

10月4日　　劝赌(为某校书作)　　渔

娇呀劝你唔好咁烂赌,乜得你咁心松?虽然精极都唥入佢牢笼。十二枝阔过

· 46 ·

江河猜极都恶中，任得你心肠想烂字字皆空。唔怕你晚晚唅去倒旗朝唅解梦。你睇吓几多财主佬都系为赌成穷，况且你落在青楼冤孽咁重，欠人钱债问你点样捱通？罢咯不若趁早收心唔好咁懵懂。唉，须自重，贪字成贫真可痛，快揾个的新人客早日相从！

10月15日　　唔见再驳　　砭鹿

唔见你再驳，实在惹我思疑，世上个的呆人少见自知，就系错咯错到过头都重无乜悔意，做乜一场丢架啫嗷就哑口无词？大抵理短你就心忙致肯吞一啖气。独惜你长成几十岁重唅弃甲于思，叫一句缩头乌龟似系唔对得你，总系你衰成嗷样咯叫我点样子扶持？今日我教到你精日后你就唔好放肆。唉，须紧记，你想替佢出头唔系乜易，若系你重唔服输又试驳过渡唔迟！

10月21日　　劝彼哉　　渔

劝你唔好驳咯，免致丑得咁凄凉，两字当阳嗷就揼到你慌，解去解嚟无一句似样，整得成堆话柄惹我笑到挛肠。况且文战总要论文致系文士嘅本相，做乜你无端谩骂俗得咁深伤？虽则系我激得你咁交关还要礼让，你系咁老羞成怒怕唅气坏胸膛。我劝你快去写一个服字叩个响头我就从此见谅。唉，你须要想象，你嗷样重去教人真系徒弟嘅孽障，重望你知羞藏拙致可以改恶从良！

10月23日　　代斥凉血物　　来稿

凉血动物，乜你咁想捞标，你唅时常撞板只为太过招摇。记得你坏事整到落箱人所共晓，明明布告惨过贴满街招，善款怕你暗收难以料。但重声明呢一句誓不轻饶，遇着议事你去僭言人就冷笑，乜你面皮咁厚重去揾架嚟丢，学你咁白霍荒唐我睇天下极少。原本系冇料，有尾你读学人随地咁跳，点得你好心嚟信镜或者冇咁焦燎。

10月24日　　诮鹿　　砭

友赠一癯鹿，云产自结符岛，宰啖之，味劣几不能下咽，故歌此讥之。

蕉下客，有辱无，乜你戴角披毛亦唅长须，（此鹿唇边有须作八字形。）绿叶盖头大抵你脾性所好。遇着梨黄蕉绿你个的野兴偏。独惜你出在南洋难把肾补。（北鹿最补肾，南鹿则否。）皮黄骨瘦一味腥臊，斑点满身点估你冇一系宝，枉费你嘅主人青眼都冇半点功劳，你的臭味难闻只为成世都食草。唉，真可恼，整坏人肠肚，誓愿唔食你任得别个烹屠。

10月28日　　迎邸驾（为洵郡王过坡作）　　　　渔

迎吓邸驾，我想唱只新讴，独惜四弦幽怨奈何愁！你睇夕照照我山河唔似旧，做乜畇畇禹甸都有鬼哭啾啾，莫不是我地唔去图强天都不佑，圈开淘汰事到临头？今日亲贵出到外洋原本罕觏，何况海军筹办重要远去欧洲。总系几个月嘅限期至怕查考都未够，嗷样子想去扶危转弱又怕有愿难酬！王你责任系咁重时危局又咁待救！欲想恭维三两句反惹我心忧，但愿宗祖有灵嚟庇佑，佑我地君民知愧快去共挽狂流！呢阵大陆时多风云叹极都未透。唉，谁可救？此去须回首，念吓侨民个的悲叹就要入告嘉猷！

1910年

1月12日　　代赠眉史阿柳（销魂柳其外号也）　　　　渔

除却了阿柳，重边个有你咁销魂？提起你呢个芳名实首切身，睇你腰肢袅娜确系撩人恨，好似柳随风摆越显出风神！况且杨花水性正合章台品，独惜化作浮萍到底冇根。柳呀风信尚未摧残你就先要自开，试问吓人唔如柳定系柳不如人。我话花半开时蜂蝶致着紧，人老好似花残怕你有一个认真。你咪话呢阵咁行时名又叫咁响震。唉，须谨慎，似水流年容乜易混，但愿你早求佳偶免学剩絮沾尘。

1月18日　　代友赠旧欢　　　　渔

妹呀做乜唔见你咁耐？你就瘦得咁凄凉！想起前情实在惹我惨伤。记得起首共你相交好似鱼水一样，重估话还完花债你哈有日子从良，自别你十年劳我梦想，伊人秋水对住露白葭苍，可惜我海外卖文重系寒士境况，你亦都朱颜改变作老去秋娘。往日你姊妹咁多常有论讲，话我地痴成嘅样子一定哈到底成双。点想好梦难完痴极度系幻相！唉，心已怆，双泪卿前漾，但愿重逢又试分袂免致我望肚牵肠！

2月15日　　贺年　　　　渔

年确系可贺，只为日进文明，睇我地旅客个的行为就要贺喜佢几声。第一知道国家同佢嘅性命，哈想去扶持祖国等佢万载安宁；二则遇着内地偏灾求赈就立应，解囊相助话系佢份所当应；三则近日嘅神权迷信都略醒，但凭人事使乜佢拜佛心诚。重望佢省界早除团体立定,振兴民气好过利甲坚兵。个阵民智日开民俗又日整,天择物竞,合力天能胜,呢几句正系贺年吉语重胜过百福臻骈!

2月26日　　唔见咁耐　　渔

昨夕重遇某眉史于友家,彼固十五年前吾友某君之意中人也,为询萍踪,几阅沧桑。昔日姊妹花,亦多半所糟不偶,予怀怅触,为歌此曲以赠之。

娇呀造乜唔见你咁耐,重记得旧时无?岁月催人快过剪刀,往日你在青楼就话人极恶做,重想还完花债免使日夕咁操劳。点估到青衫红袖都系招天妒,好比弱柳迎风定要受压几遭。等到三起又试三眠春渐暮,个阵絮随风卷咯化作水面萍芜,呢阵怜我怜卿都系事后未到。唉,休再诉,薄命红颜原系旧套。问一句天公何事要我地不错分毫?

3月2日　　戒赌　　渔

劝你唔好赌咯,你咪懵得咁凄凉,新山条路也你当得时馨香,日夜想着赢钱心有异向?你话佢系发彩门路我话佢系祸水汪洋!赌馆虽有几间为害都一样,累到输穷掘泥话几咁深伤。赌博好比出兵嚟去打仗,输干嚟吊颈就好似战死沙场。你睇见十赌九输嘅就唔好混帐,回头有岸就好跳出穷乡。虽则系宝码咁好招呼,痴就唏上当。我睇佢全盘虚耗都系要赌仔赔偿,咪讲话逢赌实输唔俾你胜账,净讲吓场场抽水啫重惨过利剑明枪。罢咯我劝你趁早收山都重还有指望。唉,须要自谅,贪字如贫样,你重系咁唔知死咯,唏有日自刎悬梁!

3月7日　　名优会　　渔

为永寿年与颖新游艺会合演作。

真正系胜会,几咁难逢,优界奇才聚在埠中。一个系游遍欧洲名望咁重(指韩双喜等),一个系南洋通赞佢嘅技艺姿容(指扎脚三等),各演专长已自能悦众。何况珠联璧合样样咁精通!总系声价都附动人人唏拥从。至怕开齐椅位都重有客难容。我话行乐总要及时尘世都似梦,唔寻乐事就唏负却春风。好戏好到今宵真系难再挞!唔使我赞颂,麝兰风远送,但得众人嚟赏鉴一定话佢系菊部双雄。

4月9日　　唔好咁热　　渔

为发树乳热者劝。

劝你唔好咁热,热极就唏烧身。树胶条路的确系引坏痴人,眼睇助股份嘅价钱高得咁紧，从朝至晚啫佢唸起价三分。试问吓勃碌假（即经纪人此英语也）嘅行情佢都话天咁稳阵，重话咁大场机会可惜佢有时多银。就讲到典业与共揭银都系应本份，不过暂时转吓手就可以即刻翻身，点估佢想赚佣钱专搵老丑，你地听渠唚摆咯就当佢系财神。大抵咁大风潮定有人去搅混，你若系唔明个的机器点怪得发左瘟鸡！至怕好似炒铺炒到焦时个阵唔使问，倾埋你嘅家产你话怎不伤神？劝你地大早回头唔好咁笨！安吓本份，树乳嘅生涯唔系乜稳，古语话大富由天小富在勤！

4月13日　　卖旧肴　　发

唔怕隔夜，吵过就新鲜，宿菜当系新肴骗得就了然，材料亦有咁多都系人地整便。佢会偷嚟煮过确系胆大包天。第一要去改头兼换面，任得你旁人嘲笑话佢见食流涎，况且菜馆公共有三家真系容易打算，睇过谁人美馔啫佢就学吓时迁，偷过手暂且收埋迟日再献。总要遮瞒个的食客估佢系格外鲜妍。怕乜越宿抑或雷同唫界人地厌贱。唉，真正唫变，专炒旧肴唔止话几遍，呢一个灵擎厨子点怪得佢咁重工钱。

5月2日　　流水去　　佚名

流水去，落花飞，试问春光明媚，重有几多时？东风阵阵，好似吹愁至，断送残红，只剩得半枝。呢阵繁华逝水，都系无心理，想话再去寻春，也亦系迟，咐就辜负一年。芳草地，断肠人枉惜芬菲，花事系咁阑珊，真冇趣味。愁倍起，似水年华易，我亦任得东皇，早日别离！

6月4日　　听见你话死　　渔

闻某代表有誓死语，试代同侨讴此慰之。

听见你话死，实在见思疑，你又何苦瞒心讲得咁痴，你为财帛死心我亦唔话你诈死！死因求国会使乜替你伤悲，平日冇咁热心嘅又唔见你讲句？做乜起程三个月你致讲呢句浮词？可惜飘泊你在京城嗽就监住你献世（粤谚犹言堕落），昏官场上你都冇法伸眉。你名叫着抽喜，指望打遍抽丰你便还我喜意，点想才过香港后就界说话相欺？或者你系无力春风唔共我争得啖气，心慌无主咯怕唫葬在京泥。此后胡思有梦你便随心寄。或者梦里发注横财慰吓故知。独惜条路系咁茫茫你个真胆又咁细！王城无客店问你向乜谁栖，周身俗骨唔知凭谁贵？官场残绝空费你日夜悲啼，未必有个知心嚟共你如纸，声名空恨咯个阵有脚难飞！罢咯卑弱当你系小厮嚟送你入寺，等你孤寒无主咯仗吓佛力扶持，你便挨紧个位大师明佢嘅佛偈，等你运转财来生可以养子活妻。若系国债未完再要你到州府地，你便韫过一种个多财早早揸机，或者我见你到处签钱重有相会嘅日子。唉，须紧记，莫负侨恩义，讲到九年无件事你就死过都嫌迟！

6月25日　　劝某老妓　　渔

读本报圣人干遇层层录讴此寄讽。

劝你唔好时下作，重望你掉转心肠，睇你近日的行为都重贱过老糠。大抵你旧客已自推完新客又唔肯探望，好似花残春暮就哈心忙。独惜你平日讲得唔馨香旧肴除却了妄想，点好话四围拉佬整到耳目彰彰。你重拉到个位钦差想佢携带你上岸，点估佢总唔秋采话你系过气嘅秋娘，流落呢处天涯你又唔使怨唱，只为你少年唔顾面又试品性乖张，挞客进到红丸真正系勉强。呢阵人人唔会面都系怕你手段凄凉。今日运动系唔灵你就须要自量，唔好咁混帐，醒后庚丁唔上当，不若你叠埋心事去保住你个悭囊！

10月21日　　留客　　唉

君呀劝你唔好去自，我要讲几句肺腑时闻，你唔顾住奴，奴都要顾吓本身！记得起首共你相交奴就肉紧，指望贵人拖带早别风尘。姨太太虽系低微好过寮口咁受困，重望你高升回国我就近住你身根，点估你财运系咁兴隆官运咁欠稳！呢阵失意还乡问你点样子见人？罢咯不若长住呢处天涯奴亦愿等，但得时常嚟见吓免使两地相分，况且商务可以发财唔算坏品。唉，须谨慎，你个的前程唔使问，但愿你听奴规谏我就立刻去还神！

1911年

8月12日　　唔怕眼老　　渔

得陈灼文先生良药，老眼重明，歌此志喜，兼以祝国。

唔怕眼老，重哈再放光明。你睇吓天上的浮云就哈闭住日星。又想到我地祖国个只睡狮魂梦致半醒。呢阵模糊双眼重未去显出威灵，一自自虎豹到左（借音）佢跟前装好陷阱，做乜佢有威重唔发又试叫极都唔声？不若把呢的药水点吓佢双眸等佢明亮似镜，但得佢眼光如闪电个的野兽就潜形。今日我把两眼比吓中原都系同一样病症，总要早求良药致哈国势中兴。点得医国有人把方法早订。除了弱病，雾去乾坤净，个阵我老眼无花重要见吓太平！

  8月14日 赠老兴   渔

  妓名老兴，年老兴豪，歌此讽之。

  年事咁老，乜你重兴会淋漓？咪估你内阁整到繁华惹客思，须则系老来娇（花名）艳都重多柔媚。至怕你秋深黄菊不过系靠住东篱，有日霜雪飘摇风又四起，个阵本根摇落怕你有的挨依。罢咯你不若趁早上街寻实地，纵使系清闲终老重做个富家儿。大抵斗妍争丽都系年少嘅事，花魁能占都让过阆苑仙姿，况且你个名誉日衰人尽厌弃。唉，你须要注意，欢场原系险地，若系你再唔听劝有日哙悔恨嫌迟！

  9月6日 中元客感   渔

  唉乜你嚟得咁快，又试节度中元，中一个字想起番来惹我鼻酸。第一我地中国弱得咁凄凉民气重咁软，睡狮唔醒咯嚷就失晒威权，呢阵国势好比舟到中流风浪四卷，又好似满山狼虎整到主弱宾喧；第二人到中年身又在远，惊闻风鹤出在家园，今日家国都咁艰难真系唔哙打算，重怕故园亲眷望眼将穿。转眼又到中秋时序再转，怕见佢天边明月自己团圆，惹起我国恨与共乡心连复断。唉，我虽写怨，点得我国重哙中兴如我素愿，个阵我就万段愁绪尽地消完！

  10月17日 唔瞓得眼着   际升

  唔瞓得眼着，想起我就心伤！君呀，你睇吓我哋中华大地喇，嚷就好似变做一笪杀人场，大抵都系政府逼人，至有嚷嘅景象。整到风潮四起咯，我问你点样子嚟当？第一系铁路唔该归国掌，但重折到六成分派，系咐谕旨煌煌，呢的嚷嘅行为重惨过去抢。点怪的得川民忿激起刀枪？重话驶个个端贼带兵，嚟剿逆党，系唔系想杀到我地同胞净尽唎，佢正得心凉？而家吓又话报到失守武昌，但一定魂魄尽丧！唉，唔知点样，世界都系唔禁用，但愿我地华侨万众唎，好趁此发奋图强！

  10月20日 风声日紧   际升

  风声日紧，听见我就心烦。做乜周围起风，个势子整得咁交关？唔通眼白白呢个锦绣河山，嚷就送返？重话新军同变咯，乱得好似月缺花残，请亦知立宪系虚文，终会撞板。我亦自怨吓当初唔着唎，把的伪旨嚟颁，呢度计仔畀佢识穿，

· 52 ·

无数后患，就系有文襄（左宗棠）再世啩，都挽不得既倒嘅狂澜！今日正系临危，勒马收缰晚。船到江心补漏艰，呢帐风潮唐系讲顽（顽读仄）。唉，无计可挽，四便都民心散，睇吓将来个景象啩，你地把我点样子为难？

10月26日　　吊某校书　　移山

某妓，北产，近所欢归粤，甫登岸，暴卒舆中，讴以吊之。

娇呀唔估你短命，好似系白虎当头，未到郎门就要把你命收。睇吓你拣佬拣得咁跳皮精亦都算透，拣到一个广东人仔咯一定系格外温柔。今日你初到我地省城好比船致入口，点估到抛锚唔稳啫变左（借音）浪打孤舟，个顶轿做你嘅棺材嗽就难以运柩。可惜你故园亲眷喊破喉咙，你个的怨魄与共冤魂知道错否？唉，真正泡（借音），祸福难推究，你在九泉应悔结呢一段凤侣鸳俦！

11月6日　　老鸨自叹　　际升

心心点忿，女呀，乜你做得咁无情？做乜唔咪声嗽就去清？记得买你番嚟，我就同你讲定，都话而家听（平声）教嗨，你重句句应承。打扮（借音）得你系咁销魂，装整又咁四正。就系游街睇戏啫，都未试过话问我唔听（平声）。点知你一见到靓仔就跟，全冇的定性。我怕人唔哺你唎，个阵你重苦上加刑，唉，今日畀你累倒我债项满身，衣物都当净。重话望你一自自捱番，搵到个大丁，点估你班狗𡥧仔净净就了（借音）。吾使听我嘅命令，嬲到我当堂气死咯，愤恨难平。有的重叫我帮衬个个乜野先生，去把符法乱请，但话真言念起啫，就阻得住佢嘅行旌。嗜呢的嗽嘅虚文，重假过我地求立宪政。个阵畀人知道咯，重更整臭我门庭，人地都笑话龟婆（仄声）十个都系毒心，系咁嚟攞我景。我监住缩埋头颈忍声吞气，罢咯，不若柬帖写张嚟去召顶。唉，真攞命，睇白都系难争胜。我塞聋双耳唎，任得你点样子批评！

12月11日　　寄客　　渔

长发梦，梦见花飞，花飞无主咯嗽就负了春华。有阵怜香蝶使到我地东篱下，迷头迷脑傍个朵鲜葩，个阵花放清香由得蝶要，累倒蝶迷花味当作美玉无瑕。点想薄情个只浪蝶飞过荼蘼架，采罢浓香又向别家。今日蝶似我郎将妹放下，话妹系野花唔正大冇乜根芽，累得我茶饭不思眉亦都懒画，盈盈秋水盼住蒹葭，舍得你起首就咁冇情我又唔使咁挂。造乜骗人嚟上钓你又另泛仙槎？罢咯，不若见一面你致拆开谈过句实话。唉，罢了罢，呢一段姻缘唔结就罢，等你誓埋个的冤枉去界地府敲牙！

12月11日　　怀人　　渔

长发梦，梦见君来，别后至到而今小口都懒开。人话呢处系欢场我常常系苦海，至怕两头唔到岸自见痴呆，遇着酒绿与共灯红虽似系可爱，等到酒阑人散略又试自己悲哀！只估话怜妹都重有人免致长日咁受罪。有日还完花债好过直上蓬莱。今日久别未得再逢大抵情字哙变改，负心男子理亦都应该。独惜我地女子重咁痴心长去等待。唉，谁可赛，人远情还在，但得我郎回想过你便早日开来！

12月12日　　唔怪咁快活　　渔

昨为本报三十周年纪念日，讴此志喜。

唔怪咁快活，只为着纪念嘅良辰，三十嘅韶华旧又试变新。拟睇吓同业咁多到底边一个稳阵？大抵想求长远就要有独力嘅精神。第一宗旨至要光明人又要正品，唔偏唔党咪论疏亲；第二见识要多嚟做导引，讲透吓个的富强新法唤醒同群。呢几句唔系自夸不过系心要问。还重要记紧，学吓诸葛一生惟谨慎，呢哙立言真不朽致见得笔墨通神！

12月12日　　警嫖　　渔

嫖得咁有量，就哙变了痴呆。老举要有人争致系阔哉，台脚多起番嚟就要催紧上菜。你想话专心嚟向你问你有几多赀财？就俾佢成晚共你坐埋都系陪酒咁耐。夜阑厅散略到底要两吓分开。呷醋呷得咁交关人话你系醋袋，佢就哙立心嚟抵制呢哙叫极度唔来。点似放大量等佢去了又试番来唔使佢受罪，两头都发账佢就见格外心开。个阵佢感激你到入心话你人极可爱。能忍耐，量大辱沧海，或者佢共你住埋唔使你破费钱财。

12月13日　　唔好咁眼紧　　渔

君呀劝你唔好咁眼紧，重要记住吓当初，造乜你近来变卦啫把我啃消磨？记得起首共你痴埋人话我错。但话负心男子见尽许多多。重话靓仔边一个情长同你死过？霎时个的恩爱都哙付落江河。我重估你争气做人唔界但睇破，两全终始再有话丢梳。点估减颈就君呀你又唔肯就我！思前想后泪落滂沱，算系我有眼无珠将你识错。唉，唔好咁太过，两个都要情长求一个结果，但得我郎唔呷醋我自愿礼拜弥陀！

12月25日　　唔好咁短引　　渔

题词：想共和，又讲和，至怕唔得妥，终归成大祸。

君呀劝你唔好咁短引，乜你共佢好得咁频崭？我估你共奴争啖气度有几个月嘅新婚，点解你转眼就肯讲和嚟作老衬，你个行为嘅样子点算得系能人？呢帐你共佢闹过又试好番奴话你更笨，嗽就哙牢笼嚟入过问你点样子翻身？揸主意虽系靠郎唔到到我肉紧，总系你咁争气咯枉费我日夜求神，定系你火气冇几多钱水又蚊（去声）。出于无奈啫致肯让佢三分。今日你在上海我在南洋好彩相见都冇份，随得你，大众前程唔使再问，早知道你哙整成咁丢架咯咪去做个出大会风云。

12月24日　　唔见你咁耐　　渔

闻康有为到京，讴此寄之。

唔见你咁耐，点估你去到京华。我睇你见佢成功想做贼嘅亚爸，总系袁世凯个的奸雄可以丢你落马下，再有话大权归佢手听腻把第一嚟扒。你两个大大对头相见都恶话，你冇乜真心嚟揾佢想共佢锦上添花。以唔系你保党有钱去监佢逗把（借音），帮扶军饷啫佢就□左你依（借音）牙。唔系就帮吓但保皇情愿伴驾。独惜你揸鸡都无力不甚标家，你睇住个座京城将近变卦，唔到你霸，老袁凶又诈，一定害埋皇帝仔致把你慢慢擒拿。

1912年

5月16日　　赠余郎　　渔

你名叫秋耀，我要赏吓你春华，唉君容貌靓过鲜花，肉紧你纤腰摇曳学把雕鞍跨，金莲轻举细过玉笋抽芽。只为你扮作刘金定去到寿州救驾，睇见高君保病成嘅样啫要你灌几啖神茶，口对口几咁殷勤将药吐下，十足似深闺情种想救佢至爱嘅冤家。戏假总要情真从古都有话，要识得传神个两个字致可以有的揸拿，我话扎脚胜好得咁交关你重要丢佢落马下，点似你青春年少色艺咁堪夸！我睇戏睇到白头长日睇怕。唔系假话，一暂一弹都有价。我独系羡君才貌致肯比你做美玉无瑕。

5月17日　　劝友戒烟　　渔

应份要戒，都重使乜思疑，呢一账嘅嘅行情日后就可知。烟价一自自加高人她有主意，都系想你监嬲嚟戒断做一个血性男儿。况且烟味总要香浓声又要澈耳。如果系唔香唔响斗我问你有乜心机？不若索性吞吓烟丸重唔使咁受气。你肯信李瑞芬嘅丸仔重好过佛力扶持。你睇吓老瘾戒尽几多都话佢奇到极地。天咁易，幸福从今至，舍得你立心嚟去戒唅有日劫脱灾离。

5月17日　　再赠余郎　　　渔

难为你跳扎，的确系本事非常，咁细嘅金莲问你点得咁哙装，就界你双脚原本系天然亦都防到哙板撞，何况你柳腰摇摆要学足亚扎嘅行藏，十三妹武艺咁超群我话你同佢一样，英雄名字靠吓你共佢流芳。我话点得扎脚胜重在呢处梨园嚟演过一帐。如我望，演打花和尚，个阵棋逢敌手就显出边一个高强。

6月4日　　人要爱国（为筹办爱国捐而作）　　　渔

人要爱国，好比爱你嘅妻房。你咪话夫妻情份好过鸳鸯，我睇世上女流不果系花朵一样。好花容易谢又似足好梦咁难长。重怕佢水性杨花唔系乜正当，一时反面啫就哙两吓分张，结发与共路头心都哙异同，就把从前个种恩爱付落东洋。我地祖国个的艰难真系难以尽讲，众人唔出力点哙保国安邦？呢阵外债咁难还兵又冇饷，无钱嚟办事你话几咁凄凉。民主国我地致系主人须要想象，股东唔打理就哙店倒清光。今日爱国出钱都系凭众力量！唉，须细想，国妻同嗽样，当作系绫罗脂粉赏过你至爱嘅娇娘！

7月1日　　送友归国　　　渔

提起你话去，我就实见伤悲，客中嚟送客份外难离。阳关初唱我就长吁气，送君南浦我都懒赋新诗。记得起首共你相交只为同一样气味，个阵畅谈天下事系一个气壮嘅男儿，点想你在宦海系咁流连重未酬吓大志！我亦都飘零书剑雪染青丝。呢阵国势几咁飘摇好似风浪四起，又好比满天浓雾寸步难移。今日你归国似系有为哙见欢喜嘅日子，总怕你直躬行直道点肯话乱咁挨依。但愿长剑有灵君呀你容易吐气！独惜我几度逢君又有几度嘅别离，此后天涯海角重有谁知己？况且咁远嘅京华梦都怕恶知。转眼新秋有雁你就书频寄。总系你咪谈时局免致我热血飞驰。后会大抵有期不果系循例讲句。唉，天果有意，再会亦都无难事，等得到日后又试逢君就哙免我咁皱眉。

7月3日　　共和叹　　　古

风气咁坏，大局又咁艰难，讲到五族共和都系发几句老丹。咪话五县咪得合埋沙都冇咁散，就俾你五人同伴都唅暗自伤残。有等假君子扭计扭到阴沉唔醒就撞板。个的小人心水都重毒过生番，大抵唔系争利就去争权吖嗻就和极度有限。毫无公德重讲七五族咁风繁，大势一概唔明可惜佢生错对眼，顾身唔顾国净记得日日加餐。点估大地有日子瓜分个阵和就太慢，变成犹太问你点样子遮拦？不若趁早打醒十二个精神先去排解吓外患！唔使作反，等到外侮冰消民就战惯，个阵扫除歪政府我话冇的为难！

7月15日　　代阿水寄阿秋　　忍俊

听见你话去，实在见思疑，你又何苦轻身乜得咁痴！你为着铜气归心窝亦唔怪你去，总系去因个席洋菜叫我怎不伤悲！你平日当我系知心亦该同我讲句，作做乜临行三两日你都有句言词。可惜再困你在省城嗻就冤屈你一世。梨园场上一定冇日开眉。你名叫造秋记，未到秋来我便将你紧记，点想重逢个单藕记啫你就把我相欺，可惜我钱字空虚共得佢斗气。睇住你咁唔知死咯嗻就再落污泥，此后情书你你就频思寄。或者信里讲一句平安慰吓故知。脚式虽则系咁多算你装脚至细。散场回客店问你共乜谁栖？周身坏骨唔知凭谁制。隔墙防有耳扒听腻诈学娇啼，未必有个知心嘅造你老契。天明空恨点学得燕子双飞？我欲想当你系义妻嘜共你发誓，望你终身嚟拍手落力扶持，个阵相好好到入魂唔怕唅扭计，等你转过来生致做我正妻。若系冤气未完你再到州府地，你便拣过第二个英雄早日见机。至好系未断情丝重有相与嘅日子。唉，须紧记，莫负莺哥鼻，讲到痴缠呢件事共你好过都唔迟！

7月18日　　唔好攞命　　古

君呀劝你唔好攞命，重要顾住吓前途。身子坏得咁凄凉你重把猛药再煲，元气大伤就要求慢补，毫无打算怕你唅变虚痨。想去第二帐倒仓劝你唔好乱做，若然拼胆啫怕你要削肉煎膏。呢阵你脏腑已事内伤嗻就难照旧路。你打算本身唔顾都要念父母功劳，况且儿女成群都系凭你教导，若果一时蹉错脚问你点得番苏。罢咯，不若先补后攻行正道，还重易做，劝郎唔再躁暴，总要小心调治致保得你玉体坚牢！

7月21日　　劝观音　　古

俗传明日为观音诞，讴以寄慨。

人共你贺诞，格外诚心。你话慈悲度世做乜未见光临？若系冇本事做佢嘜你就唔好乱噪。点好话受人烟火你又冇的声音？睇你身份重大过伟人名誉又响甚，整到人人叩拜四处都追寻。今日坐稳个朵红莲乜你哙无用到噉？万民嗟怨叫佢点得归心？你咪话南海有咁好楼台唔怕水浸，霎时风浪起就哙有妖怪嚟擒，又怕孙行者大闹过天宫个阵无法可禁。唉，须细审，祸福无门招自朕，你重系毫无灵验咯怕哙见紫竹烧林！

1914 年

1月17日　　年近岁晚　　古

年近岁晚，实见心烦，大众担愁都系怕度岁关。世界一日日难捞钱恶赚，各行生意一样艰难，只为股份炒过树融都炒到，又遇着银行咁主固都哙变座冰山。近住佢一定冻亲好似传染病患，越传越冷有法遮拦。呢阵市上个的金钱多极度有限。唉，真可叹，年底各人财政咁恶办，点得落场银纸雨等你地拾到开颜！

1月20日　　停了报　　古

停了报，抖吓精神，三百六十日都咁狼忙捱透苦辛。揸起笔就要担心心就要着紧，重要顾一时唔在意选错了爆肚新闻，愁闷极度要造几段笑话真正有引。有时专电到哙译到眼倦神昏，做朱笔敝过长日受困，一逢安息日久好似大赦行文。呢帐停报大约又有几天由得我去瞓。唉，真正福份，天地话恶以过年我话天咁过瘾，但得我三杯沉醉后懒理佢点样嘅风云。

8月29日　　七月又到　　少平

唉，七月又到，处处都话烧衣，你睇金银堆积，委实系做鬼便宜。做乜晚晚烧尽咁多，唔见只鬼嚟多谢吓你？但觉得金山银库，都化作灰飞，你既肯用钱财，何不行的实事？崛头路上不少寡妇孤儿，你施舍佢一饭一钱，都胜过烧个的烂纸！乜你阳间都唔顾，专一顾住阴司，若系你想死落阴间，还有个安乐日子！唉，唔使指耳（借音），好极都闲气，不若做的眼前功德，更重好过无谓嘅虚靡！

二　槟城新报

1905 年

4 月 12 日　　　容乜易（解心）　　　佚名

容乜易谢，一朵鲜花，供人赏玩。过眼繁华，咪话琵琶门巷，你心常挂，辱没声名，害了自家。风月场中原系假，温柔乡里，好比露水烟霞，断无真泪，向君洒。朝秦暮楚，贱比娄瀫。虽则风流杜牧，传佳话，只恐浔阳江外，无比抱恨琵琶！一入迷津，难以点化，进此关头，一念就差。任得你周身铜铁打，睇见筵前花柳，眼目俱麻，歌喉檀板，音清雅，迷魂荡魄更有的小花娃。美人关跳不出，英雄驾，害到倾完产业，冇乜揸拿？重恐斩宗绝嗣，丢清驾，悔恨嫌迟，苦恼倍加！何不及早回头，来挽驾，把章台飞絮，视作过眼烟云，紧系心猿意马，莫学翩翩浪蝶，乱性迷花！但向色字源头，查察吓，利刀真可怕，不若学吓鲁男柳下，美玉无瑕！

4 月 13 日　　　容乜易（解心）　　　佚名

容乜易醉，酒于盅，性耽沉湎，岂是英雄？虽则消愁解闷春头瓮，但系腐肠之药勿当轻松！酒能乱性，唅把残生送，恃酒胡为就唅大祸相逢。一时性起称骁勇，寻端启衅就行凶，一朝酒醒如春梦，追悔难翻麾穷。试问酒囊满腹终何用，不明世务似痴翁。愿君戒脱勿要贪杯弄，勿话金貂可换，又试扶筇。重怕玉山倾倒一阵寒风送，采薪无力重要药物相攻！我想七尺身躯何等贵重？岂可无端糟蹋，当作断梗飘蓬？我想夷狄不仁来作俑，故此禹王厌恶，视等枭凶，俚歌一曲将言奉，君记取，切勿醉乡迷恋，自闲樊笼！

4 月 17 日　　　闻得尔起解咯　　　佚名

犯官裴景福起解戍新疆。

闻得尔话起解咯，我都为尔心开。新疆超度好比一个佛界如来，堪笑粤人愤恨，欲把尔头颅改，想起番嚟，都算为你挡灾。今日大吏开恩，真系好彩，一条狗命，嗽就发遣军台。尔执定个碌烟枪，和共铺盖，免至临时烟瘾，眼泪盈腮。尔睇派出两个解官，原属至爱，前途保重，也不枉你运动多财。况且新疆遇着个藩台，又系吴氏所在，呢账知己情殷，保护本该。造乜汝个烟精，钱术得咁利害！待等到罪名开脱，或者唎唅复任荣回！呢阵你快快起程，唔在久耐！唉，粤人真气晦，烟装无可奈，叹一句贪官污吏呀，尔地地皮唔铲又何呆！

  4月19日 唔好发梦   醒焉

  劝你唔好发梦，终日系咁昏蒙，边一日正得你醒起梦中？危亡两字岂有心唔痛！但系话一便卧薪尝胆，一便系咁从容！你睇时事系咁艰难，人重咁懵懂，一味韶光且过，重去弄月嘲风，时事缄口不谈，方叫做慎重，有人讲吓，就话佢发瘟虫！个的做官嘅人，多系古董，只好大家咪理，诈作痴聋！个的有志嘅人，都颇知奋勇，总系有心无力，系附拍手空空。若不真正振作起嚟，就新都冇用！唉，愁万种，何日睡狮才醒，振起在亚洲东？

  4月22日 新闻纸   醒焉

  新闻纸，系一位名师，开人智慧，实在新奇！各国新闻与及中国近事，世情物理，样样都知。学问上头，添几多妙理；商情里面，越发得便宜。正系无论官商与及士广人人都有益智，真系一国生机。有个话的新闻，乃系乱谛，一味发横议论，实在无稽。我话个个人真正不通到极地，唔知时事，重惨过发昏迷。总系报馆有咁多，唔知边一份好睇？时须要念吓，国内基危。我地唔得文明，因乜野事？都因愚蠢，所以进步得咁迟！二十个行埋，九个唔多识字，原无教育，点怨得志气颓卑！想要开化国民，总要浅字过底，唔好话废言都有味，咪当佢纸上空谈，做一段笑话为题。

  4月28日 时一个字（解心） 佚名

  时一个字，触起时思，正系今时，非比昔年时，为甚时人，总不知时事，重要把时候耽延！怎样设施，你睇时局咁艰难，真正系不易！未晓开通风气，究竟在何时？时光迅速，如流水，恐把岁月负却，就唅鬓发如丝。人生总要，知时理，勿话野蛮腐败，不合时宜，青年时节，莫负凌云志，就系老年时日，亦要知机。你话不忧时势，大约非同类。但重时图一觉，诈作痴愚，实恐时衰运败，爬唔起，临时苦恼，自伤悲！现时未晚，趁早开风气，愿你识时俊杰，万勿耽迟！时务文明，唔系恶事，流通智慧，达透时规，就把时艺当心，常谨记，时刻留神，莫出教育范围，个阵翻新时局，诸般美！但望聪明时士，特别心机，一定公益时权，兼利益！唉，时不敞，但愿乘时起，咁就四时欢悦唎，勿错过了时期！

5月15日　　和尚陈情　　佚名

发财如果咁易，重驶乜去趁金山？提到佛门两字，点好把来顽！虽则学堂要开，唔准懒慢，但务饿瘦个班和尚，问你点咁欢颜？况且被汝唱破神权，钱又冇䏓，经资无靠喇，日日系咁安闲！我地黑米，既要烧灰，白米，又要弄饭，重有尼姑妈姐，累我破吓囊悭，百账揾咁开销，全仗寺产，被人提去，实在性命交关！唉，天有眼，挽回今未晚，得老佛爷爷一笑咯，咁就弥天风雨，冇点波澜！

5月29日　　又和尚陈情　　佚名

天容我辈，点缀吓环球？和尚清闲，福泽较优。你睇儒要读书，工要动手，农夫播种喇，商贾又苦持筹，重有个的负贩肩挑牛马走，披星戴月未曾休。独系我地不织不耕安享受，丛林深坐，号做缁流，闲或念经开吓口，托名施佛，便有货来兜。大抵时节色色形形都要有，若把僧尼沙汰，衣钵谁留？今日寺产免提真福厚，感怀慈佛佑，保稳们温饱呀，再讲清修！

6月24日　　车仔佬　　笑侃

车仔佬，睇见你我就心嬲！大抵你特质生成要做外国嘅马牛，我想华人叫你未必无钱逗，做乜叫尽多回你总总不□（平声）？有阵讲句圆融还重推去手够，有阵装聋作哑尔重走去别方枭（借用，无区切）。乜事一见洋人尔就迎着去走？瘟咁匿梳亚四擘破个咙喉。人地阔佬唔声当作尔系吠狗，尔重奴颜婢膝密咁老兜。拖着个的大孔嘅亚端我重唔笑尔咮，拖着个的饮醉洋兵我实在替你愁，问佢讨钱佢又醉酒，喝声葛点佢就辘起个对蓝眸。若果大胆哺佢一声来共拒斗，佢重当头一棒打得尔眼水流流，或者火腿面包监尔领受，叫马打唔应只得急把身抽。细想吓尔咁样子做人真正亚茂！唉，须想透，愿汝从今后，换转个一幅媚外心肠咪咁灿头！

6月30日　　唔系计　　佚名

前署茂名县俞人镜，前署增城县刘寰镇，前署南雄州德馨，岑督将其撤任查办，今尽逃去矣。岑闻之，异常愤怒，现已分饬查究，然亦奈之何哉！

想到唔系计，正共你离开，闻君呢阵，记恨在心来。咁好烟花，我情愿割爱，按吓心头，亦系好哀！第一君最无情，第二奴似有罪。我系一条薄命，自问死得几多回？我去后望君，你情性变改，或者再能相见，彼此认句唔该。总系世事几番,又怕你唔等得咁耐!唉,无可奈,我见姊妹好多因拟累,所以自家唔肯,学得咁痴呆!

7月5日　国势日蹙　佚名

上海中外报云,江宁藩台黄花农顷据海州王牧禀报,上月某日,忽有德兵舰四艘,碇青口洋面,德兵三十名,均已登岸驻扎云。

国势日蹙,君呀,重有乜法子维持?睇吓人地似虎如狼,我地好像雌伏,任佢东屠西割,岂复言公理!只怕佢要索无厌,我的土地有尽时,各国以均势为词,就何所底止?正系如携如取,个阵五裂四分,无乜顾忌,就系剩山残水,重有乜孑遗?君呀,应念数千载嘅固有封疆,历久本无乜变置,正系宗绵祖荫,生长于斯,一旦入了外界舆图,风景顿异,往日黄纛飘扬,呢吓换转别样旗,想到咁样子情形,唔忍眼视!唉,真惨事,劝君唔好咁放弃,舍得个个同心戮力呀,未必国运整到咁陵夷!

7月13日　真正不便　亦愚

真正不便,食着个口洋烟,明知死路,乜重死得咁心甜。君自上瘾到而今,容貌尽变,皮黄骨瘦,重耸起双肩。日日执住烟枪,料你无乜政见,再多爪牙,看吓百足个条辫,大抵斗靓烟浓,君亦几赞羡!有时挨瘾,怕你口鼻流涎,或者公二开灯,都可消吓念。但系屎都要食,你话几咁心酸!睇你睡梦系咁迷,呼唤不转,唔信大丹炼就,就哙白日飞仙!重有欲淡精寒,未必再好个件,麟儿纵产,亦怕黑种相传。今日世界系噉野蛮,都算系极点。做乜嘅深黄祸,重要黑祸相兼。烟海茫茫,劝尔休要眷恋,情根须斩断!我想在烟波里头,放下一只救生船!

8月28日　花有恨(伤美人之薄命也)　黄郎

花有恨,恼人肠,人比花残也觉可伤!记得春暖芳园,花貌几咁旺畅,造乜秋风凉到,花叶又咁样子飘扬?想必花神懒护,至把花心怆!花落无言,我问你有乜主张?未必有个黛玉多情,来共你奠葬。太息一场风雨,世态炎凉,花事如此无情,人事都系如此着想,绝世花容,你话有几耐嘅色香!就算你好极好过牡丹,都系春景一帐,留春不住,重有乜排场?况且惜花人仔,大半痴蛮汉,有阵蹂躏花丛,反惹祸殃。人地话薄命红颜,偷自怨唱,讲到填还花债,唔知误尽多少娇娘?罢咯,不若进步文明,举吓独立嘅气象,女界萌芽,咪个任佢折舫!明亦知苒弱韶光，无乜力量，总系情根看破，那堪恨短和长！唉，世界花花样，色即成空相，恨只恨花王圈制咯，自当改革从良！

9月2日　　秋后热（解心）　　　佚名

秋后热，更难当，逼人秋景，倍觉彷徨。你睇无风野树，蝉初唱。晚霞红映，满庭芳，西风萧飒，令我增惆怅。雁声嘹亮，五更寒，呢阵纵热极亦无多。君呀，你须要自量，要把热诚在抱，勿负韶光，切勿恃住有热无寒，个个心就放荡。若系把天时睇错，咐就实恶商量。今日听见个种热胆血心，无个不讲，但须要始终如月一，切勿话参商，恐怕你一杯秋风飒体，就把志气来吹荡。又似寒蝉噤口，问你点样子登场？秋思系咁撩人，魂都唅丧。又恐惹人昏睡，日在黑甜乡。人话每到秋来，天色最爽，我话秋来萧索，愈觉凄凉。我但望你地个一片热心，无乜别向，纵有朔风严厉，亦吹不转个副热心肝！我想人无白载，犹强壮，蜉蝣暂寄，不过数十年长，名誉流传，方不枉，叫你腐同草木，怎不伤心！唉，情可怆，往事何堪讲，但祝前途发达，入廿世纪称强！

9月14日　　中秋月（解心）　　　韦大郎

是夜暴雨如注。

中秋月，分外清明。月呀，你体质本系文明万国所称，话你有有有唐皇幸，想见当时箫鼓共庆升平，今日家家议就把你来恭敬，话系象垂妃后呀一味太阴星，不想月体象阴就唅引起阴霾眚，蛮云乍掩咯你便失却光荣。细想你位置虽高究竟系阳刚不竞，故似小人骤变咯，你就没法惩膺。唔信你看吓庚子个时端刚乱政，妖氛陡起嚟，就系月你失势潜行。舍得你能自保界限永圆，我亦话你系神圣。总为你月体不得无亏，就要让旭日东升！唉，须自醒，天道常倾盛！月呀，尔勿待蟾蜍食尽咯，转令爱尔者伤情！

三 天南新报

1901 年

1月25日　　粤讴解心　　佚名

心点样歌？唱几支歌，局势如斯唤奈何？细想今日的凄凉究竟系谁知错？国民心死呀，枉费你有四万万咁多！压力重重来压我，点解贱似泥沙任佢折磨？若系压得太深就要发愤共佢来争过，夺返民权免被佢乱苛。倘或甘心就此来居坐，恐怕外忧内乱呀更弊过地网天罗。劝君免受无穷祸，唉，须要想过，切莫牢不破，等到盘穿钵破个阵呀就怨恨当初！

1月25日　　忧到冇了　　佚名

忧到冇了，对住孤灯，灯呀做乜你独力光明咁可人。众生醉梦未知何时醒，家亡国破呀佢都诈作唔闻，怎能学得灯你种光明正，把佢地一一分明革旧鼎新！亏我漂流四海有谁寻问，地角天涯好似卖身。政府系咁样子欺凌须要同发愤，大家合力就可众志成城。若不击暴除奸我辈断断难安稳呀，当猛省，未渴先开井，莫等到大祸临头个阵呀，就魄散魂惊！

1904 年

1月5日　　唔好咁做　　佚名

唔好咁做，劝你唔好甘做，免至入了牢笼。你睇近日做官人仔有边一个建立奇功？虽则你懿旨奉承肩任算重，当朝声势算你极地走红。你日夜系咁殷勤来去运动，我睇你执迷唔醒反啥有过无功。况且今日民党咁多人又咁拥，广西平乱断冇与别省咁易相同，佢接济又近安南容乜易运送，械精粮足岂有怕你督抚王公？你筹饷至到系开捐重有何计可弄？浩繁兵费任你打算到借款都穷！你护阵虽系有咁多无一个系有用，就系老冯唔死亦都老到龙钟。劝你换过个心肝唔好咁懵，要识吓民权自治正是近世英雄！今日你作个同种操戈全系冇用，至使祖坟被挖呀！我问你怎样有面目见先翁？就系他日纵使你有功今日粮饷亦无处可弄！唉！难以食俸，想落唔中用，我做你就弃官唔做咯，去做个廿世纪嘅豪雄！

1月8日　　唔好守旧　　佚名

唔好守旧，旧极总要想吓回头，回头想过，就唔会就得咁心嬲。舍得大陆有咁样子风潮，我亦都由得你旧。你睇翻天覆地，问你点止得住海水东流？人话世界点得件件咁新，是必有新正形得出佢系旧。点估维新捞埋守旧，真正好似水拘油。佢往日旧呢，只话系个副面口，而家积埋咁多旧毒，容乜易变了附骨疽瘤！烂铜烂铁，日久就会生锈；咸鱼霉菜，好极都怕难留。算你系鸦片烟，咁旧都唔入得斗，陈皮咁法制，咪话煮水就润得咙喉！大抵物理人情，都系一样嘅解究，旧日个的尘羹土饭，总要一笔来钩！唔信你睇吓人地国富兵强，总系从新政处着手，乾坤新造咁就雄视全球，讲乜气运使然，实在靠人事嚟凑！你若肯剔除旧弊，即刻就建起新来争过，夺返民权免被兽。芍药咁鲜红，到了春残就会开透；明珠咁照耀，太阳一出，就把夜光收！唉！真吽叫，昏庸兼及腐臭，唔在几久，我怕塞维尔国个的惨剧，就要演出一班东亚明优！

1月9日　　反解心　　笑罕

今日嘅世事，总要进取为先，但求解脱未必咁就得安然。好笑个个子庸推去命塞，佢话苦中寻乐咁就算系神仙，若果系依佢此言真正累世不浅，唔求进步反以退步为言。若使佢今日在生睇见我地黄种咁贱，瓜分祖国佢定不生怜，身做奴才佢便话牛马更贱，若为牛马佢又话胜过鸡豚！讲到国破家亡将变缅甸，佢又话暂时安乐咯点计得万载千年？即使妻子被淫、田地被践，焚佢楼房掘佢祖先，佢亦必定执迷心一便，诿为阴骘叫一句苍天，好似《红楼梦》上个位迎春姐，日言感应手庸篇。寄语我地四万万同胞须要共勉！唉，物竞原精神还要冒险，切莫信渠谬说放失我地个人自由权！

1月12日　　辨一个字（其一）　　笑罕

辫一个字，提起我就心伤，装成个鬼样实在断人肠！你睇有的打作大松拖在背上，亦有的摈条豆角系咁尺零长，被人耻笑骂佢系乌猪相，佢重摇摇摆摆烂装腔。试想吓海亦有咁多人种亦有几样，何曾见过呢个野蛮装？纵使话洋女有时亦同我一样，但系须眉巾帼岂不羞煞貌堂堂？奉劝我同胞唔使想象，不若把八千烦恼尽地过刀亡！若果话断发乃系蛮戎和尚妆？更有一言堪做榜样，你地读书明理我试共你讲句书囊，你睇吓断发逃荒宣圣奖，一毛不拔猛讥扬，料必孔子翻生佢亦从众是尚！唉，唔在想，剪辫为最上，唔信你睇吓日本如今也去改良！

1月13日　　辫一个字（其二）　　笑罕

辫一个字，提起我就心悲，再提辫字不觉重凄凄。前者我既把剪辫来劝你地，但未讲到其中利害恐怕你地都重唔知，等我再讲一番唔怕忏气。今日闲来无事喜值星期，第一辱国系有时间犯例，个的大头差役佢就喝住执执哥威，佢重绑作一团牵住你的多辫尾，眼冤到咁你话岂不难为？就系行去行埋多少掉忌，□亲台凳佢就会扯你番嚟。有阵物件玷亲佢就揩了落地，打得零星落索呀重惨过五马分尸。就系日日要走去梳头咁就够厌弃，一时唔洗咯佢就会纳痴痴。至怕重系个的做工人仔唔留意，痴埋机器咁就任你有翼难飞。有的话揿辫虽则系咁夕剃了又好似系咁势。有时跌落水咯佢亦易的去施为，有辫就会易捞，无辫就会浸死，但不想吓辫缠船底呀我问你有计何施？今日我一片苦心来劝你！唉，想起就气，参透其中旨，若果你话剪辫唔好咯，我就共你死过都唔迟！

1月15日　　世事恶解　　笑罕

世事恶解，解极我都唔明，做乜我地支那人仔每每被外人轻？我想中国人人都同有一种特性，讲到维新经济佢总总唔听，大抵旧字入得症深故把新字诟病，唔除旧念怎样子见得文明？仕宦途中更易沾染辞症。竞争场上你话岂免刀兵，革去旧观方正有进境，昏迷守旧咁就会灭种屠城！唉，难以唤醒，个的守旧更兼奴隶性，重话边一国为君佢就向一国有情！

1月16日　　狮呀你唔好睡住　　笑罕

狮呀，我劝你唔好睡住，做乜你睡得咁凄凉？睇见你大梦沉沉，我就实见惨伤，一睡千年几似死去一样，点不想吓你身躯肥大各兽会把你来尝！舍得话独处深山我亦由得你睡胀，可奈四边禽兽眼都光！你地北边有一只大熊凶恶到怎样，但磨牙耸鼻屡屡把口来张。狼虎企住在西南如有想象，想择肥而噬久已利伸长。重有苍鹰一只高立在个副花旗上，唔声唔气我怕佢都会把你来将（借音，读丁央切）。此外禽兽尚多皆有所想，无非食肉与及拖肠，做乜你鼻鼾还重咁响，原封不动咁就睡在个亚细亚中央？待我大声来把你叫上！唉，狮呀，你好混账，快些开眼望，立刻发起个雄威共佢大战一场！

1月18日　　唔好咁懵　　何栩然

我劝你唔好咁懵，你重要佢打抽丰？今日人情实与往日不同，往日睇见你地咁斯文故此人地把你敬重，虽系无相不识佢亦格外手头松，是以往岁个的进士翰林来到走动，莫不荷包丰满实捞铜。但系事到如今人亦识透你地个担杠，实乃人情难过佢正把个几鸡来封。至怕重有的不顾交情唔把礼送，佢话你一文不值恐怕你面都红。况且往者咁多来者又有咁众，头汤捞晒就许你拂倒亦唔浓。做乜你时势不明都重瘟咁戆！南洋咁隔涉亏你也不怕飘蓬。睇你马褂长衫长日去碰，逢人拜会实在系可伶虫。重有家用车马痴去用，跟班一个系咁两头香，唔信你个的朱卷几篇联扇一捧，大张名片咁就吓得吓洋佣。睇见你咁样子行为真正有用，枉你地翰林进士探花榜眼状元公，就许你铜臭熏心亦都要知吓体统，就系面皮唔顾你都要念吓商穷，今日生意咁艰难人又咁拥，况且里边个的弗郎赌码势色都话唔同，亏你只顾自己贪囊唔怕人地肉痛！星洲到后又话去芙蓉，知你别有一幅心肠咪话被我估中，势必托言游历乱噉骗愚蒙！今日我唔怕直言将你动！哎，你真正发梦，共你唔同宗与种，劝你不若回京后补去巴结个的督抚王公！

  1月20日 架厘饭 笑罕

  架厘饭，捞起在盘间，愁人睇见不觉顿开颜！今日廿世纪风潮如此浩漫，岂敢话食餐洋菜咁就解却了心烦。但系我别有一种感情生在眼里，等我与君谈吓愿你地莫当为闲！都只为天演竞争真正系可叹，白忧黄祸久已播在人寰。或者世界将来如此饭，我地黄人势大不久就会把佢个的白种淘删。唔信你睇吓热气蒸腾堆满白灿，结成团体积如山，一落架厘将佢搅反，欲想变翻原色咁就十二分难，故此我睇物思人增浩叹！唉，心想烂，前程任可恨，但愿我地同胞齐发奋呀，怕乜佢白种咁摧残！

  1月21日 真晦气 佚名

  真系晦气，撞着个老大宗师，监生唔估有报效嘅名词，一向秋闱来考，试遗才有冇？我未敢半句瑕疵，行运童生，九月还可及第，点想颁行新政，事事离奇。人劝我二百两银，咪话唔舍弃，一举成名天下所知，佢点晓我地读书人气味！中秋节近，馆谷重未担嚟，当初悔恨贪名利，如斯巨款，亦枉费心机。意欲问吓亲朋行吓好事，又怕遗才虽录，金榜无期。记得旧时主考，几咁开恩旨，我三场完满，始买棹回归，虽则朱衣点颜，本属非容易，但系门墙得入，亦可光吓门楣。从今我亦唔希冀，八股烧完策论亦撕！唉，真冇味，不若闩埋书柜去学生意，或者发财有命亦都哙一样扬眉！

· 67 ·

3月1日　　门神自叹　　佚名

真正可恨，今日咁依人，总系前世唔修故此罚我守阁。想我态度系咁雍容人品亦不算笨，人人睇见都话我一笔斯文。讲到二酉胸藏虽则系冇份，但系文采章身亦可以骗得吓俗人。天呀，做乜你不许我身进洪门偏要我在呢处门口凭？傍人门户实在艰辛，讲极平等自由都系空过口瘾，唔忧唔自立咯总系少埋群。日日要顶硬条腰唔合眼瞓，周年到晚系咁对住诸君，九点收灯人地话歇一阵，我重要关心门扇未敢去行云，绝早又要依样葫芦唔敢乱混，朝晚如斯恐怕硬了脚跟。舍得话好似同事个的亚哥我亦唔使怨恨，佢牛高马大又有甲胄遮身，可奈我弱质书生长袖衮衮，遇着个的野蛮鬼仔我就先怕佢两三分，就许唔怕大魁身亦带困。迎来送往又要礼云云，细想吓篱下寄人都系瞪混！唉，心点忿，真正肉紧，待等新正行过好运，或者司阍唔使做咯我便去做个钱神！

3月3日　　声声话恭喜　　佚名

声声话恭喜，恭喜在何时？年来喜事说与君知，你睇我地河山原跨大地，北京南粤尽挂龙旗，今日□□咁交关，你话打乜野主意？听人分则有乜心机，倘若个个都系蠢才，唔怪得你，做乜神明种族，做受陵夷？大地积弊多端非止一事，总唔提起你又唔知，弊在大家忘国耻，丢开公□，只管营私。若系此弊不清，唔驶口气，一盆散沙，□怎样子施为？天咁大个地球，都唔到我地企，万千恭喜，都系枉费言词。任你富比石崇无趣味，堆金积玉，也□□人赍。任你福比姬昌生百子，做人牛马，你话几咁心悲。睇吓□太强人，君你要记，赶渠入海，□□肝脾！人话外邦时有的□气，究竟权强世界，乜想共你讲慈悲？今日我黄帝裔孙须要争一啖气，破除俗见□□铁血男儿。虽则系强敌已深，除亦不易，但要齐心去做，亦总唔迟！但怕我志唔坚，不怕佢船炮利！须奋气，有日复仇还雪耻，我就喜逐颜开，笑面皮！

3月4日　　唔好赌　　佚名

唔好赌，都要守份为光，新山条路，我劝你莫去流连！如果立心勤且俭，积少成多自有万万千。点好妄想横财，去乘墟四便，荷兰脚与及宝子件件齐全，莫话得心应手财神现，恐怕赢钱唔到反输钱，明系坑陷一座人人见，做乜自投罗网咁黑地昏天？重话佢赌码格外招呼茶酒面，架啡牛奶兼共大口洋烟。即使输钱亦得快活一遍。谁想食开寻味就唔痴缠，个阵输到亏空唔得过线，叫几句伤眼白白望眼天多喊冷！寮□又咁多改变，都系赌之为害苦不堪言。虽则开赌在于柔佛地面，与皇家商务亦不干连，扑火灯蛾又系由自己作贱，并非强迫你去输钱，总系火车来往咁便，谁人唔想过海就系神仙？闻得今日禁条出有自大宪，坡内四色之人不准去赌钱，第一商家须要行正路个便，第二妇女人家切勿发癫。更有个的工务差人休要错见免至误了皇家公务车怕罪相连。唉，的善政颁行真系为大众起见，各人须改变，凛遵王法乐得合埠安然！

3月7日　　真系好笑　　　佚名

真系好笑，好笑在元宵，本埠原来有俗例一条，一交七点黄昏夕，家家齐把炮仗来烧，有的烧三四五箱唔计得数了，有的全红数万高挂在云霄，大约花费百十洋银唔系少，唔够一时响晓化作烟消。大抵好胜之心还未了，最怕隔邻住只把钱（上声）来涮，虽则庆贺上元也无也乜紧要，究竟伤财无谓重怕事来招，弹着男女往来兼共老少，烟焰迷天阻住大陆一条。既是生意场中非是讲小，钱财有用做乜当作无（上声）用花销。新正春酒乐得同笑，醉月开筵好过买炮仗烧，实惠同沾快乐不少，胜过嘈完一阵又是明朝。明知习俗难移了，谐谈来取笑，不过尽其职任编一个俗话歌谣！

3月9日　　醒世解心　　　佚名

劝你唔好学阔，问你实在有几多钱？浪子穷途我见过万千。你祖父一生勤与俭，积些钱财重望你子孝孙贤，你有眼识看，个淫朋来牵引线，一条号路带你到酒场花天，遇着一个知心嘅缱绻，山盟海誓几咁缠绵。有阵阔到好似霸王开夜宴，迷香洞里乐境无边。点估到过眼烟花容易改变，床头金尽老举无缘。今日有一种混号鳄鱼心阴险，食人唔吐骨实在见牙烟，花酒场中开赌局骗，任你聪明子弟睇佢伎俩唔穿，入佢牢笼真系错算，总有铜山金穴立地输完，赌债难偿还勒写券，卖埋大厦又鬻尽良田，个阵衣服不周人地厌贱，亲朋借贷不敢开言，往日做乜咁辉煌今日做乜咁腼腆？唉，须要检点，择友亲良善，但凡嫖赌切莫流连！

3月10日　　唉真正丑咯　　　佚名

唉，真正丑咯，你话点样子遮羞，缩埋一便总系唔敢当头。你睇东三省事情，日本几咁得手，不过系区区三岛，都重回学耻寻仇，轰烂俄国几只战船，赶到佢无路走，重要整齐军备，打佢出大东沟。我地正好趁哩个时机，帮助日本打斗，况且个虎狼俄国，共我有海样深仇，往日被佢百种欺凌，无可奈何都忍受，做乜今日有人替我出力，我重一味缩尾藏头？今日咁样嘅行为，夸乜野大口？重好讲话文明古国，禹域神州？你睇富国的大员，一味啥办啤，亦有强兵坐拥，几系咁优游，平日筹饷练兵，似乎都几讲究。做乜临时观望，总冇到机谋？怪不得各国人民，将我地睇透，话我系血凉动物，蠢似猿猴！唉，真至啤豆，从此国威名誉呀，付去水东流！

3月14日　　咁嬲沙　　　　佚名

因乜野事，搅得咁样子嬲沙？唉，官呀，你呢回做事咯，委实加拿，你睇市面嘅情形，天咁高价，都只为厘金太重，迫住要起势嚟加。但虽则有本经商亦都唔系大把，点怪得佢有加无减咯，咬实棚牙。我估话个的官场，都知吓得，或者关心民事，会救吓人家。点知个个无桥梁，埋关抽税喇，就晓得嚟查，联想广西闹出件新闻话，个处忽然走出只大生虾，货物抽厘听见鬼怕，两宗柴米呀，越发骨肉都发麻。大道生财还有吉卦，人头抽税正系食骨吞渣，激起商人将市罢，人情汹汹咯，吵到官衙。我想时世系咁艰难，官又奸诈，冇乜心机嚟睇世界花花！官呀，你睇地皮真正凹下，须顾吓，咪搅得饥荒成祸，世乱为麻！

3月18日　　唔在咁闭翳　　　　佚名

你唔在咁闭翳，勿怨话运蹇与时低！我想人世的穷通，都冇乜定例，一时运转，便立判云泥。你睇老周佢噉多钱，难道我就穷了一世？论来才干亦有甚高低，不过佢的运红，就得咁架势？时来顽铁亦啥生辉，唔信你睇今日的山票，唔怪得话遏制，一钱博万满载而归，月月都有人同佢兜偈，但求有些运气，便捞了过嚟！你看茶馆个个企堂，穷了半世，忽然财捞数万，佢反应冇处来剂。更有城内个烟精穷似鬼，求神唔买，十三字嚟齐，估话今生注定穷到底，点想前回走宝，后会又翻嚟，转眼贫穷成了富贵，都为时运催人就啥发威。就算未必人人能捞得大偈，得些小彩，亦有救吓目前危。况且钱不在多，惟在够驶，但求衣食两无亏。若系讲到钱多，谁似李世桂，做乜一时倒运便贱如泥？认得佢为侵吞个的缉捕经费，致令监押不得回归！若再审实佢科场来舞弊，更妨去了个个食饭东西，都为佢食得无厌招闭翳，反不若小小人家，尚不致吃亏。就算个的横财，唔听我驶，唔通两餐茶饭都揾唔嚟？罢咯，不若随遇而安混过一世，休作千年计！安步当车，无罪富贵，个的正系人真乐。反怕你做唔嚟！

3月22日　　须务正业　　佚名

须务吓正业，莫个佢望个的横财，守分营生理系本该，大抵赌博好似一口花针沉在大海，思量捞起，你话几咁痴呆！闹姓叫做赌得斯文，似系无甚大害，近来个宗赌棍，又会设法抬杠。此外票债虽多，亦难以获彩。就系番摊容易中宝，你见变革得宝归来？总系个李相鸿章贪了货贿，赌博准佢承商，种下个的祸胎！个个想望个的偏财来自意外，累到倾家失业，尚未意转心回！他日佢的臭名流到万载，生平功业尽化尘埃。今日大吏知道骇人思想改变，但系款难筹补，故此赌饷难裁。奉劝赌仔回头须自爱，贫要忍耐，你试问力唔辛苦点博得个的世间财？

3月24日　　食生菜　　佚名

好大生仔嘅引，做乜揾仔要去官窑？你睇年年个生菜会，都系大开销。自古话冇仔就住在狗栏，都唔算系妙。若系凭神保护委实无聊。我话男女讲吓卫生唔怕个肚有料，但得室家和好，就系有无儿女亦命里当招。冇话取吓食生菜意头，即刻就哙生个大少。做乜要走去山头兀地咁无聊？佢重点起个送子灯笼，随路咁照，神红一幅札住个只元猪腰。我想妇女之家，都话唔好去入庙，况且出来求仔你话几咁招摇！更怕生菜食得过多唔得稳妙，寒凉虚弱反咬把经调。大抵生仔不是寻常，凡事亦有个凑窍，或者今年食过，亦哙碰着有仔洗三朝。若话唔去食过就冇有仔生，就系呆得好笑！唉，唔得了，重要下回去那个睡佛，更重睇见佢赤体条条！

3月25日　　唔舍得你　　佚名

我唔舍得你咯，我死哩亦要同你共埋，唉，妻呀，点解我八字成得咁命乖！想我往日做官，唔系劣晒，就系殃民作恶点似个个大烟枪，或者有的唔啱官你亦都唔好见怪。就系唔留情咯，你亦要念吓我往日当差，点估革了功名，还要递解，军台效力呀，叫我点样嚟揸？呢阵插翼难飞，还不了孽债。重怕残年唔保，命丧尘埃，咁就尘埃，咁就无主嘅孤魂，流落异塞，无亲无故，有边个收拾尸骸？今日生死嘅关头，我亦都唔计带，总系心肝命订，点样舍得裙钗？我今日上禀求情，话要回个贱内，得佢量情批准咯，确系遂我心怀！虽则我系犯官，无乜野世界，总系同衾同穴，亦要白首相偕。我亦把心事解开，唔驶挂带！唔挂带，等到公文嚟到喇，我地就双携玉手走到天涯！

3月28日　　　新山赌害　　　赌国冷眼人

真拼烂，个个都话去吓新山。你睇个的赌徒猖獗，势若狂澜，赌码乜咁迷人！所为个种招呼的确系赞（上声），点心茶饭，一日都讲话几多餐。房□咁好铁床，兼共上毡下毯，自由出入，总有关阑。男客若系星君，随便邀老举到叹，买埋鲍参翅肚，佢重逐日出新菜单。三鞭酒第一壮阳，问你平日曾否饮惯？重有沉油顶旧，挑几口俾过你顽顽。若系女客到来，更重唔敢怠慢，场中听用，另外使婆（上声）成班，你要洗面与及梳头，一一同你打扮。饮醉三杯和两盏，小心留意，都哙共你收拾钗环。男女同一窦人，大抵都系好人有限，风流快活，不知在天上人间。个的丝竹管弦，无分期共晚，知音人遇，又只管女唱男弹。叹罢或打宝与及纸牌，睇尔好去声门边一掰？推完牌九，又去买下番摊，尔身上带有八千，还是一万，输干为止，誓冇俾而捧璧归还，任尔痛哭秦廷，亦系空手便返！若系搬兵来赌过咯，至好尔大注孤番。点想买一闚三，输到斩斩吓双眼，个阵山穷水尽，问你几咁苦楚艰难。自古道贪字变贫，唔信就哙撞板，无门生借，点样打得新闻！唉，容乜易散，面皮都抓烂，重怕女人失节，就哙壮士无颜！

3月29日　　　被拐自叹　　　佚名

真正恨惜错，实在见心嬲，石脚墙边正好坎头，当初只为难糊口，并且好闲学懒，冇地求捜，遇着个个奸人将我计诱，甜言蜜语把我收留，但话今日有好路一条同我去走，代谋生计免使我担忧，重话带我去到外洋，工价更厚。况且辛苦全无事事自由，去捞几年财发到手，荣归满载可以乐享无忧。点估落到船嚟还贱过狗，藏埋暗处卖往他洲，个的园主各人来买售，带我番去园林当作马牛。大病临身唔到你颤抖，一时歇手就把乱鞭抽，苦楚万般难以抵受，个阵要生唔得死日临头，旧日同来今日亡去八九，欲还乡并只可向梦中求！劝你地大众同胞唔好学我咁咩，须想透，若然唔醒定，就哙坠入佢的奸谋！

4月25日　　　咁淡定　　　佚名

乜你咁淡定，总不见你担愁，你睇日俄开战，都系想把东省来收，势唔估你阔佬拘偏肯袖手，况且占你发祥之地咯，亦都要纪念吓个点冤仇！平日你话共佢联盟点解佢又唔帮你手？嗽就屯兵不撤，骗得你口水流流。故此日本□来，更防佢捞埋高丽个臼，登时火滚喇，势不共佢干休！你又想吓东三省既入俄国口中，点肯俾你嚟挖翻出口？恐怕两家唔肯下气，就哙试吓拳头。这个话要占京城，那个又话要同你代守，你睇吓旌旗战舰，塞满个大东沟。个阵炮火连天，问你谁一个挡受？你纵无兵力，亦该要出吓机谋，重怕佢两个打到眼花，唔顾得你个母后？咁就将北京城座变做佢地嘅八大碗珍馐！万一烧了颐和园嘅老鸦窦，又怕五更溜路咯，豆粥难求！呢阵唔似联军旧时，犹有挽救，一定瓜分鱼烂啫，你话着乜来由？我劝你的红顶白须，唔好咁哞豆，就算虎头蛇尾，亦要顶硬几句京喉！今日事到临头，亦知你机器唔够！唉，须想透，切勿顾前唔顾后，就系暂时中立咯，亦怕你唔做得几耐优游！

5月7日　　唔使问亚贵　　佚名

唔使问亚贵，贵极都系参游，想起前事番来叫我怎不羞！想我自小在家游荡日久，故此见军营一走就把官位来谋。想我咁晓钻营又哙笼络得透，历案升为参将喇，估话一世永远无忧！撞着摊馆个顶赌场承了饷后，把权利全盆归我咯你话几咁优游！我重估打过呢个算盘无乜错漏，乘机想计把佢暗地来抽，唔想激起街坊众怒把我来归咎，白抄齐贴咯唔知共佢有乜冤仇？重话借饷谋财我原系祸首，众人入禀共我誓不干休！大吏就叫广协把我生擒委实系丑，个阵叫官员看管咯，好似入了羁囚。重叫我将四十万缴完才肯赦宥，咁就查抄家产重波累及个的兄弟朋俦，唔想有咁样风流有咁样罪受！人地话我贯盈罪恶故此天怒人嬲！唉，真系无可救，望财神嚟保佑，等我脱离灾难咯再把恩酬！

5月10日　　怕乜野好看管　　佚名

怕乜野好看管，总要我地神通，唔系归山老虎哩，定系出海蛟龙。当日任得佢查抄，非系我懵，一面钻营佢去紧一面打算来松。若系钻到唔钻得嚟，才至去郁动，靠住个烟屎同僚，叫做扭计祖宗，唔信你睇吓边几位红员，肯担保佢咁重？带歇埋我老李咯，委系依样通融！记得个日点抄衣物，开到个皮衣杠，怕我皮袍冇件哩，不久就哙番风，我个阵委实领佢好心，总系怜佢大懵。外埠边一处银行有我老李个祖宗，若系我地三小姐计埋真吓坏你大众！人话咁多私己应份手头松，今日十万头买所洋行唔算浪用，重要去东华医院把绅士来充。听见话木排头个座新屋昨日人挤拥，有两位同寅拜送呀，怪我走得倥偬。若系众位同寅要来港补送，咁就话父连，英语好朋友之称。讲句话，多谢你救出牢笼！

1905 年

2月27日　　明知道系错　　冷眼生

明知道系错,未必重想佢联俄,谋人国事计何疏,引火烧身原系自已作祸,将人比物你都莫笑个只灯蛾。东三省事情人尽见过,问谁启衅致动干戈?开口讲话靠人原属不可,主权尽失所以误却支那!你睇列国同盟边个系卫我?况且俄人横暴欺藐尤多,如此汉奸天呀你应要折堕!一言为定被佢卖了山河,瓜分已种他年果。被佢春来酝酿更易成坡,记得西匪猖狂佢又求法佽助,春犹言蠢愤做亚庚!哥呀,真和(上声)妥,怪不得党人来动火,我想铸个福华真像当作顶礼弥陀!

2月14日　　除去了鸦片(解心)　　佚名

除去了鸦片,重有边样解得人愁?执住呢半竿崖竹,免却烦忧。人地话世界要维新,我话烟界要旧。第一数十年胶土更妙哉沉油,对住个盏油灯,烧到透,馨香奇味,治得百病全瘳此物既可消口,又除得疾疢,世人唔嗜好,真系笨如牛。曲睡烟床,昏了昼夜,任得兴衰成败,亦忘忧。日与芙蓉仙子,为朋友,胜似终朝劳碌,把利名求体质炼似仙形,唔怕太瘦,就系缩腮尖嘴,亦妄不知羞。烟霞烟雾,凌霄斗,他日烟界成功,总胜你一筹。唔信试睇吓我地四万万同胞,有大半被烟浸透。呢一件叫做群行义务,大约致死唔取,每每听见话明日戒三个字惯谈,常出口,大抵实在与芙蓉割爱,似属虚浮,誓不肯抛离,枪与斗,烟云迷漫,死日方休。亦不惧烟名传播,扬寰宇。又唔怕身为烟困,冇日优游。此孽正系自招,还自受,反自为荣,与倍幽,恐怕有日枪塞油干,烟又唔入口。唉,知弊陋,家产成乌有,个阵欲死无绳,问你点样吊喉?

4月3日　　酬胜灯(解心)

洪圣宝诞,实在见心忧。记得去年今日,把胜灯投,只估话投得此灯,名利两就,发彩生仔,乐无休!故此价钱标起,相争斗,洋洋得意,转回头,痴心满望,神灵佑!恃在胜灯条路,兴偏幽,况且一片诚心,唔系假柳,自然获福快活优游!点想运蹇时乖,难应手,依然故我,实堪羞!转眼又到二月十三,唔系久,呢阵重要多挪借,去把神酬。棚金无助,更有果品三牲,酒数瓯。可恨司祝佢尚唔知,我辛苦到毂,重话我今日还神胜意咯,要助一份大香油,亏我好似哑子嚼食黄连,难以出口,只有满腔愁恨,在暗中取。又点好话开声,埋怨木偶,只悔自作无知,妄把福求!奉劝你地众人,唔好咁吽,把个种迷信心肠早日罢休,勿信话偶像可能,将你护佑,枉把钱财虚耗,着乜来由?愿你把迷信关头,参到透,各自经营,实业去修,现在时势咁艰难,你地曾知道否?唉,休落后,要把精神当振抖,切勿把鬼神两个字啫,挂在心头!

四　中兴日报

1907 年

8月24日　　慌到咁样　　玄理

自徐锡麟案出后,一般所谓督抚大员,靡不懔懔危惧,若陨深渊。日昨闽督考阅陆军学生,自督署而至学堂,兵队深严,如临大敌,慌张如此,可怜极矣,讴以讽之。

睇你慌到咁样,实觉堪怜,都为贪生畏死故尔倒颠。你既系督抚大员,都算体面,为乜藏头露尾得咁颠连?个的学生又唔系虎变,未必身怀炸弹再作灾遭。大抵你往日吓惊惊过一遍,咁就风声鹤唳自作痴缠。睇你官位咁高年纪又系不浅,纵然一死有甚情牵?索性你拼胆死埋死过一遍,或者来生做过一个汉族人员,免至日日咁慌张到面变。就系深居督署又怕佢静静来先,任你日日匿在床中都会把你暗算,一时撞见就系胆魄唔存,唔信你睇吓安徽臬署个便,夜来刺客吓到佢喊苦连天。唉,今日世界得咁难捞,都系你地贱种作贱累人不浅,睇你老而不死咯,重活得岁多年?

8月26日　　奴隶两个字　　浮寄生

奴隶两个字,乜得咁瘟尸,咁好天富人权,都唔晓主持。莫不是生出个种奴根,系要凭人地处置,好似春风无力,要靠佢挨依?细想吓奴隶个种伤心,就要翳气,俯仰由人,唔到你占的便宜。今日公理昌明,须要知道此意,强权世界,都重咁迷痴,睇自呢个潺弱满州,唔怕共你争得啖气!不若结埋团体,免至被佢相欺。唉,须着意,散沙休自恃!君呀,问你四万万同胞咯,有几多个系好汉嘅男儿?

9月3日　　全系假柳　　浮寄生

读七月初二《满汉界域究应如何化除》之清谕,作此讴以讽之。

全系假柳,又想搵人欺。提起化除种界,呢句言词,不过你胆战心惊,就唔记得往事,睇见个的暗杀无情,故此就心虚!忆否嘉定扬州个阵日子,汉族根苗,被你铲除。宪政尚未得认真,重话乜化除两字?不若守吓祖宗成法,读吓刚贼个篇书，今日危局如斯，从此大势已去！唉，唔过相与，你我分开往，我地种界分明，边个受你所愚？

9月9日　　真正不忿　　慧

真正不忿，郎呀你系咁刁乔，等不到郎尔归来，啖气点消？我想自落到呢处花丛，都系凭你照料，日夜梦魂颠倒，系恐怕路隔蓝桥，妆台扫净，只话同欢笑，点想辜负到奴，奴好似水面咁飘！郎呀，你系咁样辜情奴实不晓，纵有花团锦簇，亦自见无聊。有阵相思无奈，偷把菱花照，睇见花容憔悴，越觉心焦，唔通我薄命如花，真个不了？唉，心吊吊，恐怕将来无乜吉兆，咁就拆散我地姻缘，好路一条。

9月10日　　舟解缆　　沧桑旧主

舟解缆，送吓开船，亏我眼泪如珠，一串穿，天涯万历，离人远。真正系感不尽深情，了不尽孽缘。当初几好，共你唔逢面，今日见面就要分离。我问你去边？知道别时容易，难相见。做乜件要讲到花咁香时，月咁圆？记得相交起首，情何绻唔想讲极恩情，都系一阵烟。自己既系有权，应份该点就点，呢吓造成咁样，你叫我点样回言？春风无力，眼白白吹讨情丝断，第一句多谢郎君，第二都要多谢句令尊。累到我半站中途，唔得就算。唉，无乜好怨，江清难誓愿，你既系咁就回归，我亦都咁就了完！

9月13日　　心事　　三东

心自苦，怨一句皇天，亏我满怀心事对乜谁言？我心事许多卿你未见，想话对卿详诉，又怕你作风癫。今日累得我茶饭唔思，心又咁乱，好比张开双口咬住黄连，想话索性把心事刁埋，情有未免，怎奈真心对你重话我立意唔坚。早知道你咁样为人，不该共你见面，免我苦心情急泪泗涟涟。当日见你个时何等缱绻，你重话要全终始两情牵，怎估你今日两段一刀就把情丝断，你纵自身摆脱呀，类我茧缚仍缠，可惜日日共你讲情，你重话我自己作贱，若果我真真作贱咯，边处有咁心专？大抵你的忍心之人结果不善，怕你将来翻悔就哙怨错当年！唉，我苦趣阅了咁多，心就息了几遍，叠埋心水唔讲你地个边，免至我工业抛荒生意又掉变，况有父兄睇住呀都要为我安全。此日斩尽痴情丝寸寸，势唔顾恋，莫话少年放荡喇，就唔会还原。

9月20日　　秋节至　　沧桑旧主

秋节至，点样子思量？你睇家家节礼到处来扛，佢话那处系头家，那处又系管账，都要一人一份细参详，礼貌得咁殷勤，大抵想着一样，都系为着金钱运动致去装腔，抑或真正尽点交情，倾吓意向，等佢思人物正见心凉。此日大节临头还有想象，问你满街账点样子担当？未必拍手空尘无计可想，都要勉撑场面假作堂皇。若果被佢睇出情形，咁就无可作望。所谓会捞世界就要面面通光，到底咁嘅世情都系混帐。若果知心交好呀，问你着乜张扬？我劝你咁嘅虚文，唔好乱讲。不若尽心生计去经商，省得俗务扰人常倘恍。世情原万状，睇到沧桑多变你就冷透心肠！

9月23日　　奴隶性　　鼐一郎

奴隶性，我实在见难明，出于无奈，等我再讲句过你听（平声）。点解人地话猎胡，乜你偏偏时气项。重话将来立宪，睇吓几咁和平，声声都话圣主仁慈，祝颂外姓，实在认他人父，乜事你得咁憎丁？既属系汉胄堂堂，宗旨要正，点好话奴颜婢膝，媚住个专制清廷？听吓咁多独立钟鸣，轰极你重昏昏不醒，快的垂头缩颈，睇住我民族中兴！你咪话基础未成，就话我空言无影。记得长亭起义，与共织席嘅神灵，况且我地四万万的人群，声齐响应，操必胜，英雄真可敬。还望个的奴心未脱，快的换转性情！

9月25日　　中秋已过　　浮寄生

中秋已过，月色无多。月呀，你月月系咁团圆，都冇半点功劳。独系八月呢个中秋，人地又借你做到，一年三百六十日，有个相戥（叶音）吓你咁奔波！只系凭月你一个，望你时时照料，免至得咁心操。总系细想吓月你呢副心肠，一定不妥，因为照见个江山无主，变了异族山河。今日大局系咁机危，重唔知佢点样结果，可惜光阴如箭，岁月又咁如梭，唉，真恶过，点熄心头火，若系想到明年今日，又唔知世事如何？

9月30日　　问天　　天声

手抱琵琶欲问天，天呀，做乜你生着我华人咁可怜！鞑虏鞭笞无容怨，怨起番嚟，重反笑我地发癫，一味服从，唔哙激变！今日国中权利，外客来涎，人话竞争循天演，试睇吓独立文明，美利坚，专制系咁强横，还重谈乜立宪？我地好似乌啼舌破,你的山客犹眠,同胞亿万人真贱,无乜打算,种灭知难免,等我欲哭还歌,唤起少年!

10月30日　　心心点忿　　逸亭迁客

心心点忿,对着你个呆人,亏我满怀心事向乜谁伸?想话对你讲时你又听唔着紧,令我满怀愁绪没方陈!自记与你相交唔止一阵,都有一年半载嘅日子相亲,造乜你日日当我系赘瘤,无半点着紧,对你讲些闭翳好似听唔真。唉,早知道你咁样心肠,我就唔做咁笨,免至终朝无日都系泪湿罗巾。想话索性把你刁离寻过个少俊,又恐怕知音难得误了我终身!想起人世咁样艰难生亦唔很恨(恨音,粤谚不舍意),都系一生孽债种有前因,罢咯,此后我便委心兼共任运,唔再咁气紧,但把情根斩净,看就破红尘!

11月21日　　谁系异种　　军

谁系异种,是牡丹枝,因乜事称佢为王?又话佢系合时,你地个个把佢供养栽培,究竟打乜野主意?可惜费尽钱财无限,点解得咁心痴?重要睇得佢系好高,声价到极地,挤佢在百花头上,太过倒乱施为,岂有我地玉叶金葩,唔及佢美?但本系遐方异种,大众皆知,恨只恨佢任意繁华,无所顾忌,不过暂得东皇抬举,所以正得咁娇姿,看佢不久就凋残,何处凭倚!唉,真冇味,非种心原异,万一遇着雨淋风打呀,怕乜但有绿叶扶持?

12月6日　　来得巧　　天汉

卿呀你来得凑巧,我实在冇一文钱,舍得早来几月我便孝敬卿先。今日咁样情形,你来亦有面,大约周身光棍,都系妓女嘅心田。试睇苏浙路情艮水系咁便,做乜舍他唔作,偏要走向南天?我地虽则有点富名银水唔现,讲到金钱运动咯,好似陆地行船。劝你及早回头,唔好咁作贱!你的来头来意我地早已看穿,若果重唔知机,来到诈骗,唔知深共浅,怕你声名更坏啊,个阵向乜谁言?

12月24日　　冬日赶住　　佚名

冬日赶住,咪咁流连,经过尘中,点共你挽得住马鞭?莫话情到深时,缘分浅。就嚟十二月,怕你要闭翳埋年。虽则系客邸无花,春亦不算,但系繁华一梦,转眼又是云烟。思家个梦,咪怕佢程途远,想到金尽床头,大半可怜。平原十日，断估你亦游纵遍，赢极风流，都不过一阵癫，似箭光阴，唔到你留佢一线！唉，心见点，花多防眼乱，试问长安市上，有几多个李青莲？

1908 年

2月7日　　年又过左咯　　竹天

年又过左咯，又试老左一年。尔睇韶光易去好似过眼云烟，世界系要用心捞，个的邪性又要改变，但系赌吹嫖饮咯，尔切莫痴缠！尔咪话年少风流应邀逍遥，怕尔错脚难翻个阵咪个怨天。尔想吓万水千山嚟到呢处地面，须要坚心宁耐奋勇向前，重怕逝水韶华难以复转，白发催人两鬓边，真正系一刻千金如闪电。唔知点样算，人老何曾转得少年？

2月8日　　题扇　　颖儿

扇呀，乜得咁好命，落在南洋唔怕秋来捐弃。个种情伤，任得桐叶系咁悲秋，愁个惨象！你就逍遥快活，最爱惜夕阳，个阵花容封住魂销荡。总系讲到销魂两字咯，就哙记不得往日嘅深伤。大抵凡系风流，都系无乜感想，只怕情根到处，种落祸殃！唉，亏我贱命一条，唔似得扇你一样。古道人离乡贱，你话几咁凄凉，天涯落魄变了从前相，怨一句飘零，念一句故乡！罢咯，无乜倚向，枉居人世上，不若索性丢开心事，任得佢傀儡登场！

2月10日　　无限恨哀秋瑾　　颖儿

无限恨，有乜谁知？纵然知咯，未免思疑。做乜死未到头，还当系假意？一闻死咯，正晓得伤悲，枉费咁多人，唔解得死呢一个字！点知虽生犹死，重要被雪霜欺？前路茫茫，有边一样可恃，除非死咯，或者有的生机。总系生有咁难，死亦唔容易，只怕闲抛浪掷，似得个种儿女情痴，大抵死得光明，就唔算辜负一世！有的多机会啫，咁就切莫延迟。你睇世界咁沉迷，已自难到极地。好彩尽我呢点穷心，慰吓故知。边个唔知道艰难，都要侥幸呢一次！唉，凭个死，争啖自由气，总系万般心事咯，讲不尽曲折嘅言词！

2月12日　　可怜哥　　颖儿

伤薄命，可怜哥！哥呀，你共奴心事，奈乜谁何？奴系心事咁多，哥你亦该怜悯吓我，若系有的多怜啫，我就更重要怜哥，哥奴一样同因果。问天何事，抱我地咁样消磨，想必前生铸定今生错！恨不了今时，悔不到当初，总系奴奴已自孤寒过。唔通桃花命薄得咁多，做乜挨尽凄凉，还有咁嘅折堕？伤心情事，点得付落江河，肝肠寸断愁难破！唉，真郁窝（借音），双眉愁似锁，枉费我朝朝暮暮，共哥你去念弥陀！

五　总汇新报

1908 年

6月29日　　新上阵　　谐客

新上阵，上到发言台，放轮毛瑟，你就几咁哀哉！我地中立嘅方针，孖你无乜点碍。乜知得五王在位，三煞重咁痴呆！大概为着夸口得交关，讲话连日奏凯。你的壬金人仔，想着一个唔该，点估官电咁快穿煲，要你唔攞得彩。睇嚟到口，重讴翻呢注大横财。故此你结怨咁深，成个恨海，惨过插条药线，把你打落一个私胎。大众都系天地生成，乜你偏要自外，枉费叫做识墨衔书，点得重咁蠢才？实系一个吊颈寿星，话你长命都唔怕几耐。起初为着你咁冥顽，不过暂且睇开，须知你人格咁低，我咁就还算厚待。唉，无可奈，秽腥难掩盖，边个领到红个阵，正补赠你一幅□□。

7月1日　　无乜好赖　　趣

无乜好赖，赖少的行情。睇住至唔等驶，系你中兴。口口声声，只晓提住革命，可惜咁多机会，乜重作局唔成。画饼只估充饥，倾实都全系假景，好似过硬嘅虚浮，重点样子揾丁？同济个一件来文，原系你亲自打听，又发两回私电，消息正得咁通灵。呢吓捐出一部毛诗，睇佢重天咁省。你既系哙认同胞，断估亦爱放鹰。况且报纸讲得咁销行，比佢还系大胜，算来海，推你第一声名。今日四野嗷鸿，皆系你嘅百姓，就算减膳为难，亦系道理所应。说话唔再讲多，不过随往路径。唉，君要早醒，一言来奉敬，虽则舞文弄墨，亦爱听吓街上嘅公评！

按：趣公来稿，荷承奖誉，感愧交并。初以讴中洞悉本报是晚闻信，后一切实切覆查情形，迹近标榜，恐为敌人所訾，未便附登。嗣阅报诸君谈及彼报骂同济医院不将粤电送刊一事，感谓无乜好赖，异口同声，若合符节，此一语也，可以见直道之犹存，因附手民，并为书后。谐识

7月1日　　唔好咁笨　　爱群女士

唔好咁笨，要打起十二个精神，切勿被人耻笑，话你懒惰终身。呢阵杯葛施行，持得咁紧，你重估学从前咁样子咯，讲极唔行。我劝你制造个般，须要发

奋，变动心灵，系在脑筋。你睇人地美术咁佳，真正起粉，做乜他人会做，你又做唔能？大约性懒兼共无心，唔肯着紧，贪图安逸，怕历艰辛。任得利权落在，他人揾，品格生成，都系倚赖人。目下岌岌可危，你当自慎！你把利权挽救吓，等好国富民殷，相劝良言，须记紧！唉，休抱恨，快把精神振，若果制造不肯思量，问你做乜国民？

　　7月2日　　闻起咁臭　　谐客
　　题词：知得丑，唔献唎。又亏你开口，饱死荷兰豆。喂，朋友，快的走，闻着要呕，好臭！

　　闻起咁臭，唊到鼻盲盲，因系粤讴唔晓唱，唱出八诰盘庚，声价冇清，边得还讲责戬？到底歌谣一类，你亦听过唔曾，未必学行嘈大，就冇娘挨凭？故此全无教育，叫做好莺唔莺，天籁尚且咁糊涂，怪不得人系蹭蹬。讲到腔调沉坚，越发相隔几层，摆出陆云亭睇相，重驶边个先生赠？我亦只管对牛（上声）弹琴，夹吓吹箫嘅亚崩，咁嘅臭货臭猪，还当上等？心系孟（近音），重有蒸人甑？若系臭虫咬到，就要揾定的鱼藤。

　　7月4日　　谐客系边个　　更谐
　　谐客系边个，实在认得人无？挂起有度彩门，叫做三撇须，你话系鳖系龟，从冇生得咁老？讲到象形咁话唎，但又不属于毛。若话似只老猫，佢又唔跳上灶，至多话有几条虾揽，到系呢句禁捞。顺口唱几句粤讴，驶乜人地寄稿？自然天籁，断冇错得分毫！唔啱又八诰盘庚，腔调亦由得你套，孖你搭棚斗唱，睇吓边一个声高！游戏文章，都系人共好。唉，唔在懊恼，闹过又拉相好。虽则同宗旨咯，咪话钉恨心牢！

　　7月6日　　无乜好驳　　谐客
　　无乜好驳，不若就咁完场。你话四十几件货头，佢都识透担箱。就算新雀出台，个个唔系多晓唱，先叫佢快嚟见客，正慢慢参详。虽则你钟馨鸨母，亚社都系无斤两，亦教一枝琵琶抱恨，等佢共佬耍吓花枪，写出恨海难填，千古一样！有几个药师红拂，到底系铁石心肠。或者听你诉苦情，就孖你还的孽账，免使你倚门卖曲，咁快就唱到喉伤！况且呢手工夫，容你多一日想！唉，须要自量，莫话无心向，肯递一个门生帖子，驶乜掩饰咁凄凉！

7月6日　　还有得驳　　亦谐

还有得驳，咪估占晒便宜，你捐得毛诗一部，佢唒捐部唐诗，数目唔系几多，睇破又容乜易？况且同胞咁亲密略，有难就爱扶持！佢地声价咁高，呢吓销咁多报纸，唔啱传单出阵，又爱远近皆知？肯话放厚面皮，怕乜人地訾议？若果个日官电唔通，呢阵捞野乜时？你重译出一段西文，低贱咪话唔切齿！搅到症候时残，重估真正冇医！好在回码快枪，还有指尔！唉，虽系失志，拼定唔羞耻，待等收埋报费，正口哑都唔迟！

7月6日　　仍系有驳　　更谐

仍系有驳，又想起杏花楼，个日茗谈咁趣，咪话今世都唔哼！讲到议论风生，虽怪你夸大口，若果有人驳削，好过听一段西游。个件对待咁文明，你倒话唔知丑？既晓得专制野蛮，做乜重帮住满洲？世事但知得向前，一定唔唸顾后。咁嘅无知动物，系一只折角嘅山牛，日日都话替汉族报仇，个个都称做打手，点估一时唔在意，后脚就俾人抽？劝你趁早收声，唔好咁谬，先一步走，机关全识透，睇白唱到二王反线，你就马上封喉！

7月8日　　唔好咁病　　谐

题词：药亚药，有斟酌，留住吓脚，爱走都慢一着，咪咁削！

唔好咁病，至怕你亦无灵，点算吓孔明求寿，等我替你观星。星呀，原来鬼火，坠落优天影。睇透你平生妙计，只系惯弄空城，靠你做个军师，你爱留住吓命，咪因为偶然打败，就想监热收兵。虽则替汉族复仇，都系凭个统领，但系讲到牺牲流血，又怕冇你唔成。若果你真爱归天，叫起你唔好慢应，重要教埋符咒，等佢请你大师兄。况且呢吓战务倥偬，频咁告警，你咁快打埋输数，好似执便行程，怕佢单人独马，越发唔禁顶！任得我点样埋身，都有乜命拼！听见你迷慒得咁交关，无知乜病症？唉，将你叫醒，神魂须要定。去到阎罗殿上，再共佢讲句人情！

7月10日　　衰到咁坏　　群

衰到咁坏，点解做得衰牌？衰得咁凄凉，都怨吓自己命歪。大抵行到呢个衰字当头，应唸运败。重恐一世当衰唔脱，就好日日呢埋。衰名传出，惊得人人骇！你个衰神切勿，日日行街，当道衰鬼相逢，凡事都破坏。你话咁样子衰颓，点好把日子去捱？难望此生，衰哙变泰，都为衰得糊涂，所以性格咁歪。咁就把衰牌挂起，逢人嗌，无端取闹，道理唔该！呓语谵言，胡乱一派，居心如此，枉具形骸。人格做到咁低，何了赖！舞台公敌，点样重话得为佳？况且公论自有舆情，唔到撒赖，任你话系英雄豪杰啫，只可哄骗婴孩！睇见衰到交关，只话唔把你执怪。谁料你作为己是，乱咁言开，无奈教训斥明，等你甘认罪！唉，如不悔，再同吾反对，眼白白睇住衰到沉沦，问你倚靠乜谁？

7月11日　　真正系好笑　　群

见初二日《本报破坏振武善社之怪状》一则。

真正系好笑，个的怪状风潮！呢阵世界咁文明，点到你咁叫嚣？你地鸦片输入我地中华，流毒不少，好似病入膏肓，冇药可调。弄到咁衰颓，国运屡被人欺藐，眼白白睇住将沉大陆，几咁心焦！非轻小，当求急务，势必把此项除消！虽则严谕各地颁行，人所共晓，致此维持组织，立呢个善社规条。个的精神费尽，多和少，只愿烟氛全扫，在今朝！志士佢就演陈利弊，把情表，等好人人知道，此系祸患根苗！点想未完演说，个种群蛮群扰，法律全无，乱咁逞刁。更重摧残什物，在此喧哗叫，暴徒举动，笔墨难描！但等若系稍通人性，未必有咁唔知晓，或者丧心狂病，定系草木花妖。抑系烟鬼附托上身，但魂魄已渺？故此欲想与烟途争气，恐怕法纪难饶！公论自有舆情，唔到你乱跳，莫要恃住野蛮性质，就把暴势来骄，呢处系慈善宫公众之方，唔系同你讲笑！唉，难逆料，切勿称为妙，问你今日舞台公敌啫，重乜快乐逍遥！

7月11日　　随得你笑　　谐

随得你笑，好在面又唔红，挂起革命嘅招牌，怕乜骂到祖宗？戴得灭亲红帽，历代都系唔中用，因为未读过廿四史全书，个部与别不通。重有篇末伪增，与及廿四史嘅系统，未睇到变幻离奇，故此执滞不通，总系泼妇骂人，唔知边个作俑，任你五十万墩长舌，亦怕理屈词穷！今日你来由沙艍，我亦有横楼（上声）送，做乜你讲完三日，咁快就口空空？你既系醒眼得咁交关，我亦要回礼咁重，无乜敬奉，不过请君来入瓮，呢吓你想乘机退缩，我亦未肯相容！

7月13日　　死个阔　　又谐

死个阔，阔过十三下头锣。女婿有咁便宜，怕乜佢多？虽然好极，都话系荷包货，惨得过情亲半子，是必秤不离砣。眼白白有份当差，难怪发火！大众算系点点点肯让吓亚哥？况且佢有钱有面，话系肥龟婆（上声）禾得扛抬上脾，就怕当系小喽啰，逼住动起拳头，唔管佢边一个！咁就演出一场恶剧，叫做大闹龟窝。到底皮肉嘅生涯，大半系唔好结果！无乜措，要拉嚟死过，你的行家唔信，跟佢去问吓阎罗！

  7月13日 迷信到极 爪哇

  迷信到极，点样解得你心开？为人在世，得咁痴呆！烧香礼佛，心中爱！又话凭神庇佑，可以获福消灾，趋吉避凶，系菩萨主宰。若无神力，就唅做事唔来。第一个种女巫男觋，逢人害。僧尼近宅，更重唔该！所为你地教育未明，胸少见解，故此藉端神棍，哄骗钱财。任你平日不拔一毛，难割爱，听见神权两个字，就喜逐颜开。个阵花耗金钱，真慷慨，甘填沟壑，冇半刻延捱，些微小事，亦要将神拜。求神许愿，又话食清斋，跪在个个蒲团，好似将死赖。菩萨若不应承，势不起来。睇你迷信咁深，何日正改？咁样子痴愚，实见可哀！既话神灵佛法，救得诸般罪，试问你见佢救过人间患难，有几多回？想佢乃蠢然一物，不过放入龛中内，无非木塑，与及泥胎，堆砌成形，乃系人力所在，遂教神棍，发横财。近日学堂林立，要把民风改，寺院庵堂，尽拆开，不管佢系丈六金身，俱要粉碎。个阵佢自身难保，重保得乜谁来？可晓得佛力无灵，逃不出苦海，岂能倚赖，救得凶灾？个的异端邪说，勿要萦心内！唉，须悔改，呢阵文明时世代，愿你新增知识，切勿再叩神台！

  7月14日 话得咁醒 又谐

  话得咁醒，乜哙两眼眯埋。你咁白霍沙尘，亦禁（上平声）得我徙（上平声）。睇住正话开张，收盘（上声）都唔好咁快！重要叫人帮手，正落呢个金字招牌，摆白生意系艰难，几日都无乜货卖。至惨系有个行家拍住，字号又适值同街。人话你货式咁残，问心亦情实腐败，重兼伙计成帮，个个都系废柴。做住咁耐屁王，就献住咁多丑态。不若替你改个书（借音）名，叫做冇正（近音）味斋。泼妇系由你做先，无乜好赖！唉，休见怪，请君嚟办蟹，若果我日日唔呕，点算得悉亚谐！

  7月15日 谐到你怕 谐

  谐到你怕，咪醒得咁交关，日日咁样嚟呕，我话几咁好顽。泼妇未必咁留情，唱口亦唔唅既系既系既系你对答唔嚟，就爱认句老山。只为你撩起亲家，重当得天咁趣。招牌易挂，爱落就觉得为难。咪估净晓得骂人，恃在卖猫婆口惯！你话点样子转弯？好在你千百化身，唅把名字打扮，当佢一个老人和事，掩吓自己刁蛮，好似华仔坐车，唔肯认惯（借音），总系少了一段戏桥，就跌到三十六班，不若替你改个班牌，叫做唔带眼！唉，班又快散，怕你心中懒。未必出个大头和尚，再俾人弹！

7月16日　　谐得咁透　　谐

谐得咁透，乜你总总唔嬲，醒出几句咸诗，大概你正合喉。今日有个喝公，嚟搭句口。你莫个眯埋眉眼，中华今世唔哮，只为你孤军独立，几日都无帮手。个的横纹道理，我见系水氹油。不若开左呢个盐仓，大众嚟献吓丑，纵然败阵，你可以死口唔收。如果当佢系知音，你就爱回答两首。唔好诈哔，若系盐唔够，重有五千墩回味，呢吓亦要开头！

7月18日　　唔怪你认小　　又谐

唔怪你认小，有乜几大乾坤？若果驶度茅山，就收左你个贩神，叫声速起，你咪个频来混！至怕挑出一个钟馗，把你大唊咁吞！或者唔得销流债票，呢吓你钱财紧，亦爱好言好语，我正肯烧的金银，就系有时冲犯，莫怪我生人近！你跟住个副街头靴伞，咪重苦苦缠身！实在提到神权，我迷信冇份。唔好再捻，捻多嫌俗品，想落共你无冤，你去找着个个代人！

7月20日　　唔得眼闭　　谐客

唔得眼闭，该系把气嚟牵。死扣唔收，正话你醒醒然。做乜我不歇呻（去声）声，谐极你都唔转便，既是有心还俗，乜时快又爱登仙？大概前世共你无仇，父子嘅缘分系浅，呢吓想嚟擸债，亦擸不得几多钱。个日为着你夭殇，睇住你容貌快变，惹起我满肚闲愁，只得吊你一篇，虽则系三朝七日，究竟我心难免！唉，仔呀，真正贱，今世唔相见，亦趁住回映个阵，想过几句回言！

7月21日　　鬼孖你赖厚　　谐

鬼孖你赖厚，你重讲起恩铭，好在佢一个英雄好汉，共你界限分清。嚟到临死个时，都话唔关你革命。大众唔同宗旨，早有个句说话声明。呢吓你想监硬拉埋，架子唔到你顶。正系死供难改，讲乜草木皆兵，虽则挂起一样咁嘅招牌，倾实系唔同（上声）路径。任你皮条扯尽，点重借佢为名？丑死鬼咁厚面皮，还

· 87 ·

亏你敢认！既晓得言犹在耳，你重揾乜谁丁？但得你咪残害同胞，但亦唔在你敬！唉，真笑柄，传单连日胜，点止钦廉根据，靠在攻防城！

7月21日　　晤睇得你透　　群

　　唔睇得你透，重笨过一只山牛。我估衔书识墨，必定品学兼优。况且常日听见自命不凡，夸海口，又话云程万里，任意遨游，英雄天下，独你居为首。要干惊人事业，志方休，五千价值，可算非常厚，如此高才，指日出头。点想表面系咁堂皇，内里全生锈。今日识透行踪，替你带羞，恨我有眼无珠，分不出好丑！今日始悉你系一个锦簇花团，顾绣枕头。做乜平途坦路，你总唔思走？多行荆棘，又怕闪跌泥沟，呢阵时低人格，重有边一个共你为朋友？不同志愿，只好各自筹谋。愿效管宁割席，相分手，各行各路，免使担忧！你睇舆论纷纷，知道否？唉，谈讲你臭，令人心作呕，做到舞台公敌略，问你点样子立在环球？

7月23日　　唔使咁恨　　群

　　唔使咁恨，恨极亦系难翻。纵然长恨，也是虚闲。细想恨海情天，原有界线，点好无端怨恨，恨积如山？常言道朋友相逢，相见恨晚，做乜唔恨相孚同志，做个莫逆金兰，纵使有满胸愁恨，亦可以倾肝胆，恨不得有人帮助，痛痒相关！总恨性情，多怪诞，每每因些微恨，大起波澜，就唅将人结恨，如冰炭，恨人入骨髓，似觉太过交关。虽则你想恨比天高，亦要人肯尽赞，只恐恨无地洞，可避羞惭！莫不是一心专恨，钻（平声）钱眼，只恨，点金无术，所以事事唔啱？你睇有恨蟾光，亦唅常暗淡。难怪你人间离恨，更属万丈深潭。愤恨须要在平情，唔好咁妄诞，免致恨极撩人，冇定转弯。恨小非系丈夫，妨住吓撞板，寻愁觅根，岂有话冇人弹？正系千秋遗恨，终成憾，一时失足，个阵恨唔番！恨人恨事，空嗟叹，系咁多愁多恨，我亦替你担烦，试问此恨绵绵，何日正散？重怕恨来恨去就唅废寝忘餐，抱恨咁深，想必你时常（仄声）捱惯！唉，肠恨烂，恨到终宵唔合眼。可恨情天易补，恨海填难！

7月25日　　你唔好去自　　嘻嘻

　　你唔好去自，去又几阵翻嚟，为着有的原因，咪当我乱嘶。闻得个个学堂，教习亦还有席位，见你话家贫亲老，故此有意提携。摇尾咁样子乞怜，想落都情实过制。虽则系人格下流，重未算得点低。况且睇白有自己便宜颈又唔着乱驶。纵然丢架，几时（上声）三十六个丢齐？往日你想得咁交关，重话你唔怕坏肺！

呢吓居然得水，又笑乜野蛋家鸡？水鬼升到城隍，难怪恶睇！唉，唔在计，龙腾初得势，但系旧日嘅来书，今日免提！

7月27日　　听吓唱命　　群

听吓唱命，命就冇乜人弹。独系四柱起嚟，有度天狗关，好在癫狗咬极唔伤，倒唔同我替难，管得你凭空乱吠，我亦当你为闲！大概和尚关有一度相冲，冲亦唔怕点犯！到底冇的揸拿，算系五鬼一班。此外一路哦运程，唔好都有限！漫讲你个条搭膊咯，搭手亦几咁为难！千日你呢个蛋家，人地唔到你蛋。睇得你五行欠揦，该定俾你捞餐，但系佛都有火，点抵得揶揄惯？唉，真正字眼，一枝成慢板，就算金刚唔怒目咯，亦唔替你心烦！

7月29日　　林间鹊　　群

林间鹊，在个处枝头。常道花能解语，鸟可忘忧，故此天尚未明，你就开唱口，夕鸣朝噪，到底为乜来由？听见你有声无字，令我猜唔透！空系撩人耳畔，唧唧啾啾。恨我鸟语的确唔通，雀呀徒自启口。每听你长鸣短咽，更惹侬愁！只估声声布谷，就唔禾苗茂，点想一场水患，把人收！你每到夕阳，西落后，见你成群结队，向林投。我又估你系灵雀知时，兼晓气候，谁料你乱鸣树杪，不替世上分忧。莫恃住巢垒可作栖身，无乜祸咎。倘或有时倾覆，未必有咁自在优游！自古话猩猩鹦鹉，亦不离禽兽，就算你唔莺簧巧弄，亦不能休！或者你毛羽尚未长成，难得远走。抑或高飞无力，只着在此处停留？呢阵双星会合，期唔久。你便早向银河桥畔，把身抽！好把天孙来等候。此系你应当责任，切勿推求！不若学吓反舌无声，唔唔获咎。再莫摇唇鼓舌，时不知羞！体念你系鹊鸟无知，情暂宥！唉，须要想透，寒蝉当噤口。鹊呀我劝你留番啖气，暖吓咙喉！

7月30日　　亏得你去　　谐

亏得你去，取去到失魂鱼，面皮咁厚，枉你读过吓诗书。除左个班凉血，未必就冇人相与？况且呢只分明精怪，唔害到种族无余。想你个日嘅行踪，真正鬼鼠。共你一场交处，就算系两眼无珠，抵得你重蛊惑多端，边个容得你住？乜事有观音唔做？爱做荷叶咁山薯。今日留去有咁艰难，唔见佢孖你做主，出到呢盘猫面，重估你讲句莺居（近音）。想必佢人事份外唔同，故此你心又咁注！唉，边样好处，来生难再遇。姑且话你相投臭味啦，两个都系小人儒！

7月30日　　唔好咁吽哣　　群

唔好咁吽哣，做乜乱话诈病临头？无端大话，岂不含羞？况且呢阵世情，非似旧，几多疫鬼，在四处稽留，若系碰着时乖，兼共运丑，恐怕弄假成真，点得罢休？点好忌讳毫无，系咁将自咒，真正支离床笫，有边个共你筹谋？好话一句识破唔灵，休要应口，务要保住一年勿药，免使担忧！可怪你无中生作有！若果共你关情密切，日夕皱紧眉头，你其中心事，我实在猜唔透，未晓因何原故，为着谁嘥？故此伎俩频施，将计扭。你便讲知明白，等我晓吓内里根由，若系含糊搪塞，不把真情漏，纵然有策，点为你分忧？我呢三番四覆，把你来追究，只见你无言无语，祇系点头，个种行为举动，诚荒谬！又似邯郸未醒，一梦庄周。不若祷告彼苍，求护佑！唉，情可宥，切勿将人诱。你若然唔讲，我亦定要追求！

8月3日　　双星会　　群

双星会，七夕佳期，呢阵牛郎织女，共慰相思！细想一年一度，非轻易，望到一载迢迢，正到此时，你话隔别咁耐暖离怀，真正谈讲未已，试问一晚有几多时刻，就要两下分飞。今晚佢双星见面，一定讲不了心中事，寒暄别悃，诉未尽言词。佢地相会银河，干你底事？做乜要你遍陈瓜果，咁费心机？问你乞巧在庭中，何所谓，向往天孙求祷，我见你实在痴迷！佢呢千金一刻，点理你闲余事？任你头颅磕破，佢亦总总唔知。纵此有眼无心，将你看视，佢都向往银河，话吓别离，重怕你讲多言语，渠生气，怪你不近人情，世务不知。试问你乞巧唔成，还有乜趣味？白花钱钞，有半点便宜，何不多行，公益事，把资财拯救个的，难民饥，社会重哙扬名，标姓字！唉，当切记，七夕唔须理，就系牛郎织女，都要叫你把品性更移！

8月7日　　七夕又到（戏为某女士作）　　谐

七夕又到，惹起一段离情。年年有日，都话会双星，我估心照驶乜皮条，又唔怕忘记路程？睇住填桥有鹊，点想佢噪喜无灵，两个会少离多，莫非系前世注定？想话向银河偷渡，亦见不着你个牛精！唔信一面都系无缘，叫我又唔在怨命。咐就想填平东海咯，毕竟负个虚名。共你相约黄昏，约极亦原实假景，枉我一心嚟候你，重系未嫁嘅云英。呢吓天各一方，成个孤独影！唉，无聊境，怕染相思病。君呀，我为你汪汪流泪咯，夜夜都唔停。

8月8日　　立秋咁快　　群

立秋咁快，叹一句蹉跎，怪不得呢副颜容，发落与及齿辣。世上算系极地命长，唔多得几个。天呀，乜事光阴如驶，不把我慢慢消磨？人世至怕系满目皆秋，个的情景恶过，况且屈指计吓从前，去日都有咁多！昨夜耳边鸿雁，又叫得声凄楚，雁呀，到底你南来时候，个阵光景如何？若系岁亦有秋，成好结果。我亦恨不得年年秋熟，有的别样风波！今日想起水正成灾，风又架祸，唔系小可，听见双眉紧锁。断估梧桐凋落，好睇过呢吓嘅田禾。

8月15日　　唔使你劝　　群

唔使你劝，劝极我唔听，再有肯让人一步，咁好人情！虽则招架唔来，就系死都要硬顶！那怕舆情公论，重相轻！我明知劣败，偏要夸优胜。怕乜惹人耻笑，坏声名？仗住咁厚面皮，只管言吓革命，何妨纸上，妄谈兵！算我心内未得了明，好在有部百家姓，稽查尚友录，就晓得历古人名。你话叫我倒戈降服，难如命，不到全军覆没，誓不收兵！不惧佢言庄，兼共论正。我只有胡柴信口，立乱把佢批评。或者学吓泼妇口头，将佢咒病。大抵为人拼烂，万事唔惊。舞台使乜，要人公认，在乜佢地旁观，抱不平？人世纵然，无血性，不过拼行衰运，不讲中兴，立约条章，经已定。枉费铁砚磨穿，用秃管城！

8月18日　　唔系怕死　　谐

唔系怕死，驶乜替佢惊慌？原来志士，就系咁嘅行藏！革命唔系易得成功，难怪人叫乱党。若问性命籍贯，你爱话系有天装。救国亦有大万三千，讲吓断唔哙上当，驶乜偏把三代明开，正算得系保皇。白白咁就革去功名，点嚟得人地口讲？唔估捞个咁大声名，阔过奉旨建坊，怕乜你三字头衔，话得声势咁壮！不过有人出命，你出口亦无妨。睇吓上日去尽咁多，重有河口一熨（借音），至妙系利害十倍，不歇有军债侵缸。但得你公婆（上声）齐全，唔管佢家产尽丧！唉，心想开，就哙成癫戆。至着恕你返回祖国，做一个泮塘王！

8月19日　　听见话跌价　　谐

题词：人客肯鞠，咪当系熟肉，又捞个第一，算你好福，趁早上街唎，彩玉！

听见话跌价，你重挂起高标，预防削野，顶硬去学人嫖。往日咁贵嘅番薯，唔见佢充吓大少？呢吓薯莨当造，你睇住货式嚟销。百五鬼佢肯教飞，亦都唔算

· 91 ·

系少，不过散钱功德，免驶你闹得咁衰潮！虽则冇人咁阔，亦见吓鸡疴屎，替你高抬声价，等你两遍捞么。呢阵咁好机缘，若果你花债未了，唔去揾佬嚟跟，就系你贱命一条。今日奉劝几句两眼，非系讲笑，莫把艣杆长竖，起势揾鬼嚟招。咪估碧玉嘅年华，长系咐小！唉，唔好卖俏，趁着呱呱叫，等到来年今日，你便知道眼眉跳！

8月21日　　成乜说话　　谐

题词：咪咁恶，度度返驳，扳你只角，啖痰点吞得落？冇作，似只吽鹤！

成乜说话，又话拼定瓜分，宁可锦绣江山，送过外人。讲到盗狗爱食砒霜，断估从冇咁笨，不过驳到哑口无言，生定自吐自吞。总怕亚丁断冇咁多，随你去揾，呢阵催人落葬，你又爱拣过时辰。虽则太监食左西瓜，都唔好含血乱喷！怕笑到合口唔埋，话你睇个道理未真，你当写字落板牌，随便用粉！想把从前十九续，抹去荒谬嘅时文，重有热血同胞，佢唅听到火滚，话世界第一面皮，算你革命军。上日急症咁深伤，已自撩恶亚恨！唉，唔在肉紧，枉你称通品，又一个死口唔收，气坏你咯汉民！

8月22日　　裁乜野梦　　群

裁乜野梦，话我望佢分瓜，到底盲公捉影，问你有边度揸拿？听你个的口词，系一个狼毒婆嫲，嫁着丈夫唔得宠，日日咒几句冤家，只估瞒住吓街坊，唔分得真定假，总系大话讲得长篇，爱顾住甩牙。情理唔近过二分，恃在油嘴一把。你讲河口个的情形，隔落尽系有渣，管得你声势虚张，毕竟唔顶得架。岸上睇见龙舟，尽知道边只点扒。你晓话，众把公理驳明，今日偏要谩骂，净系后语唔对前言，已自抵偿嘴巴！听见若果唔𡃁，除非烧定系瓦，成乜说话，五行单欠打，实在你胡言乱语，重想干没我中华！

8月25日　　钱一个字　　群

钱一个字，点舍得两分开？一时唔见面，我就自觉痴呆，事事可以通神，点怪得人地喜爱！拯人患难，又收得人灾，百样有你帮扶，就无阻碍，功名发达，与及子禄妻财！床头金尽，尚有谁僾保？任你本领高强，也要走开！你睇多少英雄，称气慨，无非件件，都系仗钱（上声）你栽培！有等违条犯下了，弥天罪，钱神授手，就可无灾，胜似南海普陀，观自在！钱丹救济，赛过佛祖如来！点得家兄旦夕，不弃常青睐，要我胁肩谄笑，逢人爱，奉承恐后，愿作奴才！试问吓群蚁附膻，谁肯改？金山铜穴，志未全灰，讲到公益善为，全不睬，实恐钱神一去，不肯回来！钱呀，愿只愿你我相亲，千百载，我就揸实呢个荷包，断断不开，任有雷公霹雳，打不破钱箱盖！唉，无变改，孔方蒙厚爱，呢阵唔忧命短，只怕少了钱财！

8月29日　　唔俾你睇透　　谐

唔俾你睇透，国会呠有日期，再谈革命，当你作歹为非。军债亦爱收盘，边个重贪你钓饵，望到颈长孙大，重怕未得分肥！听见新到有个亚丁，同你锁件货尾，好似低田崩陷，替你修筑围基。呢阵民权发达，乜佢重哨唔知起？睇白冰山难靠，做一只有爪蟛蜞。可惜佢身入牢笼，呢吓唔晓遁地。任你打麟折胆，慢慢正起过双飞。今日听得佳音，同我争吓唻气。真正可喜，想来还有味。独系可怜老革，个个锁起双眉！

9月2日　　来宾雁　群

来宾雁，岁又经秋，声声嘹呖，实东侬愁！见你翱翔空际，冲斗牛。亏我触景撩人，恨怎休？雁呀，记得共你相分，唔觉几久，今日又逢雁面，在天畔遨游，一往一还，颜色照旧。可叹人情变态，事实堪忧！想你灵鸟知时，兼晓气候，大抵亦呠替人悲愤，替人想吓。试睇今年往岁，相同否？我地同胞遭际，受苦担忧，风灾水灾，难解救！伤残人命，水面浮沉。良田沃壤成乌有，呢阵杂粮禾稼，点望丰收？何以谋生，家有八口，更怕盗风猖獗趁此缘由，堪羡你天边长啸，一队队联群走，排行雁字，协伴同周，团体相依，唔肯错漏！果实人难如鸟，枉在环球。虽则世上未分良与莠，但系各人责任，亦要各人忧。警世何妨，开一句苦口，等好邯郸梦醒，趁早回头，相爱感情，容易挽救，自然兴旺在神州。雁呀，忧事忧时，知道否？唉，从今后，人材能造就，免致时常望月，学吴牛！

9月3日　　劝你唔好咁谬　　谐

劝你唔好咁谬，谬到太冇天装。问吓四万万同胞，边个公认国亡？日日都话排满复仇，你只估贪口爽？睇白瓜分成局，重系顶硬唔慌！往日立宪冇音，或者人呠上当，呢吓开成国会，你重发乜癫狂？靠你带水拼定沉船，因为先驶错港。若系皮肤湿热，爱叫佢挖肉生疮。想你呢流人格，委实良心丧。重闹事说古谈今，好似烂个在行。听得你乱谛无为，估话还有指望。想到九年期限，军债重有乜谁帮？到阵法律文明，边处容你乱党。唔信入藏（仄声），点样逃罗网？亏你死期将近，重学乜荒唐！

9月3日　　中秋月　　群

中秋月，岁岁相同。记得去年此夕，拜月庭中，非系迷信神权，将月你敬奉，不过满胸愁绪，表诉吓世界愚蒙！想起国害有三般，真正可痛！第一八股文章，腐气攻；缠足就把女子肢体伤残，为作冇用；最堪人恨，黑籍芙蓉，如斯痼病，点得人强种？时危欲挽，只有急务开通，可叹我地同胞，如似做梦，沉迷呢三件啫，怪不得国弱民穷！幸喜科举如今，经已断送，稍现文明，更改世风。惟有缠足尚未改行，真懵懂！个的女流厄难，未得自在从容！更有鸦片酣迷，唔肯自重，形骸枯槁，背似弯弓，职任难当，身体懒动，你话做人如此咯，不若地府相从。月呀，我曾祷祝，望你劝化同胞众，点想你顾自己团圆，不理世中？人话月宫丹桂，乃系嫦娥种，我话你无光无气，体质庸庸。使乜瓜果遍陈，虔献供？可笑个等无知无识，世务唔通，若然真正有月姊，居仙洞？唉，长梯捧，不畏罡风冻，定要云霄直上，月殿相逢！

9月5日　　听到耳闷　　谐

题词：乜野声气，真正骨瘴，纸鸢咩，放屁！你记一记，冇口话人，冇口话自己，正人尾！

听到耳闷，个只纸鸢声，重估天上纶音，乜又咁嘅唱情？纸札有乜心肝，哙飞亦原系假景！但逢秋后，睇吓重有乜谁兴？你想直上云霄，同佢天日比并，到底务毫无价值，谅白做鬼唔成！今日天外任得你翱翔，实在凭乜本领？若果引线无人，问你边处揾丁？睇死你插翼难飞，姑且留你贱命！一实系归人手上，怕乜把你松绳。至怕吹阵狂风，你明系输个澹定，重哙皮穿骨烂，个吓乜架都丢清！可喜你沦落在天涯，依旧好胜！唉，须要醒，孤鸿斜照影，莫话逍遥海外，总爱顾住吓前程！

9月12日　　鸿鹄仔　　援弓

鸿鹄仔，冇见好多天。唔估有只龙舟，凭住街上攞钱。往日听见歌声，又话得人地咁贱，乜呢阵草龙喂足，哙唱得咁长篇，可惜上平去入，重有的未（平声）分辨，故此滋极牙音，都系未得咬弦。腔调不过讲的沉尖，情实最浅，呢个自然天籁，驶乜把气噪牵？既系拙妇偏爱效颦，丑态亦随得你献，当系得意嘅文章，就卖吓学院前，总系你巧弄笙簧，怕唔学得莺共燕。毕竟一只离群孤雁，枉费叫苦天边！若想化作纸鸢，千一日容易断线，唔好作变！莫估乘风便，知得你响弦吹动，就系一味胡言！

9月15日　　唔晓就咪驳　　谐

唔晓就咪驳，偏要嘴花花，想着抽人后脚，就爱扭的揸拿。至着系一味唔声，未必人话你哑，好过乱谛无为，开口便差！微末呢一个借音，乃系常惯俗话。若果你死心唔分咯，问吓初学琵琶，板路既系咁外行，点样亦唔兜得架？摆白土谈未（平声）脱，毕竟系个老乡巴。重韵亦有咁多，劝你唔唱亦罢，非系讲假！平心嚟想吓，叫我高帽平沽，实在恶饮你茶！

9月15日　　自怨唔哙做　　不平士

自怨唔哙做，使乜咁操心？纵此教精人仔，都系冇乜功劳。况且佢大懵得咁交关，生坏个脑，似极癫狂症候，不识地厚天高，致此乱动唇枪，兼共舌鼓，谵言呓语，说话糊涂，无次无伦，瘟咁乱道！自恃深通文墨，大有工夫，唔怕识者听闻，笑刺人地肚。亏佢万分颜厚，算得世间无，故此与我地，难同分量道。做乜不为高尚，愿被泥污，只话爱人以听，就把良言导。或者能遵教训，醒悟迷途。点想前愆不改，仍如故，更重悬河口角，欲效张苏。正系孺子不受教言，无可制造，朽木难雕！知道系苦，无人过问，就哙一身孤。品格咁低，难怪人共怒！舆情不洽，怎把事业来图？莫谓根深兼蒂固，实恐一场风雨，叶落枝枯！罢咯，我且把心事叠埋，观吓气数！唉，知你输日运倒，个阵你就要寒蝉噤口，讲乜者也之乎！

9月18日　　真系乱谛　　冷

真系乱谛，乜野叫做纸鸢声？未曾睇见有冇咁嘅牌名，有的似系粤讴唔系点正，有的似系南音，又实首恶听。我话曲调有一定嘅规模，唔到你任性，全无板路，咁就句读难明，只好对住个外行，歌俾佢听。你当人人都系大懵，分辨唔清？究竟算系乜野体裁？你须明白指证，唔好卖靓，精神须打醒，咪个粒声唔出任我讥评。

9月21日　　真系好笑　　冷

真系好笑，有的咁嘅纸鸢声，分明乱谛借住新货为名。舍得真正系新腔，唔怪的你认，总系不咸不淡，咁就分辩唔清。叫我翻去问吓老婆，真亏你话醒，可恨你妹子痴顽更重不灵。睇你新货得咁交关，大约忘记左氏姓，揞住良心一味日日扭丁。好在有咁厚嘅面皮，言语又咁巧佞，无乜指证，荒唐成笑柄！若讲到自然天籁唎，半点你都唔明！

9月23日　　新到冇谱　　谐

题词：乱咁谛，上下平都唔计，叫我亚哥咩？怕你认错老契。伯爷咯，唔系点开胃，重扭个嘅制？咪掬生日罢唎，死仔！

新到冇谱，差的读你唔通，咁似八诰盘庚，我爱请教吓汉雄，叫应全系沉音，唔知乜作用？想起一之和尚，凑你异曲同工！新货唱尽咁多，我实在未（读微）听过呢种！就系琵琶初学，咁快点破得喉咙？你话翻去问过老婆，我又难估得中。见佢平时歌唱，总有你咁支公！白白造出又一只纸鸢，真系亏你作俑。当佢声声扶汉，冇的音瓣相同？日日讲话排满复仇，希冀鼓众，重想债票销流，怕你一实撞葱，咁就叫做剧本改良，听到我毛管动！真正大㦬，痴人休说梦，咪估恃住面皮冇血，笑极你唔红！

9月25日　　两橛人　　谐

真正怪物，有只死剩黄瘟，前后分开两橛人，国耻晓得串歌，往日你唔系混沌，呢阵变成动物，都重脱不得全身！粤省呢一遍水灾，还当系遭劫本分，点得咁有良心，敢话应在二辰？靠着你做轮船带水，一实唔安稳。睇住驶埋大石，你重港口唔分。呢吓丢离公事，一味去争私愤，逞头出角，帮硬你嘅狗党狐群！可笑口黄未脱，闹事称通品。见尽剧本嘅名词，算你纸札最新！第一形容肖妙，就系周身棍，随风滚，绝有良心问！一旦逍遥天外，睇得你咁沙尘！

9月28日　　唔好咁恶　　嘻嘻

唔好咁恶，有阵激到人嬲，请你食盘猫面咯，重加四两猫油！虽则马屎凭住官威，点当得人系亚茂，就算人家忍气，都话你听天收。停车运货，阻极都系人门口，断估生意场中，呢件系佢自由。乜你逢人乱吠，好似一只癫狂狗！重想埋身咬啖，佢又点肯干休？况且行路见着不平，亦唅帮吓佢手。咁就扳齐双角，怕乜你系山牛？只晓得自己强横，唔想吓人地恶受！一实系咁行为，乞米都唅打烂兜。呢遍罚款咁轻，重怕你筹唔够。监满后，寻条生路走，快的担起旗杆，再学过梯头！

9月30日　　　呢一个痘种（事见昨报《寻芳者鉴》）　　　嘻

呢一个痘种，莫种落过儿孙。科举已自唔兴，你咪捞个状元。睇佢样子，几时俏皮（上平声），年又咁嫩，乍面相逢，重估满肚密圈，好极都系野花！君呀，你唔好眷恋，呢处非系泮塘海口！听你住只短篷船，等到面目全非，就爱同你入院。想起呢一条门路，你话几咁心酸！平日仔你至亲，个阵亦从此割断。就系贪图风月，乜结的咁嘅邪缘？唔系生成贱骨，想落亦哙唔甘愿，子禄妻财，件件替你喊冤。呢几句药石良言，你爱听吓我劝！心早转，有益还无损，莫话有钱买货，系你嘅自由权！

10月5日　　　乜咁悲切　　　嘻

纪事：重阳扫墓习俗相沿，有一种燃花客，携冥楮，盘旋于丛葬地，或俯伏而哭之哀，问何哭？曰：哭契家婆也！哈哈怪绝，管城子讴此以刺之。

乜咁悲切，为忆契家婆，装模作样，都爱认作情哥。人客讲到真心，还算推你一个，点想眼泪唔干，实系靠住个手薄荷。虽则系一页纸钱，劝你唔好责错！恐怕鬼门关上，亦哙醋海生波。想着乘势捻化，睇白你条计扭左。正系蛤蟆唔自量，点配食得天鹅？你把野鬼拉作老相，有阵还哙惹祸，碰着个的孤魂无主，你又禁得佢逻梭？见你呢场祭奠，实在开心火！真折堕，咁易捞番货，睇过几低时运，正识着你大泡禾！

10月5日　　　真正好睇　　　醒公

真正好睇，睇吓纸鸢飞，哄骗儿童。仰面时，点染与共装潢，凭线系，纸糊竹扎，仗着风吹，佢就声声扶汉，在云端里，总系年年听惯，不足为奇。每逢秋令，金风至，个的人工巧妙，极费心思。若遇好风借力，飘空际，撩人耳畔，韵凄其！胸中未晓，佢系何宗旨？无奈听出呢派胡言，少见机。谅佢半纸一丝，成得乜事？未免人心蛊惑，似极支离。实怕风头唔顺，怎样担当起？有日线断筝流不自支，好似流水落花飘柳絮，一身无力，送在污泥。可惜费尽几许精神，将佢造制，风姨刚烈，岂有不相欺？罢咯，不若拾起呢只破坏纸鸢，归诫子弟！唉，唔过制，莫来寻闭翳。呢阵揾条正业, 勿把玩具为题！

10月6日　　　如果会唱　　　讲心

如果会唱，大早你又唔歌，见人唱野又乱咁吟哦！未晓你系专登还是懒惰，抑或装模作样要我摩挲？咁耐你嘅账从未，又试揸埋条颈任你消磨！今日你唱得咁交关唔记得我，人人都话系着坏了哥。虽则丧尽良心唔止你一个，称乜好货！声喉将唱破，咪估粒声唔出就当系大泡禾！

10月6日　　唔在卖靓　　楚狂

唔在卖靓，靓极亦有人哗！呢吓暂停交易，驶乜见得咁深仇？俗话讲到有新，一实都系唔爱旧，任你出尽周身桥梁，点把主固嘅勾？好马发起四蹄，但亦称得善走。纵然饿草，未必肯食回头！讲起豢养嘅前恩，你重身系在厩，咪话一心辞路，就衬吓主人羞！既是重系文字，你敢明夸口？今日又全盘收窄，问你为乜因由？摆白呢手故工夫，都系清实未够，自己乞食唔嚟，边个打烂你砵兜？劝你静静思前，兼爱想后，唔好咁谬，讲多还献丑。若果译音唔正，驶乜你的隔夜烟喉？

10月7日　　唔算系靓　　忍俊

唔算系靓，重有边一个风流？独占香城好几个立秋，别个唔声难怪我海口。装憨卖窦靓咁就竖起手公头，坐倒处都要爱钱怕乜人地笃后？忘恩负义算我系听天收，乜谁（读水）叫你赔钱来买难受？若讲良心两字，切莫同我开喉。况且你新牌乱开唔念吓旧。等到别抱琵琶又把我嬲。今日架子丢清唔亦都罢就。菩萨保佑，依然还有亚茂，未必贪花人仔个个都共我水氹油！

10月7日　　唔系哙唱（代答讲心）　　楚狂

唔系哙唱，莫怪我岩沉（二字借音），一字角把我丢埋，鬼共你讲心？人客个个咁靓，边一个嚟探大婶？我亦睇钱面上，笑口淫淫，厚薄有乜点分！只为佢明晚再稔，但得有心睇顾，就当佢格外情深！话我唱口唔得在行，乜叫我陪咁耐饮。呢吓虽然斩缆，重望你好食翻寻。个日记着孖我捉煲。想劝你唔好咁甚（借音），都系恨在一个月头，少赚你几十金。君呀，你亦念吓交情，旧日孖你荐枕！唉，真抱憾，相欺将头磕。乜我出尽咁多桥梁，你重煲极唔淋（借音）！

10月7日　　秋近暮　　忍俊

秋近暮，节过重阳，睇住秋残老去，叫我怎不心伤？真正茌苒光阴，流水一样，点解如梭日月，去得时匆忙？独有东篱菊蕊，系咁含苞放！可羡萧条傲骨，可以经霜。点得白衣送酒，为我消愁怅！等我持螯对菊，学吓逸士安详。无奈呢阵时势咁艰难，唔到我享，只有忧时事，不觉两鬓如霜。况且国民一份子，定有多希望。总愿和平世界，我地亚东强，点肯饱食图安，终日放荡？热诚萦抱，岂有话有乜相干？但得效果收成，心内就放。个阵享不尽无穷幸福，色舞眉扬。可恨满途荆棘，多魔障，阻碍文明，实见可伤，野蛮顽固，不识维新象，算得世务唔知，一味血凉。共佢冰炭唔投，分别志向，重怕被佢辈前途阻滞，又恐误我韶光！呢吓将完秋色，不久梅放！唉，休要阻挡，有路应前往。容乜易须臾一载，转眼就系庆祝春王！

10月8日　　唔谛亦罢　　（答楚狂）　　又讲

唔谛亦罢，谛极佢唔慌，常日话佢何衰，不知系你楚狂。我孖佢咁耐交情，唔怕心事尽讲，驶乜你埋嚟答口？唱得咁好新腔。佢睇透我嘅心肝，我全知佢五脏。憎死鬼你地闲言闲语，咁号为人忙。人地斩缆咁伤心，你尚且贪吓口爽。他日若然驳缆，就怕要惊动街坊！莫非你中意佢徐娘虽老，旧日都有登花榜。实在佢唔弹唔唱，怕你枉做花王。况且算起酒账咁多，我亦从冇欠项。呢遍佢一时嬲着，想落冇碌吓南关。今日把佢丢疏，唔知佢近况，心盼望，香国重相逢，或者佢认句唔该，带佢做个二房！

10月8日　　秋呀你唔好去自　　群

秋呀你唔好去自，等我慢慢共你商量，绸缪三个月，点舍得一吓分张？近日秋色渐残，我心事见怆。睇住你一百日瓜期已满，一自自朔风寒，秋景果系撩人，堪玩赏！第一当头秋月，叫我点肯负却秋光？秋风阵阵，吹人爽，最爱潇潇秋雨，助我诗肠。只估白帝可以为我暂停，愁略放。点想挽留无计，岂不心伤？算起中秋才过，有几耐临霜降，做乜流年似水，去得咁匆忙？虽则你去了又冇番嚟，仍照一样。独惜我呢阵频添岁月，鬓白如霜，双丸飞走，不把我衷情谅！亏我秋灯愁对，自觉彷徨，听得秋虫唧唧，似极骊歌唱，触起叠叠愁怀，更冇主张，意欲把离筵，摆设在阳关上！唉，愁有万丈，秋去多惆怅，愿你略停车驭，讲透吓正去亦何妨！

10月9日　　唔信系病懵　　哀王孙

题词：有尾学人跳，冇尾学人跳，人家打锣，你就乱跳，好个寿星公，自己揾吊颈，我睇见想笑，又可怜，又好笑，究竟点样呢，忍笑！

唔信系病懵，做乜会发银寒？一吓就想赢埋未必有咁好嘅顺摊？摆出呢个搭台唔通全冇破绽？亏你一时懵懂就想着刮银滶！有的咁好嘅官司又得人话协赞！断估二千赔丑就会稳阵捞单。舍得你系富翁还是显宦，声名远振不受讥弹，抑或认识多年名姓熟惯，又或含仇抱恨与及呷醋交关？样样都共你无干，饭碗又唔系打烂，因何立意偏要共我为难？好在青天白日云皆散，高悬秦镜未许藏奸。实在你系乜野身尸，敢话人地谤仙！盲左对眼，破财兼撞板，你话个的帮声朋友几咁羞颜！

  10月9日 晤自量 心凉

  唔自量，一实扭架嚟丢！带路靠着个盲公，点得过桥？世事至怕唔爱斧头，重唔得事了。做乜白白无端，去把祸招？可惜你年纪咁轻，经事又少，听人唆摆，未免计出无聊！睇死佢一个败水军师，实系唔做得料。想起内里嘅情由，替你泡气恶消！到底乜野身尸萝卜，闹事生虾跳？逼到势成骑虎，边个重肯相饶？亏你老鼠跌落天平，认得天咁少！唔估哙和盘托出，点到你发单烧！实在个处系乜地方，非比同你讲笑！须要晓，咪个呱呱叫，呢处不但咬人唔入，你可知道眉跳！

  10月10日 唔得眼闭 冷

  唔得眼闭，要我慢慢嚟捱，世事无凭实在系恶猜！睇白呢件官司一定赢到佢晒，有凭有据问佢去边处呢埋？沥咁庆去揾状师，惊死唔得爽快！霎时就兜计你话几咁施排（上平声），个阵名利两收就唔系嘅状态。登时落帘又爱挂双牌。点估到计仔唔灵言语又讲坏。要赔堂费，佢未必肯话千钗（闽语随便）。呢阵进退真系两难，唔知向边一个借贷（读太）？无乜好赖，时衰兼运败，总系一时错见，咁就抱恨无涯！

  10月10日 长日发梦 醒公

  长日发梦，点解梦得咁交关？讲俾过人知，作笑谈！想必你坐井观天，知识有限，所以做来事事，总总唔啱，抑或铜腥气味，归肝胆。为着金钱主义，致哙吃语喃喃，定系烟魔烟鬼，常相探，芙蓉缠绕，懒把身翻！个种行为动作，点博得人称赞？讲到事业图谋，实见厚颜，人地笑尽咁多，知你常听惯，为甚诈作唔知，重要乱谛几番？未晓放厚面皮，还系拼烂？若系稍知人性啫，都哙觉羞惭！大懵得咁凄凉，我实防你撞板，未必遂意从新，得咁顺摊，他日架子丢齐，知悔已晚。纵此演出改良新剧，亦当为闲！任你唱到反线二簧，兼共叹板，关目唔全，点样子转弯？大抵上到舞台，人自有眼！唉，休要顶硬，睇真多破绽，劝你既系不顺风头，趁早转帆！

　　10月12日　　算系至靓　　冷

　　算系至靓，晚晚都有人哮，逍遥快活怕乜岁月难留？欢喜就去游街游到佢透，四围打几个白鸽转，正系揾佬嚟勾，杂吸乱咁买埋慌死唔食得够！若然要钱（浅声），又有大薯头。戏院本系有乜睇头，不过消遣晏昼。有时冇意，唅引倒一两只马骝（读若仔楼），衣服掂到时兴，金鈪有几对在手。头光髻靓你话几咁风流！灰水扫到匀循胭脂又搽到靓溜。灯前火后，就把个的冤鬼嚟收。花露水湿透嘅手巾长掩住个口，亏你食人唔吐骨重诈作温柔！日日都话跟佬上街，情实系假柳，不过系开刀桥架，好把白水嚟兜。礼拜晚一定有人唔驶听候，纵然走狗又有第二只山牛！舍得周世都系咁年轻唔唅老藕，世上重有谁人比你更优？斩吓眼就一年，跟尾一自自起绉，冇人光顾，问你点样子筹谋？个阵只有盲妹（上平声）孖你赖厚。知错杂番边处扭过个老周？劝你趁热收兵咪话情愿守旧。唔好咁哗，思前还爱想后，呢只冇盐火腿，日久就唅流油！

　　10月14日　　食饭难　　冷

　　讲到食饭，本系艰难，日夜劳神正话揾得两餐，整定系咁奔波唔驶怨叹。时来运转就会逐渐开颜。自在断冇成人唔好学懒，吹嫖赌荡切莫埋栏（上平声）！世界一自自恶捞钱银（上声）恶賙。就系牛工揾份几咁耽烦！七件事都要担心唔到懒慢。乍然吊起个米塔，问你点样通关？虽则话富贵系命招时唅变幻，总怕一时落薄，要受讥弹！冇事就咪行街无乜可散，晏眠早起又要识俭知悭。见你日日系咁沙尘唅把情性弄惯。唔着拼烂，睇来难入眼，咪话山穷水尽又试唅捞还！

　　10月15日　　又话唔止　　冷

　　听见话唔止，估重有接续言词。做乜讲完呢句咁快就了（上平声）之？想话嗌你番嚟斟酌件事，抵得藐唇藐舌重话鬼咁摆皮。识透你个担箱，唔值半个仙士。自作多情咁就受你所欺，知道晚晚都有人哮。睇我唔多在意。顾住隔篱个个靓仔，你就眼都唔移。大众咁多账银，真系唔得忿气。想话当堂拆蟹，又觉毒手难施！样子本系平常，唔知乜咁起市！装模作样实在令我思疑，摆白一个良心随得看视，未曾待错你只瘟尸！今日你咁样子做人，到底有撞板日子，唔系小器，思量难入寐。等我牵长条命,睇住你自叹凄其!

10月15日　又话水涨　劝善

又话水涨,听见就心伤,城崩屋塌你话几咁凄凉!冇错系电信遥传唔睇见现象,料必携男抱女露宿山岗,边个冇父母妻儿心里挂望!近日天灾横祸问你点样商量?赈济除左捐钱无乜现象,咪话流亡死尽只系别个嘅家乡,大众都系同胞须要体谅,一毛不拔算系铁石心肠!咪诈谛话冇钱推过人地身上?少嫖一两晚就可以慷慨输将,积少就唔成多唔在逊让,一钱一命望你共解悭囊!虽则话屡次开捐唔止一帐,签题钜款又靠你地大贾豪商。我意欲搔首问天,天呀你何苦咁样?唔系乱唱,讲来心愈怆,敢代灾民百拜说一句作善多祥!

10月16日　跟尾狗　骚

跟尾狗,做得咁衰颓!见着饭头饭尾,一个阔佬唔拘,日日企定街边,听食人地口水。有时心急,怕唔跌落坑渠,睇实呢一碗菜汁倒埋,食极都唔得饱醉!揸惯二摊人客,至阔系认趁横墟,偷食重趁住新鲜,太过唔唸抹嘴。估话主人唔在意,就做吓裤浪禽鸲(借音)。你咁乱谛无为,顾住唸冲犯太岁!凑着你嘅流年八字,铸定系咁终衰!烧肉已自回炉,晚市亦唔得爽脆。真正累赘,咪话无凭据,唔系抄我地传单,问你打听乜谁?

10月17日　听见狗相打　冷

听见狗相打,谅白两只争强。两只争强,就怕有只打伤,个只话系外江,别有一幅心肠!屋内尚且咁纵横,咁嘅又何苦爱养?恐怕见人狂吠,乱把牙张,争食就打得咁交关,重怕还有第二帐。纵然泼水,当系仔佢冲凉,一实爱赶出街头,无乜别样!此后飘泊无家,问你何处倚向?难替你想,衷情谁共谅?管得你茫茫苦海,有恨难偿!

10月19日　拾旧鞋　冷笑

真系可爱,你只着旧嘅镶鞋,唔宽唔紧又款式殊佳。执倒个阵时欢喜到坏,未晓系谁人物健忘(读妄)?记揞埋,若系因佢阴潮须要日晒,乜事天棚唔放偏要放在当街?想必着过一轮嫌佢阔大,唔多在意就日久忘怀!抑或顶指顶到要要搵人做替代?街前摆出故意施派(上平声),越想越见思疑情实系古怪!或者系疯人种毒要累吓朋侪,就想占吓便宜劝你唔好咁快!专门上都系自认精乖,况且

· 102 ·

世界逐渐恶捞，断估冇咁平货出卖！唔系破败，着时真自在，总怕忽然揢脚就会痛楚难捱！

10月20日　　问凉血　　吊云

唔见咁耐，去边处番嚟，一个味（借音）水龙（上声）番嚟又试乱咁西！讲吓别样嘅新闻，还可开吓智慧，甚至谈天说地，至多话你系乱谛无为！先一帐问你嘅时文又唔敢再谛，缩埋阁落头（上声），十足系一只乌龟！有的话躲避我地嘅词锋情愿遁世；有的话闭门思过渐醒沉迷。点估你一阵又贡（借音）番嚟还敢再制，摇唇鼓舌重把别个排挤？想话硬着心肠翻晒你杆底，暂时隐忍算系格外提携。若果重系咁沙尘唔晓变计，扬腥揭秽你就眼泪凄凉！睇见你满纸都是胡言边个话嬲到嚡滞？如果架势，唔驶问亚桂，知道你金钱主义，逼住要革命为题！

10月21日　　日日都话革命　　又吊

日日都话革命，睇死系做唔嚟。既是系做唔嚟，乜事爱乱嘶？叫你把性命牺牲，你知道系唔过制。但系摇惑人心，爱借一个种族问题，白白又撩起亲家，嚟探亚契。等我叫一声凉血，吊一下你口溪，放极都系空枪，实在无乜所谓！计起咐多场流血，通系把汉族难为。想起初买三个炮台，讲得天咁架势，唔知边个大懵捐钱，做得咁贱色？近日件件睇穿，识透你系唔听驶，多年债票，呢阵总部消提！谅白你个败水军师，出极都无乜偈仔！咁容易想着转朝，攞蚬爱望第一筛。呢阵你逃亡海外，所食系无忧米，随便咁谛，手段成佗鬼，千一日冤魂不息，到处去把人迷！

10月22日　　告凉血　　吊云

如果怕闹，咪个出头。你若缩头入肚咁就万事皆休。教训你一场情意本厚，果系心心唔忿，试揿吓你嘅烟喉！你日日讲咁长篇唔知道哈丑，讲来讲去不外揾佬嚟勾！你话我地揾丁情实假柳，边个唔知我地，系正业嘅营谋！况且军债票未曾销售别埠，又有叫人入会好歹皆收。不过见柱死嘅人多，大概系人地引诱，故此不惮哓音瘏口，意欲唤醒吓大懵山牛。笔墨早就无情将你捡透。妇人抵制个（上声）句话，你重记得不（上平声）？亏你有咁厚嘅面皮还敢斗口！又话别人无赖，掩饰自己衍尤。若果你重系咁沙尘，言语照旧，一定喝完又唱重有好多嚟！虽则话咄咄逼人，皆因你情性纰缪，除左诈咔，断唔轻罢手。你可知我地光明正大，又是忌妒如仇！

10月22日　唔好乱谛　锄云

劝你唔好乱谛，咪估发吓牙痕，非比说话无凭，听你自吐自吞。人地唱几句粤讴，就话无赖口吻，旧日纸鸢声调，问你谛过几多匀？一个拉杂嘅体裁，乜你唔见俗品，件件晓得求谋，亦爱占吓自身。鬼叫你生得咁钝胎，天籁都唔呛叶韵。恨我掟煲人客，闹极系几句时文，话我全没心肝，你亦唔在肉紧。既是唔同心水，就痴硬你个黄瘟，顾住你后枕督穿，有咁多牙齿印？称乜起粉，前途须谨慎，自量吓一条蛇仔，点样驾雾腾云？

10月23日　真正混帐　亚矛

真正混帐，点解个个都话嫌长，啾嘅事都讲过人知，未免太过老乡。虽则你系嫌长，亦该捱过哩一熨！若云系臭，你须要问吓自己嘅皮囊，纵使你系貌美声娇，亦未必有几多人鉴赏。做乜有人鉴赏，偏又要扭捏装腔？是必顶得你好交关，故此你唔系点想。但系一时缩短啫，恐怕你又怪我本事欠高强！劝你此后为人须要自量，咪个一味刁乔狃令，当得自己几咁馨香！罢咯，不若索性指引你好路一条，由得你一心别向。观音山有个老和尚，若得传渠衣钵啫，包管渗透你心肠！

10月24日　乜得咁臭　吊云

乜得咁臭，实在难闻。听见话前头有一个屁垦，正在放得乱纷纷。意欲打个德律风前去探问，因何放屁放得咁多匀？料必须食左颠茄和共生粪，不啻自渠口出自吐还吞（叶音）。四处细细访查才知系屁垦，熏人熏到讨厌唎，但重估自诩斯文！请着的咁样嘅屁王，唔知向边一处揾？想话再寻一个，断估要几费艰辛！放屁虽则系人多从冇咁混沌，放完又放不管臭坏他人！睇佢放到得意个阵时，还当（去声）系起粉。扭头捏颈重怪大众生瞋，一自自臭到熏天。佢中唔肯暂歇一阵，随得佢混，臭气难亲近，若想扫除臭秽，是必要多蓺檀芸！

10月28日　人日又到　吊云

人日又到，惹起我嘅离愁。书剑飘零，咁就过了两个立秋。蹉跎岁月，只恨人依旧。乜事别却家乡，忍作远游？倚间长日，想起又心安否？人孰无情，你话点样子解忧？况且荏苒驹光原似走，韶华一去，重点肯为人留？田园乐趣，倾实重系堪株守。何苦爱做天末劳人，好似逐浪一鸥！唉，亏我满腔心事，待向谁剖，实在难开口！不若丢开唔想落，免驶搅住心头！

1909 年

2月1日　　转吓眼　　超超

转吓眼，算系过左新年。百果盆逼住要收埋真正系扫兴（去声）到颠！风气一自自开通样事都从左简便，你想话碰埋都豆利是作致重胜过从前。十二点钟经过老举寨嘅门前装吓里面，睇见灯头摆满重打扮得鬼咁光鲜。咪话世界不漏（借音）都系咁好捞番薯价又长时（上声）时贱，俾两句时文激吓就退出佢有汗嘅金钱。呢阵的阔少有尾精过条蛇眼角原生得系浅，肯话跌三元几块就认得阔到无边，虽则系晚晚都有一两个人开全鸭都未食过一遍！唉，终会不免，事头婆唔驶慌会炒蚬。再制过旧年咁淡就怕要苦过食黄连！

2月4日　　天心太忍　　谐

天呀，你心亦太忍，做乜把命嚟收？咁大一场遭劫，又试落在大沙头？先上一点火星，流到谷埠，睇住个处衣香人影，一阵就变了荒洲。又到旧岁个遍风灾，都算嚟得辣手，重重浩劫，到底为乜来由？呢个世界虽系有钱，都不必嚟买难受！想起疏肝条路，样样亦几咁担忧，火烈重有水深，你话从边一处走？任你趸便长班快艇，枉费嗌破咙喉！既至系身入牢笼，去扭边个打救？白白断送一条生命，只望七月超幽。细想酒色场中不若唔到罢就，都睇透，寻花问柳，多少跌落火坑唔起，只博得个死得风流！

2月9日　　补天穿　　谐

唔知乜本领，闲事唸补天穿？年年咐话啉，本系习俗相沿。煎定几底薄撑，预便红线一串。唔在入佢泥水行头，共佢担吓瓦砖。想必你绳唸亦绑风，唔怕佢风打转（去声）。任佢翻云覆雨，都唸想个法子回旋。睇你重有腊月嘅工夫，难怪天气咁暖。讲到举手去摘星辰，你亦话不甚骨酸，只手想着遮天，都估唸从你心愿。何况今日有咁齐心，非系单手独拳！我亦想跟你步上云梯，唔怕佢云路远！补到一轮月府，或者偷睇吓婵娟。唉，毕竟炼石无难，心莫倦，筹个上算，无分人老嫩，总爱要求立宪咯，补救正得完！

2月11日　　　心你唔好咁闷　　　谐

心你唔好咁闷，搅得我乱如麻。做乜人在天涯，你偏爱逼我在家？早知得你呢个心猿，监（俗音）制重难过意马。若想靠你商量文字，越发冇的揸拿。呢件系我身上嘅世情，在乜你长日咁挂？累你冇时安乐，好似走石飞沙。心呀，你去到个方，我魂梦晗跟到个吓。人话关山难越，路上有边个盘查？我重只估身到家乡，原实系假。怪不得话浮生如梦，世界亦有咁花花。不裁（上声）呢处叫做愁城，困入就难得返驾！唉，唔到亦罢，谁人能睇化？细想此中情绪，重苦过久押官衙！

2月15日　　　倒晒碟米（见昨日新闻）　　　冷

倒晒碟米，猫面又拈嚟，处处都系咁嘅情性，大约要趁早去归。大早就预备一载私盐嚟到呢处诈谛，想刮多少华侨血汗故此要借善字为题。公益与及私肥乍眼原本系恶睇，至弊个个旁观冷眼但重要未断先批。我想扭计扭到呢一条可算得系无上妙计，至好嘅金钱声望一举就两样捞齐！所以沥咁庆走到南洋料不到人地抵制！一吓就人人都话不屑点好话逐个嚟危（上平声）？呢阵进退处在两难顶硬亦无乜所谓！唉，真正翳肺，思量堪损涕！眼白白失左一场机会此后更永不消提！

2月16日　　　无乜所谓　　　冷

无乜所谓，算系发吓牙痕，世事本极无凭乜事干认得咁真！说话有阵带的眼厌尖唔睬佢就冇引，或者又装呆扮钝种种诈作唔闻。芥蒂少少记在心头虽则话无乜要紧，逐渐就闹成笑话都系在小事生根。火气边一个冇的多见识又谁肯认笨？若果系登门打架世冇肯重讲斯文，逼虎就会跳墙真真正难以再忍！舍得系无关紧要就咪个乱生嗔，须知道自己系骨肉贵身矜切不可容易动忿，比喻一只花瓷碗你话碰得几多匀？退一步让佢沙尘未必就从此受窘。第一要权衡至当（去声）屈蠖亦会求伸，至讨厌系竹织鸭咁没心肝不歇缠住你鬼魂！如果斗鞟，当佢真系慎（读慎上声），犯不着时时霁气对住个的痴人！

2月17日　　　团体爱结　　　谐

团体爱结，学吓广潮帮，睇佢大排筵席，局面几系咁堂皇！个晚迭为宾主，乃系礼上往来，愧煞个的界限分明，事事都见笑大方！咁样称句同胞，算得唔系食口爽！重怕乜外人欺侮，敢学旧日咁荒唐，但望你地有过相规，做事就唔好噪莽！莫话金钱主义，又弄出一个冇天装。大众饮过呢杯，前事免讲，但得此后同心爱国，个个系水和糖，断冇为着饭碗相争，好似无耻嘅革党，日日讲住同甘共苦，有错就发尾生疮。今日进步文明，生意从此畅旺，赢个生望。恭维无乜别项，土货有日能兴，都睇你地广货行！

2月18日　　争饭食　　嘻嘻

因乜事干，衔恨得咁交关？既系引为同类咯，好心就咪个相残！莫非系你话个手入寇嘅工夫，又倒过黄氏饭碗？唔系重有边样得咁深仇？偏爱挞左佢，抑或系佢有的行为，你见得唔大队眼，故此落些盐醋？若果系冇咁嘅心肠，呢遍又情实可赞。纵使爱你抵饿一轮，亦哙有日饱翻。况且佢系左相嘅官阶，杀人都唔在手板。你系一个无名小卒，公道爱睇佢容颜。劝你低低地惯铺，咁就无乜后患！趁住有个肯话调停，你便快的转弯，呢个时代正在竞争，凡事都爱炼惯。团体为散，小小风潮亏损有限，多等重系同台食饭，都哙捧左盆兰！

2月19日　　榴连果　　啸

榴连果，惹起我嘅讴歌。试想吓家园风味，比较如何？人话你清香可爱，实在奇货。乜事州府客嘅名词，共你暗合得咁多？离乡别井，本是情难过，顾名思义，转觉得岁月蹉跎。自古话日食荔枝三百颗，我地岭南佳趣，倒系恨煞东坡。况且重有菊松三径，想落都唔错。何苦流连异地，抛却古国山河。虽则异味亦爱同尝，正算得唔亏负我。独惜你陡然异味，总不着得摩挲！世界系你满口咁甜，亦怕唔止一个！唉，都睇破，心闲人懒惰，莫负家乡，风月一螺（吾家小轩颜曰螺隐）。

2月29日　　无乜好赠　　冷

唔好话我乱谛，都有的实据为凭，一定要个的臭屎映晒出嚟，就怕会恶揾亚庚。既敢在大坦地打起面锣，未必话全有把凭，就系一贴松香膏药，亦颇有收口嘅功能。摆白系手下略略留情，唔肯做啭绝行（去声）。真系十分唔好意咯，逼住要逐件嚟登。睇住你密密咁打乞嚏，头壳又不歇咁宏（借音去声），一定系俾人打啮（借音上平声）个鼻喇，实在你知道唔曾。虽则你血口喷人，断估唔揝得你上甑！总怕丢完三十六个架，见着就惹人憎！劝你今日趁早收左把声，唔好认得咁哽（借音去声），无乜好赠，真言须记硬，切勿再盟（借音去声）一回猫尾。

3月3日　送行　嘻

我亦唔在讲白,讲白哈讨人憎。就滋住几句牙音,预早行你送行。闻得你不日就开船,大概唔哈再等,总之系同归一路。有边个捷足先登,只估个位身为统领,靠佢嚟挨凭。点想佢依然削野,咁就束手无能。佢讲话逍遥海外,重有乜蒸人甑?故此你地做得咁强横,起势去捉亚庚。不知口讲得咁阔哉,倾实都系唔责戏。甚至一条军债票,哈牵出别样嘅根藤。若系孖你有的干连,听见就心哽哽。重怕呢遍生意全盘,叫起就哈崩,好比上山遇虎,想脱都系难侥幸,真正蹭蹬!我有句良言赠,你爱把轻掷头颅嘅况味,托梦过狗友猪朋。

3月4日　真系冇引　超超

真系冇引,碰着个噉衰嘅人,舍得你咪打扮得咁风流。未必印得入我嘅脑筋。人地话你系半老嘅徐娘,我都替你唔系点份。边处搵咁嘅苗条光艳,又有咁嘅绝世丰神!见着面个个都赞羡几回,唔止我话系妙品。真算得可怜可爱,的确系攞命灾瘟。睇见你艳丽得咁交关,点估咁难以亲近?重话我有我装憨卖靓,不管你失左三魂。有错系吊起至卖得好嘅价钱,大丁又容易去搵,怪不得整成高兜,叉充硬系自家身。今日你只管起势咁风骚,不过系行啱(借音上声)攞债嘅运!唉,需要谨慎,坐车都防会倒退,试睇吓街上咁多生虫老藕,断估亦数佢唔匀!

3月5日　难怪你驳　嘻

难怪你驳,可惜水洗唔清。呢吓孖佢撤离火路,想落亦太过无情。若果出手学得老徐,怕你争住去认。话佢唔系你地嘅党人,你就死命要拼!今日佢落面得交关,就算人尾拣到剩,该先佢在安南解到,咪个喝起咁欢迎。系咯,族大亦有乞儿,粉线点弹得咁正?既晓得话个人私事,你又再乜心惊?家阵事到头来,我知得系难做统领,讲到唇焦舌烂,划界亦断有分明。劝你就咁吞左啖痰,呢件就明系点景。石识透你内里嘅军容,重去得边处捏丁?此后就趁势归真,唔好野性!须要省定,不宜谈革命。但得实行立宪咯,就可以共享升平!

3月10日　说话唔系乱讲　嘻

说话唔系乱讲,至怕冇上手嚟跟,若果凭空杜撰,呢阵点法子回文?你估取巧在有姓有名，个个都同是一份？总怕打架唔输服，就吟睬到你头昏，摆白俾你遭挞得咁深伤，听见又难怪肉紧！自古话无针不引线，到底都爱你交人。罢咯，白狗替佢黑狗挡灾，断估你唔做咁笨，大话讲滑左条喉，呢遍吟勾去利筋。咪估拼定放厚面皮，丢架亦仍当起粉，问你是谁魔鬼？睇你有乜覆答嘅时间？就系想着颠倒是非，毕竟良心要问，点好无头安出脚，显把党界嚟分！想你败群凉血，叫做无人恨，斟酌发引，落葬期将近，请定一个名师攞线，暂且等到时辰！

3月12日　　不过系暂别　　其然

不过系暂别，君呀，你切莫伤怀，有几耐又试番嚟！共你再上过街，睇见你眼泪包满载眼胞，知道你肠都痛坏。好似系从今一别，大家就海角天涯，想话讲几句安慰嘅时文，叫你唔在芥蒂！但系纵有千言万语，不知要点样讲法为佳？个阵你眼睇我眼，我眼睇你眼，个的眼泪似足断线珍珠，襟袖都同系湿晒！听见你话一句前途珍重，越惹起我苦上心来。虽则系往日共你海誓山盟，变卦都唔着咁快。只是我逼于无奈，算系我种种唔该！呢阵你睇不见我嘅心肝，我亦唔敢话你系错怪！唉，须要忍耐，千祈唔好怨艾。舍得系真心嚟等我，就系死都要共你痴埋！

3月15日　　听吓我劝　　超超

听吓我劝，咪雾气咁交关！呢阵生米煮成熟饭，讲极亦当系虚闲。世上至冇谱嘅事情，都唔似老举咁变幻。佢外面整成老实，机械实在心间。至好你当佢系真心，个阵就钱银（上声）易赚，哪怕系浸油榄核，亦会刮出你嘅油潺。虽则话筵席未摆得到百年，乜咁容易就散？睇白系断唔到底，究不若趁早收山。自古话交绝不出恶声，亦都唔在唱到叹板。不过系暂时惜别，未免乍见心烦！我听见你地讲几句骨痹嘅时文，大约都系人地讲惯，断估等埋到三头几日，就变左竹织鸭没心肝。此后你两个各自顾各自嘅一身，世冇捞得埋一处食饭！唉，须要另拣，街头摆满货办，想话再揾一个同翻咁样嘅，料必亦几咁艰难！

3月18日　　须要顶硬　　旁观

须要顶硬，切莫思疑，义务应份要同担，问你知道未知？任得你当裤抑或当衫，都要买一块字纸，不过系三头几角，亦不好意思推辞！若果系大众不肯上场，一定会俾人地藐视，想话扩展我地党人势力，就要趁着呢阵嘅时机。试听吓唱野唱出豆沙，聋鬼都听出耳屎。又试睇吓一摇三摆，细蚊仔亦赞话稀奇！你想吓有咁好嘅人材，天下都难揾过第二。咪个话睇见就头瘟眼刺，坐吓就快讫了之。总之系多谢你一篇热心，又感激你同一样宗旨！真系可喜，千祈唔好厌弃，至好系当埋衣柜，听（借音上平声）日又鼎力支持！

3月21日　　听见你咁话　　真

听见你咁话，越发令我心酸！今世唔慌重会再续呢段姻缘，大抵妇女个的心肠，都系随意乱转。想话得你真言半句，断估要地烂天穿！况且你年纪已过面□又唔系点嫩，转吓眼就变左鸡皮鹤发，边个重肯共你周旋？往日你共我讲咁多海誓山盟，亦瞒骗得几咁够算！重想开齐索袋，又要我揾头（上声）嚟捐（借音）。罢咯，呢阵正系各有各嘅前因，大家都唔驶话点怨！空眷恋，旧情今日断。恨只恨个个天边明月，偏要向住别人间！

3月23日　　揾乜野消遣　　超超

揾乜野消遣，至好系共老契游街。一时唔好舒展吓啫，腰骨就见软赖赖（借音下平声），车灯要点得至光明，车仔又要行得至快，周围打几个白鸽转，确实系几咁施派（借音上平声），只晓得你坐车就会开心，唔晓得人会稟坏！不过系想着你多赏一元几角，所以就舍命嚟捱！点估你夏屎得咁凄凉，二角银睇得咁大！睇见你凶狠到咁样子，重驶礼佛持斋！况且又俾人地扯住个碌辫，几大架都从此冇晒。不若趁早关门闭户，揾个阁落头（上声）去呢埋！不是你自己演出咁嘅笑谈，新闻（上声）断唔将你去卖。总之系咎由自取，大众至把你嚟屣（借音上平声）。你试掩住吓自家嘅本心，是否系将你嚟错怪？真正失败，沙尘原本系过泰。可笑你死报住一个金钱主义，实在须失礼明侪！

3月29日　　任得你搬斗　　超超

任得你搬斗，断估亦有乜人哮，果然好货食过一定会番头，起首估系正经唔知你会个柳手！睇住退埋咁多虾笼（上声），大约系拈去养孖搂。见着就爱开刀，唔知要几多至话够？咪当系虾春鱼仔，一箸就夹入咙喉。讲到话猜饮唱都不及别人，第一就凭着面厚，捻出个度沿门托钵，好意思都掟吓个鸡兜。好在重有二几个老乡，勉强嚟共你遮丑，再过吓就会无人睬睐，个阵就堕落青楼。屡次叫你咪咁沙尘，须要防住吓背后，你只当我系西南二伯父，一自自咁惹我心嬲！知道你现下极力掩住担臭箱，有的人尚未睇透，闻说话几靓溜，思量孖你断袖？但得你肯尽知如人意，我亦想勉附风流！

粤 讴

4月1日　　我有我嘅事干　　长者

我有我嘅事干,乜得你咁荒唐?乳臭尚未甩完,怪不得见笑大方!党界虽则话无分,说话唔禁得住我要讲。须要晓我系光明正大,又试系磊落昂藏。咪恃住自己有几个臭钱,臭皮匠就有的你乱放!想话将你当堂抢白,又怕你羞愧难当,所以就退一步免至话启事,亦唔见得丢架到点样!唉,真真系见谅,下回唔好咁雯懋!我睇得几十年嘅富贵,似足系一梦黄粱!

4月2日　　你唔好咁懋　　声

你唔好咁懋,要把实吓心头,咐样子行为重有边一个哮?就系情急到万分都要耐守,乜事一阵照顾唔嚟就好似甩绳(上声)马骝?虽则系讲到情字个宗原系假柳,就系纵然假咯亦咪做得咁虚浮!往日屡次话我唔瘟偏要嚟监(平声)我赖厚!点估你把心唔定实在令得人嬲!莫不是彩凤共山鸡究竟难以匹偶!唉,唔送亦罢就,不过到底都系钱亲逼住要应酬!

4月6日　　拜山　　镜

个个都系噉去,我又试去一匀。睇见个的绿女红男闹热得咁乱纷纷,有几耐就走到山岗,临眺远近,四处好似鱼麟密布,大概系旧冢新坟。密质质都话系扫墓嘅人,祭品亦携有一份,未晓兮为着多情老契,抑或系故旧姻亲?只见佢揸住一块手巾,捽得眼都红到起晕。试问吓是否系药材点染,但总诈作唔闻?我想个的鬼大约系有乜精灵,故此由得佢鬼混。实在佢名为哭死,一肚内另有个缘因。系咯,知道佢哭死就趁势去勾生,亚贵亦唔驶去问,心心相印,思量唔系点笨!怪不得每遇清明今日,引动到咁多人!

4月7日　　想问你一句　　挑挑

想问你一句,咪个话挑挑。边处再揾一个多情老契,学得你个口乔?计起你阅历有咁耐风尘,见客原本系不少。听见话做得三年老举,状棍都冇咁撩刁!呢帐你俾人地挞左一帮,做乜唔听见你话我要?大约知道你喜欢人客,特意揾你嚟嫖,食共瞓都要你供埋,事干情实系几妙。由得话你最好粘符倒转,手势重数你头标。必定你孖佢系共一季生,所以就任得佢闻,你都唔肯混叫!唔好当取笑,金钱射到中窍,料必四便有好多闻除(借音)客仔,重起势咁尾摇摇!

4月8日　　如果系过制　　冷笑

如果系过制,料必好过开厅,包埋笋(上平声)尾总共亦只十多名,拉扯

· 111 ·

每一个发账四元，未必佢敢话唔公认。不过散左百元左右，就博得个阔少名声。讲到话捻手个件工夫，佢比之琵琶仔重更醒。断估冇离行离列，十足系似影随形，真系想步吓你嘅后尘，拼吓烂嚟共你斗胜！可恨我同行冇队，又遇着兜肚浓（上平声）丁！若果系个个都阔得咁交关，老举寨都唔驶买卖剩！但恐怕累得多人食醋，醋价越发难平！今日你趁水大就快的去执翻个枕头，咪俾佢流到冇影，咁就再食一围满汉，大概亦理所应当！自古话财破可以挡灾，有钱（上声）还可以买命！唉，须要醒定，番薯成左笑柄。咪个话我系有心嚟糟质你，又偏要自作多情！

4月15日　　听见你咁话　　超超

听见你咁话，是否重会知羞？一味逢人便骂，问你有几大嘅咙喉？满嘴都是妄言，动不动嚟揾着你个老豆，要你担头望吓上便，咪个话今日唔哮！睇见你狂肆得咁交关，断估系凭住面厚。想话指名出你嘅不孝，但只是愈结冤仇！罢咯，你既是不念鞠你嘅劬劳，只好由得你骂够！听惯左你的狂言呓语，犯不着日日心嬲。好在你骂极都系个几声，咁乃未曾见过转口。若果要你出过新鲜题目，大约就几咁耽愁！知道你个口系浪（上声）过生油，想偏的唔识野嘅亚茂。至罩忌碰着个心灵手快，一吓就打烂个鸡兜。呢阵你想共我死缠，想过都唔肯咁吽！唔系怯斗，闲气唔争都罢就，你敢讲一句良心说话，第一句就要话自己系没来由！

4月17日　　自叹　　亚烟

真系恶过，监硬要我戒洋烟。想起吓旧时境况，你几咁凄然，自系俾佢揾左入嚟，样事都唔大利便。想揾一个亲朋见吓，重惨过遇神仙！第一至弊系边宗，至弊系唔食得鸦片，日夜都泪流涕出，又试喊怒连连。往日枉自有咁多叫做良朋，今日都全不见面！唔通佢只顾逍遥快活，不管我喊苦连天？况且肚痛与及骨酸，烟痢都难以幸免！呢几日周时赖尿，亦有个肯话矜怜！讲到话患难必定相扶，一百个都唔得一个系实践！乜事我从前得咁荒谬，就陷落呢个孽海无边！呢阵恨错亦都恨佢唔翻，只好埋怨吓命蹇！偷打算，有口难分辩，就只讲吓现时咁样吊瘾啫，已自系度日如年！

4月23日　　送行　　冷

睇住你去，叫我点得心辞！望你飞去又试番嚟，大约都系枉费心机！自起首至到而家，都望你无乜变志。想话共你同谐白首，又想你育女生儿。自问我自己冇边样会讨人嫌嫌，做乜唔容易见弃？重将我的衣裳什物，尽地咁席卷了之！料必你呢阵揾过一个新交，品格又全合你意！但愿佢时常听你嘅说话一世都妇唱夫随！今日我不敢怨你系薄情，只是埋怨我命鄙！切不可当系口甜腹剑，又话我口是心非。自古道绝交不出恶声，况且又从冇霎气！唉，真真冇昧，思量难入寐。一念到从今永别个句话，不禁又涕泪交颐！

4月24日　　怨命　　超超

摆白系擺彩，我要闹你几句咪咪，做乜窝精神爽利个阵，偏你又总总唔来？知道你富客欢喜至肯玉临，我都话蒙你错爱，舍得你真心嚟问病啦，听见我就心开！点估你三句尚未讲埋，就话我唔晓接待。唔通你盲唔睇得见，抑或系有意柴台？老举本属下流，况且人又话系碟底菜，怪不得你拍台拍桌，又要我认一百句唔该！今日你恃住饮左几杯，搅扰得情实系利害。若果系时常咁样子，我就不敢想你嘅外江财！你试睇吓我病得咁凄凉，不过还有一点气在，亏煞你重专登嚟糟质我，系想我一命哀哉！呢阵我越想越见心伤，断估亦唔挤得几耐！唉，偷自悔，唔知讲来还要点样受罪（读左），再一念及觉来身世，实在系自见痴呆！

4月29日　　真真正累世　　亚冷

真真正累世，种着呢一段情根，乜事你时常咁痴住我？累得我失魄亡魂！往日惊死你唔肯共我痴埋，唔估到今日痴得咁紧！大早知道你温人温得紧要，我就隔远避左你个灾瘟！人地睇见我两个瘟得咁交关，至多话难得冇咁烟韧。若果讲来唔痴得到底啦，但又会当作新闻！不是我讲的咁样扫庆嘅时文，忘记左揾紧个阵，只是我想到讲来结局，少不了免镜破钗分！罢咯，不若共我趁早分开，当作系从冇亲近！唉，休抱恨，伤心唔在问，但只愿天长地久，永远都痴住我嘅有情人！

4月30日　　乜得你咁丑样　　超超

乜的你咁丑样，一睇见就令我心嬲，重咁时时妆整问你为乜来由？原本靓共丑样系天地生成我都话无乜可救。我就任你堂牙擦到白过雪咯，我亦今世唔哼！况且你俾白水过人，唔慌有几大旧（借音）。讲到呷起醋翻嚟我都怕你腌坏咗喉，动不动话人地去饮又话番得太迟，你就揾咁凭窗口！周日话人唔俾本心待你，我真系几世唔修！呢阵对你讲得说话太多我实在都嫌口疚（借音）！唉，叫唔叫都罢就，不若替你想条善法，等你把的子孙来警诫吓咪个学你咁嘅心头！

5月4日　　讲世界　　超超

题词：唔系桂，乜你嘅样冤枉人家！你自己想吓，睇过抵骂唔抵骂，唔做老举都得只马，乜得咁生气呀？哈哈，真是笑话！

你有你讲旧事，我定要讲吓而家。你试屈住指头算吓，过左有几耐嘅年华？据你自己讲嘅时文，不过系十八廿二之码。况且近来越发靓左，莫不是命系糖瓜？虽则话越扯越靓得交关，讲出都唔系点雅！一吓遇着阴潮天气，不觉就色现乌麻，个阵你想一件卖翻佢一个钱，人地生疏未肯听你咁话，重怕有的黑心人仔，睇住你咁笑哈哈。往日劝你劝尽许多，半句都唔系讲假！你又当系有心嚟刻薄你，恨到你咬碎棚牙！呢吓你一味只顾向前，总唔向后便睇吓。就再俾你三年两载，亦不过系雪月空花！我睇你个样一定要拖到盲妹（上平声）世界才肯话睇化！唉，信亦罢，唔信亦罢！大抵从今以后，未必重饮得你个杯茶！

5月5日　　算系侥幸　　超超

题词：妙妙妙，的确系几妙。你睇咁大只蛤姆随街跳，个个都唔哼，单对住我笑。呢只家伙整定系我吊，你讲别人知，静静打天醮。日夜想到温，忘记揾镜照。妙妙妙，做乜同旧时嘅样都唔大相肖？唔驶慌，死都要话系妙妙！

算系侥幸，一吓就四处知名，十足系金殿传胪，俾你应左个句第一声。做戏有一出系发疯仔得中状元，呢帐轮到你捞应，又不用寒窗十载，舍命咁刺股囊萤！虽则话各有各嘅前程，富贵原本系注定。睇见你红光满面，有边个敢话唔惊！呢阵你系大大一个天子门生，漫讲话亲友唔敢比并！就系个的神牌木主，见左你都调转身形。试睇吓星架坡有几十万人，有几多同得你咁好命，真正系令人钦羡！祗是怕不大禁（上平声）倾。今日我赞羡你几十百声，咪个话我嚟擢你景！真可敬，将来还有好境，至好系趁呢阵回乡谒祖，把香荔拍到手唔停！

5月20日　　真不忿　　超超

真不忿，点抵得你咁沙尘！时常系咁样子闹我，实在为乜野原因？水缸咁大碌颈揸到变左灯芯，气都唔抖得一阵。况且重有尘咁幼嘅心事，伺候亦算系殷勤！我想你学吓盲佬贴符，点估你贴极都系荷兰盾（借音）！又试满口啋潮鬼病，又话我系小气嘅衰君。虽则你近日略略转过心肝，断估系见我诚意可悯！但得你肯当着众人面前（读轻声），呵吓我就格外精神！想吓自起手至呢阵有几耐嘅交情！的咁多都有同我烟韧。知道你暂时共我亲热，不过系为着钱亲。呢吓我

· 114 ·

不管你待我系点样嘅心肠，一味嚟痴到你紧！唔好话我混沌，真心嚟做老衬。若果你肯俾的本心嚟待我，我就当你系恩人！

　　5月21日　　认错　　亚冷

　　乜事嬲得咁快？不过系耍吓花枪！千祈咪个话我诈醉，特意去晒（上平声）你一场！我初见你就话你性格温柔，有边个同得你咁样，况且待我真系情深似海，可算得有一无双！个晚我的确系饮醉左几杯，我都唔知自己点样飙戆！只听见人人都闹，话我系借酒猖狂，所以就屈尾十急急㧾翻转头，打算系求你恕谅！睇住你喊到衣裳尽湿，不禁又泪落心伤，好在危危（上平声）吓危（上平声）到你好翻，欢喜到好似明珠落我掌上！唉，真正混帐，呢枝野唔敢再唱。我只望你照翻旧时咁样子待我，咪再闹我系无良！

　　5月22日　　自叹　　亚冷

　　听见佢咁话，心事乱到如麻。想起吓身世飘蓬，不禁又怨恨亚妈（上平声）。任得我丑极都系你嘅亲生，乜事唔将我去嫁？但得系一头一主，我都愿淡饭清茶。点估你恨钱恨到流潺，舍得、丢我落河底下！日日咁迎新送旧，我都实见羞家！有阵送着个客仔略略晓得温存，可以同佢热吓。鬼怕个的厌尖人客，搅得你立乱离罅（下平声）。重有的醉酒鬼重激得你凄凉，一味系嚟到谩骂，慢吓手就话招呼唔到，趁势又煞数起沙！好在我双眼都算系知机，未曾受过醉猫嘅打。唉，真定假，世情多变诈。呢阵只可随风转舵，世事本系冇的揸拏！

　　5月27日　　真正热闹　　亚冷

　　真正热闹，个个都话去双林，拜过佛祖番嚟就会百病不侵！睇见的芋头（上声）四便碌得咁交关，唔知乜事得咁庆勘（借音）？一眼见着个的搂壬大姐，不觉又笑口吟吟！佢话欢喜地遇着欢喜人，真真系和尚幸甚！等你拜过殿前三世佛，再拜吓个位送子观音。一阵又话请去方丈更衣，预备茶俾过你饮。但得你唔嫌我地简慢，只管就日日光临！不是我自己赞自己系清净道场，大胆嚟将你厄球（借音去声）。试访吓呢个山门历史，就可以不用烦心！怪不得呢达地方，时常都会碰着的大婶。如果系凭，唔知肯赁唔肯赁？就系坐倒处都有人送粉，重好过去别去搜（上平声）寻！

　　5月29日　　望左你咁耐　　超超

　　望左你咁耐，呢阵至见你行嚟。乜事你咁耐都唔嚟，莫不是两脚都掼跛？开

· 115 ·

口就话事干太过纷纷，缠绕得鬼咁闭翳！转吓眼又话病得五颜六色，七魄都揿到唔齐！听见你讲的咁嘅时文，早知你随口乱谛。可惜我一时唔带眼，识错你个坏透东西。我一定要你将自己为乜野会变左心肝，明白讲到透底！或者系被人唆搅，抑或向别处温迷？不是我不念往日嘅交情，将你嚟糟质得咁弊！但你既先做不仁，我就做不义，大众都有乜输亏！今日你既属立意共我捉煲，箍番亦无乜所谓！唉，真正累世，多情遇着无情鬼！罢咯，等我的起心肝嚟搵过一个好嘅，旧事就永不消提！

7月3日　　听吓我话　　亚帝

听吓我话，切莫自作多情。佢共你蜜语甜言，都系想搵你做丁。况且重回整得遍体都系疥疮，与及淋浊杂症。慢吓手就变成废疾，个阵苦上加刑。个的妓女你想共佢讲情，怪不得人话你系浑头浑脑（借音）！实在佢心心怀念，都系想把你个兜肚暗（借音下平声）清。今日你睇见已是恨错难翻，故此想潜服鸦片毕命，倘或真系冇人打救，亦太过死不分明！做乜你往日得咁志诚，呢帐又唔得定性？俾一只咁嘅冇盐火腿，会累到篾倒囊倾？究竟都系你自己爱捐头（上声）入罾，不是渠推你落井！唉，倾耳听，从今须要醒定，试想吓，你就会愤恨都平！

7月10日　　乜得咁生气呀　　超超

乜得咁生气呀，你个废物烟精，废人算你系第一等！你中发乜无明？别一位话佢不是废人，都重还有话柄。你是著名一个烟屎鬼，况又是老弱残兵。你的臭历史讲出就笑到弯腰，大约又想人唱吓你支烂命！只是我孖你并无宿怨，所以又手下留情！个的道理尚未看得分明，个把嘴就随意乱顶！一吓俾人挤得野入口，个阵又喊不成声。实在你只可去搵一达静静嘅地方，研究吓呢处慨冷水（上声）。话得对症，废人唔到你唔认。睇见你毫无生气，不久就气息皆停！

7月11日　　不屑共你讲话　　超超

不屑共你讲话，你是一个烟精。咪估糊涂乱署一个字，就可以隐姓埋名。我大早就知道你的烟屎鬼太过凄凉。你一定唔肯默认，只是我睇得你系废人一个，闹吓亦埋所当应。你话我系替宪子辩护是非，你须要明白指出实证！若果系游移恍惚，我就当你系兽嗥禽鸣。革命党有几多个系可以返得家园，你不妨讲过我听。讲到话五千元嘅资格，大概似落落晨星。你的老革若不是共佬□交，断估唔会搵别样做话炳！真系浑头浑脑，咪话我屩（上平声）人唔肯讲剩，实在你地咁轻佻浮薄，一万载亦革命唔成！

  7月12日 赠奶妈二 亚冷

  注：有曾见奶妈二者，向余言，盛称其美，余闻而疑之，以为世间安有此尤物。近从友人处得睹其新拍之小照，觉其娇妍妖媚，人言殆未足尽之。余心非木石，曷能忘情，因作此讴赠之，虽言近亵狎，盖亦主文谲谏之流也，阅者幸勿以辞害意！

  听见话你好靓，我都信住三分。呢回睇真你的样，的确系几咁销魂！体格已是娉婷，态度又嚟得风韵，况又打扮得风流淡冶，恨不得把你一啖平吞！怪不得个的浪蝶与及狂蜂，将你缠（读贱）得咁紧，口口声声话甘愿牺牲条命，要共你握雨携云！有的话你外貌虽系娇妍，实在系难以亲近，比之毒蛇都冇咁毒，掂吓就有苦难呻！断估你睇见我嘴上有须，今世都唔哮到伯爷（上平声）呢份。我亦自恨系书锥无福，点消受你个绝世丰神！计起我亦有二十几年，成日向花界去混，祗是我从来未见得咁紧要，又是个攞命灾瘟。今日我赞羡你都系想你听见就关心，特意嚟搵我亲热一阵，唔系点慎（上声），可恨我捞极仍是一条光棍，究不若跟住黎胡各位嘅尾，做一个枉死嘅个中人！

  8月17日 赠某校书 冷笑

  饱死咯，唱的系乜野东西？分明一只鸡𡃁，做乜偏要对住人啼。未学过就敢出场，实在唔怕丑得滞。睇见你扭头捏颈，重起势咁耀武扬威。咪估话个个都系聋耳陈（上声）咁搂优，就随便可以乱谛！试听吓别位唱得高山流水，板路又十足归齐，你真系要再唱一勻。断估要人地闭翳，料必有好多话骨酸头痛，密密时把手嚟挥。罢咯，不若你静静走过一边，劈喉唱过一只鸡公仔，快的去制，唔系屩（上平声）你播老契！自古道献丑不如藏拙，任你努极亦勉强（上声）唔嚟！

  8月18日 转吓眼 超超

  转吓眼，又话将近中元，大众都话预备多的银钱，等到打醮就去捐。个的僧道与及师姑，随处混钻，又话你的善男信女，合份打个万人缘。重有的阔少甘认做番薯，替老举将银纸奉献。咁好黄金掷入虚牝，你话冤瀇唔冤？大抵迷信到得咁交关，说话都唔话得佢转。心里打算，话人须要苦劝，若果唱开头路，几日都唱佢唔完!

8月20日　　见得系古怪　　　超超

见系得古怪,我要问你一声,你地嘅番薯太少,是否系自作多情?料得你定必巧语花言,个把口唔肯重认。重夸口话自己系惯嫖熟赌,点肯做咁嘅呆丁!转吓便见着个个心肝,个阵又唔系咁样嘅话柄。叫你上天拿个月俾过佢,你亦大唛应承。有的懵仔重话佢共我热得咁凄凉,断估冇边个同得我比并!但不歇咁危(上平声)求叫我共佢顶吓架咯,自问亦理所应当!故此就当(去声)野都咪俾佢甩须,点样都嚟助吓高庆,拼之做埋呢一变大懵,此后就隐姓埋名。点知道讲过就算完场,耳仔又全冇记性。做实左呢份云南千总,周世都有得高升。呢阵已自系将近开捐,缘部又已经整定,须要打听,散钱都有竞争。睇过是谁第一,慢慢至替你地批评!

8月23日　　屣得我咁透彻(代番薯大少)　　　削货

屣(上平声)得我咁透彻,我问你制过唔曾(下平声)?星架坡有几十万人,未必唔认到至哽(去声)!重有的在旁搭口,系拍马屁嘅良朋,出张利刀仔直吉过嚟,就系死田鸡都要撑(去声)佢两撑(去声)。十分唔好意思咯,都咪话托晒手睁。你睇个个都咁踊跃乐捐,拍住嚟声声话顶硬,好似撑船遇着顺水,退后亦几咁难能,呢的叫做绑住打,又叫做冇奈何。唔通话将猫尾去盟(去声),又叫做逢场作庆。咪错过呢个孟简腾曾(上平声),舍得你知道我嘅心肝,就知道唔系立乱将钱(读浅)去生(去声)。唉,知道系捐头(上声)入甑,不过咪俾人话短行(去声)。去博一个番薯大少嘅徽号,我都话几咁实大声宏!

8月25日　　你想倒我碟米(代某妓作)　　　削野

你想倒我碟米,我应份话一句唔该!你睇几多人向住老举寨,密咁进贡钱财,佢一定要做番薯,于我原冇乜大碍。任得佢周日在愁城过日子,我亦眼笑眉开。有的拧住一大包,走到嚟监住我爱,重话你真唔赏面,此后就永远唔来。你想吓人地俾白水俾得咁至诚,点做得话唔睬?咪个话睇钱面上,亦咪个俾佢意冷心灰!况且顶架顶到至尖,亦唔系剩我一个攞彩。就系俾人笑话,亦不祗话佢一个系痴呆。讲到话花粉地认亲阔就会会穷,我都冇耳嚟共你装载。不过你想扫晒一场高庆,我就要闹你几十句咪咪!早几日你把我的佬屣(上平声)得咁交关,我心里头真不自在!唉,虽乃系碟底菜,究竟唔好咁薄待。咪激到大众合群

粤讴

抵制,你的佬就要叫我地贵手高抬!

8月26日　　赠某大懵　　冷震

重(下平声)叠韵,叫做重重(下平声),分开就不是重重(下平声),又赖左话事务匆匆。制制声制得咁交关,已经话嫌佢专制太重(去声)。舍得系唔同讲法,怕乜佢字体相同?好似一百个铜钱,分开佢嚟做两洞。驶完又试驶过,总要我手上轻松。我见个的鱼(上声)拢(上声)总系乱捐,冇半点文雅嘅举动。闹事学人唱野,起势咁劈大个喉咙。究竟系讲两只古仔尚可以骗人,饭碗冇得过你捧!既不是铜琶铁板,点唱得呢止大江东?你估州府友个个都系发眼青光,唔睇得穿你担债?唔系屄(上平声)你播大懵,不过系可怜你终日发梦!嘅嘅粤讴唔唱就罢咯,实在我都邓(借音)你面皮红!

9月4日　　思乡　　亚冷

风飒飒,几似系秋凉,触起我万种离愁!又想念吓故乡。今日流落在呢处地方,虽则系唔见话点样,自古道梁园虽好,究竟冇乜久恋嘅心肠。试睇吓岁月好似,水流,转眼就唔系嗽嘅景象。就系几唔信镜,都见得系两鬓如霜。早知道世界系咁恶捞,呢阵就唔驶话怨唱。正系走到掘头路底,我都话几恶商量。心共日日有几百变沉吟,瞓倒处都成夜咁想。但得有些微好处,就快的打叠归装。点知道望望吓已自望左几个立秋,但又由得你周日咁望!唉,心想到怆,任你想极都系成虚妄!实在终日敢替人作嫁,知道几时(上声)至正得收场!

9月9日　　乜得咁谮气　　瘦货

乜得咁谮气,又鬼咁厌尖!真系激到人家死晒,个阵你正得心甜!不歇系咁样子屄(上平声)人,真正令人地讨厌。我偏要爱多几回第一,问你闹得有几回添?人地嘅事干你点管得咁多,何苦逞时多舌剑?况且我未曾简慢过你,又未有共你生嫌!实在你日日系咁岩(借音)沉,亚陀都能够俾你激掂!好在系我咁顽皮厚面,至受得你的刀仔嚟签(借音)。罢咯,呢阵算系我怕左你个星君,断估你唔知我恶过道点。唉,心念念,心肝还可俾你剖验。我想早的卖完就走咯,怎奈个个都话呢载系水渍嘅私盐!

9月13日　　晒命　　瘦货

凭(上声)窗口,睇吓路上闲人,个个都愕起头嚟,好似要认到我真!我

· 119 ·

意思（去声）想凭出窗口外边，由得佢睇到上瘾。又怕佢翻去瞓唔着觉，损坏佢嘅精神！试睇吓灯色系咁辉煌，西乐又嘈吵到耳震。又睇吓个枝横彩，花样又额外翻新。人地话长秦街至阔系呢位亚姑，我认左都唔系点样过份。问吓边一个捞过四年第一，当我面讲句沙尘？至衰系牛车水整到鬼咁孤寒，真真系唔抵得咁肉紧！有的重赞羡但破除陋俗，讲出大大一个原因。我只晓得做一日和尚就去撞一日嘅钟，任得人闹我系至蜃（借音）！唔系鬼混！一年至得架势一阵，但只愿年年今日，都听见闹我嘅时闻。

9月14日　吊华华四少　嗟

乜你死得咁易，有的话你系情痴！实在你系情痴与否，我都见几咁思疑？我见过有好多轻薄少年，断估唔数得到你第二。讲到话五伦个几个字，你就半点唔知。听见话你日日认自己系开通，唔知你开通在边一件事？等到呢阵时至话死咯，我都话已自嫌迟！今日你走入呢个枉死嘅城，不妨讲吓革命宗旨！好彩凼得几个游魂荡魄，演一帐革命在阴司！唉，你不过为（去声）札仔逼你要摆二百四文（上平声），冇得俾就情愿去死。大约系自己主意，唔肯欠老举嘅钱银还算系义气。究竟胜过个的捻花人客，周日去占老举嘅皮宜！

9月27日　无乜几耐　冷

好似系无乜几耐，又话是中秋，感怀身世不祗系善病工愁。眼睇见祖国似足病佬病到将危，去边处嚟揾个医国妙手，就俾我系文王再世，亦讲不得无忧。再听吓八面都系楚歌，已自围到点滴不漏。有的重话天跌落嚟当系衾（借音上声）被。犯不着远虑深谋，我想话将个的悚语危言，逐的嚟讲到佢透，怎奈喉咙喊破，叫不到几个人哞！若等到中国实在瓜分，未必还有乜野法子善后！唉，唔好再话等候，须要合群将国救！自古话时乎不再，怎抵得佢岁月如流！

10月9日　劝人　唔怪

闻得你讲咁嘅说话，重算有半点良心，舍得你大早将实情对我讲晒，免得我日夜向你岩（借音）沉。你阵你虽则话讲晒出嚟，我都重防住你拉被半衾（借音上声）想话摸着你的男人心水，重惨过大海捞针。不是我不肯放松，防备得你咁甚，实在我俾你的男人厄到怕左，逼住跟贴尾做个监临。此后若肯誓愿不敢胡行，滴酒都唔敢饮，学足一个善才童子，周日咁拜住个观音。个阵时（读史）我一定赏的薄面共你好番，孖公仔都唔痴得咁冚！唉，唔系将你厄凼，不妨瞓倒处摄高个瓦枕，慢慢将前根后底都想透，你就知道过后难寻！

10月9日　　与某校书　　测测

听见话你病左，我都戥你担心！怪不得近来呢几十日总总系雁杳鱼沉！恨只恨身上有翼飞不到你面前，煲药嚟俾过你饮。或者揾一个名医国手，施展吓法灸神针。实在你为乜事激心？呢阵时病得咁甚，可否你把病源讲我知道，免驶我乱咁测度沉吟！舍得你肯听我话吓吓都带眼识人。今日断唔病得到嗽，我重慌住你霎时变症，去边处揑埋命嘅黄金？你见左我呢几个字你便快的复我一音，等我嚟孖你搣搣，唔啱（上平声）又再稔！病深还须要用药浸，若果系心病就会难医，个阵就变左一只精卫冤禽！

11月3日　　苔测测　　荷荷

就系讲你知道，计起亦冇乜相干，九成都系肝病咯。不歇咁沾冷沾寒，晚上重有热潮，热过又成身都淡汗。况又五心烦热额外见颈涸喉干。有的话用龙胆草共我泻肝，我又嫌佢药性太悍，有的又话一味养阴扶胃。至好系八味嘅地黄丸，佢的人（上声）一轮鬼咁纷繁，一大堆胡混嘅脉案，搅到我晕头转向，越觉得片刻难安！你若真当我系你嘅心肝，你就快的嚟孖我看看，唔好推话有事干！望你云霓救旱，未必你肯唔睬我，任得我合眼长鼾！

12月6日　　唉识错你　　干

唉，识错你。点估到你咁白霍无根，重讲到天花龙凤咯，龟咁沙尘！记得共你初交个晚未曾瞓，几多言语，我重当你为真！点估到你一味系兜更（借音平声），全有信行！临期唔见面咯，叫我点样为人？欠债可以还钱，唔系乜打紧。但系旁人嘲笑，叫我有气难伸，我只管放猴面皮，由佢笑阵，至怕龟婆咒骂，更觉难闻！呢哈叫我坐在灯头，真系恶忍！唉，心点忿，做人真冇引，不若早寻归路咯，免至伤神！

12月10日　　销魂柳　　看

销魂柳，种在河边，飞絮随风实在可怜！细腰袅娜怪得人称羡。最是媚眼掠人惹恨牵，迎风妙舞却有千奇变！三起三眠委实自然，情丝万缕化作条条线。春来陌上嫩笼烟，点估一到三冬你形貌大变。莫不是九秋零露大逊从前？此后再冇穿林援识个对双飞燕！再冇两个黄鹂唱晓天！正系灞桥一别何日正得相见？一枝聊折两下无言，恨不得临歧把酒在个处长亭饯，丝长终莫系游鞭！唉，情不免，到底谁能遣？但愿仗佢慈悲法力，保护你个朵火坑莲！

12月29日　　唔信系冤枉晒你　　冷笑

唔信系冤枉晒你，乜事你咁心嬲？有槟榔点嚼得出汁呢句话，大概你都熟到如流。事干真冇做得出嚟，只管由得佢亚帝贺寿。若果系事情真有，又点怪佢讲到无休？计起情事不论是非，几本事都唔禁得街外嘅口，实在你系咁刁乔扭佞，越发系火上加油！我打你做皇帝做到去泮塘，都有人敢笃你背后，况且重系群襟（去声）脚！问你羞嚹唔羞？呢阵你话我系讲你，我亦任得你发梦吸风！我都懒得同你考究！须要想透，咪个系咁唔生锈。要想吓共你有何宿怨，抑或有别样深仇！

1910 年

3月11日　　真系冇味　　冷笑

真系冇味，实见心辞！我本有满肚诗文，想尽地话过你知。睇见你成日鞠起抛腮，好似想揾人地生疏出气，累得我心头立立咁乱，转吓又几咁思疑！莫非你嫌我有几分系画坏钟馗，抑或有人讲我不是？总要讲得有缘有故，就任得你叫我栏尸！你睇吓人地两老契好得咁交关，我都唔敢学到佢似！但得你肯话些微体贴吓我啫，我就死亦冇眉！你须要揞住个心头，至好嚟把我厌弃！你当系生人可以欺负，就怕系死鬼难欺！呢阵除左你系会飞，或者我唔跟得住你！唔系赖死，不过念着前恩义，就系揞到水穷山尽，我都未肯共你分离！

3月14日　　真正系错　　冷笑

见着就话我爱，问你爱得几多多？碰埋都系靓仔，个个都貌赛潘何。眼鬼一日日唔同，一个还胜过一个。就俾你生成一百个口，亦叫不尽的爱哥哥。除非是学会分身，一齐（上声）嚟都可以孖佢共坐。至怕一时唔招呼得到啫，佢就会把你消磨！咪话讲几句好话就可以遮瞒，点样都唔燃得到祸（上声）。万一醋埕遇着醋塔，醋海就大起风波，个阵我问你有乜法子转弯，叫乜谁（仄声）嚟共你整妥？真正条错，你试叠埋心水想过。若果系死心唔变，大抵系想快见阎罗！

3月25日　　唔系点愿　　冷笑

虽则唔系点愿，你咪讲话唔哼。周日系咁装模作样，我都戥你担愁！你个样似觉系几咁精灵，佢都唔系点吓。断估半斤八两，大众都满肚春秋。实在佢乜事干要用尽心机，日日嚟孖你赖厚？你肯叠埋心水想吓，就怕要绉起眉头。有错系各有各嘅心肠，点肯被人地睇透？至怕好似孙庞斗智，斗斗吓就斗到心嬲，个阵知道醋亦冇有乜法子转弯，重有边个嚟煲的咁嘅老藕？唉，信亦罢就，唔信亦都罢就，咪个话粒声唔出，睇住你两个生仇！

3月25日　　又话系咯　　剑郎

又话系咯，究竟为乜来由？你密密咁嚟点怪得我地嬲？你既系为神就好向天上走，西方极乐世界任得你遨游！若果你系财帛星君就任得你嚟到够！弊在你重惨过凶神恶煞唔惹得大众担忧！一闻得你大驾光临就无法解救，鸡飞和狗走。就系左邻右里亦都替佢双泪交流！唉，心想透，你唔到罢就，免至累得我地同胞筆斗咁大个头！

3月25日　　闻得你个别字　　佚名

闻得你个别字，系叫做天花，重估话天花灿烂好比堆锦铺霞。你睇天女散花从古话，唔通往日比不得而家？天花乱坠成佳话，缤纷零乱你话几咁繁华？点估花花世界祸竟从天下，除非你系天上神仙或者可以免得佢查！对面海有个大山请你同游耍，个阵拖男带女未带锁披枷，一时查出慢想延迟吓，任你就是同居一律都要拿！我越想越思真系可怕，天公怜悯吓！花呀，你莫向海外华侨身上再个萌芽！

3月26日　　如果系鬼　　剑

歌妓李月娥事迹不传，无可稽考。然据其自称吞烟毙命，则当日之苦情亦可概见矣。吾念落花无主之句，黯然者久之，呜呼，月娥已矣，吾为月娥悲，抑吾尤不仅为月娥一人悲也，讴以吊之！

你如果系鬼，乜重未去投胎？想起翻嚟你委实系呆！平日相识阔佬咁多，纵有乜野事情，佢未必话唔共你遮盖，驶乜话吞烟寻短见，至到一命哀哉？虽则系你究竟为着乜野得咁伤心，我亦全未知道你嘅大概？总系你想学小娥要受戒咯，就好去参拜如来！乜你三三唔识两偏要监人爱，咁样立乱迷人究竟于理不该！唉，想必你都系无可奈，故此人去魂还在。独系可惜你娇魂无主咯，个一张红纸写几个字，未必就可以慰得你寂寞嘅泉台！

3月26日　　你虽则死左（吊李月娥）　　　郎

你虽则死左，乜你死后得咁凄凉，奉事个个香炉都要请枪，老李共你平时未曾会过一帐，幽明路断冇话共得你成双！况且你两个同姓系叫做联宗，又唔驶指以讲得个样。睇你冤气系咁腾腾我亦替你惨伤！料必你前世做人都系无乜定向，番头婆咁多心事亚，故此唔知边一条筹（读丑）长？今日你死后得咁孤零想必都系前世嘅孽障，既系前世唔修点好冇传第二章？唉，你休怨唱，好快的回心想。早知今日咯，你在生个阵时（读诗上声）不若趁早从良。

3月26日　　好就好咯　　冷笑

好就好咯，都算系投结丝罗，可惜四围睇硬个的眼核多多。只好系拉住但闩住房（上声）门照样同佢制过，搂头揽髻实做一变两公婆。你试睇吓佢样子生得时靓，态度又咁风流，就能够引得死我！况且重有勾魂摄魄个一对会转秋波，呢阵累得我做事干都冇的心机，心里头好似转磨（仄声）！唉，唔止我话好货，好多人都话动火，至弊系企倒侧边微笑个个大泡（平声）禾！

4月21日　　佢原本系靓仔　　大

佢原本系靓仔，点怪你恨得咁凄凉！今日已自跟埋，未必重有挡箱。总系你此后立实心肠，唔好学往日咁样！既系良缘凤缔咯，至紧要就系好收场。人地重话你反复无常，一阵又一样！乜你有好人唔做，苦苦要去当娼！好咯，今日你老举又做左有咁多年，琵琶仔又做过一帐，花债算未还清，滋味必也尽尝！自古话上炉就系香，你此后就唔好咁混帐！须要细想，一心唔好二向，或者等到佢龙归沧海个日咯，你好彩会做个皇娘！

4月22日　　真系冤枉　　一粟

真系冤枉我咯，乜事莅（平声）得我咁凄凉！况且又未跟埋，驶乜你撩（上声）起我个担箱？各有各嘅心肝，未必话同嘅嘅想象。你又唔曾喺丝我个肚处住过，点识得我嘅心肠？老举你睇大万三千，边一个唔系噉想？靓仔都话唔哼，我都笑你老乡，口水流到脚跨，唔系妄想！你睇佢斯文温地，几咁排场，讲到租房个层，真正混帐！不过欲想倾谈，所以借笪地方！唉，你要细想，此后唔好乱唱，咪个乱咁嚟单总怕激着老娘！

1911 年

10 月 26 日　　鬼咁百厌　　扯淡

鬼咁百厌，又试咁奄尖，四围咁摸，当我系夹带私盐！试睇吓人地乜咁斯文，未曾毡佢老契一店。有阵得闲无事，重替佢讲解诗签。你除左粗口泼舌个一篇，就揸我嚟验尸咁验，将人比已，真正系令我生嫌！呢几日你额外沙尘，将我嚟虾到极点。舍得我系唔贪靓仔，一定共你嗌过场添！或者系前世欠你花债甚多，你今世嚟清理旧欠！唉，心想念，颈霸唔硬得过刀剑，此后任从点话，苦极都当系甘甜！

10 月 31 日　　奴系讲过　　有引

奴系讲过，话系约定我喊哥哥，准期八月，跟佢做个契家婆。大早就把心水叠埋，各事都留意办妥。又试安排布置，整好个安乐行窝。不料等等吓等到而家，期限已过左，未知佢系诚心厄我，抑或遇事蹉跎？好在佢呢排（上声），格外温存，不歇话唔对得住我，又叫咪提今日，祗要想念当初！呢阵吊起我在半天，我亦唔敢恨错！唉，只系靠佢一个，谅来唔会捻祸（上声），我定要共佢痴埋一吓，做一帐秤不离砣！

12 月 11 日　　乜事走得咁快　　烟铲

乜事走得咁快，一定焙顶呢埋。既知道自己无钱，就咪拱得个派（上平声）。三百货本本系不多，大把人揾你放债。总要牙关咬紧，慢慢共佢嚟捱！就系我亦想扭你倾谈，做一帐阴鸷买卖！揾来揾去，累得我日跑长街。若果你向我讲句真心，我尽可同你出晒，或者再嚟三百，共你挂个阔招牌。计起债主尚未揾你还钱，你唔好预早挞赖。未必佢敢出条三万，定要揾你嚟拉！我劝你即管放心，唔驶话惊得咁过大！胆要放大，欠钱唔用芥蒂，但得你肯出头露面，就极力替你安排！

1912 年

1 月 25 日　　须要想过　　亚冷

掂着就话抵制，问你抵制得几多多？你唔睬我，又奈我乜野口何？世界上至衰系人，大约唔衰得过我，纵然衰晒，都有老契共我摩挲。我劝你收敛些少威风，唔系就会有错！咪捻到人憎鬼厌，个个都叫你夜叉婆。我知道唆搅有人，揾你嚟替佢出火，真正你时衰运蹇，故此遇着野鬼邪魔。究竟要睇真吓至好挨身，防佢俾三角凳你坐！须要想过，累死人都系几句说话啫播，试睇佢灯光明亮，只系想引只烘火灯蛾！

1月27日　　只管去叫　　亚冷

干你甚事，乜得系咁嘴刁刁？想话捉人字虱，闹起绝大风潮。你为你自己个人，算计原本系几妙。总怕别人睇破，当你系发丹烧。我枉自戴住两只眼珠，睇唔出你贱格得咁紧要！含沙射影，四处去造谤兴谣，听见你讲嘅嗷嘅时闻，我就唔忍得住要笑，荒唐纰谬，只合去凼（借音去声）吓多娇。实在你费左咁大心机，冇几人肯上你约！只管去叫，揾多的人仔你介绍，我只是总唔惊鬼，睇住你点样招摇！

2月1日　　人话我系想你　　超超

人话我系想你，一定会病染单思！果然真系，我又驶乜推辞。虽则共你讲过时文，不过系谈吓世事。亏我满腔愁绪，可惜总冇人知！计起我自起手至今，都睇你唔大在意，因为并无好处，又有乜野皮宜。呢阵你咪到我高门，我亦唔跐你贵地。好似伯劳燕子，各自分飞。总怕我舍得共你掟煲，你又唔舍得我嘅旧谊！唉，须紧记，往事休提起，只当我系薄情人仔，就不至自叹化离！

2月6日　　问病　　吊凳

听见话你有病，重话病得好交关。沾寒沾冷，更重日夜疴潺，燥热与及心烦，又试唔想食饭，病情得咁重嘞，怕冇法子嚟扳？你不歇自负知医，何以得咁撞板？未必医人就会，自己就觉艰难！知道你因为献尽殷勤，反受人家白眼，满腔愁怨，且又自恨鱼鳏。若果你有法子医好自家，契家婆多到任拣！唔系共你讲顽（仄声），你后来包有得叹！试睇吓发疯园内，有多少绿鬓朱颜！

5月28日　　真系怪症　　可怕

唔系剩只我话，大众都合口齐声，果然真靓，体态又格外娉婷，见一帐就一帐销魂。咪估话唔怕短命，至怕系三魂七魄，逐渐被佢消清！越想越觉心慌，不祗话唔敢见佢个影，真正系远闻声气，就要隐迹藏形！计起靓得佢咁凄凉，应份要人地起敬！做乜人人话好，单独我胆战心惊？呢件事实在冇饶希，我又唔讲得晒你听。真系怪症，自己都知得系乜病，总之系怪人怪事，想极都系难明！

1913年

7月16日　　奴已去　　知白

奴已去，任得你骂我无良，我夹带家财总有几十箱。虽则你辛苦赆噱，不应系咁样。当时临别咯，都应要向大众商量，只怕人地唔从，我就点得第帐（借音）。故此伸长只手，就把夹必袋口来张。我肯话认句贪心，人亦都哈体谅！休怨唱，向来谁算账，重兼要下人有份呀，至不枉佢跟我一场！

7月19日　　真正坏　　宗尼

真正坏，枉我把你休容！点想你渐渐纵横，咁就哈逞凶！人话我太过淋纯，不该系将你咁纵，重怕你越行越坏，越发教亦唔从！知你将我睇低，故此把人地敬重。但系不应豪气，至到咁样争风！虽则世界好闲，我亦见心内痛！情暗涌，待奴来摆弄，等到专房独宠咯，边个敢睇小阿依？

7月21日　　钱一个字　　颂

钱一个字，驶乜睇得咁交关？往日将钱挥霍，当佢为闲。虽则世界恶捞，唔系易赚，实得有人肯借咯，点好任意推翻？当日大众尚未雠齐，不应系揸得啱硬，总系一时穷创，都要谅吓我地艰难！今日款未尽交，就恐怕佢情意懒！心内盼，银期慌阻慢，个阵财穷食尽呀，唔系共你嚛顽！

7月29日　　心火愤　　宪

心火愤，误听谗人，出于无奈辜负郎君！往日共你相交何等韧，点想一时决裂就挽救唔能！人地骂你奸心，奴亦不问，故此待奴加意，得咁心温！亏我进退为难真肉紧，重怕一时火起哈嬲到无文！今日悔恨难翻徒怨运！心点忿，再难邀宠幸，想到茫茫前路呀，更重令我伤神！

8月15日　　赔个不是　　仲宪

赔个不是，可惜我错脚难移！点解共你分离，实在君你未知！你平日当作我系心肝，亦该明你意思（仄声），况且钱银过手，都毋半点思疑，真正系郎亦有情，奴亦有义！相怜相爱两相思，几多挪拧至合得郎君意？点肯一时决裂呀，得咁心迟？你睇姊妹成群，都算奴系本事。故此令郎颠倒得咁迷痴！亏我被人狡逼，不准我与郎同志！真放恣，空言同一致。今日彷徨独立咯，真正哑口无辞！

9月11日　　心点分　　宪

心点分，任得你立乱兜人，时样子嘅行为，好似拼犯众憎！虽则共我无缘，唔怪得你心火忿，点好将人泄愤呀，就甘愿辜负同群！今日引贼入门心亦太狠，真正指头挖出，不肯念吓疏亲？重怕相好到十分，都系笼络你一阵，不过暂时贪利啫，你话几咁闲文？况且咁多家当，非系与你无关份！真正笨，前途休再问，睇住你死心唔息咯，叫我怎不伤神！

10月1日　　真扭拧　　宗尼

真扭拧罅，我确系难明，话我将娇凌辱，实在唔应！平日用尽心肝，真正系无我比聘，点想你当人狗肺，辜负痴情！自问巴结唔嚟，我只有偷怨命，何曾见我，有半句高声？人话你十分刁屎，实属系唔堪敬，我重人言不恤，望你气顺心平，恐怕你旧事重提相比并（读病），好似从前决裂，惨过两国交兵！但系当时相斗，我亦让你三分胜，况且相和日久，彼此忘形。今日反面无情，娇你心事不定！须镇定，莫个随风令，重怕你听人摆弄咯，个阵就毋日安宁！

1914年

6月5日　　郎你咁恶（郎狼同音）　　宪

郎你咁恶，睇你点样子收场？品性系咁凶狠，必定哈有日受殃！当日有仇欲报，点怪得你惆怅？总系唔该杀戮当平常，想必你狼心传噬如狼虎，故此以狼为号，你便当作佢系虎徽章！今日同胞受害，你曾思想？真正系残同饿虎逐群羊！况且邻人睇见，都系唔原谅！须想象，莫由人怨唱，咪话穷途无路咯，重可以走过西洋！

11月19日　　如丝雨　　佚名

如丝雨，恶行街，飞来点点密无涯，君呀你睇点点罗衣，铺到满晒，你便把袖里洋巾，替妾去揩！我绢遮细小，遮不得奴身晒。我怜君伞无，更要把你折埋。你便慢步缓行，唔好咁快！我衣湿晒，你睇泥污践溅满花鞋！

11月12日　　一枝笔　　佚名

一枝笔，写不尽愁情，愁情无限写难清！况且栏杆倚遍，纵日皆愁景，触景生愁，更重不宁！亏我一枝枯管，写极都难罄！愁里生愁，正系纠扰不清！我愁绪好似蚕丝，抽极不罄！唉，空自叹，亏我写愁诗句写极难明！

11月27日　　无可怨　　少

无可怨，怨句孔方兄，底事人人爱你？一味痴情，英雄末路，为兄你残生命，逼人铜臭，太觉理唔应（平声）！做乜你专向，豪门出入，似系知途径！知人紧急，又白眼相迎！见尔趋炎附势，实在冇炎凉性。乜事贫人求你，你总不肯相应？呢阵司农仰屋，唔见你声相应？唉，真擺景，你不入穷门，是否系好名？

11月27日　　随处炸弹　　少

随处炸弹，唔好行街，不若再妾香闺，日夜隐埋！党徒咁多，难以识晒，况且是谁系党煞费猜疑？若果到处行街，无乜聊赖，时防炸弹，实在无涯！在妾房中隐处，腍得安泰，心又快，若果怕无聊寂寞，就共你拍四围牌！

11月28日　　大弹　　佚名

车大炮，定有大弹齐飞。大炮视作寻常，大弹亦不足出奇！近日大炮乱车，车到咁地利。炮既大得咁交关，粒弹就可知。独系车炮上天，偏唪遗弹在地，不奇异处，亦觉离奇！怪得近来有阵，咁大嘅硫磺味，攻到鼻，人人猜是炮屎，点知个粒系大弹，跌在地中嚟！

12月10日　　侬本系靓　　义少

侬本系靓，不过系略欠衣装。君呀你要赶买衣装，扮到我辉煌！呢阵衣服总要趋时，人地至望。有的趋时衣服，格外增光，做乜窝出街卖俏总冇人家望？是必系衣裳唔靓，引不得少年郎！你快把衣装赶办休延宕！唔系妄，妾有鲜艳衣裳，就扮得好在行！

12月11日　　唔好乱讲　　义少

唔好乱讲，总要话呢阵太平时，呢阵禁谈时事，免致节外生枝。国家治乱，个的系官场事，你地人民乱讲，就唪惹起官疑，话你侵越官权。谈到国事，咪话而今民国，样事要你子民知，官自有权，点到民亦预议！休放肆，怕被捉将官里，个阵悔恨都迟！

12月14日　　唔好长　　义少

唔好长（上声），两笔胡须，想贪靓仔，试问要剃须无？刺人肌骨，好似如

· 129 ·

鞋扫，铁线咁嘅形容，又硬又粗，垂在嘴边，又形出老耄。真正鬼咁令人讨厌嘅，系嘴上几条毛。人地重话凡系有须，就系咸湿佬！须有乜好，至怕同君接吻，刺住奴奴！

12月15日　　多情汉　　仲宪

多情汉，都俾你激到无情。你若系有心嫌弃，应要早日开声。我睇你个湿佬系咁破（平声）靓（平声），我自分都难与比聘，总系当堂刁架，你话气点能平？今日越想越思，真正要同你拼命！一时火起，点计得话道理唔应！今日奉劝同胞须猛醒，心把定，莫个随风拧。讲到假情假意咯，有边一个话唔明？

12月15日　　惊好梦　　义少

惊好梦，衣乌啼，醒来方见月沉西。乌啼哑哑，虽则声沉细，但被佢好梦惊回。透彻帐帏，舍得好梦可以再寻？侬亦不计，弊在梦醒（平声）寻梦，实是难为，虽则梦境迷离，真亦是伪！唉，魂梦系，系念奴夫婿，想再向梦中寻佢，弊在梦境都迷！

12月16日　　风已静　　止

风已静，尚设护花铃。人有爱花心事，此系理所应当。几耐盼得到斜，风正得定！从此花风不作，可免花片飘零！总系花粉多姿，人是最爱攞景，无故都翻阵狂风，吓佢一惊！花咁招灾，就要为花请命！风未靖，挂起金铃个个，都为保花佢安宁！

12月18日　　长夜看竹　　义少

长夜看竹，倦眼朦胧，正在一觉酣眠，甫入梦中。君呀，你偏偏多手，去绕侬清梦，累妾再无机会，免得梦犹浓！鬼咁憎人多手，专要将人弄，肉酸成鬼咁，真正系骨毛松！况且天冷摸人，双手又冻，毛管动，我真系肉紧翻来，咬你亦莫怪侬！

1915年

1月7日　　同你握手　　义少

同你握手，本属系文明，鬼咁憎渠肉紧，揸实总唔声！呢阵形礼握手，本系时兴盛，冇讲话男女嫌疑，授受不成。你妹手若柔荑，休咁莽性？总然握手，都系要手轻轻，点解咬实牙根，好似唔要命？唉，真正笑柄，咁样唔得文明，重夹

粤讴

体统不成!

1月16日　　将复跪礼（有人请复跪礼）　　义少

请复跪礼，君呀你一定话唔得文明。你说跪拜嘅仪文，一概要免清，但赞鞠躬礼好，算文明境。不过慌床头罚跪，个一种私刑，你若果能遵闽令，事事能从命，我断无罚跪，要跪到膝头青！总之听话，我就无严令。唔攞你景，纵使跪礼犹存，妾亦可以谅情！

1月21日　　天气咁冷　　义少

天气咁冷，两手如僵，欲制征衣，拈不起线长。明知系征人异地，不比居家样，只身塞外，满地冰霜，日望征衣，劳彼梦想！奈我冷莫拈针，愿总莫偿，寒入剪刀，僵尽指掌！心怅怅，你征衣何日，始寄到辽阳？

2月6日　　将近岁暮　　义少

将近岁暮，嘱咐郎君，莫话叫你裁件衣裳，你就话冇银！生我地女人，系享男子福份，既系话以貌无才，就一味扮靓个身。过年时候，若冇件衣裳衬，人家睇小，开口就话你丈夫贫！你便早日裁成，君要记紧，钱你搵，边个搵前归去，唔系扮靓个夫人？

2月6日　　老婆要怕　　义少

老婆要怕，抵制佢男人。抵制男人，易到十分。任佢丈夫意气，不肯受人家窘，但系要自然低首石榴裙，若然强项，就要共你分床瞓，个阵丰骨嶒岐，也要降志辱身，低首梅花，惟把错认！心恼恨，何苦空言唔怕，只讲得句时闻！

2月18日　　他乡月　　义少

他乡月，觉得清凄，偏从窗隙，照入罗帏。亏我旅况无聊，枯坐客邸，未必姮娥有意悯念我孤栖！我举头望月，感触人怀系！月呀你照见我故乡情景，比较往日奚为？撩人乡思（去声），月你殊无谓！唉，孤月系，系在空虚际，不堪对满阶寒月，触动夜乌啼！

2月23日　　催人老　　杏怜女郎

无情岁月，过眼残烟，春去秋来，又将腊尽。镜中人，不觉已凋鬓角，爰拟催人老一讴，以寄心中惆怅！

无情岁月催人老，唉，噉就荏苒韶光，又试将近一年！讲到有怀未遂，只有泪洒琵琶线，阿侬何苦，点解要对住呢个奈何天？睇见镜中颜色，越发心如剪，瘦影好似残杨！试问有边一个可怜！亏我无术止得住来鸿，又无计留得住去燕，笑愁字恶免，无何嗟句命蹇，自己满怀心事，又对得乜谁言？

2月24日　　盼回书　　笑侬

为粤东赌徒托蔡某赴京运动而讴。

望长望短，正望倒你有书信回头。得你一纸书函，你妹就可以泪收。离筵燕罢，个阵掩泪同分手，虽系求利求名，自己亦系带愁！君呀，你呢帐北行，知你辛苦受够，事干难如心愿！劝你莫买归舟！若果心怯客途孤苦，你妹亦可以移船就！唉，郎要想透，莫恋京华柳！最怕被柳丝缠住，个阵欲返无由！

3月9日　　卖文　　哀哉

某门前有大书其门者曰：卖文自给。龟年歌调唐宫谱，大好文章贱卖钱，不图于今日见之。我辈埋头窗下，作文字奴，持月旦之公评，做笔墨之生活，既余怀之可诉，复同病之相怜，因为之讴。

文贱卖，可慨龟年，落魄风尘，愧未猛着祖鞭。文章有价，毕竟沦为贱。任你一珠一字，试问赚得几多钱？命途多舛，书债难偿愿。庸人厚福，快活不啻天仙！巧者拙之奴，尘俗惯见！休想着扫地烧香，闭阁昼眠！虽则你营生高尚，不过求消遣，愈穷愈妙，落纸俨如云烟。但系毛锥终误，难以把鹏程展！唉，书万卷，时穷方节见（去声），小子既伤同病，又复相怜！

4月10日　　多情话　　笑你

多情话，请问过郎君，得君如此，不枉我！相交咁耐，正话得郎缘份缘分，总系往日咁多情话，未悉边一句情真？究竟你系真情，抑或将我混沌？怕你呢阵容邸魂销，不念吓家里个人，衾寒枕冷！我估愁亦不过一阵，点想望极你唔归，触起我呢种苦辛！可恼子规啼，又叫得奴肉紧！唉，真可恨，想落心唔忿，结识多情男子，都系闲文！

4月26日　　花花世界　　佚名

花花世界，误尽多少探花郎？佢周日寻花问柳，恃住血气方刚，好似死字唔知，随处咁荡，摸入花丛里便，学足蝶浪蜂狂！总系花朵眼乱，你估好易开花榜，想必贪花人仔，不过借此装腔，慢吓被花迷住，问你点得精神爽？心想戆，有口唔能讲。整到六神无主，怕你就唅为花亡！

4月30日　　你铺话法　　佚名

你铺话法，实在戥你牙烟。劝你把下扒络住吓，咪咁立乱开言。每饮酒见你嚟黐，唔系日子浅。花号叫做波罗鸡，重走得去边？咁耐未跌过一文钱，人地亦有眼见。精者就粒声唔出，免至失礼在人前！乜重把口唔收，想去撇吓人光面。估话拉裙冚脚，边个理得咁长篇？瞰样子散西，都怕唔得过线，原形终唅现，个阵俾人杯葛唎，噉就不值半文钱！

6月1日　　晚晚咁去　　狂客

晚晚咁去，都系花酒为题，只顾青楼情重咯，总不纪念吓娇妻！该着对你讲声，唔好咁累世，郎你精神有限，点顶得住四淫齐？讲到饮者留名，越发无所谓，即管散尽金钱，老举未必共你刻碑！千一个自作多情，千一个唔得到底！真正系，野花好极唔矜贵，点似得闺房艳福，举安齐眉！

6月29日　　耍花枪　　佚名

奴唔系闹尔，不过共尔耍花枪，驶乜乌埋口面，嬲得啃凄凉？算我认句唔该，恕过呢一帐，千祈咪个，当我有意把人伤！如果误会起番嚟，真系唔过想，枉费当年尔我，咁样子情长！虽则嬲过正好翻，都系唔同旧一样！哥呀，呢一帐唔该，定要求尔见谅！非系过奖，尔向来待我，都系一幅热心肠！

7月6日　　多愁多病　　佚名

星洲某女校书，体态苗条，惟工愁善病，常以桃花薄命自叹，为仿其意，谱之粤讴。

生得我咁多病，乜又使我咁多愁！系咁多病多愁，实在冇收。莫在呢个青楼，辛苦到够，一年三百六十日唎，试过边日夕优游？未必前世唔修，所以条命生得咁丑，今生捱满，或者免得再生忧！究竟天意难知，我亦唔敢断佢是否？唉，真恶受，想起眉头皱，佢得精神爽利啫，不羡佢夫婿封侯！

7月31日　　同轿坐　　觥汉

同轿坐，叫一句心肝，而家酒后，奴就见得怕风寒，玉惜香怜！君你真能干，我两个忘形好耐，怕乜大众看（平声）？断估自由见惯，驶乜重惊为罕，不过同舆坐吓，边有相干？试睇偺大羊城，几许风流案，人家有人家事干，总之你

· 133 ·

无庸干涉喇，快取酤鼾！

8月13日　　婚征税（政府拟开婚征税）　　乜少

记得郎你去考试，我已自讲过几句时文。今日你孙山名落，未必无因？白白辛苦一场，虽则心唅唔份，你文章虽好，亦要注意个位财神。睇见人地簪花，亦唔在愤恨！我算得你流年八字，系欠一点庚辛！罢咯，不若劝你快快归还，唔好把个官字记紧！唉，心要自问，点样可以能揸印？劝你叠埋心事，咪想做政界中人！

8月13日　　脱离黑籍　　悔翁

真正系戒，总要立志为先，做乜芙蓉城里，咁就困我多年？想我本系聪明绝世奇男子，唔该埋没在各两口洋烟！记得个阵芸窗遣兴，良宵无事，说地谈天，高枕横床，真系乐国。点想形容枯槁，好似病体恹恹，至到今日一事无成，都系为佢！我就回心转意，奋勇当前戒死我亦甘心无乜怨恨！老当益壮，总要心坚，一息尚存，君你莫笑！须紧要，但得脱离黑籍，就胜过西方极乐，九品青莲！

8月26日　　唔驶戒　　乜少

唔驶戒，又不领烟牌，一味话有病吹烟，警察就唔拉！呢阵官场开局，预备来专卖。官佢虽然话禁，亦想做吓生涯。望极度人吸食，至有多人买。但计赚饱官囊，不怪政治歪！君呀你烟容似病可以无须戒，官唔执怪，请你顾虑，一味放烟怀！

9月2日　　钱一个字（见今日本坡新闻）　　宗尼

钱一个字，驶乜睇得咁交关？终之无日都话世界艰难，你地各界系咁踊跃签捐，容乜易又过万。点解你一毛不拔，重话输了番摊？况且酒地花天，郎你亦算晓汉！今日同胞受难，你就当佢为闲。自古话作善降祥，咪估天佢冇眼！就算劣名传播，已自悔恨。讲到话天眼昭昭，我知你亦都无乜忌惮，总系荷包揽实，亏你任得人弹！试睇小贩营生人亦顶硬！休拼烂，钱银都命赚，咪话视财如命呀，我实在磴你羞颜！

9月16日　　相见礼　　秋娟

相见礼，议定多时，君呀从今相见，尔我要遵依！男女相逢，依住礼次，接吻与同握手，未合时宜。尔莫个见侬就揸手，重话表示深情谊，人家睇见，就话你儿戏。此后相见只系鞠躬，还较便易。唉，须记住，若系你重揸侬手，就捏破你手中皮！

9月24日　　重堕落　　乜少

重堕落，呢一处青楼，我知你呢一点凡心，尚系未收，大抵此生花债，尚未还够！又见前度刘郎，尚在咁浪游，故此前缘再续，不自谅残花柳！感怀今昔，问你怆怀否（平声）？娇呀我恐你风度渐不如前，花貌亦渐瘦！唉，须想透，将变徐娘候。就怕冇旧时咁声价，往日咁风流！

9月28日　　珠江月　　芳

珠江月，甚凄清，月光如水，一夜空明！呢阵珠海繁华，销歇尽净，只有江边渔火，好似几点疏星。舞衫歌扇，无复有翩翩影，剩你在碧海苍天，夜夜自明，真正系盛衰转眼，世事原无定。依见景，不觉生依感触，不尽愁情！

10月12日　　你因乜致病　　西

妹呀，你因乜致病？讲句过奴知，你无端告病，我实在见思疑，做乜你阿姊几个都病齐，今日又试轮到妹你？想系同病相怜，可以当一样医！唉，你唔系碰着灾瘟，传染所致，亦唔系情哥忆起，整到你倩女魂离！大抵你身体唔安，全系为着皓世事，心头唔合，故此病得你咁痴缠！妹呀，好在你一幅正大心肠，我就唔愿你死，总望皇天佑，等你喜勿占药啊，把我地花国维持！

11月6日　　唔好采（好嫖私娼者鉴）　　乜少

唔好采，野花香，采折闲花，究竟系不祥。就系野花采得，插不上瓷瓶上。况且花毒雾，采去亦有余殃，就俾你自由扳折，归插瓷瓶上，转瞬红杏花开，又出隔墙。试睇贪花人士，边个身上冇新花样？个的就是花柳孽障，莫道带得归家，便算是娘！

11月6日　　呢会唔怕考试　　西

君呀，你呢会唔怕考试，可以领卷翻嚟，作文点似，匿在深闺，得依相伴，唔哙文机滞！有阵数典浑忘，等我把你提！唔瞎你又请我，为枪替，定然响炮，你便大壮声威！若系场中试你，就要演你工夫仔，你又才疏学浅，点共得倚马名齐？郁吓揭出肚皮，俾人地尽睇，当场出丑，你话几咁输亏！君呀，你咪话上台，唔为你地计！唉，真知偈，呢阵唔驶闭翳，唔系就提亲考试啊，你啤有几日悲啼！

11月10日　　你要谅吓　　东

君呀，你要谅吓，妾不是挟款私逃，不过你当年家事，系咁乱糟糟。我唔系唔想共君白发同偕老，替你主持中馈并日操劳。唔想你弟兄嫌弃，未许我当家务，又话我不利君家，嗷就谤语遭，个阵就明知破甑，未肯回顾，监住头要同君分袂，另作良图！点估你娶过咁多，全系泼妇，把你家财散尽，重搅到地暗天乌！妾自份系马前覆水，点估你重收到！唉，从新寻旧好，都系唔舍得你前时个种恩义唎，君呀，你可知无？

　　11月18日　　奴系众仆　　东

　　奴系众仆，要听零主人翁，话到要来送节，我就眼边红。收拾乾坤一担，担起肩头重，唔知息肩何日，要闻天公？虽则主人厚待，给到优薪俸，叫我做全家代表，自系与众仆唔同。点似得仆仆风长途，将节送！唉，心想痛，都唔中用。自系呢点痴心成梦，我就瘦损花容！

　　11月24日　　睇烟价又减　　西

　　君呀，你睇烟价又减，咪话唔体贴民强，十二元一两，也算普惠烟精。家阵吸食可以自由，唔怕佢军嚊警，总怕佢场开专卖，价目唔平！须则话许吸只系老人，兼及废症，我料医生牌照，界限未必咁分清。如果烟价高抬，昂贵到绝顶，又怕烟人无力，上瘾唔成！况且佢政界沽烟，原系营业性，销场推广，就觉得人息非轻。君呀，有呢件利国利民，嗷嘅惠政！唉，真真正，平沽重议定，只要多人帮衬，佢就一味欢迎！

　　11月24日　　金钱罪恶　　尚勤女史

　　金钱罪恶，谱不尽入四条弦。钱呀，大抵你自己唔知，罪大过天！呢阵个个都话金钱主义，都系你搅到人心变。讲到话金钱有力咯，真正系有口难言。多等做到负义忘恩，都系为个钱字起见！钱呀，你个一点良心，实在去了边？想必钱字个的阴功，唔系话浅！唉，心似剪，钱你究竟想点，搅出偌大波澜，千千件，都系为在你个钱！

1916年

　　3月20日　　唔生性　　秋娟

　　唔生性，偏要恭喜妹添丁，意头咁好，又点好话唔响应？明知系丑，只着含羞应，只有面上一自红时，口里一自出声，细声应句，莫被旁人听。正豕拜几多

· 136 ·

粤讴

神，都条保佑呢句说话灵！倘得添丁句话，果属当堂应，征兰真有庆，你便买定姜时，浪（借用）定错埋！

3月22日　　情系一件　　轩

初一个月，转眼就缺了成边。月呀，乜你团圆个晚，偏要照住寡人眠！试问月有几次圆时，花又开得几遍？我看春花秋月，亦有两样情牵，一则等到春来，花正发展；一则等到中秋，正肯十足圆。纵使月圆唔倦，我亦怕花开倦，不若把春天移落，在立秋天。个阵花好月圆，我正同你见面！唉，情系一件，都唥常时变，点得月圆时照，呢一片种花田？

4月6日　　中和（二月二为中和节）　　觥汉

容乜易，节又到中和，想起中和两字，就引起我泪如梭。虽则琵琶抱起，可奈我声喉破，唱到夜泊秦淮，我就哭一句奈何！试睇吓风云遍地，早把我春山锁，惹得无穷春恨，重唱乜野早春歌？亏我女流无术，可救得中原祸！但有至诚嚟祷告，个一位老天婆，望佢保佑吓大局和平，怜悯吓人家苦楚。等个哋干戈唔见，就系受赐多多，但系密咁呼天，唔止息我一个！唉，人亦见过，种乜野因成乜野果！呢阵战端才起，都系枉望中和！

4月15日　　人系两个　　恍叹

人系两个，点讲得同心。你一幅冷肠，我偏有一片热忱！你话避世为高，担乜野重任？管宁心事，点及得个位华歆？边个话繁华如梦，实在系好似花锦。你话看淡功名，怕以后未易再寻。个的事业系咁投机，我亦曾经细审。咪笑羊头烂贱，总要高位就值得多金。但得位极人臣，多少要求我庇荫！唉，唔好话已甚，倚势凭符谶，总要甘心宁耐得，怕乜在宦海浮沉！

4月20日　　长堤柳（为最近之官僚讴）　　轰奸

长堤柳，向住我依依，好似见人来到，就系共佢别离时！若系一别就永不相逢，我亦无所谓挂记。柳你纵然情重，可奈我未晓情痴！呢阵风云遍地，叫我点得唔迁地？去咯，系至紧要带住金钱，免俾佢共我脱离。柳你此后绽得黄金，亦唔怕话远寄。多多还受落，柳亦话我知机。好在柳系生在堤边，见惯人哋离别嘅苦事！愁不已，柳呀，边个共得你全终始？多少共你定期相会，点知到相会就无期！

5月4日　　潮气到咁（为恋位者讽也）　　折柳

潮气到咁，知道你舍不得青楼，实在你爱恋繁华，冇一日休！日日话收山，原是假柳，不过见人客如柴，尽是水流。睇你面皮打褶，好似波纹皱。人客阿谁，唔话你不识羞！你自己唔见丑时，人客都替你见丑！唉，你何日走？秀到神憎鬼厌咯，你话着乜来由？

5月9日　　天有咁变幻　　为公

天有咁变幻，雨咯，又试晴翻，呢阵和风暖日，解得我心烦！天佢咁爱融和，真正系抵赞！咪话佢随时唸变，就当作佢藏奸。大抵天心仁爱，做得人模范。边有半点偏私，系可以受得你弹！虽则有天时黑暗，个阵人人叹，转吓日出云开，霭气满山，旧底满天霾雾，跟住如今散！唉，谁把天心挽？补天人有恨！或者天佢睇见人和到极，故此天亦开颜！

5月10日　　悬镜　　轰奸

悬个宝镜，照得出恶人心。你心毒过一条蛇，点敢把镜临？人话蛇心佛口，我见你口比蛇还甚，吞尽好多人类，点对得住个位观音？佢亦不过叫做系慈悲，究竟不把人庇护，只见佢养大条蛇，在佢个紫竹林。总系蛇系咁样子害人，点好话唔讲佢禁？若果合齐群力，要你蛇命即日归阴，等到杀蛇如愿，怕乜把蛇皮寝！我重将蛇血饮，个阵见了杯中蛇影，不必向镜中寻！

5月11日　　闲文　　轩

海珠事起，龙济光布告闲文也，陆都督电龙济光转知汤觉顿，即回梧州，亦闲文也。彼以诈谂来，我以诈谂往，好看煞人！

都要问吓，我呢一个去人身，君呀，你见我个一个来人，即是我嘅去人。我派人同你，日夜相亲近，你讲说话有咁真时，我嘅说话亦有咁真！万事亦要丢开，你我系用个情字做引。佢罢真诚一点，向往你我留神。事事佢咁要留心，点解你心不可问？辜负了我多年，待你个一点系恩！呢会听得我个寻人消息，我怕你事事都难瞒隐！唉，无所谓恨，大家同是诈笨，你虽则讲闲文几句，我亦要讲吓闲文！

5月23日　　狼到咁样　　涟漪

狼到咁样，咪话唔慌！枪炮系咁无情，点到你防，你地个的官兵恃势，乱把枪嚟放，故意共人作对，恶到令你难当！见佢狼到咁交关，就知道佢嘅五脏！乱把枪炮轰人，不外想着做王！恶得越发交关，越发多人共佢抵抗！个个问吓良心，点肯把佢去帮？今日齐心杀贼，几咁声威壮！佢真霎戆，重想诛民党，睇佢死到临头，都重咁狼！

5月23日　　天呀你生得我咁薄命　　佚名

天呀你生得我咁薄命，点解又生得我咁多情？情字累人，想起实觉可惊。早知道君你咁无情，奴又咁薄命，决不共你山盟海誓，免致误却前程。未必鸳鸯谱上，错把呢段姻缘订，亏负得我咁凄凉，点都要骂佢一声！若果我学得太上忘情，何致今日咁病？唉，归期何日定？做乜灯花常卜，佢又总总唔灵？

5月26日　　何处是　　秋娟

何处是，世外桃源？你睇干戈撩乱，扰到江村，乐郊何适，遍起人民怨，四无净土，哪有一块完全？点得学避秦男女，得向世外桃源窜，不闻理乱，免得咁心酸！今日生不逢辰，惟有自怨！唉，随处是乱，究竟乱耗纷纷，哪处是桃源？

6月6日　　奴愿减颈　　阿柳

奴愿减颈，君呀你知无，呢阵气不敢咁扬时，趾不敢咁高？共你点样子失欢，呢阵奴亦懒道！总怨系自家唔着，错在前途！君呀，共你相交咁耐，话晒都系温心佬，况且有咁多朋友，话肯替我两个箍煲。你纵唔念吓我旧情，该念吓朋辈咁好！唉，唔好呷醋，但得你续翻条缆，就算系体贴奴奴！

6月10日　　点算好　　秋娟

点算好？君呀，佢花残又渐老，种花人仔，噉就枉晒个的功劳！亏你成日系处殷勤，难望有好报。伤心流泪，就遁出京都！唔舍得你地家园，今日还要趲路，有乜闲心嚟睇？个出困奸曹，封侯悔觅，至唔好。助纣残民，抵多杀即刀。日暮途穷，诸事不顾，唔出可诉，乐极翻成苦！君呀，见你往日金印悬腰，呢阵带得去无？

6月15日　　心肝订（为段再出调也）　　火星

心肝订（借音），望你几耐唔开嚟。今日望到你开嚟，我唔在咁惨凄！今日共你有得疏肝，唔驶单我翳肺！唔关话你妹心情挚热，性格痴迷，人地话我自作多情。唔系都似系，做乜偏为多情两字，累到我似昏鸡！好彩共你未断情缘，还

· 139 ·

有今日把袂！唉，为妾计，再出来倾偈，拼把家财散尽，都要把你妹提携！

6月16日　　无可奈　　秋娟

无可奈，就要收科。天呀，你咁样子生人，做乜又要咁样子折磨？我当日沦落青楼，原本系错，不过舍不得繁华，更重要心事许多！点估到天不从心，唔讲就得我，祇着要收山唔做，交落过事头婆。从此养性收心，唔准佬到揾我！唉，真折堕，自悔看不破繁华，跳不出爱河！

6月19日　　诈呆　　觥年

你话无谓咁做，我就认一句唔该。自问不是真呆，怕乜诈吓呆！眼见世道无常，时有变改，个的人心实系点啫，我话一句奇哉！似极冇半点爱情，还话系爱，心唔知点，又点得见过个心来？心似还底条针，藏处重深过度海！或者自家心事，自己亦解唔开，若系共你讲心，我越发无了主宰！唉，真正系害，就算你人在心唔在，索性诈伪，当作呃吓小孩！

6月24日　　容乜易　　折柳

容乜易，化日光天，旗飘独立影亭然，阴霾消尽，红日当天现。从此万里归人一鞭，东南半壁，再不虞他变！从此国旗五色，万古长存，你睇海珠怒涛，声似渐变，光一线，颂一句民主共和，五族万年！

6月26日　　莫话唔怕死　　靓公

固一世之雄也，而今安在哉！

莫话唔怕死，死亦要为个一点情痴。生死系咁无常，问你点样子定得一个时？自古话人无百岁，可见生死系平常事。问你乜事要欺人，更把自欺？死到临头，重话要争吓啖气，身难走动，重讲乜一力挣持？大抵把个死字讲到尽头，正知得错在自己！情痴一句话，剩落后人讥！唉，我话咬不尽菜根，就系尝不投世味！须会意，富贵欺人易，我见得佢系到死亦唔知，好似话水浸眼眉！

6月27日　　天讨　　轰奸

天呀，你何必咁怒，咁就断送了个件黄袍！用到天诛，死一个须独大？但系未平人怨，因为不得亲施斧，咁好个处断头台，俾佢脱逃！天道若系有知，唔系咁样做。可惜一场好戏，睇见病死曹操。点解唔伸国法，只有伸天讨？天呀，我还向你一诉，若果天能讨贼，重要收尽个小贼如毛。

6月28日　　　棋系假局　　　恍叹

棋怕系假局，马都唔行田，郁吓重飞象过河！你有你话佢倒颠，自家唔见，不过系想人唔见，纵然弄假，都咪在人前！人又点肯认呆，嚟受你骗？况且局外旁观，有咁多位系处比肩？似极戏场人众，万目同观演。系想着欺台，就咪想搵钱！今日你呢一局残棋，输定不免！咪重估有一排兵仔，共你守住河边。假意求和，人是必要共你战！还有一件，你而家就系运蹇，任你学晓担沙，未必可把海填！

7月3日　　　人欢喜　　　轩

黎元洪以副总统资格，继任大总统，报界休业志喜，盖喜此次办理，能根据约法。更喜袁氏之云亡也，讴以纪庆，并勉黎元洪！

人欢喜，系在今朝。我不是把新人钟意，却恨旧嘅招撩。佢结落自家冤债，一死亦填唔了！自古话人死便无仇，我旧恨亦渐消！系在个一阵心欢，心就要照！我愿新人思旧客，为乜事要乞人饶？人家错处，自己应该晓，断不肯再学人家，自把祸招，空惹人家愁恨，更惹人讥诮！嘻，真正要，我亦随人笑，系咯，心田方寸，点好使佢种恨根苗！

7月8日　　　心　　　轩

岑春煊梦得袁世凯死，而袁世凯竟死，此何故哉？无他，心使之然也！

坚心一点，不必趁机缘，睇得越艰难事，我越要心专！任得风云变幻，到底心唔转，日夜挂在心来，呢件事未得做完。系点样子难为，都在心里打算！自古话舍得心坚，石亦唔凿穿。纵使精神倦极，亦心唔倦，真有决断，终唔还心愿，未得仇人血，所以化作梦里龙泉！

8月21日　　　缘或未尽　　　秋娟

缘或未尽，尚有一面重逢，十年尘事，似在梦魂中！今日觌面传杯，未必仍是在梦。纵然在梦，亦博得一阵情浓。虽则影事成尘，非梦亦梦，况且华筵散后，又试燕各西东！同是天涯沦落，你我情相共！唉，中乜用，后会何时共？咁就愁对住华筵酒绿，粉壁灯红！

8月24日　　　前事错过　　　轩

前次派员检查广州各报谓，因袁氏实行其专制也。噫，箝民喉舌以行专制，卒之身死名败而已!

前事错过，该着心灰，人生错处，错得几多回？系识性做人，就知道进退，点好飘流唔顾，只顾称做花魁？见你情痴意懵，心如醉。试睇镜中人影，亦知道貌渐衰颓。嬲在心肝，又把人地怨怼，边一个写出你真愁，就闹边一个衰！重怨到佢笔端，其实有罪，揸住佢手一对，一自叫住人怜妹！未必贵妃长恨，你亦想着跟随！

9月5日　　无乜可讲　　侗

无乜可讲，我亦奈你唔何，因谏成仇，与我日疏。天既生得你咁冥顽，我亦何苦说破！只效金人缄口，不复口若悬河。呢晗任得你妄为妄作，我亦唔相阻。此后舆论难容集矢愈多，或者你过后思量，知道吓我。唉，心不妥，爱莫能助，君呀忠言逆耳，大抵古语无讹！

9月20日　　君你想吓　　侗

君你想吓，为乜因由，同类相残，有否见羞？你两个既话唔系夺利争权，何故咁吽？搅到商场凋敝，个个皱着眉头，使我地成罹锋镝，试问你尚有良心否？累到我地家散人亡，真正系几世唔修。此后兵燹余生，谁或赴救？唉，频诅咒，何苦为戎首，我地广东人类，未必共你杀父冤仇！

9月22日　　如果你话去咯　　侗

如果你话去咯，我就送的程仪，崛头扫把，预备两三枝。自系你一到此间，无一个不多得你，多得你搅到家无宁岁，有日开眉，虽则今日饱掠远飏，唔计到我地，总系与你早一刻分离，我就小一刻惨悲。若果话实一去唔回，谁个不喜？人怕厌弃，居留无乜味，但愿你早离羊石，勿再延迟！

9月23日　　劝言　　盘光

你如果肯去，望你勿再番嚟，早一日打叠行程，免令我地多一日惨凄！此间究竟，不是风流第，姻缘情断，逼紧就要把你难为！好佬虽属多情，断唔怕中你虾笼计，咪话久别相逢，舍不得你去归。透露三两句时文，应要参透到底。唉，梳过只髻，欲去须乘势，劝你青楼早别勿复在此痴迷！

9月27日　　花花世界　　侗

花花世界，逞甚英雄？好极不过数十载嘅繁华，到底是空，究竟夺利争权，中乜野用？试睇桑田沧海，转眼又觉唔同，韶光虚度，真如梦。讲甚威名，说甚伟功？况且做到乱世国民，常在惧恐。唉，谁作俑，未语心闲痛！点得桃源有路，我亦愿世世在此为农！

9月28日　　一年容易又秋风　　侗

一年容易又秋风，秋风一起，即见落叶梧桐。亏我抚物思人，心实可痛，真正悔教夫婿，去觅封侯！微论屡更裘葛，未见行人动，即使雁札鱼书，未易一逢。可恨个个薄情，将我戏弄，归期屡约，到底又复成空，使我闺帏独守，夜夜难成梦！唉，双脚又咁冻，第一怀人愁时，月下花丛！

10月2日　　无可比拟　　侗

无可比拟，比拟一只蛋家鸡，总唔得水饮，实在戥你难为。细想你日日开嚟，因乜所为，不过为个中情景，与及个笔东西。你两个格外痴情，无可代讳，总系难逢机会，枉你热度巍巍。见你长途跋涉便知你肝和肺，如果目的难偿，一定不肯去归，点想万目共瞻，难望有济！唉，真累世，未卜何时系？好似农夫过旱，久盼云霓！

10月4日　　边个包你　　雪鸿

边个包你，抵事得咁荒唐！搅到我地居民，日在恐慌。今日已成乱象，我亦无须讲。究竟谁为戎首，煞费商量。大抵都系争权夺利，不计人兴，日日话利国福民，想必亦系说谎。君你良心，曾否尽丧？烦你一想，何必咿口妄？今日既蒙厚赐喇，此后百世难忘！

10月9日　　奴已睇透　　侗

奴已睇透，睇透你嘅情形，毫无能力，学乜叫做牛精。若果我系怕人，唔系噉影，边个不识我系泼皮浪子，早已远近驰名。日日借端寻衅，累欲收奴命，总系你即管放马开来，我亦不惊。索性与你一见雌雄，锄吓你嘅野性。心已把定，胜负分俄顷，等你求和个阵，我就誓不应承！

10月9日　　自怨　　佚名

提高吓后手，勿再把我难为，誓不估今时，唅畸堕落鸡！我亦知道当日性情，难舍得各位，动辄鸡骚人客，不顾日后难危。今日门前冷落，着实心滋愧，望你大量汪涵恕我系客妻，使我无地自容，心实可畏。唉，真累世，人人将我抵制，久欲收山唔做咯，总系有边个把我提携。

10月12日　　寄征袍　　二五

寒意重，寄件征袍，袍中尺寸，尽合肌肤。一见南飞鸿雁，料必旅境寒风到，总系寒到君边，衣有到无。君你客途，须要自保，顺时珍摄，切勿为妹心操，家室安常，无乜世故。奴亦甚好，大可抒怀，但愿家书常寄，或者藉慰奴奴！

10月17日　　孤飞雁　　四六

孤飞雁，天际哀鸣，想必系失却同群，故此惨切不胜！雁呀，你着实堪怜，因为奴共你一样病症，彼此都系凄凉无伴侣咯，你话点得心平？今日奴奴怜雁，雁你亦要怜奴病，可否代我传书，去骂佢薄幸几声？但得佢回书，话归计已定，奴实感领！一俟佢还乡井，个阵共与金兰结拜，免得你只影单形！

10月21日　　旧幕已歇　　镜公

旧幕已歇，新幕重开，锣鼓系咁声阗，点到你硬阻上台！戏假还是情真，谁不话你阻碍，试睇哀丝豪竹，不愿拍你个只驽骀。呢会任得你新调唱到响遏行云，人亦不耐。又况唱回旧日个枝野，怎不听到大众生呆？知否古调重弹，人就感慨，唱攞得彩，莫谓无人在。即使话此后提神落力啦，个出好戏你做佢唔来！

10月23日　　试睇吓　　镜公

试睇吓，扯起个报风波，飓风原有荵，未必尽系传讹，人地日日看住天文，都系妨唫起祸。咪估只系怒号空际，可以海不扬波，大抵应有春回，容乜易秋又尽过？风呀，你唔敛就错，边个不话天时地利，都不及人和！

10月24日　　转吓眼　　镜公

转吓眼，又届中秋，一年一度睇，过去悠悠，莫谓岁月频添，仁者益寿。总系想到前程靡定，只怕有恨难度，辜负呢个月圆，人就笑你哔。眉莫皱，不患无沽酒。君呀，敢又点好辜奴奴心事，令我对月生愁！

10月26日　　闺怨　　镜公

虽不抚时兴感，也唫触景生愁，即使人非宋玉，都逼到两字悲秋。是否薄命红颜，天早铸定？况值频遭兵燹，夫婿又远觅封侯。怀人闺怨，第一系呢阵中秋候，乐顾难寻，重唫惹起隐忧。敢样子做人，真正第九。唉，难解剖，只怨一句前世唔修，系属女流。

10月30日　　弹与赞　　侗

弹与赞，不计伊谁，好比短笛无腔，信口吹。暂者置之，弹者益觉不类，只有乱弹乱唱，那计毁誉相随！未必听到人心醉，讲乜操缦安弦，可以救弊起衰！不过时或志在高山，时或心在此水，何必时赘？深叹钟期已杳，此后知己为谁？

10月31日　　唔到你驶　　侗

唔到你驶，免把点气难为，人地颈都揸埋，不若趁早去归。亏我讲出呢句言词，全为你后计，一则免你做寒山孤鬼，二则免祸群黎。记否曾话个句孤立无援，真正唔到讲势。人言应要畏，知否有风唔用裡唎，终蹈亡危！

11月3日　　撩我恨　　阿镜

撩我恨，问月何心，怀人原自苦咯，底事月你重向我窗临？亏我见月你彻夜团圆，情越恶禁，祗为想起个薄情夫婿，最怕月照寒衾。人话月你照尽天下离人，试问谁有我咁甚？唉，愁到嚒，对月难安枕。月呀，你若怜侬憔悴唎，就请出花林！

11月4日　　乜咁掉忌　　镜

乜咁掉忌，似却有爪蟛蜞，委实人痛唔知，肉痛至知。估话效得蟹咁横行，凡事懒理。久居吾粤，铲到地亦无皮，点估整到众叛亲离，就有呢阵日子。地球虽大，欲往难之，琼岛亦话誓不欢迎，奚论别处。唉，无所止，生既家门难望，不若死重宜！

11月6日　　年纪咁老　　侗

年纪咁老，怎学得咁趋时？见你送旧迎新，是在替你可悲！未必薄命红颜，天实有意，不过情丝束缚，解脱无期。况且倚门卖笑，有边个能终始？一旦色不如人，车马便稀。劝你早日拣个多情，方有托庇。唔好自弃，恋栈终难恃，幸勿等到尾祃跟佬唎，尚谓日子唔迟！

11月10日　　唔足恃　　二五

唔足恃，靠不得你扶持。你拐杖本系麻条，一撞就冇医。凡事人地讲得咁艰难，你偏要讲得咁易。一到进行时间，每每自食言肥。呢哙任得你莲花妙舌，大抵亦无人喜。似此虽欲欺人，亦只自欺。劝你此后幸勿乱谛乱车，唔顾道理！速

· 145 ·

须己,勿当为儿戏。若果言而不信呢,点样做得血性嘅男儿?

  11 月 17 日 誓唔估到 谛

  誓唔估到,噉样收科,叫极观音唔救难,奈命唔何!人话菩萨系有灵,乜唔佑吓我?大抵孽龙恶满,就鼓浪无波。早知如此,誓不当年错!唉,无好果,恶因由己播,想到茫茫前路,重未晓点样子消磨?

  11 月 20 日 祸首魁功 敬

  缅怀珠海,感系心胸。境情牵迁,就算好景不同,人望龙去陆来,希望已中。幸得余生兵燹,数吓祸首魁功,回想尚觉心寒。系在城市互哄,倘不是谋私利,怎至触此蛮雄?今日元气尽已口残,民命亦皆隐痛。谁作俑,笔锋难汝纵,想到建设系咁艰难,就怨到破坏嘅老龙!

  11 月 27 日 唔讲理 亚乜

  唔讲理,祇讲强权,世界如斯,讲起就要鼻酸。总系强弱都系人为,唔使自怨,大抵普通原理,所谓物竞生存。鬼叫你堂堂七尺,整得周身软,麻木不仁,好似手足亦挛。若欲图强,须早打算,听我劝,当机宜立断,否则不独被人凌辱,且恐肤革难完!

  11 月 23 日 尝透世味 敬

  开眉粥亦好,只怕饭愁眉。所谓情深水饱,浅就食饭都饥。处世做到系人,定必尝透世味。试问个种翻云覆雨,究属何裨?冷暖系别出人情,亦唔着咁小气,点好净系骄人以富,困就尽地相欺。出处各亦有时,未必人就逊你。此生原小憩,大抵你眼光如豆唎,至做得咁离奇!

  11 月 24 日 心作用 敬

  本来无有,色色空空,是非仍一理,彻底同侗,浮丘小眷,事事真如梦。假使身为和尚,又岂可乱敲钟?感觉到点慈心,就应为劫重。一切未来既往,忍事兵戎,物欲全蔽灵台,宜敛莫纵。心作用,生就邪缘动,知否籓竿才欲戙叹,就惹黑影憧憧!

  11 月 27 日 相会未久 河南二郎

  相会未久,又唱骊歌,悲欢离合,真正系奈命唔何!今日临歧握别讲起就心酸楚,总有满腹离情亦说不禁许多。虑到问柳寻花,卿似太过,为明心迹,可以

· 146 ·

誓对山河。虽则轻离重利，我亦知道难言可，总系为口奔驰，使叹命里坎坷。如此苦情，卿要谅我！唉，心不妥，情关难打破，一声骊唱，禁不住泪湿衣罗！

12月1日　　临歧握别　　颖川女士

临歧握别，君要记住我！呢几句时文，路柳墙花，幸勿当得咁认真。自古青楼，多半薄幸，都系金钱主义，未必永不嫌贫。若果痴情误用，一味神经敏，试问金尽床头，有边个共你再温？勿谓你妹呢几句言词，纯是妒妇口吻！须要记紧，切嘱客窗无事，咪个浪费精神！

12月2日　　君你初到　　侗

君你初到，照例都要欢迎，因为我地呢处青楼，睇得呢两个字稍轻。虽则明晚你是否翻留，难以料定。总系尽情敷衍，或者哙共我温成，个阵同奴脱籍，带携还乡井，免得做呢种皮肉嘅生涯，日夕苦叫不胜！若得君肯垂青，奴就唔使怨句薄命！心已定，头髻衣裳装到靓，重要整得周身潮气，方见得我地多情！

12月4日　　君你咁做　　侗

君你咁做，我实在难明，搅到近日人人，都叫你系老青。既知道佢系不贞，何故当得佢咁醒？即使为荷包起见，未必佢格外能平。知你色中饿鬼，视色常如命，他日野性难驯，恐你驾驭不胜。古道蛇入竹筒，还有曲姓，唔到你不认。只有缩埋头颈，任得大众批评。

12月5日　　无可奈　　侗

无可奈，又试捞翻，总系翻奄条路，讲起我就心烦。烟花场上，虽则我系居留惯，但我一别多年，久不上山。况且往日以色事人，人亦冷眼。今既色衰如许，自觉羞颜。就令涂脂抹粉，或者博得人家赞，究竟鬓已成霜，面又不少雀斑。勿谓半老徐娘，全靠打扮，唔怕拼烂，任得你如何潮气唎，亦系柳败花残！

12月6日　　薄命多情　　二五

天呀，你生得我咁薄命，又生得我咁多情！情字累人，自怨苦命一声，且得学吓太上忘情，或者唔使咁薄命。既系红颜薄命唎，底事又咁痴情？早知道情终误我，使我多愁病，命薄好比桃花，不若及早把性命睇轻。细想命系生成，情系本性。心想定，宁愿爱情唔爱命，睇见人家咁好命，比较我实恶为情。

12月7日　　闻得你话上岸　　伺

闻得你话上岸，我亦替你欢娱。如此青楼，岂可久居？见你除却送旧迎新，无乜别事。就今十分唔中意㗎，不敢稍或推辞后缺。（后不可辨识）

12月7日　　叫过你一次　　河南二郎

叫过你一次，想起尚有余嬲，死唔生性，重话叫我翻流。大抵画坏钟馗，难似得你咁貌丑，怪不得猪唛声名，遍播五洲。见左你个副尊容，真正欲呕。唉，真第九，身腥和口臭，如斯人格，叫我点再共你筹谋？

12月9日　　穷　　伺

穷到嗽，怎不惊人，避债无台，断却六亲。天你若果磨砺英雄，亦何必心事太忍？故使我苦心劳力，困顿风尘。幸我达观主义，早已忘悲愤。君子安贫，乐自有真。大抵丈夫不受人怜，人亦无一见悯，无所谓憾恨。纵使室人交谪，亦当作唔闻。

12月11日　　钱一个字　　二五

钱一个字，可以役鬼驱神，钱字若果无缘，就会断左六亲。大抵无钱，精亦变笨，钱财丰裕啊，岂患托脚无人。总系钱来揾我，点到我话将钱揾？望你事事都咁认真，堪叹夺利争钱，不值识者一哂，原实可忿，搅到如斯世界，都系为着呢个钱神。

12月12日　　勿再讲　　二五

勿再讲，讲极佢都当作唔闻。近日佢个副心肠，我亦知道十分，犯不着多语多言，撩佢怨恨，因为小人得志，自己好比鹤立鸡群。睇见佢云为动作，皆胡混，任得你舌灿莲花，未必当真。劝你呢哈忍气吞声，唔好太笨，何必咁着紧，只好三缄其口，学吓金人。

12月13日　　君你负义　　伺

君你负义，我亦自悔糊涂，做人何苦，做到两便刀？当日估你系多情，无乜别好，可以同偕白首，或不致负却奴奴，故此喁喁细语，枕畔尽把衷情诉，海誓与共山盟。个阵你话热度几高，点想你近日喜怒无常，丢妹不顾，半途分手，旧义全无！呢哈任得我如何补救，你亦一味唔听古，枉我往日待你个副肝肠，与及井臼是操！自悔昔日痴情，致使今日受苦！唉，真懊恼，相交唔得到老，此后茫茫前路，叫我向边处登途！

12月14日　　何必咁妄想　　二五

心呀，何必要咁妄想，妄想亦想佢唔嚟。任得你想烂心肠，到底都系自己吃亏，早知道你呠意马心猿，我就唔敢嗽制。自怨一时失检，遂致意乱心迷，如斯误我，心亦真无谓！舍得我好似竹咁虚心，未必有时惨凄，总系我心事许多，无可自讳。心里自计，点得此心无所系，亏我有心无力啊，不使把心事难为。

12月15日　　穷饿　　侗

穷过蒙正，饿过苏秦，苦海茫茫，向边处问津？人话富者本系聪明，侬亦不蠢，底事所如辄阻，使我百结悬鹑，若果话命实由天，侬定不信，怎得天堂有路，试一问佢详询！大抵贫穷，多系扮钝，唔系错论。试睇吓英雄气短啦，都系为着身世沉沦。

12月16日　　人不谅我　　二五

人不谅我，我亦不敢尤人。虽不尤人，我又偏要怨君。早知道君你咁薄情，奴就何苦咁笨，自叹无珠肉眼，识错你个衰神。深幸红颜未老，丢我亦唔多紧，所惜往日待你个副心肠，枉我认得咁真！就令我不开言，君亦要自问！唉，心已忿，此后谁怜阔？亏我枕边常湿，尽是日夕嘅啼痕！

12月18日　　狼到嗽　　详

狼到嗽，为乜因由，乘人不觉，就想一手全兜。怪不得话你个副心肠，狼过华秀只狗，究难掩恶，早已睇出你对奸眸。今日被人指摘，试问你知羞否？嗽样子行为，劝你及早罢休。或者你利欲熏心，殊不见丑，唔肯罢手，面皮成尺厚，任得人人唾骂，你重故作自在优游。

12月19日　　无为生此恶感　　侗

无为生此恶感，谊属同寮，就令一见唔同，尽可决议取消。凡事彼此通融，无不可了。点好互相疑忌，惹起咁大风潮。若果你恃住佬多，人地亦温客不少。面则俾否由人，架到自己搵丢，重怕识者虽不言明，难免目笑。何必咁器小？咪估话有人包你，就可以任意刁乔！

12月20日　　唔好唱咯　　侗

唔好唱咯，唱到我心烦。望你呢呠噤若寒蝉，把啖气忍翻。见你近日愈唱愈

· 149 ·

高，防会撞板。如斯唱法，未免大受人弹，况且重弹旧调，未必就有人家赞。枉你叫破喉咙，唱得咁艰，劝你早刻收声，唔使现出破绽。听我谏，暂时收住板，若果听到人人凄楚咯，你亦自觉羞颜！

12月21日　真晦气　伺

真晦气，叫着你只蠢猪，淮盐咁重，令我险些变了咸鱼。试想我今晚开嚟，因乜野事，不过贪图风月，未必话阔佬唔拘，点解我唔叫你共我看鞋，你偏要将眷我睇住，粒声唔出，好似鞠气蝲蛭。纵使得佢开口，亦冇半句温存话，徒负声名，实际尚虚，呢哙噉嘅灿头，唔慌我重再去？唉，心已死，不言亦喻，大抵回头是岸，不必再事踌躇。

12月25日　当兵　个中人

唔系烂鬼，边个去当兵？不过饥驱寒迫，勉作干城。唔望战功卓著，异日勋名盛，自信呢副容颜，是在不应。但愿俯仰有资，唔愿咁醒，免得室人交责，话我做不得人成。总系开门七事，久已嗟餅罄，何日关粮，又不见佢出声？噉样子当差，真正恶顶。心已想定，不若再做绿林豪客，重较胜过现在形情！

12月26日　眉不展　愁

眉不展，为乜因由，短叹长嗟，总不罢休？你一自自瘦减腰围，自己知否已瘦？大抵红颜憔悴，都系为着日夕担忧。娇你菱花一对，便觉得唔同旧。自古话忧哙伤人，点好动抱杞忧？人世达观，方享上寿，无为咁呍。此后望你放开怀抱，勿得皱住个眉头！

12月27日　知我意　伺

如知我意，幸勿旧事重提，左右思量，实觉吃亏。当日共你山盟，和共海誓，估话你十分情重，不忍把我难为。点想情终误我，讲起我就心常翳！天呀，既系生得我咁多情，底事又使我咁惨凄？早知道情字哙咁误人，奴又何被佢所系？唉，真正累世，唔慌我重再制，呢哙情根斩断，不敢再复痴迷！

12月28日　唔在讲　略

唔在讲，讲亦难和，愈讲得多时，恐怕错亦愈多。当日劝极你都唔从，偏偏又要惹祸。今既势难收拾喇，任得你哙撒鬼喃无（读磨）。试抚良心一问，自己应知错。勿谓我故作危言，当你系亚初。凡事不留余地以处人，人亦岂留余地以

· 150 ·

处我？唔系妥，总系爱莫能相助，若果唔知变计啊，枉费你口若悬河！

12月29日　　身系咁弱　　二五

身系咁弱，恐你寿命唔长，虽则外面好似康强，实在内部已伤。既知道自己咁衰残，应要自己保养，顺时珍摄，未始不可反弱为强。独惜你把精神戕贼，总总唔思想，卒至大病临头，都系自作祸殃。今日床笫呻吟，谁或见谅？唔在讲，讲亦徒惆怅，大抵病由口入，此复尚要格外提防！

12月30日　　讲得几易　　略

讲得几易，恐怕你做唔嚟，因为你作事糊涂，手段又太低，平日行与言违，唔知人地睥睨。是否生成浮薄，抑或肺腑唔齐？车天车地，听到人生畏，稍信你系真言，已定吃亏！今日就话拿龙，明日又话捉鬼，唔中你嘅诡计，只有装聋扮哑，任得你乱谛无为！

1917年

1月2日　　看戏　　谛

君去看戏，望你一带奴奴，免得奴奴，独坐咁孤！戏假本系情真，奴实见得几好，睇吓近日舞台名角，是否尚系咁糊涂？闻得佢腔喉清响，素得人称号，总系做作如何，未敢骤与贬褒。况且今日就话改良，明日又话进步，奴实仰慕，与君同一顾。试睇到收场个阵，方见得毁誉难诬。

1月3日　　唔系我问错你　　伺

唔系我问错你，点解你咁糊涂？日日都话交来，使我眼亦望枯！局账既有咁多，唔计白水个度。咪估话金钱唔便，就要欠负奴奴。况且近日房中使用，亚妈又话唔招数，使我避债无台，白眼是遭。既系囊里无钱，充乜野阔佬？真乜谱，令奴心恶估，此后任你讲到如何阔绰，我亦不敢过信分毫！

1月4日　　君你出入　　强

君你出入，要顾住个老荷。近日风闻，剪绺太多，打左荷包容乜易买过。最怕银钱摸去，再向边处张罗？此后虽则旱雷霹雳，君你亦无须躲。总要掩住个荷包，切勿俾佢放疏，一放疏时，防唸有错。我言系唔过火，不过见你视财如命，故此警醒你个大泡禾。

1月5日　　唔自谅　　略

唔自谅,干涉我别抱琵琶,劝你此后不必尤人,只怨自己做差,当日点样子待奴,君你唔怕讲吓。试问塘中无水,点养得鱼虾?开门七事,理到奴奴怕。况复重利轻离,总不顾家。虽有如无,何异守寡?唔怕话,若想奴唔嫁,你嚊快的把心肠洗涤,咪学昔日咁离拿。

1月6日　　须要见谅　　强

须要见谅,勿当我系薄情人。近日因事羁留,未易脱身,岂敢故作薄情,劳妹抱恨?身虽唔暇喇,心亦念妹频频,若得稍能拨冗,自必趋承训。顺使讲透呢段因由,免得妹你再嗔,明晚一定开嚟,同妹你接吻。须紧记,觌面时期近,预料经句再见,格外觉得销魂!

1月8日　　疑忌咁大　　强

疑忌咁大,点做得人成?动辄防人,搵你大丁。人地聚首谈心,常到窃听,疑心生暗鬼,话极你都唔明。若果光明磊落,怕乜人抽秤?所谓半夜敲门,总总不惊。总系你满腹狐疑,唔知你心事点影。须内省,自信心肠正,哪怕悠悠之口,日夕批评!

1月9日　　敢不见谅　　强

敢不见谅,君你切勿为我伤神。因为我两个系咁痴情,岂忍半刻或分?我亦知道属望弥殷,难免督责太紧,总系忘形相与,岂若过眼烟云。相思两字,着实撩人忿,若得早一刻逢君,我便少一刻望君。君你既系怜奴,奴又何敢抱恨?唔在问,彼此心相印,但得我郎见面喇,我就断不露半句怨望嘅时文!

1月10日　　生斯世　　阿镜

生斯世,就样事都好心焦,莫话无虞柴米,便乐得两字他条。如珠粒米,薪亦比桂差些少。既属俯仰肩承,即要计晚数朝,万一两餐无靠,真正愁无了!个阵恨固难收,转把恨撩,混在呢个红尘,原实不妙。唔系讲笑,况复天灾人祸,重赋加徭!

1月11日　　偷自怨　　强

偷自怨,送着你个薄情人,近日一自自唔同,为乜所因?当日见你尔雅温文,估你情性亦稳,或者援之以手,使我得脱风尘。况且藏娇有屋,出自君喉吻，故此我熟客推完，一意候君。点想比较旧客心肠，君觉尚狼！唉，心愈愤，自怨当年笨，只晓前门拒虎，不计到后进狼群！

1月15日　　估话养大你咯　　敬

估话养大你咯，可以无忧，点料佢沉迷花月，日事闲游。誓不估你生得咁精灵，偏要学得咁吓，家鸡唔恋，专向野鹜嘹哮？想话任得佢沉沦，无奈要凭佢继后。唉，难撒手，不若去把灵神叩，望佢转意回心，顾住两老后头。

1月16日　　人地有事　　二五

人地有事，使乜你时兜功，总唔想吓，一味盲从？既系与佢脱离关系，视若无轻重，底事条删伸得咁长，尚欲吮痔舐痈？亏你生得似咁英明，唔系大懵，是否心肝脾肺，与众唔同？如斯人格，生亦唔中用，不若及早云亡，免致激坏乃公！见左你个唛头，心火自动，数臭你个杂种，总系你面皮成尺厚，恐怕数极都唔红！

1月16日　　娇你咁恃　　强

娇你咁恃，为乜因由，既系沦落在呢处青楼，岂尚畏羞？边个系你嘅包爷，唔怕讲透？动辄鸡骚人客，视若无仇雠，未必花丛对里，算你为魁首。纵使厌倦风尘，尽可早日罢休。抵你食呢个鸭头兼共饮酒，唔在几久，少年翻作老藕。一到花残叶落啦，有乜法子再上枝头？

1月27日　　看竹　　镜影

麻雀仔，委系撩人，日夕系咁飞去飞来。雀呀你可谓壮志尽伸，不少英雄本色，甘受你嘅牢笼困，不少白粉红颜，为你怆神。试睇逢场遣兴，孰不曰雀堪亲近。颠倒到谢女王孙，旦夕不分，总系寻常百姓。雀呀你就莫向住佢来勾引，莫谓无关紧，知否费时失事，又要虚耗钱银？

2月13日　　贫与病　　强

贫与病，最得人惊，病贫相扰，使我日夕唔宁。若谓贫而非病，未非真无病，大抵系因贫，故此病亦不轻。且得无病虽贫，我又何必怨命？又或暂贫非病，未必作此不平鸣。虽则谓大任将临，总系何必贫病到嘅影？使我久病常贫，亦似太觉不应，堪叹贫病相缠，唔知何日止竟？唉，频对镜，心旌摇不定。底事屡次送穷驱病，总总唔灵！

2月15日　　钱一个字　　镜影

钱一个字,重紧要救命灵丹,莫话年关已过,就可当作为闲,任你弥天大事,佢亦能回挽。所谓财可通神,凡事尽可转弯,故此要格外欢迎,唔好怠慢,得佢惠然顾我,作事自觉无难。虽则话财多身弱,我亦何须惮?较胜过将伯频呼,得咁苦艰。总系钱字宝贵到十分,唔好扭得咁烂,须要着眼,若果时时一席手咯,未免太受人弹。

5月7日　　清明柳　　佚名

清明柳,叶青青,春分才过又到清明,离人个个都把归鞭整。君呀你果否回家我问你一声?睇见行人队队就触起离愁病,瘦减腰围为忆有情,罗帏寂静愁孤影!有阵独对银缸苦不自胜,唔敢怨君你薄情单怨我薄命!唉,心不定,君呀快把归期定,亏你妹几多悬望到呢个清明。

5月8日　　你怨边一个　　樱

你怨边一个,只怨你自己当初,你做出咁样子所为,抵受折磨!未必你无情到咁,亦都唔知错!睇你激到人嬲,重边一个把你放疏?想话把你恕饶,亦要你认句罪出!断无别个人来,共你讲和!讲到别个替你讲和,就唔该往日起祸!况且青楼地面,系咁是非多,点得良心发现,知道难为我!唉,抵折堕,断冇好结果。我亦等后来人客,至把你嚟锄!

5月16日　　钱虽系好　　佚名

赫赫巨公,受贿炼铜,有亏职守,讴此以攻。

钱虽系好,君呀,亦要顾住吓前途。想你当日高位堂皇,几咁阔佬,一朝革职,实在甩须。我估话你个杠野穿事,就哈慌到魂都冇,谁想你笑谈自若,睇得轻似鸿毛。铜臭惯是弄人,君你应该晓到!任你泰山力大,都怕法网难逃。自古道君子德风,小人德草,若果唔将君惩办呢,就恐个个都哈依样画葫芦!

5月25日　　唔系谛你　　强

唔系谛你,不过你心多。有谁闲暇,理到你个大泡禾?见你云为动作,本系心唔妥,总系敢怒不敢开言,免得大众恶过(平声)。点估忍你都唔知,成日欺我弱懦!唉,唔系好货,噉样做人终哈折堕。若果此后总唔悛改啦,咪话我奈你唔何。

7月28日　　烦到极　　鲁一

时局千万离奇，只宜一笑付之，再莫悲悲啼啼！

烦到极，就哙唔烦。倚住妆楼，更笑一番。边个唔认系多情，但系真嘅就有限。如果俾人欺负，不若自老红颜，好极华筵，都系要散，青楼梦短，飞不到家山！眼泪流得咁无辜，可惜我知得已晚，唔对得住对眼！眼呀，更要多烦吓，你睇世界重有冇艰难？

8月4日　　虾蟆仔　　鲁一

日走过界，乱把人拉，虾蟆都俾佢恶埋，冇解。

虾蟆仔，乱咁嚟跳，唔通你都想，把是非招？咪话大害茫茫，我难以下钓，一网把你擒清，个阵莫望放饶！到底你恃住乜谁，同你照料，从来好水，有几多朝？不过我时时，都怜吓你细小，唔将你提了，点估你唔知自量，学学吓起风潮！

8月9日　　花咁好　　佚名

又这个，又那个，一齐番嚟，恭喜多贺！

花咁好，又试朵朵开齐。此后呢个春天，怕冇乜是非？到处繁华，禁（平声）得你睇，隔河蚨蝶，哙飞转番嚟。野草自然，唔敢恃势，任佢无穷生意，亦遮不断画桥西，依旧风流，歌舞地！前事不计，眼前风景，就要你一力提携。

8月10日　　三丫涌　　鲁一

可许少年争看妾，不恓阿侬看妾郎！

三丫涌，乜咁多人嚟？我越见凉时，我越想去归！我郎咁靓，点任得人家睇？况且男子个副心肠，第一系兮（借音，方言不好也），虽则我相貌比吓人家，亦唔输得几滞，但系贪新忘旧，佢哙立心，想番真正唔过制！君呀，我情愿舌抵，如果你话热得交关，就成晚闭翳，等到手揸葵扇，拨到个只报晓鸡啼！

8月11日　　心肝　　鲁一

如今做人，只要担愁抱恨，是侬多着紧。

心肝呀，你唔着咁做。呢阵重未成秋，乜你俾个番秋意，上我心头？唔通风流两个字，唔配我嚟消受？想我一世为人，有几多日冇忧，就系晚间时刻，都唔相就，把个五更虚度，好梦亦难求！近日总唔照镜，亦知得颜容瘦！唉，乜都系假柳，定要揾天嚟问过，问佢为乜来由？

· 155 ·

8月13日　　一场雨　　鲁一

搅得天翻地覆，只便宜了一团逆督，去罪更称功，怕乜你眼碌碌。

一场雨，落得咁交关！只系生番几条野草，遮掩住个度回栏，咁好鲜花唔放，令你妹愁无限！到底系名花命薄，定系你妹缘悭，日夕妆台，心事带懒，栏杆倚尽，就老去红颜！天边孤雁，趁住我长嗟叹！唉，雁呀雁，你共我传书束，至嘱个情哥，此后莫还！

8月16日　　估唔来　　鲁一

世事唔到你咁话，明明系牛都哈变马，请你睇吓家吓，哈哈哈！

钱有番赌，烟有番吹，如今世事，真正估唔来。此后我日夜揸住酒杯，惟有一醉，做人个对眼，都懒得嚟开。乜野事都要关吓个心，就无一刻自在，十分精仔，都哈变成呆，肯话度人，就唔系苦海！唉，须自爱，总要无遮碍，不必成仙成佛，正住得蓬莱！

8月18日　　总要赢钱　　忙了

一二三四，冚住冇得睇，估估吓就系，唔通你系鬼？

一二三五，唔怕赌，总要赢钱，等我早晚装香，共你拜吓祖先！死左就灵，要佢同你打算，断冇话祖先唔把，自己子孙怜！往阵几多因赌，连命都唔见，但系做过几十年嘅鬼，就哈做到神仙！一定想到一条，唔哈断嘅线，求佢指点，就要祖先方吓便，因为佢大家都系鬼，正易得开言。

8月20日　　如果哥你想赌　　佚名

堤个笪定，湾密晒赌艇，水陆平安，大家干净！

如果哥你想赌，呢阵不必要埋街，你只管担头望吓，水面有几个赌招牌，总系盼咐个阵海风，千万唔好噉大，个对红黑字灯笼，你睇吓佢几派（上声）！如果风头猛的，一吓就吹乌晒，唔知头路，实在系难捱，想着买火枝，又唔知边处有卖？唉，我都唔哈解，现在白日流流，唔系黑暗世界，做乜灯笼一对对，总冇话收埋？

8月22日　　唔歇咁落雨　　宁

虽有智慧，不如乘势。

唔歇咁落雨，水大得好多多，做乜重唔见情哥，趁住水过河？你我而家，都咁大个，在水嚟生长（仄声），又怕乜风波？机会自应，唔好错过，人生百岁，都奈不得愁何，点解人哙瘦起嚟，因为在愁里独坐！唉，我唔睇得破，所以咁好花容月貌，都一自自消磨！

8月23日　　咪扒得咁易自　　佚名

三丫涌艇仔，几个月货仔，个的做官人仔，都要佢领个牌仔。

咪扒得咁易自，呢阵要你领船牌，官口讲出时闻，点到你嚟？咪估三两个月人情，可以唔计带，虽则入息唔多，官都要计算埋。此后干净地方，都怕无一块。三丫涌口，要设到官差，一自自清风明月，都哙便了为无赖！唉，真冇解，唔通禁多赌饷，都未够官你地安排？

8月27日　　唔等到桐叶落　　佚名

时尚属夏，而已觉秋意闷人矣，心使之然耶？天地本非乐窄，吾身似无容，吁！

唔等到桐叶落，就阵阵嘅秋风，各有各人心事，是必系唔同！本来月下，正好把琵琶弄，独怕十指弹崩，都未诉得苦衷！一双泪眼把征鸿送，雁呀，你为因何事，要咁样子飘蓬？边处正系家乡，你亦唔系懵！唉，须保重，你睇吓前途咁远，又怕共雪霜逢！

8月30日　　唔落开雨　　牢

天时人事，依样难相与，万千珍重前途，担定遮嚟等雨。

唔落开雨，我都要担遮，近日最唔靠得住，就系呢个老天爷。亏我正话睇住日光，随处咁射，点估佢借得阵横风，就似足个恶爹（俗音），尽情咁落，一味唔听野，唔通做到天公，亦哙撞邪？我想去想番，如果长系咁嘅？唉，还有黑夜，灯花唔肯谢，照住奴影咁孤单，一自自斜！

9月3日　　点得除个净尽　　飞陀

点得除个净尽，呢一辈帝孽清妖，你就待佢仁慈，亦未见得政策高？边一个唔晓的天理良心，个心系肉做？可奈佢性成阴恶，好比毒虺妖狐。猛虎尚且摆白食人，佢就奸滑到有谱！若果可以一网擒清，我就赞一句坚都。试睇吓佢死心未息，静静地又把阴谋布！招集的投闲劣弁，与及劫掠嘅强徒。更重勾引的嗜利军人，收埋几间日报，噉至显出佢金钱势大，不怕你笔利如刀，供足货财，自必为佢服务！唉，好在知佢窿路，唔系你话点算好？呢哈要除根斩草唎，咪俾佢白地又起出的骇浪惊涛！

9月6日　　真正系恶　　龙实五

真正系恶，咁就别却情哥。娇呀莫恃年方二八，貌比嫦娥，老藕个一阵时，就知道错，先甜后苦唎，问你点样子收科？今日恶到咁凄凉，终会收得个恶果，况且同群姐妹，都话你造事欠平和。就系鸨母纵到你癫，亦要防吓后祸。咪话落到青楼，个个都系高窦嘅多。烟花队里，娇呀你未算如花朵！唉，满肚火，讲起番嚟唔见饿。快把痛改前非，免至个佬驶出爱河！

9月7日　　新秋雨　　牢

新秋雨，欺负梧桐，飘零桐叶，莫只怨秋风！秋雨秋风，愁万种，想吓奴奴薄命，有谁同？从今懒把，琴丝弄，不堪回首，月明中。我醒后重怕有人，要寻我个旧梦！唉，终乜用，只有心肝痛，但系未曾入梦，就劝极你都啥唔从！

9月8日　　我上晒你当　　牢

又花又酒，疏肝到透，到天光时候，岂有重唔走？

我上晒你当（仄声），你呢阵就行人？念有咁耐相交，我都送一吓君。默默无言，空隙有恨，多烦双袖，共我爱惜啼痕！我此后做人，知得谨慎，但怕系前生冤孽，就有条根，不若万事睇开，唔咁着紧！唉，偷自闲，我共你瘟开个一阵，有冇把瞒人心事，都讲过你知闻？

9月12日　　我有遮就唔怕你雨落　　牢

你就头发尾浸浸凉略，但唔知佢点样啫？都要设法正系嘑！

有遮就唔怕你雨落，雨呀你即管落到埋年，我只系担心，对住我默默无言。佢越生得高，愁越易见，即使有阵风来，亦共佢吹得去边？重怕世上有的痴人，日日要埋怨佢几遍，话佢唔哈打算，乜事有天嚟做，都做得咁无权！

9月13日　　咪话凉吓啫　　牢

眼前光景，谁看得定？吁嗟痴人，呼亦不醒！

咪话凉吓啫，就把扇丢开，提防重有热，在货头来。呢个天时，瘟咁变改，事到临头，点到你睇开？苦楚凄凉，有边一个爱？生得在人间，就未必系呆，唔曾饮酒，想便将来醉。唔怕乜累，就系红尘多处，都见得系蓬莱！

9月14日　　钱一个字　　牢

滇军滞留吾粤多时,既已均历艰苦,自宜痛瘁相关,何期日昨竟有因争赌饷,互相轰杀之闻,死者已矣,生者其将何如乎?前者已矣,来者又何如乎?吁!

钱一个字,至得人憎,问声钱你,知我憎你唔憎!唔为你我断有共感情,有嘢吓个阵,如今想落,你系是非根!容乜易百年,我何所依凭?大早亦势唔估你,唅咁样收人,知错个时,就唔到我着紧!唉,无限恨,襟上有一半系啼痕,有一半系酒痕!

9月15日　　留你不住　　瘦菊

留你不住,我亦复何言?总系你临去之时,亦要共我讲一句先!虽则系灵水相逢,同你交手日浅。究竟三生石上,未必总有的前缘?你今日诡秘其形,依亦尽应谅你一线!总系人言藉啧啧,你总不知天!人地话你系竹织鸭绝有心肝,我重估你有婆心一篇!观你今日不辞而去,我亦颇信其然。自古话人面团团,最是离别辨!唉,孰恶善,世人所以遭奸骗,今后胸中秦镜,至紧要仔细高悬!

9月17日　　填鹊桥　　牢

你即管巴结到傧,佢当系本份本份。你想佢体贴吓你,真正系睒混!

填鹊桥,鹊呀,乜你总唔知,替人辛苦,要辛苦到何时?佢过了桥时,就唔记得你,夜静天寒,向边一处飞?有恩唔报,悉平常时,重怕到处张罗,等定你嚟。呢阵男男女女,都系咁难相与!唉,打醒主意,况且你个把口咁得人憎,你就莫个乱啼!

9月18日　　悲秋　　牢

一波未平,一波又起,在乎中流,忧焉而已。

伤春才罢,又试悲秋,做人咁样子,着乜来由?逝水年华,唔得几久,命里生成,点到你忧!担头睇吓个月,就好参详透,一年有几晚,真正系当头?得罢手时,须要罢手,唔好咁咔。唔去看花又唔去酌酒,试问你无多眉黛,点染得几多愁!

9月19日　　去　　佚名

你去旧去,无用度言语。你有多少好处,好在我都记住。

实在你几时正去,去咯,要大早话过奴知,等我都预便两行眼泪,洒在你临歧。一向你共我点样相交？都无用想起！人话你系情痴，我就算你系痴。总系你归到家中，咪个谈及我地，暗里俾人咒骂，我地唅担带唔嚟！或者共你重有相逢个阵就无乜味！唉，须自计，你发下咁多灯前誓，莫话总唔应验，就任得你乱咁行为！

  9月20日 樽中酒 佚名
  揸定主意，就无事不易。好趁此时，把黄龙直抵！
  樽中酒，点肯俾佢嚟空？叫佢共我把情哥留住，料必佢唅依从。想吓分离咁耐，多少心肝痛。呢阵一个时辰，都咪个放松，天地有心，俾个情字我地用！在世冇点真情，就怕天地不容。睇到胜似都轻，只有个情字系重！唉，天都唅感动，一定从今以后，不使我地断梗飘蓬！

  9月21日 唔怪得你饮 佚名
  关心事，多和少，唔通饮共食，就可以了！
  唔怪得你饮，酒可以放得欢颜，但你要留心听吓，呢阵几多更，茫茫前路，计吓真无限，容乜易天光，你就要行？我要共你商量嘅事，况有千和万，唔通如今见面，重放在心间？十分紧要，就系旁人眼，偷往你撞板，实在你做人何苦，俾个的人弹？

  9月22日 花有几样 牢
  从来富贵人皆好，所以称王让牡丹。
  花有几样，边一样舍得心肠？好多有色，总系唔香。我一世企在花前，都唔晓得过奖，所以百花同我，惟有过半句商量！我呢阵亦要劝吓花，花呀你亦唔好妄想，插到你上花瓶，问你有乜野主张？个的看花人仔，边个把你嚟原谅？唉，休混帐，到底系牡丹富贵，正压得倒全场！

  9月24日 中元月 （佚名）
  风来不可驶尽悝，财来不可恃尽势。留番余地自家行，应该咁正系！
  中元月，月呀，你唔到唔知，后来光景，真正不消提！一晚减一吓容光，减减吓就唅唔多系。我每每低头，为你仔细思，大抵得志个时，唔好佢咁极地，总要留番余步，正有的施为！凡系十五晚个月光，我唔愿睇！唉，唔使计，人过了中年，个的闭翳自己唅嚟！

粤讴

9月26日　　不情雨　　瘦菊

不情雨，落霏霏，点想助奸为恶，更有个位风姨，厉雨暴风，各自把佢淫威肆！忍使梨花片片，带泪狂飞。今日惆怅空枝，直是令我愁难已。你睇杜鹃啼血，都为吊此薄命玉梨。佢声声泣谓，天无理！天呀你不仁纵极，亦不要把佢嚟欺。况且佢柔弱堪怜，兼又命鄙，重话望你天公怜爱，加意护持！讵料未蒙扶助，先招忌。我问一句梨花魂何处，你他日护花自任，亦要先自化作春！

9月27日　　北风紧　　牢

你即管又手又足，整顿于今时局。我地只求有两餐一宿，就于愿已足！

北风紧，雁呀，你结队正好嚟飞，唔吹得你分开，就事有可为，艰难两个字，定要甘心抵。未必呢个皇天阵阵都要你受亏，但系你要知机，唔好俾我地闭翳！想吓，我地自从秋至，就终日愁眉，如果你重把个把哀声，撩动吓我地！唉，我死怕你当时一吓，都唅过意唔嚟！

10月3日　　无聊赖　　牢

最是眼前愁，何时方罢休？

无聊赖，眼前愁，似极皇天，要把我命收！秋风秋雨，做乜要年年有？天呀，北雁南飞，我比不得佢咁自由！虽则未有红颜，延得到上寿，总要他年青冢，莫使夕阳羞！栏杆倚遍，我思量透！唉，乜得咁瘦？阵阵都要思疑个面镜，系共我有深仇？

10月17日　　凉吓又热吓　　牢

凉热乱咁嚟，呢阵天时唔驶计，一自拔扇一自冚被，唔通咁就可以懒理？

凉吓又热吓，正系呢阵天时，做人在呢阵，要用的心机。我见尽几多，耽误了自己，知错难番，悔恨已迟！热极须从，凉处着意。我几回书信，都系劝你加衣，想唔病就难，想病吓就容乜易！唉，你须仔细。可惜我又唔亲近住你，试问客中长日，有边个把你扶持？

10月19日　　白鸽票　　佚名

昨有善长某某等，以惠民公司名目，赴筹饷局具禀，请承二十红字有奖善会总公司。吁，白鸽票其有生机乎？吾粤其死已矣！

又试多一样赌咯，要多得个的善长仁翁，白鸽票佢都要开埋，我地重在忧乜野穷？时时咁买买吓，断冇话全唔中。厂厂孝敬几个铜钱，又算乜系势凶？忽然就财主佬，我个阵就真生动，随处咁贡，揾吓个的善长仁翁饮唊，总之要饮到佢面红红？

10月20日　　月团圆　　佚名

担头怕见团圆月，侬正伤离别，此时情，不能说！

月呀，我唔学得你，你不久就哙团圆。止唔住心头，一阵阵咁酸！唔通呢个薄情，心重未转，抑或天公铸定？我系共佢无缘！首初交，亦无限咁眷恋。呢阵逢人，诉得乜野冤？只有月老你好心，同我打算！唉，如果系遂愿，在乜人人都欢笑，独我默默无言！

10月22日　　唔通我死过你睇　　牢

应有尽有，赌喇咔豆，我地广东人，应份惨到够！

唔通我死过你睇，你正得心凉。娇呀，一定我前生，把过你命伤！所以你阵阵向住我开刀，唔肯见谅！佢系唔知何日，正得把孽债清偿？如果偿极都唔清，又怕我唔死得几账。既系在世为人，点好咁殃？讲到死字咁无聊，就迟早都一样！唉，无谓再想，我重要伸长条颈，等你易得商量！

10月23日　　中年　　牢

不因时，不度势，终日去觅恼寻烦，在人前尚夸得计！

月呀，你此后唔好悷咯！你呢阵好似妹咁过却了中年，世上所有人心，个个都系咁癫，留唔住韶光，我容貌哙变，一自冇人嚟鉴赏，你话岂不哀怜！细想我地在世做人，何苦系要咁贱？舍得唔在去求人，就系一个快活仙。繁华两个字，害尽人唔浅！唉，心一片，俾的红尘染，咁就时时刻刻，都冇一吓安然！

10月26日　　团员会　　牢

孤儿院，昨旧历团圆节，该院长念诸生少而孤露，感孤零之身世，值佳节之团圆，触景增怀，难忘缱绻，特为各生移其望云洒泪之思，作对月抒怀之感，由各同人及院长堂员等捐得款项，开团圆大会云。

提起个孤字，已自令人悲，况系年纪唔多，一个小儿。虽则呢阵教养两们，都有人去打理，但系个种难言心事，只有自家知！点好俾今晚个月光，唔关到佢事。叫佢大家嚟赏吓，应份要咁样子行为，重要盼咐个月娘，怜悯佢多吓正系！

唉，佢年纪细，父母又归泉世，唔比得个约扒上父母肩头，要攞你个月落嚟！

10月27日　　衰得你个把口　　牢

早知到佢唅引死人，就唔该共佢瘟得咁紧。做梦要留神，最是将醒未醒个阵。

衰得你个把口，叫我做放路溪钱。我一吓听闻，就要问句你先，我引尽死人，你俾边一只眼儿？想必系时时都见鬼，正有咁样狂言！做乜死尽咁多人，你又唔去死一遍？唔通你呢阵，就算系神仙？我前世唔修，所以共你缘分咁浅！唉，好在心唅变，共你一人行一便。如果引得你死埋，叫我俾乜野命嚟填？

10月27日　　有监过你坐　　牢

喂喂喂，咁多位道友，呢阵拉到唔讲个柳手，请你入监房抖。

有监过你坐，君呀，你好戒断个口洋烟！呢阵俾着人拉，不到你话罚钱。莫怪个的做官人仔，唔为你方便。但白白有钱唔要，又不息发疯癫，不过禁烟期限，展到无从展，冇了咁耐良心，呢阵重有乜可言？唔信你自己担起自己个头，睇吓官佢个面！愁不浅，眼泪几乎见，要佢共钱字做冤家，所以比你更重可怜！

11月3日　　蟹　　佚名

这如是，那亦如是，嗟我众商人，受尽无穷气！

凡系做蟹，只只都咁横行，唔通边条系直路，你总总唔分，抑或世上冇路俾你直行，你因此得咁混沌？我呢阵总唔系想得出，你的道理系边层？松吓你你就去伤人，人所以将你咁恨，汤火无情，就了你一生，芦荻岸边，前事莫问！唉，谁着紧，只有西风吹吹吓，就算共你招魂！

11月3日　　休问我　　敬

休问我，莫理如何。既生人世上，又怕乜历吓风波？治乱系理数嘅循环，容乜易历过。死生原度外，莫事张罗。治故不必优容，乱亦唔使怨祸。宁心息虑，试看一看呢个旋涡，系咁风头猛烈，四处都重愁无那，暗潮仍未妥。叹句武人干政呀，又叹句共和！

11月7日　　孽债　　牢

冰心汝且住，吾佛与汝语。汝从有情来，当从无情去！天花散后月当中，有情眷属在何处？

如果系孽债，就有日得还清。我劝世间儿女，莫乱咁言情！睇吓宝玉共黛玉两人，你就要生吓性。黛玉临危，只叫得宝玉一声，即使离恨口堂，寻出个究竟，已自一声愁病，误尽了聪明！做乜从来痴梦，总系呼唔醒？唉，唔通系铸定，时就任你呼天求地，都怕总总唔灵！

11月14日　　蟋蟀　　　牢

援湘援湘，讲到嘴都长。讲个个唔觉，听个个凄凉！

蟋蟀呀，你既系唔去打吓，就咪个向住我嚟嘈！可怜我几个月，都为你心操。试听吓秋声，你话容乜易老？唔通要我，白白徒劳，虽则到底唔知，边一样着数。但系唔论输赢，都！应份赌佢一铺！从来世事，有边个先知？唉，真可恼，欲诉无门路，我在风前饮恨，实在你知无？

11月21日　　郎你要戒（代侨人妇作）　　　笑

郎你要戒，贪恋异地烟花，烟花丛里，大抵过眼浮华。何况在远地他乡，更唔着咁耍！自古话非吾族类，是必心差，千一个露水姻缘，千一个心事系假，讲来情义，有一点揸拿。金钱费尽，未值得一刻春宵价，枉你得从血汗用当泥沙！第一系被人看穿，就丢到祖宗嘅架，一时染病呀，种下万代毒根芽！郎呀，话作客系咁孤清，都要消遣一吓。你念否重有孤清人在，替你捱（仄声）苦持家？如果系有一的本心，就要暂把情欲按下，改邪归正罢！郎呀，一定要思欢图乐唎，不若早买归槎！

11月22日　　穷吓冇乜紧要　　　牢

唔俾当铺开夜市，赌仔赶注就唔易。望极个天唔争气，重系黑黑地。

穷吓冇乜紧要，但系莫半夜正嚟穷，个阵乜人听见，你叫阴功，叫极都冇人听，你心就唅痛。肯照住你嚟流泪，要多得个对赌馆灯笼，佢晚晚都系咁样子照人，大抵佢睇得个情字好重。你讲来报答，要记在心中，等好耐正得天光，到底你愁有几种？唉，愁亦中乜用，一晚行来行去，失礼呢个月朦胧！

11月23日　　牛女泪　　　牢

天上别离泪，人间儿女情！

牛女泪，莫洒落人间！呢阵我在人间，比你在天上更难。别离两个字，你就年年惯。我如今形影，正话见孤单。莫话秋喜新来，凉亦有限，晚上几番魂梦，未有时闲。挑起灯头,心事已懒,偷自叹,想吓咁耐做人都无乜过犯!乜事从来薄命,都系我地红颜!

11月30日　　花系解语　　佚名

花系解语,我便向你诉点愁情。弊在问花无语,问极唔声。虽则我闲愁无限,诉极都难罄,把几个太平车载,也怕载到盈盈!就比花能解语,问佢都唔应,日坐花前,几耐致诉得清?不若自家愁苦,怨吓前生命!唉,愁吊影,咁就对花无语默默含情!

12月24日　　日短夜长　　镜影

闻话日短,系把冬催。总系夜长不补足咯,究属因谁?大抵天佢见我地多情,唔惜把个日早坠,俾得夜长三刻,等我地把的未了嘅事嚟追。若学大禹惜分,陶侃惜寸,奴就话君你唔识趣,抛却精神唔养,枉把心血衰颓。人世难得系立秋,唔通冬就唔同个句。容乜易又一岁,究竟最难得系,个两字倡随。

1918年

5月18日　　呢间报　　月娥女士

呢间报,注重联络商情,尽吓国民责任,亦理所当应。睇吓佢日出新闻,期不误订。既有菁华言论咯,又有特别嘅时评。词苑与及谈丛,新警两胜。重有粤讴班本,音乐韶英,种种内容,称极盛!唉,真可敬,宗旨坚持定,愿我华侨各界,乐意欢迎!

5月20日　　伤心泪　　月娥女士

伤心泪,泪洒风前。前番恩爱,付落奈何天!天呀,我今日同佢虽则情浓,可惜心未尽见。见尽许多男子喇,都系薄幸颠连,连枝树种,重话要学个对双飞燕。燕去春残,佢心事就变迁。迁怒到奴奴,越发心内似剪。剪尽残蘩花蕊,未得成眠。眠在镜台偷怨命蹇!唉,命蹇点能变,变了花容,自觉可怜!

5月23日　　娇你点样　　月娥女士

娇你点样,我知晒你副心肠,搅出风潮咁大,今你啥心伤。呢阵如何世界,你总唔思想。自己唔能想透,应要对妹商量。大众斗气得咁交关,唔系有赏。总怕风潮渐大,就啥惹起祸殃。娇呀,一则你要替人思量,二则自己自谅!唉,唔好咁无状，劝你手按良心想一想，你大早知道情郎可爱，你咪学得咁无良。

7月8日　　烟花地　　秋娟

为北军日向京政府请饷讴也。

烟花地，只讲钱亲，讲极深情若渴，尽是闲文。事事共你讲心，试问钱点样揾？青楼地面，边一个系冇钱揾？想你缠头掷锦，已是唔关分，就系账银积欠，都未见你结过分文？开口就话你我讲心，钱字莫问！唉，你心要问，我地夜夜踏破青鞋，尚未赚得个账银！

7月9日　　西江水　　亚柳

西江说，又想涌起潮头，澎湃滔滔似不休！你地滔天洪水，祸遍间阎久，未必你西江江水，又逆潮流！大抵风撼江声，潮似怒吼，但得潮平个阵，就是汉家秋。转眼就风平浪静，易把河清候！唉，潮涨透，见佢欲涨还消，似不自由！

7月27日　　唔做亦罢　　秋

唔做亦罢，呢一个事头婆，生意唔佳，事干又多。厅前板凳，冇个女宁心坐，指挥唔应，你话奈得谁何？呢阵风尘厌倦无如我，不若收山归去，胜在此间多，好过受女儿嘅气，复受人摧挫！唉，真折堕，稍可谋生，也莫落河！

7月27日　　梳过只髻　　见生

梳过只髻，咪个乱发蓬松，髻乱可以梳翻，世乱就不同。呢阵世乱定然，先有乱种，乱丝难治。要试吓刀锋，呢阵纷纷世事，比较丝梦重。好比万千烦恼，我亦欲青丝削尽，静把慈云奉，胜过供世用，你睇无限霜华，上鬓几重！

8月28日　　多情泪　　秋娟

为段氏力劝前敌各将官出战讴也。

多情泪，洒向薄情人。亏我哭劝多回，劝不转君。君呀，你既系钟情，就要听奴话一阵，叫你替奴争气，为甚诈作无闻？你睇我眼泪如珠，流过几阵，点得我酸泪滴落君喉？等你把气味试真，就知我有几多酸苦，久在心头蕴！唉，君若不忍，就莫把奴奴说话，当作过眼烟云！

9月3日　　谁做大　　佚名

为北方争总统者嘲也。

谁做大，睇过边个住埋先，不必相争，亦不必纠缠！你睇家吓醋海风波，酸到出面，唔系就不分正副，算系并驾齐肩。彼此都唔系三书六礼，经过行婚典，个个都系牵衫尾归来，有乜正式可言？虽则彼此花容，唔差得一线！人共见，妻多夫就贱，怪得闲居列屋，日日拓宠争妍！

9月5日　　晚晚酒局　　佚名

为曹氏决意不南下讴也。

晚晚酒局，要我一个人陪。夜夜系翠袖殷勤，捧住玉杯，人客有情，就话怜惜吓妹。鬼怕个的无情醉汉，处处要挡几拳！姊妹啃多，虽则系声色逊妹，但系要我一人辛苦，做做吓就心灰，老母心肝，偏爱住树妹！唉，奴亦自悔，呢阵我自己跟人，重驶乜靠媒？

9月28日　　个点血　　亚博

为李厚基因兵败吐血讴也。

个点血，热定还凉，因何呕得咁心伤？若系凉血满胸，因此腹胀，从此呕清凉血，一自自就病体如常，保佑你呕清凉血人无恙。把定心头，睇定肉眼一双，等你心头清醒，从此就知风向。唉，须细想，大抵系主战殃民，故此降此不祥！

9月31日　　一年容易又秋风　　亚博

一年容易又秋风，天气初凉便不同。君呀你露水姻缘，都有衣赠送，未必自己闺人，反落空！君你良心手按，想吓谁轻重？若系你倒乱亲疏，便是对不住侬！秋风初起，正待罗衣用，休诈懵，你日夕掷锦缠头，认不得穷！

10月30日　　秋渐老　　笑

秋渐老，照吓镜里容颜，镜中人老，莫想少年翻！丝垂两鬓，侵入霜华惯，你睇柳逢秋败，花亦到秋残。大抵万紫千红，都系无几耐灿烂！第一秋风容易，老尽花颜，青春一去，再有回头份！唉，秋已晚，倚住栏杆叹，亏我天涯沦落，愈感艰难！

六　星洲晨报

1909 年

8 月 16 日　　星洲晨报　　辱

星洲晨报，想把华侨进入文明，如有败群妖孽，将佢扫清。唔怕佢面厚千层，心又不正，预备三千毛瑟，誓冇留情！极力扫尽妖魔，成为安乐境，个阵无人作梗，容易振大汉天声！呢部鼓吹，系想把同胞来唤醒。有时狂歌当哭，有时婉讽社会腐败嘅情性。古道事用人为，非关天命。须醒定，你睇强邻来侵并，若不各筹自立唎，咪话佢瓜分唔成！

8 月 17 日　　臭货　　册

原本系臭货，点得话唔污糟？要奴洁净，真正系激坏奴奴。做乜一自话我污糟，一自又唔歇咁到？呢阵你个班人到，睇我重苏你唔苏！烂白霍话讲究卫生，唔好堆积粪草，重话厨房各处，咪个积满鸡毛，叫我臭水买樽，勤力打扫。我地污糟惯咯，驶乜你咁心操？自古话腌猪头，又有萌鼻嘅佬，你睇咁多人客，并冇厌弃分毫，但怕咁就咪开曝，我亦唔拉得佢到。爱吞羊肉咯，又怕乜身臊？唉，劝你咪咁担心，唔理重好。等我搵定个鸡毛扫，见你嚟亲就打你，睇你敢唔敢把我嚟嘈！

8 月 30 日　　将近打醮　　辱

将近打醮，问哥你知无？讲究话系咪爹，就要俾妹斩刀。莫话将近签标，你就一味懒到。年年都系如是咯，今日又点做得话无？睇吓我地姊妹咁欢迎，都系望你嚟进宝！想造番薯大少，又点好话不拔分毛？若果系只顾住个荷囊，我就不必认你系相好。试问呢个大日子，边一个话唔心操？我摆白个心肝，都系全凭你的熟佬！唉，若做守财房，咪学人花界流连，日日咁样去蒲！

9 月 17 日　　吊某保皇党（仿夜吊秋喜体）　　刃怅

听见尔话死，我实在见开眉，何苦轻生得咁痴？尔为保皇党死心我亦唔怪得尔，死因花柳叫我怎不笑嘻嘻！尔平日共我相交亦曾同我讲句，话把华侨名字报与左口鱼知，往日个种狼心丢了落水，纵有金钱骗尽亦带不到阴司。可笑尔系龟儿折堕一世，在保皇党内冇日开眉！尔名叫做抵死，只望当龟还有喜意，龟胶时熬常被恶人欺。可恨个的同党系无力春风唔共尔争得啖气，今遭天戮葬在黄泥，倘或未除毒性尔便频须寄！或者尽吓尔呢点狼心害吓故知。但系尔妾侍咁少年买仔又咁细。枕冷衾寒我邓佢几时悲凄！个阵尔青山白骨唔知凭谁祭？再搽如意油取泪效个只杜鹃啼，尔同党未必有个知心来共尔掷纸，清明空恨个页纸钱飞！罢咯，不若当尔系盲龟来送尔入寺，将尔狼心割去不再仗官府扶持。尔若毒性除清我就将尔罪恕，等尔转过来生再不作龟。倘若坏脑不除一定再罚尔落花粉地，折你来生为女且作客妻！个阵尔野性仍或不驯我有对待尔幌法子！须紧记，知道我地恩和义，讲到作伥两个字，一定把你碎剐凌迟！

  10月2日   欲新心口腹快来看 佚名

  岭南酒楼八月十三日开市，承办茶会点心，结婚礼饼，公宴酒席，明炉乳猪，挂炉烧鸭，夜菜俱全。

  新家伙，叫做岭南楼，呢间茶居酒馆百味珍馐，座在牛车水街街市口，门牌第十一号个处焕彩新猷。家事世界开通商业竞斗，我想在姑苏地步独占优，就把新理发明来考究。特聘名厨自广州，向在中国酒楼称妙手，粤商奖赏有名头！总有陈列文明楼阁通透，胜过飞机风扇系我处的风兜，煤灯吐艳光明够，何殊月府任你邀游！倘携眷属光临否，男女厢房以预备应酬。若系行乐及时花酌酒，局信通传确系自由。中西饼食新奇有，谓但久留欧美遍历寰球。你睇吓样样维新兼革旧，设使别间比较有谁修？说口招呼相待厚，各伴殷勤礼义周！喂，好朋友，予言不谬，赞野脍炙人口，正逢佳节须预早定菜庆贺中秋。主人欢迎齐额手，但愿诸君光顾车马停留！

1910年

  2月16日   年又已过 慧观

  年又已过，君呀你知无？你睇三百六十如韶光，不久又是春去秋来，容乜易老？不若趁此大家年少，勉力去做个人豪。国家嘅事本要人人做。你妹都肯出深闺君呀你更要立志高！况且今日国亡家破，边一个话唔知道？做乜虽然知道，都不晓去共整征袍？奴隶嘅凄凉，你亦都知道个种味道！噉就好发奋为人，尽力去捞。你日夜对妹虽则系痴情，总系依自懊恼！唉，点算好，将日嚟问肚，点得佢去殷勤国事，就免驶我咁心劳！

4月6日　　清明节　　狷

佳节到，又是清明，汉族遗风，本有踏青，最好杏花村里尝春茗，玉壶赏雨系雅上幽情！我想游子思家俱系惯性，当此清明时节怎不心惊！况且我地国破家亡长堕苦境，个点国仇家恨实在萦萦！试睇祖宗坟墓人皆省，可知佢关怀种族念念思兴！我愁绪萦怀怕对住阳春景！唉，须猛醒，中原何日定？祖鞭未着空对住一水盈盈！

5月24日　　打乜主意　　桔

打乜主意，重使乜思疑？你搵丁手段早有人知，我估话识透你嘅机关。你唔敢再到叻地，点想你走投无路，又会番嚟！呢阵你想再搵丁伯的金钱，唔务乜易，我地华侨大众，都识透你是和非。往日你仗着湛哥还有指拟，请安打电乱说言词。独惜同胞血汗，尽充入你私囊里，唔怪你尽情挥霍，任意开支。呢阵你眼泪长流，人地亦唔多在意，况且你党人交哄，实恶支持！你又话不久就召你回京，做乜总唔见有件事？唔通你又捻恭辞北上，把人欺？我劝你早日隐面埋头，唔好咁献世！唉，前世鬼，等我打开你个臭历史嚟睇，我问你个人面上有几层皮？

5月31日　　激得我咁透　　暗箭

激得我咁透，总不顾住吓人嬲。数完一日，佢又是递日翻流，我地点样子做人，劝你唔讲亦罢就！试睇青楼妓女，边个不把人勾？况且人客咁多，嚟都重有！佢既肯把钱财花散，我便要手段温柔。我地做到皮肉生涯，边个唔系因个柳手！若果我钱财够叹，重驶乜向处嚟枭？亚丁亦系佢自己埋嚟，唔系我去嬲（去声，叶俗音，乞求也）。试问牛唔饮水，点扯得下牛头？我驶尽人客一万八千，亦唔劳到你口，驶乜眼紧得咁凄凉，把我秤抽？我地摆白嚟捞，怕乜系闹臭？你即管唔停声，我亦即管去应酬，重有晚晚出台，台脚有八九。点恨得我瘟佬成堆，要把我候（上平声）！呢阵我白水已自斩得咁多。亦唔怕你同我作斗！超，唔生锈，即管闹到够，我地做得青楼老举，就系烂极我都唔愁！

6月8日　　唔好死得咁易（讽某代雾池）　　狷

唔好死得咁易，死要死得分明，恐你死错番嚟，就哈悔恨不胜！虽则系半世飘蓬，生死亦本有定。总系纵然死咯，亦要死得芳名。我睇你媚骨生成，原系软性，求人而死做乜得咁身轻？虽系好佬只有一人当作心肝绽，但系佢无心候（上平声）你，你就咪咁痴情，做乜翩翩为着个冇心人客，要死声声？既系条命咁轻都唔知几多死症！唉，须要醒，死时难目瞑，他日黄泉路上，要你入去个枉死城！

6月11日　　端阳节　　狷

佳节到，正值端阳，人人庆祝我独悲伤。照眼榴花频掩映，人话萱草忘忧，重更惹我断肠。山河破碎，增惆怅，二百余年，迥异风光。呢个月就系胡虏入京，驱逐李闯，从此山河断送，就国破家亡。个阵汉民惨死，难言状！纵有丝能续命，怎阻得靺子刀枪？可惜棕无益智，尽把胡氛荡，艾旃蒲剑，武耀威扬！更恨臣节尽隳，唔学得屈原投水上，龙舟竞渡，吊慰三湘。当日端午慨情性，实系成了惨象！唉，心惨怆，虏廷何日丧？每到天中佳节，就令我种族难忘！

6月20日　　对月自叹　　梦云

团圆月，惹我思量，汉家回首，更重惨伤。河山半壁，多惆怅，祖仇未复，我恨添长！呢阵民族主义，我亦逢人讲，岁月催人，两鬓渐霜。自古话匈奴未灭，到底都系心难放。可惜我神明种族，各自凄凉，若不独立自强，诚恐无希望。牵起遗民，珠泪两行，细想日后中华，唔知点样？怕我锦绣河山，一亡又再亡！独坐庭前，虚叹想！唉，我心想怆，遗民多苦况，罢咯，不若举杯邀月，解吓我的愁肠！

10月8日　　真正失运　　笑

真正失运，想起就觉伤神。做乜运倒时乖，得咁十二分。想起我自从落寨，都算系称平稳，斩尽咁多人客，都未惹过半句时文。虽则人地话我口刁，总系我容貌起粉，就俾奴奴闹句，都未必当作为真。点估一旦灾临，唔共往阵，三言二语，嗽就累得我吓散三魂！早知道你系时无情，我亦唔该将你嗽挞。即估话花言笑语，借此戏谑吓郎君！点知你火气时高，皮气又时紧，立刻把恩情斩断，当我系陌路边人。可惜我系女流，唔共得你对等，倘使我气力无亏，亦未必战败过你枝军。呢阵被你痛打一身，只算系奴嘅不幸！唉，偷自恨，前情休再问。只可叹一句郎君薄幸，怨一句郎君薄幸，怨一句自己沙尘！

七　四州日报

1910 年

10 月 6 日　　　劝睇报纸　　　佚名

呢间日报，叫做乜野牌名？四州为号甚精英。今日系出世嘅良辰，天咁有庆！等我拈张睇吓，点样嘅情形？原来系石版器机，排印得好洁净，庄谐两部，样样都几专精。三民主义，标出为宗正。根据良知公理，阐发到主义光明。有的话佢篇幅简单，唔似活版咁醒，我爱佢苦心孤诣，竭尽愚诚！呢（仄声）回吉隆坡内，有佢嚟机警，好像沉酣魔梦，遇着报晓鸡声。劝句我地同胞，须要认定，咪个人地呕出心肝无耳听，一个月洋毫五角，怕乜表吓同情。

10 月 14 日　　　针易摸　　　亚嘅

针易摸，至恶摸系郎心，你心肝偏正，叫我点样子跟寻？反骨你妹见尽许多，情形亦知道好稔。有的当初情义，重整得深深，点晓佢一味情深，实系将我去嚟。假情假意，但重笑口吟吟，一旦反面起来，谁一个料到佢啥嘅？若然料到咯，点肯共佢住到而今？呢阵往事不追，总系来者就要细审！情不禁，想起亦心寒！怀君呀，我中过一回毒计，处世就越发深沉。

10 月 22 日　　　断肠语　　　浣雪

断肠语，劝不转君家，点解塞心成嗽，总不记念吓中华？咪话地覆天翻，唔理亦罢，安居海外，任得中国点样被人虾（借音）！须晓到落叶归根，从古有话，好极异乡为客，点好得过共话桑麻？政府系异族操持，唔共得我顶架。净顾住提防家贼，任得俾外国瓜分，中国而家险过盲人骑瞎马，你睇列强虎视，只只都伊起棚牙。除是国民军起，克复番华夏，物归原主，就有个敢哩喇。君你往日咁精乖，做乜唔哈想吓？帮吓手都唔怕，咪个甘为牛马，变阻四脚扒扒！

10 月 31 日　　　连夜雨　　　楚狂

连夜雨，落得好阴于。听见檐前断续，触起我心慈！你睇几多车轨，坏在连绵雨。行不得也哥哥，恨煞雨丝！未必你有意送秋，唔舍得歇住，抑或系秋行春令，要落到水浸街衢。古道好雨知时，分吓节序，电解而今乱落，总总唔拘？亏我问天无语，独把残灯对。想起天时人事，两样都恶计归除，点得借阵东风，吹散我地愁思去！云开雨霁，免至路滑得咁崎岖！若系东风无力，替不得人分害，咁就晴淋由在汝，一味水哉何取，窃叹会变其意！

11月4日　　真可喜　　接舆

真可喜，我地华侨，文明婚礼两次担标。茂盛港与及彭亨，前后映照，改良风俗，赖此两地迢迢。好在不约而同，嚟得咁乔（仄声），不先不后，都系跨凤吹箫，脱尽虚文，行得简妙，自由花发，种落根苗！可见风气渐开，唔系讲笑，提倡有自，就哙发现在今朝。呢会女嫁男婚，唔用讲乜野吉兆。省俭钱财都不少。但愿闻风兴起，继志得整整条条！

11月29日　　辫系要剪　　植平

辫系要剪，当在迟先。呢三千烦恼啴，俾佢藕缠，何况系亡国嘅种嚟！讲起就一段古典，真正系国仇深恨似海无边，你睇近月几多志士来倡演，一发起剪辫团体啫，个个就众口同言，就系做工有佢都系唔方便，十个行埋有九话各阵到巅。着件好嘅衣衫都俾佢揩得成镜面，甚至煽得一头虱𧊅咯，你话点得安然？第一我哋华侨最紧要系除左僵天生嘅锁链。王章偶犯，俾个的马打揸住当马咁嚟牵，噉样子羞家，还扎乜野三度纬线？重话滑到黄丝蚁仔嘿都蹓不上佢颈前。今日辱到咁交关，重唔思改变，怪不得外人当豕猪尾笑我哋条辫，点得大众剪清唔使我劝勉！唉，休自贱，奴根应要免，咪使月中无谓啴，化费个的剃头钱！

八　南侨日报

1911 年

10 月 27 日　　　咪话唔怕　　亚渣

咪话唔怕，个的炸弹系无情，问你满朝奴隶有冇心惊？大抵你地只为着金钱就唔顾命，抑或生成奴隶死亦要戴项拖翎。死系为着同胞死亦堪人敬，佢系满人卫满系理所当应。独惜我地汉胄堂堂肯去跟人姓，你唔念吓祖宗仇恨亦都要睇吓近日欺凌。怕只怕汉族当你系仇雠满族又被我地全驱净，个阵两头唔到岸就唅饮恨吞声！唉，须要自醒，前车还可证，你睇吓凤山李准不都系被炸在羊城！

11 月 1 日　　　娇呀你唔好咁薄幸　　致果

娇呀，你唔好咁薄幸，咁你就改转心肠，我想后思前，实见惨伤！往日当你系知心，重估你无乜别向，点知我今日倒运啫，你就要从良！唉，想吓你自己嘅颜容，唔算得好样，况且水性杨花，点做得上炉香？不过睇见佢而家发达，你就心头想，记得从前折堕咯，你猜得佢几时凄凉！未必时就带你埋街，你唔驶咁阵仗，就系唔嫌老藕，都话你品性乖张！罢咯，你只管跟人，我亦唔驶怨唱，触景添愁怅，亏我自身难保，任得你点样收场！

11 月 2 日　　　我呒过你　　果

我呒过你，乜你时发牙痕。虽则从前假意，共你嚟瘟。今日你衰得咁交关，唔比往阵，叫我心肠唔转咯，点样子做人？我地老举嘅行为，唔系点笨，都系个头架势，就向个头亲。家阵我就跟人，你都唔驶咁肉紧，任人笑骂唎，我都诈作唔闻。往日共你相交，都系同揾老衬，薄荷油眼泪，弄假为真。今日我失节番头，都系应本份！唉，你都唔驶恨，满奴行末运。家阵你如何打算唎，我问一句你咯衰神！

11 月 3 日　　　乜得咁笨　　鹤

娇呀，乜得你咁笨？又去顾住恶鸨枝人。试问佢待你个个心肠，系为乜野相亲？都系睇见你饮猜唱靓，做得把金钱揾，故此假仁假义，令你听佢时文。娇

粤讴

呀，你虽则与佢约法三章，但亦唔系要紧，但得荷包肿胀，但都当你系灾瘟。若果你重唔早自谋，恐怕井水都无一啖你饮！唉，咪咁笨，趁着如今来立品，咪话见我来相劝咯，你又当我系发牙痕！

11 月 7 日　　君呀你唔驶罢我　　致果

君呀，你唔驶罢我，只管去从军。睇尔昂藏七尺，都要振起吓个点精神，咪个话唔舍得奴奴，就唔想发奋，咁就枉奴奴望你，一篇情真！须要猛着祖鞭，唔好退阵，扶摇直上，正系大大一个国民！可惜我系女流，唔坐得雕鞍稳，若然唔系，我都要立点名勋！唉，君呀，咁你就好奋志做人，唔好咁笨，成功期已近，望你旗开得胜咯，做个救国嘅伟人！

11 月 10 日　　唔叫就罢　　人

闻西报载袁世凯决意辞职，作此讴讽之。

唔叫就罢，劝一句哥哥，恩情咁薄，咪想再结丝罗。虽系用手至到如今，未有人客一个，但系镜妆柜桶，大早已自丢疏。佢想话冇人就要人，冇人就要我，我前生共佢，唔系注定嘅公婆！老契大把好搵，唔止系你一个，风流无限，你试问佢买得几多多？如果佢系咁情长，鬼叫你揸枪嚟吓我？唉，佛都有火，宁愿守穷，都唔做咁折堕，若系讲到从前恩爱，我一概付落江河！

11 月 14 日　　奴都要去　　致果

奴都要去，要去从军，军前效力啊，做一个自由神！咪个话我地女流，就唔应发奋，你睇奴奴立志，系咁烂漫天真！今日世界平权，唔比得往阵，你估我地身为女子，就不算得系国民？世事系无难，总要立得心头稳，你睇木兰往事，几大嘅名勋！睇住人地立功，我就心唔忿！唔少得我呢份，若果你唔问奴去咯，我就誓不为人！

12 月 14 日　　唔好闹我　　辟

昨有骂保皇党报，谓今日世界，宜将此等妖报封禁，以免惑人者，故讴以讽之。

唔好闹我，我愿认句唔该，低威认惯咯，我做一世奴才！个佬系我心肝，唔争住佢唔得自在！有阵有人弹吓佢，我都要闹一声咩！你地欺得佢咁交关，唔知嬲佢几耐！想话出头帮吓，又俾你地挤台。呢阵任得人地把佢生吞，亦唔敢对待。若然多口，任你地打烂我两边腮！只有万句唔该，千句得罪！揸喉忍兼耐，重要教精群伴，唔好重咁痴呆！

12月14日　　　你的妖党　　　刚

你的妖党，咪咁荒唐，事到如今重喺装乜野腔？清室都话预备出走热河，问你打算点样？既系甘心奴隶咯，呢阵正好去保你地个个贤王！做乜重喺处录晒个的唔等驶嘅新闻，得咁混帐！叫我点能忍得啊？呢把舌剑唇枪，个篇愤言虽系选自《时敏报》来，你都唔该咁雾（借用）戆！重落埋按语啫，显系想煽惑南洋。你噉就想破坏义捐，人地一定唔听（平声）你讲！唉，休妄想，你的保皇虫绝望，重怕华侨公愤啊，个阵你就要出丑当堂！

12月23日　　　冬节又到　　　际升

冬节又到，君呀，点解重雁杳鱼沉，自该好音频报慰吓奴心！今日你有志从军，奴亦崇拜你勇敢！但得山河光复咯，重计乜野白头吟？不过对景兴怀未尝有的触感，个的卖柑人仔系咁不断嘅声音。俗例相沿一向系噉，但重用嚟送节话互表吓微忱，卖者系咁风繁买者又系咁廪泵（上声）。睇见人人手上都揸住个红柑，若果炸弹个个系噉拧齐，大早就把房廷瓮（上声）林（上声）！重驶乜个的提倡民族嘅，终日喺处费煞沉吟？呢阵大众都要一心嚟尽责吓任，世界除黑暗，你地个的大名鼎鼎啊，都系出在弹雨枪林！

12月25日　　　眼鬼转　　　际升

眼鬼转，个个都系欢喜趋新。君呀，你重宽袍大袖啊，整得烂咁斯文！呢阵古老唔兴重当作上品，咪个重死唔通气咯，话要守旧为根！睇见你辫尾拖长，真正无瘾，试问好从何处啫？君呀，你讲句我知闻，正系亡国嘅种嚟。想起我就火滚，恨不得把佢满清胡肉夹生吞！今日世界共君和你有一份，若重有条猪尾咯，你话点称（去声）系一个新国嘅人民？亏我劝去劝番你都全无的打紧，我怕逢人都耻笑咯，个阵激到你有气难伸，不若早日剪清唔好重留佢咁笨！唉，你亦都听帐我教训，睇吓个的剪辫人仔啊，你话几咁精神！

12月26日　　　保皇党　　　绰

保皇党，到处招摇，冒名领饷，呢帐又至穿晓。大抵若辈行为，谁个不晓？今日被人捉获，断不把佢来饶，若唔严办，就哙惹人家笑。呢阵铁锁银铛，问你点样子了（平声走也）？他日刑行枪毙，必定人环绕！唉，呢一班妖，死清都唔紧要，但得扫除余孽，免俾佢法外逍遥！

12月27日　　伤心泪　　佚名

伤心泪，洒向灯前，怨一句无情怨一句天！往日共哥你相交，都话无乜改变，点估到一场心血，尽化云烟？虽则你关貌高才，谁不爱羡！总系同甘共苦呀，亦要记念吓前言！今日中途抛弃，点敢把他人怨，所托非人，做乜重立志咁坚？自古话色衰爱弛，妹亦知难免，总恨知人浅。呢阵门前冷落呀，你话情乜谁怜？

12月27日　　透心凉　　涵今

（题词）一刀一个，呢句说话你讲过，而家轮到你啰咩，问你恨错唔恨错？

一刀一个，你咪替佢伤神，鸨党总要无头等佢死剩橛身，又等到佢利嘴合埋难把毒喷，免致佢将人搅坏重去做满贼嘅忠臣。睇住佢个个狗头随地咁滚，系都要面朝北便表吓佢死重思君。独惜佢作反唔成重系唔得够运，改底成五寸嗽就变了冤魂。记得我地志士成仁佢重话真系过瘾。快哉连叫正系利是昏昏！点估到话口唔完天眼又咁近，唔够一阵，照办嚟帮衬，而家轮到佢都算报应得频仑！

1912年

1月1日　　偷自悔　　忧

有保皇女党被捉，代为讴以寄意。

偷自悔，泄左机谋，怨一句党人怨一句满洲。保皇肆毒亦都人知透。几多运动至蛊惑到我地女流。佢重话功名利禄实在操他手，他年得志就可以富贵无忧，点知满廷专制均如旧！唉，难以救，人谋天不就，今日身投罗网咯，就觉血涌心头！

1月4日　　唔怕丑　　际升

满清欲与民国议和，讴以讽之。

唔怕丑，鬼共你相和？打过又试和番，你估系细佬哥？为你飚到我入心，断难把你放过！都重想去揾任老衬啊，入你个地网天罗。人地识透你担烂箱，呢阵唔领你的伪货！周围抵制问你有乜收科？任你点样子托人都难以讲妥。就把你说

· 177 ·

出天花龙凤咯,我都懒睬你的大话媒婆。呢帐斩草定要除根,免至留后祸!世难宽恕想起你待我当初,今日你好事多为应有噉嘅折堕!唉,心如火,枉你嚟矮(平声)我,你慌重驶迟几耐啫,就要你去见阎罗!

1月8日　心点忍　如攫

心点忍,一吓得咁无情,累到同群姊妹,个个心惊!就系点样子唔啱,都要怜惜吓性命,做乜摧残花柳,冇的调停?估话仗你地扶持,点知到咁攞景?重怕人人掩耳,怕听个的风声。此后唔好咁相残,大家都要识性!唉,须自醒,莫把威风逞。咪再打鸭惊惊,顾住个令名!

1月9日　寒天鹤　木婴　1912年

寒天鹤,守住梅花,声声鹤唳,触起我心事如麻。佢出尘姿表,本系真潇潇。亏我萍踪飘泊,慨叹无家!堪羡个林逋逸士,系咁高声价,梅妻鹤子,算不得室迩人遐。可惜我愁绪咐咁多,唔知为乜野牵挂?风霜憔悴,愧对奇葩!虽则系鸣鹤和阴,一派音原雅,点似得芳心傲骨,笑傲烟霞!况且佢雪羽翩迁,久欲随仙化!唉,愁无那,点得共岁三友,保住鹤算年华!

1月13日　想起掘藕　际升

清京第一贵人之妻,随伶人杨小楼逃去,感而讴此。

想起掘藕,脚色拘乜佢系边流,命水逢人都话让左老周。你睇近日几多捞野,都系凭把口!时文句句出得份外温柔,搓捻系咐细心,面皮又时放厚。有时闹到咯,佢亦忍住唔嬲!就系罗(上平声)柚洗埋,都要咪怕柳斗。重要时常听(平声)驶唎,噉正合得个的女人(读隐)嘅心头。大抵系要噉样嘅行为,正嚟捻得到手。果系得你晓投佢意咯,重驶乜计话样子兜谋(上平声)?罢咯,不若我都火气减低,嚟去学吓个柳首!唉,要唔怕丑,拼人笑第九。但得有人兜到嚟,我就一味用正个把油喉!

1月15日　奴都劝你去　智川

奴都劝你去,君呀快的佩起把腰刀,驱驰民国,应份要立的功劳!你睇吓爱国男儿,哪个唔话将胡尘扫?战死沙场,正话得系志气高!须知用铁血购买共和,系我民族嘅义务!若系贪生怕死,就枉忽你禁好才谋。讲到话侍奉双亲,奴亦已晓到,重要咪数月离家,又话挂住我地亚苏。忠孝不可两全,此事已经自古道，娇妻难舍，就唔算得悉英豪。但祝你早日黄龙，来直捣，神州大陆，扫尽胡奴！噉至上可以对得黄轩，下可以酬答父母！唉，捷书早报，个阵我就欢迎十里咯，再共你解下个件征袍！

1月19日　　一于退位　　伟

一于退位，我退左就冇番嚟，快的共我修好热河，等我去归。当初估话压制汉人，都唅恶得过世。今日整成咁样子咯，你话几咁难为？恨只恨用错老袁，唔得仔细！想登皇位，就系佢个发瘟鸡。讲起执政嘅人，我又骂一句亚澧，累得我心中无主，喊到昏迷。早知到家事系咁艰难，有边个同我担吓闭翳？激到我登时走路，唔慢慢把老伍嚟危（借音上平声求也）。回想吓死在燕京，亦无乜所谓！唉，唔使计，令我伤肝肺，快同我颁条房谕咯，我就永不把帝字嚟提！

1月20日　　钱系好野　　际升

钱系好野，君呀，驶乜睇得咁交关，咪净系记得黯（借音）住个荷包，噉就不顾我地大众艰难！未必大局垂危，你重保得稳的物产？兴亡都系在呢一帐咯，点好话把的阿堵嚟悭？须知道国破就唅家亡。唔系讲顽（仄声）乜你全无想象唎，当得系好处闲闲。睇见你总总冇的关心，性情得咁懒散，好似燕巢危幕，不顾地覆天翻！唔通你重唔愿我地汉族重兴，奴隶做惯？叫做系汉人两个字啫，就要为国担烦！亏我口水讲干成日咁劝谏，只望狂澜倒挽共济时艰！今日你噉样子悭哥，真正难过得眼！唉，真可叹，你话同胞见面唎，我问你重有何颜？

1月22日　　自由到噉样　　诛奸

自由到噉样，问你是否系第九奴才，生长得禁奇离，实系怪胎？听见个个都话共享自由，君呀你又唔自在，是非乱谛，你个瘟灾！独惜你一世都做人奴，有过亦唔知改，始终蒙昧，实痴呆！纵使人地信你谗言，你还讲得几奈？总系身为公敌唎，就抵向你来咪。唔通皇天生错，你个非人类，肝肠别具，真正系野生孩？自古道天与人归，无谓反对，小人枉做，都算你唔该！今日乱禁胡言，想把同胞害！唉，须自爱，咪话寄人篱下唎，就可以闹祖国衰颓！

1月24日　　老鸨失望　　际升

闻得你话走，累得我实手心伤，思前想后我都喊左十多场，亏我往日冚心肝，重话嚟把你依向。只望你天长地久冇点更张，点知道你今年（仄声）都捱佢唔埋，得咁混帐！整得我冇厘下落唎，你话点样子商量？大抵都系你唔带眼识人，至有噉样，听（平声）人唆摆咯，正整出咁多灾殃！今日我想保都保你唔厘，你都要把我见谅！我而家正系自身难保咯，命仔重怕呠唔长。想必你都系无可奈何，要走正得便当，时时受气，重惨过要食砒霜，总系我我老命一条凭边个养？唉，唔衿（借音）想，呢阵现出孤寒相，你地吓门前冷落唎，整得我几咁凄凉！

1月25日　　你唔好咁雾戆　　醒曹

娇呀，你唔好咁雾戆，好似做作左鬼就唅迷人！你记否当初，系妓女身，你往日受尽鸨母嘅阴功，都话唔消得点恨。点估你一时得势，就陷害同群？咪话水鬼升个城隍，一吓得咁起粉？总要念吓得人携带，亦要念吓姊妹情真！你今日声架得咁交关，怕到任人以哑忍！唉，情可愤，要把良心问。有阵冷宫丢落咯，你睇边一个共你殷勤？

1月29日　　打乜主意（讽衰贼也）　　际升

打乜主意，驶乜思疑？三扒两拨，就好快的栏尸。讲去讲番唔怕人厌弃！毕流（读蒟上声）都系想搵人老衬唎，自己就占晒便宜。你估净系你正呠咁精，人地就总有计智！你的周瑜嘅狡计，点走得过呢个亚亮军师？往日劝你总总唔听，整成天咁起市！而家吓人唔哮你咯，喺处悔恨都迟！鬼叫你自己攞（上声）衰，全无口齿！你副心肠阴毒，重有边一个唔知？呢阵想做皇帝，亦都唔驶止耳！唉，唔系器，睇白你都无法子，阵整到两头掘路咯，我问你点样子支持？

2月10日　　年渐过尽　　鸣

年渐过尽，只有一个关头，过埋呢个年关，永远冇忧。往年个关头过了，又慌到来年有。好似河潮虽退，重唅番流。呢吓年已过新，只系呢个关要照旧，几乎向年关飞渡，共把关偷！怎料年将（去声）行开，尚有关将（去声）固守，以关为暴，望见就生愁。年岁容易虚抛，关税不易走漏，话要严拿彻究，世唔肯把人将就。我地系多年过客，都冇情留！

2月22日　　时局大变　　五郎

时局大变，你要早日知机。今日歌场烟散落，酒地亦被云迷。鸨母系咁无良，人客又咁抵制，做乜你舍不得青楼，重喺处做客套？大抵为着恋色贪淫，就唔顾后虑，故此有一刻欢娱，都拼命去为！但系潘县隋堤，呢吓变做荆棘地，繁华风景事全非。你精嘅就快的上街，或者还望有个乐趣！若系等到脂残粉尽，个阵怕保不住你对蛾眉！唔信你听吓个只杜鹃，乱叫桃花底，句句都话不如归去不如归！我想鸟但尚且知时，娇呀，你点好话唔识大势？唉，唔系计，早把铅华洗，免至对住衰杨残月，空听杜鹃啼！

5月24日　　劝戒鸦片　　五郎

鸦片毒，边个唔知？今时唔戒重等到何时？近日烟禁系咁森严，君呀你知道末？十年条约点到你话唔依。大抵黑籍中人多系甘暴弃，佢话苦无方药故此未免迟疑。今日新丸出世（见本报告白）为我同胞利，复权强国名义可思！佢系禀准发行就唔驶顾忌！须注意，与民同更始。你睇烟价责成咁样，我问你点样子支持？

6月11日　　花本薄命　　佚名

花本薄命，点耐得廿四番风？往日绿肥红瘦处，今日只剩得碧草丛。记得携酒听莺，香雾重，转盼寒烟衰柳，寂寞堤东。亏我爱花成癖，不觉因花恸！大抵花为天妒，今昔皆同。唔信你睇文君佳丽，埋荒冢；绿珠情义，坠楼终；明妃抱怨，空把琵琶弄；虞姬饮恨，剑血飞红，千古名花，同是一梦！点得春融花国，共你酌酒千盅？无奈武陵再入，不见桃源洞！心乍痛，纵有十万金铃无所用，止可把眼前花事唎，谱入丝桐！

6月13日　　捐得咁闹热　　个人

捐得咁闹热，哥呀你有冇题捐？我愿省节吓衣装糜费，剩的私己嘅余钱。虽则系捐助国家，唔用微末嘅款，我想一人一两，捐起都有万千千。我地贫寒小户，都捐得钱成串，或者人人相助勉，个的富豪大户，就可唅慨助万千元！

6月26日　　花系咁好　　百炼

花系咁好，点耐得暴雨狂风？最伤心处，忍看满地残红。天呀你既系有意怜花，就唔好把风雨送。你夹硬把花丛糟蹋，实在冇阴功！人地几多辛苦，也去把花来种，费尽心机培护，至得佢绿荫成浓。今日你一场风雨，把花摇动，弄到花魂无主，重惨过浪蝶狂蜂。睇见落花遍地，我就见肝肠痛。珠泪如泉涌，骂煞无情风雨，令我抱恨无穷！

8月1日　　你唔系起市　　乜佬

娇呀，你唔系乜起市做乜等极你都唔嚟？须知阔少，未必当（去声）你系元茜（俗音），好在我今晚正话叫娇，无乜所谓！若然叫得耐啣，久估有乜把你难为！可恨个的旁人，将我谛，话你几多温佬，我系第九嘅曳（平声）鸡。累我筷子吞唔落愁肠，真正翳肺！一千钱悭左，你估个的系沙泥？罢咯，不若留作愉园，为使费，赏心乐趣，好过跌落石塘西。石塘况且，深无底，唔过制。从此行云流水，誓不俾你的野花迷！

8月1日　　愁有万种　　凤兮

愁有万种，叫我点讲得过人知？君呀，你究竟几时何日，正有归期？记得临歧话别，致嘱咪个忘恩义，情丝万缕，惨过柳依依！言犹在耳，未必君忘记，做乜归鞭唔整，空对日迟迟？亏我望断天边，鸿雁又不至，传书无路，有计难施！真正系相思写尽，凭谁寄？无乜主意，除夕良宵有梦，问吓个个薄幸男儿！

8月2日　　偷偷卖俏　　支离

偷偷卖俏，静静又去把人撩，暗藏春色，重倍觉添娇。珠江地面，乜谁话繁华少？多少绿杨深院，驾便蓝桥，暗香飘动，又把游蜂钓，个种浪蝶闻香，系咁队队引招，同向藏春洞内，相调笑，个的销魂态度，重胜过在娼寮！明花有禁，禁不得佢把私窝跳。情难了，怪不得人言花有妖，个种邪花媚柳，份外觉得态度苗条！

8月2日　　官倒运　　鸣

官倒运，只以赌为豪，国已云亡，重有边个识得我系大夫？仕路走得多，今日行到呢处末路，官字本来两口，你话点把咁舵个口嚟餬？新官唔到我捞，摊官亦唔到我造，想着近官得贵，摊都要买多铺。省港冇得赌时，我又走过澳，奔走摊林，不知落下几许脚毛。赌赢固佳，赌输亦见得系好。一味赌，均是寇孽钱多措（积蓄也），得来散闷，免至抑郁在穷途！

9月25日　　周年记念　　佚名

初记念，恰届周年，此中世事几历更迁。记得出世个时就知道自勉，宣扬大义一纸风传。共和成立人欢忭，万民同乐自由天，革命功收都系凭佢引线。堪赞羡，文字功劳见，今晨初度你话几咁欢然！

· 182 ·

10月14日　　秋易老　　木婴

秋易老,月好又难留。大抵春花秋月,一样易得雨散云收。舍得月系长圆,妾貌亦断冇时消瘦,怎奈花残月缺,使我抱怨悠悠!若果秋容能驻,月便时时有,点唥屋梁月落,彻夜悲秋?等到饯秋时候,懒饮黄花!唉,空忆旧,月与秋难久,太息驹隙光阴,好似逝水流!

10月14日　　悲秋泪　　木婴

悲秋泪,洒遍罗襟,亏我房栊徙倚,独自沉吟!纵有诗词题就,懒织回文锦。鹍弦欲弄,只怕负却我一片琴心!虽则凉宵作伴,月色在空阶浸,总系对月怀人,向哪处寻?未必秋江哭别,今日终成忏!做乜我郎一去,总不见只字回音?点得个江州司马,慰吓我凄凉感?唉,情不禁,珠泪浮鸳枕,恼煞个只失群孤雁,怯露声沉!

10月24日　　人千里　　丽

人千里,究竟几时回?未必往日个点心情,一旦尽灰!大早教你去觅封侯,家吓始悔,寒衾孤枕,只有瘦影相陪。终之有日,绣阁共你重相会,等到共我画眉时候,又正骂透你个薄幸王魁!听见孤雁声声,我就魂欲碎!唉,你鼻念吓小妹,归期早定,咪等到开放寒梅!

10月24日　　红泪洒　　丽

红泪洒,洒遍两岸江枫。等君呀你归舟摇过,睇见我血泪飘红!总系你睇见我泪飘,都系无乜用,不是多情人仔,点晓得体念我嘅情衷?可恨老天生错,我是多情种!心切痛,但供人玩弄,睇吓边个多情女子,唔系嫁着负情侬?

10月24日　　奴就要去　　大雷

奴就要去,先话一句俾郎知,我心肠立定,冇半点犹疑,你咪话我系女流,就唔济事!我势咁肯甘心雌伏,要做一帐雄飞!自系入到你门,就俾你长日厌弃,时时讥诮我,不若趁早共你分离。一日俾你闹住几场,整到我无地可企。做人做到嘅,你话有乜心机?不若远走高飞,来暂避,消吓啖气。若果重依依不舍咯,就算我搂错人皮!

10月26日　　明系额水　　古月

明系额水,大众都要驶力嚟摇,额水摇船,咪个怨话命里所招。睇住人地上岸多时，心就要晓。未必佢时时顺水，依旧微微笑，终须有日，哙系快马担标。我地摇得转个湾头，难处就系过了。大家都要心心照，个阵潮平两岸呀，怕乜一水沼有沼！

10月30日　　缘有份　　支离

为少尼缘清讴也。

缘有份，未必真系缘清，有缘有份，好事亦哙终成。我与佛未必有缘，叫我点样图清净？檀房孤守，点抵得住静英英？故此我把青丝蓄起，向处留心听（待也），独惜我等待到如今，未遇有情。今日幸遇我呢位情哥，天咁烂醒，情投意合，更多得呢位亚二姐为我传冰！今日自由恋爱，就共佢把姻缘订。二家唔在下聘，方信姻缘原有定，哥呀双双携手，又共你返去清城！

10月31日　　电风扇　　鸣

电风扇，只可摇风，得到天寒风冷，扇就可以毋庸。风扇愈摇，天气愈冻，古人都有话咯，风起扇就无功。点估气候严寒，风扇都有作用，可以红炉炭炽，热气蓬蓬，电过暖生，顿把寒气远送，是真人巧，可夺天工！呢阵秋扇不至弃捐，反为人所重。唔在把汤婆拥，胜过熏笼兽炭，拔到十二分红！

11月1日　　天鹅肉　　鸣

天鹅肉，点喂得到你的癞蛤蟆？讲到包天色胆，有大得过你个狂徒？抵制男子十年，呢的议论边个知道？久已心肠立定，唔共你的佬风骚，乱咁话将近共我结婚，真正激坏奴奴，定要大发雌威，嚟打过你个死佬。呢的咁嘅乖（沉读），人杀楚都要掉刀，奋力鞭笞，我亦唔记得计数。要打到，平却我心头怒，重要人情讲肯，正免却你命丧阴曹！

11月2日　　美女计　　忧

美女计，困尽英雄，怕乜你运筹决胜屡奏边功。个种柔情媚态边个心唔动？美人关里易入牢笼，色最迷人千古痛，你睇吓杨妃妖媚进入，势唔估到蛮烟地面有个的消魂种？人生艳福意外遭逢，温柔乡里入了繁华梦。至怕系妇人醇酒命要归终！政事唔知情欲日纵，真迷懵，竟舍不得佢秋波斜转意媚情浓！

11月2日　　郎你造孽　　木婴

郎你造孽，专好把人欺，欺得人多，未必你自己着宜！你自留恋呢处青楼，姊妹受尽你多少气？点好又恃财恃势，逼妹共你情痴！况且你摧残花事，重要人称知己！累妹受尽挪揄，奈你不准别个护持！几次欲想脱身，免被往日知心忌，总系畏郎追究，不敢远引高飞。你系要共妹痴缠，该要俾的真心事，做乜监人赖厚，又要把妹难为？到底系咁样待奴，容乜易因你累死！唉，真冇味，宁愿死晓相避，省得见你心辞！

11月2日　　行婚礼　　鸣

行婚礼，既系效法文明，女儿身世，有乜贞定唔贞？自由恋爱，已是人公认。若唔博爱，点叫得造多情？我想猪捐成立，不若趁势话唔兴，慌住钱多，故此共郎你节省。点想你枪头调转，总唔鉴我此点心诚！亲家反作冤家，明系攞景。真真正，激到人心馨。唔共你打官司，点保得住我个令名？

11月9日　　秋渐老　　木婴

秋渐老，奈你唔何！累得我秋悲心事，未晓几多多？可惜好极秋天，容得易过。真个秋云易散，况佢薄过秋罗！秋声秋色，原撩我，未易捆清秋风景，向往酒中过（平声）。好在有老圃黄花，把我诗料佐，预备饯秋诗句，个阵对你吟哦。若果秋你共我有缘，点舍得把你错过？唉，愁无那，睇见个衰杨残月，使我泪洒滂沱！

11月11日　　安份正好（刺某妖）　　一剑

安份正好，唔系不许你回归，我万分原谅，正不把你旧事重提。马前覆水，本系多羞愧，不过你廉耻唔知，重估自己好威！舍得改过心肠，亦都无乜所谓。总怕你一时难改，个种坏蛋行为，个阵将我名誉骳衰，人地就唅闹鬼，话我招来野鹜，引坏家鸡！凡系识性嘅人，亦唔驶人地劝谏乜滞。应要仔细，家吓人她时文多过来，若系依然淫荡，我亦冇法子把你提携！

11月11日　　弹到透　　明

弹要弹到透，唱亦要捻正歌喉，非系铁板铜琶，衬不起呢一曲粤讴。索性唱到慷慨悲凉，佢唔中意听亦罢就！任得佢西风吹过，十二重楼。想唱晓风杨柳，我亦捻不出歌喉幼！剩系唱个的妖媚嘅淫词，见唔见羞！有的不弹不唱，守住如瓶口！唉，唔唱就免出丑，是必要唱得痛快淋漓，俯仰自由！

11月11日　　如果系怕你（讽某国也）　　吠

如果系怕你，叫乜做英豪？自古话一山还有一山高，呢阵世界文明，亦唔到你讲霸道！喺庶架梁撩斗，我话你意识全无，既系想做包爷，要包得硬至好！你有一刀时，我身亦有一张刀。况且你家吓自身，都难以保！唔好咁躁暴，大家邻舍，点好话搅起恶波涛？

11月15日　　脂粉世界　　百炼

脂粉世界，是假还真？讲到恩情两字，不过系局外虚文。如果事事都要认真，人亦话慎，你终日厌尖成咁样，点共得你相亲？你睇十只指头，长短亦难得合衬，若系求全责备，问你去边处揾得个完人？佢如果靓溜到十分，佢就唔使抹粉。既然装整咯，一定系掩饰二三分，你既系识透佢唔系真装，就何必时着紧！唔驶问，世界系糊糊混。不若做吓西南二伯父，养吓自己精神！

11月16日　　唔忿得点气　　支离

唔忿得点气，定要闹过你个昏君！你心偏成时，总不念吓我地女佳人。只知道自己作致得咁趋时，总唔讲到我地个份，难道我地身为女子，就不用装身。点解你地件件都要齐全，天咁合衬，难为我地，只得一套衣裙？你咁压制得咁交关，叫我心点忿！真肉紧，夹硬将奴困，一定要争番平等咪当作系发牙痕！

11月18日　　真正系薄幸　　痴

真正系薄幸，枉费我一片嘅情痴。君呀我见你近来行径，实在系离奇！往日共你温得咁凄凉，我就唔晓得避忌，惹得个的同寮姊妹，笑语相讥。舍得话苍茫情海有乜风潮起，就系万事唔当，都要念吓旧时，做乜你笑面迎人，个个口重甜到极地？知道你酸梅两个核咯，口是心非！唉，今时非昔比，咪话我妓女无情，我都先要立定吓主意，俾你累人累到底喇，就悔限嫌迟！

11月19日　　原质系旧　　一笑

粤城西关石榴巷黄宅，日前娶妇。门悬绿叶，座挂生花，载妇之舆，则用生花藤兜，不知者见其如此，皆谓文明缔结之例式也。由是遐迩喧传，门前聚观者如蚁。惟其生花藤兜之前，贴有一纸，大书张王爷坐镇数字，见者至是，又争相嘲笑之。噫，今世窃盗文明之名，而行野蛮之实，比比然矣，嘲笑黄某者，眼光得毋太小乎？

原质系旧，怎样染佢翻新？睇见个的生花藤轿，实在销魂，石榴巷内，已自喧传紧。都话男女皆系文明，今日结婚，做乜佢自己系咐张皇？你偏要监佢同你坐镇，大抵唔自立啩，故此要藉仗吓灵神，迷信得咁交关！天下恶搵，总怕三星门外，笑死晒的来宾，你举动得咁野蛮，重敝过往日个阵！唉，敦下品，试问张王咁老大咯，重共你镇得几多匀？

11月22日　　无法可治　　百炼

无法可治，哩一个蛮妻，真系唔知点样，至可把家齐？唔入息不过系十二元，都有八个交过你驶，点解你重心唔知足，日日把我排挤？望你摄起枕头，都要知吓闭翳，咪话只顾住搽脂荡粉，学晒个的撒拨嘅行为！试想我咁样子将你奉承，你还要闹鬼，三句唔埋，两句就堕落鸡，挖左个心肝，你还当系狗肺。老婆皇帝，好心唔着咐制，总要将将就就，咪学得咁颠犁！

11月26日　　人系好做　　一笑

人系好做，都要讲吓命招，咪话乘风驶䚻咯，就一味刁乔。自古人情冷暖，见尽多少，点可恃住你嘅聪明，乱咁撒娇！我共你系姊妹上头，尚且成日㧜撬，我时时咁肯忍气啫，因为念在同寮。劝你精神打醒，免被人家笑，试吓想后思，乜野气都易消！唉，你年纪系小，一盏灯光点把得前后照？咪个为家庭细事闹起风潮！

11月27日　　时渐冷　　木婴

时渐冷，节应冬天，再无酷热，汗出涟涟。做乜前日系咁热时，一吓就天改变？大抵人情冷暖，都系一样堪怜！独惜衾寒枕冷，不见君郎面。你话秋尽归来，点解重滞在外边？今日征衣欲寄，难有鸿鳞便！唉，人不见，珠泪抛如线，可叹梅花消息，不为我传递一句郎言！

11月28日　　齐发奋　　木婴

齐发奋，快去征俄，既系人人一致，重驶乜顾虑多多？任你系泥塑木雕，亦唅激滚把火，咁样蛮横，断冇得佢肯和！岂肯退让自居，免至闯出一场战祸。舍得同心杀敌，伫听凯旋歌。总系军人出力，民国亦要出吓荷包货，休呕妥，雄心唔好堕，咪话徒托空言，自把锐气磨！

11月29日　　祈战死　　重举

祈战死，不远生还，男儿爱国，那顾跋涉间关！左提利剑，右把强弓挽，点肯亡国称奴，愿报颜！咪话载途风雪，唔捱惯，鼓起一腔热血，断冇话怯衣单。

倘系平安传语，可托个只南非雁！心莫懒，据鞍雄顾盼，愿你功成汗马，誓斩楼兰！

12月5日　　君你醒未　　百炼

君你醒未，点好醉醺醺？睇见你沉迷到咁，我实在伤魂！已是水浸到鼻头，总要知发奋，以至俾人睇小，欺你欺到埋身。愿你早日的起心肝，知道着紧，轰轰烈烈，振起个副尚武精神！舍得你志气昂昂，何怕受困？自古话一人奋勇，可敌千马万军。但得哥呀你担起枪头，妹亦愿随你上阵？唔使再问，时机应要趁，我自愿跟随哥你，去扫荡漠北风云！

12月6日　　离鸾泪　　劳艳棠女士

离鸾泪，洒湿罗衣，问君何苦，把我分离？亏我愁肠百转，亦为分离起。舍得大早唔系共我分离，驶乜今日咁惨悲？大抵千古最系害人，都系离别两个字！点得把愁怀解散，免至恨锁双眉！呢阵天涯海角，亦想君你，只怕得逢君面，又哙惹出是和非。又想话把愁绪丢开，强把离别不记，点奈愁城一入，咁就跳出无期！若系一日未得逢君，愁就不去！唉，偷叹气，愁重难成寐！君呀，你唔系攞奴条命略，就咪个回迟！

12月16日　　多情月　　艳棠女士

多情月，挂在奈何天。月呀见你团圆冇耐，转眼又不如前！虽则你圆缺循环，年上有十二遍，断无缺后，再冇日团圆。缺个阵虽系可悲，总系圆个阵又可羡，但见频频圆缺，等你费煞周旋。虽则月你自哙团圆，唔在人地苦劝，但系无端亏缺，未免辜负婵娟。不久山衔如月，就在珠江现。重相见，一轮光影遍，个阵共素娥青女，再叙吓前缘！

12月14日　　心里事　　艳棠女士

心里事，讲得过乜谁知？亏我日坐愁城，总冇了期。想着揾个知心，同佢讲句，或者讲开愁恨，可以解吓点相思！总系天空海阔，有边一个系真知己？纵使得逢知己，亦讲不尽我嘅断肠词！至怕春光泄漏，更重添愁绪，分忧无路，个阵更见得心悲！不若削性忧埋自己，免被旁人气！唉，真冇味，忧愁何日止？今日重有乜闲心，去对镜画眉？

12月14日　　娥眉月　　艳棠女士

娥眉月，一自自团圆，见月哙团圆，越发惹起我恨牵！月呀你一月团圆，还有一遍，可惜我共郎隔别，将近经年，如果学得月你咁易团圆，奴就心不怨，重驶乜奴奴终日，望断情天？月明如镜，请你照吓我郎心点，重要问明何事，佢总不归旋？呢阵见我系咁孤单，月你应要共我行方便！唉，空缱恋，懒把归期算。做乜月你只顾自己团圆，总不为吓我怜？

　　12月20日　　冬日咁短　　支离

　　冬日咁短，一去就难翻。睇住光阴如箭，重点敢偷闲？一朝未久，转吓眼就黄昏晚，挥戈无许，点阻得住日沉山？日呀你可否为我暂留，听妹劝谏，慢行几步，咪咁快把个的日子摧残？你日日赶得咁狼忙，一刻都唔肯躲懒。莫不是你勤劳终日，赶住过哩度年关？但系你一去料知，难再返！真可叹，转觉愁无限。日呀你唔该咁紧，老了我地绿鬓朱颜！

　　12月24日　　天呀你咁冷　　一笑

　　天呀你咁冷，有几耐至系热嘅时期？冷起番嚟，实系惨悲。万事起头，都凭住个点热气，舍得人心长系咁热，你就冷都冷唔离。至紧冷就咪冷得时交关，热就要热到极地，满怀热血，尽可废尽寒衣！唉，休讲起，直北嘅风声，总唔敌得住一股热气，挽回造化略，都系你地的血性男儿！

　　12月25日　　征蒙　　丽

　　终日盼望，都话想见你讲透情衷，点解相逢无语，只有面带绯红？久别一旦相逢，仍旧估系发梦，因为夜夜共你谈心，都系只在梦中。点得呢阵相会永有相离，我心就唔驶切痛，纵有衣襟红泪，亦可以洗脱重重！独惜君呀你系爱国男儿，睇得家国咁重，未必为我一人恩爱，舍却万里奇功。总系你去亦咪去得咁匆忙，天气又咁冻，征衣谁与送？不若待到明春天暖，我都共君呀你一队去征蒙！

　　12月26日　　应要戒　　重举

　　应要戒略，君呀你个□洋烟！呢阵限期咁迫，重点好咁痴缠！瘦弱得咁交关，明系自己摆。亏你时常话戒，好似挂在口唇边，往日系裁判所嘅范围，亚伯重哈留的薄面。此后区官惩罚，亦有执行权。兵警周日喺处梭巡，侦探又便。至怕偶然撞板，将你作狗嚟牵！晓到话爱惜身名，酒言要实践！唉，心奋勉，咪净系将奴骗，我愿多买烟丸烟酒，不敢稍吝金钱！

　　12月27日　　跟错你（为活佛言也）　　贞珉女士

　　跟错你，自叹痴呆，亏我恨错难番！喊到泪眼不开。睇吓我外便个颜容，就知道心里唔得自在！无情白事，做了你嘅奴才，风流两字，未必人唔爱。点想贪爱风流，反惹祸胎，当日对天盟誓，如山海。估话你一定把奴优待，如今惯死我，不料你系滑青苔。

1913 年

1月3日　　天讨　　鸣

天讨有罪，天命宜伸，可惜目唔得见，只在耳畔传闻。人话中国系病夫，单哙将气呻（去声），咪望佢擦掌摩拳，敢突起身。天伐声声，其实一味地震；无常起灭，尽是过眼烟云。想话开口问天，天实无可问，话极要同人打，总系是假非真！近日个天，何以得咁混沌！唉，真肉紧，不去振兴神武，但恃住未丧斯文！

1月4日　　情字累世　　一笑

情字累世，总为体得个情真，体得个情字真时，正系晓得做人。无论口里雌黄，与及笔底下嘅胭粉，为情颠倒咯，好易种得的情根。讲到儿女情深，好到极都系欢笑个一阵，正系欢场易散，就怕哙触景伤神！想必你的情种遇着情魔，为个情字抱恨，究竟情难抛割咯，就忖亦无因！唉，真系恶揾，你话咁辛苦都因为多情，须要自己自问，顾住吓相如痛渴唎，又试为边一个销魂？

1月6日　　名誉　　不醉

名誉要紧，边个唔想名扬？名字系把学识捞来，又至见得香！君呀，名利两般，谁个不想？总系标榜招摇，我不甚主张。人贵自知，唔好谬妄，若然献丑，不若把拙来藏。古道盛名难副，试问你有何才望？点好话不求进益，走入利锁名疆？就系人地把你推尊，仍要自量，唔着鲁莽，贪乜野人褒奖？个的系不虞之誉，你重要提防！

1月11日　　你唔好咁恃　　柳

你唔好咁恃，整得咁刁乔，刁乔成咁哙把祸来招。自己都要谅吓个麦头，又唔系点俏？不过情书投递，把人撩，妙哉一生，都唔曾见你笑过一笑！睇你鼓埋肚气，只向今日来消。你侥薄得咁凄凉，重担心你哙着边个人，就要咀藐藐！个个话唔嘲，就系瓦烧。你怕上岸无期，一世都系了不了！唉，你要将镜照，咪在此呱呱叫，至弊栅尾拉箱，个阵就替你闭翳无聊！

1月18日　　难以解　　怜卿

难以解，个点心头，满怀烦恼，蕴在心间。愁情种种知何限，况值催人酒债，景急年残，声声箫鼓，触动愁无限？想话消愁借酒，梦醉邯郸，怎奈酒账遍身，谁信我账烂！唉，真可叹，咁就对灯吊影，坐到更阑！

1月20日　　听见你话死　　壮

听见你话死，实见哀哉，你死因条路，未必有个人陪。古话蝼蚁尚且贪生，谁不自爱？断冇自寻短见，笨得咁双胎！必定义愤填膺，无可忍耐，借此激动人心，或者可以挽回，所以拼捐躯壳，付落个无情海！顾不得春闺长梦，为佢悲哀！都为路棍扒钱，哙将事阻碍，致使用人行政，事事要搀台。君呀，你睇住大局垂危，心哙不快，想话整顿维持，又怕冇个搭膶。因系讲极唔听，防佢重哙变坏，故此逼于无奈，自己伤裁。舍得此后有人，将佢换改，或可慰君泉下，得你笑口膶开。总系睇佢今日嘅情形，唔想佢哙自悔！唉，唔驶乜耐，望你留番双眼呀，睇吓佢点样子收台！

1月24日　　愁闷酒　　阴

愁闷酒，饮到成埕，我趁未饮醉，先要问定酒你几时醒？至怕醒来无酒，依旧困在凄凉境，咁就纵使酒你为我消愁，都系枉你盛情！点得一醉十天，免使我形吊影！至怕有人呼唤起，醒转又不见卿卿！杯酒算系知交，晓得怜吓薄命！酒呀，我当你系心肝，你要知我品性。呢会有花都唔愿赏，只系共酒你联盟！

1月25日　　成日咁搅　　百炼

成日咁搅，为乜来因？无过系车天车地，又想去欺人！如果系爱妹情深，就唔好搅到咁俗品，总要把爱情二字，认到十分真！咪话只顾住渔脂，兼猎粉，一场虚搅，只系白霍沙尘，重怕你立差主意，入错个个迷魂阵，颠颠倒倒，搅到乱纷纷！个阵面目全非，难以识认！须谨慎，先要把良心问，问你出尽麒麟八宝，是否系想着个堆银？

1月28日　　由得你话霸　　丽

由得你话霸，免至向处争风，任你如何铺摆，我亦大量休容。姊妹上头，计乜野轻共重？使乜界限划得咁分明，争住个个老公？若是争到出街，就哙惹起人地作弄，妹你纵然唔识丑，我亦见面皮红。罢咯，不若让埋过你，等你承恩宠，我拼止立实心肠，住吓冷宫，免至有名无实，重觉心肝痛！唔中用，落得把个人情送，以后万事都听娇为主，我諗得大量宽宏！

1月29日　　风声咁紧　　梁仁甫

风声咁紧，究竟如何？举目中原，令我感慨多！你睇山河惨淡，隐隐悲笳过，呢阵遍途荆棘，绕住铜驼。我想漠北嘅风云，都无乜好结果，点估西隅藏地，又起风波，咁样嘅江山，容乜易破，所望同心御外，莫个被佢摧磨！怅怀家国，就心如锁，惆怅凄凉，怕听个只子夜歌，若不早图自固，就唥将来错！休放过，总要固边攘外，方享得万代共和！

1月30日　　沙骨　　拍

沙有骨，与地骨唔同。个条沙骨，系生在沙中，骨鲠在喉，原本系好痛，好在佢唥煮沙城饭，就可以通融。佢的骨骼生成，真好作用。万顷沙田，都让佢造富翁，一味沙尘，成日去虾的海下大慵。讲到护沙无术，佢又诈作痴聋。人话大骨乞儿，原本系有种，真唥运动，日在沙田嚟乱贡。你睇佢全无骨节，最合造沙虫！

1月31日　　奴爱打扮　　百炼

奴爱打扮，君呀你切勿悭钱。你睇近来装扮，件件都要讲到新鲜，出入总要够派，才算得有面。况且奴容貌又最得人怜，若果都重唔去排场，点样惹得起人地视线？第一想人称赞，就要打扮为先。君呀你既系作爱奴，就要由妹尽演，即使话使过三头五百，君呀你亦要待妹来填。钱银不过傥来，原本好贱，怕你有千金难买，我哩个月中仙。故此人话但得美人一笑，自愿把江山献，唔系将你骗。总要任得奴舒展，任奴派到够咯，个阵越发见妹态度天然！

2月1日　　英雄气　　唥弹

英雄气，禁得几吓消磨？愿你日日叫我做无情汉子，不愿你叫情哥。呢阵家国一肩，逼住把情字睇破，个个都系躲在石榴群下，重有边个整顿支那？我不是薄幸与及花心，痴恋别个，不过丢下画眉彩笔，要执干戈。娇呀，你既系共我同心，就应该要谅我。勤闺课，不必愁眉锁，他日刀环归唱，未必娇呀你就变了婆婆！

2月10日　　春又到　　侨

春又到，原系旧相知，一年一度，几咁依期。但系隔别时多，相处时又无几，千金一刻，不可放过分时。今日共你瘟吓旧情，就欢天喜地，大家唔见咁耐，讲几句契阔相思。春呀一别至到如今，无时系得意，满途荆棘，睇见咁就心慈。况且西藏与及库仑，风潮屡起，正系楚歌四面，一声鼙鼓一声悲！重怕六国银团，将行解散主义，司农仰屋，唔知怎样支持？讲起番嚟，件件都系危险事！唉，齐奋志，天时兼地利，咪话春风无力唎，咁就任佢大局崩离！

2月11日　　改良吓　　直

改良吓，咪腐败得咁交关。但愿自己不怕人弹，教育前途，岂可学前时习气，误人子弟，罪重如山？而家世界开通，唔好守住古板，教授总求有法，系驶整到减价咁为难？若果货系斗平，好极都有限！唉，货有办，好丑在任限，咪话任人优胜咯，当作自己劣败为间！

2月12日　　思想起　　学

思想起，喜笑扬眉。今日共和统一，边个唔知，大好山河，还我自主。北南各省，处处都悬五色旗，五族人民，无分彼此，同膺幸福，何乐如之！可恨党见未融，常时系咁争意气，国基唔顾，难以支持。自古话鹬蚌相争，渔人得利，最怕俾人分剖，个阵就唅不胜悲！须知建设最艰难，唔比破坏咁易，总要融和意见，咪嘅貌合神离。况且国家兴亡，人人都有份子，试想吓中华恢复，牺牲咗几多性命财资？若系万众一心，何忧国事唔理！唉，须紧记，咪虎头蛇尾，咁就年年今日唎，都系我民国纪念嘅时期。

2月15日　　唔信妹话　　支离

唔信妹话，至到咁样收场。今日临崖勒马，试问点收缰？你妹大早向你声明，叫你千万唔好勉强，点想你偏偏唔信，重反要怪妹无良。舍得你当日肯听妹一言，就使乜捞到咁样？做乜你迷头迷脑，又去惹起灾殃？怪不得话美人关下，困尽多少英雄将。你咁脱身无计，我亦等你凄凉，但系事势初成，尚可以消得孽账，及早回头，或者有得酌商。但愿你跳出呢个情圈，唔去再向！除妄想，一刀斩断情根蕚，想话破除烦恼，究不若洗净心肠！

2月17日　　难以打算　　支离

难以打算，送呢个旧情人，今日新旧捞埋，叫妹点样处分？想话斩断旧情，唔去将佢来问，点想尚未还清，但要问我攞银。新人虽好，佢亦不肯把奴怜悯，讲到钱财两字，佢就睇到十分真。今日避债无台，空见着紧，想话鸡酥唔睬佢，又怕脚步殷勤，日日系咁痴缠，将妹混趁，试问焉能杜绝，个缕旧情根？舍得话情债两完，我就唔使受困。我就势唔讲佢恨，免至要我一条心事，要挂两边人！

2月18日　情唔好热　丽

情唔好热，又唔好话冷如霜。恩情太热，哙销化你铁铸肝肠。若系热过一阵冷番，又哙受人地怨望，话你多情老佛，转眼变作怒目金刚。点似得如水淡交，前后都系一样！免至人家谈论。估话冷热无常，况且热哙生风，就系寒冷嘅影响。试睇热情一片，边个系到老亦冇更张？冇的唔到冰冷个时，都唔晓当日热得上当。冷个阵又至回头想，若今时唔积孽账，驶乜忽浓忽淡，摆出个的世态炎凉？

2月20日　初出饮　亦痴

初出饮，自觉心烦，光梳头髻，着（入声）件新衫，不时偷眼，将人盼。恐怕未合时宜，惹起笑谈。故此往日屡叫我上厅，奴亦不敢，韬光养晦，直到如今！今日个的知心姊妹，将侬谏，话我吹弹歌唱都哙咯，使乜羞惭？但系业精于勤，唔好学懒，言词应对，要有详参！世事上头，须着眼，休怠慢，湘弦拂拭，细细来弹。

2月22日　都系一日　亦痴

都系一日，做乜咁闹热齐全？四围爆竹，响喧天，必定习惯相沿，犹未尽变，好日依然，叫做上元。总系阻碍街衢，行路又不便，恶气熏人，更有火烟。况且大局咁危，如一线。救国兴兵，尚渺然。金钱虚费，都情愿，点似将嚟拨去，助筹边。如果人人，能自勉，征库唔忧，有饷源，好过将个的有用钱财，嚟作贱！当共劝，若系人人踊跃咯，就姓名传！

2月24日　奴最喜　亦痴

奴最喜，系去游街。今晚天气晴和，越觉畅怀。勃勃车行，真正快，马车人力，点够时派（平声），若系去迟，又怕人地叫晒（粤谚犹言尽也）。君呀，快听奴话，早去安排，咪话奴奴，情性古怪。若然唔去，怕姊妹把我来俫（平声）。我头髻光梳，花又已戴。衣裳穿好，着过对靓鞋，冲硬自由，夸耀吓女界。

唉，无挂带，等我执理尾会，至共你结和谐！

2月25日　　花系可惜　　支离

花系可惜，可惜佢开迟。睇见佢迟开咁耐，不觉又惹我情痴。今日世界件件都要维新，难道花呀你还未喻，重隐埋唔放，点算得叫做趋时？大抵花放总要合时，方系起市，故此话花容虽好，亦要趁吓时机，等你咁久都重唔开，人就哈将你厌弃，等到春光老去，个阵就越见凄其！你舍得话索性唔开我亦由得你，恐怕你过时冷候，开左亦冇人知！个阵变左茶叶翻渣，茶亦冇味，无人相识你，剩落你冷香沉寂，只有倚凭吓东篱！

2月26日　　娇你咁话　　支离

娇你咁话，想必唔差，咁就一言为定，当系聘礼麻茶。当下两面言明，唔系讲假，都话以情相合，重赛过并蒂莲花，咁好嘅姻缘，岂有话唔想嫁！再冇话贪新忘旧，等你再抱琵琶。今日得你大唛应承，我心就放下，想必三生缘在，所以得遇仙家。至怕系娇你把蜜语甜言，将我噤吓。当顽洒，思量真可怕，因为娇呀你往日个名称，叫做纸扎嘅下爬！

2月27日　　书寄一纸　　支离

书寄一纸，写尽情衰，知道我郎心事，不与众人同！不因人热，厌听人声哄，咁嘅脂粉繁华，看不入眼中。任得人地点样攀龙，兼去附凤，佢只有高飞远举，做个海外飞鸿。自系得见哥你哩纸情书，越觉得哥你情意重。情真到咁，至算得系第一情钟，不枉称哥你，系真情种！超凡众，勘破哩繁华梦，定要存真去假，至当系人世嘅情隆！

2月28日　　言有尽　　百炼

言有尽，恨总无穷，我有多少离愁，诉亦不通，郁郁埋埋，愁有万种。想话透情讲句，或者可以打破愁丛，总系知音人远，点样将言送？就系写尽书函，亦说不尽苦衷，即使系回文织就亦系中何用？点样写得尽相思，有几十重！就系写得尽相思，又怕郎你未懂，把妹一场心血，当系耳边风！想起当日枕边言语，讲得咁真情重，谁知别后，你就一概诈作痴聋！何况寥寥一纸，点样说得郎心动？睇白笔墨徒劳，枉妹用功！亏我思量到此，只有自己心肝痛！心血涌，凄凉谁与共？可叹我纵有莲花妙舌，亦说不尽万缕情浓！

3月1日　　跌啌眼镜　　亦痴

跌啌眼镜，叫着你个铁嘴鸡，哝衰潮病略，件件齐齐。估话开嚟，舒吓闷滞，散几块银元，叫晚客妻。点想磨吓就话我手多，撩吓就话咪刁乔扭拧略，乱咁行为。我唔叫你看鞋，你偏偏叫我看髻。出于无奈，监住把说话曝危（上平声）。你重索性行开，唔把眼睇，烟床瞓觉，不肯埋嚟。咁样嘅情形，一定将人嚟抵制，银钱散去，叫我点肯把头低？左想右思，亦无乜好计，心头火发，迫住把你难为。谈判先开，茶炒米仔，事头婆叫到，问你点样条规？佢话宁愿唔要账银，都唔肯下礼，重劝我得些好意，就两吓唔提。亏我买笑成嘢，真正不抵！唉，须要变计，等我叫过几个琵琶仔，请埋朋友饮到月落乌啼！

3月3日　　奴愿等吓　　支离

奴愿等吓，等吓个有情哥必要合得奴奴心意，至好结合丝罗。虽系流落在青楼，无限苦楚，宜得早日超离苦海，免至久受风波，总系必要访得有义嘅情郎，才算系妥。若系妄求超度，重反转哙堕落深河，个阵一错未完，还要再错。等到后来悔恨，点似仔细在当初？故此我宁可留待后图亦唔敢妄燥，何限可，勿谓无关锁，就可以脱离羁绊，就可以做得自由婆！

3月6日　　听见你话死略　　支离

听见你话死略，我亦邓你死得孤凄，生定你命该如此，亦系有法子施为。就系你死略，亦唔该，留到今日嘅日子。若果你系死早三年两载，亦赌得个光辉。点想你条命烂得咁凄凉，捱尽闭翳，一定要等家亡国破，弄到苦不堪提！睇见你死得咁无聊，亦算辜负左你一世，彩凤无毛，竟变左堕落鸡。你话死得咁孤寒，点样死得眼闭？唔知点系，重要挂住个裨宜仔，若果你死后阴灵有鬼，重要大喊悲啼！

3月7日　　连日雨　　顽公

连日雨，雨呀，你否知时，睇见迷离雨景，惹起我点愁思。民间苦旱，都望春光至，做乜春景咁融和，雨色又咁迟？迟迟春雨，忽又连天至。至怕暴雨趁住狂风，系咁不羁！噉就无情风雨，洒遍春耕地，恼煞个的农人，个个皱眉。舍得五风十雨，似足升平世，我就买醉围炉，懒管是与非。今日伤时感事，借雨为标记！唉，情难已，愁思（仄声）凭谁寄？雨呀，我望你依时依候，我就稽首丹墀！

3月11日　　新整过　　亦痴

新整过，份外清幽，不枉你名叫星洲第一楼。东厅三面，凉风透。重有西厅个便，陈设辉煌，观改旧。怪不得人人话佢，占头筹！菜式新奇，斤两又厚，烹调得法，真系美不胜收！侍役齐全，招待够。地方闲雅，信足勾留。风情月白，最好系谈花酒。言非谬，豪商巨贾，想亦有同谋！

3月12日　　哥你如果有意　　百炼

哥你如果有意，就算系第一时机。今日哩段机缘咁好，你就不用思疑。你往日常常怨恨，未得逢知己，枉屈你才貌双全，都有边一个知！今日传到咁好佳音，何限快意，真系良缘天赐咯，可以任君期！你相思咁耐，今日至遂得平生志，往日抱负个种才情，任得你设施！藉此就可以在花坛，张起艳帜，扬眉兼吐气。君呀愿你早日乘机，切不可延迟！

3月17日　　娇咁仗义　　佚名

娇咁仗义，算你系第一多情。唔怪得话情字认到真时，别二样就可以睇轻。但系个情字最难，将佢睇定。若系认错贪痴淫恋，就哙误左前程。大抵个情字原系在爱字里头生出别境，总系既然爱咯，就要把个爱字分清。人地但知道爱佬与及爱钱，几乎唔爱命。点似娇呀你惟知爱国，出在个点真诚，宁愿卖花为业，亦把军需应。缠头所得，尽地把囊倾，青楼地面，算系第一真情！真可敬，把你深情领，他日买丝来绣，都要记念你嘅芳名！

3月19日　　东风紧　　鸣

东风紧，吹得到处花飞，乜得咁多落花飞去，我实见思疑！究逐花心不定，故此随风去，抑或春风狂荡，去搅扰花枝？大抵风佢与花有缘，就要长住一处，好风晴卷，花自相随。风有爱花心事，花亦有怜风意，相怜相爱，点肯异地相思。未必折取名花，一定系沙叱利。花多事，风又偏撩起，想话花飞唔去，除非高竖定风旗！

3月20日　　花遇雨　　支离

花遇雨，好似带着啼痕，花呀你个副眼泪装成，未识假定真？睇见你低头无语，似觉有无穷恨。含情默默，只在暗里销魂。我估意花你望到春来，就安乐一阵。点想初逢好景，重反要泪纷纷！人地话乐极生悲，都系应本份，独惜你未逢乐处，大早就要伤神！唉，花呀睇见你薄命得咁凄凉，我情实不忍！见花如此，不觉我亦泪湿罗巾。你咁成日眼泪唔干，亦冇人地将你怜恤悯！真冇引，花事唔堪问。最闷系断肠花朵，对住我断肠人！

3月21日　　真系恶讲　　百炼

真系恶讲，不若掩密唔声，免至人憎厌。又话我肚气唔平，任是你调转头行，蛮到冇影。我拼只喺埋双眼，任得佢骄矜。做个棚上集箱，睇住人地吊颈，免至话奴多事。至此你哩出戏作唔成，等佢癫过一番，或者生吓性，好过倒扫你执猫毛，又要笃住我眼睛。不若作哑装聋，自己寻个乐境。招吓命，好丑凭天定，到底晓得糊涂做事咯，至算系绝顶聪明！

3月22日　　架子咁大　　支离

架子咁大，点怪得你施派（平声），捞到咁红台脚！总算系第一生涯，生定你咁好花容，应份要摆，况且拣得个情哥咁好，背脊有大山挨！莫讲话小心嘅钱财唔在计带，究系要到金山银穴，亦任得你铺排。故此你阔得咁交关，人亦唔敢将你怪，重要赞你种温柔手段，捻到十二分乖。总系你不着在人前，来去弄卖。将命晒，露出个种轻狂态，话你系唔成器皿，就哙笑到合口唔埋！

3月24日　　真正惨切　　大痴

真正惨切，系寡妇孤儿，你睇宋史崖山，令我感慨系之。大掘人王家，唔系乜易，讲到兴亡两字，点样到你支持？着起个件黄袍，应要想吓往事，循环天理，做乜你乱把人欺？咁易得人地河山，威福自恣！失时又易，重驶乜思疑？个的关头，千古一致，须要细味，咪话唔通气！咁就哙根基常固，不至荡析崩离！

3月25日　　唔怪得你恨　　支离

唔怪得你恨，恨到口水流流，可惜烟膏成几十担，一旦尽地焚休。最是可怜，佢收得咁旧，睇来一定，个几罐系旧沉油。点解佢有咁好烟膏，唔去将佢发售？就系赒济我地烟人，亦好过祭幽，眼白白睇住佢烧完，唔到我痴得一口！想话贪些肥腻，只有擘大个咙喉。总系唔经过个碌烟枪，试问烟味点够？只系得意铺闻瘾，重惹起口水难收！睇住咁丰阜嘅洋烟，独是唔得入斗，无偶可扭，大气连声抖。可叹一场烈火，就共佢报透烟仇！

3月26日　　难打破　　百炼

难打破，哩个闷葫芦。费煞思量，估不中你哩一铺，究系假还真，亦唔摸得过你个肚！我在此横猜竖度，亦系枉虚劳！自古话人各有心，唔系轻易想到，量天无尺，点估得到地厚天高？总系睇见大众抱住个疑团，就唔着咁做，恐怕疑心生暗鬼，又怕搅到鬼哭神号。最怕系摸佢唔亲，行错左路，佢用下马枪来，你又用起虎头刀。个阵弄假成真，就哈成左祸数。点算好，哩条唔系数。愿你讲明讲白，免至大众在暗里糊涂！

3月27日　　郎你别去　　支离

郎你别去，叫妹怎不魂销？个日中途半站，要我企在哩度奈何桥。舍得你当日唔共我交参，就容乜易了！你无谓话人上树，又把梯丢。莫不是我前世共你有仇，至此冤孽不少？今日丢奴冷落，系咁自叹无聊。怪不得话男子嘅心肠，真系恶料！你若肯念记一分情义，亦免我咁心焦！今日累得我进退两难，真系无地可跳！情虚渺，此心无可表，剩落我罗帏孤守，点样禁得住个的情苗？

3月28日　　娇你点算　　百炼

娇你点算，到底立意如何？问你一条心事，点挂得两个情哥？睇见你咁大个疑团，我亦难以打破！我知道你哩场行止咯，不免大费磋磨。两边一样，实在觉得情难过。顾得住哩便私情，又怕大义哈疏。今日情义不可两全，真系愁煞我！自怨分身无术，实在冇法移挪。一便催我得咁交关，一便留我留得咁苦楚！哩一便劝奴义重，哩一便要妹情多。把妹当作磨心，不难就要牵开我两个。难讲妥，哩把连环锁，不若掩住自己个边唔讲，只管共佢两便相和。

4月1日　　无情雨　　支离

无情雨，打着有情花。亏我见花如此，不觉泪如麻！花你咁样子被佢摧残，真系恶化。只怨自己薄命生成，重贱过蔗渣。我亦知道花你逢春，都系只望春雨洒。只望恩承雨露，至得发叶萌芽。总系你望雨太过情殷，就哈生出可怕。今日佢倾盆落下，重惨过走石飞沙。试问你柔弱花枝，点禁得佢风雨打？唉，我喉咽哑，监奴将雨骂。点解你咁狼心辣手，扫尽我地花国繁华？

4月2日　　情冇一定　　百炼

情冇一定，恶以揸拿，就系清明萝卜，亦你咁心花，逢人便热，试问你点得咁多闲心挂？一便讲住山盟海誓，一便又另抱琵琶。顾得住心猿，唔绑得意马。几万奈心事，好似倒乱一篮沙。我心事咁多，重有乜真说话？就系讲到点样情真，都当你系纸札下爬！一时三变，重惨过浮云化。冇米粥煲成，削（借用）到冇渣。大抵对住个个都去言情，个情字就假！应份抵打，使乜咁样顽耍？我怕你把心唔定，就怕有几耐繁华！

4月3日　君你去矣　百炼

君你去矣，叫妹点不伤悲？唉，君呀你咁因情尽节，妹就见苦不堪提！虽则寿短寿长，都系完此一世。独惜你前缘未了，就要变左日归西。我哭一句哥哥，你妹就见喉愈噎！唉，哥呀我低声来问句，试问边个将你咁样子难为？今日讲去讲番，都系因为势位，你若果阴灵有鬼，总要把此事查稽。我睇住哥你咁样含冤，真系翳肺！唔系计，唔知点至系？只有剩得两行眼泪，在暗里悲啼！

4月4日　无法躲避　支离

无法躲避，不若弃暗投明。哥呀你若果想共妹行埋，就要札硬正经。你白日至好开来，千万唔好等到夜静。恐怕夜深人静，又啥被佢探出情形。往日金乌初上，我地就同交颈，每每被人识破，又要把奴惊！后至夜静更阑，奴亦监住要听，古话可以避人耳目，就免至受佢欺凌！点想春光泄漏，又有人抽称（仄声）。任得如何秘密，都要败露风声，罢咯，不若又把佳期，同哥呀你再订，开吓别径，另寻佳景。趁此和融春日，又共哥你到吓牡丹亭！

4月9日　心淡到极　支离

心淡到极，重有乜商量？即使共你再寻旧好，亦系唔香！枉费当日个手交情，深有百丈！重讲到山盟海誓，与及地久天长。点想你反骨无情，又去寻过别向。重要事事把妹难为，实在恶得主张！我苦口劝佢劝尽千般，亦唔见见谅，一味恃住个种亚官脾气，总不念妹凄凉！我成苦受尽许多，非只一帐，把我心头腌住，重惨过五两砒霜。大抵受腌得多，个心就会成幻想。你就系淮盐落重咯，愈发替妹洗洗心肠！

4月12日　春渐远　支离

春渐远，两岸绿生时。记得去岁与君，同咏个首惜春诗。君摇兰桨，侬把船栏倚，喁喁私语，说尽几许情词！个阵四顾无人，实系得意，除了只柳荫蚨蝶，重有乜人知？好似长生殿上偷盟誓，夜静无人，私语时，实只望天长地久，同生死，在天比翼，在地连枝。谁想今日伯劳飞燕，空翘企！谁晓我心中事，倚遍栏杆十二，盼煞归期！

4月15日　　眠不得　　顽石

眠不得，怕听个只杜鹃啼，佢声声啼叫，都话不如归，不如归去！泣血流花底，撩人离恨，好似梦断魂迷。今日我飘泊在天呀，无乜倚系，怕你夜深频唤，触起我点悲凄！鸟呀，你悲啼咁苦，只为归期滞，知否我同病相怜，命运系咁不齐，楼头盼望，不见侬夫婿，怕见陌头柳色，闷坐深闺！想话把闲情抛却，事事都唔计，怎奈你啼时警醒，又不见郎嚟，累得我多愁多恨，真正难禁（平声）抵！屈指清明节届，要觅一枝栖，呢阵后顾茫茫，心实翳肺！唉，唔愿睇，愁极都无谓，但愿我郎番到，好把妹提携！

4月17日　　春寒　　佚名

寒气透，雨霏霏，古话春寒雨至，系一定时期。时节已过清明，春你老未？韶光百五，迅驶如飞。三月莺花，春色媚媚，行人路上，总系叹雨霏微。藤拢淅淅，侵寒气，洒落芭蕉，越发惹我怨思！雨你切莫留人，羁滞异地！唉，风咁利，罗衣吹欲起，亏我陌头杨柳，熨断双眉！

4月18日　　春意料峭　　平胡

春意料峭，逼入闺帏，不料木棉开透，尚有此入骨寒威！你听吓深宵冷雨，点点滴落空阶，触起我万种离愁，止不住暗地泪啼！无奈挑灯起坐，就把郎你归程计。底事节届清明，尚未见归，莫是途中风雨，致把你行旌滞？想你此夜客旅嘅寒衾，必定较我更凄惨！罢咯，不若就向梦里寻郎，或者倾得一句肺腑，但得把我离情慰，纵使梦境非真，也好过两地久违！

4月19日　　春色好　　袭来

春色好，百卉含芳，重有茸茸春草，衬住垂杨。一汪绿水，又被微风漾？红杏花村，送出阵阵酒香，动起我一夜乡心，愁万丈！料必一般羁旅，日有九回肠，正系人无情处，懒把春光赏！亏我夜来魂梦，每到潇湘。呢阵江湖落魄，越发添惆怅，想起故园丛菊，咁就恨茫茫！做乜燕子咁易归来，人又咁恶想！唉，心怏怏，第一怕对暮云春树，与共斜阳！

4月21日　　难以割舍　　百炼

难以割舍，系哩点痴情，割极都割佢唔离，就苦恼不胜。大早知道咁难舍难分，我就唔到此境。今日情关堕落，日日都要困在愁城。恐怕堕落愈深，个阵重难猛醒，至到水流花谢，讲乜野玉洁冰清？姻缘未了，到底难干净。纵然唔系想落，亦要大唊应承。大抵情字困人，唔到你使颈。就系减低情性，亦要做吓假惺惺。千祈咪怪，话我心唔定。皆因唔好命。至此痴缠有咁大，舍割佢唔成？

4月23日　　追悼会　　佚名

追悼会，令我恨无穷。今日百事正须建设，破坏当终。我睇中华民族，几多沉酣梦！当头喝醒，国势就哙勃勃蓬蓬。布置方待人才，无限作用，点好自戕梁栋，昧势行凶？风涛澎湃，我亦危然悚。应份共拯危舟，咪倾轧政见唔同，丧心痛狂，至有呢次伤同种！唉，心自恐，国计还未巩，只有泪珠流滴唎，哭拜英雄！

4月24日　　花灿烂　　支离

花灿烂，忆起我咁孤单。我将花来比己，亦见得羞颜！人讲到薄命如花，已是愁可叹，何况我比花还不及，怎忍得住泪潸潸！花谢尚可望到重开，就可以将愁闷散。独是我红颜老，再冇望得佢回还。花开浓艳，自有人称赞，我副花容虽好，亦奈不得缘悭。亏我自伤沦落，只怨春来晚。愁无限，对花还自赧，睇见百花明媚，我反怕对住花坛！

4月26日　　难以掩饰　　去恶

难以掩饰，呢回见晒你心肝，任你花言巧语，不易包藏。不过你恃住狐群兼共狗党，雌威大逞，欲把人伤！作恶太多，恐怕还不了个笔孽账，个阵芳名堕落，只剩得臭名扬！诡计用到至深，都唔遮得住你个恶相。共你行埋，就要顾住你下马枪。夜晚劝你按住心头，从细一想，人地常时将你恶让，为因何事，要立咁嘅恶毒心肠？

4月28日　　向来薄幸　　百炼

向来薄幸（去声），大早就明知，日前有样你睇略，使乜等到今时？佢当日点样出身，人所尽记，种种都系全凭奸滑，去把人欺。一面笑紧一面开刀，真系狼到极地，个种杀人手段，委实系离奇！你话佢咁样立心，点望得到有好日子？

· 202 ·

若系全无报应，就怕乜作歹为非，恐怕事到头来，未必有咁容易了事！唔到你掩住，终须找出真凭据。个阵唔怕佢神通广大，亦要把佢驱除！

4月30日　　　西厢月（玉连环体）　　　海棠

西厢月，月呀，你得咁繁华。繁华月色，映住苑畔桃花。花呢玉容娇媚，月又多潇洒！洒向花边离泪，可惜唔得月你跟查！查明夫婿，免致月月侬心挂。挂住知心人远，记不得月过邻家。家乡你唔念咯，我对月越发心肠剐！唉，剐极心肝愁未罢。罢咯，不若对住天涯残月，诉吓琵琶！

5月1日　　　当春柳　　　百炼

当春柳，绿映窗纱。一年光景，算系最繁华！独惜我问柳无心，同你讲话，竟随风摇曳，有意打动奴家。柳呀我劝你不必时风流，来去卖假！总要把荣枯两字，仔细去根查！咪估话春光占，得，你就贪潇洒，专向风前卖弄，故意矜夸。我睇你繁盛几时，不过系春到夏，终唔变卦。一旦秋来也，个阵枝残叶落，只有羡煞个树晚翠琵琶！

5月2日　　　听莺啼　　　支离

断肠人，怕听啼莺，把我一场春梦，变左无凭。已是伤心，我地郎薄幸（去声），竟把归期屡次改更，天涯海角又把鱼鸿梗。想到见郎一面，奈不得寸步难行，只有望魂梦相通，奴亦允肯。或者巫山有路，可以任得奴登。恼煞个只春莺啼叫，偏要将奴精。咽喉哽，凄凉真不幸。莺呀你到底知奴愁恨，抑或唔曾！

5月3日　　　春易老　　　百炼

春易老，又到暮春天。春光九十，不得半日迁延。春你一自自老起上嚟，我实见唔愿见，一时老去，重讲乜景色无边？试问重有几多日留连，同你见面？讲到将来再会，又要人来一遍，重怕我红颜易老，更要老在春先。有便等我摘花酿酒，预备将春饯！情难免，因缘虽系浅，眼见得与春同老，亦要大众相怜！

5月5日　　　奴盼望　　　大痴

奴盼望，君你转家乡。楼头终日，望断垂杨。人话清明客思，冇一个不添惆怅。归去花骢，执起玉缰，万里归程，无乜转向。想到家人笑语，就有喜慰心肠。点估到日久望君，惟有梦想！空怨唱，未睹郎君样。试睇个的雨丝花片，令我别恨悠长！

5月3日　　呢个纪念　　　大痴

呢个纪念，系两周年。你睇山头墓碣，已自绿草芊芊。民国创成，把时局改变。我地享受共和幸福，都赖个七十二前贤，恨饮黄花，应份杯酒埗奠，点铸得巍巍铜像，高耸云边！今日崇拜英雄，思念不浅！眉恶展，自惭无表现，只有名花手植唎，感慨风前！

5月8日　　春已暮　　　佚名

春已暮，点奈得春何？春来春去，重快过抛梭。睇住九十春光，容也易过。春裘脱下，又要换转哩件春罗。人地讲话春日迟迟，原本须讲错，我睇见三春容易去，转吓眼又剩日子无多。真系阳春有脚，委实难关锁，唔知点可？无计将春阻。今日我为春愁困，少不免蹙损双蛾。

5月9日　　真正悔恨　　丽

真正悔恨，种错个树桃花。你唔惹得我郎留恋，就咪吐艳流霞。柳丝或者，重可以系住青骢马，大早不若把垂杨，种便几牙析。呢阵憔悴只有镜知，谁一个问吓，憎死你桃花唔识意，重想共我斗繁华！今日头髻飞蓬，唔打理亦罢，唔系顾影自己亦唅生怜，个阵别恨倍加，听见莺啼燕语，句句都好似无情话。真可怕，点得我愁绪纷纷，共花呀齐落下。总系愁根未斩，转眼又试萌芽！

5月10日　　风雨至　　　大痴

风雨至，黑暗漫天，扁舟一叶，浪涌云连。归心今日，个个都如飞箭。总系欲渡危滩，又冇缆牵。风涛澎湃，满目危机现！舍得大众同心把舵，或者稳渡安然。阴霾黯黯，潮如练，易致桅折榥摧，大势簸颠，同舟共渡，切莫心肠偏，争也意见，倾翻同是不免！愿你地齐心协力，咪更鹬蚌相缠！

5月12日　　天气好　　　大痴

天气好，试着罗衣。你睇呢个重三已过，冷暖相宜。风和日丽，景象真明媚。灿烂莺花，柳絮欲飞，总系游人（有冇归家思？）绿草王孙，信息久迟，盼望个双飞燕子。玉骢长系，亦未见帽影鞭丝，闲来织锦！不解璇玑字。愁欲死，腰细带长容也易？只有自怜菱镜顾影眉攒！

5月13日　　愁到极地　　顽石

愁到极地，委实见心操。深闺愁坐，抱住个们葫芦。今日羽书日夜，系咁驰

粤讴

边报。可恨强邻煽惑，又用计如刀！乜事内患频兴，唔去御外侮？听见话愁人毒毙，实觉胆生毛。前路系咁茫茫，真正唔知点算好？亏我感怀时事，忍不住泪眼滔滔。噉就模糊泪眼，洒向春郊草。触目黄花，就要痛煞奴，见景就哈伤情，无限时苦！唉，偷懊恼，心事凭谁诉？等我放长双眼，睇你向边处奔逃？

5月14日　花寂寞　支离

花寂寞，瘦损花魂。花呀睇见你寂寞得咁无聊，枉你有志未伸！昨年花事，已是唔堪问，估意望到得沾花春露，就可以焕发精神。点想望到春残，花尚抱恨，生意毫无，到底为乜甚因？试想路头花草，亦有人怜悯，点解你朵名花咁耗，亦要久困风尘？未晓人地无意栽花，抑或花呀你唔愿发奋，自甘堕落，走在焙定（二字借用）藏身？亏我见花如此，实在情难忍！花欠运，为花撩肉紧，在哩风前月下，恼热我地看花人！

5月15日　新鲜热　支离

新鲜热，似觉热得好痴缠。咁快就热得咁凄凉！我亦话你发癫。想起你往日冷面无情，冷到人地心打战。唔经几个月，你就变了心田。今日冷过一番，又要传热电，你咁阵凉阵热，重点讲得心坚？睇见你冷热得咁无常，我情实唔愿见，点似和和暖暖，赚得大众安然？千万咪个热过又生寒，寒过又将变热，故意把人作弄，显系立心偏，无谓咁去缠人！年年都要热过一遍，唔方便，欲免唔能免，你咁热到人家肉紧，累得我彻夜无眠！

5月17日　春又去了　佚名

春又去了，只剩落一幅春愁。睇住春你咁无情，一去就罢休，就系你去咯，亦该同妹讲透，点好无声无气，静静地就别却妆楼。试睇一春沉寂，累得我眉添瘦，对住恼人春色，惹起我万重忧，所有春恨春愁，奴都捱够！你今期临去咯，应份替妹带转回头，为乜事你流落个副春愁，监妹再受？总不肯带埋愁去，真系惹起人嬲！唉，春你只顾自己身轻，唔念吓哈连累后手，静静就走。但得脱身唔顾后。总怕你去唔干净，掩不住众口悠悠！

5月19日　钱哈作怪　支离

钱哈作怪，又哈迷人。讲乜野良心道德，都系钱（仄声）至为真。金钱势力，重大过迷魂阵，一入左佢个金钱圈里，就哈丧失三魂。唔晓得共钱相亲，人重笑笨！口讲得心坚如铁，亦渐渐唅发起钱瘟。一受钱魔摆弃，就唅整得昏昏沌，弄得天昏地暗，重惨过阵入乌云。试睇世事万般，都系为个钱字着紧，但有得两个金钱，就可以立刻化身，纵使弥天罪恶，亦可消除泯。唔使问，皆由钱面份，讲到金钱二字，就可以役鬼通神！

5月20日　　唔到你负气　　支离

唔到你负气，好快快认句唔该，你重揸成咁硬，试问点样子收台？当日揽起咁大个风波，流落到苦海，都系你用暗计谋人，就整出个祸胎。今日铁案如山，实在无乜变改，任你出尽九牛二虎，亦解脱唔来！我劝你早日到案认明，亦算有点真气慨，身当命抵，使乜又去推开？咪话有恃就唔慌，人地亦无可奈，夹硬将人害，塞埋两耳唔瞅睬。你曾否闻得法王十六，亦要上到断头台！

5月21日　　唔份得点气　　支离

唔份得点气，就唅惹出灾殃。总要减低脾气，至好两个商量，落到青楼，大早知道系冤孽账。睇白系你一刀来，佢又一枪。今日佢唔肯相饶，你亦要将佢让，总要留些地步，赌得个好收场。自古话你把一尺让人，人亦让番你一丈，至怕系人争一点气，佛欠一炉香。大抵世事茫茫，到底唔知道点样？唔在怨唱，不用多思想，你睇花花世界，使乜到处论短争长？

5月22日　　情一个字　　铁魂

情一个字，累死几多人？当初何苦，种下呢段情根？唔信睇吓多情枉作，几咁劳神！讲到情长情短，别样无庸问。但系边一个多情，就共边一个瘟。若系个个无情，我对心不忿，容乜易多情另觅，就向别处殷勤。罢咯，我地睇情份上，唔着担愁恨，至怕多情多恨，就唅弃旧贪新！我不若拼了无情，唔俾情字所困。偷肉紧，想到情难忿，就把情根斩断，看破红尘！

5月23日　　春可恨　　丽

春可恨，飞絮落花殊可悯。古话到了首夏清和，气象一新，点料炎风阵阵，重吹得我精神困。重怕转眼就秋雨秋风，越发闷热！睇见梅子黄时，我心就打震。梅子你终日含酸，为乜所困？睇吓我酸味涌上心头，仍旧强忍，周时心不份。对住春花秋月，都系赌得伤神！

5月26日　　娇你醒定　　百炼

娇你醒定，咪个自作多情。舍得你真系有咁多情，就要大早话过我听。点解我当日有意共你相交，你总唔愿答应？满口咪衰潮病，闹到把口唔停。今日一旦改转心肠，又向住人地卖靓，甜言蜜语，又学假惺惺，出尽手段去媚人，试问你因乜究竟？一阵调转条心，又得咁好奉承！我睇见你个种行为，我就知透你品性。见着人家有货，又想着揾丁。总系人家未必，咁就把你个人情领。须要信镜，无谓咁支支整。任得你搭长条搊，我亦不肯受你欢迎！

5月27日　嗟怨薄命　顽石

嗟怨薄命，实在苦坏奴奴。君呀，共你情投肝胆，点晓你笑里藏刀！睇你情性系咁温和，容乜易相好到老？讲不尽山盟海誓，费尽几许功劳？点想你薄幸无情，全系一肚草，白白把奴欺负，你话几咁无辜！呢阵白璧微瑕，只着心痛苦，亏我含愁默默，抱住个闷葫芦。想话多情另觅，别把琵琶抱，又怕遇着无情人仔，搅到乱糟糟！唉，结下呢段孽缘，未晓何日得报？心懊恼，泪凭愁制造，我终日泪珠如雨，君呀，你可怜无？

5月28日　情字系假　支离

情字系假，千万勿当为真。若果将真来作假，就哙苦煞你个薄命钗裙。落到青楼，多半系坏品，纵使系十分人事，亦已坏左三分。佢出尽千般手段，不过系渔脂粉，整就个副柔肠媚骨，总系特意欺人，有意偷香。个阵就同你亲热一阵，钓得你上左竿头，个阵就反眼筋。睇见你咁自作多情，一定终有悔恨！唔使问，将来有得你肉紧，个阵就怨有眼无珠，识错佢个薄幸人！

5月30日　情字唔好咁重　百炼

情字唔好咁重，情重就哙昏迷。一旦入左迷途，就实在凄惨。你既系有心怜惜，你个贤夫婿，就学个三从四德，渐渐皆齐。有乜踏错行差，都系凭你保卫。你若随癫随懜，点叫得做戏贤妻？睇住佢跌落哩度陷坑，深到冇底，你若晓得一毫大义，亦要把佢提携！点好顾着一点私情，重去同佢摆计！加柴火上，揾的咁嘅大炮嚟西？我怕你今日一味将佢奉承，终哙累世。好心就咪。睇白呢段姻缘唔得到底，你若系纵坏佢个铺脾气，一定就把你难为！

6月3日　天都哙作变　百炼

天都哙作变，系咁冷热无常，热过一阵又至番凉，总冇的实在主张。我睇天亦咁样行为，唔怪得人哙变相，一时亲热，转吓眼就掉转心肠。唔怪得人话一个心肝，唡变得有千百样，一阵甜如蜜饯，一阵又辣过生姜。娇你在呢阵世界做人，须要细想，识得人情易变，怕乜学吓骑墙。即使知道佢有意系装腔，亦要容纳一帐。只怨自己落在青楼，都要忍颈就将，待等佢冷过一时，又唡将你再向。唔使勉强，世情原系混帐，总要学得随机应变，使乜共佢论短争长！

  6月4日 情书写尽 百炼

  情书写尽，总未劝得佢心回，睇见佢无情到咁，你话叫我点不心灰？佢近日个种性情，因乜事得咁暧昧？弄到个铺脾气，实在冇乜人陪。一时反面，尽把前言背，蛇行鼠路，专意把奴杯（借用，欺骗也）。我劝谏佢一声，佢又话我将佢反对，又要将奴消气，惨过怒发春雷。架起大口，□□□□受罪，重把我□□□，佢亦唔理会。有心冤挚（仄声）妹。莫不是要把我啄为肉酱，好似个个扭（借用）烂酸梅。

  6月5日 心事恶摸 支离

  心事恶摸，摸极都摸佢唔真。想起我郎心事，我就费煞精神。自系共佢相交，估话拿得佢稳，望佢一条心事，只共我两个人分。点想佢近日一自自心多，就防佢坏品，变左把心唔定，一味白霍沙尘。重怕个的路柳墙花，将佢接引，把佢心肠惹动，就唡变左迷昏。点得挖出佢个心肝，安到稳阵？缚到紧，细细将心问，定要问明心事，到底为着谁人？

  6月6日 嘈过一阵 百炼

  嘈过一阵，转吓眼就寂寂无聊，大抵闹热得凄凉，兴更易消。当日嘅繁华，都成左假渺。茫茫烟水，只剩呢度奈何桥，笙歌繁响，早已声沉了，只有疏星残月，点过得五更朝？伤心怕听，个只孤鸿叫，繁音用竭，点解又把奴撩！我愿连带你亦无声，何等咁妙！无谓又来嘈吵，惹起我心焦。烟花易散，大早奴知晓，非以意料，势所必然唔系乔（仄声）。睇白一时过气，又至静寥寥！

  6月7日 花你命薄 佚名

  花你命薄，做乜咁耐重唔开，累得个的游蜂浪蝶，日日飞来，点得催花羯鼓，有个唐皇在？等佢万花齐放，翠倚红偎，可惜封姨十八，屡把群芳害！落花无主，使我太息低徊！今日有酒无花，真正可慨，韶光辜负，空对花影衔杯，愿乞个位东君，同佢主宰！唉，唔好咁冇彩，花信更番改，日夕与花容悭洽呀，会醉瑶台!

6月9日　　须要保重　　佚名

须要保重,勿个浪费精神,四大关头,都要立实脚跟。自古话英雄跳不出,个个迷魂阵,生命凋伤,就系酒及美人。日日消磨,元气渐窘,迷途思返,已自体魄昏昏。劝君莫个,眷恋残脂粉。休浑沌。痴情终受困,杀人利器,枕上又冇伤痕!

6月9日　　郎系好爱　　支离

郎系好爱,总系咪爱得咁昏迷,恩情虽重,亦要守吓家规。自古道夫妻,原是敌体,重望你四时规劝,至算得系妇道全齐。点好话只顾痴情,唔顾守礼,成日痴埋一对,半步不出深闺?虽则话女人大抵,都系凭夫贵,但系睇住你昏成咁样,实在不消提。只挂住目下风流,唔思想吓他日闭翳,一味托郎大脚,不怕自己输亏。你睇恩爱夫妻,有几多能得到底?好心就咪,分明前世鬼。你若纵坏佢个铺脾气,就会捉住你难为。

6月11日　　唔怪你薄幸　　支离

唔怪你薄幸,怪都系怪你。咪谓多情自作唎,堕落在哩处深河。试问你一幅人情,分得几个?你咁逢人便热咯,一定就唒把妹丢疏。纵使你十分情重,未必归埋我。睇住你越发情多,你妹越发受磨。我自愿你学到铁面无情,将个情字打破,免至被人招惹,又引动你嘅情魔!但得你对人薄幸,我就心安妥!唔系讲错,太过多情人话你疏（下去声）,点似叠埋心事,免至唔奈得情何?

6月12日　　新野系好　　支离

新野系好,点似得旧嘅咁多情?想起旧时情义,点怪得你眼含青?旧情未断,再把新情订,人就唒话系贪新忘旧,就见得道理唔平。边一个唔晓得杨花,原属水性,见得有人兜采咯,就估有意怜卿。何况系旧日嘅情人,点话唔去卖靓?不若大家联袂,就早早登程,共个旧佬温吓旧情,何限咁醒!使乜睇埋一笪,整得自己静英英?或者前缘尚在,又得同交颈,唔份信镜,旧帜从新整,到底系旧时嘉耦,格外手段通灵。

6月13日　　相思字　　支离

相思字,写极都写佢唔完。想把万种离愁,寄在笔端,可惜我情书未写,实在大费周旋。想话写尽相思，又愁住纸短，况且我的相思情绪，重惨过万派流川。想话单把个个心肝写出，待等郎评判，总系心形易写，意实难传。重怕佢话我写出个个唔系真心，个阵重唔知点算！心情难达，重要更受一场冤！我想尽把哩副相思，来去斩断，唔再恋，一刀两段，免被相思缠绕，禁不住意马心猿！

　　6月14日　　咪估意好密　　支离

　　咪估意好密，密极都哙有人知。见得你行为唔似，就要惹起思疑。你出入如何，总有人围你数尾，枉费你横收竖冚，用尽心机。咪恃住台脚当红，人就唔敢话你，怕你一时败露，坏晒个盘棋。风声泄漏，个阵就难关闭，讲得如何信实，亦见得你疑稀！你个心肝一动，人就先知意。眼视视，咪话唔通气，个阵落台唔得，重怕寸步难移！

　　6月16日　　唱得咁闹热　　支离

　　唱得咁闹热，哩只荔枝蝉，成日知知咁唱，我亦见得你厌尖。你若果系有知，到底知道系点，怕也讲明讲白聎得大众心甜？你若系唔知，就唔好学得咁百厌，就要敛埋声气，勿向我耳底来签。你知道唔讲得出来，我亦当你无应验。就系唱到声嘶喉哑，亦系聎得人嫌。不若忍气吞声，早把情性敛，免至惊动起个只螳螂怒臂，向住你来奸。个阵空怨因为声多，至此唔得竖掂。须要自检，口舌就哙招危险。若果系知道人嬲，就要把你个把口密箝！

　　6月17日　　花怜蝶　　顽石

　　花怜蝶，蝶又怜花。睇吓花颜咁好，引到蝶又咁离拿，花花蝶蝶，同在园林下。蝶为寻花，都算鉴赏不差，花能恋蝶，就把东风嫁。咁就花怜蝶爱，你话几咁繁华。蝶系咁多情，花事又系咁雅，好比花心蝴蝶，飞到侬家。花蝶都哙自由，真正系笑话！唔系假，游吓堤边罢，几许狂蜂浪蝶，个个心事如麻！

　　6月18日　　长日咁望　　顽石

　　长日咁望，未见君还。亏我望穿秋水恨锁眉间。记得当日长亭饯别，讲尽言千万，你重把满怀心事，安慰你妹红颜。点想归期已届，未见郎君返，知否奴奴为你，废寝忘餐？相思人远，空抱琵琶叹，日夕深闺愁坐，几咁担烦！想到薄情一去，应觉愁无限。天已晚，离愁何日散？又只见朦胧月影，照住回栏！

　　6月19日　　心咁想话　　支离

　　心咁想话，口亦难开。近来世界，监定要学吓痴呆。明白知道佢系反骨无

· 210 ·

情，亦须要忍耐，忍得佢逞头露角。我只有认句唔该！大早知道落到青楼原系苦海，试问唔贪服侍，使乜开来，佢个种脾气丑到万分，亦系无乜可奈，亦要勉强依从，免至弄出祸灾。至紧要个把口千祈，唔好将佢得罪（读在）。须自爱，装做和和蔼，一味装聋作哑，睇得大众收台。

6月21日　　条命咁丑　　百炼

条命咁丑，你话有乜法子更移？唔怪得话命里生成，冇药可医。你睇我如花命薄，点受得东风起？点想柔枝嫩叶，偏要触怒个个风姨。自想起堕落风尘，是已难到极地，受尽几许凄凉！试问有边一个知？我亦不敢怨人，只怨奴命否，自怨命该如此，只得要到底坚持。若果系命好使乜捱到如今，还要奴受气？所为命途唔好，至有遇看咁嘅灾非！我几久想话把烂命收埋，免至流落捱世。无所系，世事唔堪睇。亏我终日伤时怨命，实在苦不堪提！

6月23日　　君你唔好浪费　　大痴

君你唔好浪费，咪学话手头松，都得世界今日咁艰难，做乜偏要乱用？至到钱财使尽，经济至陷入恐慌，愁绪万种？开口话床头金尽，困死绝大英雄。想到贫病交侵，心里越痛。唉，休懵懂，须听奴劝讽。欲壑系深潭冇底，要爱惜吓辛苦积聚青铜。

6月24日　　夏午　　佚名

时夏午，闷坐无聊，无聊极地，更怕听系雨潇潇。天气困人，已自愁不少，棋盘残子，下一着更寥寥。人生逆境，每易把愁思召。但系一想到繁华如梦，万念冰销。人话多愁，边有一个捱唔了！唉，偷自笑，愁城烟水渺，只有向松风欹枕，听吓耳底风潮。

6月25日　　睇住娇你别去　　百炼

睇住娇你别去，叫我怎心慈！以后茫茫恨海，点样慰得相思？当日估话天长地久，共你同相与，点想中途半站，立刻就要把你分离。大早知道你系命薄如花，唔经得骤雨。今日弄到飘零身世，我亦替你伤悲！见你好似落花坠地，闷到无言语。世无黛玉，边个为你赋首葬花词？系咁默默无言，难以替你讲句，只有抖声大气，怨一句世界竟至如斯！真系不堪回首，想起从前事，最是凄凉处！想话留娇亦留你不住！唉，娇呀，目前唔再讲咯，且看吓佢日后何如？

6月26日　　长堤柳　　　支离

长堤柳，有意撩人，系咁袅娜风前，媚到十分！个种温柔态度，最易撩人恨，凌人一见，确系羡煞柳呀你销魂！总系睇见你个个都系一样欢迎，我又觉得嫌你俗品，所以话墙花路柳，未必算系情真！你咁欢来送往，个个都可以相亲近，任人攀折，总不念吓自己系女钗裙。柳呀，你学得咁轻狂，我怕你唔得稳阵，秋风才起，你就要落叶纷纷。我劝你咪个自作多情，又去将游客引！唔好咁偵，我唔系将柳问，任得你随风摆弄，亦枉费你个副精神！

6月27日　　珠江月　　　支离

珠江月，本无边，总系近来花事，总不似从前。今晚虽系月白风清，情兴（去声）不浅，可惜望得月圆花又谢咯，重惹起我愁牵！虽则话好月难逢，到底月月都圆过一遍，花谢望到佢重开，至少要隔别一年。亏我对月怜花，觉得花命好贱。花呀，做乜你长年长月，都要困在奈何天？到底月有团圆，又怕花貌易变！愁不免，好极月明我都唔愿，今日咁有月无花，叫我点看得自然？

6月28日　　花有意　　　百炼

花有意，蝶本无情。想起蝶你个种行为，委实系有点不应（平声）！咪话睇见蝶哙怜香，就估意佢情性好定，实系佢个条心事，重弊过海上浮萍。试睇花未开时，点样留得蝶影？单系花开灿烂，个阵蝶至寻花径，假作依依留恋，在哩度牡丹亭。就咁探出蝶你个心肝，知道唔系正！不过贪香图腻，点算得系有意怜矜？蝶你贪花快乐，亦要念吓花有凄凉境。求你自省，我为花来请命，千万咪话只顾目前欢爱，不理日后花事唅飘零！

6月30日　　无情风雨　　　百炼

无情风雨，苦连朝，朝朝如是，落到咁无聊！试问后园花落，雨呀你知否多和少？点好肆行狂暴，总不顾玉碎香消。侬爱种花，都只望凭雨照料。枉你绵绵春雨，润及枝条。点想望到花开，雨呀你长日搅扰，摧残任意，又把花事残凋。我伤心风雨，痛把花魂吊！愁未了，花事成虚渺，睇住落花随水逝。飘泊在哩度奈何桥！

7月1日　　郎多病　　　支离

郎多病，侬越发多愁。今日嫁成咁样，真系十世唔修。当日估话对眼姻缘，就无乜错漏。望到鱼水同欢，两个好到白头。点想佢外貌有咁风流，内里原是大泡（俗音）。总不遂得奴奴心愿，岂有话唔嬲口，若果系出在佢嘅身子生成，奴尽住抵受。可恨佢爱着野花唔顾口，至此惹下咁嘅冤仇。今日咁样耽误奴奴，真系郁藕，重惨过舐口上树，又去把梯收。要我对住咁嘅病君，真正难以罢手。心血呕，讲尽恩情都系假柳，不若夹硬共佢口，又学吓往日嘅自由。

6月28日　　如果有见识　　厉声

你如果系有见识，点敢话唔顺吓妹你时文。我共妹你交情，实在系至亲。纵有三言两句，我亦多容忍。往日唔系大众同心，又点得结得呢个凤群？点料你见财失义，一自自做事就多胡混。听见人地唆摆嘅时文，就当作系真。唔知你近日改变心肠，抑或为财利索引？唉，须要谨慎，唔着听人棍，只管从头想过，就知道我的说话唔系沙尘。

7月3日　　花易落　　劳人

花易落，怎禁风吹？你若有怜香心事，应份要竭力扶持。试睇来头咁猛，越比前时炽。我在旁观地位，已自替花佢伤悲，君你系种花人仔，就勿令风佢来尝试。总要想吓点样栽培维护，勿再迟迟！虽则花落唔再开，我怕亦唔系易！唉，提省尔，莫当为闲事，若想成荫结子，尚要保护吓藩篱！

7月4日　　中意你　　衰鬼

我真中意你，劝你唔好推辞。哥呀，我交结尽咁多个才郎，都算系共你至痴。呢阵远路迢迢，唔共你讲得几句。我如今愿嫁你，你就咪属意别个娥眉，试想千里求婚，都望他日有点好处，纵然做妾，我亦不论地位高卑。人话哥你命带桃花，原本系好命水，唔怕冇人中意。但系我有心跟你咯，劝你亦不必犹疑！

7月5日　　手段咁辣　　劳人

手段咁辣，调转你亦觉难堪，究竟你系立心如此，抑或误信金壬？睇你好貌好眉，断估唔哙咁甚！你纵怪奴劝谏，亦先要问问自己良心，点好忘恩负义，反捏我将君潛！一时火起，重想丢我去大海嚟沉！恃住有帮手多人，就摆出咁威凛凛！唉，劝你唔好噉，总要细把真情审，切勿听人唆摆，就做到煮鹤焚琴！

7月7日　　珠江水　　支离

珠江水，送尽行人，试问你朝暮送，是否有点情真？我见得水性本系虚浮，

·213·

实在唔使细问，讲到真情两字，不过系泡影昙昙。江水虽则话情深，原实系假混。你睇落花随水逝，就要渐渐沉湮。水你若果系花飘逐，总不爱惜吓香魂！人地睇见流水送花，就估意存吓花嘅面份。我睇见落花随水，未必尽系水嘅情殷。今日水自东流，花自逐溷，情未忍，触起伤心无限限。亏我对住珠江流水，禁不住在暗里伤神！

  7月8日 惜花 百炼

  真系可惜，哩一朵白莲花，往日系污泥不染，越见得佢高声价。真系种在太华峰上，不到俗人家。点想花到开时，都被淫雨洒，溅起周身泥拉，遍体都被佢污搽。今日讲到玉洁冰清，都浑是假，你既系身为彩凤，又点好去随？我睇见花落无言，连带我亦唔啥话。喉咽哑，个口邪风真系可怕！枉煞有金铃十万，到底亦系冇揸拿。

  7月9日 观蝶 支离

  一群蝴蝶过墙飞，是否饱闻香味，暂且退出园篱？往日睇见蝶有咁情痴，花亦咁翳腻，系咁相怜相爱，总不思归。估话花蝶可以相依，长伴过世，点想花残春尽，转吓眼蝶又要共佢分离。人话蝴蝶多情，原实系假伪，一时花落去，就要个各散东西。我骂一句天下第一个无情，惟算蝶你。唔爱睇，你个无情鬼，我睇见蝶你咁无情无义，实在不堪提！

  7月10日 奴等你 大痴

  奴等你，君呀，你都要共我维持。你睇女界参政同盟，现在黑暗可悲！实力未得充分，所以个个权限未俾过我地。话我尚无政识，想俾咯系咁意见游移。今日我地参观议会，见尽你的稀奇事，不过系捣乱情形，或者墨盒乱飞，尽情谩骂，未必我地女界输亏你！君呀须要紧记，与奴争啖气。使我地得政权参预咯，个个都吐气扬眉！

  7月11日 情字易变 支离

  情字易变，误妹非轻，累人不浅，都系为着个点痴情。当初沦落，到此烟花境，估话得佢咁作爱奴奴，就认作佢系正经。讲到山盟海誓，共佢把鸳鸯订，只望佢爱奴心事，稳过铁壁铜城。点晓得到佢依郁心肝，咁容易变症。一吓把面皮反转，又数出晒我嘅唔应（平声），就系想到斩缆唔共我相交，亦唔着咁整！咁样将奴刻薄，未必就算晒你系公平！你妹就系永世沉沦，亦未必求到你救拯！总系唔该下石，一定要把妹危倾。我以后亦海阔天空寻过一个乐境，唔共你顶！条心兼养性，我就塞埋双耳，任得你点样批评！

  7月12日 心火愈 医隐

  心火愈，骂一句薄情人，往日共结同心，几咁认真，人地话你生出系乖张，唔好酒品（岑最好酒），一时饮醉咯，怕哙拆散鸾群！点解你偏向奴奴相与得咁韧？十五个年头（戊戌岑始识张），总冇对住我暗嗔。虽则我扭拧到十分，郎你嬲亦不忍！都算天缘有份啫，至得君你咁迷魂！点想今日你个心肝唔似往阵？真肉紧，令奴心点忿，重怕你为他人死呀，叫我怎不伤神！

  7月15日 真冇引 医隐

  真冇引，偏薄我的钗裙，点想革命功成，咁就做了亚庚。虽则炮火连天，身未入阵，总系暗怀炸弹咯，更重要留神！当日许口同盟，都话我地有参政嘅份，怎估到伟人大话，枉我当佢为真！今日女学方兴，随得佢暂摈。心耐忍，同胞齐发奋，单系欢娱平等啫，点好话抵制佢的男人？

  7月16日 情未断 支离

  情未断，尚有一线相牵，因缘有在，好比藕断丝连。大抵你我嘅因缘，原实不浅，三生石上，早已证下情天。只为好事多磨，要共你离别过一遍。当日分离个阵咯，我亦觉得苦口难言，轮到今日又得重逢，与君呀你想见面。我见得呢阵久别嘅亲情，重好过往日万千！怪不得话唔经离合，反觉情唔见。情系咁演，好丑皆由情字作变。哥呀共你经过呢番离别，一定胜过从前！

  7月17日 热到怕咯 支离

  热到怕咯，点解你重要热埋堆？热成咁样，实在都怕冇人陪。你想热得交关，点解唔去将火焙？重嫌唔热得透！就好架起柴煨，好过你热热都要痴缠，监妹受罪！你妹纵系雪骨冰心，都怕要俾你热霉！罢咯，我愿你快快行开，唔愿共你长日打对。奴亦心唔悔，等你热完热罢，至好番回！

  7月18日 娇你醒定 支离

  娇你醒定，何苦得咁迷痴？人情易变，总不似前时，咪话生得哩副俏俪花颜，就由得你恃！丢乔扭拧，学得烂刁尸，上高唔肯，低唔企。一味装模作样，效晒个只高窦猫儿。唉，你睇过个个情哥手段，是否系真知己？我怕你刁乔唔上，反要受渠欺！自古话烟花场里，有乜真情义？你便将人比己，就可以忖度佢唠嘅襟期。你睇佢往日点样待人，就知道佢点样待你。未必佢对人薄幸，单为你一个情痴！娇呀我劝你好趁早乘机，就要揸定主意，靠人唔系易。你若上亲人当（去声），个阵恨错番迟！

7月19日　　你唔听我话（岑张绝交事）　　　觉迷

你唔听我话，咪话我辜负情郎，点解阅尽人情，都重系品性咁刚？我估话去巴结亚官，你偏要同我散当（去声）。重怕将人开罪呀，更要累我惊惶！索性共你分开，免驶我长日挂望！你若然有错落，咪搵我拍手来帮，人地唛摆得你咁癫，重慌你情性呛创。真恶讲，任人将你葬，扭个姘头重好啫，咪估要共你独守空床！

7月21日　　你心已尽变（进步党亦质问借款耶）　　　觉迷

你心已尽变，枉我重想维持，索性共你分离，免我日夜暗悲。你平日有点心肝，应要怜吓我地，做乜问你千声唔睬，点怪得大众思疑？况且你近日好似发癫，奴亦觉得诧异，故此出于无奈，都要把你体面来撕！今日辜负郎心，亦都为钱一个字。难了事，众人同主意，都话要联埋一气呀，问到你哑口无辞。

7月22日　　叹浮云　　支离

叹浮云，一叶卷还舒，借此我郎心事，究竟何如？云影去留，见得佢无乜定主，一时三变，总系唔拘，飘飘渺渺，十足似系郎心事。我话云晓得归山，重怕好过渠，所以把佢心事当系浮云，重怕唔系点似。浮云虽假，都未必有佢咁空虚，我日日可以望见浮云，咁久都唔见得郎一次。难相与，拳头默默无言语，衹有眼看云去，系咁搔首踟蹰。

7月23日　　情系好假　　百炼

情系好假，转吓眼就唔同。情字一旦迁移，万事都化空。讲得意合情投，个阵睇得情字好重，就系如何铺摆，都系咁件件依从。惟是事过情迁，情字又常呛变动，往往调转铺头，共你反对攻。所以话憎爱皆由，情字作俑。一时唔合意，又呛两不相容。个情字假得咁凄凉，我见情字好冻，都想着叠埋心事，此后不与情通，好过堕落情关，遭佢作弄！情难纵，姻缘终似梦，识得情缘系假，至好落

粤 讴

到花丛。

7月25日　　留眼睇　　百炼

留眼睇，睇你结果如何？就系续长条命，亦要睇你点样收科？谋人毒计，重惨过地网天罗。当日满口甜言，嚟到餂我，讲到话同甘共苦，永不把妹丢疏！等我妆奁典尽，亦把你相扶持。重望你大权到手，我亦做一份主人婆。点想你得肉贵身娇，就唔记得当日苦楚，重要屈奴跛瘫，夹硬搅动风波。唉，我自怨有眼无珠，将你识错！真恶过，点息心头火？只有望皇天开眼，折堕你个大泡（平声）和！

7月26日　　难开解　　支离

难开解，解不尽离愁，今日愁到上心来，点样得佢罢休？我大早知道个愁字咁样缠人，我真唔肯共愁你搭手，免至累奴长日，都放不下眉头。重怕未晓愁到几时，正算得系愁到够！但见重重叠叠，都系冇法来收。愁闷积到咁多，总唔分得新与旧，源源不绝，种惨过万派川流。亏我因愁添病，日见花颜瘦。莫不是要夹硬收奴，薄命一兜，所以我见亲愁面，就觉得难回首。寻路走，切勿监奴同你赖厚，愿愁你快快离开，免至碍我嘅自由！

7月28日　　监定要咁做　　百炼

监定要咁做，你咪怪妹心多！试问快活唔贪，使乜做到落河？今日有咁好机缘，应份唔好错过，尽情招揽，点都拣十个八个情哥。哥你十万咪怪我分心，唔爱埋你一个。我试问见钟唔打，重去边处寻锣？我反问哥呀一声，系因乜事爱我？不过系因奴花貌，至此未忍丢㪐。我恐怕他日人老姿黄，个阵就监妹折堕，坐亦唔来坐，讲乜前因兼后果。个阵撞面亦唔声，叫我奈乜甚何？

7月29日　　命唔丑（进步党亦质问借款耶）　　赓

命唔丑，就唔落到青楼。想起番来，呻（去声）句前世唔修。送旧迎新，日日系咁好似随风柳。做乜近来街外，咁多人共我为仇？估话学人车吓大炮，就撞板到透，声声要来拆房（上声），你话有乜收？千差万差，因为出差句口，唔怪人家闹，皆因自己啤。讲过自今已后唎，任从人闹亦甘愿低头！

8月2日　　恶住咁耐　　百炼

恶住咁耐，睇你重逗乜刁蛮？今日太阳一出，就要打破你座冰山！往日见你

· 217 ·

恶得咁凄凉，知道你终唔撞板，装成假局，总不顾别人弹。重想双手伸开，遮过晒人地眼。我见尽毒心狠妇，都未有毒得你咁交关！眼白白就去杀人，当作闲过食饭，种种不存天理，任逞强顽。自古话众怒激成，知道难以犯，就要原形出现，打你落地狱阴间，永堕泥犁，唔许你动弹！徒悲叹，悔恨终为晚。你黑心成咁，自有一个恶果相还！

8月4日　　你真正想死（死心袁氏者看）　　赓

你真正想死，不若共你分离。睇你病入膏肓，实在恶医。往日共脱奴根，都枉你长日谨记，点想你迷头迷脑，真正令我思疑！你若系死报知心，我都唔见得诧异，总系你死因钱字，叫我怎不伤悲！今日你塌地死心，难望你改志！真怪事，甘心奴隶死。总怕你冤魂不息呀，个阵就悔恨都迟！

8月8日　　共人斗唱　　赓

共人斗唱，问你识得几多枝？全无板路，系咁乱谛无为，放厚面皮，一味系赖死，任得人家笑骂，诈作唔知！既系话三日情哥就唔来温你，而家过期咁耐，重等到何时？想话捉人亚庚，谁知捉住自己！怕你相思成病，冇药来医，取消呢件事情，都唔系轻易。咪欢喜，有的你激气。至到任人抵制你咯，个阵随街拉佬悔恨都迟！

8月9日　　真抵死（亚笑话鬼咪你啊）　　赓

真抵死，衰极都唔知几。死口闹人，总不脱河下言词。三句唔埋，就话鬼咪你。唔咪就罢喇，驶乜咁肉紧讲过人知？共你做过一日老契，都系成恩义。纵然唔念今日，都要念吓前时。掂过我多少钱财，我亦唔系在意。见你犹如癫狗一样，实在有药难医！而家你温过别人，睇白都系唔好得到尾。有倚恃，乱吠嚟消气，至怕吠得人多咯，当头一棍咁就寸步难移！

8月10日　　真正冇引（刺袁氏求计汪君也）　　赓

真正冇引，要嫛（平声）翻佢个支人，睇见性格温柔，估话当佢亚庚。点想佢反转面皮，唔系人地噉口，箍煲无力，几咁闲文。人话我眼角太高，唔守本份，逢人睇小，就系惹祸嘅原因。重话我过桥收跳，的确心肝忍！点怪得联埋抵制，乱纷纭！今日下气求人，唔在问，真倒运，重慌人不允，个阵一场大闹咯，要吓到我失了三魂！

8月11日　　知道错未　　佚名

知道错未，点解重咁昏迷？今日彷徨无主，重逞乜淫威？大早知道你咁样立心，终唒有弊。无奈你掩实良心唔讲，一味立乱胡为。个把口讲得天咁馨香，原实诈谛。蛇心佛口，弊过个只脱壳乌龟。数起你部臭历史上来，真系唔值粒米。试问点能容得，你只臭猪蹄？我劝你好立刻收山，免至流落累世！我地断断不肯姑容，你只堕落鸡！执起三叉八卦，驱逐你只凶淫鬼！你就周身蚁。若系走迟一步，就要你整到苦不堪提！

8月13日　　人哋唱　　佚名

人哋唱，嬲得咁凄凉！你心中无事，唔再慌张。笑呀，咪怨我无情，都系你唔知自量。一棍，打通船咯，重讲乜野贤良？你而家跟左别人，唔好咁多思想。白认人系温佬，憎得佢咁深伤！听见你前日当天，好似发誓咁样，但系誓惯枉愿，都当作平常。劝你死心一条，唔好别向！真混帐，肉紧心又创。怕你认差人喇，就唒出丑当堂。

8月18日　　唔好咁造是　　支离

唔好咁造是，系咁乱噏无为。无情白事，乱把大炮嚟西。我问你是否眼花，抑或行路见鬼，莫不是时衰运滞，遇着邪迷？睇住佢眼核光光，可医随便乱谛。从来大话，都未有咁无稽！日日咁揽是揽非，到底因乜所谓？搅家嘈屋乱，个阵就不消提！大抵你食得饭太多，所以成日乱吠。讲得出就算系时闻，总不计自己舌亏！我见你乱喷得多，重怕你有弊。你自己唔知羞耻，亦失礼物众人齐。

8月19日　　莲花落　　百炼

莲花落尽，只剩得一个莲蓬，花瓣飘零，一片片泛在水中。我怜花飘泊，未免话心唔动。何堪回首，往日咁灿烂沓浓！想起世界大抵如花，同是一梦。一经零落，重点去再觅芳踪？独是哩朵莲花落后，佢重留情种。留下哩个露冷莲房，逐粉红。他日莲子结成，个阵情更重。粒粒把苦心含住，总未忍割下情钟！莲呀，我劝你亦无谓咁多心，来去作弄。情断送，心苦亦唔中用。就系随波飘逐，亦只可怨一句自己时穷！

8月25日　　烟花地　　趣

烟花地，唔讲得玉洁冰清，排行第六，妹就系我化名。送旧迎新，开口话杨花水性，讲到情一个字，妹就睇得轻轻！笑口迎人，不过假意恭敬。枉你新闻记者，系咁自作多情！你系有妹心肠，唔在咁气盛。见着就劝人上街，叫妹点样回声？重兼书信常来，当妹系你令正！真系病，好心信吓镜，人话为花死啫，你时样死左点得心平？

8月26日　嬲得咁易　百炼

嬲得咁易，问你嬲得几多多？噎吔咪估嬲成咁样，就可医奈得人何！见得人地闹吓你个情郎，你就唔得意妥，搣气到合口唔埋，好似撞栈嘅抱哥。我见你嬲得咁凄凉，我亦相邓你苦楚，重怕你心心唔忿，想到自刎投河！咪话恃住个咁嘅情郎，可医揸得世过。你试留心睇吓，有几耐就要把你丢疏！话住唔使三年，你就知道恨错！终有折堕，唔到你唔收火，个阵怕你想嬲唔得，变左个甩掩田螺。

8月27日　伤心咯　百炼

伤心咯，哩个五羊城，睇见满目咁凄凉，我要大哭一声！天呀，你唔该整出，咁嘅施刑！唉，我当日情切呼天，都只望天救命！点想你绝唔怜悯，重惹出祸水非轻。你既系做天，何事得咁酷酊，愿你暂开天眼，睇吓个百万生灵。亏我哭到泪尽声嘶，天呀你犹未应。唔怪得人话彼苍聋聩，有话亦难听（平声）！天你咁样把我难为，真系要吊颈。无乜究竟，天心何日正？我睇见眼前惨状，点忍得泪盈盈！

8月28日　风又作怪　支离

风又作怪，搅到地暗天昏。我听见风声澎湃，又在暗处伤魂。风你为乜来由，成日咁混，难道有人得罪你，至此你把气嚟伸？或者你系郁气郁尽好多，意欲消吓闷愤？总系唔该迁怒，累倒我地同群！你睇吓满地落花，情就可悯，点好肆行狂暴，又要搅出祸水纷纷！听见风你阵阵吹来，一自自势又带紧。唔安稳，分明风飐飐，亏我定风无宝，点息得惨淡风云！

8月30日　秋似有意　支离

秋似有意，拨动妹嘅愁思。秋呀，你偏偏撩妹，究竟意下何如？睇见满园花柳，都系伤心事，一自自就要凋残，貌总不舒。伤心最是，昨夜个口狂风雨，眼冤唔愿见，哩处个半沼芙渠。人地话望到秋凉，可以消得吓夏暑，我见秋来愁更重，禁不住叹息唏嘘。亏我伤秋作赋，未敢学个个欧阳子！愁难举，不若谱作悲秋句，就把琵琶抱起，诉出哩几句断肠词！

9月3日　西风柳　支离

西风柳，重对住斜阳，系咁愁容惨淡，我亦邓柳呀你悲伤！枉你苗条体态，终刚逾风映（借用），丝丝垂挂，故意曳出东墙，撩人有意，在个处章台上！依依情意，越发见得柳呀你潇湘。点想秋风一起，你就添惆怅，好似担愁抱病，受尽几许凄凉！不过秋来几日，你就衰到唔成样，再迟三两个月，试问你点耐得寒霜？茫茫后事，我亦替你唔禁（平声）想！冤孽账，生定系凄凉相，想到荣枯有定咯，可见得幻景无常！

9月4日　风夹热　百炼

风夹热，似觉系两不相容，点解一时风静啫，又热得气冲冲？睇见风热唔和，我就虑到佢唸将祸种。风乘热起，就唸搅出祸患重重。大抵风热亦系相因，然后至成得作用。风来风去，热极又唸生风。一日都系风热两般，由得佢搅弄。可惜风风热热，都系苦在我地花丛，点得暑热全消，风又唔敢作动，唔热唔凉，一秉至公？免至风热两样轮流，相引控，成了祸种。此时越发心肝痛，噎佢个种狂风暴热，我都总不望共佢相逢！

9月5日　娇你想透　百炼

娇你想透，咪话硬颈得咁凄凉！睇见你近来手段，辣过生姜，好似整定几担淮盐，揾入地腌酱。见亲人客，你就请佢先尝。我想你虽红，有事至易得磋商。你时高头硬鼻，一概唔相让，想话共你应酬两句，你重拧面埋墙。娇呀，纵使系唔合意到万分，亦要开吓大量。使乜装成面目，好似冷若冰霜？你个首脾气好大早减低，免至人地怨唱。须要细想，千祈唔好勉强。总要大家和气咯，至得好商量！

9月6日　哀鸿叹　支离

啼得咁惨，怕听满地哀鸿，听见佢无限凄凉，莫诉苦衷。在此引颈哀鸣，令我肠欲痛！可怜雁你，到此日暮途穷，不惜关山万里，都系想避天寒冻！谁料你命该穷苦，运总唔通！今日归到南方，眼见得愁更重，往日个种温和气候，已是种种唔同！天涯海角，都未有一个藏身洞，飘零无定，好似落叶随风。你咁哀哀啼叫，叫得声悲恸，愁万种！哀情无路送，对住残芦败苇，越见得苦艰重重！

9月8日　　都系命咯　　百炼

都系命咯，怨不得冤家。点解送亲人客，都系要整得咁离拿？往日送着几个衰君，奴见就怕。总有将奴怜惜，已是苦过担枷！日日吊住眼眉，叫我点样容纳得下？至此想到共渠斩缆，又去另抱琵琶。估话拣得一个温心，可以共佢长叹吓，相怜相爱，好比玉树兼葭，点想命水生成，真系恶话！想望饮啖甜汤，岂料又饮错苦茶！今日饭煮成，嬲极都系假。只怨当日嘅行为，大大个错差。重怕冷眼看来，将我笑骂！奴要口哑，变成烧坏瓦！唉，只怨命该如此，实系冇法稽查！

9月9日　　花要放咯　　百炼

花要放咯，免至恨坏个的采花人。自系花事凋残，已是抱怨到十分。个种浪蝶狂蜂，经已吊瘾，流离浪荡，好似失左三魂。佢闻香就到，估话可以图花粉，唔分好歹，亦要问果寻因。个种狂蜂有毒，重怕唅防唔紧，不顾花名有主，佢定要雪爪留痕。个阵家园花朵，被那狂蜂窘。不若把野花齐放，等佢有地藏身，或者寻香有路，得以常帮衬。唔使问，任得佢癫狂由得佢慎，等佢死在花丛里便，骨化为灰肉化尘！

9月10日　　奴本薄幸　　宏三郎

奴本薄幸，君呀你唔好自作多情，老举个种花县，点讲得尽过你听（平声）？衷曲互谈，边个唔共你把鸳鸯订？嗦得你偷偷欢喜，你就乜野都应承！个个都话共你温心，温得你天咁酩酊。点知佢暗里藏刀，就把你命倾！老举个的心肠，阴毒到绝顶，嫣然一笑，就可医倾国倾城。你地少年贪花，唔消得时多幻境（后缺）

9月11日　　行路难　　鸣

行路难，道路总系难行，郎呀满途荆棘，你便慢整行旌。试听个只鹧鸪，句句都把郎提醒！叫道哥哥行不得，系咁婉转悲鸣。不独爱财，还恐爱命！钱纵嫌腥，命亦不着看轻。虽则飞鸿宿负，有凌云性，亦要甘为雌伏，暂莫登程。呢阵风声鹤唳，到处都唔平靖。唉，郎要醒定，咪话家居坐食，有负生平！

9月23日　　我唔惯呷醋　　宏三郎

我唔惯呷醋，点呷得咁多多？今日青楼堕落，都系地网天罗。孽海茫茫，天咁苦楚，无人援手，叫不得情哥！世界系咁花花，光阴又容乜易过，最怕唔能跟佬，要把盲妹嚟拖！人客虽则系好多，知音能有几个？哥哥都系花心人仔，一阵又试丢疏。自古道热极唔生风，真系唔怕话错！唉，烟花真累我，舍得我有知心人带我上岸，又驶乜泛在江河？

10月3日　　爱恶无常　　而优

点得热系，唔热得咁紧要。冷落，亦咪冷得咁凄凉！冷热唔匀，系第一件可伤。试睇一样亲人，看作两样，床头团扇，爱恶无常。热咯，共佢痴缠，痴到唔肯话放。一朝冷落，就厌弃到无双。讲到隔载又唔变相，枉作多情想！系啊，第一催人条命，系误信个句地久天长！

10月8日　　郎貌咁俏　　支离

郎貌咁俏，点怪得妹你情痴？大抵姻缘已定，配就你一对可人儿。今日既望得到埋堆，应系要同妹贺喜。总系将来结局，实在系难知，因为我见得花容倾国，亦系终难恃！你睇当日好极文君，尚有叹别离！才郎貌美，就唔有大把人钟意。恐怕亲人眼底，又出过第二个西施，个阵佢舍旧图新，又唔将妹厌弃。无地可企，好极姻缘唔到尾，咪恃话爱郎容貌俏咯，就可以一世开眉！

10月9日　　泣残荷　　支离

残荷生沼夕阳天，惹起我闷从新起，倍觉凄然！当日睇见荷呀你浅白深红，何等咁善！亭亭玉貌，不枉你顾影翩翩。今日秋雨秋风，咁样将你作贱，只剩得几块破叶共得残梗（平声），我实见可怜！唉，我想万物到得秋来，都系容易改变，你轻盈弱质，点讲得有几长篇！总系见得荷呀你咁样衰残，我情实不免！愁似剪，难见荷花面。我把当日个副爱荷心事，洒作血泪涟涟！

10月14日　　秋水　　百炼

半江秋水绿幽幽，竟把我哩段情丝，付与水流。人话秋水似觉幽情，唔知道真定否？在握见得说系无情，一笔尽勾。若果佢的确系幽情，要知道吓往旧。点解秋江别后，都未送我地哥哥回头？所以我知道秋水情深，原实假柳，只有送人离别，不送个只归舟！亏我望穿秋水，总不见郎回首！眉锁皱，大气连声抖，就系连天秋水，亦比不过我哩种恨悠悠！

10月20日　　咁你都嬲吓　　支离

咁你都嬲吓，问你嬲得几多多？白白聽得来嬲，奈乜甚何？大早未落到青楼,应份要知道苦楚!若想贪图快活,就咪得罪个情哥!点解你自己肚气唔通,就要嬲到我?黑埋口面,重惨过个位五殿阎罗。总系未晓得你大众都要嬲匀,抑或单系嬲我一个?咁闲嘅事,使乜要搅起风波?你嬲咯,亦要拧面开嚟,同我讲妥,消吓把火,千祈唔好咁疏(去声)!但得你话一句以后唔嬲,我就共你讲和!

10月21日　　钱唔怪得你爱　　百炼

钱唔怪得你爱,总系要爱得奇哉!舍得你系有心同我好略,使乜计带住钱财?若系我系睇钱太真,想到共你痴缠。钱(仄声)就要睇开,点想你只晓得贪钱?重想将我暗害!终日开刀来乱斩,当晒我系痴呆!唉,你既系恨钱恨得咁交关,就唔好同我对待。我最难忿得你,系闹我病衰眯!一面将我难为,一面又想钱入袋。边有咁好彩,个种心肠须要会改。怕住因财失义,我就永不开来!

10月22日　　杜鹃啼　　支离

杜鹃啼叫两三声,鹃呀你为因何故,咁样悲鸣?你既系思归情切,就好把行装整,无谓在此凄凉,把血泪暗倾!你系有翼可以高飞,还算本领,既晓得不如归去咯,就好快快登程!故此欲归归不得,所以要诉苦过人听!到底你家乡何在,可否寻踪影?留心认(叶韵),未必有唔知定。好过在此哀哀啼叫,惹起我亦替你伤情!

10月24日　　秋色好　　仲留

秋色好,底事添烦恼?九月黄花,似系有意气奴,荏弱嘅黄花,亦都能把霜雪傲,将花比已,你话怎不牢骚?况且残秋将去,已见得秋容老!问谁为我,写一幅饯秋图?秋分已过,一自自朱颜槁。怀人秋夜,怕听个只雁声高。雁声未断,一阵已自归南浦。我心自悼,恨煞秋心姹!诉不尽悲秋愁绪,你话可怜无?

10月27日　　唔想唱　　愁人

虽则唔想唱,都要和答吓佢秋声。唔系唱伊凉一曲,就唱雨淋铃。人话我慷慨悲秋,好似成了病症,唱野唱得咁凄凉,有乜好听!点知道言系心声,心就哙共口应,自鸣天籁,有阵我自己亦唔明。秋高气爽,处处都系开心境,但系我睇见枫血鲜红,就惹起我泪倾!自古话秋风秋雨,唅撩人病,可惜我愁人无处乐景,纵使无雨无风,亦系闷对月明!

10月27日　　和愁人唔想唱一阕　　泪人

虽则唔想唱,总系点肯收声?你睇哀哀鸿雁,只向住耳边鸣。秋声桐叶,系咁撩人病，万种凄凉，惹起我泪暗倾！抱住个面琵琶，空自吊影，花钱月下，只有独叹飘零！重怕狂风暴雨，对住呢个悲秋境，触我满怀愁绪，苦楚不胜（平声）！有边个系司马江州，怜吓薄命？祇得仰首苍天来怨一句，秋呀你无情！呢阵倚栏凭吊，真令我魂无定！唉，真系攞景。亏我伤心肠断，闷对月色光明！

10月29日　　桐叶落　　亚坚

桐叶落，叶呀，家吓系乜野天时？你睇菊残犹有，傲霜枝。甘份飘零，唔晓你系乜意思？试想岁寒三友，佢凋落得咁迟迟。睇见你百尺凌霄，做乜无一点硬直嘅气？舍得你坚如松柏，又怕乜霜雪欺？岁岁都有秋冬，点留得春佢久住？秋风至，又系你嘅伤心事，好似学了薄命桃花大不相宜！

10月30日　　情有几样　　泪人

情有几样，总要认得分明！咪估话有情皆是好咯，咁就受累唔轻！大抵个情字里头，亦分出邪共正。若系偏邪一吓，就唏把你困在愁城。所有痴妄贪嗔，都系个情字嘅病证。愿你将情睇认，把四个字看得分清。必要认得清清楚楚，至好将情订！心要醒，闲情来去养性，我见得受尽许多愁苦，都系自作多情！

11月1日　　颜貌未老　　亚娇

颜貌未老，都重想整吓容妆。总系玉容已减咯，唔知道着得乜野衣裳？淡既不宜，浓嘅未必适当。我又懒趋时派，着个自由装。哥呀，你知我最深，何不为我着想？唔系贪好样，不过容妆唔整，人地唏话我系泼皮娘！

11月3日　　困乜野病　　百炼

困乜野病，鬼叫你自作多情，只晓顾住风流，总冇一点正经！钟意咯，亦要慢慢思量，查过吓究竟，点好话一焯就滚，慌怕好事唔成。世事总有的开埋，大抵唔到你任性。若果系硬桥硬马，就乜也都唏丢清。就系心肝挖出，未必人地将情领。任你死心同佢死过咯，亦系死得有乜分明！你何苦咁就伤心，成此病症？你病成如此，试问有边一个怜卿？罢咯，我劝你快把心事叠埋，嚟去养静。招吓命，照吓个面菱花镜，睇过自己个容颜点样咯，就可以渐渐心平！

11月4日　　秋有恨　　百炼

秋有恨，恨总难离。自从秋到后，我就倍觉伤悲！对住夕阳衰草，都系伤心地！眼见秋来时耐，我都冇日开眉。你睇我抱病担愁，已是嗟怨紧命鄙，点好又来撩起恨，要艮到人痴？秋你咁样故意恼人，究竟因乜所以？就系要恼到人嬲，试问你有乜便宜？好咯，好在重有几个日头，冬令又至，睇住你一场光景，变作雾散云飞，九十秋光，眼见得曾有几？唔到你恃，秋残容乜易，何苦要惹人愁恨，恨到了了无期？

  11月5日 好心咪搅咯 百炼

  好心咪搅咯，总要想到吓妹艰难，你受遍花丛滋味咯，点解重未有肯收山？世事总要知机，防到吓撞板，咪只顾贪图风月，总不顾吓别人弹！况且往日比不得今时，可医由你随便去散。愿你回心替妹，想吓点过个年关？舍得系手上有钱，亦唔怪得你叹（借用）！独惜床头金尽咯，试问你点得禁（平声）顽？自古道青楼地面，误尽人千万，英雄多少，逃不过哩一度美人关。我劝你及早回头，唔好怠慢。听妹劝谏，风流终有限，但得你改转心肠唔去搅，我就快把神还！

  11月6日 情都要念 百炼

  情都要念，总系要咪俾情迷。想起个情字迷人，确实系惨凄。若果事事都要循情，就怕情字累世。个阵被情丝绑紧，就要苦不堪提！后至想到斩断情根，亦怕唔得甩蒂。点似初时咁滤，等佢易得丢低。所以话情字系易发难收，总要知得限制。若果情关堕落，试问点破得重围？我亦不敢劝君去学，个只无清鬼。倘若前情唔念吓，又怕恼在深闺。所望你咪个只顾住私情，忘了大体！无所谓，唔晓到情种弊，系咁将情放纵，就去任意施为！

  11月7日 连饭唔食 横流

  一面言政，一面又添招外省兵，与日言悭俭，而晚晚去饮者何异乎，讴以讽之！

  你妹连饭都唔食，亦唔悭得够你去饮嘅车钱。你想减奴家用咯，总要你自己悭先。点解你出去就哙阔得咁交关。偏要把奴作贱？有家人唔顾，只顾住共花酒痴缠。你咪估话静静地走去风花雪月，人地就唔看见？晚晚都带着住的酒气至番嚟，你实在上半夜走左去边？君呀，你既知道世界咁艰难，就要把情性尽变！须自勉，若果重学旧时嘅散法喇，又怕你哙唔散得到埋年！

  11月8日 缘未了 支离

  缘未了，重哙有得相逢，藕断尚有丝连，便是有路可通。旧情远在，就可望承恩宠。再把旧情温透,重怕倍觉情浓。咪话残花落地,就变左唔中用。花落又唔重开,至见得造化工。况且咁好哩一段良缘,边一个唔想作动?纵使旧情唔念,亦爱在个副花容。故此佢别后相思,已是愁有万种。自别后至到如今,都未肯放松。今日有亲人在,已把琴音送!情咁重,料应谐好梦。任得你地企在旁边,恨到眼红!

11月10日　　冬已到(为外江壮士讴也)　　　横流

冬已到,走遍羊城,好似万里奔腾,听见就吓一惊,直入到人地深闺,吓到魂魄不定!几更时候啊,俾佢整到犬吠鸡鸣。冬呀,点解唔见左你几个月头,家吓你就好似全变性。为乜事你乱入人家闺闼,搅到乱星星!虽则你想示吓严威,亦应要冷吓薄命!愁吊影,家吓做成噉样子,枉我往日把你欢迎。

11月11日　　奴要上馆　　　曾经

奴要上馆,怕唔第二日至番嚟。你嚟到唔见奴奴,散席就早的去归。若果净系共你温埋,人地又唔嫌舌底。所以我要分开嚟温吓,免至话一个捞齐。况且净系指向你一个招呼,就俾极我都系唔够使。我整到冇衣裳换季咯,亦唔把你影低威。所以我要望上馆去斩番一刀,就免使我长日闭翳!唉,唔使计,哥呀,你至紧要陕些归去啊,切勿饮到鸡啼!

11月12日　　难割舍　　　百炼

难割舍,系哩一段情根,讲到要我把情根割断,我就见消魂。虽则有阵太过情痴,唔怪得娇你肉紧。总系唔痴唔恋,就点叫得做情亲?今日至到要我夹硬离开,情实不忍!究竟为乜何事?讲到咁嘅时闻,就系你共你立刻离开。你亦未必唔挂恨,点解一时唔合意,就想到共我相分?睇见你薄情到咁,可见你个心难问!无情份,此后难亲近,硬把个段情斩断,恼杀我是有情人!

11月14日　　台脚咁旺　　　曾经

台脚咁旺,点怪得你作势装腔!你睇一班人客,哄(借用)住好似蚁见黄糖。娇你言词说出,边个重敢来违抗?一旦恐怕得罪妆台,个阵最实恶当。见你眼角一瞧,就唔敢乱讲。纵使万分唔着,亦要尽地包藏。但得娇你知道我爱你个点私情,我就有无限指望,就系江山唔要,都要顾住姐红妆。所以话处世要带眼先行,唔好咁草莽!须要稳当,叫嚣人话你耍戆。总要奉承周致,至算得系有义

· 227 ·

情郎!

11月14日　　因乜事咁瘦　　百炼

因乜事咁瘦,瘦得咁销魂,就系经秋垂柳,都要让你三分。是否因郎憔悴,至此添愁恨,不思茶饭,所以损坏精神?我睇见娇你瘦似寒梅,我亦情由不忍。就系瘦如飞燕,都怕未及得你咁轻身。讲到腰肢两字,算你系居超品。独惜你腰围太减,怕着个套白罗裙。见你可爱又可怜,犹觉可悯!你咁多愁多病,究竟系为乜原因?就系为着情痴,亦唔着痴得咁肉紧!唔好罅笨,守身谨慎,你睇你瘦成咁样,点对得住你个有情人?

11月21日　　收吓把口　　凤兮

娇呀,你要收吓把口,咪学旧阵咁嘴刁刁,撩街斗巷,就哙变左罪犯天条。郁吓大石责到落嚟,唔系行你讲笑。责成蟹咁,问你点样把架来招?如果口舌可以争得翻嚟,边有咁乔(上声)?你睇祸从口出,嗽就搅起绝大风潮。想想吓就哙寒心,都唔着咁叫跳!你睇寒蝉仗马,佢一味自己魂消,纵使世界睇到难堪,当左盲就罢了!总要心相照,若唔听(平声)劝喇,怕就断不把你来饶!

11月26日　　官若想做　　乜少

官若想做,总要做贼为先,做贼就哙升官,系有例在前。家吓贼盗披猖,乡落已逼,时时掳掠,任得喊苦连天!个的做官人仔,诈作唔听(平声)见。佢话治盗无方,又不可任佢蔓延,只系一于招抚,升起佢贼先。呢阵做贼与共做官,只系差得一线,唔系几远!更有皇皇官府,都要向贼求怜。

11月27日　　如果你系受不了闹　　曾经

如果你系受不了闹,劝你此后就咪叫奴奴,就系俾老契闹几句无情,亦唔系点样甩须。打者爱也呢句话头,料必君亦识到,未必我闹你三言两句喇,就分手在中途。我旧时的温佬,冇边个唔捱过我嘅鸡毛扫,打到佢点样子凄凉,佢亦唔舍得共我掟煲!家吓我闹你几声你都唔抵得,日后就一定系受不了奴盐醋!唉,唔系路,枉我俾真心嚟待你咯,家吓都系枉费功劳!

11月28日　　愁到病　　曾经

愁到病,病里亦带住有多少愁容!因愁致病喇,我睇呢的病唔轻易收功。舍得病就可以病得个的愁丝,病亦唔使整到咁重,至弊系愁丝缠住病体,故此至病到嗽样子迷朦。莫不是愁绪生出系有根，在我个心内种？吹愁不去，只怨一句东风，到底为乜事要整到我咁愁？唉，想起我就心更痛！愁到懵，醒咗又系五更时候喇，最怕个的夜鸣虫！

11月29日　　安吓份　　曾经

安吓份，君呀你唔在怨贫难，但晓安贫守份，便是乐在其间。自己虽贫，尚未至贫到极限。晓得将人比己，省却一切心烦。你睇尚有个共和政府，更重贫无限，日日咁借贷人钱，写烂揭单！退一步就海阔天空，唔在怨叹！唉，佢生揭惯，故此佢只计借来容易，不计日后清还！

12月2日　　花有利　　鹃

花有利，岂肯话唔兜！想我彼皮肉嚟做生涯，亦系把利求！夜夜面涂脂粉，不过借此遮丑。每到侍酒当筵，辄唱一曲粤讴。呢吓花落辞枝，唔捞亦都罢就。你睇风狂成咁，怎到你再叹风流！总系种树摇钱，定向钱到手。旧债收完，新债重要尽收。对住菱花自照，我便怜身后。揸有得，便烦君到够，咪个学人倒水，定要把渣留！

12月5日　　唔见辫　　博

勾脂粉，至哙唔见条辫。造乜有脂粉过人勾，反被个佬纠缠？执住个条炮引，利试并州剪。总有万丝愁绪，立化秋烟。大抵豚尾后垂，系得人厌贱。呢阵共和世界，更不值一文钱。男子既已剪除，难道女子就不免？故此削除烦恼，共乐尧天！从今以后，顶上就有圆光现！真方便，不必髻是丁勒起，至与温佬同眠。

12月6日　　世途咁险　　韦陀

世途咁险，君呀，你不可不提防！茫茫孽海，想起我就心慌。虽则系风平浪静，大把船来往，总系你唔系熟透把舵嘅工夫，就切勿揾海航。先要知道边一便风嚟，然后至可以破浪。如果方针唔定，就唔知飘泊到何方？若系迷脑迷头，就终哙有板撞。唔好咁莽，有风亦唔好尽驶啰，君呀，样事都要谨慎行藏！

12月9日　　哥与妹　　鸣

哥与妹，都系咁情多！你不过系自由仔啫，我重系自由婆。近日自由婚嫁，上下议院都通过。你有多情妹妹，我亦有情哥。我爱自由车好，就去当车货。哥

· 229 ·

咁好煲车货，重要细认系谁何？酒后灯前，最系容易认错，眼睇唔真，你便落手去摩。千万要摸真，渠系边一个？车路条条唔好乱摸，不难就同胞哥妹，共结丝罗！

12月10日　　新老契　　鸣

新老契，旧烟枪，两般况味，都系极精良。总系易得一般，唔易得两样。纵使两般皆得，亦不合成双。女子学上自由，又把烟瘾上。咁就双方混合，越更断人肠！夜夜烟霞吐纳，喷满芙蓉帐，融合巫雨尤云，共梦楚襄。此中滋味，尝落真欢畅。怪不咁得人心向，几多食过番寻，重要仔细尝！

12月11日　　自由车　　鸣

车利少，不及车害多多。官唔批准，真恼煞的自由婆。奴爱自由，就在车上坐。有阵并肩同坐，重有个情哥。试看长堤一带，不少车中货，尽用皮条拉扯，不畏消磨。呢种自由生意，造落都唔错。个条车路，种得钱树多株（叶韵）。点解花放自由，唔俾佢结果？唉，真屈涡（仄声），车都唔俾过，慌到人见车嚟，就咭跌落爱河！

12月12日　　唉唔得了　　大痴

唉，唔得了，睇见好嬲还是好笑！君你忍心唔理，点样捱得一世迢迢？自顾话长舌兴戎，边个不晓？做乜你一任泼妇持家，日日逗刁？想话劝戒一场，又怕同你拗撬，拼系粒声唔出，眼亦不去轻瞧。权柄不自己操，君你终久难以照料。唔系事小，总咭人轻藐，亏你咁有厘火气唎，好似隔夜油条！

12月13日　　相思泪　　大痴

相思泪，日夜潜垂，怕人偷睇，更自信虑！做乜滔滔唔断，好似湘江水。罗襦识透，又似珠串累累。舍得佢系能言，我又同佢讲句，落不到君前，真正系咪拘！究竟泪系累奴，定系奴把你累！若系秋波能损唎，你切勿衾影相随。方我梦到郎边，身在帐里，离愁十丈，重怕白发相催！无奈腮边偷抹，更触起愁情绪！唉，心似醉，泪呀，你便流向渔阳去，若果个薄情提起咯，你问句佢呢的泪系伊谁？

12月15日　　长舌妇　　鸣

长舌妇，话最无稽，纵未习迷夫邪教，亦咭把夫迷。枕边摇舌似是淮摩谛。

说到天花乱坠，片片纷飞，一唔打醒精神，无不中计，搅到阋墙致咏，骨肉就唊分离。君呀，弄舌如簧，总要唔听至系，风雨司晨，点好用到只牝鸡？古道祸变之来，常忽在细。唉，君你咪，误听妇人唆摆，致使堕落犁泥！

12月16日　　唔过得眼　　典

唔过得眼，个的系刻薄成家，理无久享，亦是过眼烟霞。咪估金玉满堂，几咁声价，转眼成空。又好似风卷残花，睇住佢咁样下场。人话发梦咁假，重怕祸不单行。折尽佢往日嘅奢华，咁好夏屋良田，一旦就变卦。知否损人益己，你立心差！毕竟天道好还，唔信系假！唉，真可怕，劝你把暗算阴谋丢了吧！此后当道莫培荆棘，种吓桑麻。

12月17日　　靓佬共靓银　　曾经

靓佬共靓银（仄声），两样都系合得奴心。总系世上有咁多靓佬，又怕恶以追寻！近日我台脚一自自渐疏，成晚都冇得饮。对灯愁坐唎，实在系难堪！边一个唔想得到个靓佬嚟温？总系我自信系唔够后枕。但得的靓银嚟见吓面，都免使我终夜寻吟！点得的饮客哥哥都系发大洋，奴就算幸甚！等我对住的大洋嚟笑吓，都免使话独拥寒襟！点知道个的孤寒饮客，唊整到衰成噉，净系将人嚇！发账发到的大员银纸唎，睇见我就眼泪交淋！

12月18日　　相思地　　典

相思地，最近愁城，愁城直入，远远就听见悲声！睇见无限羊肠，通入闷境，茫茫恨海，几时（仄声）正得风静潮平？第一个处叫做爱河，如似陷阱，青衫红粉，大半悲忿填膺，做乜乐土唔寻，到此把因果证？呢个正讲忘恩，个个又怨薄情。可惜蛾眉蓁首，尽染怀春病！中年绝少，多是年轻，叫我点碎喜地欢天，藏匿薄命？唉，真真正，怨否从前心不立定！想话度你处祸水情关，怕陷溺既成！

12月19日　　无乜好唱　　七

无乜好唱，我又唱句黄花。花呀，你对人愁闷，做乜愁到咁离拿？正系几番灌溉，来花下，致得花影常留，到而家。自系秋来，花就有价，不尽赏花人仔，杯冷流霞。点估不时风雨，添愁也，累到赏花豪兴，好似比旧时差！虽则系傲霜枝叶，断不唊随风化。重有岗上青松，度岁华。花前风雨，何时罢！愁难下，禁不住花前写怨，泪洒琵琶！

  12月20日 郎你醒未 典

  郎你醒未，已自红日当天，呢阵系高卧时期，点好再眠？只解同梦是甘，其间亦浅！系想致力中原，就好猛着祖鞭，虽则鸳鸯共宿，尽有离人羡！你妹鸡鸣戒旦咧，未肯多让前贤！况且九万云程，正好把鹏翅大展。香衾宁负，也要努力为先！想过夙兴夜寐，尚怕未得长才显。唉，须表见，眷恋罗帏，偾事不鲜。纵有华胥好境咯，亦不合你地志士流连！

  12月22日 唔怕攞命 大痴

  唔怕攞命，点解你把眼角嚟丢？好似姿态横生，算你第一个潮。你睇来往有咁多人，唔叫得做少。边个有你咁搔高条裤，登硬纤腰？大抵呢个平等时期，你偏要转调，玷污白饼，静静想学吓人嫖！虽则未讲到半句，心已印照！唉，风料峭，你情形真窈窕。我好怕你夜凉侵体，仆仆咁眼眉跳（下平声）！

  12月24日 回避吓 义少

  回避吓，个的外江军。个的外江壮士，比不同人，见着女人，就天咁肉紧，佢肉紧翻来，就冇乜道理分！佢一味把你纠缠，同你斗韧，共佢不同言语，唔知佢讲乜野时文？想话发性嗌人，又谁敢过问？佢咁马大牛高，而你点脱身？所以见着外江壮士，唔好相行近！须要谨慎，人地话外江壮士，要勿近生人！

  12月25日 真可笑 大痴

  真可笑，呢只绵羊。往日负隅恃险，尽地披猖，乱假，恣择肥供养，所有脂膏，任你饱尝！一旦独藩赢角，未必能无恙，变左困入囚笼，自惹祸殃！咁大只羊牯累累，全冇想象，薙清无须，亦恐怕性命唔长！羊牯今已无须，唔讲得话响，你休怨唱，庖丁难见谅。边个叫你咁招摇仗势，今日要孽债填偿！（后缺）

  12月26日 一只猪咁 大痴

  一只猪咁，生得异相奇形。有系大只累累，冇一样得精，只顾得食共瞓，真系厌听！任人嘲骂，亦不哙发不平鸣。枉你生似一个人头，全未识性。对耳兜风乱拔，眼又不带黑珠睛。成日去贡（借用）沟渠，唔要生命。冇阵瞓醒，怕你遇着沙茇病，终日昏天黑地，世事冇分明！（后缺）

12月27日　　钱一个字　　　大痴

钱一个字，重利过杀人刀，锋芒闪亮，可以刮骨飞毛。开口都话慢藏，偏哙海盗。人能自杀，大半为系贪饕，世界哙睇得通，就唔埋佢手上有有。不过觉来物件，驶乜尽日形劳？点解个的愚人，偏要悖理去做，只顾损人利己，已朘削脂膏，反致惹祸伤神，实在唔着数！听我告，总要取财有道，免使将来悖出，个的孽报难逃！

12月29日　　花信到　　　大痴

花信到，梅占春先。不久花齐放，斗媚争妍。一自系风姨肆虐，不与人方便！寂寞随堤，事过境迁。几许栽培，犹未得花萼发见，枉系平章风月，感慨留连！今日花信方回，风景尽变。眉忽展，艳阳开一线。重寻隐约桃花面。试睇吓春魁娄，边个第一去酌酒花前？

12月30日　　月有两个　　典

月有两个，郎呀你知道唔知？一个照人家欢乐，一个照我地分离！你便带个去长安，留落个在闺里，等妹对佢把离情诉吓，好过独自伤悲！天佢监硬把个月分开，真真正唔解事，不若合埋一个，夜夜照住你我佳期！今月曾经照古人，月佢亦唔少日子，比做嫦娥有冇老到，想研究亦几费心思！点得月你积吓阴功，同我劝吓个荡子，等佢闺门不出，制造几个伟男儿！个阵冇月，就算中秋，酬答厚意，你妹欢喜死！但愿个月团圆，我就快活过都未迟！

12月31日　　叫你妙想　　典

叫你妙想，把个月难为！古今同系呢个月，佢万古光辉，如果月可分开，你唔好怨人隔两地！不过悲喜唔同景况，故此月亦有爱憎时。大抵欢会见月就开心，离别对月又哙叹气！究竟月佢能邓你欢喜，亦不肯替你伤悲！呢阵骊歌偶唱，算不得伤心事！唉，无为小器，一阵离开何必记！此百年三万六千日，不少共你赏月嘅佳期！

1914年

1月3日　　讲乜爱国　　慈

讲乜爱国，越睇越心辞，新元又兼国庆，不应冷淡如斯！唔信旧历过年，就唅一本万利。年年话习惯难改，试问改到何时？好多旗都唔升，都唔知打乜主意？有心如此，抑或系冇个通知？而家国体共和，大众都要关心吓国事，咪等到再为奴隶，个阵悔恨就迟！况且宦海政潮，波澜屡起，兼之楚歌四面，怎不令人悲！须知生意善营，国体亦要顾住！须紧记，民心未死，若得共和不灭啷，大家喜笑扬眉！

1月5日　　书一纸　　大痴

书一纸，写不尽浮文，第一句就系你妹整定番嚟，不日港澳动身，无奈花事阑珊，才向别处久溷。实在远方惆怅，盼断故乡云。今日南岭梅花，音信近，巡檐索笑，我就喜色欣欣！行装预便，趁此先通问。君呀，你须记紧，待诉离人恨。斟一盏葡萄美酒喇，为妹洗吓征尘！

1月6日　　天气咁冷　　典

天气咁冷，最好系围炉，十指冰寒，点好又把笔墨操？蝴蝶过河，未必话唔晓到，夜光杯好，亦都要满酌葡萄。况且世界系咁花花，浮生又咁草草！不若妇人醇酒，姑且慰吓牢骚！我见咬文嚼字，最易把英雄老！怕到岁月消磨，就好易辙改途。睇吓阳乌匿迹，细雨长堤道。唉，何处寻相好？晚来天欲雪喇，君你可饮一杯无？

1月7日　　心各有事　　大痴

心各有事，讲不得过人知，想到路路唔通，边个替我主持？你睇吓鸿来燕去，岁月骎骎至。容乜易白发催人，上了鬓丝。年年金线，实在懒去拈针黹。点解我独工愁，都要怨吓造化小儿。轻尘弱草，至怕重有狂飚起，苦绪牵缠，有乜妙药可医？寒风透户，只有自把熏笼倚。愁欲死，镜奁慵整理，瘦损了腰围，面貌又都不似旧时！

1月8日　　蠢到你个样　　大痴

蠢到你个样，重弊过一只呆猪。你想把伎俩欺人，都要睇吓系乜谁？呢阵世界咁艰难，个个都话受累！有些唔合意，就盘面相推，点到你静静呢埋，嚟食一嘴？一定碰亲簕角，跌落沟渠试问吓今日边个把你欢迎，边个将你摈拒，驶乜怨怼？睇吓行船唔进就退，枉你咁累累大只，似足一碌至大嘅番薯。

1月9日　　唔好咁笨　　大痴

唔好咁笨，招惹个的自由神。君呀你要晓到色欲关头，最易丧却本真。试睇吓蜂迷蝶醉,只为贪花粉,路柳墙花,每被佢摄去魂魄,一堕情关,偏惹懊恨!何况有几个系天女庄严,偶现色身。不若回头猛醒,跳出迷魂阵!休混沌,边处有真情分?一百个行差步错咯,都系为女钗裙!

1月10日　　蜂酿蜜　　鸣

蜂酿蜜,究为谁忙?周围撄翼,去采百花香。采得百花,将蜜酿。一旦蜂去巢空,只剩蜜糖。我见你采花,辛苦到个样,蜜酿成功,应份终老此乡,点解花蜜酿成,竟落人手上?问你天涯回首,有冇愿惜个的蜂房。大抵前人种果,多半留落日后人来享。唉,想落唔禁想,悔不当初个阵,不作蝶浪蜂狂!

1月12日　　自己攞贱　　公武

自己攞贱,有乜人怜?娇呀,你几多唔唱,唱出奈何天,当筵一曲,估话人多羡!点知道声喉好极,禁不住泪落君前。钱系好捞,应该要顾住吓体面,家吓当堂出丑,实苦过油煎!亏我抬举你一番,你亦唔系真正掂(下去声),你贱呀贱,唔把精乖练。等我想真相透咯,咁至共你好开言。

1月14日　　寒渐退　　怜卿

寒渐退,可以典貂裘。君呀,你典裘沽酒,可谓乐忘忧。君你酒债寻常恒处有,仍是系今朝有酒,便借酒销愁,大抵醉生梦死,最合今时候。笑固无从笑出,嬲亦不胜嬲,所以向醉中求活,只计谋杯酒!寒去后,将裘来换酒,须知道醉里乾坤,别有一种自由!

1月15日　　唔到你妄想　　凤矩

唔到你妄想,话可以禁网重开。你一味唔理人家,只顾自己发财。日日都话运动,唔驶几耐,就有明文颁示,死复燃灰。借端箝制,不惜留灾害。真正狐掘狐埋,实在你自己好呆!呢阵死心塌地,伎俩今何在?真可慨,心肠须要改,试问千人唾骂,你究竟为着何来?

1月16日　　睬过你　　大痴

睬过你,乱时话我唔贞,唔到对簿公堂,事总不明。共你做左一个月夫妻,估话缘分已定,回门烧肉,亦已处处分清。点解咁耐正诬人,真正顶颈,将奴刻薄,绝冇香火人情!唔怨自家,唔识性,不能人道,几百个唔应。今日你就覆水愿收,奴又誓不肯认!真激兴,两人难共命,唔系当堂丢你个丑,我个啖气亦

· 235 ·

难平！

1月17日　唔愿睇　佚名

唔愿睇，过呢个旧年关。既话从新唔便，做乜等到而家亦咁为难？重有几多天，就系年三十晚。银根咁紧，点得转弯？生意又咁萧条，账项又咁懒散！睇见蒙光顾三个字，就实在心烦。多得个的财主佬，把商场搅烂！唉，真可叹，食人食到惯，最怕吞唔下颈啫，咪估当作闲闲！

1月19日　花话放　典

花话放，做乜重有妒花风？亏我护花无力，枉领略透万紫千红。记得上奏通明，何等郑重！春阴唔借，袛有怨一句天公。纵有十万金铃，中乜野用？绿肥红瘦，点舍得话断梗飘蓬！无奈武陵泛棹，不见桃源洞！唉，我因花恸，愿作花供奉。试问花你几耐，正得向瑶台，月下再逢？

1月20日　旧历岁暮　典

旧历岁暮，个个要酬神。就系小户贫家，都想共亚德洗身（杀鸡也）。世界话咁文明，无谓重咁俗品。手头唔系耸动，你便悭吓有用钱银。想起物力艰难，唔好再浑沌！共菩萨赊到明年，就买得白米廿斤。咪话攞食系要凭神，唔使将亚桂问。一味贪口唇肥，怕唅失礼人！虽则唔系解到我荷包，唔在我肉紧！唉，劝你安吓本份，咪话一则神功二则弟子，重想发吓牙祸痕！

1月30日　悲感无限　憨

悲感无限，过呢个旧历新年，凄风苦雨，愁景无边。扫兴扫得咁交关，游街都唔方便。大抵天心厌旧，故此阴雨绵绵。或系黄花血泪伤时变，点点滴滴，洒向苍天！而家共和两字，好比昙花现。唉，唔得免，帝王将再见。最怕专制复活啊，痛苦就更惨过从前！

1月31日　冤孽债　佚名

冤孽债，做乜把我痴缠？点样子都解佢唔开，冇一日卸肩！试想吓花债重重，原系自己作贱，好似春蚕自缚，意绪缠绵！今日解到唔解得通，讲过冤孽个便，重怕唅好花难舍，发起花癫，负债累累，愿花你咪共我见面！唉，唔得见，唔得免，花你就施恩典。做一个秦宫花底，日夜咁伴花眠。

2月2日　　难见面　　大痴

难见面,想断心肠,日对情书,不禁心口自己酌商。记得送君南浦,添惆怅,闻到归期,哭对夕阳!点解春去秋来,人尚异向。蒹葭重咏,白露为霜,只剩得空文一纸,屡道郎无恙!空切想,一天愁都摄在眉梢上,料必系带缄和泪写,费尽思量!

2月4日　　天边月　　佚名

天边月,照住愁人,月呀,你系美满团圆,已到十分。亏我对住昏灯冷枕,触起千般恨,咁就天寒袖薄,暗自神伤!总有满腹苦绪幽情,谁肯过问?只有穿帘月影,夜夜共我相亲!我想月佢尚且咁多情,做乜郎咁薄幸?枉费我数年恩义,尽付逝水浮云!点得化为皓魄,与月姊常亲近,照见我郎何处,免今日夕系咁酸辛!虽则共佢天涯远隔,未易通情悃!还有恨,但系东升西没咯,照见佢三两匀。

2月7日　　春日好　　佚名

春日好,试谱新声。你睇吓呢个春光和暖,柳暗花明,家弦户诵,个个都为民国前途庆!重有的挈盍,马蹄得得,又向长堤骋,真至士女如云,簇拥穗城。大抵百五春光,全在花佢倩影,今日霏红屑紫,好似灿烂海天一星。我平日怜春有意,亦与花为命。唔怕认,三春花好景。我就按一拍楚些吴吟,寄吓醉太平!

2月9日　　真情　　率真

我生出系真性,怕乜对你诉吓生平?人家话说话,就系心声,句句都系出自良心,正敢烦君你细听。有阵心唔平处,逼住要作不平鸣。边一个唔想向欢喜场中,寻一个乐境?可奈我个点真情,誓冇自己看轻!情泪洒遍天涯,都望君等尽醒!唉,嗟薄命,好在拿定,所以我得人欢喜,都重在个一点真情!

2月11日　　春可爱　　佚名

春可爱,佢等都等到共郎归,你妹喜上心头,画靓呢一对柳叶眉。怪不得灯花,连夜报喜,晨妆未竟,就见蟢虫双飞。盼得到久别相逢,无限乐事。真正不堪回首!往阵别离时,记得渭北江东,人隔两地,暮云春树,触目尽是相思!第一夜寒鲛帐,最易起怀人意!心怯空房,偏偏又入梦迟,此后俾就唔提,离别两个字。欢喜死,水国不生红豆子,趁此迟迟春日喇,写几句合欢词!

2月14日　　新岁月　　典

新岁月，大陆回春，南方温带，开遍花魁。大抵个个都知人事，系咁无常在，不过系且喜年华，去复来。况且诗朋酒友，旦夕系咁相亲爱，怕乜吓行乐随时，一饮百杯！君呀，咪话明镜朱颜，仍未少改。亦要趁此韶光，骋吓骏才。果若压线年年，心尚未悔，墨可磨人，好易把壮志灰！愿你把精神振起，圆欢会！唉，时不再，初心还未改，只管向良辰美景，共乐春台！

2月16日　　春已转　　弹

春已转，天呀乜你咁就更新？新成咁样，真正系不成文！你睇雀鸟无声，花又冇韵，舍得共天你当面讲得时文，就闹你发昏。东王无赖，佢重吹到东风紧，名花欲放，一定要打碎花魂！睇见满地残红，就天亦要见悯！年年咁样飘泊，到底有乜后果前因？好唔抵得颈，我至将天问！哎，唔好斗韧，点解新春时候，你偏要布满阴云？

2月17日　　沦落咁耐　　天籁

一般旧绅，近且弹冠相庆矣。吾为旧绅喜，喜极而为之讴。

沦落咁耐，自份今生，长在恨海。势估到，又至出番台，好在旧日花颜，今尚未改，就俾乜谁见着，亦要心开！莫话人老珠黄，有边一个肯爱？你睇残花唔少，摆下台来，但得主人钟意，就懒把鲜花采。要把旧情温吓，论理亦应该。隔夜素馨还袋得入袋！唉，唔自在，情有车难载。边一个笑我翻制，就边一个冇蠢才！

2月18日　　花就发　　典

花就发，好趁住呢阵花时，容乜易就九十春光，花你未必不知！春色系咁繁华，花呀唔好放弃，等到击鼓嚟催，花放已迟！算系绝世花容，亦唔好太恃，东皇一去，至怕系花事全非！呢阵未过（平声）花信，好早日去寻知己！唉，唔系噃你，群花须紧记，在我爱花成癖，劝你莫负春期！

2月19日　　本地姜　　韦陀

唔得辣，呢的系本地生姜，欲知物味啦，须要仔细沾尝。有的内便就腐败得天咁凄凉，外面天咁好样。有的闻落就一番臭味，食落又齿颊生香。好丑自有人知，唔到你掩映。识得到边头恶劣啦，就知道边一味冇精良！人地话本地姜唔辣，我就话来路嘅就重唔挑得上。认真嚟考较过，来路嘅更重系坏得深伤！寄语个的试味嘅人，就须要想象，心咪偏向。总要头头试吓唎，至知到系边一头长！

2月20日　　惊蛰到　　佚名

惊蛰到，做乜重反舌无声？唔系隘（借用）过一场，点见得输赢？听见人家话娇你有病，又点解时时见你坐在神厅？未必系身患蛾喉遭此险症，唔通破金日久药石无灵？如果知道得罪侪胞，就要减低吓脾性！唔系越噪（俗音平声）越闹就越难听！重怕鸦母嬲起翻嚟抽称（去声）！唉，须醒定，低威唔怕认，总要金钱有着，就任得人地批评！

2月21日　　桃色艳　　优优

桃花系艳，亦不必骄尽花丛。眼前零落，系有个一阵东风。几许繁华，实在同是一梦，飘泊在阶前，鼻有几耐红？细想人生得意，亦系唔中用，试睇吓桃花，万事尽空！总有当春黄鸟，都不肯立在枝吟弄，更辜负了东皇宠！骄人骄得几耐啫，呢阵我想鉴赏吓佢个一副骄容！

2月23日　　春夜雨　　佚名

春夜雨，滴重檐，梦醒灯寒，惹我恨添。你睇吓春归，花事正艳，游丝飘絮，黏口纸窗前。燕子亦去寻巢，枨触我内念。思量别恨，蹙损眉尖。君呀做乜你不逐春回，抛故剑？未必系深闺嗔恚，顿记前嫌！你也要早买归舟，把行李检点。春荏苒，凄清依苦厌。我只有学画眉（后缺）

2月24日　　唔准你出　　大吹

唔准你出，要监（平声）禁你在香房，免使你去周围咁荡，晚晚都荡到天光。你妹舌烂唇焦，都唔知劝过你千百趟！点想你总唔听我劝唎，越整越猖狂！呢趟要将郎嚟软禁，就已定系有人情讲！阃令系咁森严，问你慌也不慌？若果你重改过自新，我就要把你长禁不放！你唔好咁放荡，有奴系后唎（后缺）

2月25日　　如果你唔共妹去　　大吹

如果你唔共妹去，我就要拼命共你嚟嘈。就系你点样子唔得闲，都话共妹去走一遭。逢场作庆，你话有边个人唔好（去声）？试问好（去声）睇野个条心，忧边个话无？虽则你姊出入都有人跟，究竟都系唔似有个佬。如果净系我自由行动，又慌怕你话我故意卖风骚！所以我要你跟住奴奴，唔准你离我一步！唔系我

要呷醋！哥呀，你至紧要叫（后缺）

  2月26日 情有浓淡 佚名

  情有浓淡，淡淡地重更觉情长，情字浓得太过凄凉，就命亦唅伤。饮酒必要饮到半埋，然后至知得到酒量，相交唔得几载喇，就唔知得透心肠！有的一见面就温到似火一般，转吓眼又唅寻过别向。相交唔得到底，一阵又动起舌剑唇枪，不若淡淡地相交，就成世都系一样！交好在精神上，但得淡交如水喇，就千古亦如常！

  3月2日 呢喃燕 鸣

  呢喃燕，养到身肥，一旦巢拆散，就要到处纷飞。主人情义，未晓尚否牢牢记？终日学语花间，已是久别离！呢吓自由飞舞，任展冲天翅。每到夕阳西下，可有巷认乌衣，想话飞入人民家，亦由得你？总系处此寻常境况，怕唅怅忆前时，王谢华堂，未尽系今昔异！如果是，肯念情和义，梁空玳瑁，好快把巢移！

  3月3日 花呀 庆

  花呀，我颜貌咁好，共你趁住春开。人地话我貌不如花，真正系蠢才。况且我人尽可夫，花你就无一个至爱！试吓两家齐摆出，睇爱我粉面抑或爱你桃腮？总系大众都系多谢东君，同我地添一个彩！唉，难忍耐，等我迎着春风，同你比赛，若系你胜得过我风流娇态，我就誓不□□□□□。

  3月5日 十分愁 破

  唔系病，都要诈作十分愁。人人话你靓在个一点娇羞，未必落左咁耐青楼。家吓都重怕丑，不过添上一分羞怯，正叫得做十足风流，怕乜多愁善病，会腰肢瘦！但得君家怜爱，我就万事唔忧！自古话离别系消魂，难得系聚首，点得天长和地久，我别无愁挂，只有挂住早别青楼！

  3月6日 问君 天声

  千益会，系唔系益尽一千人？若果人人有益，个益字正可以平均，至怕益系益尽个人，就唔关我份。不过嚟人欢喜啫，个益字当作闲文。捞系捞重佢个荷包，唔顾人地坏品。你睇多少种落情根，惹出祸根，拔极拔佢唔松，因俾个情字绑紧！唉，心实忿，故把郎君问，问你在益人条路，见过多少迷魂？

3月7日　　花枝好　　鸣

　　花枝好，好在任得佢自由开。花爱风流，好者即管自来。你睇天空海阔。来去人无碍！天威爱惜群花，至肯咁着意栽，仙花开遍，一任游人采。如果见花唔采，系自己痴呆！最好花价无多，花税亦都在内，咁都唔呤贪花，真要闹你一句喺！须知道好会难逢，唔得几耐，花似海，好与花欢爱，勿负春宵一刻，至少饮到十多台。

3月9日　　花好月圆　　天声

　　花放了，月呀，你几时光？我为得花忙，更要为乐忙。点得月佢圆时，花呢正放。个阵月圆花好，我正得心安！至怕月缺正由花开，致每游客怅望。更怕月圆花落，恼煞探花郎！所以花放要陈住月明，花市正旺。纵使春情冷淡，都有月佢担当！眼见有月无花，真系辜负了月朗！唉，唔系错讲，边个将情来枉用？你睇吓至多情□，都在月□□。

3月10日　　新野　　鸣

　　系新野，定系旧野翻新。我话佛山人即省城人，往日在省城，已新过一阵。呢吓喺佛山过省，不过把旧情温。归来飞燕，故主殷勤问，似曾相识，怅忆前尘！虽则一日三秋，小别亦有无限恨。总系故人重见，反可变作新婚，咁就名为新野，亦庶几乎近！花可品，旧契新温越更黐得紧！单讲从前个种恩爱，已自够销魂！

3月11日　　唔舍得你死　　苦

　　唔舍得你死，死咯，又共得边个人温？往时盟誓，我重记得讲过乜野时文。人话我因爱成仇，亦唔打紧。有的重话我把哥哥来激死，哥你知道我假和真。劝你死落阴司，唔好记恨！睇吓我孤寒成咁，生亦有咁伤神！想起哥你死得咁凄凉，心亦不忍！若然有鬼，君呀咪把我来跟！事有后果前因，不若安吓命运！情可悯，虽然唔舍得你死，总（后缺）

3月12日　　穷极（讽仰屋徒叹嗟者）　　苦

　　穷到极，错脚难翻，点知道堕落青楼（中缺）唔在食饭，纵使人家点饿，亦饿不到美人关。点晓得风流人作，风流叹，个中烦苦，更比别人烦。孽债未得清还，钱债亦到限。更望边个共我商量，等我过呢一个湾？想落点金无术，试问谁能挽？唉，愁万万，繁华如梦幻。日日要咁样子忧穷，试问边有一刻闲！

3月13日　　花性要改　　天声

东便走过，又向西来。我知道群花往日，系在佛山栽，大抵供向佛前，见得唔系自在，总要开在繁华地面，正有客赏花台。任是浪蝶狂蜂，花亦须忍耐，究竟好过春寒，阻住你开。总怕转眼就花残，蜂蝶亦懒采，花性要改，韶华唔耐久，劝你莫再痴呆！

3月14日　　奴要扎脚　　韦陀

奴要扎脚，君呀，你快的长番辫，古老又当作时兴，就自古已然。世事系咁离奇，频咁改变，但肯先行一步，就乜事占都光先。况且你系旧日嘅绅衿，唔系话唔够体面，家吓又称为士君子咯，重阔过从前。试问你得到士君子呢个大名，实系因边一件，都系为你善能守旧啊，所以你至得到名列凌烟。如果你重唔快的长番条辫，人就哙将你作贱。唔好再剪，就系长成扫把嘅□□，唔使□人嘅□言。

3月16日　　真正恶做　　东

真正恶做，君呀你识得汝个恶妻无？时时见者我喇，佢就面乌乌！我唔系凭巷挨街，亦唔系唔理家务，一时唔合意，佢就把我贱过佣奴。怪不得人话君家，有只胭脂虎。睇你怕渠成咁样子，又焉得谓大丈夫？估话你带我番嚟，凭着你保护，点想你任佢凌逼我，重惨过困人监牢！实系我罗网自投，寻着苦恼！我就系唔埋怨你呀，你亦要替我打算吓为高！唔知你怕老婆。真系怕学人纳妾咯，做得咁胆大糊涂！

3月17日　　易借难还（讽专事借债充阔佬者）　　天声

借系容乜易借，试问你借落几时还？一时用去了，我怕搵极亦搵唔番！莫恃落在青楼，钱系易赚，你睇千一个开嚟，都系千一个叹世界难！由得你密密咁开刀，刀路亦有限！想到日后要张罗，不若现在学悭，免致债期追紧，又向住人前叹！唉，愁万万，个时嗟已晚。就俾你多一个□□，都□□□□。

3月19日　　大叶芙蓉　　优界个人

粗长（仄声）养，系就呢树大叶芙蓉。真是不负东土个点，系护花功。开系开得咁繁华，我唔论佢系异种，点止话共牡丹同样啫？我话色比牡丹浓！不过佢粗生粗养，监硬话唔中用！你睇吓桃花虽好，都受不起一阵东风。人话见佢粗枝大叶，我羡佢吹极亦吹唔动。无所谓惧恐，怕乜野风头来得重？都可医迎风摇曳，放出朵朵鲜红！

3月20日　　多半是病　　天声

多半是病，小半是忧愁。人比鹦鹉困在樊笼，点叫得我咪忧？自古话食少忧多，人就易瘦！况且举动何尝，有亦可自由？鹦鹉尚可恃住能言，开得吓口，我呢会有口难言，真是几世唔修！人在病中，容易思忆起往旧，真不堪回首，更有乜谁可怨啫，只怨误落在青楼！

3月21日　　呢块老叶　　鸣

呢块老叶，天地难容，吹的微风便落，何待霜降狂风！际此青春三月，人地把仙花种，故此暂容叶绿，伴吓花红！叶你唔知自谅，估话深得人怜宠！竟在风前摇摆，整得天咁心松！点知叶已将残，无乜作用，风来就落，许你点缀花丛。呢阵天地融和，风亦可以解冻。风吹动，叶就随风送。待我呼童扫叶，烧到炉火熊熊！

3月24日　　商棍　　鸣

商有棍，只可擂浆，点好监硬擂埋，个一度墙？已有路不通行四字，写在墙头上，系要擂头埋去，一定撞到你头伤。撞穿个孔，就变作花和尚，个头流水，流到百年长！我想舞起个条光棍，可以舞出好多新花样。点解要将来搅屎，搅得远近闻香？人地想着打蛇，就随棍上。唉，我劝你唔好咁混帐。棍有咁多条路，使乜舞入赌钱场？

3月24日　　春草绿　　发厂

春草绿，绿上高楼。草呀，我见你绿色映到上高楼，越发触起我忧！记得个年送别，系在春时候。佢话春草生时，又可医聚头。你睇陌头开遍，都系残花柳。今日好景如春，反不及秋。草拟绿要绿到几时，怕唔得耐久。睇见就眉头皱。点预到郊原春景，都唅惹人愁！

3月25日　　见谅得我　　佚名

唔对得住你，你见谅得我个心无？相与多年，点舍得共我掟煲！讲起我平日行为，亦唔止得罪过一个佬。况且我有声有色，个点气一定比别人豪。总望哥哥

原谅，勿把我来嬲怒，咪个频频吓我，要出刀枪！你妹今日进退两难，唔知点好？晚晚心焦燥，好心就唔好搅扰我，好（后缺）

  3月26日 既知道系钱水紧 大吹

  欲开赌以维持纸币，曷若要求裁兵乎，故讴此。

  既知道系钱水紧，就唔着叫住咁多人。多叫一个人，就要多去七□二分，等到唔掂（下去声），又想靠赌嚟做生涯。想落都系唔得稳阵，试问咁多赌钱人仔，有边个系剩得到钱银？哥呀，就算你晚晚都叫住成围台咁多，亦唔算得系起粉，整到周时都冇账发，试问有边个肯共你嚟温？若减少的钱学往阵叫咁多人，就唔使揾啲嗷嘅野混！唉，你唔着恨，若果系靠赌嚟度活喇，我怕你唔顶得几个时辰！

  3月27日 牺牲名誉 大吹

  但得有钱入袋，你妹就宁愿把名誉牺牲。哥呀，你应承我个笔款，究竟有带便唔曾？你妹虽系沦落在烟花，亦唔算系下等！况且我有几分容貌喇，个样亦唔系话得人憎！男子啥落到青楼，我睇都冇边个唔晓得啥薄幸！若果系开刀唔应咯，我亦断唔肯共佢海誓山盟。你就贪我有情，我亦贪你有财物赠。舍得我唔系为贪财物喇，又使乜夜夜红灯？但得手上剩得个钱，我就成世都有倚凭，唔使讲品性，任得人哋谛到我几交关！我亦总冇计带到个一层。

  3月28日 劝你唔着咁攞命 曾经

  劝你唔着咁攞命，哥呀，我得一条命，又分派得几多人，个个都系要缠住奴奴，你话我点够分？舍得我条命□□，你又可以讲番过奴奴。嗷样都重唔打紧，至怕为情亡命喇！一条命又唔亡得几多匀，虽则薄命薄到如奴，就系唔爱佢亦系唔在恨。万一我真系死归黄土喇，个阵亦系冇日子共你嚟温！呢阵我点都顾命为先，唔学得往日咁笨。钱财重容易揾，若果重系顾温唔顾命咯，死左你话有乜法子可以还魂？

· 244 ·

九　侨声日报

1912 年

7 月 27 日　　　颂侨声（为金宝谭仕江敬颂）

侨声报，出版在吉隆，此后南岛华侨声气可通，咪个声声话我侨界唔中用。呢阵吾侨声誉大比往日唔同。你睇内地讲及华侨谁个不重。声闻远近都话爱国堪风。今日同侨发奋图强，先声曾□也话省界□□。此后侨胞共室义不操戈弄，彼此声明总为公。噉就侨情欢跃同声颂，须奋勇，把国基嚟固巩，我地侨民声价将必格外高崇。

8 月 1 日　　　观音叹气　　笑

势唔估，都唸碰着呢回。你话唔系失时，点又得咁衰。想吓往年庆闹增多倍。三牲酒醴摆满张枱。食到够喉还饮到醉。睇吓个的唔系求签就系问杯。我亦知道世人愚且昧。点能祸去唸福来。谁知近日世人真醒水。个个都话文明进步咯智识须开。噉就冷淡起嚟真正无可奈。虽系晦，总之唔至在，免至在我面前嘈吵成日声震如雷。

8 月 2 日　　　你如果系去　　大空

你如果系去，日后咪个翻嚟。睇你形容憔悴，一自自减了清晖。大抵心事太多，神色就唸暗滞。不若回家抖吓，慢慢至把花事来提。睇见你个种施派。委实难嚟抵，唔估从今分手，各自东西，长日共你啰梳无乜所谓。但愿总唔见面，任得你点样子行为。我地漂泊在青楼，容易一世，边一便多情。就向边一遍归，此后纵有万种愁怀。奴亦唔挂系，偷目计，多蒙恩与惠。君呀，你回心细想，否觉往日嘅痴迷。

8 月 3 日　　　国民捐　　喻

紧要事，就系个件民国捐。吉隆坡埠喜见有单传。星期集议时非远，伟论高谈一定鼓掌喧，研求办法胸操算。当然目的达到完全。大器晚成休指话怠倦。试睇缓然滴水石也能穿。仵看万众一心齐发大愿，何愁聚土不捻成团。讲起波澜往事便堪惊喘，国破家亡只因债务端个。财政恐慌犹怕变乱，奈何命脉轻授别人权，所以人主出奴历劫不转。噉样子沉沦你话几□惨酸。亏我触景生情肠欲断。空抱怨，五内如刀脔，是以讴歌狂喝都为着我地中原。

　　8月17日　　七夕　　愚

　　拜七夕，□□□狠□，□□□□重，话要竭力□□，□□神□真□窝。何尝天上有两位织女牛郎，尔睇习识昏庸重霎□，人人话拜都□着占吓乞巧的光。恐怕巧既无多唔够笨拙一躺。尔睇眼前破费岂不是耗尔私囊。斗巧争奇陈设各样，不外博得人家话一句好看。虽则富室挥金唔算希罕。但系移归正用就可以体恤吓个的贫寒。近日破除神权因乜事干，都只为事求实际想着利国兴邦。此后来者可追唔究既往。心事怆，前途拭目再睇吓点样子行藏。

　　9月27日　　中秋月　　喻

　　中秋月，遇雨盈亏，况彼□□□□□□□□当空。好景一时无可□□。感怀嗟叹恨也无穷，无□□□□阵心□满。逢□和□□着□景。唉，天呀莫不最□□内□□□□表现吓呢处黑暗嘅形容。□□月无私可分轻重，□□下土□□，□从公。睇见呢的不满□□□□□悚。大大概天时人事缘系一□□□□贵浮云不外一梦。枉费坐□□□财号素丰，私益系嚟数号□到□□心就冻。试问百年身后是否保□□代兴隆。听见国亡家破句话亦□□□。心死之人确实不可以风，□□□国爱诸嫒爱种，真正懵□□□□讽，□我狂或唱□又见日输□□。

　　9月28日　　须要纪念（凡五）　　喻

　　须要纪念，呢个起义嘅佳期，建立共和创立国家。此日革命军人□□□营，武昌光复遍插日□旗。此□□奴鼠辈饱方避，顺乎天命也亦算□。□尤不够好似商汤比。所以倡人虫□佢□就□。□阵东国省□军利。马到功成快捷若□。在□北伐□军个，又听数吴统□近黄被。忽转□和两个□公□点想□来暗袭不管是和非。迄所议无成战事遂起，汉祸受挫未□□乎微。因谓黎氏对于汉奸□□，武□□前致受所叹。故此首□□就把才□弃。唉真冇味，□□凶忌，一场浩劫都系错着此□□。

　　9月30日　　须要纪念（凡五）　　喻

　　须要纪念，□□□□□□□□□□□□□□□□□□□□□□□

· 246 ·

□□□□□□□□□□□□□□□□□□□□□□□□□□□□□□□□□□□免用强权，不若一致□□□□□，相法□□□□□□□□局□□□□□□□□□□□。

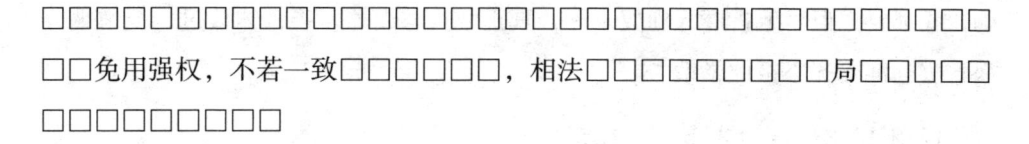

10月2日　　须要纪念　其四　　喻

须要纪念，报界记者嘅鼓吹，倡言革命始为谁。中国报开原系个党与中侣。发挥民族要把个的蛮虏驱香江一地英奇萃。转眼聚沙成塔聚水成渠。人才四出远遁他邦去。尽乎天□靠住个管毛锥。大义动人心易醉，宗旨昌明所以迅若雷。个阵满奴一见心忧虑，多方谋算大肆残摧，禁入国门邮寄亦不许。贿烦外力且要将佢务倾颓。试睇文字狱与惧死罪，此等先烈幽坟共有土几堆，杀身仁成舍生义取，足千岁，中华民国粹，倘无彼力你话点得把佢满虏驱除。

10月4日　　须要纪念　其五　　喻

须要纪念，个的演说之功，激昂慷慨迹似飘蓬，大声四去唤起□浇梦。发人深省好似暮鼓晨钟，□□萃胄点肯受制膻腥种。枉佢大□□络重话满汉合融。有班立宪保□愚受播弄。世仇异族甘认佢做主人瓮。贤王圣上句句英明颂，自行□□尚要把人矇，妖言邪说专务□□□，故此个的革命党员就向彼直。□尘弱草一旦遭风动，佢销声□□不止话遁辞穷。舌战群顽都□□□武男，力排万恶惨过陷阵冲锋。□底革命真言深契大众。旨如云合势似风从，所以潮流顺起如波涌。谪者仆时后者继踵，卒至驱去个个专□魔王名号宣统。唉当咏讽，演说功诚重。君呀无名重有不少堪以纪念嘅英雄。

11月30日　　□战费　重举

□战费，大众担肩，今日少年中国不必从前，全局统□，只欠军饷一件，但有国民一分子，都要量力签捐。叫得到五族共和，点肯任同室煽乱，若任蒙人独立，就不是五族完全，生死问题。凭此一战，你睇人人奋勇，都话要着祖生鞭。自古话师克在和，如执左券，须奋勉，镇珠毋计算，至怕系再沦奴隶，屈服强权。

12月9日　　心要把定　　慧松

心要把定，怕乜野佢强俄，助饷筹边，况且日日咁多。国民热度，真似如荼火。咪估话欺人幼稚，敢说奈你唔何。今日同心协力，你便应（平声）知错，未必任你野蛮无理。我就实敢样子收科，虽则话塞北风寒，难恶过。总系热血填

· 247 ·

胸，我都要把佢尽地折磨，匈奴未灭，真正令我愁无那。唉，休放过，至怕瓜分祸，誓乜都要齐心拒此暴俄。

12月10日　边事急　戆松

边事急，君呀，你要去征蒙，剧烈风云，你就切莫把佢放松。沙漠天寒，君你要保重，前驱杀敌，真正系气剑如虹，惹起强邻协约，我便心先痛，就系女流自造咯，都阻不住气愤填胸。今日长征万里，我要把寒衣送。君呀，你切勿学个的情长儿女，志短英雄。人地话投笔请缨，还更义勇，但只愿君你征途一去，马到成功。大抵系醉卧沙场，名誉更重。唉，情要共，热血心头涌，等到策动至咯，个阵至共你痛饮黄龙。

12月12日　君你好戒　戆松

君你好戒，个一口绝命洋烟，任你□□咁食，都系不过今年，随着话老引甚深，情实恶断，总系食成咁糠。唔怕吹佢几遍，至怕系限期一满咯。你就苦过黄连。况且文明世界，边处重有吹鸦片。君呀你重迷头迷脑，叫我怎不心酸，我劝尽咁多。君你亦无乜好怨，你嚊好心嚟听，我呢一句苦口良言。大抵个阵戒佢唔开，就系君你自己作贱。唉，须打算，限期真系短，咪诈唔知，就算你一世造完。

12月17日　唔好咁笨（讽外蒙也）　泽

唔好咁笨，乜得咁衰神，手足为仇，认贼作亲，人地想你鹬蚌相缠，将你作老趁（借用），佢好坐观成败，做个得利渔人。点解你偏中佢奸谋，行人个死运。扰乱和平，不惜自种恶因，今日同族青年，齐动义愤，都话鸣鼓而攻。警戒你败群，咪个倚赖他人。话肯帮你上阵，事到临头，怕佢保不住自身，精嘅就快的改转心肠，听我教训，唉须细认，种族休糊混，彼此共和五族，就叫做大和魂。

12月23日　筹饷热

筹饷热，你睇吓热得几交关，第九强俄。我真正把你当（仄声）闲。我想卜是亡家，都系纾吓国难（仄声）。敌忾同仇，我地就要振作一番，咪估从前咁弱，就俾人暇（借用）惯。民国如今，你重想把我当（仄声）顽。你咁样子行为，大抵公理有限，扫穴犁庭，都系在我指头间。况且匈奴未灭，重有何家返。马革裹尸，何止百万。唉，你要带眼，民气真堪赞，个阵凯歌齐唱咯，真系壮士欢颜。

12月24日　　唔好咁恃（讽强俄也）　　泽

唔好咁恃，做乜恶得咁交关。其实你近来家事，比我更艰难，合族同处个只漏舟，都重□体涣散。一个统向前牵，一个桨后扳。莫话我唔共你同床，唔晓得你张被烂。不过虎皮蒙马，外面故作斑斓。个的腐败嘅内容，就点瞒得过我对眼。重喺处斗是撩非，弄斧吓老班。虽则我兄弟信谗，听你反间（仄）。我自有尊严家法，警戒愚顽。若果你重干涉我主权，逾越界限，一定擦掌磨拳，打你一餐，重怕你笼里伤鸡，先自作反。唉，知错恨晚，个阵内忧外患，问你点得安闲。

12月27日　　烟命运（见昨粤闻）　　善

烟命运，重有几多天。睇住你个的烟人，就要绝命在目前，都有几长□命。有簿注在阎罗殿，呢回变鬼，咪想重唸升仙，往日半橛死晓。尚且留气一线，死埋呢一半橛咁就气□□运。死期一到，休望再唸将期展。唉，条命贱，死实唔能免，听闲吓平日叹烟的叹法，已叹楚咁多年。

12月28日　　钱一个字　　憨松

钱一个字，使乜睇得咁心伤，况且世界如令，重边处□得咁长。我想卜式捐躯，都系因助国饷。今日我地国民一份咯，就要踊跃输将，大抵无国□你有家，□系无乜倚向。想起□的印度波涛，叫我怎不显穷。呢阵节食短衣，都要□佢一账。你咪话揽住个荷包，一味诈作老乡。睇吓强邻举动，我实在唔食（借用）想。唉，无别样，筹饷方为上，个阵粮械如山，士气更扬。

1913年

1月8日　　春渐届　　重举

春渐届，点解花事重咁阑珊。莫不是名花移植，实在艰难。人地都话（后文不可辨识）

1月10日　　女烟匪（事见前报）　　少力

女烟匪，□德唔修。夫妻同局，佢重话叹风流，呢阵禁令咁森严。丈夫亦全仗你挽救，乜你全无知识。反向黑籍中投，缠脚嘅妇人。腐败重慌唔够，何苦昏迷不悟。死在孽海沉浮，男女被拿。问你曾否知到见丑。唉，须想透，唔食亦罢就，免使烟人微号，永在女界传留。

1月14日　　真正系错　　憨松

真正系错，造乜你误解自由。今日折堕在青楼，实在见嬲，我想文明法律都系应（平声）该守。况且你呢世如今，造到女流，大抵欧西风气，你亦知唔透，只顾住爱恳从心，就不顾住吓丑羞，你睇多少青年，由佢误够，故此共个的浪蝶游蜂，遂订白头，点想一错难番，情实恶受。唉，唔好咁咋，世途多假柳，我劝一句你地无知，咪去悮染自由。

1月16日　　心系热　　复查

心系热，怕乜冷雨凄风，班生投笔，都话愿去从戎，楚歌四面，实在系忧危共，好似风潮澎湃，处在个只漏舟中。总要协力同心，帆桨并用，就遇着冰河雪□，都胀绝处生逢。况且寒砧闺捣，已预备征衣送。重有家书遥寄，亦盼你快立边功，咪话马到蓝□，就嫌有雪瓮，齐奋勇，叫得造男儿爱国，应份直抵黄龙。

1月17日　　第九咯你

俄国财政大臣前提议对库宜用恩信，对华宜用武力，呲呲暴俄。堂堂中华民国，岂畏尔武力者耶！愤而讴此。

第九咯你，咪估我唔知，个的纸糊面具，系咁突眼睁眉，你往言共细蚊争斗。一败经涂地，重想共大人相打，是必打坏你唔医。蒙马只靠虎皮，非系长久可恃。马爪被人睇破，实在不甚相宜。况且文明世界，未必无公理，就算你有铺死牛武力，岂便乱搵人欺，打交要打过正知，劝你唔着咁霸气，容乜易，大抵你死期今已至。抑或寿星吊颈，你即死亦嫌迟。

1月18日　　弹到透　　丽

弹要弹到透，唱亦要捻正歌喉，非系铁板铜琶，衬不起呢一曲越讴，索性唱到慷慨悲凉，渠唔中意听亦罢就，任得渠西风吹过。十二重楼，想唱晓风杨柳，我亦捻不出歌喉幼，愿系唱个的妖媚嘅淫词。见唔见羞，有的不弹不唱，守住□瓶口。唉，唔唱就免出丑，是必要唱得痛快淋漓，俯仰自由。

1月20日　　新年　　鸣

年亦旧，又意更新，新上加新，要系罕闻，同是一样新年，年有两份，你睇新正元旦，都有新旧之分。此后唔讲行帝运。专谐行民运，中国如今得运，系在我地人民，大汉山河，加倍耙粉，到处生花悬挂，扑鼻芳芬，讲到庆贺春王。君且莫问，呢一阵，王灵难再□。就系个春君失运，亦已变作衰神。

1月21日　　红云面（详粤事）　　鸣

春风满面，变作红云，结成恶果却得自良因。咁好月中丹桂，怪不得你将花品（妓女名月宝）。嫦娥咁靓，有乜话唔真个销魂，点想只髀，泸唔得甲，只脚偏行运，密密加□一直闸到脚跟，柏手同食荔支，何止温一阵。扁舟同掉，四海都任你游匀，咁就断绝六亲。唔打紧，唔在问，神主牌都听佢拧转，重点理得咁多人。

1月22日　　脱离黑籍　　悔翁

真正系戒，总要立志为先，做乜芙蓉城里，咁就困我多年，想我本系聪明绝世奇男子，唔该埋没在个两口洋烟，记得个阵芸窗贪遭兴，良宵无事，说地谈天，高枕横床，真系乐国。点想形容枯槁，好似病体恹恹，至到今日一事无成，都系为佢。我就回心转意，奋勇当前，就系戒死我亦甘心无乜怨恨。老当益壮，总要心坚，一息尚存，君你莫笑，须紧要，但得脱离黑籍，就转过西方极乐，几品青莲。

1月23日　　利如刀　　鸣

女色咁好，点解话我利如刀，咁样将人冤枉，都唔怕激坏奴奴，难则开刀。系奴奴最好。（去）有阵轻轻劈下，亦故意举到高高。总系我有利刀，未试过把君你对付，怕系挡刀唔拮。就哙托刀逃。想话监硬切刀，你总唔演硬个肚，慌到开刀斩缆，掟烂个沙煲，造乜当我系劏猪大凳。哙报猪栏数，刀有路，鬼怕把刀花舞，我已屠刀掷下，登上七级浮图。

1月24日　　阳台梦　　憨松

阳台梦，乜梦得咁痴缠，咁样子风流实在系鲜。大抵十二巫山，娇你梦遍，独惜鸳梦惊残。你几话咁可怜，人地睇出梦魂相会，都可以还心愿。况且我地实事如今，梦更倒颠。舞台一样，可以行方便，好似痴蝶寻花，死亦系甜。点得朝朝暮暮，梦作神仙眷。唉，唔就算，何日还心愿，但愿此后逢娇，梦里再圆。

1月25日　　唔好咁俏（详前大眼鸡事）　　晋公

唔好咁俏，我实在见你招摇，敢劝一声，大眼亚娇，你卖弄风情，工夫系最妙，迎新送旧，计不尽暮暮朝朝，丑业做到你等人，虽系不少，乜你不理人身强

· 251 ·

弱，一味猛发欲火嚟烧，人路咁多，知你系好笑。可惜无知年少，就唪丧命一条，记得个日某生，将你嚟叫，唔知你如何朝气，累得佢病到心焦。闻说佢父母今已知情，你亦唔得了。唉，休滋扰，我地中国华人，多得紧要，种强人壮，显得住吓民国新朝。

1月27日　　唔下得气　　不平

唔下得气，到底因何开罪你？你野蜜成咁，我实见心迟，我大早就知到妹你刁蛮。唔料到峦得咁起市，但凡人客都受过你来欺。我说话并有得罪人家，偏又唔合妹你意思。唉，真系费事，做乜眼白白把我难为，委实见奇。

1月28日　　无情镜

无情镜，照出我个点羞颜，亏我按住一下心头，就不禁泪潜。东施漏质，我亦知到有人称赞。只话人丑就把衣装，亦可以上坛。镜呀，你系见机，就要照得我容貌盖。造乜总唔照得俏□咯。重要照见我丑陋得咁交关，令我面涨通红，重怕难驱得人客对眼。唉，真至撞板，点得将你打烂，呢阵纵使我荡粉搽脂，都是等闲。

2月8日　　花系有信

花系有信，花系乜又咁愆期，想起花事繁华，实系惹我恨思，大抵花花世界，都系中人意。造乜阻滞唔开，乜你又咁迟。你睇个的多情蜂蝶。又咁撩人意，飞过墙东，都系为（仄声）采一枝，只估话有意东君。同佢气味，花信逢春，实在及时。点想任春系有情，花又阻住。唉，无的味，牵情都为（仄声）你，点得你此后知时开透咯。个阵就无（仄声）乜更移。

2月11日　　真好唱

真好唱，呢只鸦片烟歌，几世唔修，至会咁样子折磨，佢重话往日灯情，容乜易（仄声）过，今日烟友除街，委实见疏。大抵都系为（仄声）着呢洋烟。人就至会折堕，出丑如今，你话奈野何。第一伤心扫地，真正愁无那，都系烟引唔除。故此把佢唱歌，我想烟例禁得咁交关，都系无乜好货。唉，你系错，洋烟流毒祸，我劝你立心嚟戒，就无（仄声）今日咁嘅灾磨。

2月13日　　烟世家（详粤事）

人各有志，志在烟霞，个的烟精，亦有世家，烟具家传。叫我丢弃劳系假，怕乜查烟侦探，到此稽查，不特烟云□傲。可留得□顽耍。留作先人纪念，亦系

粤讴

唔差。呢的斗托烟枪。原不让古玩字画，不必腹有书诗。烟气亦可自华，门面无力撑持，好在有的烟去顶架。唔怕话，讲到消闲佳品，总好过美酒名茶。

2月14日　叩头虫（详粤事）

真古怪，呢个叩头虫，身着长袍马褂，件件都系旧家风。对住财政司度头门，天咁郑重，行前三跪九叩。礼貌乜咁尊崇。未知佢是醉里糊涂，还是发梦，认错系□陧，定认错系祖公，查住两个铜钱，天咁大作用，料得佢动身，尽系臭铜。拱手拳拳，连拱几拱，惊动大众。□到兵和勇，赶唔肯去，佢重诈作痴声。

2月24日　唔好软弱　贞珉女士

唔好咁软弱，君呀你系男儿，头颅可断，不可受人欺。况且今日不是私仇，原是国耻，兴亡有责。点好话唔合力维持，我见做着弱国嘅民，冇乜趣味，纵使牺牲条命，都要巩固邦基。儿女情长，个的唔怪得你，总系英雄唔好短气，舍得奴奴有勇，我亦愿鞭镫相随。

2月25日　食花斋（详粤事）　鸣

试食吓，个的花斋，只斋上口。不把下口斋埋，小小斋堂，亦藏有个花世界。你睇禅房花朵，系咁并妙皆佳。不特有清斋可食。并有名花卖，故此斋堂门外，挂起个花字招牌。试问几生修到，花定持斋戒，花枝招展，你话几咁施泒，（平）可恼花事飘零，一旦被人去破坏。唉，真冇解，许有花花和尚，遍唔俾师姑（叶仄）造花嘅生涯。

2月27日　错错错

错错错，亏我从头思想过，早知今日，自悔当初，有咁多风流，就有咁多折堕。真系循环天理，冇到半点差讹，重怕将来，唔知点样结果，越思越想，不禁泪洒秋波。此后快活风流，让与别个，愁眉头，凄凉谁似我，但得早日脱离灾难（仄）我就自愿年弥陀。

2月28日　春来燕　劳人

春来燕，依旧向南飞。燕呀，是否主人情重，抑或你不忍弃佢如遗。我想彼此相交，原讲风气，若不是旧主殷勤。断冇话重眷恋故枝。大抵新垒虽足栖身，亦难舍佢旧侣。且翩然抛却，似未免令人疑。况且外面想话丢开，究竟情实系恶以处置。唉，难怪你？多情应若此，呢哈对着繁花如锦。或者不负□你向日心期。

· 253 ·

十　振南报

1913 年

4月2日　　连宵雨　　梅

连宵雨，滴沥檐声，寒灯孤枕，好梦难成。自系我郎别后，归乡井，好似银河咫尺，隔住双星。记得昔日枕畔谈心，嫌夜不永，喁喁细语，直到太明。个阵海誓山盟，同妹面订，允为援手，不负我我卿卿。今日言犹在耳，未必成虚影，须谛听，望君怜吓薄命，亏我青楼沦落，忍不住涕泪零零！

4月3日　　春日暖　　梅

春日暖，景色堪亲，逢春花木，恰似美女含颦。睇见陌头杨柳，烟笼紧，庭前桃李，各竞芳芬，万紫千红，香遍远近。枝头啼鸟，镇日频闻，亏我抚景情怀，无限恨，堪叹人难如鸟，负此春温。况且光阴虚度，容易成霜鬓。须自奋，年华休再问，试睇吓春光明媚，岂可甘让他人？

4月4日　　你知系咁快散席　　经

你知系咁快散席，就应该咪催我番嚟，免使我两头咁走，上住几十级楼梯，为兜你个七十二分，累到我成晚挂系，彻夜不眠，走到我魂魄都唔齐，点知你静静地就先走，嬲到我魂不附体！若果你第二趟开嚟，我就一定把你鸡！哥呀，你若系稍有良心，都唔着揾的嗷野制。真翳肺，遇着的嗷嘅瘟尸人客唎，真正系不消提！

4月5日　　君既有意　　梅

君既有意，重使乜思疑，是何濡滞，望你讲过奴知！既系意合情投，当早决议，亏我望穿秋水，早定佳期。今日风闻，君有异志，是否听任唆揽，故此昨是今非。细想才貌拣到如君，方且窃喜，未必你寒盟背约，甘做薄幸男儿。若果你唔带得奴奴，惟有厌世主义，岂肯琵琶别抱，大雅贻讥！君呀，总要立实心头，唯一不二！须紧记，最要存终始，今日言犹在耳，岂可自食而肥？

4月7日　　我唔愿眼见　　痴

我唔愿眼见，你个自由婆，睇见你咁徽章革履，惹我恼恨多多，道德全无，真正系折堕。不修帏薄，跌落个欲海深河，手执一个书包，人估你系上货，点晓得你背夫逃走，得咁罗唆，自有恋爱，个的志愿真相左。今日捕送官司，怕你要受折磨。乜你重毫无羞耻，唔知错！唉，真至呙妥，谬种谁人播？呢的咁嘅淫偷风气，实在莫可如何！

　　4月8日　　风日丽　　痴

　　风日丽，景象咁融和。你睇长堤士女，似织锦穿梭，发鬓如云，行步袅娜，一路哝哝唧唧，戏断离蛾。往日君你读书，侬自把纺织去课，点似今日大家同读，妹妹哥哥，藏修息游，都要同你两个。唉，唔好懒惰，岁序驹光过，人生学业唎，咪俾佢至老正悔恨蹉跎！

　　4月10日　　春带郎归　　佚名

　　春呀，唔舍得怨你，重多得你带我郎归，怪不得灯花连夜，辉映罗帏，人世会合都有定期，堪笑往日无谓闭翳。独惜春宵唔永，未免恼恨个只晨鸡，此后把别恨离愁，丢咯海底。突对菱花，君呀你记否画眉，至好一夜似一岁咁长，等我地谈透往事，真快意，懒剪宜春字，但愿长团春梦唎，誓不分离！

　　4月11日　　唔好咁放荡　　佚名

　　唔好咁放荡，处处去闲游，见你咁招摇过市，实在心嬲。裤脚抠高，成日乱走，一条辫尾，梳到似老鼠偷油。如果你系请个跟班，又唔系咁两个挽手，做乜频行频讲，一阵眼角吼吼，只顾两个交肱，唔愿人指你背后？真正丑，乜得咁纰谬，整到咁人言啧啧，问你着乜来由？

　　4月15日　　不认妻　　周

　　庐山真相，亦认不出是否娇妻，真假难分，有乜话为？一个话佢真，一个又话佢伪，一个监人赖厚，一个硬把佢嚟鸡。造着咁嘅夫妻，真系无乜所谓，枉你有年余恩爱，共枕同帏。如果确系假时，应份早要抵制，乜事等到而家，至话逐佢去归？我睇哩件事情，你不过嫌佢老鬼。真正系，舍得佢年纪细，我怕你馨香祝祷，都要望案举齐眉！

　　4月16日　　开又落　　典

　　开又落，究竟花事如何？你是否金铃遍护，重灿烂过当初？做乜莺巢未稔，就起封姨祸，把名花蹂躏，又要受佢万劫千磨？虽则系水落花，大抵同一样结果，总有无限柔枝嫩蕊，叫我爱惜得几多多？花界大千，往日我曾见过，今日空剩一片珠海潮声，向边处觅爱河？堪笑一觉扬州，如石火！唉，真正有错，花枝空裊娜，呃阵茶蘼，都要梦醒春婆！

4月19日　　心要把定　　梅

心要把定，切勿思疑！见你一时一样，实在冇乜心机！记得当日相逢，君似有意，估话早为援手，不再迟迟，况且远近尽知，奴系等你，点解欲前且却，实在觉得蹊跷？你妹今日愁绪万千，都系因为你起，是否你听人唆撩，故此阻误佳期？我知道你未必系咁薄情，不过因心里有事，总系你有乜心事，尽可话过奴知！早知道唔共你住得埋，不若当初唔识到你！唉，真翳气，夜夜难成寐，累得我两头唔到岸，叫我点一日得开眉？

4月21日　　今年咁耐　　韦

今年咁耐，点解总唔见你开嚟？因何你近日，学得咁深闺？莫不是你慌到我哙叫你煎糕，防到破费，所以你卖断西环条路，总唔咁敢到妹处打吓茶围！做成噉样，哥呀，你亦真无为，乜一阵就咁堕落鸡？况且一年一趟，都已自成为例，唔使计，讲到钱财两字唎，你妹亦总唔提！

4月22日　　奴去花地　　韦

奴去花地，哥呀，你要共我叫便一只火轮船，冇番咁上下，就觉得系寒酸，虽则系相隔一条河，唔使几远，总系咁多船艇，唔轻易泊得正花园，散极都不过系有限钱财，就可以派（平声）得一转。你既系当搅当行，断冇整得咁冤！世界花花，唔使咁打算，偿了我宿愿，等我还清花债唎，至共你再结一段花月情缘！

4月23日　　无乜事　　韦

无乜事，就劝你咪到长堤，碰着个的新官骑马，你就哙一命归西，俾佢晒死亦有命嚟填，死左亦真唔抵！近日我地的小民人命，重贱过沙泥，佢阔佬有野一味唔听（平声），由得仔乱吠！近日系强权世界，应要避吓个的官威，听（平声）见你话要去行街，奴就闭翳，唔着制。近日的新官横暴呀，多半系任意胡为！

4月25日　　偷自叹　　戆夫

偷自怨，怨在当初，恨我无端白白，娶着呢个自由婆，开口就话平等自由，原实不妥。总系既成眷属，未便言多。点估到余欲无言，他竟要干涉到我，一时

粤 讴

唔合意，又话要自缢投河。我忍颈就得佢多，佢估我唔哙发火，不若索性与你脱离关系，免得到底恶以收科。近日整到个顶帽系咁辉煌，实在唔睇得眼过！唉，心似火，认真唔系好货，若得佢早些离异啦，我就快的念句弥陀！

4月26日　　花事已了　　鉴

花事已了，叹息岁月如流，估话共和成立，运转神州，点想幸福怱怱虽逢，徒见疾首，掳人劫物，日日盈眸。睇见时局系咁艰危，实在难以忍口，太息我地同胞遭劫，你话佢几世唔修？仰首叫句苍天，天呀须要矜怜我后，咪个只顾催人易老，总不相谋，况且位置天你系至高，唔好咁袖手！唉，真正谬，若果你重然如此啦，定必把你相尤！

4月27日　　成日话戒　　梅

成日话戒，实在冇意唔曾。点解时时见你，都系烘住个盏烟灯？烘住烟灯，成夜混沌，清灯孤枕，直竹横陈。大抵你口话戒除，心尚未泯，怕你烘灯唔得几耐，又要再食二三分，千个好烘烟灯，千个唔戒得断瘾。君呀，埋省个阵，要打醒十二个精神，总系要你担泥修路，几咁艰辛！望你听我讲句咁多，唔好咁笨，安吓本份，与你爱情真挚，正共你讲呢几句时文！

4月29日　　你妹唔敢开口　　银桃

你妹唔敢开口，哥呀，你知意嘅就带银开嚟，你至紧要俾落的过奴奴，至好去归，家吓已自二八天时，将近换季。我呢牌（仄声）周围咁筹款，整到我魂魄都唔齐。我共你虽唔系瘟到入心，亦唔算系新老契。本要替奴维划吓，免使我咁悲凄！带得几十开嚟，你妹就唔使闭翳，你唔好诈谛，若果你有事要同我商量，我亦总易话为。

4月30日　　花咁好　　佚名

花咁好，可惜葬在，落花无主，实在悲凉！虽则路柳墙花，无乜所争，总系爱花心事，一概难移！见佢花容瘦损，真是怜人意，名花媚质，弱不胜衣，更重柳眉深锁，在此烟花地，但系一经零落，返树无期。大抵花妍，易起春风忌，亏我护花无力，枉有心思，今日纵有倾国名花，风佢恶避。唉，花粉地，我亦情难已，只有新诗凭吊，独对东篱！

5月1日　　送春　　韦

春呀，你咪去自，我有说话要共你商量！你整到满地都系残红，实首惨伤，

· 257 ·

只望等得到春来，就有新气象！点想你再成嗽样子？春呀，你亦太过无良，整唔掂你就想快快飞奔，真正混帐，受过你几番凌虐，花亦唔香！你咪望去左又试番嚟，就可以长久享。唔使想，纵使你有第二趟番嚟，怕你亦唔得久长！

5月2日　　乜你要激颈　　银桃

乜你要激颈，真系嬲你都唔知，点解你做人做世，要做得咁韧（上平声）皮？你妹不过系循例开刀，唔系是必监（平声）你要俾。为乜事你周时咁谛，谛到个个皆知，就系你照数拈得开嚟，亦无乜气味。既系做成嗽样子咯，不若早日共你分离！呢阵任得你叫尽千应声，我亦无口应你。送着的咁没心肝嘅人客，你话有乜心机？哥呀，劝你此后做人，唔好咁晦气，须要揸定主意，见你近来的皮性㖞，好似越变越离奇！

5月5日　　轻舟一舸　　晓风

轻舟一舸，棹向五湖边。五湖烟雨甚缠绵，江山大地，已是苻葟遍，再无净土，系有烽烟。桃源里面，又住满神仙眷，未必许我凡人，占住一庆，点似轻舟一舸，自己随便！游荡遍，绝唔知理乱，但恐江湖荆棘到处同然！

5月7日　　玉骢归　　典

春江尽，听玉骢蹄，菱花对笑，等我画到柳眉齐，见佢征尘，尚自沾衣袂，令人乍见，知道返自辽西。佢重嫣然一笑，望实我只文明髻。郎呀，比做离开咁耐，知念否你妹寂寞罗帏？此后要学足个对鸳鸯，常伴叶底，就系衡门泌水，尽可双宿双栖。睇吓驹隙韶光，又如水逝。唉，须变计，秋水春风容易半世，讲到骊歌两个字㖞，千万呀莫个重提！

5月8日　　情一个字　　韦

情一个字，咪当系色欲嘅机关。唔得情长，枉你日夜往还，鬼怕你自作多情，佢全不顾盼。无情虽系睹面啫，亦好似远隔万重山。细想大千世界，情义原无限，情唔乱用，断不至意乱心烦。若果前世种落情根，今世就相见恨晚，两情相爱，重边处哙话缘悭？就系嬲过正话好番，情亦带慢。唉，听我谏，真情唔系易拣，愿大众莫向情天欲海咯，再起波澜！

5月9日　　君要念妾　　佚名

君要念妾，切勿当我系多添！记得山盟海誓，共你肝胆情黏，鸾交凤友，一向缘非浅，应份天长地久，式好无怨！点估到贪新忘旧，唅把心肠变，茂陵一去，总不念从前。如果色衰唉弛，或者情难免。近日你妹尚自年轻，点好就咄捐弃？秋风未至，竟直抛纨扇！郎性转，枉誓红尘愿。一味长门深锁，尽日有边一个垂怜？

5月10日　　花欲卸　　佚名

某主笔谓新官儿之自由雌，臀部之襟，有大朵牡丹者，闻者诧为奇，隐者曰不奇，请听我唱《花欲卸》来。

花欲卸，就有蝶来欺，有意藏花，就要罩到密时，花在暗中开放，更重多香味！个一种香味，只有浪蝶知。枉费探花人客，镇日游花地，空悼残菊，尚护以短篱，揾不着牡丹初放，系种在谁园里？唉，空叹气，赏花唔到你，另有几个花王，都为佢扶持。

5月12日　　闻折柳　　梅

闻折柳，闷锁双眉，柳呀，点解对人欢喜，对我得咁凄凉！忆昔与郎饯别，在个处长亭地，依依杨柳，尚记得系此际天时。点想君你一别经年，唔把妹记，况复鱼沉雁杳，未见一纸回书，未卜佢旅况如何？曾否获利，或者被野花迷恋，故此阻误归期？君呀，你唔念奴奴，须要顾吓自己。又况门间，尚有双亲倚！唉，须紧记，咪个唔经意，望你归帆早挂，幸勿迟迟！

5月13日　　怨天　　银桃

天呀，你真系唔啥做，乜咁快就热得咁凄凉？呢个二八天时，累到我实首惨伤，的温佬个个都唔嚟，怕我同佢攞账。我通宵唔瞓得着，都系闭翳个的换季嘅衣裳，虽则系我重有几套古老嘅排头，我亦唔敢映，多方筹划，点都要置过一套新箱。哥呀，你带得几十开嚟，就天咁口响，我无乜倚向，若果你唔肯替奴筹划唎，你话重有边个可以商量？

5月14日　　如果你要叫佢　　曾经

如果你要叫佢，就咪个再叫奴奴，你花心成散，点怪得你妹鸡苏？我想叫得造系人，都冇边个话唔啥呷醋，你做成噉样子，我一定共你嚟嘈！你妹已自出过毛巾，都算你系头一个佬，叫住我成年咁耐，至系应过我一回刀。早知道你咁花心，不若唔送你重好！唉，你唔好咁冇谱，枉我俾心肝嚟待你唎，家吓都系冇半

· 259 ·

点功劳！

5月15日　　无聊赖　　梅

无聊赖，日困愁城，对住皇天，试问佢一声，天呀，既系生得我咁多情，偏偏又要生得咁薄命？既系生奴薄命啲，点解要去生得咁多情？若果我学得木石咁无情，唔使愁到咁影！个阵任得如花薄命，我亦唔声！总系命薄既已如花，情又未罄！唉，真攞命，问天唔见应，亏我长歌当哭，自怨生平！

5月16日　　钱一个字　　梅

钱一个字，有边个想话唔捞？但得盈千累万，便足称豪，大抵富户殷商，都系钱字制造。近世金钱主义，边个讲吓清高，唔信你睇吓新官，捞得咁富，个个荷包丰满，佢就立刻登途，开口就话解甲归农，埋口又话学贾，实则寓居洋界，置业收租，个阵谁人，唔识佢系阔佬。唔系讲古，金钱谁不好，你地日日嚟人扒刮，实在自己糊涂！

5月17日　　春欲去　　银桃

春欲去，渐觉花残，睇见花容憔悴，不忍终看。细想春日迟迟，时本有限，恨煞藏春不住，已觉羞颜。尽日花落春残，真正无法可挽，触起我新愁旧恨，满记心间！春呀，望你带同愁去，免使我常嗟叹！抬眼望，花前频顾盼，亏我护花无力，空倚在口雕栏！

5月19日　　唔见左你咁耐　　银桃

唔见左你咁耐，哥呀，你究竟为乜原因，快的行嚟呢处，等我共你讲一句时文。你有得俾就咪个应承，点解要将妹混，做成噉样子？你话叫我点可以共你嚟温？问极你都系唔听（平声），实在我都唔顾问到咁紧，家吓人人都换季咯，你睇你妹重天咁寒尘，晚晚都伺候到几更，挨捱尽眼瞓，叫咁耐你都无钱俾我，叫我点肯出毛巾？你妹有话立乱开刀，唔系搵你老亲（去声），你须要把良心问，若果你嗷都唔肯应承，就劝咪个做人！

5月22日　　天欲晚　　曾经

天欲晚，你妹要梳头。睇见我俩须蓬松，都带住半点羞！灯红酒绿，最易消消瘦，沦落在呢处污泥，你话点得自由？怨一句天边红日，点解你咁将就，剩得一二寸残阳？为乜事要咁快收，日子无多，睇白系唔温得几久，计要等候。我等梳光头髻唎，至共你慢慢筹谋。

5月21日　　归来燕　　痴

归来燕，故主情深，唔怕春光泄漏，再觅旧垒檐檐，我想往日依依，情绪久稔，双飞双宿，有阵更入花阴，添香捧镜，日夕窥愁寝，细语呢喃。最记得个夜雨霖，尽日恨到别离，时苒荏，凄楚甚，故巢情不禁，恍忽乌衣门巷唎，春眷旧好追寻！

5月22日　　花咁好　　曾经

花咁好，总系唔灿烂得几多时，风头一转，就剩得满树残枝，个的无情蜂蝶，只只都系贪香气，等到春老花残，佢就走过隔篱。花呀，你好极都系有几耐繁华，劝你唔好咁恃，认老花残，问你有乜药医？天道本循环，唔到你放肆！唉，须谨记，至怕大王风起唎，个阵你悔限亦嫌迟！

5月23日　　情一个字　　佚名

情一个字，系攞命钢刀。讲到情深一往，困死英豪。情字越认得真，人就越发恶做，试睇吓骊山烽火，搅到乱糟糟。痴情边个，得到同偕老，好似石火昙花，一霎就无。况且情长最易招天妒，几许怨女痴男，把首痛搔，若系唔割断情根，生命又怕不保！唉，真睇得到，君你莫入柔情路，一杯情魔搅扰啫，就哙万劫难逃！

5月25日　　闺怨　　佚名

偷自怨，怨无家，标梅久待，误却我嘅年华，是否月老赤绳，忘记系挂？亏我年年压线，空自短叹长嗟！且得我自由恋爱，未必无人嫁。总系防闲严密，又恐母氏稽查，我想托世做到女流，原实可怕，复被时常缚束，负此美貌如花！古道不得自由，宁死亦罢，心已化，浮生如梦假，容易红绫三尺，舍却世界繁华！

5月28日　　奴要去　　梅

奴要去，参拜吓观音。今日观音宝诞，尽吓恭祝嘅微忱，勿谓我迷信神权，将妹乱禁，重要与郎同去，正见得我地诚心。个阵郎你鞠躬，奴就裣衽。君呀，你备齐香烛，等我宰只家禽，得佢佑我生男，奴就欢喜甚。去年欢喜，以至如今，今日恭祝佢诞辰，应要敬凛，蒙护荫，酬恩奴力任，所谓人凭神力，早望甘霖！

5月29日　　唔怕丑　　典

唔怕丑，久住青楼，任得旁观耻笑，佢真正系唔嬲。钱可通神，叫佢唔要就假柳，晚晚咁多台脚，数不尽淫筹。心里想几耐，口话只可陪吓酒，讲大话得似层层，静静又把食偷，抱住个琵琶，唔知何日放手？唉，佢心想透，任人排第九，重话佢香巢稳固啊，我只管尽地风流。

5月30日　　今晚有事　　曾经

今晚有事，你妹要落中环，落到中环，要第二日至番。若果你要等妹番嚟，又怕你唔等咁晏，两头咁走，你妹就实见为难！我唔系净系共你温埋，唔啱你就饮少一晚，至怕酒阑人散，你就冇有定埋湾。但得刀路有灵，我就唔怕拼烂。长制惯，若果系有钱入袋啊，又怕乜被人弹？

6月2日　　一面落雨　　曾经

一面落雨，一面又半壁斜阳，睇见天道系咁无常，我就冇晒主张！雨日各自争持，真正混帐，舍得系大晴大落，我亦易商量。行路果实系艰难，我亦无乜倚向，或晴或雨，你叫我怎不心伤？天道尚且如斯，人事亦系同一样，唔敢乱想，不若闭门不出啊，免使你整湿我衣裳。

6月3日　　奴想去睇　　曾经

奴想去睇，去睇吓个的影画能言。哥呀，我要你共奴去，你要去买便一个房先！影戏我睇尽咁多，都未曾睇过咁幻变，能言影戏，真系绝后超前，点得将我地两个影在画戏里头，就可以长日见面，大家在画中谈几句，重快活过神仙。长眷恋，个阵纵系与哥离别啊，亦可以结吓画里情缘！

6月5日　　唔怕丑　　痴

唔怕丑，做乜你到老都唔修？尽日被人擒获，问你着乜来由？女子从一而终，应要把贞节讲究，点好毫无道德，去把人偷？况且半老徐娘，知识要透，年过大衍，为乜重有李报桃投？老妇士夫，真正丑陋，风情两字，都要一笔嚟勾，咁嘅风气偷淫，我亦唔讲得出口！唉，禽嚛兽，纵淫同母狗，入落猪笼水浸，我都话佢整浊个的泉流！

6月6日　　莲可爱　　典

莲可爱，怪不得有君子芳名，淤泥不染，香远犹清。春融花国，百卉皆争竟，未及佢炎威肆虐，都重植立亭亭，止有隐逸菊花，犹可与并。富贵花王，实在俗到不胜（上平声），舍得同时出世，就把梅魁聘，好过美人含笑，一味夜合多情！问我酒后吟余，点样销日永，荔园竹院，日日雪藕调冰，睇吓花底个对鸳鸯，犹未梦醒！唉，真正定，睡稳心偏静，妒杀芙蓉如面，你几的绰约娉婷！

6月7日　　如果唔系真靓　　经

如果唔系真靓，整整吓就哈对镜心嬲，点解佢要把我咁丑怪嘅颜容，影在画里？我想叫做系人，都冇边个知道自己容貌丑陋，鬼怕碰着个个无情明镜，就真系几世唔修，明镜最系难瞒，唔到你假柳！唉，难忍受，镜呀，你点解要照人唔靓喇，到底系为乜野果由？

6月11日　　睇你个样　　佚名

睇你个样，实在羞人，堂堂男子，造乜整得咁衰君？我唔系叫你做跟班，你何必跟得咁紧，迷头迷脑，好似失了三魂？咪话文明装束，就可以将人引，咁样轻狂，鬼共你亲？呢的阆苑仙花，唔到你混沌，做乜良家闺秀，你都当作系自由神？天鹅咁好，黑有你虾蟆份！唉，劝你唔好恨，若果北为蚨蝶，都或者准你嗅吓香裙。

6月12日　　无乜意味　　十郎

无乜意味，不若趁早收山，把我鸡骚成咁，实觉羞颜。我想既系落在青楼，何敢将佢地待慢？点解人人心理厌弃得我咁交关？虽则话我系翻剃，我亦唔敢自祖，不过金钱主义，故此一再混迹勾栏。亏我想后思前，唔无计可挽，是否佢联行抵制，抑或自己缘悭？罢咯，不若索性收山，唔好恋栈。非口惯，认真唔系好顽（仄声），幸我荷包充裕喇，大可以鸟倦思还。

6月13日　　话到口淡　　韦陀

话到口淡，乜你总唔怕人嬲！你时时都咁口爽，实在你为乜来由？话扯话住几十回，乜你都总唔觉丑？送的噉嘅奄尖人客，真系几世唔修！你话扯亦冇人留，由得你走，孤寒成噉，劝你此后都咪到我地青楼，望极都唔见你烂尸，奴亦嬲到够！任得你多方运动，呢阵亦冇人兜。哥呀劝你及早知机就唔着咁吽。须想透，若然你唔扯喇，重怕哈大难临头！

6月17日　　自由雌骂新官　　鉴

袴不掩胫，不过想演吓个对袜色猩红，干涉到如斯，未免太不公。时尚趋向

· 263 ·

自由，噉算系乱动，就系个地太太未到临头，亦与我地一样同。今日步武精神，年份良改种种，若要裾穿，折起太冇阴功。此后若不自由，宁把命送，休发梦，理加吓几多唔理，要埋到我地芳丛。

6月18日　　无乜好去　　典

无乜好去，娇呀，共你去吓荔香园，携手同行，嚊怕乜肉酸？近日放浪自由，风气大转，唔分男女，叫做平权。我自问张绪风流，年纪又咁少嫩，况且满手英文，天地都唅指穿。共人你作临时，想必娇情愿。此后怜卿怜我，大可凤颠鸾。近日拍手食过荔枝，彼此情更眷恋！唉，唔好怨，止怨情长偏偏夜短，点得连理，递世亦结过再生缘。

6月19日　　郎你雪藕　　佚名

郎你雪藕，睇吓藕断重系丝连，好似怀人两地，彼此情牵。记得荷池联句，个阵香风遍，屈指如今，转瞬又一年。虽则你妹花容，无乜改变，就系恩情依样，未免事过情迁。总要学得莲花，长日见面，势唔让个对文禽，佢交颈得咁自然。大抵女子多情，人所易见，男子条心，未必有咁坚，呢世共你恩爱终身，第二世亦唔好将妹厌贱！唉，缘分不浅，藕臂条金都压扁，胜过江篱蒂唎，想必结好在九百年前。

6月20日　　无乜可问　　典

无乜可问，问一句嫦娥，做乜恩情好极，都要丢疎，是否你老眼朦胧，把鸯牒注错，故此姻缘两地，把日消磨？分别年年，孤寂自过，有事魂梦，都系会少离多。虽则世界思妇离人，唔止我地两个，月呀只系见你团圆，叫妹点奈得你何？点解花明柳媚，都唅愁无那，第一怕听人提，个只子夜歌，做女个阵点知离别咁苦楚！唉，我唔睇得破，约定欢期犹有阻，一缄离恨唎，未必月你，替我带得到白狼河。

6月21日　　奴要换季　　十郎

奴要换季，君呀你总要知机，近日官纱红绸，价极相宜，每款卖匹开曝，虚耗冇几。咪个总唔听野，削到如斯。况且阔少堂堂，何必咁吝鄙，三头几十，算乜野稀奇！既系与妹合意情投，须要知吓妹意，就令总唔开口，点好作唔知？重要你早日送来，方觉有味。须紧记，咪个唔通气，若果悭膏成咁，自后勿到此地栖迟！

· 264 ·

6月23日　　红荔熟　　典

红荔熟，断续蝉声，催人岁月，似箭难停。荼蘼开遍，转盼又见江篱盛，骄阳如火，止可雪藕调冰。自问才非世用，不敢与人争竞。泉石山林，养吓性灵。讲到啖能三百，坡老真正堪人敬！除却了虬珠，重有乜佳果可称？堪笑红云罢宴，离宫静。唉，歌舞境，红尘飞不定，近日玉人何处喇？只剩有风月多情。

6月25日　　须要保重　　佚名

须要保重，勿个浪费精神，四大关头，都要立实脚跟。自古话英雄跳不出，个个迷魂阵，生命凋伤，就系酒及美人，日日消磨，元气渐窘，迷途思返，已自体魄昏昏。劝君莫个，眷恋脂粉，休浑沌，痴情终受困，杀人利器，枕上又冇伤痕。

6月26日　　芒果熟　　典

芒果熟，要寄去参议院人员，免至八大胡同，把利独专。你系代表国民，神圣议院，物薄情深，你便哂存。大抵除却了杨梅，推佢首选，其味无穷，大可遍及子孙，领略过就遍体生香，容貌亦转，个中情景，勿俾外人传。今日报李投桃，唔怕道远，珍重收藏，莫令佢穿，此后个味樱桃，无谓眷恋！唉，听我劝，谏果回名誉未损，若系拍手正食得离枝，个阵体面就不全！

6月27日　　花你命薄　　佚名

花你命薄，做乜咁耐重唔开，累得个的游蜂浪蝶，日日飞来。点得催花羯鼓，有个唐皇在。等佢万花齐放，翠倚红偎，可惜封姨十八，屡把群芳害！落花无主，使我太息低徊。今日有酒无花，真正可慨，韶光辜负，空对住花影衔杯！愿乞个位东君，同佢主宰！唉，唔好咁冇彩，花信更番改，日夕与花容惬洽呀，会联瑶台！

6月28日　　情一个字　　晓风

情一个字，边个系能无？个一缕情丝，点忍得两段一刀？烟花场上，虽唔系算你温好相，总系有交情咁耐，未必不念分毫，无奈你讲钱唔讲义，尽把旧日情推倒。故此听闻你话搬塞咯，亦冇半点心操，觉得你肯远离，我心事更好，唔使长日呷醋。但系你咪错来认我，系一个薄幸登徒！

6月30日　　真正热　　大痴

真正热，好似酷吏凌人，你睇赤日炎炎，刻酷到万分。世界几许趋势附炎，人总有品，热中萦绕，五内如焚，点估到热极就唃生风，天都有递嬗嘅气运，到头冰冷，尚未体透假和真。藉住势就铄石流金，威福大振！唔使恨，热度无过高一阵，得到风姨驾后唎，正现出景日祥云！

7月1日　　咪讲个嘅　　周郎

咪讲个嘅，边个学你咁心邪，好似大光灯咁，专揾大炮嚟车！纳福唔似你令堂，我晓得你个杠野，咪当我系泮塘黄鳝，我实在系一条蛇。哩的仔女有咁精灵（平声），唔系话点好惹！食惯生葱送饭，唔通你重唔知咩？通气点攞得便宜，你好共我快扯，咪话刣鸡宵夜。若然唔走得起落，等我送只纸马你嚟骑。

7月2日　　寄家书　　典

离别久，等我寄一纸家书，娇呀，故园盗贼，比做近日何如？外埠听见话清乡，好似叫蛇去捕鼠，藤兜阔佬，多数系简出深居。况且薪桂米珠，早稻又逢了大水。南方引领，冇一日不想返乡间，无奈商务正在维持，难以弃去！唉，心似醉，日长偷洒思亲泪，骄阳火烈，愿你珍摄吓，切莫为我踌躇！

7月3日　　奴想去　　曾经

奴想去，想去吓宝贤坊，有几间茶室，起得几辉煌。听（平声）人讲就听过好多回，总系我未有去行过一趟。闻得话个的茶楼侍役，个个都扮晒自由妆，所以我要哥你同行，陪妹去荡荡。共哥你，齐去试吓，号定一个通爽嘅厢房，总系你见左的侍役嚟，我就唔准你乱望，咪个见人好样，你就眼光光，你若果睇得人多，心就唃丧。听吓妹讲，我自己识透你地男子嘅心肠，你咪当（去声）我系唔在行！

7月4日　　须要忍气　　大痴

须要忍气，切勿乱咁开言，讲错一句时文，就唃惹出祸牵。自古话世事无穷，全靠历练，行差一子，悔恨缠绵。至唔好系怒气冲冲，虚火满面，恣行谩骂，苦怨人天！君呀，但得学养深时，姿质就变。思想遍，入深和出显，百炼始得成钢，正养得个点浩然！

7月8日　　君到港　　曾经

君到港，唔知你住在何方？呢趟你究因何事，点解要整得咁狼忙？君呀，你近来的举动，我亦几次闻人讲，你到底有何作用？要整到咁惊慌？如果你系想收山，亦唔使咁戆，使乜鬼头鬼路，整得咁彷徨？你平日多心成嗽，想落我亦系心难放，咪个死心唔息，又去搅到唔水唔汤。劝你此后要收心，唔好学往日咁放荡，听吓妹讲，若果你重周围去搅唎，后患亦在在堪防！

7月10日　　钱字作怪　　大痴

钱字作怪，有边个跳得出呢个关头，舍得话大注钱财，万事尽休？纵使希贤希圣，平日讲究，一有金钱魔力，就哙搅到行不相侔，节操自高，不过系钱未到手，夷齐盗跖，拼得你地月旦阳秋。钱样方圆，俱备有，须要体透，佢最易清好丑，好似一个孽台宝镜，照得分外明眸。

7月11日　　难尽写　　晓风

难尽写，我心里，怎学得闺中少妇，不知愁。阿侬少小，岂人风花透，无奈催人岁月，老却春秋，往日春花秋月，自悔闲消受，得风流处，不解风流。点料一自自世事缠人，愁字便有，渐渐尘虑萦萦，未得一日休！并觉铅华懒卸，任得衣尘垢！唉，如蓬首，对镜颜非旧，正是镜台尘锁，尚未入吓妆楼。

7月12日　　奴等你　　大痴

奴等你，君呀，你都要共我维持。你睇女界参政同盟，现在黑暗可悲！实力未得充分，所以个个权限未俾过我地。话我尚无政识，想俾咯系咁意见游移。今日我地参观议会，见尽你的稀奇事，不过系捣乱情形，或者墨盒乱飞，尽情谩骂，未必我地女界输亏你！君呀须要紧记，与奴争啖气。使我地得政权参预咯，个个都吐气扬眉！

7月14日　　缘一个字　　典

缘一个字，整得我鬼咁心烦。君呀，绸缪日久唎，点讲得话缘悭，无奈你名利认得咁真，情义睇得懒慢，就系奴唔话你啫，都怕哙受人弹！睇吓人地卿卿我我，似足对和雁，我地天南地北，自己孤单，前世想必唔修，今世要受呢愁苦嘅难（去声）。玉骢难系，恩爱亦系虚闲，劝你秋以为期，免至劳妹久盼！唉，天又晚，疏林鸦影散，远望一鞭照裹，未必系我郎还！

7月15日　　奴为你打扇　　晓风

奴为你打扇,等你阵阵生凉,免致你汗流浃背作不就文章。妾见你挥毫挥扇,好似轮流样,才停停扇啫,又试汗透衣裳,故此我你旁泼吓,等君你把艳福来先享,沁人心肺更有粉咁香,个啻调冰雪藕,在个荷池上!唉,凉气透上,都忘盛暑,个的皓皓骄阳。

7月21日　　同系姊妹　　恨子

同系姊妹,拗得几多多?未必沦落到青楼,都重受不尽折磨,点好话两句唔埋,三句就起祸。咪估得人怜爱,就可以恃着情哥,你睇得人客万千,好嘅能有几个?碰着就当系真情真义啊。怕哙错结丝罗。自古话有咁耐风流,还有咁耐折堕,等到恨错难番,试问有乜收科?罢咯,劝你呢阵闹人,唔好太过,减低心头火,若系喉咙嗌破,我睇你点样子讲和?

7月23日　　还未老　　晓风

还未老,鬓先凋,转瞬朱颜,得咁忧,不堪回首。侬年少,风度系咁宜人,月貌系咁娇,点估韶华虚度,便把青春了。呢阵老去风情,更觉寂寥,春花新月,转把人来笑!唉,花尚咁俏,若系往日貌同花并,定逊我娇娆。

7月24日　　风月　　典

除却了风月,重有边一样怡神?大抵文人墨客,最乐系风月常新。若把风月当做烟花,人就俗品。吟风弄月,驶乜费分文?虽则晓风残月,未免撩人恨。若系迎风对月,又好似我有嘉宾。虽二两个字系谁题,无谓细问。领略透无边风月咯,正叫得做真个销魂。今日未得破浪乘风,聊把市隐。好在天边明月,可证前身。讲到梧桐月共杨柳风,边个唔想分佢一份?唉,须紧记,江上风来山月近,我系三十年来,风月嘅主人!

7月25日　　无乐土　　大痴

无乐土,处处都盗贼如毛,任你清乡围捕,重系咁乱糟糟,驳壳曲尺一味纵横,偏愿去把贼做,大抵拼条性命,免得众口嗷嗷。咁样子贼亦可怜,转恨教养不到,米珠薪桂,世界系咁难捞,狐狸莫问,试睇吓豺狼当道,点算好,草野穷无告,就系增拓十八酆都,我怕亦要贼犯满牢!

7月26日　　还不自量　　晓风

还不自量，撒什么娇？我见娇近日，系咁扭拧刁乔。虽则你唱亦系唔输，但系年已不少，一自自金粉凋零，艳色自销，等待鸡皮鹤发，个阵谁人要，门庭冷落，就见无聊，烟花场上，只系当年少。娇你思把菱花照，睇吓折纹满面，露出一条条。

7月28日　　你如果系叫妹　　恋玉

你如果系叫妹，就劝你咪咁多心。造乜你见亲人地好样，就拼命也要追寻？早知你系花心人仔，未必你哙花成啖！此后任得你点样子温奴，我亦系懒饮懒斟，纵使你哙讲出天花，我亦防住你嚛。你妹系知机海鸟啦，比不得别样飞禽！唉，罢咯，不若早些分手，免使日后整吓整到情难禁，及早回头，重免使累到我咁深！哥呀，你既系有心怜妹，点解又要叫别二个嚟陪饮？你唔好咁甚，关人关下啊，我要把你三纵三擒！

7月29日　　唔系个杠　　晓风

唔系个杠，点到你乱把钥匙开？任你大炮车来，我地亦贵手懒抬。睇见你平日个种行为点能入得大众眼内？咪话人家唔语，你就估系应该。虽则公理全无，到底人心尚在。若系一意，嗷又使乜去揾人陪？你既立意害民，亦都唔好咁百倍！真叹气，以怨酬恩爱，咪估重系忍心趋向咯，当晒佢系痴呆！

8月13日　　遇着你个懵仔　　晓风

遇着你个懵仔，实在省份当衰，睇吓搅到尚无咁凋零，你话怨得乜谁？你既然造反，都莫待人心去，做乜你不知时势，系咁戆居居？你自作自为，何苦要牵大众落水？你咁样为官，实系未算臭除（借用）。呢次卤妄行为，都系全省受累！唉，衰到佢，总有日你要卖翻梅，就晓得衰累！

8月15日　　娇你走路（为岑二讽也）　　晓风

娇你走路，走到何方？青楼地面，边一个叫做冇情郎？佢话带你上街，不过你凭把口爽，今日半站中途，至整到你不水不汤，累你四围走路，只字嗟飘荡，再不估教坊零落，没处把身藏。呢阵飘茵堕溷，跳不出琵琶巷！唉，娇太雯戀，净系听人摆弄，日日替人忙。

8月18日　　娇去就罢　　韦陀

娇去就罢,点解重要夹带家财,狼戾得咁凄凉,你话叫我点睇得开?你咪估话远走高飞,人地就无法对待,任得你走到天涯咁远啷,亦唔找你番来。你临扯重起势咁扒,唔系扒到就算你好彩,至怕俾人截获,个阵你就越发哀哉!为乜事你临去而要立乱咁共我开消,性情不改,难忍□□想当你一的都捆身之计,娇呀,亦未免太过痴呆!

8月25日　　唔止罚跪(为一般从逆议员讽也)　　乜少

唔止罚跪,重话要逐出青楼,当初何苦,咁不知羞!人客讲极温心,多半系假柳,倒眼陈咁丑样咯,剩有乜点风流,做乜你成班姊妹,都想跟佢逃走?今日泄漏春光,激到老母咁嬲,恐怕要裤里绑住只猫,就难以抵受,除是你快走,静中逃过埠,呢阵累到你咁凄凉,都系倒眼仔个做斩头。

8月26日　　好在我唔肯扯自　　恋玉

好在我唔肯扯自,唔系呢趟就哗吓坏奴奴。如果系留奴在省唎,就系哥你亦䁔到心操,乱事未必咁就能平,奴亦知道唔系路数,你睇潮头咁紧咯,边处有一阵就可以息的风涛。虽则系噉处要使多的家用,妹亦唔系话无知道,总系处处都系要柴米油盐,呢处不过系多纳的屋租,有奴喺处监督你,重免使你咁多头路。监你做好,唔准你行错一步,若果重系立乱咁行横,我就要拼命共你噌!

9月1日　　真惨切　　典

真惨切,蹂躏商场,不顾世情艰难苦,一味枭张。千日养兵,做乜演出如此怪象?货物顷刻清盆,借问边一个把损失偿?眼白白血本劝亏,安有光复既望?何况负欠累累,更重惨伤,只有妻子卖埋,免至无米去养。呢账飞灾横祸,惨过劫遇红羊,重有劫色正劫财,我都唔忍细讲。庶民受患,岂止话害及工商!但愿此后泰平,唔好再制第二账!唉,真正唔似样,睇吓羊城咁灿烂呀,整得佢咁寂寞荒凉!

9月2日　　无情雨　　晓风

无情雨,留住有情哥,哥呀,你便多留几晚又如何?呢次系风雨留哥,唔冢我,佢替我把哥留住,好过妹留多。风雨愁人,得你陪妹坐。况且如此风波,你点样渡河?多留已晚,算妹唔该阻。非太过,最好雨人对酌,饮到醉颜酡。

9月3日　　秋有恨　　悲秋　　1913年

争权争势，举世皆是，而以政界为尤甚。近日广东政界中，竟有因失权势而作哀鸣者，故讴以讽之。

秋有恨，寄意在梧桐，梧桐飘落，亦不免怨一句秋风，你睇桐叶系咁力单，你话点揸得的秋气咁重？一阵撑持唔住，就要堕落在水面飘蓬。唔知桐叶佢真系无能，抑或佢故把秋气纵？今日逼成佢噉样子唎！风呀，你亦太过有阴功，有心人见着，岂有话情唔动？心倍痛，讲到耐寒性质喇，你话点似得岭表孤松？

9月5日　　热到咁惨　　佚名

热到咁惨，你妹要去乘凉。今年咁耐，都算今晚热得至深伤！凑着今晚咁早就饮完，无乜好想。热到大汗淋漓，你话点过得一夜咁长？就系想共哥你温吓，亦系唔舒畅。我个房（仄声）焗气得咁凄凉，又夹四面冇窗，若果你肯请我坐吓自由车，我就共你攞账，散几个银钱，就天咁口响。条数都系一样，就系共你去车到天光大白唎，亦系好平常！

9月11日　　唔使怕　　笑

唔使怕，一定拍闸唔开，你的外江壮士，莫想行来！昏夜扣门，有乜缘故在内？若系来求水火，都要话句唔该；若系你来乞米，又见你冇拧长袋。你言语唔通，听到我呆！你想留下五毫纸币，就要奴招待！咁好彩，一宿两餐都在内，你咪话在此喧哗，吓坏我的小孩！

9月20日　　秋风起　　蒲

秋风起，触动乡思，江湖飘泊，记否归去来辞，思鲈张翰，亦已扬帆去。我怀人情重，点得邋迅乡居？怎奈月系咁留人，留落此处，至使心旌摇曳，搔首踟蹰。呢阵雁阵惊寒，天末未见只字，寒衣未到，叫我怎不相思？金风爽飒，亦该扭定春衣杵。唉，愁万缕，无限归家思！罢咯，只有临流徙倚，默计归时！

9月23日　　留你不住　　恋玉

留你不住，一定要共妹分离，哥呀，你究竟为乜因由？唔怕讲一句俾妹知，就系我共你唔系点样意合情投，你亦唔使咁快走自，纵有万分唔合意咯，亦慢一阵都唔迟。虽则系青楼妓女，有边个系真心事。若在人前，我就点都要诈作一念痴，唔知道嘅重话我共你掟煲，防到唸物议。唔好意，哥呀，你今日一去总不回

· 271 ·

头，实首令你妹可疑！

9月26日　　唔准结　　笑

唔准结，呢段自由婚，一定系学部成班，都系的故肃人，点解自由婚嫁，都要佢学部先公认？唔通我自由嫁了，佢又要我地自由分？我地揾得个自由靓仔，断冇离婚笨，任你学部乜野章程，也不作闻。纵然斥过，都要共靓仔温翻份，唔肯咁笨。唔准我地结自由婚，莫不是要照旧问神？

9月29日　　秋节过后　　晓风

秋节过后，未见君归。君呀，你一定系把异乡花柳，日夕痴迷，故此流连咁耐，尚未图归计，累我时时盼望在空闺！抑或为故乡风鹤，尚有堪惊畏，故此迁延时日，在异地羁栖，独惜鸿鱼咁便，点解音书滞？唉，君你又系，点解自从分袂，就把妾总总唔提！

10月6日　　奴系女子　　神经病

某省报载，大良有潘某这，性素佻达，品性卑污。藉某某势力，得充中学教员，兼充某女校教员。该两校男女学生，平昔已鄙厌之，久拟联堂抵制，然为势所压，无如之何。日前，潘在女校攻克毕，已值散学时间，适大雨连绵，阻女生不能返家。潘遂以为奇缘，谕各女生曰：风雨潇潇，相对闷坐，不若学游戏操！爰示各生以暮夜攻城之操术，分班列队排立。潘以巾蒙眼，作攻城之状，实欲摩搂各女生也。适伊有妹亦在该校，女生暗里相约，将伊妹推向其前，潘搂抱之，尽情戏谑，后伊妹放声大哭，始情急遁去，各生亦哄然而散云。

奴系女子，使乜要学攻城？听见呢一个名词，我要问教习一声，虽则系近日女权发达，我地女子亦要争参政，所以我地发奋咁去维新，昼夜不停！新学虽系要去研求，总系呢样又嫌佢新到冇影，点解几更时候，重要我地学操兵？你糊涂成嗽，又怕我地唔公认，唔好乱性，若果我地系想学攻城，唔好走入炮营！

10月9日　　扒到够　　笑

扒到够，某官归，做官钱物，边一个唔系扒嘅！人民膏血，食到的新官滞。可惜新官欢笑，百姓悲凄！官揾得钱，就无所挂系，一年任上，好事多为。人话官为公仆，我话佢系皇帝，行专制。你睇四民失业，实在不消提！

10月14日　　单思病　　大痴

单思病，枉你自作多情，自古路柳墙花，有乜正经。咪估话佢系青衣，就要怜佢薄命,不过系想做出笼鹦鹉,故此相约得咁不分明!试想吓为佢衰病侵夺,应份心共印证,点解一遇堕鞭公子,就哙掉转心旌?劝你心水叠埋,唔着为佢眷恋起病,莫个伤孤零!妇女多半,系杨花水性,男子汉只患功名不立啫,不若顾往前程。

10月17日　　娇呀监住要别你(为戒烟者讴也)　　东

娇呀,监住要别你。呢回誓不共你说情痴,任娇闹我一句,系薄幸男儿。记得起首相交。凭着点气味,点想痴埋之后,重弊过自由雌。十年恩爱,你话点舍得离异,怎奈晨昏相恋,累到我骨瘦神疲!罢咯,不若当(去声)你系毒蛇猛虎,将娇弃,脱了呢重魔障,免至受你监(平声)羁。芙蓉城内,不是我嬉游地!唉,须要坚心志,唔系断送残生,都未得了期!

10月20日　　电风嘅煽(为乱党讴也)　　东

电风嘅煽,秋后要丢开,做人最怕造着你嘅样子落台,虽则你系运动冇灵,谁不羡爱?独惜你单晓得趋炎附势,亦太唔该!况且你心似风车,情性不改,车出风潮,匝地来,个个怯着衣单,凉意不耐。你重助起个肃杀严威,煽动祸胎,搅到世界系咁悲凉,你还未悔,监住人家厌弃,都话把你嚟裁。在世总要识吓风头,唔好冇主宰。唔系就潜踪海外,都免不得性命哀哉!你的鬼旋(仄声)邪风,我都怕你来侵害。呢阵谁啾睬,好似秋纨见弃,况且你更未必有婕好良才!

10月23日　　离开几日　　曾经

离开几日,就好似耐嘅年华,我时刻,都系记住你罢君家。自从你一去,就累我长牵挂,秋水长天,只得盼望住晚霞,唔怪得人地话别一日就重惨三秋,呢句话信得唔系假。亏我西行别泪,有晚唔湿透青纱,想话唱几句解吓离愁,怎耐我喉又咽哑,满腔愁绪唎,你话点尽谱得入琵琶?重怕你一去不回,要我长世守寡,所以我时时闭翳咯,都系慌住你心花。家吓望得到你番嚟,我心至放下。君呀,你此后唔去就罢,但时时相对咯,就咪再想去泛月中槎!

10月24日　　无乜嘱咐　　乜少

无乜嘱咐,娇呀嘱咐你早闩门,呢阵五羊城内,莫作太平观,个的外江壮士,最是多腥闷,渠系色中饿鬼,又系咁武力桓桓。他推门直入,恃住有三毫本,他便强硬搂人,当你妓妇一般。少者固然难免,就系老者都唔管,总要门钥紧莺,听见系外江声气咯,就切勿开门!

10月27日　　究竟系真嘅假　　庭蝉室主

究竟系真嘅假,哥呀,你要讲一句过奴知,是必要讲明讲白,免我思疑。闻得八地话你钻得入官场,我心就窃喜,重话你运动灵通,捞到个乜野司。所以我一早起来,就先睇吓报纸,实指望人言不谬,稍慰吓你妻儿。点解姓氏就同,名字就异,其中情节,定必有儿戏。莫不是你嫌个旧名,唔得利是,故此要从新改过,正得趋时。抑或你慌怕旧时个名字唔香气,故此特意改过个新名另有设施!哥呀,你密密咁改名,到底系因甚事,何所用意?真系坏鬼书生,多别名,马上要你讲情讲楚嚟,不准你延迟!

10月30日　　情一个字　　韦陀

情一个字,切勿重得咁凄凉!痴情能害命,重紧要过刀枪。时时揾住,好极亦系唔舒畅,揾得太过凄凉,你话点揾得一世咁长?好极也要离开,唔使怨唱,纵使暂时离别咯,亦唔使整得太过心伤!情字好比杀人刀,想落利底唔系禁(平声)想。唉,冤孽账,若果系温到迷头迷脑唎,都系几费商量!

10月31日　　灯黯黯　　晓风

灯黯黯,夜刚阑,秋寒霜冷怯衣单,床前冷月,惹起愁无限,薄幸在天涯,都系一样烦!我灯花卜尽,未晓佢何时返,想必佢伤心时局,不忍见破碎河山?今日地北天南,共佢相见有限。君呀虽则呢阵河山破碎,到底尚有家还。观我对灯懊恼,只有长吁叹。灯一盏,明灭时还灿,惹起无限愁情,欲睡也难!

11月1日　　规定身价　　大雷

规定身价,上等嘅一律要三圆,五成抽款,要俾过花捐,起价起得咁交关,哥你亦唔在怨,散左呢一圆身价,就可以结得一晚姻缘。家下广纸使到咁低,计起数亦系唔争得几远。多散银毫三几个,就可以把利来专。哥呀,你既系学人地出嚟行,就唔好咁打算。同眷恋,呢阵我地珠江明月唎,就可以永久留存!

11月4日　　唔使几耐　　韦陀

唔使几耐,你妹就搬番上东堤,呢件事已自见有文明,并非我立乱西,载在报章,料必哥你有睇。批准在东堤开寨咯,呢阵哥你就唔使搭车嚟。身价收你两个八银钱,亦唔算系贵,免使你搭车来往,走到脚都跛。你妹初上到省城,就算你系头一个老契，温到入心和入肺！哥呀，你至紧要带多的同僚嚟帮衬吓，等我地晚晚都开齐！

11月8日　　先生你　　乜少

广雅书局门口石路地方，近日前有一少妇，二十余岁，颇有姿色，行经该处，竟被外江壮士三人，关闭木闸，搂抱调戏，上下其手。该少妇喊救，谓先生唔好哑之声，不绝于口。适该段某警长巡街撞见，立呼开闸，不敢过于愤怒，诈作该少妇失路，可交带区，由是脱险。

先生你，请行开，做乜你阻住人家，不得往来。你地外江壮士，系守护城厢内，查奸缉歹，系理本应该，系唔系慌我有炸弹怀身，故此吟我袋内，好之摸过周身，也摸不出炸弹来。做乜摸完又摸，不惮三而再。摸咁耐，壮士呀你唔系查私，点解摸到我呆！

11月12日　　火车快　　晓风

火车快，趁住归心，才上车来，转眼就到临，人话归心似箭，究竟郎心怎？究竟我念君心切，定是你念我情深！人话一日三秋，奴觉愈甚，料必君念家乡，都系一样热忱。呢阵梅花已着花，大抵乡思（去声）愈甚！唉，君见怎，点得共你赏梅窗卜，细把梅吟！

11月14日　　男教习（省学司批某女校不可用男教习）　　乜少

男教习，点解唔得在女学堂中？我地系自由平等，乜事唔可通融？呢阵男女平权，唔估话随便可用，沾染男人气息，格外易开通。家吓学司取缔，唔准把男人用，佢重话过于少年，更不可在女人丛。佢叫男女请分，君子自重。唉，真可痛，分开唔准共，此后个的男人教习，莫想有奇逢！

11月17日　　温老契　　佚名

温老契，点似温钱？老契纵然温极，也讲钱先。老契无钱，温极哙变，若系囊中钱足，老契就哙垂涎。大抵无钱温极，都系交情浅。若果你多情自作，重话你发花癫。须知到烟花场上，唔论情深浅，都要钱字引线，除是钱多情重，就怕有好耐缠绵！

11月19日　　娇去睇戏　　横

娇去睇戏，至紧要多少多少蛇姜，唔系等到离魂个阵，就恶以商量：你恨睇戏恨得咁凄凉,到底你因边一样？晚晚咁去花耗的精神,就系铁打嘅亦吟伤。况且睇到入神,心就吟向,迷头迷脑唎,一阵就整到魄散魂飏。至怕情丝一缕,飞上到歌台上,心内系咁摇摇,自己亦变左冇主张。娇呀,你细心想吓,想落都系唔禁（平声）想,终须吟制账,所以叫你要带的蛇姜,免使跌倒在戏场。

11月25日　　须要自重　　兆

须要自重,你系一个军人,话你骄横霸气,实系甲和真。讲你吹烟赌博,人亦心唔愤。若系奸淫强买咯,就吟激怒商民,我睇间谍专好造谣,实想撩人恨。或系办成你咁样,冒作龙军。总系你自己亦要认真,唔好混沌,名誉要紧,祸胎毋再娠,但得你维持秩序唎,就可以保护同群。

11月26日　　唔愿睇　　典

唔愿睇,睇见佢日夜在长堤,承接做自由女跟班,真正堕落鸡,着起不三不四嘅西装,你话似人定鬼。戴对三分六银眼镜,十足正磨（仄声）左面番嚟。至好笑丧杖拾枝,来作士的驶。番话听过毛管松开,佢重乱咁西。重有件帽成榄一般,鞋袜都冇底。哨起棚牙,算系怪状出齐。咪恃老豆大多,唔在忧两粒瘦米。等到面口唔同,怕要入养济院嚟栖。大抵家门不幸,生的噉嘅灾瘟仔。唉,唔使计,事业毫无人就废,劝佢去旧时个处,捞吓乱葬岗泥。

11月27日　　心沓沓跳　　佚名

心沓沓跳,吓得我惊慌,自来心血少,故此骨瘦皮黄。温得你话咁大波澜,阴翳溁溁,怒潮如箭,好似决西江。我一向世事未更,神觉怆惘,恐怕危涛震撼,就吟失却津航,方向一迷,随得潮汐簸荡。唉,河咁广,欲渡难希望,真正要一万句长吁短叹,五千遍捣枕捶床。

11月29日　　还要取缔（李省长取缔男女同学,见昨报）　　笑

还要取缔,我地个种生徒,男女唔得同班,那有野捞。我话男女合群,原本系好,正系自由恋爱任得吾人做,点好话分开男女,各自分途！而今取缔,最激奴奴怒,累我地冇男人亲炙,你话点得风骚？真正系唔得开通,系的政界嘅佬,唉,唔吟做,总要男女平权,至足自豪！

12月3日　　近日纸币　　典

近日纸币,牵动商场,都系胡陈二逆,种落的灾殃,佢任意发行,全粤亦受

影响，整到柴米得咁艰难，就好早日改良。往日兑换，重有八折以上，今日低到七二成盘。应分共政府电商，况且盐务未肯抽收，难以纳饷，设法维持，只有赖当道佢热肠。你睇吓肩挑背负，个种愁眉样！唉，无法可想，舍得生在雨金时代唎，怕万国都算我地富兼强！

12月4日　　郎去后　　佚名

郎去后，未贴过鸦黄，岂无膏沐，懒学梅妆。自古最伤心，系离别个样。离别若可忘忧，大抵自有肺肠，少小估话女子适人，无限快畅，不为蝴蝶，也作鸳鸯，点想天南地北，日暮就添惆怅。第一衾寒翡翠，自己凄凉。好在君义妾贞，情有别向。唉，无乜好想，想话从此郎归，一步唎不出绣房。

12月5日　　闻得你就走　　典

闻得你就走，可惜寂寞了八大胡同。长亭衰柳。怕系不住花骢。往日花酒议员，声势咁重，点舍得风流云散，断梗飘蓬。虽则话搜检证书，难以运动，尚有党人汇款，未必唔丰。记得起首云集京都，姊妹蒙你爱宠，真正车如流水，马又如龙，个阵又雀吹鸦，无事不与妹共，就系出席时期，尚在梦中，真正系缠绵相爱，不枉真情种。卖身银纸唎，亦尽地接济花界金融。昨夜我地临时提议，话要同欢送，祖钱设在都门，略表姊妹寸衷。愿你不醉无归，聊且拨冗，丢开离恨总要觞咏从容，带醉等妹扶你上车，正好将謦纵。唉，无物可奉，馈赠祗余梅毒种，忍住临歧分手，总有日山水相逢！

12月6日　　听见就怕　　佚名

听见就怕，话个的盗贼公然，个处都频文搜劫，屡牍连篇。动借军队为名，搜抢殆遍，恐怕人民失所，唅有财命相连。捉贼共做贼两停，全系靠线，况且军兵林立，又系咁密嘅人烟，顾佢贼案破清，唔哙再见。灾难免，安居能实践，现一个太平运唎，乐利亲贤？

12月8日　　真不幸　　笑

真不幸，生在呢个时期，铜驼荆棘，正在陷入危机，呢阵达此百罹，还有乜味？正系长生忧患咯，冇日开眉！你睇盗贼系咁多，兵燹又屡起，到处都无净土，怕你插翼难飞。天呀你生我在今时今日，做乜唔生向文明地，偏要生在今日支那，正际乱离！怪得话宁做太平时犬，尚有的安舒。唉，真冇味，空对住民主招牌,个一把五色旗。

12月9日　　相思泪　　大痴

相思泪,日夜潜垂,怕人偷睇,更自心虚。做乜滔滔唔断,好似湘江水?罗襦湿透,又似珠串累累,舍得佢系能言,我又同佢讲句,落不到君前,真正系咪拘。究竟泪你累奴,定系奴把你累,若系秋波能损喇,你切勿衾影相随。方我梦到郎边,身在帐里。离愁千丈,重怕白发相催,无奈腮边偷抹,更触愁情绪!唉,心似醉,泪呀,你便流向渔阳去,若果个薄情提起咯,你问句佢呢的泪系伊谁?

12月11日　　他事尚易　　笑

他事尚易,叫我唔出街难,我唔去行街行巷,边个识我靓得咁交关!我日日绢遮革履,去耀吓人家眼。若果伏处闺房,靓极亦闲。我唔供人鉴赏,点得人家赞?唔系就花容咁好,死后扭唔翻,至到话人勾脂粉。君你就诈作眯埋眼,输亏有限,都好过闺房几尺,就老死红颜。

12月12日　　君既有妇(为某法官不能自保私妇讴也)　　二呆

君既有妇,点解又娶奴奴?既娶奴奴,点解又要佢并白躬操?若果话要秘书,何不请一个好佬?此中情景,实在见得糊涂。见你两个眉目传情,奴已晓到,禁不住如焚心火,碌眼吹须。君你既系法律人员,应以法律自保,甘违法律,试问你是否顾得前途?今日与佢作难,唔算得系妒妇。近日女权发达,点肯雌伏从夫?立刻要你共僵分离,唔准你藏佢在别户,须要自顾,勿谓奴奴唔惯用武。若果你奴言不恤喇,咪怪我日日共你来嘈!

12月13日　　唉唔得了　　大痴

唉,唔得了,睇见好嬲还是好笑?君你忍心唔理,点样捱得一世超超?自古话长舌兴戎边个不晓?做乜你一任泼妇持家,日日逞刁,想话劝戒一场,又怕同你拗撬。拼系粒声唔出,眼亦不去轻瞧,权柄不自己操,君你终久难以照料!唔系事小,总畀人轻藐,亏你时有厘火气喇,好似隔夜油条!

12月15日　　莺燕散尽(为国会叹也)　　佚名

莺燕散尽,剩下空寮。想起往日繁华,一自自减消。你睇莺巢燕垒,转眼繁华了,往日金粉当筵,不让六朝,罗裙血色,任得酒积翻污了。正系几许缠头掷锦,至听佢一曲红绡。今日繁华歇绝,莺燕惊飞杳。唉,空扰扰,盛衰难逆料,抚今追昔，只觉得无聊！

12月16日　　郎幸薄　　三郎

郎幸薄，薄待奴奴，奴奴想起，禁不住泪眼滔滔，滔滔江水，间断我的姻缘路，路路都唔通，叫我点得此恨无！无端又想起唎，个夜把瑶琴诉，诉极都唔得开眉，月渐渐高，高歌低叹，怨一句侬相好！唉，好音何日报？报道薄情转意唎，我亦不怨命薄如桃！

12月17日　　无用暗杀　　笑

无用暗杀，我地斩亦斩得开明。你妹屡次开刀，都系预早出声，虽则刀刀到肉，绝冇累及人家命！有阵斩到颈血淋漓，都重可以讲情。况且我如神刀法，斩到刀刀应。不过你地挡刀手段，唔得十分精，可见你妹光明磊落，唔务诡计为行径。唔在打醒，你妹明刀明斩，至算磊落光明！

12月18日　　有边个情愿认老　　曾经

有边个情愿认老，所以你妹是必要梳辫，若果系打靓个碌自有辫，或者重哙嫩得几年。你妹自系落左呢处青楼，时日亦不浅，总系无人肯带我，我就有法子出得生天。对镜照吓自己嘅颜容，实在我亦唔愿见！睇见我近来容貌唎，已自系大不如前，好在我打扮趋时，衣服亦多几件，灯前火后，飒吓眼重靓过天仙。若果你妹唔梳辫，就难以变，原形终哙现，个阵俾人睇破落，就哙唔值一文钱！

12月19日　　愁到病　　曾经

愁到病，病里亦带住有多少愁容！因愁致病唎，我睇呢的病唔轻易收功。舍得病就可以病得断个的愁丝，病亦唔使整到咁重！至弊系愁丝缠住病体，故此至病到嘅样子迷朦。莫不是愁绪生出系有根，在我个心内种？吹愁不去，只怨一句东风，到底为乜事要整到我咁愁！唉，想起我就心更痛。愁到懵，醒左又五更时候唎，最怕个的夜鸣虫！

12月20日　　微丝雨　　笑

微丝雨，恶性街，君呀，我同你孖遮，一路揽埋。呢阵世界自由，唔算系太过，男女平权，系要咁至够派（平声）。总要揽实咪个放开，唔系就衫尾湿晒！你睇微风细雨，点点射入奴怀。大众系革履一双，随便咁踩，唔好带，我睇系自由行路，唔理溅湿人鞋！

12月23日　扒少的　笑

扒少的，便算积阴功，呢阵地方财尽，到处皆穷，做到系官，窑扒正有用。官不扒钱，理本不通。地方贫瘠，担得抽捐重，望你略扒少的，便算系通融，手下留情，咪扒得咁重！呢阵民穷财尽，与往日唔同！

12月24日　无可避　怜卿

无可避，节临头，节账要清偿，白水亦要兜。佬系算你最温，情亦待你最厚，只靠你能争气，极尽绸缪。场面总要共我顶翻，就唔怕第九。白水系照例金梭，节账系照例实收。咪个话避去羊城，等冬节过后！唉，虽想透，咪令我毛巾嘅本，也附落东流！

12月25日　你唔好去赌　佚名

你唔好去赌，都要顾住吓前程。你睇赌禁森严，就哈罚你不应。赌禁请弛，你估系官厅嘅命令，点知个的赌棍谣言，怕要重惩。细想赌博害人，如似陷阱，亡身破产，重哈把家倾。古道话赌仔回头惨过千金锭，还要自警，莫话要财唔要命，几多正途商业啊，你就好去经营！

1914 年

1月3日　打乜主意　晓风

打乜主意，莫个误我终身，你算过自己无钱，就莫个乱讲带人，枉我熟客尽地推完，新客又无肯过问。呢阵系君唔带，并不是我唔跟，海誓山盟，唔系共你去混。舍得我肯琵琶别抱，早已脱风尘，唔使此身沦落，打不出个迷魂阵。唉，真可恨，你系畏妻唔敢，定是另有情人！

1月5日　写不尽　笑

写不尽，我愁怀。愁怀难写，只对住月照空阶，寒虫夜咽，已是成天籁。风透疎棂，只自密掩埋。触景生愁，愁更恶解，况对住模糊灯影，寂寞空齐，亏我频耸诗肩，独奈吟兴不快！唉，无聊赖，真正系愁景愁情，恶以遣排！

1月6日　谁请开赌　晓风

谁请开赌，是必系奸商，做乜佢无端白事，衰得咁凄凉？广东赌博，累到个贫穷样。今日复提开赌，你话怎不心伤！是必佢代赌棍营谋，总有的想望，大抵送佢一份脩金，故此佢肯出场。佢顾已不顾人，都是贪念所想。唉，真混帐，就俾你捞注不义钱财，也未必系享得长！

1月15日　　君呀你要跟住我出去　　乜少

君呀，你要跟住我出去，俾做你心意如何，一面将奴保护，一面又把奴拖。呢阵的外江壮士，实在非常饿，你唔睇二元宫里，个一个卖香婆？君你若肯跟奴，就唔怕惹祸。若果我独自行街，壮士就哙手多，万一外江壮士，真正系强奸我，君就悔错，不若跟住我行街，免受佢折磨！

1月17日　　天气咁冻　　佚名

天气咁冻，妾尚未有皮衣。呢阵皮衣冇件，你话点合时宜？我衣服未得趋时，即系君冇面子。我亦谅你困于财政，不过免被人知。但系我衣服唔得在行，奴就觉失志。人话你枉有老婆咁靓，唔晓打扮到趋时。枉你系昂藏七尺，叫做为男子，无本事，整到妻子衣裳，似个乞儿！

1月30日　　扒唔到　　笑

扒唔到，不若辞官，做官只想扒钱。满砵满盆。若系唔能扒得，重要亏了谋官本，不若立实心头，早日挂冠。呢阵宦海咁大风波，心实见闷。君呀家吓为官，要有大力援，若系并冇人援，怕你难以做得满！咪话你阔到为官，妾就好西环，万一你因官累命，剩妾谁为伴？唉，心更闷，我劝你弃官如屐，莫个盘桓！

1月31日　　抱住琵琶又唱歌　　笑

抱住琵琶又唱歌，知音寥落奈谁何！亏我终年弹唱，唱到喉咙破，正系曲无离口，再冇话生疏。独惜烦恼弹唱易错，子期无几，指点我差讹。你睇顾曲周郎，非止一个，系知音者，得有几多多！亏我琵琶抱起愁无那。知我，所把满怀心事，唱出如何？

2月20日　　成眷属（报载陈村新墟通心巷谢某故事）　　兆

成眷属，终是有情人，见佢素妆淡抹，话系新寡文君。闻得佢死夫再嫁，话心唔忍。情愿削发为尼，不染尘俗。总系生得沉鱼落雁，实在撩人恨！叫我点能割断，呢种情根？不若央媒说合，偷查问，佢感我心诚一点愿缔朱陈，佢要花轿迎亲，方可允。重要不能立妾，到终身，几多条件，我都能公认。唔使问，今宵来合卺，遇时大吉，不永择良辰！

2月28日　　愁就唔病　　笑鸥

愁就唔病，好在你病亦能工。善病工愁，大抵与别不同。当初上岸，估话似顺水风帆送，长风万里，路路相通，点估事难如意，奴化怎不心头痛？一种闲愁，不外系病与穷！天呀，你生我工愁善病，又生我为情种，今日因愁致病，只好自怨东风。风呀你若肯为我吹愁，我亦劳你一动！唉，都系唔中用，只怕愁吹不去，反惹起病上加重（平声）！

3月2日　　奴亦要去　　佚名

奴亦要去，取跑马场中，闻得今春热闹，比往岁唔同。君呀你睇火车与及火船，人几拥重！都为慌住省城有变路，故此暂托游踪，幸得我地港侨，唔使受恐，正好及时行乐，乐更无穷！我重要买吓马票，望佢头彩中，登时发达，见得我命运亨通。咪话散去三几十元钱，真系赌瘾重！唔算放纵，今日收场唔去逛吓喇，重笨过条虫！

3月3日　　摇钱树　　兆

摇钱树，叫一句卿卿，你几久唔来，也咁薄情！我相思日久，得了个钱寒病，无聊抑郁，点话得过人听（平声）？唔见你应，你唔来我处，就一事无成，尤系跟人去饮，亦都唔高兴（去声）。因系有你相陪，妇姝就唔看轻，况且逢人赞你话系新鹰靓。唔在照镜，好丑皆由命，你若肯时常温我咯，就格外欢迎！

3月14日　　真懊恼　　十郎

增城正果墟曾某，齐人也，年近四旬，尚无子嗣。惟曾性好色，日夜不离，妻妾常以寡欲多男为戒，曾虽韪其言，无如终属难禁。日前曾往罗浮结识一僧人，因问以戒色之法，僧云：吾出家时，吾师以麻姑素心兰根煎汤，使吾，从此色念顿空。曾闻知，如法服，讵不数日，尽失其固有之力，妻妾异之，曾告以故，其妻欲与该僧为难，曾止之曰：此乃自误，于认保何尤！

真懊恼，骂一句愚夫，做乜你听人说话，整到气力全无？当日劝你暂离女色，不是叫你全无好，不过日夜唔离。见你面目渐，故此话寡欲方得多男，劝你唔好将精血耗！抵事忽变僵蚕噉样，怎不吓坏奴奴！可杀个只秃奴乱说，实觉真迂腐，虽有如无，俨若一个废夫，咬实银牙，喺过个死佬！唉，真可恶，亏我告诉无门路，只有怨一句大头和尚，此后使乜食素啩无！

4月23日　　钱一个字　　晓风

钱一个字，点到你去婪贪，损人利己，定有理数循环，咪话处世骄人，财可壮胆不凭公理，只叹缘悭，况且诲盗慢藏终是隐患。切记非吾所有，莫个逾闲。忆起先圣个句训言真正可赞，佢话富而不义，好比雪窖冰山，讲到得失亦有时期，唔到你慨叹，真有定限，不若营生安份啦，个阵重更欢颜！

4月27日　　无限恨　　鉴

无限恨，只得问句花神，残红满地，到底为甚原因，亏我惜花无语，神仙神仙问。是否护花无力，致使佢堕落在红尘？倘若知道，佢咁飘零，就唔好咁忍，应要留心调护，至算你嘅情殷。忧乐虽则佢系无知，究竟时尚未稳，咪个养花时节，竟被风雨沉沦，你就手握金铃，就须要着紧！唉，须着紧，免使佢落花无主略，系咁自叹频频！

5月23日　　闻得你有外遇　　十郎

闻得你有外遇，是否染着情魔？咪估我兰闺弱质，奈你唔何！我雌威一发，你未必能赢我。重要你出丑当堂，免得你妄想咁多，勿谓我妒妇行为，将你硬阻！述闻我两人抑地，君呀，你又意下如何？细想你平日阃令常遵，唔系咁和（上声），是必你听边个衰神说话，搅转你个心窝。心起火，此恨真难过。若果你不斟茶认错唎，我就誓不共你谐和！

7月3日　　开赌局　　拈花

开赌局，多得诸位官，而今官话，要你收盆。君得官垂青眼，任你开赌都唔管。不用你赌饷承开，只系白手去搬，重赞句你苦心，可知道官甚意满。君呀你有无好处，送到衙门？官真两口，意见随时换，真腥闷，究竟你系唔系共官分份，唔在遮瞒？

6月12日　　广东禁扒龙船　　焕

真正好咯，系呢个佳节端阳，减却龙船，就扫取粤嘅祸殃。人话广东添置个只老龙，衰气就日涨，水火灾民，盗贼更强。有的好睇吓斗龙船，正得心舒畅，点知道扒出干戈人命唎，个阵就恶以收场。今日既系取缔龙船，还留佢作怎样？索性将佢个的龙仔，龙孙与及龙乸各样，尽行毁去唎，你话几咁心凉！

6月26日　　吊袁世凯　　笑痴

听见你话死，我实见思疑。你为乜因由得咁快马地（巫语死也），你系为民国死心我唔怪得你，你死因洪宪叫我怎不伤悲！你平日个种野心亦唔该咁放恣，做乜改元三两个月就把帝位推辞。往日呢种劝进文章丢了落水。总有金钱借尽，带不得到阴司。可惜皇帝嘅瘾头，阵误你一世！筹安会设，冇日开眉，你名叫着世凯两字，只望世界共和凭住亚凯你，做乜实行帝政就把专制嚟施？今日无力北军唔共你争得啖气，亲离众叛，嚟就改向护国军嚟。此后伦敦有路你亦何须记？或者你一缕游魂向个处飞。泉路茫茫你要打醒主意，黄泉无三海问你向乜谁栖？天坛社稷真唔配你祭！红黄蓝白黑，空想换转枝五色旗。未见有个忠臣来共你替死，端阳才过，你就一命归西，罢咯不过当作你系死个平民，点重称得总统两字。要你公权剥夺，恃乜羽翼扶持？枉你哀恳个位美人筹备军费，你妄想大把金钱拉乱去挥。若系你未伏天诛，重怕唔学拿翁被困在荒岛地。好彩你一场造化早入垄里，重怕你九泉相遇个位陈其美，缠住你，分明真道理。讲到讨衰，共你死过都唔迟！

6月30日　　年年都话十四　　　　怪

年年都话十四，唉，实在见你说话讲得儿戏，莫非你唸长春不老时，抑或你讲大话瞒人？系谓财政两字，故此减低年岁啊。正得趋时，抑或你想怆心肝，就忘却出世日子？唔通话少年正当出色咯，话老就冇行时？既系话老少相隔有天渊，你亦该防到老个日子！须紧记，唔好年年都话十四，最怕个阵声沉面皱啦，认老就迟！

7月1日　　心心点忿（筹安会派）　　耀

心心点忿，解散我地网罗，怨一句天时，又怨一句蔡锷我哥，想我地筹安会，系议得咁计长，偏偏无好结果，就把一场心血啊，尽付江河！想我地洪宪正话颁行，点知道又被你义师打破，外偿金钱，佢又借尽许多！唉，哥呀，你想吓今上点样待哥？哥呀你就回想吓嗡，你从头想过啊，至好动起干戈！唉，天呀亏我地咁苦心，做乜你偏唔把我地来帮助？真正折堕，至使今上含悲死咯，受此折磨！

7月17日　　唔见咁耐（为粤某使讴也）　　笑歧

唔见咁耐，估你埋街，而家跟佬咯，撒却呢种生涯。大早就知你系唔多够摆，舍得早别青楼，算你至乖。重怕你得罪的阔官，就唸将你嚟布摆，大菜照碗煮来，问你点样子去捱？况且你做过一号亚姑，唔应再落三四寨，个的蛇头咁嘅佬，亦要共佢和谐！几次见你番嚟，因系点解？大抵你重未知道令人讨厌，想再去派（平声）！派极问谁将你俏买？唉，唔着怨艾，自开还去自解，睇你一自自有厘声价点样子安排？

7月21日　猪你作怪　屠猪公

猪你作怪，乱把人伤。食完去睡系你所长，点想你突起癫狂，跳出栏外向，逢人便咬，实冇天良！怪不得你，性属畜牲，故有脾性咁样。恐怕屠夫一到，就把你捉入笼藏。个阵戮去你个猪头，摆在营中上，待等众军齐食，你话几咁得意扬扬！

7月27日　奴定要去（好出风头者听之）　逛

奴定要去，取吓游街。你睇天时咁好，正合畅吓心怀，至好系晚饭食完，个阵点钟合晒。吸吓的新鲜空气，岂不为佳？大小坡行匀，与共花界。重有海陂一带，极目无涯。至憎个的铁车，天咁腐败，树乳轮虽好，究竟未足为派（平声）。君呀有心游玩亦唔着计带，何等爽快！摩多车叫驾，免至见笑同侪！

7月29日　地网天罗　少芬

地罗天网，人地起势咁攻击，你又奈佢唔何？呢阵兵临城下，问你点样子收科？舍得你心肠把定，往日咪捻个哋龙师火，驶乜家吓两头唔到岸，受尽嘅嘅灾磨！可惜你有眼无珠，初时重估佢好货，净晓得趋炎附势，唔顾到哙惹起风波，一吓就想飞象过河，乜你狠到嗽嘈？唉，真系错，开讲话种落恶因，无乜好果。今日许你毛长翼大喇，点样飞出地网天罗？

8月2日　赌一个字　醒

开赌者推金积玉，买赌者一头瘦肉。

赌一个字，重惨过杀人刀，你睇多少英雄，困在此牢！起首之时，不过系些小数，逢场作庆，慢慢嚟煲。有阵侥幸被佢赢得一场，但就以为财运到。朝朝暮暮，当作佢系良图，咁就迷头迷脑，不顾正务，债台筑起，日日增高。整到生借无门，归了绝路，个阵流为盗贼，问你可怜无？真系长赌必输从古道！唉，不贪为宝，回头须要及早，从此经营实业咯，几咁乐陶陶！

9月9日　讲心　鲁一

国会议员章兆鸿、王源瀚致书总长许世英，谓政府对于议员重在诚意相孚，不再虚文款洽，岁费旅费外，不必再有种种暗昧津贴，以澄政本，挽人心云云。

哚，我共你讲心咩？唔讲钱系都假嘅！心呀，你同佢讲住，佢系我至爱嘅情人，让过你瘟，因为我近来，俾钱字所困，思量无计，重讲得乜野时文？日后共佢痴埋，如火咁滚，独系唔能烧断，个一橛情根！面上笑容，你唔使恨，枕边埋没，多少泪珠痕！我亦想唔出钱佢在世间，何以得咁要紧？唉，唔好咁慎，边个有真情份？对住青楼人女，万不可叹半句贫！

9月13日　　中秋月　　亚博

中秋月，份外光明，我要向嫦娥，问佢一声，月呀，你阅月有一遍月圆，似成例已定。做乜你偏在中秋，份外有情？一年十二月，月月都系同形影，偏要份外明载中秋，似系各有重轻，抑或你月到中秋，时系最盛？等吓人间兴，故此秋来月色，份外增明！

1918年

7月1日　　心都死晒　　大声

史迁云：哀莫大于心死，而身死次之。今日人心陷溺，顺逆不分，反贼披猖，犹称护法，同胞迷梦何日能醒？大声疾呼！讴此以作当头一棒！

心都死晒，重有乜药能医？点怪得近来世事，都重立乱过谦时。明白个个都生，点解话佢心已死？因佢枉生人世，不过走肉行尸，时文香臭唔分，重要乜野个鼻？多生逆子，你话点叫得到佳儿？除系心已死清，至得冇咁道理。唔系冇近今时事，佢顺逆都唔知。自顾话心死至系可悲，身死只算第二。真可鄙，混沌极地，睇见人心咁样子咯，点话唔日锁愁眉！

7月20日　　水又咁大　　大声

水又咁大，密报灾情，可叹天唔唅做，故此得人惊！因佢落雨太多，唔性得个的水性，致到水灾两字，连岁频仍。往岁曾见告灾，今岁应要省定，分匀雨水，至得该应。点好时当早造，唔怜惜民生命，故意把基围冲决，等佢早造冇得收成！是否人心太坏，至被天抽秤？未必个个尽系歪心，硬要一概害清！睇见咁样子连年，何日至系止境？太攞景，点得邀天听？等佢快的把水流清，立刻放晴！

8月22日　　灯蛾　　鲁一

唔通系唔怕热，问吓个只烘火灯蛾，你闹热场中，到过几多。热到痴身，唔肯认错。拼了个条性命，就乜都奈唔何！如果死过呋番生，我就要将你问过。临危个阵，有无怨吓当初，抑或定要舍生，正成得正果？唉，呢盏系火，引尽你嚟寻死，等我对佢念几句弥陀！

  9 月 14 日 娇你打乜主意 大声

  讽粤军输诚中央，而又敷衍滇桂两系，终无决断之表示也。

  娇你打乜主意，咁嘅佬都唔跟？咪净一心温靓，第二就系温银，虽则个佬为人老实，难得真人品！相交咁耐，你亦觉得佢情真。今日你钟意个个颇靓（平声），到底恶禁（平声）得倚凭？试睇吓青楼荡口，搅得几咁时辰？共你海誓山盟，未必咁就稳阵，多半花心萝卜，唔靠得佢叶落归根！个佬年华虽长，亏佢心诚恳，何况财雄势大，做个现成（仄声）夫人，未估你王嫱西子，生出为妃嫔。除却你堕溷残花，就冇别个好温！呢吓得个佬欢，唔系算你福份！唉，唔好咁真，过后就心追恨，劝你快的擸掂条心，斩断晒的搅你嘅伴魂！

  9 月 16 日 同寨姊妹 大声

  为陈炯明与伍毓瑞互将黑幕攻讦而发。

  同寨姊妹，何苦叫穿天？彼此斗搬碟脚，一派恶语粗言。往阵话姊妹同心，势唔肯人家作贱，合力去作皮肉生涯，都要顾住鸨母先。如果因佬争风，呷醋不免，点解一场得失，祇为争钱。重话你我好过亲生！心事有变，海誓山盟，都冇我立志咁坚，点解亲热得咁交关，一吓反面！唉，听吓我劝，唔好浅见，不若早日从良，了却一段孽缘！

1919 年

  12 月 30 日 唔驶几耐 一笑

  唔驶几耐，一号又系新年，转眼韶光三百六天，世事系咁无常，人事更易改变。黄金能买系少壮青年，等待老大伤悲人笑浅见，劝你及时猛着祖生鞭，大抵人生个个都系求康健，情不免，良言来奉献。君呀，若要将来收善果，就要检点一片好心田！

十一　国民日报

1914 年

10 月 3 日　　奴卖国约　　何欺

中东约,个纸就系卖国嘅凭单。君呀,你赞佢天威神武,做乜今日得咁艰难?我往日已料到民贼嘅行为,终会撞板,是以同盟革命,不畏两次三番。今日民国将亡,亦都难以救挽,试问吓阿袁党派,是否当作好闲?可恨务保妖与及官僚,奴隶做惯,不顾我地同胞多数,咁好嘅锦绣江山,呢帐大错已成。要想吓边一个种患,难闭眼,祸源推始咯,都系你地个的托大脚嘅愚顽!

10 月 12 日　　真翳气　　彗光

报载段妻自缢,讴以拟之。

真系翳气,此恨谁知?点估到风流巡抚就系薄幸男儿!往日共你伉俪情深亦都冇乜变志,估话荣华同享可以白首相依,做乜今日咁冷淡无情唔见君你有的喜意,使我闺房独守实在思疑?想必你系酒色荒淫故此见我就生起厌弃,女伶纵然好顽(仄声)亦都唔好咁痴迷!你睇吓翠喜生来天咁貌美,振爷虽知恩爱都未见有夫妇乖离!我想起你温住个个克琴就哈撩起醋味,况且你重听人唆搅叫我怎不伤悲?虽系入到富贵人家都系冇乜趣致。真气死,想吓做人咁样不若与世长辞!

10 月 24 日　　花就有榜　　一笑

讽开科取士宜预备考试也。

花就有榜,卿呀,你要赶吓科场,或者噪起你个芳名,尽在呢蕊一张!你体态系咁娇娆,音韵又咁响亮,正系珠圆玉润,件件皆长。既系样样齐全,猜饮柄(借用)唱,怕不巍科高掇,占领群芳!咪话风尘沦落,咁久冇个知音赏,一自自懒抱琵琶,把个的曲本尽忘。今日丝竹东山,难得个个谢相(仄声),征歌选色,倚玉偎香,年少虽则系风流,又嫌到佢放荡,铨衡花事,一定爱你的风韵徐娘。况且南国佳人,名噪共仰,贤访遗野,久欲网到遐荒。你马拉髻梳得咁在行,珠履又穿得咁盏(借用)当(仄声),最妙系秋波斜盼,口噙槟榔,唇朱粉白,娇滴滴一个靓(上平声)铺案(马拉话犹言女子也),销人魂处,更有纱囊

（上平声）。劝你不若重理管弦，早日变番吓旧样。唉非妄想，花魁应有望，容乜易花债还通，又做过鸨王！

10月26日　勋章雨　彗光

袁政府勒捐公债，逼及妓女，诱以嘉禾勋章，外人谓之为勋章雨。

勋章雨，下及勾栏，咁样嘅深仁厚泽，一世都唔见过一单。好似系大雨淋漓都唔知几千百万，纵使花残柳败亦会叶茂枝蕃。我地造到皮肉生涯虽则系钱银恶赚，但系讲到勋章两字就唔好把个囊悭。他日挂住在个个衿头都可以辉映吓眼，咁就有人俾面唔慌到嫖客共我为难，声价系咁增高金钱亦耗费冇限，扭多几个番薯大少就会把个注捞番。而且许多官宦人家都系到我呢处嚟叹（借音），若系冇个勋章顶驾，又怕被佢讥弹。况且妓女抽捐已经成了习惯，虽系卑污人格亦要知道爱国嘅交关。有日勋章颁到人称赞，真好顽（仄声），有钱唔怕散，寄声花间姊妹勿当佢系好闲！

10月29日　唔好命　彗光

保妖前曾以妇道事满，今又以妇道事袁，均不得宠，讴以讽之。

唔好命，遇着个咁嘅良人，总冇听奴说话试问点样仰望到终身？往日人到你地家门都重见你依吓我教训，做乜今日反面无情总唔当我嘅系时文。想吓我地妇道能遵又会安守本份，因系蒙君恋爱故此嚟报答吓前恩。舍得系人尽可夫我就凭媒再引，担系要我高年改嫁又怕冇面目复见同群。想起我地个前夫心就怨恨，因系被佢许多厌弃故此正变节从君，虽则系夙有冤仇亦都应要尽泯，须知道我低头下气侍候殷勤，况且我自到君家做事都天咁谨慎，得我嚟扶持家计都算系我有的功勋。你今日作恶得咁交关人地就难以隐忍，真胡混，将来招众愤，个阵我就下堂求去当作系唔闻！

11月4日　真古怪　彗光

报载粤东某妇，产一黑猿，以为不祥，弃之河中。夫猿为不祥之物，记者有所比拟，讴以咏之。

真古怪，产只咁嘅乌猿！你系边方妖物抑或系鬼要寻冤？我地平日忠厚待人亦都冇乜嫌怨！乜你好似妖魔魑魅又好似怪兽一团，唔通你系凶星降世故此把个身形转？睇你黑毛遍体实觉心酸。你既系唔成得人形就须要去远，点好话产自人间与世常存！想吓你出世个时就整得我天咁扰乱，若果系任你久留又会惹起祸

· 289 ·

端。你今日生到我家系因乜所愿，都想着猿家产业得以永永相传。为因你系怪物不祥我就须共你打算，最怕你将来长大更有猿子猿孙，虽则系骨肉情亲亦都应要割断，休眷恋，送你随波逐卷，你确系什么精怪就要返本还原！

11 月 5 日　　真无味　　彗光

粤闻误嫁阉人一则，恰如保妖之误事，依此意以讴之。

真无味，嫁着个阉人，怨一句媒婆，怨一句我地夫君！初见你系壮健男儿，估话一定有的贵品。点知总冇丈夫志气，枉你一脉斯文。睇你孱弱得咁交关，就天咁肉紧，空有昂藏七尺，点样共你终身？对着交情失势，就要心惊震，缩埋回避，好似失了三魂。我自系到你家中，时常都要隐忍，今日终无振作，我定共你离婚，况且被人耻笑，我就心生愤，无穷恨，造乜都冇引，想起你被外人欺压，越觉伤神！

11 月 7 日　　自由婚　　彗光

昨见某女因婚私逃，代为讴以见志。

婚姻事，总要自由，姻缘错乱系前世唔修！人品与及性情都要知得到透，件件都相匀配正讲得意合情投。父母只顾食财唔共你讲乜匹偶，若系配夫唔合你话边个唔嬲？个阵生变好似系十大冤仇。翁婿不过系半世姻亲相见又唔系日久，讲到话情谐伉俪就要一世方休，况且佢年老咁多将来又要寡守，难相就，不若先逃走，脱去家庭专制正有君子好逑！

11 月 10 日　　赌博累　　彗光

近有赌妇成癫一事，讴以咏之。

赌系累世，边个唔知？赌来有引就会冇乜了期，大抵好赌嘅人都系为赢钱起，但觉赢钱高兴就唔会知机。赢人又试输番问你有乜兴味？一定要揾单孤注正可以维持。孤注赶投亦未必有利，若系赢来输去就渐觉难支。自古话长赌必输定会有咁嘅日子，整到床头金尽个阵就悔恨都迟。况且无知妇女系多贪利，曾经赌胜就会日日迷痴，想到大发横财都系唔轻易。若话赌博可以谋生又断冇咁便宜。呢阵血本输清冇乜指拟，无聊穷极实在几咁伤悲！一阵悔悟起嚟惟有愿死，真翳气，赌钱终累己，你睇吓赢少输多就要把赌瘾脱离！

11 月 12 日　　媒人累　　彗光

近有李氏女，凭媒字人，为媒所欺，遂议退婚，特为讴此。

真可恶，大话媒人，顾住金钱主义，唔怕倒乱婚姻。人地有女配呼婚，求你造引，就要对人直说，唔好话乱谛时文！婚事系最交关，须要谨慎，为因系百年配合，倚靠终身，虽则系贫富无常，应要安守本份，但系男家历史，都要实在报闻，不若自由择嫁，唔用凭媒问。爱情既合，正嚟面订联婚，凡系媒人作事多胡混。真肉紧，讲来心悔恨，想话共佢退婚，又已经收楚礼银。

12月3日　　投降贼　　彗光

粤人呼从良妓女为投降贼，以其虽已从良，而淫性不改，卒复为妓，如投降贼，虽已投降，而贼性不改，又卒复为贼也。昔日投降共和之民□，无以异是，讴以咏之。

叫造系贼，做乜又要投降？试问你点样行为作乜野主张，你野性原本系难除惟有放荡，自系投生人世就觉心地不良，堕落到个处青楼都系贪此快畅。叫你在深闺居处就自觉难当，因系见佢富贵荣华一吓就心要向往，唔曾计到终身从一地久天长。见你人尽可夫跟佬都唔只一帐，况且你淫邪成性点耐得嘅男子刚刚，个阵唔肯共和又生出个意向。奔为上，廉耻终须丧，不若脱离限制再到柳巷花场！

12月4日　　投降贼（其二）　　逛

此以劫财害命，投降官兵之人贼，比之贪位慕禄，投降共和之民□也。

因乜做贼，系志在金钱？纵肯投降，亦以利禄为先。平日害尽多人都系因钱字起见，若果钱唔到手就会性命牵连。佢贼性生成原本系难以改变，虽有投降日子亦都系自己心坚，佢会变志从人不过系官字引线，一阵发生官瘾故此被利禄牵缠，或系途穷失势自觉难逃免，所以投降保命欲出生天，但贼性犹存不日就会发现。非良善，害人真不浅，讲来贼仁贼义更有甚过从前！

12月9日　　神棍术　　彗光

神棍术，点样戒得洋烟，不过蛊惑人心志在揾钱。纵使伎俩精工终会被人睇见。话限三朝断瘾未必有咁嘅食饭神仙，况且佢地方不洁唔系多方便。周身湿气问尔点得安眠？况且烟瘾嘅人身子又唔多壮健，个阵发生烟瘾点样换得到三天？入楚佢嘅牢笼就须要受贱，纵使一宵度宿亦会惹病来缠。更用多数烟人嚟造引线，话佢凭神庇佑已戒在当先，个的男妇烟精就会被佢诱骗，信能自累实觉可怜。呢阵神权消灭重讲乜神灵显？想话戒除烟瘾惟有自己心坚。此种棍骗嘅事情

·291·

亦经两次发现，非慈善，骇人终不浅，但得戒烟良药就会益寿延年！

12 月 15 日　　真可贺（事见广东新闻）　　彗光

真可贺，应奖勋章，衿头挂住你话几咁辉煌！你嚛报告党人本系功居最上，将来加增声价秽业亦会生香。料你系富贵热中所以有此妙想。或者与官僚同志正有此恶毒心肠！睇见你品格几咁卑污都系共佢官僚一样，只望功名成就得以艳帜高张，做到咁嘅皮肉生涯惟有放荡，断未必因攻革党就会变志从良！最好系嫁个官儿心就快畅，将来升官受赏为你花界增光。最怕你花债尚未还清还有孽账。须自谅，幸福难希望，终会遇人不淑再到柳巷花场！

1915 年

1 月 12 日　　真贱格（见国内新闻）　　彗光

真贱格，做乜要造叩头虫？你周身污秽九唔好拽尾临风，个的系奴隶嘅行为又务媚人嘅作用，今日文明世界试问吓点样能容？做乜你唔怕头脑昏花又唔慌膝盖肿痛，衣冠涂炭又要屈节卑躬。想必你系专制嘅顺民生有奴种，帝制嘅礼仪恢复就会志遂从龙，但得系献媚一人就唔怕犯众，将来施行跪拜更算你系头功，唔估到你蠢蠢小虫、都会有此活动。真懵懂，唔怕人讥讽，若得应声同类就会盲从！

1917 年

12 月 7 日　　迷信累　　逛

迷信累，讲乜神灵，求神示赌更系唔应（平声）。你话神本有灵佢都应要秉政正。若系贪财求赌就会亵渎神明。如果赌博可以凭神求冇不胜。就唔使我的赌钱妇女有八九输清。呢阵赌十二枝嘅人因乜咁盛？都系加东新庙传到佢有问必赢，点知我地嗜赌嘅妇人都系冇乜钱剩，更有恣情纵赌就会把佢家倾。赌博纵累得人多系冇边一个自认。须猛醒，咪话神灵圣，要想吓求神赌败个种凄惨情形！

1918 年

7 月 16 日　　想做好事　　朱镇廷

此事为优界演大集会赈济而作。想作好事，快的赶到呢个剧场。环玮纷陈，十色五光，呢将都系优界，来把义仗。为着灾黎满目，触动起悲悯心肠，又况优界全体协理，同捐倡，格外欢迎。慷慨士商，好施乐善美名，就唔好让，快移动金步，去解金囊。赈济开场，就系呢一张，集款当无量，乐做这场好事呢，大众歌颂不忘！

7月16日　　劝捐　　朱镇廷

须要助捐，咪嘅悭钱，舍得话开嚟，就要恐后争先。君呀，为善最乐，不妨行下方便。今日得君你大驾光临，甚愿大众乐助随缘，咁多出头任由你喜欢看边一件？解囊乐助，妹等喜欢天。倘蒙惠顾，多多益善，不拘善长仁翁，抑系女娇婵，但望恻隐为怀，早发慈悲念！若系看剧助赈，个的灾民，就实惠均沾。集腋成裘，为善不浅，同劝勉，好善谁不愿？系喇，当仁不让，有边一个肯迟延！

1919年

2月18日　　点算好　　持公

点算好，做乜总有个热心人，个个大梦沉沉无知边一个系真？亏我日夕思量心点忿，思前想后越觉伤神。想话揾着一个热心来共佢相近，又恐怕好人唫惹起祸根！我见有等外面天咁热心谁知亦唔驶恨，转眼有利可图啫，就昏吓害群。罢咯我不若叠埋心事免被愁城困。唉，心有忿，热心难以揾，点得郎心换转唎做到出类超群！

2月24日　　无可奈　　佚名

无可奈，满目悲哀，做乜一波未平一波又来？自古命里生成真难改。今日遍地布满牛鬼蛇神系边一个惹起祸胎？估话从此超出生天离却苦海，谁知越做越弊唎越更有日眉开。一定前世唔修故此沦落得咁耐！唉，真可慨，点点心头在，今日欲哭无泪咯，我要问一句如来！

3月7日　　东风紧　　确系

东风紧，君呀，做乜你重大觉（去声）来眠？个的惊涛骇浪，一自自打到船边，你睇向群姊妹，系咁粮糟乱。都话要帮助个个艄公，等佢努力向前。君呀，今日共处呢只危舟，原系极险，咪话操纵自有榜人，唔使我哋挂牵，大抵多一个同胞出力，自必挡得三分变。唉，须打算，总要听奴劝，务必合力驶过呢一个滩头，自有彼岸在前！

3月27日　　心要把定　　持公

心要把定，切勿思疑，既系怕人耻笑就咪整得咁痴！我虽则未与尔同寮亦系月一样气味，大众都系沦落青楼花事岂有话唔知？我并非有意摧残来戏弄尔，又并非攞景把而来讥！不过见尔咁养子行为故此劝谏几句，真正出于无奈咯实在肺腑嘅言词。谁知尔一味唅怨人总唔唅怨吓自己，想起翻来是在可嘻。今日既要做到呢种生涯要减低吓气，凡事都要打醒精神至好设施。我见尔偏执得咁交关唔知你打乜主意？劝尔从新改过早早见机。今日声价渐低尔知道未？若然唔改啦恐怕冇的便宜。尔睇世界系咁恶捞搵钱亦唔系话易！唉，须会意，人生唔在咁恃，尔睇牡丹虽好尚要绿叶扶持！

4月21日　　国民报　　亚古

国民报，刷新再今朝。消息传来不由得我喜笑翘翘。你睇新字玲珑真正俏妙，新添记者委实系超！讲到新闻（上声）个宗，唔系话少，重有增加通讯，与及世界风潮。谐部多多引人笑，离奇怪诞啊，是在有口难描。试想星洲地方，原属总汇冲要，得佢嚟提撕警觉，可信义振南侨，保佑佢一纸风行增益不了！唉，心共造，大家同欢笑。但只愿鹏程万里咯，系咁海外扶摇！

4月23日　　乜得你咁瘦　　持公

某君，余友也，秉性刚直。近见时事日非，忧郁成疾，特仿招子庸氏《乜得你咁瘦》讴以赠之。

乜得你咁瘦，真正可怜人，想必你为着时事多艰难惹起愁牵！见你骨瘦如柴形貌改变，劝你把世情睇破啊，切勿痴缠，忧思过步把精神损。你睇当道豺狼弄得咁倒颠，就系你掯到十分，亦难以施展。须要打算，多恨多愁妨住命短，不幸死归泉下有谁怜！

4月24日　　吊顾君时俊　　持公

顾君时俊，乃江苏某镇人，上海某实业学校学生也。矢志不凡，好留心时事。近以国政纠纷，世潮丕变，而吾人犹尚沉沉大梦，酣歌燕舞，殊无有若何举动，君深以为痛，遂癫狂成疾，竟于某日投河自尽云。噫，是亦可哀，特仿《吊秋喜》讴以吊之。

听见你溺死，是在可人儿，你为因何故死得咁痴！你若系血性全无，死亦唔怪得你，总系死因愤世叫我怎不伤悲！你平日救世咁热心，做乜总冇人听你讲句，谅君遗着啰，定必有快言词！往日个种热诚丢了落水，总有诸般希望遂不得怀思，可惜你生在中华辜负了你一世，凄凉境地有日开眉！你名叫做时俊，只望等到时来无事不可遂意，做乜时候未至啫，就被雪霜欺！今日同胞睡熟总唔共你争得啖气，故此你出于无奈自沉泥，龙宫无恙你便把鱼书寄，死去何如总要话过众知，苦海茫茫谁个识得吓大势，点得我早丧黄泉共君你双栖，今日无限悲情自把君来祭，亏我伤时痛哭重重惨过杜鹃啼！未必有个似君咁热心来造福桑梓，枉君长恨想入非非。罢咯，不若暂止悲凄来送你入寺，等你孤魂无主仗吓佛力扶持，你便哀恳吓个位慈云施吓佛偈，等你转过来生托世在欧西，若系冤债未完再罚你落中国地，你便诛锄民贼早早见机，个阵我地五族同胞或有开眉日子。须紧记，咪话死就唔关事，讲到世情两个字咯，共你死过都唔迟！

4月25日　　　思想起（仿花花世界）　　　持公

思想起，眼泪盈眶，唉，你地何苦做埋咁多冤孽事干？睇见眼前光景是在系心寒，我想到处杨梅都是一样，不若坚持厌世去把经看！呢回（仄声）把世事一笔勾销，我亦唔敢乱想，懒理个的灾瘟把城市，变作战场。呢吓栖隐深山消此孽障，志气高尚，定要脱离苦海直渡慈航！

4月28日　　　劝你唔好发梦　　　亚古

劝你唔好发梦，咪估几咁兴隆。梦后醒来就要顿足捶胸，社会不平岂有心唔痛！君呀你纵然唔怕为人牛马咯你妹亦耻作贱人丛，诸般作事受人弄，垄断凄凉实在意中，舍得你唔系咁样子死心，君呀你又唔使累得咁重，睇你衰成咁样子叫我有乜欢容？今日偷生人世都系唔中用。唉，愁万种，累得我伤时痛哭血泪啼红！

5月2日　　　心心点忿　　　亚古

心心点忿，日在呢个地罗天网，身世系咁飘零，我要问一句我哥，你睇大好生辰，静静又过，真正光阴似箭日月如梭。君呀你触景生情能否知错？我望你前程奋发咯，咪把岁月付落江河！若果系唔信我言，重怕哙生出别祸。自古话变由穷生，我亦见尽许多，大抵千一个荣华，就千一个苦楚。劳筋饿体方可却尽邪魔，此后躯壳仍存君呀你亦都唔好见我！唉，真有错，速把威名播，点得明年今日啊，不受佢嘅折磨！

· 295 ·

5月3日　　愁到极地　　仁甫

愁到极地，委实见心操。深闺愁坐，抱住个闷葫芦。今日羽书日夜，系咁驰边报，可恨强邻煽惑，又用计如刀！乜事内患频兴，唔法御外侮？听见话蒙人独立，实觉胆生毛。前路系咁茫茫，真正唔知点算好？亏我感怀时事，忍不住眼泪滔滔，敢就模糊泪眼，洒向春郊草，触目黄花就要痛煞奴奴，见景就哈伤情无恨咁苦！唉，偷懊恼，心事凭谁诉？等我放长双眼，睇你向边处奔逃？

5月5日　　英雄泪　　盛之

英雄泪，忍亦忍佢唔来，望吓山河就哈动起惨哀！睇住个度残阳，一自自将时改，令我挽留无计想到痴呆！未识来日舆图把你何处载？今日狂风难息，是否扰乱涓埃，整到时局咁危危，试问谁个主宰？唉，难割爱，光阴你将人待，勿教明月照落瑶台！

5月7日　　风猛烛　　仁甫

风猛烛，不歇两头摇，摇摇摆摆实在令我魂消。烛呀，睇落你颜容，原本唔系肖，乜事摇摇摆摆，引出咁多恶风潮？东风吹来，你又向住西方照，西风回转，你又返向东方烧。烛你因人成事，难出人所料！唉，烛残了，风猛两头跳，呢阵银台泪满，边个替你萧条？

5月7日　　唔好讲大话　　百砺

唔好讲大话，恐怕讲折你个崩牙，咪话口甜舌滑，好似喋小呱呱。人客见见尽万千算你钱最大把，舍得你肯挥金如土。我大早就放下琵琶，你睇曹公赎，出到千金价，量珠十斛，在你不过当做泥沙。试想三春杨柳，未必乱把东风嫁，情意拣到如君，正肯受你礼茶！今日耽误青春，春又到夏，有鲜花唔采，转眼哈变残花。人地话人老就精，应份要想吓，盟誓对住三光唔系假，点好撑到开去茫茫大海，又至丢下个对桨唔扒？

5月12日　　跟过别个　　朱镇挺

跟过别个，要整得份外风流，唔打扮得娇娆，边个去把你兜？红裙翠袖，至禁得人消受；光梳云鬓，要买定桂花油。未必旧日个个无情，今日个至赖厚！别船重过，要记得往日嘅渔舟，我要双眼驳长，睇你滤得几久？须要想透，迎新还送旧，烟花场上，点得话好境长留？

5月16日　　唔割得断　　仲

唔割得断，个一缕愁丝，一定系前世唔修，重有乜可疑？身世咁可怜，天又不俾死自，日在暗中流泪，话得过乜谁知？你妹不是红颜，偏受得薄命两字！唉，真系恨事，十二栏杆徒偏倚，我要把东皇问一句喇，边日正系花再开时？

5月17日　　遮住个月　　志英

遮住个月，不过系一片黑嘅浮云，有耐浮云消散，又见月华新。呢阵好似黑夜沉沉，由得佢黑住一阵。纵使世人唔爱月，月佢都爱普照人群！个月系光明皎洁，郎你驶乜多查问？边个话月佢有再现光明，我就话佢昏！有等重想用手把月来遮，侬笑佢嗔！唉，情可悯，等到青天明月喇，你就觉得消魂！

5月20日　　心唔系咁热　　百砺

心唔系咁热，亦唔再去求名，睇吓厨房，重有米二升。知足嘅人，随处都系乐境；周时频扑，就入到金殿都豕愁城。淡饭粗茶，安吓运命，若为求名心重，一定别轻离。我睇贫贱夫妻，重有真本性，顾得浮名浮利，唸失了真情。今日世道崎岖，防到你蹉（读作差）错路径。但得粗衣麻布，就当世代簪缨。世界呢阵咁嚣张，君呀，你又唔肯敛静，好胜要共人争竞，逼住把冷语箴规，灌下冻水一瓶！

5月21日　　纪念又至　　亚古

纪念又至，想起吓前因，此生何苦做到华人！我想时局整到危危，原系可悯。况且官僚秉政，好似断梗无根。你睇东风吹至，如临阵，思前想后，令我断魂！点解我地同胞，唔知发愤，重重闭塞，皂白难分，或者改换心肠，都还有倚凭。鬼怕个的神奸卖国，就系攞命灾瘟，大抵五载年华多系种恨！唉，总系由得我着紧啫，总要做到破釜沉舟就算系第一好人！

5月22日　　唔着卖国　　曲侠

唔着卖国，总唸招殃，睇你出乖露丑，我亦替你凄凉！你系晓得做人，都要有人嘅榜样，可惜你兽面狼心，错了主张！你估把国嚟私卖，人地能相谅，点知道人人忿怒呀，恨你无良。你睇呢阵秘密嘅书函，都在人上，唔讲得响亮。有呢一笔糊涂账，纵然系苟且偷生，亦冇乜下场！

十二　益群日报

1919 年

3月24日　　益群报　　梁仁甫

益群报，出世在雪兰莪，人人睇过，都系笑呵呵。因为佢庄谐两部，俱系劝人归正果，董狐直笔，冇半句差讹，宗旨系咁光明，言论又无两可，堂堂正正，把个的国贼嚟锄，排列笔枪，来回佢战过。黄龙痛饮，正算得系收料。重有小说谱谈来帮助，编成曲本，唱吓个只自山歌，特电新闻，快捷不过。唔怪得人人祝颂唎。都话佢系降世弥陀，奉劝侨胞，唔好将佢嚟错过。提携抚养，正得高大巍峨。唉真正有错，需要想过，三千毛瑟，胜过十万横磨。

3月25日　　鸡公仔　　确系

鸡公仔晓得及时鸣。东方渐亮，故此大放雄声，恐怕我地邯郸未觉，特自来呼醒。呼醒我的同胞，及早奋兴！鸡呀望你不辞劳瘁，总要呼到大众同胞应，深引领，当作晨钟听！我便焚香顶礼祝你遐龄！

3月26日　　唔好咁热　　巽

唔好咁热，点解得咁交关。虽则冷热轮流，然吓亦系好闲。我想秋冬春夏，亦有时来恨。循环冷热，似足系轮班，人话热惯不如，长冷系惯，我话热冇咁难时，冷亦冇咁难，总系热极点知，明日再冷。等到冷极之时，又想热番，点得冷热随时，由我自拣，无乜限制。睇见呢个炎凉世界，实觉心烦。

3月29日　　益群报　　梁春雷

益群报，正大光明，无怪人人赞颂，理所当应，大抵言论至公，人引领。况且董狐直笔，到处欢迎。今日国事多艰，同胞要惺，中原鼎沸，重惨过前清。武人搞乱无时靖，悲啼满地不恤民情，非绝豪横土不净。同心同德国乃兴，宗旨要坚尤要定。群策群力把贼平，益群出世人心醒，振聋发聩好比救星，阐发公理人皆认。三千毛瑟胜过十万精兵。奸人阅过心归正，武人阅过胆战心惊。真堪敬，同胞须阅定，风行中外大启文明。

3月29日　　真架势　　　铁顽

真架势，各界欢迎，侨胞景仰，故欲识荆。君呀，你此次来南系衔政府令，华侨宣慰，鼎鼎大名，溯我华侨，自少离乡井，爱国为心。

片真诚，踊跃捐资，报销革命，重有救灾捐款，每次亦非轻。今日南北言和，尚未讲定，自图私利，不顾涂炭生灵。你睇东邻虎视，频传噩耗。回顾神州，空自抚膺，居留异域，心真悻。劳力范围好似坐困愁城。只望政府保护我地侨胞，脱离苦境，免被人欺负，饮恨吞声。唉，君呀，烦你回时，传语母邦，须要自醒。但得国家强盛略，我地侨胞就骨镂心铭。

4月1日　　背前盟　　　百砥

俾人地睇边，你唸背前盟，大早话山水冇改变之时，我地誓冇变更，家哇坐落就蹟。好似三脚凳，一个挂门包袱，执起就出门，好丑都要念吓当初，何苦咁薄悻。今生唔得到尾，重讲乜来生。呢阵临别牵衣，亦无物可赠。唉难以倚凭，我睇你更新唔似守旧，究竟算过唔会。

4月2日　　唔顾日后（嘲借债为活者）　　　歌者

唔顾日后，都要顾住吓今朝，几多财产，够你烂赌狂嫖。自古话坐食山崩，终不了，日日隔帘借债，就去妓馆花消，手里大把钱财，然后正好拈去买笑，想吓你借来借款，都数唔尽几多条。九出十三归，总唔怕上钓，容乜易倾家荡产，实在替你心焦。人到昏迷个阵，万事都唔明晓。唉真不妙，睇住你近年世运，好似大退江潮。

4月3日　　唔好咁恶　　　铁顽

唔好咁恶，做乜恶得咁交关。睇你咁样做人，我实见烦。人地冇闻必录，此例系惯。摩拳擦掌，做乜咁野蛮，就系传闻失实，只有更正个板。况且姓名冇落，与你甚么相干。（读如同音）唔怕爬灰，自认来顽，（读仄）满身牛气，供人笑口谏残。（借用）唉，君呀，劝你咪咁心呆，不如将闷嚟散，唔系光阴易过咯，恐你唔在人间。

4月4日　　同你好过（百）　　我同你好　　你同我斗　　日日讲和平　　假柳

点得同你好过，勿计旧恨前仇，人地话恩爱夫妻，好似渡客舟。呢阵正系同舟共济，要顾住江心漏，点解两头唔到岸。你重浅在中流。想话共你嗌过一番，仍旧忍口，忍了你重唔知，心里越发可嬲。妹你乖张品性，终日要人将就。怪得话唔系冤家就不聚头。家吓亲朋知见抬过和头酒，又试闹起番来。大家都见愧羞，至怕口话共我融和。心里又将我咒。唉，真恶忍受，请你削性讲明讲白，当我系相好，抑或系冤仇。

  4月4日 奴要你戒 亚拔

  奴要你戒，戒咗洋烟。睇见你鸟眉瞌（读如恰）睡。我就珠泪淋涟。我想食到洋烟，唔系冇面。又不是蓝桥冇路，去访神仙。讲到你耗散钱财，原系事浅。第一夜来岑寂好似伴死眠。唉，削性你系死晓。唔把你见，免费奴奴对住，得咁心酸，罢咯不若我共你拜吓灵神将军转。等你重重冤气，永不相缠个阵苦海脱离。偿我素颜，你便鹏搏有翅，飞上九重天，我今日心事满怀将你劝。须要戒断，若然唔系咯，重怕你苦恨年年。

  4月7日 清明柳 亚拔

  清明柳，绿萋萋，亏我望哥唔见我就日夕悲啼。记得往日在青楼同哥你结契。都话愿同比翼永不分飞。点估我共你缘悭唔得到底。咁就中途永诀死别生离，想到往日个种恩情我心□翳。此后桃花飘逐再不辨水东西。唉，不若衬此清明共你将墓祭。或者你真诚鉴我重哈梦入罗帏。你妹今朝哭到黄昏际，总不见你言词有句空带夕阳归。我今日孽债偿完亦无乜芥蒂。真正系，我愿得长斋绣佛咯，去念菩提。

  4月8日 枉你话系我领袖 悲天

  枉你话系我领袖，全体名誉实系被你影羞。当初估话得你来活手。谁知今日睇见你重兜谋。（读响声）华报骂完西报又将你骂诟。究竟因乜事干共你咁大冤仇。或谓因你往日媚奸吾顾后。中途双节故此覆水难收。或谓因你□张伟幻将我地同胞诱。捕风捉影车大个衔头，大抵物腐虫生唔系謷谬。唉，罢咯将你识透，及早来分手，免令终日共你担咁大嘅忧愁。

  4月8日 唔好咁吽（因和议停顿而讴此） 隐信

  唔好咁吽，须把利器重修。我亦知得呢场谈判喇。不啻系水捞油，佢一面供你讲和，佢又一面共你战□，实系想阻到你兵疲师老喇，就好把寨劫营偷，成日都话冇令入秦，都经已齐遵罢手。怎知系重重机械，均立个破坏嘅好谋。声声诬捏我的恃住胜容，事事都唔肯将就。其实罪在徐虎徐狼，至坏系个只段马驹。（叶上平）你睇佢西便特设个亚藩，南便又设个亚厚。唉，勿被走漏，一班人面兽，待等指日黄龙直捣个阵咯，必要佢一个个割下驴头。

4月8日　　吊老顽固　　恨迟

听见你话死咯，我实见心松，头发星星，耳目又咁矇，如果你系开通，你死我亦见心痛，但系生成顽固，岂不辜负天公，蠢如鹿豕无一中用，图存世上不过系蛀米大虫。今日买副元宝蜡烛香来，将你殡送，等你落到阴间，勿入饿鬼狱中，若果要你转生。再作黄种，你便换过副心肠，做一个绝大的英雄。

4月9日　　君要爱国货　　梁春雷

君要爱国货，咪被人睇轻。回首中原，实见涕零，民生日困。须要知吓的苦境，都系国人媚外。致有咁嘅情形，中华国货，可称至靓。物质有咁精良，手工又有咁精，未必舶来货品。至得烁炯，实在我中华土物，方算系香馨，利权外溢，是一险症。若不急图医治，就哙人幽冥。今日国脉阽危，何法愈得国命。民生凋敝，又谁是救星。我话土物唯爱，就系发药对症，厄源塞尽，大拯生灵，民富国强，理系一定。唉，须细听，非徒空捉影，人人实践，共享升平。

4月10日　　怪鸣　　石痴

惊蛰已过，又到清明，如何尚听得有怪声，你记不得旧日华光（会意）曾有命令，言非中节不许你乱嘅鸣。你的昆虫介类实系奴才性，我地圆头方趾与你实不相称。所谓螳臂当辕败干戈逞。等我地秦镜高挂咯要你现出真形。

4月11日　　奴已睇透　　讽诗

奴已睇透，你个副心肠，一味假情假义，点共你结驾鸯。大早你下拜梅花，重话心有异向。总要两家情重，做到地久天长，个阵我把君意顺从，实在心亦勉强。点估你名花到手，又话花系唔香。独惜你只晓怨花，唔晓自谅。唉，须要自想，同做交情都系冤孽账，不若索性开喉，共你嗑过一场。

4月12日　　清明节　　罗秀华女士

清明节，苦难言，惹起奴奴心事更觉悲酸。记得当初同君你会面，都愿白头相守永久盘旋。谁知你病入膏肓难以改变，抛下奴奴你话几咁心冤。空闺独守我已肝肠断，恨不随君同入黄泉。今日节届清明来来将你祭奠，你便魂归立在个边。若然显圣来共你相见,慰吓久别相思免至我抱恨年年。做乜哭极千声唔见君你灵显。只有坟前青草与及鸟声喧。罢咯,不若焚去纸钱我就徐步转,等到明春今日再嚟拜你坟前。

4月14日　　唔系处　　　金今

近今麻雀牌戏盛行,余中之岁成痼癖。某友亦与同病,因与之约,互相戒除,犯者处罚。前日过访不遇,故疑其又作戏于邻家,因歌此以讽之。

唔系处,是必又系去左打牌,红中发白,拍出满街。三元四喜,食得真爽快,之总系共人输赌。我劝你都唔着咁样子安排。你若系想人做好,自己亦唔应学坏,既系有意爱人,亦先要自爱为佳。至于话你赌你钱,唔系赌过我界。唉,亦难怪,若系唔使戒,咁就讲嚟讲去,都系你个口讲理。

5月2日　　超你真正混帐　　　隐信

近阅各报载国会通电,痛斥梁文妖行动而讴。

□□□□□□□□□□,你真正混帐,谅必你唅即是灾殃。既在中原流毒咁耐久罢啰。乜又试飞毒过重。(叶下平)洋睇你种性格生出系咁媚异戕同。又唔知你个心存乜野想像。况且你素来周身肠烂喇,早已薰臭到四厢。点估你今日重暗做小人,甘抱住个琵琶别向,净晓乞怜得外人宠悻唎。愿举合族人合厥去填偿。虽则花界个个都系暮楚朝秦,想亦难揾个你咁嘅衰人样。系咁好作虎之伥。鬼唔望你早早妖殇。呢阵你咪恃住冇包爷(叶上平)共你情投,你就乘风乱唱。唉,须自量,勿结戒冤孽账。罢咯,不若当你系发疯人仔喇,永不俾你登场。

5月15日　　何须动愤　　　隐信

何须动愤,亦要体念吓原因,想举世间最该怜恤嘅呢。本系若辈工人,试睇佢昼夜咁劳形,亦仅欲成多件人生用品。总系志在图谋生活啰,以致无暇计及晨昏。况值此物价咁高抬,又且头路恶揾嘈。若论日中百般皮费喇。势必只倚个工银,舍得今日工值唔系咁稀微。又驶乜话生计咁窘,岂料遇此艰难时势呢,致迫得请命到东君。唯愿仁者揆悉吓情形。至是稍存恻隐。唉,价宜略允,勿致贻讥笨。得宾主间利情两皆恢复咯,方免冇商滞及工贫。

5月20日　　乜你咁憨　　　虬

乜你咁憨,做得咁荒唐。听人授滚(借用)咁冇主张,无端生出,个段风流障。惹人谈论略,问你点样子收藏。你咁大个人,做乜咁冇想像。郁(借用)吓唔啱,就即刻去落佢箱。唔通你恃做二奶,就要派(平声)出个二奶样。沙尘白霍,自逞豪强,事干又做唔嚟,人亦唔听你讲,当场出丑,问你几咁心伤。唉,唔好咁混帐,此后闺门紧守吓,万事都要参详。

5月24日　鹰咁静　亚顽

鹰(借用)咁静,做乜总唔声。唔通远处南洋,就忘左祖国嘅情形。你睇外交失败,民贼持柄。眼见青岛一隅,断送轻轻。各处系咁打电力争。狂到冇影,做乜呢处侨胞,似未知情。中国若亡,我地侨胞亦断冇好景。趁此联络略,勿谓有力不胜(平声)。唉,须猛醒,咪话系乐境,等到中华强盛略,然后可庆升平。

5月26日　亡一个字　隐信

亡一个字,(叶俗音上平)见就魄散魂飞。若讲到死亡两个字啰,都系一样嘅名词。可恨几个国贼媚外求荣,致累到我地无生气,眼白白一个堂堂高佬喇。反要俾佢矮仔来欺,佢夹硬占住我青岛唔还,更重有一重。(叶下平)恶意,又话鲁省嘅路桥矿利略。一律要任佢分肥。若果青岛今系真亡,就怕全国要亡在跟尾。试想吓一旦国亡家破,你话系点样嘅惨悲。今日独幸尚有我的支那,民心不死嚩。唉,齐奋起,各人同一致,大众贤豪救国略,正造过一个太平时。

7月12日　难要猛醒　亚坚

难要猛醒,咪咁痴朦。君呀你睇个边日照上墙东。你阵日上三竿你还发梦。真正系蹉跎日月,甘做愚庸。咪话恃住你有个钱财就唔使郁(借音)动。都要力图发奋咪把个日子放松。任佢日光虽系咁猛唔使惊恐。要学鲁阳挥戈略至算得系大大个英雄。

7月15日　抵制劣货　梁春雷

抵制劣货,须要认真,然诚一减略,就哙变波澜。君呀,你当知救国救亡,全恃义愤,此正国家危急,切莫作等闲。若果能坚持到底,要学长蛇阵,渐渐倭奴失利,定必国弱民贫。君呀,同时振兴国货,方狂澜挽。唉,须发奋,若到家亡国破呢?试问你有何颜。

7月17日　你唔系好货　口平公

你唔系好货,抵制你又奈我唔何。总要坚持到底启□怕乜你鬼计多多,手段

· 303 ·

辣得咁交关。唔怕人地发火，骂声横行无忌。你个毒妇狼婆，廿一款要求未了，你又试来谋我，良心尽丧，出尽毒计淫奇。你睇口石都唅生成火。呢回决志，誓不肯低首相和，激嬲我地同群。尔就知折堕。唉，唔骂你口货，就嚟要你抵肚饿，舍得我地坚持抵制咯，个阵你就要涕泪滂沱。

7月18日　　人地高庆　　亚坚

人地高庆，我心伤悲，真系各人心，事各施为，大抵哭乐悲歌同一心理。异地而处未必尽非。今日命蹇时，乖口运滞，□□□给日夜悲啼，重有强邻虎视把我地穷人剌。硬占田口总不肯归。所以睇住人地高庆我心越觉难抵，有何面目咯，高竖个枝国旗。

7月19日　　凉血子　　黎耀聪

凉血子，边一个头名，我欲临风，致问一声。可恨个的顾住自身，就唔理国命。但得荷包肿胀，佢怕乜秘密经营。纵系博倒个凉血街头。名又藉此大盛。就得佢无心叔宝。佢亦自认本应。讲起印度波澜，亡国嘅伤心景。你须要改性，大家齐猛醒，一味维持国货，咁就定必国破唔成。

7月20日　　君莫高庆　　梁春雷

君莫高庆，不久就大难临头，人地快活，我地心嬲。说到话公理昌明，原实系假口，不特全无公理，重被佢霸占左胶州。今日昏迷快活，诚属至谬，若果中华亡左咯，要做马牛，快的发奋强图，危尚有救。唉，须要想透，勿咁面皮厚，男儿好汉，应报国仇。

7月23日　　无题　　大可

两斜日，乜你咁得人前，搅风搅雨，又试白霍沙尘，住着你隔篱。真正火滚，话极你唔听。（平声）做乜你一味发憨疯，穿廊入舍，系咁撩人恨。第一系晚妆卸下呀，被佢眈（借用）（看也）匀。你妹系咁畏羞，你亦唔好咁冇品，我郎情性系好孟争。（恼也）快的口开，（走也）咪咁浑沌，唔驶问，都要闩门抵制吓你呀，（平声）饿死你个衰神。

7月29日　　夏已去　　梁春雷

夏已去，又到秋天，时事日非，委实难言。我地华人，原非下贱，做乜被人欺凌太甚，惨过，坐针毡。话咁要咁，无得变，犹如砧上琢鱼鲜。琢完任佢，搓同扁。搓完之后，又来发火任佢煮煎，我地大众同胞，须共勉，实行抵抗你的无理嘅苛权。今日祸端横生，全系暗箭。唉，欲试剑，还吓苍生念，杀到落花流水，不愧大好青年。

8月1日　　人地咁富（讽振兴国货也）　　　顽顽

人地咁富，就该想念吓我地中华，君呀，帮衬人家，不若帮衬吓自家，利权外溢，都莫话心唔怕，眼见自己人穷，问你有乜主意拿。请你手按良心，偷自想吓，家园花好，在乜采及口头花，折得归来，香过亦罢。转眼花残，再不发芽，我已共君携手，饮在家园下。眼见谢了还开，一朵朵葩，君呀，你重话花好看到半开时，花正有价。唉，唔系假，要想吓前时话，为乜事人穷财尽啫，请你细心查。

8月19日　　盂兰节　　铁顽

盂兰节，不胜悲，想起奴奴心事，越觉凄迷。做着弱国嘅人，你话几咁翳肺，受人鱼肉，只有两泪偷飞。今日佳节难逢，鬼面又系咁恶睇，皆因鬼头多咗，故此万事难为，舍得你咪咁贪心，我亦唔怕舌底，（借用）纸钱烧页，或者肯把头低，但系你得寸入尺，做嘢就真唔系，欺（读虾音）人欺物。起势咁欺过嚟，咪话我系可欺，瘟咁将我来口。揾埋白鬼，向处嚟西，（借用）哎，咪咁废，唔好咁专制，你若全无道理咯，我便去请个位擘鬼钟馗。

8月23日　　你重唔死（骂汉奸）　　梁仁甫

你重唔死，做乜死得咁延迟，你阻住我地嘅前程，你知到未知，一日你在生时，我地一日难以得志，真系你老而不死咯，缕错人皮，世界如今，非系昔日可比，知到世界系咁艰难，就要早早见机，即使你唔信天心，亦要顾住自己，但得你早辞入世咯，就算系你大大嘅便宜。

8月25日　　秋后扇（为一般趋时势者讴）　　梁仁甫

秋后扇，问你痛心无，不因人热，就算有贞操，历尽世态炎凉，料必吾你晓到，点份替出力，咁就冇半点功劳，热个阵得咁痴缠，凉个阵得咁见妒。真正思前想后，就哙满肝牢骚，西厢拷艳，确实系添人恼，你睇红娘热血，反重受几许冤诬。世上忘恩负义，你话何胜道，唉，真可恼，秋风催人早，扇呀你中途见弃，就怅触起奴奴。

8月26日　　容乜易　　梁仁甫

容乜易，又到新秋，几行雁字，系咁满天流。秋呀，你唒依期，人自唒等候，呢阵金风凉到，雪兰洲，长堤一带，变作黄条柳，更值疏雨梧桐，份外见愁，满林红叶，只剩有黄花瘦，更有繁华满院，尽被秋教，莫不是秋来，生就一对攀花手，我重要吩咐你秋霜，唔好白尽我地少年头，空阶冷露，夜夜侵罗袖，凉到透，武月如奔走，记得送秋无几，今日又再与你绸缪。

8月29日　　真可怜　　铁顽

真可怜，个只木屐儿，你何苦时时，把我欺。又话同种同文，做乜咁无道理，要求恐吓。系咁音乱行为。据住我国山东，青岛记地，强权凌压，你话几咁堪忿。今日吉林军队，又试杀商人廿几，重要派人谢罪咯，有乜我地相宜，想起真系激心，点样过得日子，惟望同胞发愤，正得固我国邦基。哎，须争气，咪做汉奸虐同志，待等国富兵强，个阵洩愤唔迟。

8月30日　　君快返国　　梁春雷

君快返国，勿咁恋在南洋，南洋地面，近闻酷得好深伤，况且撒但系咁纵横，试问谁系你保障，随时骚扰，不论学界与农商，说到话气候和平，全系梦想，快啲买掉言旋。免惹起祸殃。要知近日嘅天时，多变象，风云不测，最沧桑。古云不做良医，当为战将。唉，愿君回此向，方算志高尚，总要救民救国，乃得万载名扬。

9月4日　　闻得你要出境咯　　梁春雷

闻得你要出境咯，我实心忧，讲到话无政府党，谅你未列同谋，今日有口难言，君你亦无庸计较。但系公理犹在，未使忍辱含羞，故此给尽商店图章，哀求当轴恕宥，岂料一于无效。我又怎不添愁，你是在洁身无暇，亦蒙此罪受。呢阵势成咁样，真使侨人泪不收。怎解全埠工商担保，函亦唔够。咁就给图章，尽付东流。从此海底泥冤，料亦无法可救，令我呼天求救，叫破咙喉！唉，天呀你系冇天心，当为庇佑，赐福寿，康乐常常有。保彼远离此地咯，得展大大嘅嘉猷。

9月18日　　你系咁做　　亚坚

你系咁做，做得过意无。你睇近来洒水日日咁高。虽系至小嘅东家尚且识时务，补回津贴体恤勤令，怎知有个大大富商佢重面皮厚，收回伙食手段太高，佢个密底算盘思想透。就话停口不炊可以节省用途，故此每伴补回五六元，柴米油盐各有各煲，就算餐餐食粥都系唔够，我问你口腹从公世上有无，大抵为富不仁从古道，损人利己重奸好过曹操，讲乜乐善好施修桥整路。唉，须要知到，近日工人革命遍宇宙，我望你的专制头家及早回头。

9月22日　　起势咁话　　铁顽

起势咁话，国系文明，做乜对于我地华侨，系咁睇轻，唔通弱国嘅侨民，生得唔好命，就要低头敛份咯。任佢万事欺凌，言论唔得自由，重要专制到冇影，或孥或罚，几咁心惊。咪话商家面子，可以说得君你陷口。睇佢心肝掩（俗音）住咯，重顾乜住往日交情，今日狱成三字，要你归乡井，但系坐非其罪，都要忍气吞声。哎，真激颈，徒资人话柄，总之寄人篱下咯，好似坐困愁城。

9月23日　　水深火热　　梁春雷

水深火热，真个愁绪万千，重重国耻，恨海难填。今日时局艰危，全赖合群来保险。勿令堂堂中国，好比堕落深渊，既系热血男儿，就要谋功建，莫负昂藏七尺，纵欲为先。若果宗国沦亡，问你有何体面，故我对住四万同胞，大呼莫卸仔肩，总要复仇雪耻遂大愿。须蓄念，他日成城众志咯，定可教我国祚绵延。

10月6日　　听吓我劝　　金宝梅国民

近日阅报纸载有祖国南北议和事，南七总裁电拒北庭王揖唐等置若罔闻日日话疏恃老段鬼脚故讴以讽之。

听吓我劝，好快的收身，花粉场中，有乜好顽。睇你花花白发，原系老大，只管日日尽地风流，你总唔信镜，试睇吓搅成咁嘅样子，把家事凋零，做乜我劝尽咁多。你总唔听野，况且人人话你唔好去咯，你重乍作唔闻，咪估我的说话唔零，当系好闲。你一定恃住几个痴心来酸弄，咁就走里条尾要去温。恐怕你知错难返唎。个阵回头迟。唉，真可怒，你想共钟情相会唔，除非呢几件无。

10月9日　　双十节　　梦觉

双十节，将近到，君呀你有预备庆祝无。祖国共和，就系呢个节日创造，江河光复，双十个日功垂万世中外钦乎，你睇五色飘扬，光耀到南岛，民志得舒，亦由此日返苏。君呀，你莫谓而今外交失败，就将堂堂盛典冷冷造，我话更要众志成城，齐心庆祝祖国强图，若然系咁冷淡，敢就更被外人侮，虎头蛇尾，重讥你热度全无。唉,提倡须趁早,预备庆祝前途,我但愿年年双十日,环球上,五色旗飘飘最高。

10月30日　　断肠词　　仁甫

无乜可送,送纸断肠词,离愁别恨,讲得过乜谁知。睇见咁样共你分离,我就心痛到手,自来豪杰,大抵都系误尽思疑,舍得你系列在一等国民,人地亦唔敢咁放肆。话拿话解,立乱咁把威施,今日握别临歧,我重有一言嘱咐你,望你坚心毅力,把我地祖国励持,大众一心,揸定个主意,内争调息,快把外侮抗持,个阵国势飞扬,或有相见嘅日子。唉愁未已,执笔难写字,总望你始终如一,就不枉送厘(仄音)首断肠词。

11月3日　　青楼妓　　仁甫

青楼妓,勿个当佢系真心,千金一掷,咪估话好沙尘,白水俾得佢多,都唔到你系上等,床头金尽唎。试问边个共你相亲,我想三个银圆,不过陪酒个阵,重怕一时唔合意啫,就好似贴错门神,只可行云流水,当佢消闲品,逢场作兴,咪认得咁真,多情自作,就哙终遗恨。唉,须记紧,勤君唔好咁笨,等我一言惊醒,你的梦中人。

11月4日　　解心　　仁甫

姣呀,你洗尽铅华,嚟去礼佛,我亦愿叠埋心事,去礼菩提,彼此都系心头难偿。心正日翳,正系青衫红粉,两两悲悽,大抵卿你事事造到心慈,正思想到倾吓佛偈,忏除花月,重讲乜野粉碧留题,我地两个系咁情投,亦应要情得到底,今日你既系繁华悟破,我点肯净土唔归。个阵朝朝暮暮,向往慈云跪。唉,心愿尽洗,共向如来礼,但得因缘唔散,怕乜俗愿常远。

11月5日　　风声咁紧　　仁甫

风声咁紧,究竟如何,举目中原,令我感慨多,你睇山河惨淡,隐隐悲笳过,呢阵遍途荆棘,绕住铜驼,我想青岛嘅将来,都无乜好结果。点估西隅藏地,又起风波,咁样嘅江山,容乜易破。所望同心御外,莫个被佢摧磨,怅怀家国,就心如锁,惆怅凄凉,怕听个只字夜歌,若不及早撑持,就哙将来错。休放过,总要固边攘外,方享得万代共和。

11月10日　　愁到极地　　仁甫

愁到极地,委实见心操,深闺愁坐,抱住个闷葫芦,今日羽书日夜,系咁驰边报。可恨强邻感煽。又用计如刀,乜事内患频兴,唔去御外侮,听见话蒙人内犯,实觉胆生毛,前路系咁茫茫,真正唔知点算好,亏我感怀时事,忍不住眼泪滔滔,敢就模糊泪眼,洒向秋郊草,触目黄花,就要痛煞奴奴。见景就呠伤情,无限咁若,唉偷懊恼,心事凭谁诉,等我放长只眼,睇你边处奔逃。

11月12日　　风猛烛　　仁甫

风猛烛,不歇两头摇,遥遥提提,是在令我魂消,烛呀睇落你副颜容,原本唔系肖,乜事遥遥提提,引出咁多恶风潮,东风出来,你又向住西方照。西风回转,你又反向东方烧。烛你因人成事,难出人所料。唉,烛残了,风猛两头跳,呢阵银台泪漏,边个替你萧条。

11月19日　　送秋　　仁甫

多病多愁,懒讲送秋,亏我绵绵秋恨,锁住眉头,颜容憔悴,好似残秋柳。对住个把美人秋扇,越发心嬲。秋宵梦醒,有泪抛红豆。队队秋鸿,最动客愁,想起秋老又试将近一年,眉就转皱。唉,重阳后,人同秋菊瘦,亏我送秋无意,亦懒得登楼。

11月20日　　愁到绝地（连环体）　　仁甫

愁到绝地,点会解说无从。从来世事,不过是色还空。空有你个种聪明,做乜把愁字云弄。弄到腰围瘦减,更有惨淡嘅颜容。容貌靓极都系难常,需要保重。重要及时行乐,冇旷达嘅心胸。胸怀洒脱,本系非情种。种下个的情根,都系孽作自从。从此魔障越深,难任你放纵。纵你聪明绝顶,只好怨句冇阴功。功力猛起番嚟,呠把人命断送。唉,你休闭懵,懵字浑如梦,等你梦醒南柯,就系解脱你嘅牢笼。

11月26日　　燃犀录　　仁甫

燃犀录,就系戴奸商。任得佢古灵精怪,亦出□富场。我咕话叫做系人,都唔好襟混障。同心御外,正得国势飞扬。点好话多少责权,亦唔尽吔力量。只图私利,好似畜类咁嘅血凉,转凤偷龙,成日咁想,欲图私运,暗渡个处陈仓。睇你咁样嘅行为,我就心凄怆,被人猜到。（读倒为）都系五分钟嘅热肠,□□看来,重有乜野望。误尽□□□前情,都系你的奸商,所以铭号燃犀,来将佢现相。（仄声）等佢良心发现,或有改换嘅心肠。唉,商亚商,大家同一想,我地呢回重系虎头蛇尾，就唔国破家亡。

12月4日　　人格　　仁甫

读四存君所拙"改造的人格"感而讴此。

人须有格，正系叫得做人。从来豪杰，大抵都系在个处起因，帝制推翻，松坡亦用佢嚟勉奋，如今八载，都系做共和国嘅人民，可想国家□强，全续国民嘅灵敏，同心同德，咪个□限嚟份。人格既系高超，□□□之上等，个阵凌欧驾美，□称得系一等嘅国民，我想人格个一层，全在我地立品。唉，须发奋，大家同着紧，改良人格，做一个新国民。

12月5日　　西厢月（玉连环体）　　仁甫

西厢月，月呀，你得咁繁华，繁华月色，映住苑畔菊花。花你玉容娇媚，月又丰潇洒。洒向花边流泪，可惜唔得月你艰查。查明夫婿，免致月月依心挂。挂住知心人远，记不得月到邻家。家乡你唔记念咯，我对月□发心肠□。唉，□极心肝愁未□。罢咯，不若对住天涯残月，□□琵琶。

12月6日　　冬篱菊　　仁甫

冬篱菊，自自含芳，绿葩成叶，朵朵咁青黄。花呀你枝枝挺秀，直令人观望。最怕菊残枝败，个阵就要□在小□，在呢阵花叶咁鲜明。花□又得咁壮，冬霜来傲，大抵亦怕□妨，□谓百卉共你争荣。菊你不敢尽放，花渐旺，鲜艳撩人望，就系题诗的赏，勿话我猖狂。

12月12日　　愁到极地　　仁甫

愁到极地，恨又填胸，睇见近来时事。一自自唔同，处世系咁艰难，真正冇用。满途荆棘打叠难通。讲起肉食诸公，又长日发梦，可恨阋墙相斗，在处达英雄，北望中原，我心就唔痛，无聊到极，叫一句天公。天呀，我望天祈祷，愿你诛奸种，把若辈尽地诛锄。切莫再容，个阵妖氛尽灭。大众欢声动，我便转忧□，喜彻五中，亏我指望升平。情系咁重，朝思和夜梦，但使你的金壬去尽，个阵好事重重。

12月18日　　同是姊妹（讽党派纷争也）　　仁甫

同是姊，总要把家计维持，生计系咁艰难。你知到未知，讲到儿女成群，全□你指拟，就系开门七件事，□□□推辞。睇你家事系咁纷繁，条命又咁鄙，重要唔结人缘。惹是斗非，你便要协力同心，争番吓啖气，整到家门兴旺，大众笑微微。点好话家里唔和，惹起人家掉忌，休放弃，往事须回记。□业点样艰难，你要想□旧时。

12月22日　　风声咁紧　　仁甫

风声咁紧，问你如何，勿话远处南洋，由得佢肇祸，自由行动，个阵点样收科，我越想越思，都系种种唔得妥。睇住被人蝦（借用）霸，将我的兄弟折磨，咁样睇来，真系佛都激出火，重唔发奋，就哙变个只扑火灯蛾。事若临头，就唔到你恨错，旁观袖手，容乜易换转山河。中国嘅名，人地嘅货，永沦酷劫。重讲七五族共和，奉劝侨胞，休将佢嚟放过，同心救国，合力把佢诛锄，联络国内同胞，一致嚟赞助，先排货，各尽国人一个，释争攘外，个阵就□□福自来。

12月24日　　偷自怨　　仁甫

望穿秋水，总不见你归船，想起离情别恨，愈觉心酸，可奈燕子双双，在我管前恋，惹起情丝一缕，都系空结梦中缘，亏我望郎望到时日短，又遇风拥寒围，不见月婵娟。呢阵月破云迷，郎你知否打算。唉，偷自怨，心旗随风转，点得共郎相会，月又现在当前。

龙舟歌

一　国民日报

1916 年

4 月 7 日　　五族乐（新叹五更）

一更一点月儿东升，民意体定，嗳呀呀得呛，恶贯满盈。皇帝马上安坐成，好高兴。嗳呀呀得呛，好高兴。

二更二点月儿渐高，云贵起征讨，嗳呀呀得呛，大事不好了。看看皇帝要□消，真糟糕。嗳呀呀得呛，真糟糕。

三更三点月儿亭午，大典筹备处，嗳呀呀得呛，卷旗快息鼓。公侯王伯变龟兔，免杀戮。嗳呀呀得呛，免杀戮。

四更四点月儿渐西，皇帝换征衣，嗳呀呀得呛，出奔西洋西。不然身首要分离，大不利。嗳呀呀得呛，大不利。

五更五点月儿渐落，民国复活，嗳呀呀得呛，共和再造，五色国旗到处飘，五族乐。嗳呀呀得呛，五族乐。

4 月 26 日　　愤时抱恨　　亚古

闻击柝，触愁思，伤心人仔遇着处处，都是断肠时。想我生在世间无乜意味，偷偷抱恨有谁知。生计困难不久就至，你睇社会黑暗，真正有药难医。楚歌四面频报不已，灯前洒泪转恨成痴。诗歌成帙写不尽悲哀字，人道灭绝重驶乜胡疑，整到苦海茫茫系谁个主意。愁欲死，亏我枉生人世抱恨无期。

人寂寂，夜更鸟火暗地月唔明，□□□，□□寻，□虫唧唧更□□□，（文字漫衍识别不清）地方咁多人又咁盛，社会改革各□一定神惊。可怜睡狮眠尚未醒，沉沉大梦枉得令名，人心涣散有谁知警？合群奋勇理所当应，勿待富室横行然后把计拯，个阵重重束缚咯鬼共你讲人情。

二　侨声日报

1912 年

7 月 24 日　　侨界警钟　　虞

近来风俗日渐浇漓，讲起我地华侨更重可悲。竟尚浮华奢与靡，漏卮唔顾专务外货新奇。祖家个句名词诚堪味，点解认人祖国误把自己相欺，博得一个美观唔见了实利。斑纹似虎究竟都系马□皮，不单饮食起居常用器，出自中华未免触目尽非。不是欧洲还是日美，中土精华甚属眇微。提倡土货本系兴中理，工业改良大可以固国基。但愿舍去人田芸吓自己，须紧记，挟些贤□与及精神从事吓内地，异乡虽好□过系寄在人篱。

7 月 26 日　　侨界警钟　　虞

歌一遍，又再开言，竟尚浮华大抵习气所沾，不顾内容只顾装饰外面，虚耗多□不算系钱。你睇庆事欢廷宾客宴，几乎外品重费多过土货加添，洋酒定求星三点，纸卷烟浓不及吕宋烟，此等寓禁于征来价不贱，非系日常用品重税理所当然。人地尚且欲民趋向俭，安可我地奢华重争要占先？浪用无端还重可厌，个的出丧洋乐岂系价从廉？点解物必皆人唔顾自己个便，未必利权谁出就叫做自家谦。以此类推嚟察验，令人想落泪应涟。土货不是容易□变，有人帮□就可以□达无边，但望□国□心齐□□，□□□，天演独能免，中华实业□就永盛绵绵。

7 月 29 日　　侨界警钟（再续）　　虞

真有品，有一种我的侨民，彼此相仇有乜甚因？你睇今年正月个阵，广福相残不欲闻，辫尾后乘触起醉汉忿，手拿剪子占话共佢断去奴根，点知误会番来心就不份，佢话身体自由点解手咁痕，登时喝打喧声震，引类呼朋奋不顾身，执便转头携便棒棍，乱打掷□误中旁人。个的宵小无良心更毒狠，布散谣言尽搵亚庚，捏造多端乘此□混，务求挑动恶风云，令你是是非非同置不问，互杀相焚直到玉石不分。重怕匪徒计□就观时机趁，乘时□人抢劫钱银，调和罢□乃是真人幸，抚恤筹措书靠个班士绅。佢见此无辜受累深堪悯，特行赐恤个的惨被劫□烧焚。细想翻来真正老□，所□自寻烦恼自取艰辛，睇你生得□精何以死得咁笨，

□见□□□□当□有十八个冤□，今见断案有一大宗尤觉可恨，好似旧时花样又试翻新，彼此既系同胞孰□要亲近，须发奋，唔好□有□，若然□□定先要爱同群。

12月11日　　排俄歌

排俄总会文事科敖乐天君，颇娴音乐，今谱中国男儿歌，制出排俄汉说歌二首。

（其一励军人）西伯利亚，西伯利亚，开衅中原已世仇。西伯利亚，西伯利亚，狼贪今复肆恣求。煽惑库伦，协约同谋，蔑我主权，侵我神州，虐我华民，逐我华官，夺我路□之咽喉，违背公法，蹂躏和平，且为公敌于全球。西伯利亚，西伯利亚，与尔不共戴天仇。拏此虏廷，扫此虏穴，系俄人颈以组，□□俄腹，□饮俄头，我军凯旋壮志酬。（其二励国民）中华国民，中华国民，北方建屋始筑墙，中华民国，鸠工庇材正奔忙。讵有俄人，与我邻乡，利我安宅，睨乎其旁，间我子弟，驱我百工，毁我郛郭思登堂。旁观劝阻，悍然弗恤，我能隐忍习为常。中华民国，黄帝子孙方其昌，人四百兆，地九万方，亚东之雄，上国之光，睡狮已醒，振臂一呼，万山群兽皆震慑，岂有示弱、自取灭亡？背域借一黄种强。

又一首番禺占□夫君撰并录

呜呜呜呜，愤愤愤愤，我中国民，精神连振。俄人野心，协约边认，独立煽蒙，屡生祸衅。夺我藩篱，侵我边邸，罔顾邦交，公法不问。恣意欺凌，势难哑忍，挞伐不伸，虚分是行。国破家亡，人财俱泯，饮恨吞声，普天同愤。凡我国民，雄心应振，富者输财，贫者出阵。军以饷成，粮多兵奋，民气方新，英雄发轫。协力同心，捐膏勿靳，宜发热忱，一人一份，爱国精神，中华威震，响告同胞，奋奋奋奋。

12月26日　　争气歌（仿正气歌）　　　　任我

今日唔争气，瓜分现象形。人民皆萧索，土地尽零星。可幸我国民，愤气塞苍冥。讲到打俄国，万口同一声。人人胆汁够，冇个面青青。军界有健儿，报界□主笔。若言助军饷，众人衣食节。饥欲斩断头，渴欲饮鸡血。咬牙兼切齿，摇唇更鼓舌。岂为自了汉，各扫门前雪？岂为卖国贼，恶心贺先烈？岂为缩头龟，终始畏胡羯？岂为寸财奴，大局任破裂？是气若短少，不足竞生存。争□得一唉，生死安足论！□□□以立，国体粮以尊。东亚有□长，奴隶除其根。甘心居第九，□□唔出力。坐视强俄强，王庭留漠北。一片好河山，抚之不可得。冬夜静无人，窗前苦天黑。百临一□起，长歌当酒食。能无喜且惧，□越视肥瘠。嗟我一寸心，营营移不易。勖哉众同胞，为我光祖国，一鼓作其气，阴阳不能贱。显此民气在，合当浮太白，一战胜强俄，□威曷有极！汉唐不再见，那知今胜昔。声势震环球，国旗飘五色。

1913 年

2 月 26 日　　捉烟精

近日粤省捉获烟精甚多，歌此纪之。（嚟嘞）道友，食□过江龙，不妨试吓、我呢盅。（姜太嚺）烟屎九答闻，我慌你肉痛。（唔拘嘅）不如我自己出盒，咁就楂住碌大烟筒。（呀含）做乜呢两朝，一阵得咁冻。话犹未了，就缩起似只虾公，食得一口又忽然，来了一个大懵童，缩头缩颈，似一条虫。话借开等我食口先，真正多劳动。烟屎九登时闹渠撞葱，唔慌你唔知，我烟瘾重。正话埋嚟食得一口，势不依从。（我正话困埋嚟嘅咋）二烟八又枕硬壹边，系原发烟梦。（喂起身喇）睇见大懵童埋嚟，怒气冲，话你埋来，有乜好敬奉？你食惯三沙，食坏我枝竹筒，冲突起来，惊动大众，个阵门边巡警伯唔晓乜东东，壹脚踏了入来，睇见几只坏种。哦哦，你地聚众吸烟，法律不容。亚八亚九碌起身嚟，随处贡，想搵孔（平）捐时，又有孔。懵童拧转个身，频打拱：（唔关我事呀吓）口水流流，鼻涕一筒。警察明知，个个系烟霞洞，纵然乱捉，唔怕有阴功，吹起银鸡，叫大众，实时执住，渠乱髪蓬蓬：（唔好拉我呀我唔系食烟架口细嘅）十足系拖孝子出山、将殡送，又似辨才收妖、捉住几只烟公，死老豆个时，怕有咁苦痛，唉！何不奋勇，免被人嘲弄，一朝戒断，重可以做过一个有志嘅英雄。

三　中兴日报

1907 年

12 月 26 日　　唤睡狮　　十龄童子来稿　　龙腾润饰

睡狮，睡狮，满人制汝命，列强分汝尸。汝知之，勿酣寐，忽然而醒，东胡惊；□然一吼，环球悸。汝未知，扬州十日记，庚子联军至，降（上山）降（上山）巨炮声，历历野史事，已皆提汝耳，汝胡为熟睡？汝其起，汝其起，多少仁人志士，为唤汝，不知耗却几许笔与币，不知费了几次唇与齿。呜呼，汝睡狮，尚在黄粱梦里，无怪满人将汝为奴婢，无怪列强将汝为豚豕。奉满人之恩旨，供列强之刀匕。人方汗颜之不已，汝竟摇尾而自喜。呜呼，睡狮，睡狮，哀莫大于心死，汝真顽钝而无耻。

虽如此，虽如此，往不谈，□□□。胜与负，本难知。若奋搏见力，一与决雌雄，彼满人何敢戏？彼列强何敢欺？是故睡而能起，即可险化为夷。呜呼，嘻嘻。

按：外人见我国地大物博，人口最繁，俨然具雄视全球资格，如兽中之狮，百兽当皆慑□。顾乃颓然不振，反为各国所凌□，故以睡狮嘲之。是睡狮二字，外人本指全中国言，满汉皆在内，今此歌独指汉族，可谓特识，何也？以满洲之少数人，而能制百倍其数之汉人，而俯首帖耳，是满人之未尝睡，而汉人乃熟睡耳。又此歌不计词□之工拙，第取其意焉，识者谅之。

嗟夫十龄小子，尚有种族之悲，而昂然七尺壮夫，乃甘于残同媚异，是诚何心哉？予欲无言。

四　星洲晨报

1910 年

5 月 27 日　　　圣人诉冤（谱寡妇诉冤词）　　　橙

恨、恨、恨丁、唔上我钓。恨、恨、恨丁、唔上我钓。把我嚟骂笑。我重心唔死。又捻我，要俾□，晒（小声）到贴地。被人人，骂到臭，一宗宗，一件件，数到唔知止。欲再揾丁去。又谁知，我党人，逐利杀士骥迫得快逃避。恨我冤家。泪惨凄，越思越想，越火起。好叫圣人痛，痛心死。

叹、叹、叹声无地可企。叹、叹、叹声无地可企。揾丁无指拟。叫句我知己。他与我，生来的，一样厚面皮被人人，揭到透。一片片，一件件揭尽唔知耻欲借树乳去。又谁知，亚丁哥，唔食我香饵追走星洲地，恨革党，破我计，越捻，越臭，越火起。骂得圣人痛，痛伤悲。

6 月 2 日　　　圣人□丁伯　　　闻枪

调□□阳算命

幸□□呀我，生专门□□□。□下□呀□□□□□□为着至□□事。□□□□□□□洲，目的□□。□□□□丁□间量□□。唱□□□出国去□□□去□佢。□□丁哥说，嘴食我□□饵。丁哥□我□。□□□□阿丁□。□我□□门，门□丁自是那一个，圣唱丁哥丫呀快开门。你丫不用问。我本当今一圣人，特地把你寻。想把你来捻。（丁唱）原来丫呀二撒发。甚么你来到。你想走来就开刀。咪个咁劳嘈，咪个咁劳嘈。（白）师长到来，欲向我们筹欵，不能奉承了，（圣白）既不能代筹，譬如有何法子，（丁白）师长去南洋伯那里，或可以筹办得来，（圣白）既如此。带我去找南洋伯罢，（唱）去揾丫呀南洋伯。机器随时发。交关把了士骥杀。骂我臭贼，骂我臭贼。见了丫呀大丫懵，我呀把计弄。一定要他来敬奉，岂有不依从，岂有不依从。（白）来到南洋伯处，待我进去，（伯白）我地老师到来，请□坐，待懵人叩头。（圣白）不用了，（伯唱）圣人丫呀到我家。有丫何话。请说情形免我挂，请饮一杯茶，请饮一杯茶。（圣唱）革党丫呀把我骂。将我捻到化，叫我点样把颈揸我气点得下，听到我都怕。

· 318 ·

（伯唱）佢话圣人唅捻丁，立宪至今都无影，丁伯与我两都醒，不愿顶拖翎，不愿顶拖翎。理唱徒弟休要说大声，咪个俾佢听，他们听倒唅抽□。运动就无灵，运动就无灵，伯唱我师丫呀话不定，运动就无灵，运动就无灵，无人性。保皇又唅变险□。唔怪佢攻呼，唔怪佢攻呼。圣唱孝敬老师□□应甚么无踪影。有□运动□北京，□政必有成，□政必有成。伯唱，先生的话□吸风，你睇保皇党。革党今日把我攻捐□我唔□，□□我唔中。圣唱，圣人道理你□□，唔入我守灵。圣人□□□□，天地也不容，天地也不容。自你们不入我骗术，说也不□，不如归去，不如归去。□怎么臭得很，臭得很。□不是传他人骂臭不成，是的，是的。被□汉子打开我这历史。□此臭得很的。□去□了。

6月25日　　恊统□马　　板眼　　汉父

粤省某营所运回之马，俱患病者，现拟转卖。

□□，□□，唔□卖□□□□呀，俗□，□□□□，唔驾驶，□□卖，□□，亚□□□的□□□□运来□□，亲□□成咁，唔怕买唔成□，依有□生鼻，□□亚□，你话平得咁交关，□共省镜。（俗语□也）等我看。然后落定，医好野，喂喂，做乜双马周关，起晒钉。（唔系挂）嗱嗱嗱。你睇有疽。生上鼻顶。做乜鼻疽生满。重运佢埋城。嗱嗱，边双唔系生成。好似病病，试问谁人将野领，未必人人吽豆。你自基□。（你睇丫的马都瘦成一只油炸马驹咁咯）霞吓。你话我的马坏得咁交关。我真系唔抵的头，一定要共老兄，你拗到赢的马原非，染了病症。你睇当年卖马，有个秦□。佢双马仍然瘦到有影。你养吓佢就番肥。驶乜惊，不过佢地减克豆乌。唔生性，（济坏嘅鼻）又贪瘦马，价钱平。（唔知又打斧头有冇亚）一路几乎。将马死净。死余死剩，运埋城。（敢呢的系死剩种咯）我真系怕将来，要填马命（哼，都慌慌慌地亚）急急不沽。亦要眼青。有边个好心同我受领，我就监平俾你。当做人情（哈哈，我唔领咁大情咯），喂喂亚总亚怕你送俾人家，都嫌阻定，重□相宜，说得咁口轻。铜银买病猪，大家欢喜丫吗，你睇吓双双垂头如似睡唔醒（就死嘅□）唉。难为你话□不若拉出瘦狗岭削性掘个大吼埋了佢重话你灵擎。

五　总汇新报

1913 年

9 月 23 日　　秃子谣

自光复后，易垂髫制为剪发，一般社会，无不交口称快。就中有秃子，则尤大占便宜，盖天生一个滑葫芦，从则迟迟掩掩，恒苦不迭，□难得此岿然自露之绝好会也，在自号觉偿者，作秃子谣一首，穷极形相，颇足解嗔，为录如下，其词曰：秃子秃子，你生得天然凑巧，文明头儿最先占了，也不用催发剪，也不用剃头刀，光陀陀，把那辫子闹得掉，白瓜皮子糊头脑，尘寸长儿茸乱毛，好笑好笑，你还十分爱俏，手提着皮包，身穿着大套，头戴着洋帽，见了人儿，他是鞠躬说相，把那光头儿，一点一点，好像红确杵向空中捣，绝妙绝妙。

六　叻报

1907年

1月23日　　贡生淘古井　　刺舟老渔

真笑话，可以跟查。玉娇个件奇事讲到喧哗，只为你个坏品贡生真系冇架，居然下作捻到琵琶。注玉娇应酬周到为琵琶仔中之前辈又又闻积有缠头费者宜汝之垂涎。酒帐亦要阔佬开埋知你穷过叫花。（注：北人谓乞儿曰叫花子。）枉你监渠亲密把骨来揸，等佢唱曲已完你就将扇打，递埋烟筒又试斟茶。记得你在山园跟尾饮罢，系咁涕泪交垂对住姊妹花。（注：以上事迹共闻共见然实难为你有此急泪。）就话唔见娇容心悬挂。同侪窥见替你骨痹（去声，筋麻）。个阵某宦开言问你真定假。（注：某宦有姓有名惟未扛帮不宜道破。）因何为拒致到泪抛沙，你话个的系眼胶唔系泪洒。托词遮掩免致笑到崩牙，点想拒入历风尘知你诡诈，话你系花王行径重臭过捞家。（注：粤谚谓以棍骗妓女为事者曰花王匪类曰捞家。）又话你相貌似系斯文做乜人格又咁下。想淘古井哙整到两泪如麻，呢出历史极真唔系假话。琵琶仔几班常有讲吓，去问过酒厅共寮口就晓得呢段根芽。拒字代用。

1月24日　　贡生困厕　　刺舟老渔

真大个色胆，问你否见羞惭，记得你在青楼蕴（去声）过屎坑，（注：客有强欠嫖帐者龟鸨辈必囚诸厕所以辱之。）老举既系初交你就唔好（去声）硬，做乜存心走狗臭到同行，（注：妓院名无赖客或以晨逃或以宵遁既骗色而不偿淫贽者为走狗。）是夕与汝同行之友及妓之真名与勾院名人能言之凿凿只以彼处中立地位姑从缺略可也。你话三边，（注：该妓浑名三边。）云鬓光堪鉴，好似丽华再世重把花簪，又话杨柳织腰真正好揽，实在你系盐埠先生食得咸。（注：妓姿亦中下乘。）耳佢汝在戏园，一面便尔魄荡魂迷真眼光如豆者（粤谚谓不论色之妍媸曰食得咸）。你怕佢知到空心情就冷淡，（注：北谚谓嫖客虚撑架子曰空心大老官。）订明赊账一定唔啱。（注：粤谚犹言唔肯也。）你去称贷友朋好比临考借监（去声）。点想空拳归院你重强慰涎馋。（注：汝于是夕若因无钱而不复返院，则妓虽落空仍不致怒。汝骗色而欸。汝以木穉义之美馔也。）个阵拒识你系空囊思吃白榄。（注：勾阑中谓漂帐曰白榄，殆因与揽同音也。）等到烛灭凭留拒致托你手睁。（注：粤谚谓却人之请曰托手争，此两语闻即三边所口述者。）你重翘起虾须把拒心口咬啖，拒致当堂反面闹你发鸡盲。（注：以上词句似云鄙俚，然非此不能详述俗情。且汝自笔战以来，无一句不詈，既无一句不俗，故以汝之所优为者以待汝，非犯第三条战例也。）三更半夜高声喊，龟鸨同来请你坐吓粪监，此事我冇加和有灭，总系此稿未完就要同笔拜忏。等我先除个秽气致好逐日详谈（拒代用）。

1月25日　　新本黑蛇记　　真系劝世文　　刺舟老渔

锣又响，响丁当，等我偷闲略表个段黑蛇王。有个绅士凶狠好似蛇一样，黑肉蛇系佢花号你话几咁深伤。佢在外海为巢真系冤孽帐，踞住江门公局实在猖狂。（注：蛇以黑肉为最毒，其啖人也并骨而噬。闻该绅盘踞江门，某局时作恶多端，故得此混号，迄今彼之桑梓述之有余怒焉。）长寿会嘅宝金拒吞到饱胀，（注：该乡人设长寿会，会中人身故，得领会项为丧葬费，名曰宝烛金。）该绅全数枭吞致令贫者无赀棺殓真可谓存殁均怨。人人唾骂话拒冇天庄，拒重出入公门去做官府嘅拐杖，注谓其导官吏以剥宗族邻里之脂膏，贪心唔足又食尽蒸尝。（注：谓其吞没祖遗实业。）恃拒末造功名权利膨胀，后至逢人乱咬激怒通乡。个阵聚众集祠就把公禀上，感得县尊明见立刻升堂。更遇拒个胞兄人品正当，签名禀尾付与街坊。差役去捉蛇唔敢擅放。点估拒心忙胆大又啥窜出重洋。呢阵好比鬼子偷生离法网。总系多行不义就啥报应昭彰，终须有日雷公响，魂魄荡。任拒系毒蛇都要命丧，好界你众人知到改恶从良。拒字代用。

2月2日　　齐去接　　　渔

齐去接（志干诺公莅纪念堂作）

齐去接，邸驾将来，你睇旌旗招展与共剑戟齐开，接官停畔人山海，有等洋行士女共上天台，官渡至到沿途都有兵摆队。分投保护理所应该。忽听得炮响二十一门人喝采。个阵钟鸣十点就得见丰裁，邸驾一到会堂自有官接待，就把颂词恭送都话久沐培栽。又到福晋去开钟灵敏可爱，金匙略转就啥响应声回。等到礼毕离堂恭送者再，唉真盛会。华洋一霎联冠盖，独惜我诸多遗漏纪事无才。

2月29日　　老藕烟妓陈三太诉情

思往事，泪涟涟，满怀愁绪只为情牵。沦落青楼好比杨柳咁贱，随风三起与三眠，纵使人客有情都系心未免。况且遇着个混充文士更淹尖，因为有个熟客带渠来过一遍。佢就揪人墙脚任意流连，见佢外貌斯文我重心暗羡，虽则时常都系个脱衫裤亦算光鲜，成晚打河俟候我吹鸦片，我若然唔眼倦咯佢亦不敢先眠。鸦片食完佢就先替我打算。香茶斟盏递到我唇边，记得个宵我身势唔方便，佢重挪埋草纸送到跟前，有阵乘车共我游玩几遍，有时携手去食花烟。咁嘅人客一年就难遇一遍，教奴心软致肯共佢痴缠，细问佢开乜盛行抑或开乜宝店，佢话笔墨生涯被佢占先，东家待佢原系赏面，洋蚨四十畀佢一月嘅工钱，话未完时我就朝转口面，佢就耸肩缩背扫吓我眉尖。就话卿呀夜度之资你唔使挂念，等到年终另外畀你白水钱。你咪估我工价轻微就唔得店（下去声）稳埋朋友重借得几遍添，哀恳我共佢住埋正得方便，若肯依从就胜过海外仙。况且我系绅衿人地格外畀面，重话向人借贷畀我作赎身钱，见佢苦苦哀求我亦难变面，咁就终日流连任佢倒颠。点估当作住家一日来几遍，时常起稿亦在我床前。今日新客唔来旧客亦见厌，项帐无银你话几咁肉酸，无计思量重有份三文会，标头高出有几十块花钱，点想会头做事无天理，会份收埋又不畀我拈，要我去稳人担保方如愿，因为我如今不比在前。又话我昏住个咸湿伯爷一世都唔得店（下去声）衣服唔慌得件光鲜，况且佢品行咁卑人格又咁贱，佢的同行好友都系有口难言。今日秽史传扬无乜体面，难入亲朋店。个阵栖身无地问你怎样哀怜，闻听此言我就心改变，把定心肠斩断佢先。任得个个灾瘟唔顾面，休眷恋。就系畀账开来我亦要落盐。

6月10日　　黄留守倡起国民捐　　　古

怀国事，问锁双眉，又只见朦胧烟树日沉西，亏我克强最怕中了群雄计，总系政府无钱点样办得事嚟，呢阵外债难偿新债又恶抵，财政佢想侵□几咁舌亏，想起我当年辛苦为着除专制，好在人人思革命大众咁心齐，武昌起义就得风云际，反正飞传汉族有辉，重要联军北伐直把黄龙抵，个阵满虏魂飞性命极危，幸得同盟志士有位汪精卫，南北调和去又归，重有慰亭在内担干系，佢话五族共和致得大有作为，所以优待满清皇室咁贵，免致满蒙驱外国整到咁悲凄，今日民国造成民主政体，独惜钱财咁紧短又试借债唔嚟，又怕外债借成更重无眼睇。个阵外人权柄好似矮佬登梯，瓜分大祸难禁制，我致倡起民捐想话早日救危，但愿我地同胞协力休迟滞，出钱救国免致见笑欧西。今日我苦口良言惊醒吓列位，要知吓厉恶，咪等国破家亡方设计，但得我地人人争报国嘅就哙福共天齐。

七　南侨日报

1911 年

10 月 23 日　　　阅电报祝独立成功（续）　　致果

阅电，我笑呵呵，齐心奋勇把虏嚟锄。你睇个日武昌感大破，把佢满人大杀八百之多。但系孩子女人无罪过。放□生路睬把佢教磨，等佢性命留存。匪吓折坠，故此外人□□。我地手段唔苟，诸到个个岑。岑春煊笑坏我，佢执番条命走落城河。快把两□虾发嚟剃左，好似曹瞒兵败走奔波。承话入相平乱咁就执家伙，点估到你全无胆汁重讲乜野言和。重有镇冰世浪佢来作祸，怕你全军覆灭重又乜收科。唉！点解尔奴隶根深。唔知到错，睇白你都系嚟送货。任得尔出齐战舰，都当作纸扎嘅烧鹅。

连接电，喜气冲冲。众人睇见，烧佢战船三只，付落水流东。军械厂与共兵房，多谢佢奉送，我地革军大胜，纵有奴兵十万，都化为空。独惜□等心死奴才，真正大懵。佢甘从异族。重蠢过条虫，你睇见间同胞奋起，你都心咁动。重替佢满人出力，问你点见得祖和宗。今日满人大事，已作黄粱梦。汉人独立，势不兼容。你睇各省人心，真□重。亏我睇完电报，几咁心□。不禁馨香顶祝，只望齐奋勇。功成归一统，堂堂独立直抵黄龙。

11 月 6 日　　　妖党诉情　　致果

愁默默，胆战心慌，出于无奈，都要献丑当堂，且把苦情来尽讲，众人原谅，睇个有嚟装。我记得当初、原本飒□，有国家唔保、去学保皇，讲起个的情由，真正冤枉，一日都系痴迷崇拜、个节圣人康。佢自认圣人，才学广，好比杏坛设帐在个万木草堂。今日时势唔同，我知到上当，被人抵制，几咁疴糠，一日都系朝廷办事，真草莽，落错刀背□，思前想后咯，只怨一句我地摄政贤王。

我知道佢错，错在当初，佢唔该强把、百姓收磨，□信盛氏宣怀，嚟种祸，实行收路，手段残苛，都话格杀任从，唔准论过，煌煌上谕，尔奈得谁何？点知到大石击来，都唥击出火，军民联合，共起干戈。至使革命党人、收效果，我地贤王今上、都话预走热河。独惜我地海外逋臣、真恶过，好似少年守寡、尔话有乜收科。唉，真正系前世唔修，今世折堕，有谁怜悯我，重要受人唾骂喇，想起我就忍不住涕泪滂沱。

12月28日　　女汉奸　　涤

（事见前日本报）近来一事骇听闻，保党纷纷布妖氛，讲起番来，真可痛恨，女界居然、亦有败群。好在民军、侦缉紧，稽查严密把踪跟，见佢形迹可疑，知有弊混，行到小市街中，就问佢系乜野人。个个女子当时天咁地震，敦番□欺，大闹民军，佢话我系乜野嘅人家，唔在你问，姑娘不许你地沙尘。民军答言，话你驶乜咁火滚，你嘅行为、我地访到真，不过先礼后兵、详审慎，免失你金丝眼□，个点斯文。你既系咁蛮横，难为你忍，叫句带佢回营转步奔。带返营中将佢询问，搜佢身中，确系有证有凭。汉奸至到招红粉，鬼蜮阴谋出出新。凡属国民、都要振奋，睇俾佢暗来算计，破坏我地自由神。近来女界多超品，决志辅助民军、不计死生，杀尽满奴才泄忿，故此队□□□。又有十二钗裙，不少冲锋和陷阵，确系英雄志气、女儿身。你睇□□黄花香气溢喷，侠士坟连侠女坟。呢个女界下流、不值一哂，甘为汉贼、为乜原因？大抵佢都染着父兄奴隶□，都要问枪台上、声□□。

1912年

1月6日　　联军入京　　快

神州地，染腥膻，计起番嚟、都有二百几年。往日望长、还望短，望到今时今日、正跳出奴圈。现下点样子情形，都已睇见，计期不日，一定可以恢复中原。可恨袁贼立心、天咁险，妄思帝制、想居九五之尊，假托议和，将我煽驱，故此要劳师北伐，共佢周旋。目下虽然、停住战惟是停战嘅时期、只续七天，转眼就系十二良辰、唔隔得几□，到时解决、又要用武力去追前，预备三军、同决战，齐口合力、直破幽燕。任佢袁贼负固一隅，终要失算，北方片地，点敌得住十六省兵力相□盼□民军，（部分文字模糊，无法辨识）有如荼如火、向尾后来援。个个都系步伐□□，无有立乱，指挥听令，壮志殊坚，自系大元帅指授机宜，分发已遍。计分四路，首尾相连。头一路，直进亳州，当中出发，义振寰球，遥指河南，规取颍寿，令敌兵前路、不敢嚟伦。横载长江、好似将敌斩手，又况河南独立，更有堪谋。第二路，直向山东，就系徐州城外，要决雌雄。因为泽县民军、人甚众，徐州一下，就可以路路相通。左翼既有一支兵，江浙就唔怕震动，敢就鼓其奋勇，容乜易直抵黄龙。第三路，进取又无难，紧要关头就系武胜关，总要先取黄陂、为做限，然后徐图孝感，把失地手还。第四路，就系海军才，艨艟兵舰、一齐开，一程直到、秦皇岛内，把铁路调横击截，阻住佢北兵来。四路联军、皆已拨除，如此孤城，不久就要化灰，子□弹丸、□足配，姑等待、睇住京都城陷、遍地尸骸。

5月30日　　道友情谈　　涤

（模糊无法辨识。）

5月31日　　道友情谈　　涤　　续

（模糊无法辨识。）

6月1日　　道友情谈　　涤　　再续

（模糊无法辨识。）

6月3日　　道友情谈　　涤　　三续

（模糊无法辨识。）

6月5日　　道友情谈　　涤　　四续

（模糊无法辨识。）

6月6日　　道友情谈　　涤　　四续

（模糊无法辨识。）

6月14日　　大声公演说

听见话捐款救国，个个踊跃先争，你睇近来各界、孰不共表同情，无论科员、与及执政；无论军官，与及士兵。重有工商学界、皆承认，莫不最为捐助，拟定章程，四处闻风、皆响应，纷纷电复、到南京，都话既系借债问题，难到绝顶，发起国民捐呀，绝对赞成。想吓当日点样艰难、行革命；点样艰难、至推到满清；点样艰难，然后反正，却把大号河山恢复，日月重明。往阵盘踞中华、唯系一姓，呢阵人皆有份，莫当为轻。况且民国新成、初奠定，何堪复受、外族欺凌？你睇借约条（部分文字模糊，无法辨识）我国财权，点好俾佢管领。若然旁落，实在担惊，再来干预到军政、兼行政，想必佢专逞强权、甚过对待虏廷，埃及波兰、俱可□□。亡国人民、惨象不胜。个阵要俯首低头,听异族命令,想望自由幸福,都要转过阴冥。就许你转过阴冥、双目点瞑,你想吓堂堂汉族、点好咁下气吞声,我国同胞四万万,点好揸住灯心颈,今日国愤咁忧危,都要共抱不平,莫待贼徒过后,至兴兵。提起国民捐、就要□饭应,亦睇个衮衮、捐个斗零。富者莫同贫者比亚,亦都唔在、把家倾,但得爱国有心、怀着血性,多些捐助,就系不世功名。同胞切要将言听,竭诚救国、好过惨受苛征,一辈富□犹要梦醒,莫视财如命,须知到国亡家破、亦保不得安宁。

7月1日　　三婆母谈情

（模糊无法辨识。）

7月2日　　三婆母谈情

（模糊无法辨识。）

7月3日　　三婆母谈情

（模糊无法辨识。）

7月4日　　三婆母谈情

（模糊无法辨识。）

8月6日　　卖太太　　涤秽

（模糊无法辨识。）

8月7日　　卖太太　　续

（模糊无法辨识。）

8月10日　　卖太太　　再续

（模糊无法辨识。）

8月13日　　卖太太　　三续

（模糊无法辨识。）

8月14日　　卖太太　　四续

（模糊无法辨识。）

8月15日　　卖太太　　五续

（模糊无法辨识。）

10月21日　　严复自叹　　磨剑

真丑愧，有谁怜，自悔当时食错呢口烟，估话开时食口无关紧，后来谁料弄得咁痴缠，骨瘦皮黄唔觉悟，烟霞成癖好似想口飞口，平日著书口得钱劣数，独有自家口数不能言，自系大学堂中为校长，我依旧吐雾吞云未有变迁。每日起身经已下午，就系到堂办事我亦度日如年。三二小时忙愈去，迷魂烟里不知天。个天我亲赴天津去，购买烟泥几百两转旋，加上封条藏箧里，话大学堂核长所有有谁拈。前呼后拥来车站，况且衣口系我所有权，点料税关不把人情讲，私货谁知一旦尽穿，截住搜查难阻止，烟泥烟臭发现当前，话我走私无可办，兵丁立刻要拘牵，想话闹起大个校长派头将佢吓退，总系佢有贼有证，定共我相缠，枉我一世斯文今扫地，播扬此事报纸传宣，几多担保难逃脱，敢就拘往统领衙门两泪涟。重话要将此案来严办，将来恐怕受熬煎，半生名誉今朝丧，我系一个京师大学重要嘅人员，走私漏税藏烟土，人话至无道德系新官，呢帐罚金知不免，破财犹事缓，独惜往日声名恶以保全。

1913年

1月17日　　龙舟歌　　总长嫖娼（一剑）
（模糊无法辨识。）

10月2日　　龙舟歌　　南京女诉苦（播黎）
（模糊无法辨识。）

10月3日　　龙舟歌　　南京女诉苦（播黎）
（模糊无法辨识。）

12月3日　　清平约商人叫苦　　楚狂

真正欠解，近日个的官场，做事口唔公，点口得我地业商。既减花捐，口同一样纳口。本份耍花界重关，尽口往常，等口的商场复旺，免至无人向，晓得口邮口口，就要瞰样主张，讲到禁在从前，恢复枉想。点解东堤开得，独禁我地陈塘，口系彼此分开，心有两样，整得一口欢喜，一面心伤。如果话相连沙口，西人厌口猜弹唱，做乜前清个阵得咁排场，未必变口民国，就难饶让，任人干涉我地封疆，唔愿到内政主权，真有想象，设官何用，请佢要口吓天良，尾埋限，再

龙舟歌

想吓个段原因，想来想去越发伤神，想必佢运动有人，才得咁起粉，到寮地面，点解唔同运，东堤够运，就有恢复嘅明文。陈塘兴及新坟，偏要吊引，睇住人家闹热，我地有气难伸。虽则生意有盈亏，开亦未必□阵，总系清平约内，就牵累好多人，试问此处商场，系靠乜野人帮□，都仗娼寮兴旺，帮衬嘅情□，但使花界兴及商场，同立得脚稳，百般生理，就易赚钱银。自系反正时期，就唔驶恨，被政府封埋寮口，去避个的民军，牵动商场冷落无人问，酒楼茶馆，扑满泥尘，□主眯想收租，□□还更肉紧，本钱舌晒剩条身，几耐正望到如今，估话唔驶震，改良政治一定哙体邮吓我地的商民。点想官场得咁有品，一样娼寮复业、都有彼此来分，整得我地清平世界真糊混，一任如何呼□，佢亦诈作唔闻。想落呢的原因，都为有种大光棍，从中运动，整得地暗天昏，只愿整旺佢地□业公司，就唔理人地火滚，想起情难忍，□管放长双眼一睇佢搅出乜野风云。

南 音

一 国民日报

1914 年

11 月 17 日　　女子自怨　　彗光

国台坐,自思重,中华女子实堪伤。人生不幸身为女,家庭看待贱过兄赌,闲声就话唔终用,不同男子足续灯香。生来就当人家物,身不如人恨断肠。男儿正得双亲爱,肥甘饮食好衣装,唯有女儿难比较,重男轻女怨爹娘。人情世俗都如此,野蛮种族是中邦。更有溺女成风无道理,良心丧尽似豺狼。幼年就要缠双足,时时惨痛实难当,行动□灵常倒跌,此中艰苦已多尝。若唔忍痛须鞭缠,礼理一的越时妆,受此天刑因乜罪?怨声父母太无良,筋骨捡攀成废疾,履肢残缺血气难刚。最苦系司中馈事,行来步步要扶墙,井臼难操唔在话,案中事务尽丢荒。若达盗劫衅兵火,不能奔走独仓皇,若不遇人来负敦,此身孱弱定遭殃。讲到读书无可望,女子无多入学堂,佢话读书财枉费,长来就要适他方。目不识丁如豕鹿,不知情理及伦常,□□唔开多国寇,更无道德与文章。懵懂不知时世事,深居不得越兰房,身不自由真黑暗,何时女学正兴昌?无才是德真怪语,若系无才□亦亡,才德俱无非淑女,枉生人世度韶光。亏我青年全失学,终身含恨志愿难偿。(未完)

11 月 19 日　　女子自怨　　彗光　　续

更怨家庭无教育,不闻严父首提倡,慈母亦非真爱女,许多闺训未能详。唔知礼义兼廉耻，自然人格不端庄，最好女红应学习，其余绣布及□裳。若系工精□艺熟，有时家计亦能帮，可恨高堂无□道，女子谋生有一长。家庭惟有行专制，教女何尝有义方？偶然唔合双亲意，乱加鞭挞罪声扬。不是文明施教育，只知闹气把威张，既无教育无佳女，长来难得好东床。习惯野蛮成劣性，许多远信未能忘，倚赖神权财枉费，恩求幸福乐安康。欲□妇道难希望，僅自思，女子非难养，总要有家庭教育就无妨。（未完）

11月24日　　女子自怨　　彗光　　再续

妇嫁事，悬系终身，自由择配正得良人，惟有家庭专制惯，暗中许字措婚姻。只恃媒人来说和，夫婿如何不与闻，年纪不知相配否，形容莫悉说唔真。论及奁财多紧要，富厚人家抑或贫，女儿统统唔知到，独持主意任双亲。男貌虽然唔论美，总须才智颇超群，第一须知同白首，二人年岁要相均。从一而终依古语，老男少女勿结朱陈，若遇老夫须早富，不能丧节复联婚。个阵终身孤且苦，惟怨□姻太不仁，若系不知廉耻事，就思改嫁及淫奔。婿家贫富都唔论，但须节俭且能勤，若嫁丈夫非匹耦，一生含恨气难伸。更有不知怜爱女，以身作妾为贪银，家庭常被人欺压，将妻役使侍员昏。说称妾侍如奴婢，更须下气献慇□，如斯看待非平等，既多妻妾爱情分。不若□婚由自主，删除尴介各虚文，品格才能相契合，始言婚嫁正情欣。若系父母主张唔当意，许多逃嫁负良辰，主人奴婢都相酌，声明某某是夫君。因何待女不如婢，亲生骨肉贱似泥尘？除去家庭专制等，文明□礼要从新。男女自由□本份，身为女子亦平或，父母够劳曾鞠育，虽然罔极受天恩。但系盲妪难□尤，须□怜，从今崇拜自由神。（未完）

12月2日　　女子自怨　　彗光　　三续

男与女，平等须知，不容男子占便宜。点知夫贵妻□贱，同为夫妇别尊卑，佢话夫□妇□□顺序，出嫁从夫守礼□。又话妇女从人成古语，以顺为正本如斯，女子嫁人称奉侍，妻□夫□有更移。世俗养妻如养畜，但求不使受寒饥，不重伦常无道德，如宾相敬实难期。更有将妻来刻薄，家庭专制把威施。又要深闺呆自守，闺门一步不能□，智识唔开如被禁，不解世事最堪悲。佢言女子须夫养，由□监制莫□疑，都因妇女无生计，性成□□把夫依。乏德才难自立，终身难望自由时，可恨少年无教育，空□平等莫能希。欲振女权须注意，先兴女学勿迟延，自由平等均应份，但须教育作□基。若无教育终身贱，事权难得比男儿。

更有一端堪痛恨,许多重妾把妻欺。各□文明殊礼□,一妻主义国能持。有妻有妾非平等,多妻□习被人□。颇有奁财思纳妾,谬为求嗣有言词。其实写人多纵欲,专求美妾遂淫□,独爱贱男多宠嬖,温柔乡里乐怡怡。惟□好色无伦理,妻虽贤淑亦情种,从此家庭无乐事,□贤气,终身含恨不若与世长辞。

二　侨声日报

1912 年

8 月 8 日　　昙花劫　　鸣

昙花小影

人生大欲谁能遏，男女私情□复前，可恨女尼灭绝生人道，收幼女作徒生，强使披缁来绣佛，寡守禅房太不近情，就令持斋清净极，已是大拂人情所害不轻，况有暗藏花朵招蜂蝶，食斋不过是虚名，藏垢纳污无所不至，此等尼姑□冇正经，比较卖淫妓妇尤猖獗，□的探花人仔莫不知情，名为徒弟实则为娼妓，害人儿女罪非轻。较之拐卖情尤甚，论法应该要重惩。近日警厅深悉此弊，尽把幼尼开放不啻已死还生，拨入学堂来学习，将来还望学业能成，有等年高同佢择配，双宿双栖过此生。称作万家□佛真唔错，名实相符不是过情。此中有段风流话，排来可以作歌听。（午声）事实和盘来托出，其中曲折尽说分明，名姓不无些少点窜，究有其情非尽诞妄不经。待我按目排登编作曲，事由始末细陈情。（未完）

8 月 10 日　　昙花劫（二）　　鸣

杏过园墙

有位女郎身姓蔡，小名改唤作文香，籍贯番禺税寓新城外，少年孤苦早丧爹娘，依叔作舟来度活，家无担石实堪伤。婶娘邱氏人飞利，性情苛刻迥异寻常。作舟好博穷无赖，赌败归来与邱氏酌商，田地楼房皆败尽，穷思无相（去声）饿想无样。邱氏深恐文香将佢负累，有佢在家中要多摆筷子一双，不若将他来卖了，顾少个人衣食亦唔使咁凄凉。况且卖得洋银百十两，暂可作为费用度时光。作舟闻语欢欣甚，□欲班兵赴赌场，将此价银来作本，□银充足那怕佢大杀三方。摊缆拉□同佢赌过，微中取利总要本钱长，一口唔赢第口顶上，输完一口第口就加双，之中一口赢翻佢，呢条计策系最精良，若然有运赢到渠开心，屋润家肥立致小康。个阵同佢□身容乜易，终不失为一个小姑娘，议定托媒将佢卖，身价讲定两□□银钱卖与姓张，人银两讫交□□楚，一枝红杏就过园墙。（未完）

8月12日　　　昙花劫（三）　　　鸣

人老心花

话说蔡作舟因赌败无赀，决意将文香发卖，以为孤注之一掷，凭媒卖于张大康，得银以供赌博，博而不胜，文香遂长作张家婢矣。大康年逾大衍，犹有花心，见文香姿色美丽，态度苗条，未及满月之年，已作小星之想，旨蓄御冬，留以有待所谓亚奶薹者，此之谓也。文香卖作张家婢，大康有意蓄为姬，年纪虽然刚十二，再过两年收起便合时期。因为文香生得花容好，果然国色与天姿，更兼资质聪明极，善体人心领会入微，一心想食天鹅肉，有如猫眼已生蟛，收作偏房真合适，祇系要过三两年头始及时，猪花糟定留作为奶（平读）薹，迥殊灶下各青衣，一切粗重工夫唔使佢造，惨过亲生一女儿，拨入学堂来习读。

8月13日　　　昙花劫（四）　　　鸣

女心难摸

兼通文史饱读书诗，刺绣裁缝兼手织，镂雕图画学到惊奇，烹调音乐皆勤习，女红件件尽能之，多才多技不愧为才女，郑家侍婢未及毫厘。大康雅爱文香美，羞花闭月品貌非常。文香又极知人意，细意逢迎一个大康，整得大康魂梦皆颠倒，一心收起做偏房，只为年龄犹未长大，未能联合作鸳鸯，便趁韶龄供佢读习，送入坤仪女学堂。文香考课居优等，居然压倒众同窗。荏苒光阴容易过，不觉入堂已有两年长。个阵文香年已十四，姿容益觉美丽无双，生得不高和不矮，环肥燕瘦却得中行，冰肌雪骨白似羊脂玉，又似剥壳鸡春（借用）滑不可当，柳态苗条刚一掬，十指纤纤似笋长，发光可鉴堆作盘云髻，眉样趋时衬住凤眼一双，樱桃口露瓠犀齿，隆准丰盈气贯鼻梁，打扮在行衣服合度，因宜浓抹亦合淡梳妆，人见人怜惊绝艳。

8月14日　　　昙花劫（五）　　　鸣

怪的大康颠倒欲作襄阳，但以老夫来配少女，年华未免不相当，未晓文香心点样，待我用言试吓佢心肠。

爱月眠迟

大康欲探文香意，恨有机缘可进言。适逢八月中秋节，一轮明月正中天。斯时已是三更后，家人赏月皆已返房眠，惟有文香犹未睡，一人独立在栏边，举头望月痴呆想，凭栏徙倚自流连。须臾步入兰亭里，轻研松墨擘涛笺，手拈笔管低头写，写出一首诗词系七言。悄从窗隙来窥望，见他吟兴正无边，西施不忍轻唐突，呆呆久立在阶前。文香伏案将诗写，吟哦正自苦心坚，偶然举首来瞭望，见有一团黑影立窗前，未晓是贼到来还是鬼，无心更去理诗篇，慌忙移步归房去，点想有人在后把衣缠，细眼看真非别个，却是大康企立在身边。忙问主人因甚未睡，得毋爱月夜眠迟。

更正四续之前七句系三续之尾，段以下另为一段阅者祈分别观之。

8月15日　　昙花劫（六）　　鸣
狡如兔脱

话说文香在兰亭对月吟诗，大康伏窗窥望。文香见有一团黑影，未晓是鬼是贼，独力难支，不敢呼叫，悄步退出兰亭。不意有人摄其后，牵衣问话。文香定睛细看，认是主人，知其不怀好意，正色以问曰："主人何夜深未眠，得勿因赏月乎？"大康曰："吾之眠迟，非因爱月，乃爱月里之嫦娥也。"文香见其语涉调戏，恐将不免，以计绐之，指亭北言曰："主人胡不归？女主人来矣！"

大康闻语抬头望，文香乘间急抽身，悄步就从亭后去，挈地双天立走人。去了大康犹未觉，说道前面无人你实未看真，语时回首来瞻顾，文香已自去如云。恨得大康徒自咽唾，含情带恨怒自双瞋，看看文香行已远，竟教把臂失却一佳人，行来步步皆令人怜爱，傍花随柳好似水被犀分。转眼已入园门归内室。佳人已去只剩香尘，大康呆立兰亭畔，睇住名花招展未许种下情根，杳杳飞鸿劳目送，悄立花前自怆神。

8月17日　　昙花劫（七）　　鸣
魂思梦想

文香步返闺房去，好似穿花蝶板织柳莺梭，留下大康独立兰亭畔，低头呆想十足已熟田禾，目送佳人移步去，惆怅风前想慕玉珂，虾蟆枉杷僾涎滴，竟教无计得食天鹅，好似蛋家鸡见水，水唔得食难道咁歌科？心头共口来商酌，有何妙计得结丝罗？呆立花前时已久，不觉樵楼鼓打四更初，仰看秋月圆如镜，独惜月宫无路会嫦娥。月下秋花开已透，影移轻向玉栏过，（平声）久立不知秋露重，单衣竟已湿秋罗，负手闲行归寝室，左思右想一味心多。和衣斜卧牙床上，目看明月转秋河，神魂竟为娇颠倒，数残更漏未得梦入南柯。痴想老夫能配少女，弦调琴瑟音韵相和，祇恐天下痴男长抱恨，怅问闺女薄情多，吹极玉箫难引凤，蓝

·335·

桥未许会仙娥，枉我一心一德栽培佢，金钱销尽不成窝，种生花栏人□果，此生鱼水莫望谐和，今夜户明人尽望，独我无缘得月老执柯，觋□相逢交臂失，难道好事从来要受折磨？（未完）

8月19日　　昙花劫（八）　　鸣

海棠微睡

慢说大康在床上痴呆想，且言闺内一文香。自避大康回寝室，心头共口自商量："主人有意垂怜我，视同亲女不肯贱等梅香，不惜资财供我读习，此恩此德实难忘。看他人老心唔老，一心想我共成双，不以青衣为下贱，想着将奴收起作偏房。可惜个件咸鱼难送碗饭，虽则精神矍铄已自鬓毛苍。良人须可终身靠，点好以红颜少女嫁个白头郎？但佢立心苦苦痴缠我，羁马何能得脱缰？既是寄身篱下依人活，鱼游釜底点得纵逝洋洋？"左右思量无一策，泪弹枕畔暗自心伤，和衣睡在罗帷里，铜壶漏滴五更长。倦来不觉沉沉睡，化为庄蝶□入黑甜□。

帐一时忘记下，恰好昏黄残月照上牙床，正是美人初睡足，好烧银烛照红妆，心中有事难酣睡，似觉有个人来看海棠，轻舒杏眼向窗前望，果有一团黑影伏在纱窗，睇见帐门分挂银钩上，立把帐钩卸下起来忙。正舒玉臂掀罗帐，忽见窗棂射入一度月光，窗前悄立知谁是，窥人春睡到是一位少年郎。（未完）

8月20日　　昙花劫（九）　　鸣

眼见心投

话说文香和衣假寐，蓦然醒来，见窗前有人伏窥，以为又是大康，急起将门关固，细眼一看，却非大康，乃大康之西宾谈鹗士也。鹗士园中赏月，对月吟诗，低头苦索，负手闲行，直至夜深，仍未归寝。循西廊行去，行至文香寓所之寝室，绿纱窗棂，月光斜射，照上牙床，伏窗窥之，见一美人横卧，睡态惺忪，煞是可爱，不禁驻足而窥，以饱眼福。文香醒来看见，两人眼光相触，脑电潜通，一缕情思，遂交结而不可解。

文香睡醒凝眸看，见有一人窥视伏窗前，疑是大康潜伏此，起来急欲把门键，玉指轻舒搓睡眼，细视原来一美少年，认得是西宾谈鹗士，文才满腹极好诗篇，平时已自心殷赏，今见是年轻貌美可人怜。鹗士伏窗偷看佳人睡，海棠媚态艳若天仙，不觉出神呆立纱窗下，欲行不舍雅意流连，后见文香醒觉更有相怜意，不由魄倒与魂颠，两度眼光相感触，脉脉传神尽在不言。（未完）

· 336 ·

8月21日　　昙花劫（十）　　鸣

（部分内容漫衍，无法识别）

急□□□出至帘栊，定睛看见窗外有人窥望，忽然堆下满面春风，男女不睹从古有话，伏窗窥视岂肯相容？□理应该将□唾骂，偷看花容□面还是有情缘，本□反身忙避去，但得□人垂盼亦要叹佢情衷。□是不行嚟□吓佢□。不意文香移步已□花□，大喝一声谁到此？若非是□□有暗讳秘行踪，你是谁人曾把名字□出，不然今夜必难容。鹦士行□□□礼，说道唐突西施恕我不恭，我是姓谈名叫鹦士，身当师席实等书□，适逢今夜中秋节，误□赏月梦出园中，因为苦吟唔觉（后文漫衍，识别不清）

8月22日　　昙花劫（十一续）　　鸣

巧言笑谑

文香含笑将言道，先生何必礼数多多？前言不过为儿戏，因甚对奴婢乱揈似把田锄？先生见我真多礼，可惜我见先生礼法太疏。料必先生才学广，不然咁夜重乜在此吟哦？一夜吟诗吟得几首？吟到梅花定是肚疴，今夜桂花香万里，熏莸交杂怕哈激坏个月里嫦娥。鹦士见文香言有趣，不由掩口笑呵呵，回言说道娇无虑，你睇长天秋水涨满银河，所吟诗句虽然臭，好在天河淼淼泛银波，吟成诗句掷向空中去，天上神仙自哈供我洗磨，我诗若系真闻臭，气味难闻就要掩鼻过。（平）娇今行近吾身畔，未曾掩鼻障□秋，可见我诗唔系臭，显系娇资□太多。文香笑道诗词好，不特气唔闻臭味亦调和，倘若朝廷要选监梅手，先生定必占名科，世味咸酸尝到透，只是诗味唔曾过水磨。鹦士道娇姿善把诗评品，读得诗多作亦必多，想必诗名齐李杜，不为诗伯也作诗婆。点得与娇同作诗坛将（仄）娇为诗妹我作诗哥，彼此巧言相戏谑，两情相合遂定丝萝。（未完）

8月23日　　昙花劫（十二续）　　鸣

花底联盟

话说鹦士窥视文香，文香起来不加叱责，反以谑言相戏，知文香有意于己，美人邂逅，岂宜错过？便即乘机入涉，以诗妹诗哥一语挑逗之。文香平日雅慕鹦士才名，今见他年少貌美，益倾心向慕。况大康怀抱色心，屡欲收为侍妾，初以婉言尝试，若终不从，必出以强硬手段，既已鹦身为人侍婢，有何能力、可以不为所屈，舍作脱笼鹦鹉，私自逃走？更无别策，但无人接应，也是枉然。鹦士既有怜爱之心，与订婚姻，固得终身之托，万不得已，出至逃走一着，亦有人接应，不至无地栖身，流离失所，遂乘此与之订婚。

鹗士与文香相戏谑，言词越讲越投机，尔爱我怜相悦慕，订为婚配两不嫌疑。鹗士年轻还未成婚偶，佳人才子正合结连枝，就凭月老为媒妁，一言为定永不更移。同在花前申誓约，愿为燕子效双飞，若然不遂心中愿，以死相要（平）亦所不辞。订完各自回房寝，更深人静绝冇人知，相见以情仍未及乱，男女相交以礼自持。（未完）

8月24日　　　昙花劫（十三续）　　　鸣

倩媒说合

住说文香和鹗士，且把歌词唱大康，自从个夜中秋节，得与文香相见在花旁，意欲用言来试佢，看佢心中愿否共成双。谁料文香人警醒，见吾一至便着意提防，未曾开口将言说，佢已乘虚走避至西厢，想话上前跟住佢，怎奈掉头不顾直入闺房。文香人本聪明极，定然知我想共佢结鸳鸯，佢竟避之如恐浼，必不甘心愿作我偏房，此事断难以情理讲，白头未许配红妆，若求老少谐连理，除非恃势硬行强，想佢鬻身为我婢，车前螳臂怎能当，婚嫁之权操自我手，不能由佢自配才郎。若然佢肯依从我，经营金屋贮红妆，若然佢不依从我，改适他人定使佢所遇不良，此意如何得达文香听，待我叫梳头亚四转达文香，亚四为人真好口马，说合良缘定擅长，况与文香意气相投合，说话投机更易酌商。便把情由同亚四讲，亚四满口应承话事易酌量。（未完）

8月26日　　　昙花劫（十四续）　　　鸣

弄舌如簧

亚四见着文香将话说，说道人生落叶要归根，男大当婚女大当嫁，终身所靠是良人。若然嫁得个贤夫婿，一生安乐实欢欣，倘或遇人如不淑，一世之中点过日辰。恨我当初唔佮打算，贪图年少把靓仔嚟温，谁知家道贫如洗，脚饥寒交迫只伤神，致要雇工来度日，为人梳洗出入要把人跟。早知今日凄凉甚，不若当时嫁个老成人。你我知心特把良言劝，千祈留意订婚姻。嫁夫唔怕头苍白，总要暖衣饱食有钱银，才貌两般无乜论，此身得所乃为真。妹你如今已长大，此事慎毋轻视作闲文。虽则鬻身为侍婢，古云妹仔可作亚娘身，出身微贱总望能高嫁，小鬼能升作大神，做人侍妾都无论，但得主人宠爱嫡庶何分？藏娇自有黄金屋，家计丰余不患贫。若求年貌相登对，一朝失足恶翻身，试想富家华胄子弟，谁肯辱身与婢结朱陈？至娶青衣为正室，定必家□贫寒到十分。爱妹与吾相契合，相攸妹婿久留神。今有一人真合意，确能仰望到终身，久已有心为妹撮合，不知许否我作冰人。（未完）

8月27日　　昙花劫（十伍）　　　鸣

秋风过耳

话说亚四为大康说合，文香早已窥见来意，心中目中，惟有谈鹦士一人。大康虽强有力，亦难加入。亚四虽灿莲花之舌，说得头头是道，奈文香总不以为然，明知亚四特为大康撮合，假作不知，任他如何说法，只是默然不答。亚四不知文香心事，尚以为踌躇未决，因端竟委，直拍合到大康身上，说道主人爱汝如珠，此恩不可忘报，况彼家赀富厚，衣食丰余，实人生不可多得，彼正着吾为觅名姝，以充侧室，吾妹若以为可，可即为妹撮合，但不知妹意如何耳。

亚四向文香巧弄如簧舌，文香总不以为然，任他说出莲花语，只当东风过耳边，带恨含愁还语道，得作主人眷属虽遂心田，只怕生来条命薄，福难享受反令命运迍遭。我已立心修净业，红尘看破绣佛灯前。亚四说尽许多言共语，怎奈文香固执性情偏，悻悻而行将命覆，遂向大康播弄不少闲言。（未完）

8月29日　　昙花劫（十六续）　　　鸣

好事难成

亚四说文香唔得入，老羞成怒拂袖而行，入见大康将语道，此等丫头福分太轻，不中抬举着实唔中用，咁好姻缘亦不成。话尽几多言共语，塞聋双耳总唔听。（平）一心爱恋青年仔，老人怎合佢心情？我想主人待佢原非薄，衔环结草也当应（平）慢言收起为姬妾，就为牛马亦要应承，点想佢忘恩兼负义，金石良言苦劝不听，话要持斋来念佛，六根清净谢绝凡情，一心绣佛无他念，佛前长对一灯青，才子佳人非所慕，孤鸾寡鹄不望和鸣，我想天下妇人何必是，几多才全貌美与年轻，主人有意求佳妾，待我留心为结赤绳。大康闻语心头怒，可恼丫头把我看轻，用尽心机培植佢，至今才得佢材成，估话收为姬妾服侍吾终老，双宿双栖过此生，点想不念我恩嫌我老，诸多推诿好事难成。佢今待我系咁无情义，犹如冷水照头倾，有甚计谋将佢对待，雪吾此恨始得心平。（未完）

9月4日　　昙花劫（十七续）　　鸣
追思前事

亚四见文香唔俾面，心中已自恼恨文香。今听大康言共语，誓要将渠对待正快心肠。两人心意相投契，便把奇谋共酌商。亚四自将言说道，文香执意不肯作偏房，定系嫌弃主人年老迈，老夫少女不合结鸳鸯，并非有意持斋戒，小姑居处□无郎，记得佢曾同我讲，话要男才女貌正相当，若然年纪唔登对，宁为寡鹄独守空床。佢今强执唔应允，定然不愿共你成双，决非立意终唔嫁，若有少年才子便结鸾凰。我见佢近来举动唔同昔，时常深夜步出西厢，或者与人暗结黄昏约，联盟花底共钉地久天长。大康闻说心惊悟，记得有夜闲步园中赏月光，月移花影似有人行动，行迹却见一个男儿悄立在花旁，此人非比闲人别，却是西寰鹗士教议在□窗，一见我来随即避去，傍花间柳走跟忙，再行几步又有人相遇，睇来却即是文香，文香见我亦即回身走，一程举步入闺房。当时我并不思疑佢，以为偶然相遇却无伤，汝今讲起我心才醒，记忆分明尚未淡忘。（未完）

9月7日　　昙花劫（十八续）　　鸣
一拍两散

话说大康忆起在花园遇见鹗士，继复遇见文香，思疑他两人有密约幽欢情事，一说出来，亚四便矢口以为必然，缘文香曾对他说过，必须男才女貌，年纪相登，乃肯与订佳偶也，闻之平日议论如此，证以往夜行迹又如此，似此复何疑义，故料其必与鹗士有交涉也。大康道，既嫌我年老，不肯作我偏房，我亦不使其得成好事。彼之要修斋念佛，当即将错就错，将彼送入庵堂，彼亦无辞以却也。亚四闻言，鼓掌赞成，遂即依计而行。

文香与鹗士相盟约，大康思忖信以为然，可怜文香不肯为偏室，遂作贼星来犯个月中仙。文香矢语持警戒，不学嫦娥爱少年，最好打蛇随棍上，一经发手就要制人先。既说厌弃凡尘想着登彼岸，若把计来就计定必哑口无言。商量已定不复多思想，一意孤行立念坚，竟把文香送入庵堂去，持斋刺绣佛灯前。（未完）

9月9日　　昙花劫（十八续）　　鸣
推辞西席

文香已入庵堂去，鹗士依然未得知，后觉屡入花园来把文香访，不见文香踪迹心始思疑，每向下人伦问讯，语言隐吐更觉跷稀，闻得大康欲立为偏室，见色垂涎久已动嗔,莫非已自藏金屋,绿树成荫子结枝?但是文香人耿介,此心如石不能移,既然与我聊婚约,好事多磨生死亦以之,断不贪图富贵心头改,背却花前盟誓弃我如遗。况且佢立志不与老人成匹偶,是必年登貌对正结□丝,何以忽然心志转,甘作老人侧室咁离奇?唔通佢为学堂将毕业,专心温习各书诗,就在学堂来寄宿,枝栖有所故此少转家嚟,暗托友人前往探听,渺无消息踪迹总唔知。且说前月至今唔见上学,功败垂成实可疑,探得此情益觉难□测,心中疑虑斩不断愁丝。正在为娇抱闷书窗坐,忽见大康来到致言词,说道深荷先生把儿教读,谆谆善诱确不愧良师,但是小儿蠢揣□不堪抬举,逼令叫他别业把馆来辞。话完便即抽身出,鹗士逼于无奈就了(平)之,西席辞晓无所惜,惜与佳人长别未免难舍难离。(未完)

9月10日　　昙花劫(十九续)　　　鸣

尼庵游玩

鹗士在张家辞却西宾席,家内优游过日神,为着文香老想着,寝难安席食不思吞,未晓文香踪迹今何在,好似鹤去楼空只剩白云,欲即偏离相去愈远,梦中无迹可寻跟,人生好事多磨折,想起翻来好不怆魂,书窗困守似在愁城坐,难作逍遥自在身。闲处家中无一事,不若出门游玩快心神,便整衣巾步出家门去,孑身而往不用僮跟,信步行来无所指定,城中古迹尽游匀,转身直出西门外,忽遇一友在途中是姓辛,此人别字为琴伯,知己生平亦□人,猝然相遇便问将何往,琴伯不由分说立扯鹗士回身,两□一道□前去,遇有庵堂净室便话人去□□,或说延尼礼□将□打,驱妇双□个个喜欢甚,茶□东偶□□相□□,所有尼庵尽入匀,几多美貌□□女,为饱眼福不□把路途奔,只是鹗士无心来鉴赏,觉得除却巫山总不是云。

9月11日　　昙花劫(二十续)　　　鸣

偷戏昙花

话说谈鹗士解了馆后,闲坐无聊,出城游玩,与辛琴伯相遇,拉往游玩庵堂。城西一礼□游览□□,后入一庵,名曰净慈,庵中尼姑无□,只一妇一□。□□客来,老尼□堂游迓(部分文字漫衍,无法辨识)吾徒年貌虽不过人,但□□剃度,未解喃巫,终难合选耳。琴伯道:"不妨不妨,吾正欢于调数外,多挑二人,以陪末坐,不必其解喃巫也。"老尼喜,入室往招之,须臾复出,摇首道："徒顽甚，不尤出见客，听之可矣。"琴伯道："彼不肯出，可引窥之。"老尼有难色，琴伯巧语央求，老尼奈情无何，姑引之入。

琴伯苦求尼引入看，老尼无奈勉强应承，鹗士便偕琴伯入，佛堂过是一中厅，折左循厅行过去，见一禅房虚掩绿窗棂。老尼示意着伏窗前望。二人行近悄无声，鹗士不看犹自可，一见窗中少女禁不住悲喜交乘。（未完）

9月12日　　　昙花劫（二十一续）　　　鸣

久别相逢

窗内小居谁氏女？却即张家慧婢一文香，正在禅房来刺绣，昼永偏教觉恨长，抬头偶向窗前望，见有两人同伏在寒窗，其一非他却是谈鹗士，不期方外复遇情郎。便把花针来放下，玉步轻移出外厢。鹗士在窗前呆等着，文香一见禁不住珠泪汪洋，移步上前相挽哭，诉不尽别恨离情只系一味惨伤。二人恋恋相偎傍，竟忘琴伯立在身旁。琴伯知礼忙避去，见佢两人面貌正相当，定然订有交情在，其中热度迥异寻常，如今久别还相会，好比破镜重圆在乐昌，定有许多言语讲，岂许他人立在旁？彼此同行宜识性，待我转身他去等佢知便知方，便即闲行折出花园外，以便文香鹗士各道情长。文香四顾见冇他人在，招引鹗士入禅房正酌商，正在床沿齐坐下，不料老尼走入笑洋洋，说道醮主有心来照顾，此徒程度可相当？鹗士连声称合格，只有衷情满腹未道其详。（未完）

9月13日　　　昙花劫（二十二续）　　　鸣

乍合还离

鹗士依依难舍去，欲待老尼去后再陈言，呆坐床沿身不动，□□□□一事在心边，因为大康送已□□□里，恐防肥水流落别人田，□□老尼叮嘱道，要我清规谨守不□□□，若有少年男子到，千□不□□□我身前。有个姓谈名鹗士，□□□意要谨记心坚，佢若到寻休□□□，有书投到亦勿代佢递传。□□老尼今憎了，前言忘记尽化零□，无意引得情郎来见我，莫非一□亦有前缘，但恐鹗士说言语□避□，一吓姓名说出就俛佢知穿，报与大康知道了，个阵再难得入到桃□，便把秋波来递信，轻摇臻首叫佢□把言宣。鹗士逆知佢心意所在，默默垂头不发一言，忽听人声由远至，原来琴伯已走到门边，见有老尼同坐禅房内，便招鹗士步出堂前。鹗士无何辞别去，禅房一出去□烟，文香无计能留挽，目送飞鸿自怆然。（未完）

· 342 ·

南音

9月14日　　　昙花劫（二十三续）　　　鸣
雁过留声

话说鹗士得见文香□□获异宝，喜极而悲，正欢□□衷曲，细问因由，共商□□□策，言未出口，老尼从□□□，文香以老尼曾受大康□□□，着不使与鹗士通，恐老尼□□姓名，亟以目示意，使鹗士勿言。鹗士默坐床沿，怀□□□后复语，奈老尼总不□□□□，琴伯复至房门前，□□□□出，鹗士无奈，只得□□□□，既知伊人所在，则徐□□□□，未为不可也，怎奈事□□□意外者乎。

文香目送情郎去，凄□□□□闷□花容，老尼兀坐禅床畔，□□情事总不知踪，只怪文香平□□□系孤高品，造乜今番态度与□□□，莫不是此人年少貌美，凡□□□就把情□，正在私心来测度，□□默坐诈作痴声。忽闻琴伯高□□□叫，叫声鹗士把身□，老尼□□□□惊醒，此人名字乜恰可相同，想必有心来把文香访，不然何竟入至房中？心内□□先有八九，待我报与大康知□再定何去何从。（未完）

9月16日　　　昙花劫（二十四续）　　　鸣
隔断蓝桥

大康不得文香为妾侍，□□钟情别有人，因同亚四量商得，送去庵堂剃度断佢情根，曾向老尼叮嘱道："要佢修斋念佛不染凡尘，不许男人来见佢，此事要留心认到真，若有姓谈名鹗士，到庵寻访就要报我知闻。"老尼记紧其言语，所有游庵男子都不□佢相亲。琴伯此来伪请为□□，一时□□都为贪爱钱银，及后琴伯大声呼叫鹗士，方才醒悟佢到访原因，好在佢将名字说出，知是文香恩爱旧情人，怪得两人见面如此亲爱，原来平日已种下情根，待吾立往张家去，细将此事说与大康闻。连随步出庵堂去，向住张家举步奔，踵门直入不用多传递，揾着大康见面细语云云，大康闻报心偷想，因甚投诸方外亦可寻跟？两人既是相逢面，定必商量静静走人。幸得老尼犹醒水，特来传报立抽身，犹能未事先防备，不使樊笼鹦鹉去如云。便对老尼将语道："文香得见鹗士定必逃奔，今你回庵休息惰，将佢隔离别处勿使再见斯人。鹗士再来寻访佢，千祈不可泄漏半毫分。"老尼承命回庵转，立把文香远隔不用言陈。（未完）

· 343 ·

9月18日　　　昙花劫（二十五续）　　　鸣

巧言哄骗

　　文香独在禅房坐，愁绪霰生自惨凄，忆起日闻得见情郎面，竟无一语便分离，天缘有份正得郎相会，或者此生能共结连枝，但是乍合还离情更恶过，想来怎不锁双眉？斜倚□床无一语，举头叙见老尼□，□犹行前蹙语道，昨日个郎君到□□，知佢意欲何为？原来佢欲打一□□□，总老尼姑少艳不吝□赏，□□到庵窥见你，中心欣悦笑开□，□□从□□羞花还闭月，居然□□□天□，愿出重眦延聘你，换作□□大主持，我见你唔哙喃巫唔敢答□，佢话嗒哙喃巫亦不羁，总要到场同造功和德，千祈唔好托故从辞。今又差人来请你，究竟你为欲何□对我说知，若然有意应承佢，便□□身把步移。文香闻语心偷想，此定情郎把计施，托词聘请为功德，实期□吾见面畅叙心期，一心欢会情郎面，恨不登时插翼飞，满口应承话吾愿去，点知系张开鱼网把□□。（未完）

9月19日　　　昙花劫（二十六续）　　　鸣

花枝移植

　　话说老尼承大康命，□道文香她适，使不再与鹗士□□，致被偕之同遁，归途心□□商，事若明言，文香必不□□，且恐多方乔难，不肯他□，何若如其意之所欲，假□□鹗士适人来，招之他往，托□□昨日所言，文香与鹗士有私，闻是鹗士来请，益自欣然□□，将计就计，计无有着于此□矣。人见文香，托言鹗士着文香到招，文香不知是计，私心□喜，即随之往。

　　老尼布下移花计，托言鹗士遣人临，文香误信为真事，欣然前往好不欢心。老尼约定人在堂□□，道是鹗士差人到此寻，倾着文香步出庵堂去，犹如磁石引花针，□步相随衔接紧，估话书帷可□□□琴，心如箭急忙移步，早达一刻□得千金，相如饥渴知何若，忍作憧憬迟步把江临，道路崎岖浑不□，行行不觉到一尼庵，推门引入庵中去，文香错愕自沉吟，重估情郎有约到此来相会，点晓系龙潭虎穴深，身陷绝罗难解脱，从此萧□□信永销沉。（未完）

9月20日　　　昙花劫（二十七续）　　　鸣

鹤去楼空

　　话说文香独住在庵堂，且□□□□情郎，偕同琴伯往鹗道玩，□□□遇见文香，正□□□□曲□，□原故问□详，却被老尼□□□□谷总不敢声张。琴伯又□□□，遍相□行舍去再鹿□，□□□□书合，含怒默默自心伤。□□□□痴□了，敢劝□悔□□□，□□自知难掩悔，□情密说共艳□□□，□□琴伯□□迹，大康□□□□□，败人好事何其妒，文香□□□令成双，男女本来是人大欢，□□强人削发入庵堂，待吾□合□□□，免使孤鸾寡鹄各叹分张。□□□□象可怀征，就系□寿学□□□□，心内踌躇思得一计，特□□□访着文香，系说打斋特把尼□□，引诱文香同到会情郎，怀□□金屋将□贮，红□有梦共结□□□双宿双栖同度日，百年好合地久天长。说知鹗士□言妙，依计而行不待再商，虽知复到庵堂内，人□□花已杳茫，黄鹤高飞何处去，□□怅望白云乡。正是芳草□□人□□，寒林祇剩一角斜阳。（未完）

9月21日　　昙花劫（二十八续）　　鸣

（模糊无法识别。）

9月23日　　昙花劫（二十九续）　　鸣

琴瑟调和

话说鹗士托琴伯往觅文香，以为龙潭虎穴，不难跳出，谁想琴伯回来，徒呼荷荷，知已为大康所觉，移置他所，好事多磨，良缘难合，惟有付诸无可如何，徐图方法而已。一日正在闷坐，琴伯忽然来到，向鹗士道喜，鹗士不知其故，亟问所以，琴伯道："才子佳人，得遂眷属矣，君尚未知文香事乎？"鹗士道："不知。"琴伯道："今警厅干涉尼庵，不许收少女为尼，所有年少女子，悉数搜赴警厅发付。文香被搜去，供言已字君为妇，因为主人所逼强使为尼，情愿仍归君家。警官已备如所请，想不久便送来矣。"

琴伯总将原委说出，鹗士闻□□喜欢天，正欲亲往警区来打听，□警已把文香亲送到门前，二人□欢何限，蓝桥终得会岬仙，心□都不觉悲交集，系咁相看无□□涟。琴伯善言来慰藉，始□起□泪喜无边。吉期择定行婚礼，□□我我两相怜，才子佳人成配偶，半由人力半由天，从此琴瑟□□□□合，鱼水欢谐订百年。（已完）

9月29日　　姑换嫂　　南

略陈大概（一）

讴曲龙舟都唱过，歌喉□转□□□□，南音唱尽多和少，敢在呢□□实新奇不入林，口道讴歌艳双在，唱来须要有益人心，既有艳情二□标明在，此曲能毋犯诲淫，怀□说诗勿以词害意，词虽带俗寓意□深，人孰无情？总要肯守礼，有□越礼即此判人禽。近来有段称奇□，唱来可作世俗砭□，此事发乎情止乎礼，可作风诗吟咏体入丝琴。□因有个黄端表，家道丰腴富有□□，人到无求品格□高尚，□□□□隐山林，生下一男和一女，男名如玉女唤如心。如玉年龄刚十六，如心十四貌比鸠落鱼沉。邻乡有一汤居正，年方十四已青衿，向同如心乃书友，二人投契谊结苔芩，居正少年先丧父，祇有高堂母姓金，□姊年龄方十六，淹通经史不□□□吟，小字国香容貌美，亦与如□文契两知音，汤黄两姓乡邻近，□来密通每共登临，国香因弟得见黄如玉，居正亦因如玉得见如心，□□□此常通问，彼此成□互委禽，情□说来多曲折，待吾谱出作南音，□公倘欲知详细，且向下文一一细□寻。（未完）

9月30日　　姑换嫂　　南

石僧他山（二）

　　数家临水坡村□，桑厅□大□□□，春来景色多幽雅，□□□□□红。村中有个黄端表，□□□□□家翁，生下一男和一女，天□□□□□。男名如玉□书□，女唤如心弃爱把书攻。兄妹二人□□□，青灯有味不肯陈情，□□延□□□□，任财不惜礼貌尤甚。特一老□身姓蔡，榜名魁遗别字登□。□□见儿女两人同一节，无人□□□□以成功，不□读书见得唔高兴，□□平地亦不愿出由阜高□。□□□人同学相争竞，石取他山可以□□，就是一男一女究有杂同学，（后文内容漫漶，不能识别）

10月1日　　姑换嫂　　南

同意课读（三）

　　话说黄端表因儿女二人读书，欲得入同眷，以为地山之攻□，于亲友中，只择得汤居正姊弟，可为词学之人，即□向往约，居正得书，商知其姊，两相允肯，修书答复，略□得蒙资助，敬尊台命，容日负笈同来。端表得此回答，即命人往接居正姊弟，同到庄中课读，居正与如玉，本属交好，国香与如心，亦属知音，得端表如此喜悦，引于共学，焉有不从之理？当□理寄书籍行李，同向黄家庄而去。

　　居正得书心意尤，便与国香贤姊共商量。国香亦乐得同攻苦，修书回复愿往同窗。端表见书心喜极，命人往接见情长。国香居正欣从命，拾齐书卷共过黄庄。如玉如心同接洽，大家踊读共书堂。科举当时犹未废去，老师所课重系八股文章，文章以外所学惟诗赋，扬风讫雅朗诵□□，如心文字不及汤居正，如玉文词亦不及国香，彼此观摩相感化，舍其所短取其长。四人同学日夕相亲近，性情投契不稍参商，相爱以情能守礼，大家风范不比小家娘。（未完）

10月5日　　姑换嫂　　南
触景生情（四）

四人同馆来攻读，不经不觉□□清明，老师放假将山拜，居正次日家去拜清，留下国香仍在此家□，日于如心伴伴似影依形，闲来□学共到花园里，步步金莲足下生，竹径三三穿过去，傍花随柳转到水心亭，只见池塘春水绿，东风吹□浪故轻，二□共倚栏杆立，凭肩眺望笑语轻盈。池中有的鸳鸯鸟，□□逐浪叫唤声声，如心指住鸳鸯□，不知此鸟是何名，因何对对□□□，有的重大家交头好梦未曾□，□□相伴情难舍，唔通天公生□系多情。国香含笑回言道，莫非吾妹见景便情生，缘何说出多情话，想必情根已种成。池中个的名叫鸳鸯鸟，此鸟确是多情待我说与妹听。（平）渠夜来交头相栖宿，日来比翼共飞□，天生渠系多情种，双双飞宿不肯孤生，诗词所咏鸳鸯句，大□惜物写心情，如心太息将言道，见此令人百感生，鸳鸯鸟且多情谊，何况人为百物灵？妹今与姊同窗读，胜过同胞姊妹共娘生，日同案坐亦同床宿，呢对鸳鸯水鸟不啻待我地□根□形，总系女生外□□□出，□□形影相依过此生。如今□首虽□好，□平分□怎不□情？（未完）

10月19日　　姑换嫂　　南
有心撮合（五）

国香听得如心语，说到□欲两人长□亦□□□□景大众直心唔出嫁，便可时时□处不患□□性，如心笑道此亦非长策，我有一言欲劝姐娇频，夫妇□伦天注定，人非木石难难为遏此情□□女子有才终不可恃，欲求自立□为□，孤□不□□不长（上声）此通常存在两□，□□要从属命令，不容你自逞刁蛮。国香（后文内容漫衍，不能识别）

10月21日　　姑换嫂　　南
对父陈明（六）

话说如心与国香出园游玩，见看池内鸳鸯，双栖双宿，触物生情，不觉说到婚姻大事，如心□慕国香才貌，深恐所适非人，未免冤屈一世，便欲代为执伐，使与如玉结为夫妇，亦不失为一双佳偶，当下对国香说出此情。国香平日，见如玉品学双优，实为男界中不可多得，虽无托以终身之心，亦为心所期许，一闻如心语，心中不胜激刺，觉得此等男子，洵足与订白头，但已家贫，恐伊父势利，以为门户不相登对，亦是枉然。然舍此而外，将来所适者，更不知为何等人物。俯首踌躇，无言以对。

国香俯首无言答，如心旁立已心知，探得国香无忤意，口共心谋已有主持。乘间（去）禀知端表道，国香才貌世上殊稀，欲为哥哥寻匹偶，舍却斯人更有谁？不若托媒为撮合，等渠两人共结为萝丝。端表点头回语道："天生一对佳妇佳儿，我久有心同渠结配，特渠两人心事我未深知，近日结婚多效文明例，总要男情女愿始订佳期，未晓渠两人心意点样，有无心事欲效于飞，我儿探悉渠心何若，然后托媒说合未为迟。"（未完）

10月22日　　姑换嫂　　南

□□□□（七）

端表托□往问汤居正，居正□情□□□□道，□□早已心欢许，□□但□半吐半吞。居正知□国香□□意，□□□我共结朱陈，□□□□连□行□□，□□解锁始□□，□以四人现在同书馆，若经行□□□离群。不若□等年终才游亭，□□□□终不再分，就以一言为定□□□，不随俗□礼云云。不料人事□当梦□声，好事多磨顿起□□。□中数省干戈起，大话土□□□□□，□□□□缘富厚，勒□眦财□□军，无厌□壑填难□，摄言应求□电就要剽人。端表闻风无计策，□齐儿女共边旁，土匪命人四处□□访，附近□村□挽匀，闻的居正□他来往密，而且两家曾与订□□，端表定在他家来躲避，前往追□□□见人。立率多人拥到汤家去，居正逾□□得脱身，国香体弱难奔走，睇见贼人家中失了魂。贼见国香不问为谁氏，一人背起便忙奔，□□异兵已自□无及，居正归来祇自怆神。（未完）

10月23日　　姑换嫂　　南

山鸡慕凰（八）

国香被劫回山上，贼人看见各垂□，见渠貌似芙蓉腰似柳，生来□□美赛天仙，纤纤十指如春笋，销□最是二寸金莲，群贼虽然心爱慕，厨人进食究不敢当先，此福只合大王能享受，直程送至大王前。大王姓蔡名天霸，一见娇颜喜欲颠，不识渠系国香汤姓女，以为如心陈氏女娇妍，说道汝父向来居此地，何须避地自搬迁？万事有吾为保障，到抽军费不过见渠大把腰缠。今得娇姿来到此，想吾艳福大如天，□定我两人宿有情跟在，故能今世续良缘。两家既已成婚眷，你父眦财首要保护先，断无人敢到你家需索，不庸破费半文钱，可即修书通告汝父，可无他适避烽烟，迁回旧日家园住，免得流离奔走咁颠连，天□言来劝慰，国香抗拒已自立心□□，只因有□声为□，低头垂颈默□□言，任他巧弄如簧舌，却当秋□□耳边，口共心头商计策，恨无□□□免祸牵缠。（未完）

10月31日　　姑换嫂　　南

□□□□（九）

（部分文字漫衍，内容不能识别）□力保护，所有□□一草一木，不□□□，天霸本□□□，□行正式□□，□□□□吉日，□□□□，在□□□□□□之□，不患其高□，在□□□□□之鱼，□得□□□□，不□□□，已在山中住有□日，尚□□□□，国香立□□□，□□□□之夕，不得救星，□以一死殉之而已。

天霸有个参谋身姓李，外江人氏别号芳林，看见国香姿色好，天□艳囊一绝□都金，天霸倚之如手足，结为兄弟情□□□，□在从□出人，不虞见色□生心，□将□□□闭窑室，谁知□为□欲□宁。天霸下山□掳掠，乘□（去）开言共□斟。国香□对他言道，劝君休作□□吟，我若从君成伉俪，天霸闻知一定命归阴，君若有心与我谱连理，除非大家离却此山林，你我同逃就趁今，大家逃出山林外，天霸回来知道已自□追寻。（未完）

11月2日　　姑换嫂　　南

□□薛□（十）

□□□□走，一直□随下了山，□□□□参谋□，□人遇见绝不进□，不觉已□山□□里，□□无人□已□□□。行至一□烟户不□教十，惜由临水折柳为□，斯时天色已在黄昏晚，斜阳一角抹青山，乌鸦□□平林里，牧童□赖唱歌还。二人□□将程走（从□），崎岖不顾步蹒跚。国香裙下双钩小，金莲移步更□难。芳林遥指兰村道，今夜权宜□宿此间，待等明朝同早起，然后□烟回向故乡还。国香点首称言好，此村名叫薛家湾，我有表亲居住此，问他借宿也无难。

表亲姓薛名苍璧，产业虽微却不吝悭。近年干戈战乱无宁日，小□田园自赋闲，生性向来多喜客，何况戚串奔投一宿两□？今日与君权寓此，明晨方可□□还。芳林说有人相□，更将相□在邂逅间，便向薛家湾内去。既在姓名可问访又何难？芳林更把人□问，果有薛君苍璧住在薛家湾，□□□问不特将途指，一程引到不辞□。（未完）

11月3日　　姑换嫂　　南

好抱不平（十一）

　　苍璧与国香原属戚谊，见他到访□心欢迎，便把国香迎入内室，芳林迎接入中厅，询问国香何事到此。国香据实说分明，央求设法将渠救，若难得脱□要把生轻。苍璧□□人侠烈，专好为人报不平，天生□勇无人及，十八般武艺件件皆精。说道此□何妄想，天鹅想□件多情，今自到□咁是送死，教□无计可逃生，待我一刀仝佢结果，呜呼，命付幽冥。话犹未□□□袖身起，□□之内就□□□刀兵，□□□□芳林□，得总营救亦感□□□，忙□□□□衣教住，说道见侬举动太轻，劝渠不从方可动手，先要将他劝□正算得文明。渠□有意把我□□□，究竟得渠营谋救我一命生，若杀了他心过不去，看吾面上且留情。苍璧闻言将剑按住，持我走出□□问佢一声，渠若知机便即抢身走，否则□刀一起便不□停。话完提□光芒剑，一程走到入中厅，见□芳林忙喝道："你究想生还死快言□！"（未完）

11月5日　　姑换嫂　　南

刀头乞命（十二）

　　话说苍璧闻国香说道，芳林□□他成婚，不禁怒从心起，忙□立，挺身而出，欲将芳林杀却，国香出芳林有营救之恩，不忍坐视其死，□将苍璧扯住，独他不宜轻动，苍璧说道："待我出去，看□如何！姑□□□处□，□□如□，便即□手，如若不□，即将□结果，决不□□见。"话完，大踏步而出。国香紧随其后，看他作何举动。苍璧一见芳林，仗剑骂道："吾以汝为好人，护送吾表妹到此，乃竟满腹淫心，欲要求婚事，作此野蛮举动。劝汝快些走去，勿再折□，□仍怙恶不悛，怕汝性命难保！"

　　苍璧手提三尺剑，威风凛凛实堪惊，义正词严来喝问，故为国香表妹作不平鸣。芳林虽任参谋职，却是揸鸡无力一书生，一见苍璧出来心怖恐，知难拒□□

南音

下无情。四肢发作□□震，恍若临□典履冰，但得逃生斯已万幸，况复敢存妄想□望好事能成，打躬佯揖□言道："君请□情恕我一生，妄念如今消灭尽，断不敢纠缠令戚强订香盟。但是如今天色已暮，容在贵庄一宿少歇行旌，待等明朝天放晓，便即单身自起行。"（未完）

11月6日　　姑换嫂　　南
问途访友（十三）

芳林自被苍璧言威吓，无心更唱凤求凰，求情幸在□庄宿，天明便□□离庄，因带国香私自遁去，不敢回山见大王，此地并无亲与戚，栖身何处暗自情伤，只望得与国香成伉俪，岳家容我袒腹东床，谁知好事难成就，想唔到手□持一神□，托身无地转何去，出门□悔四□苍茫，一路行来一路想，口共心头自酌量。忽然想起有一新相识，名唤霞城是姓黄，家纵不丰人却喜客，闻他住在附近村乡。若到他家来择访，定然招纳见情长。但是村乡忘却何名字，茫茫歧路往何方？好在霞城人义侠，名传远近或有知到渠村场，若肯逢人开口问，定必有人指引到渠家乡。遥望前途有一人行往，芒鞋竹杖举止安详，忙赶上前来请益，答道："别号梅生是姓汪，一说霞城名字便说曾相识，村居不远就在此山旁。我今亦在他家住，小儿曾与渠同窗。君今既有心来访渠，待我导君同到渠家堂。"芳林拱手将言道："小弟原来籍录外江，呢处地方初次到，道途不识实恶行藏，此去要烦君引导，谂理真真不敢当，君咁有心同我去，寸衷感激永难忘。"（未完）

11月9日　　姑换嫂　　南
信口胡言（十四）

梅生引导芳林去，一程引到见霞城，霞城延入书房内，房中坐着一书生，立起身来相请益，托姓梅孙是渠名。梅生道："是吾儿子，年少无知世事不更，求君指教开茅塞，老夫感激实难鸣。"芳林谦进回言道："此位原来是世兄，风神高俊非凡品，定然冰雪静聪明。英子英生真有种，如君高雅应有此宁馨。"四人坐下相谈论，一见犹如故旧不似水上浮萍。霞城略与寒暄毕，便把根由细问清，诘问芳林因甚事，神色仓皇到此行。芳林太息将言道："险阻艰难已履经，本来我就参谋席，就在天霸山中那大营，有一女子掳回山上去，央吾设法救渠逃生，许口将身来配我，已在花前发下誓盟，谁带到薛家湾个处，睇见苍璧少年貌美又心生，背盟反与苍璧为夫妇，将吾驱逐不留情。"梅生问道："此女何名字，还

· 351 ·

请芳君说我听？"（平）芳林答道："此女原汤姓，国香二字是渠芳名。"梅生父子一听心惊讶，面色登时变了青，齐口合声将语道，世间闺女半无情。（未完）

11月14日　　姑换嫂　　南
恐被拖连（十五）

话说芳林说出国香名字，梅生父子不禁失惊。你道此梅生父子是谁？梅生即端表，梅孙即陈如玉，因为蔡天霸要□他勒索，□奔同宗兄弟霞城家里，暂行躲避恐人知道，故改名换姓。今芳林到来，说起国香之事，随意添造，不意即如玉未成婚之妻，如玉闻说，初怒国香二三其德，既以身许人，不应另行婚配，转念己与国香订婚，不过只有是言，并未行聘，不能就以为实事，责他反约，愤怒之心。转而冰释。但知国香既有此举，则亲事当另择配矣！

霞城留挽芳林住，住在家中有数天，天霸命人寻访追踪主，乡人知到便把消息递传。霞城闻说心慌慌，便劝芳林立刻要搬迁，芳林自想无地能迁避，数行泣下自开言："此地别无亲与友，叫我迁移去得边？望念朋情为我画策，生命留为一才延。"霞城说道："此处难留住，不若待吾带你出生人，邻乡有一知心友，求渠将君收纳或得矜怜。"芳林揖谢称："言好，求君带我脱离先，迟则恐妨寻访主，不特吾难幸免君亦恐被牵缠。"（未完）

11月15日　　姑换嫂　　南
芳林丧命（十六）

霞城亲带芳林走，刚才离却那□庄，谁知天霸已跟寻至，芳林一见走忙忙，狭路相逢难躲避，天霸大声幺喝恶难当，抢步上前来把芳林□，轻舒猿臂执住佢胸膛。芳林□手求饶命，泪随声下眼汪汪。天霸即开双豹眼，如雷怒吼武耀威扬，喝道："欲吾饶你命，除非立即交回□国香。"芳林顿首将言道："国香非□共渠逃亡，我实不知他下落，叫吾寻访任何方。"天霸喝言："有人见证，见你与国香携手共走（从赞）程忙，今我到来寻着你，尚敢在吾前乱说谎！"芳林答道："我虽与他同走，行到中途已自死亡，今实难寻他见面，只余艳骨葬荒岗。"天霸一闻斯噩耗，一时火起怒非常，立把腰间刀拔出，劈下头来把渠命伤。芳林躲避都无及，呜呼一命立丧当堂。霞城虽与芳林走，远见天霸追来恶不可当，恐被芳林带累己，撤却芳林走路忙。好在自己村邻平日熟悉，便从小路返村庄，回家寻着陈端表，告知此事共商量。（未完）

11月16日　　　姑换嫂　　　南

移祸东邻（十七）

霞城奔走回家内，把此情由告与端表父兄，端表本来已是惊弓鸟，闻此言词恐怖可知，慌忙手足都无措，心内怦怦不自持。如玉年轻□□么，不知身已踏危机，事到头来□岂镇定，心生一计对父陈词，说道："天霸到来非别事，不过欲见国香□去作妖姬，国香既已无情义，另与他人赋结缡，便是与吾恩断绝，□将剑慧斩情丝，我们何苦为渠来□掩，见晓天霸直说言词，话佢现在薛家湾内住，已同苍璧结萝丝，天霸自然前往找渠，此处陈家可免祸罹。"霞城拍掌称言道："等到天霸来寻便对渠说知！"天霸闻言心火起，立出陈家庄内策马奔驰，一直走到薛家湾内去，要寻苍璧共决雄雌。苍璧自把芳林驱逐去，拼同天霸两相持，大早已经据有预备，派人探听把消息传知，掘定陷坑□布绊索，若然经过便被羁縻。一闻天霸将来到，摩拳擦掌拽英姿，务将天霸生擒捉，为此一方除害正遂心期。（未完）

11月18日　　　姑换嫂　　　南

生擒天霸（十八）

话说薛苍璧自逐芳林去后，便防他回报天霸到来找寻晦气，早已预备一切。天霸策马而来，村人一见即往报知苍璧，苍璧布下四面伏兵，等待天霸。天霸一至村前，苍璧即上前迎敌，并不打话。两人相遇，便厮杀起来，互战还时，未分谁胜谁负。苍璧窃思斗力何如斗智，吾已设下伏兵，何不诈败，诱他深入重地，四面夹攻，把他生擒活捉？便即返身而走。天霸不知是计，苦苦追来，苍璧返身便向村边走，天霸连随追赶入村心，忽然苍璧走入深林去，林阴闭紧不知往何处追寻，正欲拨转马头四唔赶罢，忽听林中密播鼓音，一标人马迎头至，后面又有多人杀到临，把个天霸重重围困住，带来手下命尽归阴，只有天霸一人在此来厮杀，左冲右突总杀不出深林，一心想出深林外，点想道路唔知越入越深，只管向前来杀去，策马扬枪把路寻。幸得一条小路无兵伏，便即向前奔走直至山阴，一路行来唔觉着，马蹄绊住竟成擒。（未完）

11月20日　　　姑换嫂　　　南

坑莲遇救（十九）

话说天霸被绊擒回，对得苍璧□誓，愿回山寨，将众遣散，不□作绿林豪客。苍璧许其自新，□释之而去。天霸感恩辞别去，回到山前见□□健儿，大家拥着一个红颜女，□□国色与天姿，高牵翠袖掩住□□□，两行珠泪哽咽悲啼。健儿看见天霸回到山寨，立即行前把事报知："□□我们入到陈家去，陈家有一女□□，容貌生来真美丽，好似临□□□一花枝，收作押寨夫人都不结，□王心意果何如？"天霸闻言摇首□□："从前作事我已知非，劫夺人财□□造，侵渔女色更不当为，应将□□送返陈家去，不可肆情蹂躏使□□花飞。"说话未完苍璧赶到，国香亦在后跟随，因为天霸言词心信不□，特来山寨看过是和非，见有女儿被掳禁不住心头火，睁圆豹眼个竖蚕眉，大吼如雷将语道，天霸分明把我欺，既说回山把人遣散，因甚尚掳人家小女儿？天霸低头回答道："烈士言词怎敢不依？此乃三二健儿私自造，我今知到正在力与相持，劝把此女儿来释放，派人护送佢回归。烈士若然心不信，上前问过□作何词。"苍璧行前将女问："姓甚名谁说我知，即□放胆将言来直说，有吾在此不用惊疑。"（未完）

11月22日　　姑换嫂　　南
解甲归农（二十）

话说苍璧信天霸不过，与国香同往山寨，看其能否践约。行至山前，见一女郎被掳，苍璧疑是天霸所为，□以大义，天霸无以自明，着其自行询问女郎，便知真实。苍璧与国香行前一看，女郎非他，却即陈如心也。如心随父兄避在陈霞城家内，天霸初以为国香在此，率人前□搜寻，却为霞城所窜，奔往薛家湾找寻晦气，尚有许多手下，在陈家庄内，乘机劫掠财物，看见如心美貌，掳回山上，满拟献与天霸，不意天霸已自悔改前非，不肯收纳，适苍璧与国香追来，问明情节，□带回庄。

国香见是如心妹，不意相逢在患难中，问明情节知未遭污辱，不然天霸定难容。苍璧合将群贼遣散，不能屯聚在山峰。天霸便将同党劝导，各人解甲自归农。国香与如心携手返，苍璧亦邀天霸返家中，四人回到家堂坐，开筵畅饮乐融融。（未完）

11月23日　　姑换嫂　　南
当席为媒（二十一）

国香自到苍璧家中后，便即通函居正使闻知，居正知到国香踪迹所在，亲到薛家寻访不惮奔驰。苍璧欢迎入到中堂上，正值四人畅饮举金卮，便增座位同欢饮，形骸脱略意快神怡。如心曾与居正同窗读，虽（去）后相逢乐可知，虽然天霸是新相识，既是推诚相兴亦不嫌避疑。大家痛饮相酬酢，得意忘形各不□。苍璧见如心与居正对坐，分明一对玉人儿，天生嘉偶真登对，待吾为渠系红线。满斟两盏葡萄酒，特敬居正如心笑微微，说道："两君年貌真相对，正好配作鸳鸯比翼飞。我欲居间为月老，不识能否容吾赞一词？"国香拍掌称言好，两人端合订萝丝，不特年龄大小刚相若，美丽天生都是可儿，彼此又是世交常浃洽，又同书馆读书诗，两心相印称知己，芝兰臭味不差池，今得薛君为撮合，正好佳人才子两相依。如心低首无言语，居正谦虚略说词，道是家道贫寒扳不起，凤凰岂可令配山鸡？苍璧闻言摇首道："君毋谦逊托故推辞，明天我便往访陈端表，将此情由对渠说知，端表定然心允许，必成好事可无疑。"（未完）

11月27日　　姑换嫂　　南
含疑未白（二十二）

宴罢各人归寝室，一宵无话到天明。苍璧亲身走往陈家去，霞城迎□入中厅。苍璧声言要见黄端表，有段绝好良缘为渠玉成，霞城闻说转入书房内，便把情由说与端表父子听。端表一闻苍璧两字，前情触起火上无名，骂声苍璧真无理，敢把国香强占实唔应。（平）国香许口与如玉成婚配，贪新忘旧太无情，虽则当时犹未下聘，一言为定便□守坚贞，往事讲来我心火便起，若达他面定作不平鸣，不若推他唔见罢，免至忆起前情出恶声。霞城遂出中厅去，见晓苍璧说出真情，苍璧听见霞城言共语，不觉心头吃一惊："不晓端表此言因甚故，待我人去书房把渠问明。"个阵不由端表不□，入到书房责渠说话不经，"我自有妻房身姓赵，前年经已把婚成，国香避难来投我，身如玉洁与冰清，因何潛强占为妻室，此话何来务要说明"。端表便把芳林言语说出，一一从头说到清，苍璧说言难怪了，原来君尚未知情。（未完）

11月28日　　姑换嫂　　南
两姓联婚（二十三）

话说苍璧走至霞城家内，一心觅着端表，说合如心婚事。端表误听芳林之言，以为国香确与苍璧订婚，一闻其名，雅不欲见。苍璧不由分说，跑入书房，问出情由，知为芳林之言所误，便将国香遇难投奔情形，从头细说，端表尚未敢信以为然。苍璧道："女子贞淫，尽可微验，如国香已失身于人，吾甘受罚。"

端表方始心安。苍璧又将如心被掳，得已救脱，带回家中，适汤居正到，为之撮合婚姻，各已情愿，特来请命。端表感苍璧救女之恩，又念居正同学之谊，欣然允许。苍璧谓："国香因许身如玉，几历艰难，守身不失，当践原约，共成婚眷，择日成亲，互相交换。"端表如言，订期迎娶。

　　苍璧既将亲事说合，汤黄两姓共结朱陈，如心嫁与汤居正，国香亦与如玉共成亲，佳人才子寸心相许，双双对对共结鸾群。居正在苍璧家中行吉礼，如玉在霞城家内结新婚，两家从此成姻眷，将姑换嫂至平匀。世交复作同窗友，又成夫妇亲上加亲，此番好事谁成就？当以薛君苍璧作恩人。（已完）

三　中兴日报

1907 年

8 月 28 日　　　满奴叹五更　　　沧旧桑主

千古伤心都系月，最撩人恨奈何天。亏我心绪许多挑不转，积忧成疾几多年，我名叫满奴身姓贱，生在名山长白小胡村，自少奸蛮书理浅，惟有学于巧诈要人钱，出世以来遭变乱，并无经济挽危□，今日宦海飘流心事不鲜，恐慌常日见，等我借把明月相对呀，诉吓我的情缘。

初更明月照愁人，月呀你底因何事照到吾身，吾身今日临危近，好比严霜刀影密如云，见你金镜高悬无限恨，否曾鉴到我嘅原因，可惜你远在天边无计诘问，不若等我尽抒情款你详陈。我自少在家生计困，再无良策振门闾，十岁以来唔长进，学得满身无赖做个斯文。老父知吾无发奋，出于无奈叫我做个官军，佢话坐地食粮唔在问，就系出些机械重可以多弄分文。因此报名粮一份，终朝游荡在京津，不过几年身世涸，好为挥霍负债频闻。（未完）

8 月 29 日　　　满奴叹五更　　　沧旧桑主　　续

日日债主临门催讨紧，并无余力把债还分，事到临危无计运，幸得一个知交世伯救我穷贫。佢话你年纪后生人又不笨，何不官场走吓学朝君。我听见此言于理近，登时转计要做清臣。筹款先捐从九品，再加花样顶翎新，巴结得一位王爷名醉觊，十分睇起话我辛勤，不十几年官势振，知州知府绩劳勋。我又买熟一位公公来做引，他在佛爷面上显通神，因此大官指日来邦趁，封疆重任到我身亲。今日做到一品大员都算好运，声势咁震，可惜飞来暗杀我就丧胆离魂。（未完）

8 月 30 日　　　满奴叹五更　　　三续

二更明月上雕□，为感忧危怕影单，我系一品大员原自好欲（粤谚作宴乐章），为乜惊慌暗杀得咁心烦。唉，你睇个的老革风潮如□漫，好比滔滔祸水荡怀山，愈涌愈高波浪散，更怕佢一声霹雳大摧残，细想我族人民多懒慢，练□□□一班班，今日对此□潮生变幻，有□救危善法去关□，想到京内王亲兼共贼宦，□图□□把财□，几见佢□策建谋纡国患，把个满洲国祚常如环。□到老革大名

□一阵，匝时又至痛痒无关，咁样昏迷真正可怜，恐怕尼缅世界有几时顽（粤谚作耍子意）。想话闲句黄天□天又有眼，莫是佢汉家黄帝好家由，故此只手把天来倒挽，把我满洲族类赶出□韩，愈想愈思心更惮，唉，真正系撞板，月呀，你有何明见救吓我的艰难。（未完）

8月31日　　满奴叹五更　　四续

三更明月更光明，触起愁怀想到大清，今日大清国运如危柄，纵有□医扁鹊治无能。想到宫闱心火盛，纷传立嗣你话几无应，好好一个帝王传位定，为乜又来立嗣扰宫庭？老佛被人多耸听，佢就东歪西倒没常经，终日寻欢酣乐境，图强大事一点无成。今日老革得咁交关，寻我地拼命，就系实行立宪都会力难胜，况且臣众满朝无个慎□，只知结党去横行，老佛□此都不醒，重话那□忠义那人□□□到人长个的行为心火□□，佢弄□□□□□□，抱住佛爷来扭拧，撑开□□等云□，今日时□□危都为□□□□，惨过忠贤作祸覆朱明，眼见□嘅□危唔喊警，国民来革命，恐怕义旗四举呀，就会炸□盈城。（未完）

9月2日　　满奴叹五更　　沧桑旧主

四更明月过东墙，冲我愁人兽兽在寒意，今夜月明人尽望，月呀，你可曾□到我的愁肠。我又想到国事如棋匀不像，既忧外患与内讧，睇吓今日嘅邻如此样，一提交涉几咁猖狂。我地事事吃亏兼上当，更无半点占吓时光，今日东邻来讨账，西邻明日又要陪债，你睇三省人民遭孽账，外交失败尽在个世昌，佢身为总督偏愚妄，一味外交恭顺谨行藏，又睇云贵极边无好望，被人蹂躏在南方，铁路矿山失丧，更恐地人随失没参详，想到此情心惘惘，为谁出力保安康，一望诸臣皆放荡，再无见过半个忠良。唉，国事危亡沦此苦况，情惨怆，□你有乜闲心酒逐花场。（未完）

9月5日　　满奴叹五更　　沧桑旧主

五更明月使人愁，想我沦斯苦境，你话几世唔修，好好为官原系讲咒（粤谚时派意），何来革命作对当头，我地食你之毛践汝上，历年二百几十多秋，你等祖宗臣□久，今你忽然反对为乜因由，大抵你痛心兼共疾首，话我河山窃据人胡州，故此立心行复旧，故此四围运动密筹谋，至弊个的后生年纪未咒，满胸热血洒神州，讲到暗杀一层好似练就，争先去做佢话报深仇。唉，今日咁样危机你话怕否，试问有何法子解危忧，今夕对此月圆人静候，满怀心事说遍当头，可惜冥寞青天生少个口，唔系我问声天意怎样干休，将到此时难抵受，嗳呵，来了一白（粤语作一个），大声如响炮，炸弹呀，原来睇真对眼，系一个波球。（已完）

　　10月23日　　　江头饯别　　　冷眼

　　心点点忿，睇住你开船，忍不住两行珠泪哭到心酸，今日把酒临期偷自怨，怨此江头饯别送你乡旋，早知到咁样分离，肠欲断，我就当初唔共□□□□。今日累到我一缕情□□□□□到此江头分手呀，都要讲□□□□心愿。（转反音唱）头一句，讲吓□□，想起当初情事呀，问君你如何□□□□到之时话虽难得日过，故此花场征逐对酒当歌，个阵花酒沉迷人一个，满堂公事尽地抛疏。记得你摘到个□莲花花一朵，你重如胶似漆结丝萝，重话亲切心肝惟一个，唔学唐宫长恨唱个只悲歌，怎想花有香时心亦有变过，你就无端□□渡过隔河，厌故喜新昏了别个，忍把旧情抛尽笑呵呵，个阵续了新欢犹自可，一双龙凤唱声和，款款恩情卿我我，好比珊瑚下树交长柯。唉，估不到你情绪太多，心□太过，唔上一年半载呀，又至别处□□，识到我个□□□文英□又未妥只有一条心事对□你情□，想话地久天长□□□□□□朝今别时，你话□□□。（未完）

　　10月24日　　　江头饯别　　　续

　　第二句，讲吓君心，君呀，你满怀心事费追寻，你嫌识我时情绪感，重话花场得遇女知音，此种痴情君太甚，可谓风流公案在堂□，唉，我有句离口难自禁，对君详告表情深，君你官位早早须自审，勿贪花酒误官箴，虽□海外不如朝内怀，恐妨消息被人探，个阵御史无情将你□，个时□到汗淋淋，幸你遇时都□□，一□朋友目相□，结得豪商当□稔，恭谁几句□□□（部分文字不能识别）□句话，讲起就心伤，离情说话费思量，想话尽地讲埋呢一账（□□一次也），□君怪乱有心装，乃念交情肝胆向，叫我怎能缄默唔把言详，君你留此三年无别样，幸有金钱满□壮行箱，返国之时生妙想，再捐花样走官场，指日升官充侍尚个时声势更夸张，望你那时无妄想，想吓今朝情景，都要挂念常常，勿话勾栏人孽障，你睇尚藩出外都系闹花娟，若得带我埋街回粤广，胜如救我出天堂，否则再渡重洋来过□□，弃官不做好免担杠，个阵地久天长无碍障，问你有无此意在心藏。今日万语千言唔知讲得那样，唉，心自怆，秋风频荡漾，紧记如□保重呀，至好渡过重洋。（完）

· 359 ·

12 月 5 日　　亡国民自叹（为韩民作）　　美丑女士

西风残照晚凉天，斜倚栏干思悄然，只见萧萧飞木叶，关山摇落影无边。满目都是悲观无一处乐境，对住萧条秋色分外可人怜，亏我触景更加情惨切，无端恶感暗中牵。近来时局何堪道，就系抚怀身世已叹颠连，怨我不幸此身生季世，偏尝艰苦实在心酸，呢吓做到亡国之民何等下贱，人生到此复何□□（部分文字不能识别），贱如草芥苦更如牛马，任人残杀冇日安全，为人似此更有何生趣，想到尽头之处欲把生捐。穷思极想无聊甚，转觉四山皆暮暝色绵绵，独坐苍凉谁慰藉，又见一轮明月照仁川，可惜江山虽好景色非如故，讲到近情往事禁不住泪泻如泉。

四　南侨日报

1911年

　　10月25日　　　摄□闻耗哭李鸿章　　　醒

　　闻警报，泪冲冲，势唔咕到今日呤水尽□穷，自系人间处一统，把佢汉族山河一扫空，咕话皇图常□如山重，此后无忧高枕代代称雄，又咕家法相承真可用，出尽专制淫威不肯放松。点想民气大开唔到我作□，任你千般手段唔人我地嘅牢笼，声声立宪佢亦都唔懵，佢话都唔理我话乜东东。重有一层真可痛，倡明民族话我异种难容，一定不共戴天还要灭种，若然真□叫我向边处钻吼，平等今日消息传来我就头瘟兼手冻，革军大起话要直捣黄龙。四川独立咁就旗高声，两湖继响共和钟，今日河南明日江西又断送，重有南边各省不日又要相从，轰天裂地如泉涌，迅雷疾电□过撞头风，边个共我擅忧，谁个同我分得吓痛，满朝走狗都系蛀米大虫，我出尽个的铁甲兵船来去吓恐，大起旗兵满将咕话吓得吓蚁公。水陆并驱重唔把佢命送，□□高奏喜色重重，（平声）点想连败三场叫我重出边□□，兵马全降战舰又一空，自古都话千日养兵一日用，大臣君部今日正识得佢系纸□嘅禾虫。想起太平天国干戈动，记得公你当时段□□，□朝仁泽恩深重，养狗还须记吓主恩降，最好你系汉人自杀汉种，残同媚异素仰你的手段威风，怎得公你再生重得我眷宠，再为犬马算你系第一个满族家僮。今日大□临身叫我去边处上控，若果再闻凶耗我就要发癫疯，个阵直逼京师，真系无处可贡，□□间，满洲蒙古就冇地能容，眼白白睇住我地孩儿个只烧猪种，真系□□三年就要告终，料得咁嘅诸情形都系冻，哭罢心头痛，闻声公你有何法子免使我作断头虫？

1912年

　　6月19日　　　老尼叹五更　　　涤秽

　　庵堂月暗，佛灯岛，重有乜闲心念佛，与南巫，响绝金铙，和法鼓，亏我禅房独坐，影只形孤，往阵早晚参体有人，叫句亚傅，今日徒子徒孙，半个无。往

· 361 ·

日服役执炊，还有使妇，于今茶水，都要自己招呼。请乜我佛有灵，灵万古，讲乜神光普照，不敌一纸官符，佛法若系有灵，应保护。忍令禅心，寂且枯，从今我教，衰门祚，可惜袈裟执钵，不获传徒，往阵多少大家，和富户，每到庵堂，试我的泡制草菇，重□咯我的清香，甜滑豆腐，个宗人息，甚丰余。转瞬成空，谁可告语，重怕无人怜悯，我呢个老师姑，叫尽个位大士观音，唔见救苦，唔通佢亦蹭埋一份，故此咁胡涂。二更明月，映窗纱，忽见树影摇风，我又估系暗查，做乜事隔数天，心尚害怕，因为当时，吓到我□嘅，正系无端占着纸，空亡卦，想起当日情形，尚震齿牙，历落敲门，话官有令下，人人惊哭，好似雨淋花，想话坚闭禅关，随佢乱打，怎奈门外喧哗，喊锁喊拿，咁就成班赶去，如猪□，计起我的徒弟徒孙，将有一打。吟吟心慌，拉去打巴，面色忽然青白，怒泛红露，沿路又话死都，唔肯嫁，谁知到了衙门里便，就笑语。喧哗，虽则口话食斋，心实假，总系唔应咁快，露出疵瑕，记得徒弟月明，常对我话，相好无如，乜地乜瓜，做乜咁大个风波，唔见救驾，求情取保，赴官衙，总系冇去无番，不免心卦卦，割爱殊难系亚虾，样子标青，唔止话睇得吓，故此有客□缘，要佢□茶，呢阵好似一现昙花，随影化，剩我孤苦零丁，自怨出错家，想吓呢件袈裟，唔着就罢，总系自念韶华已老，又减却容华。

6月21日　　老尼叹五更　　涤秽　　续

二更月，照庭阶，对月徘徊，我又感怀，月影沉霾，好似怨气未解，月色看来，觉不甚佳。月呀，我不对你焚香，求你莫怪，可恨沉□毁至，仅剩□柴，想我当初，何苦受戒，只为自出娘胎，命运乖，多得个位算命先生，云我纸命八败，定然疾病，苦楚难捱，重话灾害缠身，防养不大，除是送去庵堂，拜佛食斋，是以我娘，着我遭卖，师傅养□徒弟，要我侍奉佢灵牌，我便皈依，将佛拜。花容虽好，梦断食钗，虽系珠玉盈箱，无髻可戴。假意学作朴素规模，不着绣鞋，衣服讲时派，（平）我就知到佛门，将被破坏，可恨佢等唔知守戒，重私订和谐，呢阵却被拖运，心甚不快，因顿禅床，未有出过街，想到后事茫茫，心又挂碍，唔通咁老，再去匹配鸾侪。三更明月，照中庭，我同明月，一样孤清，夜漏已深，人寂静，满胸愁绪，不胜情，枉我敲烛木鱼，和共个磬，痴心频念，救苦救难真经。念极全然，无感应，心中觉得，忿忿唔平，讲乜佛法无边，全属幻境，亦柱个位金刚，努起对眼睛。今日弟子有灾，唔见佢救拯，竟然我佛，系无灵，诸乜圆光，能透顶，弟子普救唔来，救甚么众生，讲话西方，多乐境。想落全然，冇一成，虽系人生忧乐，皆前定，得无欢喜，失无惊。我怨佛无灵，亦都怨吓命。因为空门托足，我都不甚分明，呢阵佛座尘封，难望洁净，重怕此后无人侍奉，佛前灯，我亦冇乜闲心，嚟去打整，你睇我瘦骨文离，对住个药瓶。

6月22日　　老尼叹五更　　涤秽　　再续

四更明月，过□栏，凄凉吊影，自觉形单，独寐禅床，难合眼，思前想后，莫解愁烦，道侣无端，惊四散，香火因缘，乜得咁悭，有种唔花嫩蕊，娇□惯，可惜惊风泣雨，怨摧残，亏我早晚绝不思量，茶与饭，我亦薄有庵常，断不至挂箪，难系唔比得丛林，富有巨万，总之相传屡代，都系咁样福享清闲，三岁撒浮财，虽系有限，收租□屋，都有好多间，至怕冇人，将学办。又试提抽庵欺，与我地为难，都要暗中，嚟变产，变得多少金钱，寄顿别处放生。（叶音）至多佢把庵地占埋，我又将路赞，我甚至蓄发移居，又把俗还，有咁大把资材，原属好叹。（借用）就系庵内铺陈，亦不少驾撑，都要趁势搬迁，乘着夜晚，咪个话铺陈美丽。又惹人弹，虽系顾得目前，终怕到有后患，亏我想来度去，两三番，禅心莫住，觉得殊空泛，怪不得低眉菩萨，冇日开颜。五更明月，过墙东，触起我新愁旧恨，一重重，（平）埋怨若辈后生，将祸种，几乎累到庵产都要充公，既系出家，应要自熏，唔该□得，咁□□，五光十色，谁把娇姿弄，□时襟袖，扑面香风，过市招摇，入地侧目送，怪你佛门清净，变作绮罗丛，惹得旁人毁谤，兼讥讽。个种丑语时时，吹满目中，料必惹起风潮，难免汹涌，所谓平时唔检点，就哙后悔无穷，堪叹色即是空，如一梦，呢回梦醒，听断五更中，禅房寂寞，觉得阴阴冻，愁有万种，坐待天明，又只见日影红。

7月18日　　流莺抱恨　　涤

偷自怨，莫可分忧，都系我平生，误认自由，想我自少也有良师，为教授，自间为文为字，算系学而忧。课艺之余，兼习划绣，何曾举动！敢涉轻浮，远亲近戚，皆誉我为闺秀。我又生得容颜俏艳，月闭花羞，虽然不少求婚媾，总系我待字深闺，暗自相□，虽系自顾年华，瓜已剖，岂可错结鸳梦，忘许责（借用）□，姻事系毕生大事，难迁就，贫富唔拘，媳要好逑，点得有个知心，为我配偶，亏我蹉跎岁月，又几历春秋，不应穿插社会、交朋友，致令（平）今日，案犯风流，秘密春情，惊泄漏，我此际心如大浪，撼扁舟，已被□往□区，嚟审

· 363 ·

究，纵不发交善堂择配，亦不免拘留，回想长堤瞻眺，夺花柳，有时闲步，或坐藤兜，多少跟班，随我背后，堪笑佢总唔信镜，想成回眸，助我点缀红颜，酒店酒，助我款款谈情，茗一瓯，是以青年志士，当携手，□无瓜李，共上高楼，过眼姻缘，多邂逅，因为纨绔儿郎，大半系脂粉钩，若辈身家虽富厚，总难望我，胶漆相投，顾我从前，坚白自守，应要坚持宗旨，把身条，做乜竟被皮条，巧语引诱，一朝失足，悔恨从头，今日拉到公堂，嚟献丑，愤懑填胸，恨不休，都系谈认自由，招惹罪咎，耻辱□消受，自觉得羞人嗒嗒，恨悠悠。（未完）

7月19日　　流莺抱恨　　涤　　续

拉扯扯，拉到公堂，旁人笑话，提倒□督骂衰，擦□、卧，追□，将我继看，□如蝶浪、与蜂狂。只恨动□难将、粉面□，□无奈低着愁眉，□着眼□。□时片□红鸾涨，心如刀割、□□□□，狠的警察、前途□，娇花无力、举由眼蝽，□上洚洚、□满得话，□影都异，带雨洚裳，转念带到公堂，唔知点撚震鲁，心内踌躇，不免恐慌，及后想到吓干临头，须要胆壮，才要见机而作，不用慌忙。是以□实心肠，放着胆□，总得佢的兵丁，□□到□么地方。至到警局，张眼一望，□□警署，心内忽觉彷徨，□得警官□言，将我带上，斯时心内、另有、种悲伤，想我肉质身体、伤陷法网，公厅端问，咁凄凉，任领行□、张公案，警官问我因甚作私娼？嘱咐我从头、明白讲。问名问姓，复问我爹娘，我想问官、叫句官长，妇人教争，赎系于环无当，总系争有狂言、求见谅，况且其中委曲、一语难详，若得遭恩、将我释放，妇人实在、感恩光。佢使话释放然悬，须罚款项，若系罚款唔遵，就要发往善堂。我一听得此言、心事怆，触起我的旧恨新愁，倍感□，□因失身满店，□系花□，□系含苦□□，点好匹配的□促儿郎，要我□落善堂、宁死不往，官长垂怜，要为我□艰，愿我不顾此身，□下□孽临、亦唔收讲奢望，但愿得文明志士、送我从良。（仍未完）

7月20日　　流莺抱恨　　涤　　续

俄自恋，怨恨广生，至怕俄声传□，远近知闻，所谓失足顿成千古恨，未必解□红颜薄命，都系自该青春，顾影自残还自悯，好似凡心未灵，艰感红尘，太息如花，遭监澜，从今唔彻、禁果图怛，是以扣心、像自问，点好自甘暴□，再点斯文。细想一妇一夫，原属人伦本分。（仄）到底成家立室，系居□□想，独异□上男儿、多萝俘。多□昭历，□少意中人。每欲把色空参透，淘金粉，持斋

· 364 ·

绣佛、静对龛灯、细察□堂、皆由泥，你想恨悔满□、恐未能。今日闻官加意、垂怜悯，许我自由择婿、配婚姻，虽非鸾佩，岂可低身份？何堪泥迹人执□，个丝对舍身□？孽动忍，□□□月去谋生，但系开白操劳，奴错不敬，又恐怕□有王□，重□过食□，商务中人非下等，又怕商人为利、两相分。春花秋月撩人恨，触想怀悲、冷断魂。莘莘学子、非凡品，温采风流、似可相亲，待佢有文、又□佢有行。（仄）至怕佢赏异忘旧，□知□□，口称舌□、多先幌，半句时文、有一句□□睇佢劳哉衣裳，荐系四□，谁知家世、共寒□，任得风霜、催两鬓，宁可担迟，莫在误此身。若系再误此身，心点忿，每日暗自□□□，□有□□，谁配事属终身、宜□□，却□可路。为个得意郎君，若得新官匹配、该天幸，因为新官多系、少年人，此情关结、心中□，若系不能远意、□轻生，未必□太名词无我份，须抱恨，因为我出入俱用兜儿、怀坐膝。（完）

　　7月29日　　二奶谈情　　厉声

真快畅，□在心凉，闻得新官想必立定来，一定把人家□傍来国故，佢话多□主义政治非改良，一夫一妇谁唔想？多□偏□□不当，睇我□大□还待多凄怆，那时打无断肝肠，滚着主人又唔点得我上，冷宫长守泪汪汪，纵然有福难同享，□如地狱对住个阎王，举自泪人怜苦况，幸而可长为是倡，或者生天仍有望，免令终日就对着良心□。三乃□，我言□，二奶说结欠□□，订立□□来里都系为□□嘅罢，以谁旁倚既有更浪。我待主人多庆赏，永结情丝义正长，若说要我分□须抵抗，未必□充干涉我地□劳，二奶你亦不必□怆，若与主人虑得未必无方，谓佢官长□停厅妥当，佢主持人道未必不理你凄凉，何必把人人妾侍□要齐开战，况且章程订定立要□中央，行政官□何敢□□，人情须体谅，政治依然要无□改良。

　　9月4日　　织女自由　　达广

涌云怜两晓凉天，独坐扰防民□然，亏我你少醒多，夫妇□暂，枉费挂名天府，□料女神□、当□还得东床婿，共个□那种凤缘，估话彼此有情成眷属，天长地久，做一对交颈文□，点知佢系良家子，话耶□□□□神话，正系神女有心□佩玉，孔方无力□□锅，□多去□把□天织，佢就欠下天他□万得钱。讲到钱财非不可，世间万事都要以佢□先，也有父子弟兄相□角，很有□□志士，好的党□、同友交情，更系如纸薄，能□□锅，势不择睇化半边，有钱做事哈哈笑，若系无钱做事，有边个展望，危□凉薄，大抵皆如此，就系天上□领、亦未把得起□，只□中那欠下个□债，□此怜钱遗十□，有口难言，要我地姻缘拆散当□别，忍□个的离愁，有□□，好惧怕劳□燕东西散，遇住一度□□，窜□动恨泽咁恶换，良□□凉乃心碎，□水盈盈望眼穿，周年□寻，只有一晚能相会，就系七夕佳期自古传，如今又□新参发，转拂金，制华银，舒众今夕可□制经□，天上□走□去□，待我冲到河边来一望，只见摧祸乌鹊无专翻，□呀，你不辞劳碌尚与□劳使，感你深情，结合我地阵鸾，趁此□河去见牛郎佢□等我着烂银，□说长□，咁□□□微步凌政面，又见牛郎等候、企在门前。

9月5日　　织女自由　　达广

轻好□，叫句、那、今作块□，想必兵尧昌，时岁□□□族□，卖儿斩谷，好把时钱□，但系见那容貌□比□□□，恐怕黎云为□，幸着望当，都岂思念娇□心甚切，三秋一日，□□□□，牛□□□□恃，只为将□一事费□商，□年载日多辣辐，未知到日得眉扬，今□时上又唔系好，□□为灾，稼穑□伤，农家生辞亲□极，无妖退位□时彷徨，凤次未清□得聚首，周年临别，只有一说成变，正系□公一□休宁黄，从□儿女长情长，至怕□□仆一秋在□，叹娱有对，又该天光，□□兵变又耍威（平），分别一想□风前□□□，遂经紧涌些飞浪，怨女痴男各一方，神他□督□□苦，点及月间夫妇，在夜联床，□值文明新世界，男女婚姻自己主张，唔死□罗多需索，亦唔空他人专翻，晋东句话，讲□□嚟真正义，煞佢要变对结鸳鸯，我□自出□编，点得□多亲恢复，个阵当年□□，不用守空房□□姬□飞牛郎语，就话贫贱夫妻□可伤，我亦闻得凡间多□□，忍□良计，□可见怜翻翻。（未完）

9月6日　　织女自由　　达广　　再续

趁此我滚人又静，银河耿耿，都□无声，与邮路手凡□去，不用迟疑，就此起程，说都火厅专制苦，变成复上自由，这还□□着择东，驶也周年□恨□，牛郎拍掌连称好，重话最称风流，是变□，你□私亮黄花，亦系不当事，我地该成夫妇，怕乜□行，神他自古，也有思凡事，游戏人间亦木□，个阵夫妻闻议定，然起清风一阵，话到广得□，终日招摇□过市，酒馆茶楼佢试清，东沙□想，听惊□清赶，到适息护亭又小□亭，晚间酒店□留宿，被得床镜□□称，织女玉□充到疑，绢□革履，□系文明，东洋高鬐光如深，眼镜金丝架□晶，牛郎亦扮个经断客，西装彩□份外详明，女咁□时□又咁□，正□抛荒，不记得□共□，大抵为华侨界人贪恋，近日青年男女超□风情，自由举动起风杂，美景良辰荣不□（平）。温柔乡内好过神仙境，花莹莹，点好伤孤另，故此牛女凡心，动到□成。（完）

  10月17日 国民秋恨 葛根

  秋雨秋风愁煞人，地棘天荆剩此身，家国怆怀无限恨，分明冷月照孤魂，记得去年秋□阵，武汉旗开革命军，三秋十九歌声振，羊城反正在斯文，不用交兵兼血刃，和平光复免瓜分。还投自由唔在问，摧翻专制救公群。我亦有心人一份，满心欢喜□前因，数月之间南北混，中原估话靖烟尘，欢喜过步，实在儿嬉，有名无实算趋时，往事不堪回首记，共和真理少人知，如今周岁依然是，虎皮蒙马勿为奇，外国未尝承认自，皆因我国乱如丝，党派纷争为正事，营私植党总纷岐，孙袁交代称知己，临时总统两邦基，唐为内阁多同意，为时不久便差池，叹声恕怪无终始，四围攻击□难支，无可奈何须去矣，提□内阁此初期，着乜来由愚至此，各人都为只营私，意见徒争忘国是，算来羞煞汉家儿。

  10月18日 国民秋恨 续

  唔过得眼，噉样嚟顽，初期内阁便摇翻，阁员连带分头散，险无政府似花残，岁多辛苦狂澜挽，征祥陆氏掌朝廷，举为总理难迟慢。再期内阁亦艰□，否决阁员沙咁散，（上声）依然劳力见孤单，议院纷争唔受冻，各省□乎出野蛮，议士途穷却自返，阁员才得到其间，总系民军将百万，兵无粮饷亦非闲，国库空虚情可叹，司晨仰屈叹继艰，赋税难收真一患，前清外债更须还，想落诸般皆撞板，惟图借债重如山，暂救燃眉之急难，（仄声）谁知意外变非凡，因乜野事，六国银圆，诸多要（平声）挟笔□宣，财权监督还唔算，更须干涉散军权，国人愤恨多唔愿，黄兴倡起国民捐，虎头蛇尾终难转，石破天惊一阵完，国乱民贫心力短，列国斯时实睇穿，聊埋协约机谋乱，满蒙西藏更该端，四围叛乱如蓬断，内忧外患似蝉□，各省频闻专制怨，随时兵变更心酸，未闻当国谋深远，大局如斯怎自存。

  11月5日 梳尼巧合 啸棠 【粤城白衣庵缘清事】

  师姑择配寻常事，唔算系思凡染俗尘，光明正大为人妇，胜过乔装作妓类私奔，广东阿傅虽乃唔多奸，比较江苏尚好几分，别处庵堂如妓馆，重讲乜坚持戒律去欺人，况且尼姑迁俗又系官□命，天理人情合结婚，艳福发生修得到，我且□毫磨墨把言陈，风韵事，演落南音，开篇浸说大丛林，妙尼法号缘清是，垂鬓落发白衣庵，亦晓循规和蹈矩，斋鱼粥鼓夜沉沉，禅房草木秋宵静，花无并蒂罄有清音，结识梳佣名亚好，得来作伴浅唱闲吟，有时灯下观稗史，读几句营房私探共开心，陈姑目尽天然熟，宛转莺喉好似解语禽，有晚两家无事干，商量睇戏两个同心，筠篮带便福州漆，重有小鬟跟去笑口吟吟，忙起步，经过洞神功，一封梳尼几咁在行，缘清穿住□件元青纺，好姐秋罗系降□，街边引得一个痴心汉，佢车榻□唔卖系处眼光光，想吃大鸡真正妄，家中还未有妻房，经过个的香水索罄闻到佢憨，可笑你组人只合去路上闻香，动手若然来混账，就怕警察拉渠困入黑房，弄得你归家嚟去想，桃花人面不知走到何方，两人到院又把街招望，果然今晚系做法海慈航。（未完）

　　11月6日　　梳尼巧合　　啸棠　　续

　　梳尼携手心舒畅，步步腰支入戏场，缘清定要登楼上，阿好话坐埋楼下最梳肝，你睇武生踢甲公爷倒，原来日戏尚未收场，另有花面大喉好过二叔项，两人夜战在长江，缘清正在担头望，又见阿好只昨注射弹弓床，目向男棚头二帐。有个文人打扮尽是军装，眼角两家频笑射，秋波斜转得意言忘。缘清心内生疑象，呢个少年美貌实在与好姐相当，睇佢精神奕奕定必多能干，胸前挂满系襟章，料在交情唔驶讲，幽情密约早结鸾凰，不若我将渠嚟试吓一帐，徼幸同舟共济亦有相干，几回还俗成痴想，或者得□连理好过寂守禅房，忙启齿，姐呀你听我言词，我有句痴心对姐说知，男棚有个英雄汉，你共佢频频相视究竟是伊谁，阿好装聋和作哑，笑对缘清叫句亚师，边个同人雕眼角，胡言乱说令我轩渠，尼姑带笑忙伸指，指住个个戎装美貌姿。阿好登时生忸怩，佢话似曾相识廖家兄，家乡清远万年少，与我旧时相好结下情私，现当排长兼差事，中馈犹虚未结□，生平亦有尼姑癖，几次叫我介绍前来你地白衣，我防惹起你点思凡愿，故此缘坚一面至今时，近日官县曾下令，任你地尼姑还俗免至异日无依，我师□欲□心态，我做个执柯媒妁将过一日□处念大悲慈，个阵□好袈裟和道□，庵堂料理嫁时衣，圆光不用梳头发，若要假发梳来我亚好亦做得嚟，呢的系终身之大事，米个含情脉脉不说依知，有缘对面非千里，就把戏院当作撮合山来亦算际遇奇。（未完）

　　11月7日　　梳尼巧合　　啸棠　　二续

　　缘清听罢心头想，含羞带愧把言开，虽蒙盛意来联合，总系世人婚宴最尚扛牌，不少良家闺阁女，大娇生花几咁派，（平）谁人肯把尼姑娶，恐怕枉劳心力讲极唔埋，亚好答言唔紧要，及时去嫁好过食长斋，况佢家乡原不远，火车直搭易搬□，一水对田清远去，斩眼师姑就叫阿娇，□务白衣庵内□经，重要上门晚晚五更涯，生得二男和五女，做人老母我问你乂心开，有日升官经太太，□如凡女入天台，个时把我嚟捎带，再来睇戏共你行街，呢阵富贵骄人天咁大卖，全唔记念姊妹和谐，缘清带笑低声骂，乜你近来得咁令人讨厌，你为我算般般着，但系受人之气怕我唔能，亚好便言无紧要，此人年少未成亲，缘清听说心欢喜，点头应允两三匀，阿廖对住女棚唔冷眼，笑口相迎满面春，正系有话便长无话便短，锣鼓澄橙个个望住戏棚，三人各有心中事，一个意马心猿好似走马灯，一个心甘情愿未还俗，一个梳头阿嫂乐做媒人。三出做完应稍歇，耳听樵楼打五更，梳尼一对回庵去，藤兜门口乱邀人，男棚老廖真知意，散场出外走到身根，更深夜静难言事，有谁侦探得知闻，正是花间形影变中酒，明月三人太白樽，莫笑南音高手笔，整成疑阵不肯说分明。（未完）

11月8日　　梳尼巧合　　啸棠　　三续

花好月圆人并寿，午窗无事出外闲游，见有生花小轿如飞走，梳□跟尾坐住一顶籐兜，坊众嬉嬉□拍手，都话婚姻许自由，尼姑配合成嘉耦，重有相知作塞修，原来就系缘消傅，廖氏同伊赋好逑，是乃奇遂天注就。光明正大胜私偷，点解亚好肯让他人甘落后，安心宁愿去梳头，就系一矢双雕唔算丑，好过同人折被重觉撅兜，近身阿姐问你做到何时候，□土青丝易白头，总之个人心事□迁就，剩落呢只有主孤魂睇吓边楼兜，饮过几餐诗与酒，□把媒人勉强留，三朝已过，又是重阳，高来紫□在珠江，□得离筵心□事怆，要番清□敬新娘，装成云鬓真新样，还应多谢姐你红装，后会后期唔在讲，分袂依依泪两行，梳□阿好埋□去，又要寻遇相□到别方，尼姑还俗书停唱，再排新曲捡诗囊。（完）

11月25日　　时事感怀　　伟三郎

（部分内容漫衍，不能识别）在此唱歌，民国未得列邦、承认我，列强窥伺，说满地网天罗，建设经年，犹未得好结果，满遮则内容。闻你有乜收科，各争党派，不顾燃眉祸，不理国计民生，怎叫得□共和，览观时局，我哭到喉咙破，天医无术挽沉疴，怎□驱逐病魔，养养后□妥，能医中国，出个再世华佗，越想越思心似火，满蒙西藏屡起风波，授上将衔中将不止百个，不能扦冲，枉联寿禾，六国传闻筹议未妥，纸币风潮，暗折甚多，经济困难，交涉日伙，受人欺侮，莫奈伊何。函电交驰，消息不妥，四围盗贼，未息干戈，如斯大局，尚起□墙祸，恐怕各国实要瓜分、不易讲和。今日一发千钧，唔到你一子错，风云日迫，外患兹多，日已自由行动无□阻，经营蒙古有强俄，各国虎视眈眈谋伺我，枉我中华民国有四万万人多，若果各顾身家、唔理国破，个阵立召危亡，我问你怎顾得住个老妈，身为奴隶，任得人拘镣，一错难番，□恨始初，倘若万众一心，唔怕佢对待我，任佢船坚炮利，亦奈我唔何，民心一致，有国将我嚟拦阻，五族同心，各国亦要叫我做阿哥，大叫同胞还教燃眉火，我唔系乱谛嗮，愿各位勿以予言后近，付落江河。

12月10日　　蒙人自叹　　厉

国亡家破实堪忧，可恨活佛与共亲王不善谋，背叛宗邦图外向，分明计算未曾周，反对共和称独立，有何能力可与大国为仇，况意仍要依俄国，独立为名实在可羞，有共和民国人唔做，要依俄人自作马牛，活佛利在自家专制称皇帝，要我地共作奴才耻笑五洲，与俄结约求□护，叫我蒙民全体点愿低头，况佢库伦一岛就把我全蒙玷，内外蒙人点肯罢休？看佢约章无利益，尽把主权国利付落江流，约战话蒙古君王要听佢训令，蒙中财政要佢管辖支收，俄□管束之权要从服佢，所有人民岂得自由，军队听佢指挥从听命令，尽握兵权任佢调抽，重有矿山归佢采，利权尽失中晒佢奸谋，不能另与外国人交涉，名为保护实把我国全收，更有一般真可丑，话领佢大国恩情厚，卢卑十二万重要每岁相酬。（未完）

12月11日　　蒙人自叹　　续

真唔抵，恨难消，要我地承认俄人苛约盯下条条，就系亲王都反对不少，引蛇入宅咪估话伦天骄，名为两□同依倚。实做俄国殖民之地叫乜做皇朝。民国大进文明原伟大，何须背叛把祸来招。有些中立无刚决，任人摆弄听人摇，左右为难无可否。不肯出头把独立取消，有些承认欲请俄修正。出于无奈越更无聊。看吓内蒙全内向，库伦一岛逞乜野蛮刁。况且俄国现今多内乱，佢自家国土尚且难调，巴土风云牵动天，金融紧急更心焦，虚言军力能扶助，实难自顾内部风潮，款项亦难多借助，正系冰山难保夕同朝，库□重举兵颜内犯，生起华人□感就系惹祸根苗，中华只说我蒙人叛，未晓蒙人愤火上烧，闻得中邦决与俄人战，俄国愿□前时约几□。蒙俄变作中俄约，未敢依然一味□□，我蒙古同胞□尽□，断不肯听人扰，但望汉家唔罪责我就厉首瞻翘。

1913 年

1月21日　　愁有万种　　草草劳人

怀人愁对月当中，梅影桥窗最怀侬，□抬□□泪亦冻。最□消受系五更□，茅店鸡声里入梦，□回拨首□倚□笼，□□□□声□遣送。□□□□□□□□，□□□□我愁心孔，无限荒凉感玉容。数不尽落英残叶成花冢，纷纭满地都系我别恨难衷。自古话悲秋情绪祇系怜屈宋，贴知红颜坐对亦系困死英雄。唉，身世系咁丁零，人事系咁控惚，飑得我醉乡长睡去学山翁。扁舟泛掉唱入桃源洞，我便桐琴细拨目送飞鸿。□系我从前悔把情根种，好似芳丛眷恋嘅憨蝶痴蜂，今日抚景凄凉丫画笼，枉我平时妄想附风攀龙，未必个知心情义尽。我便欢迎先到宠□，水旁桥东，想极都系无聊皱得我眉尖□，愁有万种，我把琵琶弄，等到我怀人见面咯，我就乐也融融。

3月8日　　新人旧人　　石头

无意还来，合浦珠，新人仍是，旧人无，风气自由，趋若鹜，不惯无郎，是小姑。枉佢装扮聘婷，花解语，点思艳□桃李，扑朔模树，自由心，□培怕□人□。谁料冤家路窄，遇□□夫，面目奚□，应要懊恼，谁人□□，□□□□，□脱□笙会娶，沨为妇，归宁不返，叫一句呜呼。花晨月夕，无限相思苦，鳏□自守，几咁胡涂，总系陋俗相沿，难以□扫，只任得伯劳飞燕，各称孤。点想佢野性难驯，随处走□，梳佣度日，日逐登徒，花信年华，真奸态度，苗条娇冶，实在风骚。有谁不羡，心中好，致引得狂蜂浪蝶，奔走当途。佢改名阿巧，四处寻渔父，最销魂处，眼角亦刁，眼去眉来，多仰慕，但得自由结合，免佢□劳，饱暖思淫，随处□□。心相告，喜鹊填桥渡，嫁着某军连长，真正喜煞奴奴。

3月10日　　新人旧人　　石头

真得意，遂心头，海棠娇艳，半含羞，如鱼得水，□嘉耦，鸳鸯一对意合情投，一个话感娇情义，真高厚，一个话得郎怜爱，永无忧，缘订□生，谐白首。相怜相爱，共许风流，讲不尽十二巫峰，云雨透，郎抱琵琶，妹唱粤讴，美人艳，岂福话难消受。桃花命带，至结得鸾俦，点想红鸾，还未到手，忽临白虎，几世无修，尔言我语，出自张生口，畅言心曲，惹起恨悠悠。点想阿巧闻言眉皱

皱，狭路相逢，泪不休，失情当堂，真出丑，痛恨当初，恋爱自由，事到头来，
偏泄漏，满□怀恨，枉把生偷，面目全无，羞到够，有谁怜悯，其□消愁，自想
自思，□□自守，不□□□，免心□。幸得邻人，着佢解救，情天莫补，悔觅封
侯，世事茫茫，罗顾后，轻吁怨命否，□泪流襟袖，怨一句红颜，实命不犹。

3月29日　　　自由女抱恨　　石头　　（仿客途秋恨体）

　　点想人情好似，沧桑□，我把□情提起，鼻烟生烟，家难唔恋，伤要寻花
去，深闺苦练，亦徒然。近日又听得人言，多外遇，时常密约，在□村，前盟在
耳，诚虚负，我恨不得学人避世入桃源。大抵红颜薄命，哙招天妒，枉你美貌如
花，赛过仙，好花猝被狂风损，枝残叶碎，倩乜谁怜，清风明月，难把相思寄，
任得飞絮随风，柳化烟，惹起我□愁暮病，多颦怨，恨不得化为蚨蝶飞在君前。
最惨是夜阑人静，多颠倒，明月含情，照耀碧天。月呀，月若有情，要替我行方
便，把杨枝甘露，洒透并头莲，荡子回头金不换，纵有野草残花，莫个惹牵，但
得我郎心事，长无转，心眷恋，有日遂我多情愿，就算系异乡明月，归自故乡
间，莲□转。夜三更，又只见天中明月，照住愁人，不堪回首思前事，当初枉
费，自由心，实系世间不少，真情侠，几多才子，配佳人，自由结合，双情愿，
姻缘石上订前生，愧我生来，真薄命，各有前因，愧太能，记得云窗，曾问字，
含情默默，对住银灯，重细解书中，文共理，把教科文字，说我知闻，新名词满
嘴，多丰韵，吐属谈锋，蔼若春，我一见魂飞，多仰慕，魂思梦想，都为意中
人，佢生来本是，多情种。况且问昨皓齿，烂漫天真，才貌双全，真出众，丰姿
潇洒，迥绝凡尘。佢系男人，应晓事，多情肯负，美人心，我便把情田□说，求
婚配，得郎怜爱，永不嫌贫，浮云富贵，终何用，名缰利锁困住自由身，可叹浮
生浑□梦，堪□插足在红尘，何令有缘，相会合，好教明月，认□身，郎若有情
应恋尤，呢阵文明世界，摆脱个的□□。（未完）

3月31日　　　自由女抱恨　　续

　　欲效西人亲吻事，自由婚配、岂等淫奔？便恳月老为媒，求作证，好比五百
年前种下宿根。我言才称罢，斜把秋波盼，见佢微启樱唇，叫一声美人，感娇情
义深似海，柳插成阴木有心，今日一言便算为媒介，小生定不负罗裙，我认得此
言多喜慰，但愿同结□枝水不分，此身已是归凤台，十二凤享□遍两云，□思男
子无情真薄幸，轻离经合枉伦生，得陇便思来望蜀，贪新忘旧有失斯文。叹句自

南音

由何自苦，亏我凄凉对月叹寒更，想话走往衙堂来起诉，只怕把夫权尊重，枉自劳神。又想退婚登告白，遇着多情人仔觅知音。从今不与官交易，宁愿孤帏独守，不去把官寻，自由自□心心恨，底事当年种种孽根，风流结下珠江债，误用聪明怎了俗尘？我呢阵对月怀人人已渺，辜负香衾剩此身，我想平等自由天所赋，是空是色两无凭，大同主义新风气，驶乜多病多愁负此生，今日翻然变计多亲近，唔驶恨，薄情休再问，定要自由坚约，至肯共佢销魂。（已完）

7月24日　　袁世凯自叹　　赓

初不该、花气□阴，亏我妄□解来独自沉时，近日□独开通唔□往陈，依然□然点□□，□□人声马壮由他叛，总怕民为经平大祸□，今日乱象环□心胆碎，纷纷传檄好比□姜亲好，抵四大商人同怀，各省去□怕□里流，你睇□□□□艰扫。话说借钱连在合力□业□说系人□到□唅心难个，好说时达大旱望甘霖，我就主意□里唔理佢，干□或很□题为今，点知一唱人皆和，外国身残往尺直寻，诣款米来唔系□一相□免□把残□，又怕洋人交抄□辞驶，五族遍体真当□（平声），举国齐心同我作对，□来此乱定该□，于党□地群□怒，□比如狼似虎含，重晓思想□分赃挽此谋日夷交□日相侵，个阵狂□贯富无□□，财由散□色被奸淫，个时个年皆□我□万有□人共的□，由□□□□，重□阴□好似穷起沙林，半城四怨报备救，终日纷传恶耗□晋，大炮声声无入耳，如荼如火队如我，问□□狂环相阻，独坐要缄暗自痛心，今日战和辣手展无□，重怕总统将来要让□来□。（未完）

8月5日　　袁世凯自叹　　赓　续前稿

一更明月正升东，想起当年意气□，统督山东随□直隶，人人把结叫党公。官运高鹄人□羡，大权□霭万如□，平生专由□统，门上多才尽入彀中，人皆不怜我就坐□安石，升起风涌□世攻，自愿外□□本领，而尸兔案却被日人种，民□齐伸紧□然，□群□割觅成风，个阵日人卖间无言答，知逆涌放也愿□，点想长留污点□惊洗，中外烂邻日当声，可惜名妻一沉人有西（足旁），为我愚民□□劳方的，□已间心凉系错，不坏如□当人睁，只因惜怡日天劳，百转柔肠如称上，于年灯行今朝□，从□历贼莫□祟，今日回思顿亦汗，面皮方□只望□本情理，好采民气虎头蛇咁尾，□完一阵就□融，官□想，□唔窃，□此专制群心无良边浇。（未完）

·373·

8月7日　　　袁世凯自叹　　再续

三更明月到中天，独□苍茫思情然，自顾无泪无良尾，好似月光齐□界三千，况且生出聪明称绝位，如簧巧舌语便便，总系全无平间轻要□，点想耳食饮人□得咁坚，故此虚要虽狡都投陷阱，政变□由戊戌个。佢叫我带兵除太后，值□把佢去□遵，就清光绪独根不变法，除清弊政幽□绵，细思此事原□□，我□姑且应平等佢欢喜到□，就去变祸南门素告发，他就靴子泪涟涟，佢登□电报令位那□后了好似遮火烘烘猛□扇，□太后，召荣□，吩咐捉住康□点想佢□走□□，便把老儿来纸团，滚□怀□倩□怜，话我实友□君人不齿，□人辣手发当先，骈咏人士难问，为□□贤祸难迟，本我负人自由世骂，总怕安魂不息曙□牵，奸里自信难劫望，不过骅辂□□□到□，人朝西后容颜变，颠倒□□就哙耸起姻局，派我山东为总督，实时横利两相全，一霭居蛄登绝顶，万人实羡俨界仙，独惜□人暗□竹公怜，□□无良哑□言。

8月14日　　　袁世凯自叹　　再续

四更明月照东厢，四壁萧然夜气凉，欲睡不成还独坐，思前想后更心伤，想起少年曾有大志，欲为皇帝姓名扬，弟兄反对将吾骂，言语当来辣过姜，佢重直程宣布我弥天罪，中外同声话我不良，寻骂由他都拂烂，总怕朝廷执贵贱咁慌张，一点忠心难怪得佢，历朝受禄惨过世食长粮，若然作反将朝廷负，降罪翻来重怕要九族殃，不若自行检举将吾斥，免致全家惨受戕，独是大志生来难变政，只望千皇帝子孙昌，况且文武两□全碌碌，自种才具□常，当日民心已去愿□怨，（部分内容漫衍，不能识别）得庚子个年拳匪乱，空拳临阵不用刀枪，□后也从他混账，宫中弊法试□□场，点知一败难收拾，车驾蒙□□故乡，端王懵懂为魁首，重话扶清要灭洋，悔不当初乘势起，将渠推倒个阵就福命无双，今日既然错过难翻想，休恳畅，从今须自量，就系想为皇帝咯，都要仔细参详。（未完）

8月16日　　　袁世凯自叹　　赓

五更月明落西山，自叹穷途世事难，记得慈禧身故后，大山颓倒怨孤单，说渣实时操政柄，恨我将渠骨肉肆摧残，登时将我来参革，挽救无能悔作奸，佢不称吾足疾为题目，体闻犹存不算蛮，即日出京难恋栈，斯时怨恨两三番，自愿立心原太毒，卖君卖友确无愿，一沉百跌点禁得住人家骂，万载奸名任得佢臭逐世间，点想前□革命风云变，欺佢政府无能势力孱，各省闻风齐响应，就将佢清朝字号立推翻,幸得奕劻来保荐,登时商议赐刀环,我就乘机起复谋权利,自问无能挽巨艰,义旗所向称无敌,兵事原来几熟娴,隆裕斯时惟自哭,终之无目泪潸潸,我趁势将佢来压制,先除载沣恨酬还,估话从今称帝无难事,势力重张就把大局撑,点想人心一致环攻击,暗杀频来亦见烦,大势逼人偷自怨,帝皇无□叹缘悭,不若乘势就将清祚覆,逼渠退位当为间,从今总统长私据,无异称皇算我晓得转弯,点知民气亏强压,抵制将吾实力弹,世界想来何等淡,烽烟齐起几咁交□,今日大祸临头人尽散,心想烂,泪珠流满眼,重怕要仓皇出走呀,你睇系咁路漫漫。(已完)

9月1日　　难民诉苦　　赓

偷自怨,怨一句苍天,天呀造乜你无端起祸,使我度日如年,记得当日民军齐举义,风云四起猛着先鞭,推翻专制人欢庆,都话从此江山世远绵,况且政号共和称上国,外人承认又有美国当先,点知今日猿心变,专制余灰死复燃,威权赫赫难堪受,好似釜底游魂任佢煎,当日中山行让禅,既然错托惨过哑嚼黄连,初时专用牢笼计,迎接中山远至燕,特用□车巴结透,逢迎尽致语便便,点想奸枭心叵测,行为渐渐转歪偏,遁初早受阴谋杀,残害元勋实可怜,冤诬政党频谋乱,抵抗潮流意亦坚,佢重包庇罪人唔到案,重重运动靠金钱,失权借债甘违法,计数唔能万万千,□□谋总统为连任,不怕将来另举贤,闻得南方民意变,佢就坚持到底意难迁。个阵公愤齐伸谋对待,好过专制重重祸远缠,点想派兵南下佢更频挑战,任得俄国强仗北弃边,从此共和羞五族,永留国耻哑难言,况且蒙藏交讧为引子,瓜分从此势相牵,更□盗贼乘机起,内外环攻祸结连。(未完)

9月2日　　难民诉苦　　续

心火忿,骂一句广东□,点解你有主人唔做,偏要卖作奴才,虽则金钱同嗜难相怪,亦要审慎酌量咪个历乱妄行,记得当初独立人安乐,上下同心几咁认真,你睇大势同趋难强压,讨哀司令大书□,当时宣布人心快,同愤袁奸气饮吞,点想奸细闻风阴煽乱,花心袁氏号忠臣,几多唔做甘作袁家狗,佢直反对同胞拼共憎,太平无事偏佢把谣言造,重话平粤为先妄发电文,虎入羊城谁召祸,有的盲从谬附,真正罪恶加增。今日祸首追原君莫问,独惜佢甘心从贼,不过气染金银,可恨同胞甘卖为糜烂,炮火连天起恶氛,商场繁盛称吾粤,今日劫运同遭见未曾,况且盗贼乘机来抢掠,全无人管乱纷纷,有的带女拖男忙走难,好似热窝蝼蚁惨同焚，满途尸首如山积，竟日无人认死亲，一程来到羊城外，枪炮轰传不忍闻，沿路又闻呼救火，纷纷谁背替人奔，今日幸逃虎口心犹颤，慌一阵逢人都□问，你□祸天愁权呀，（部分内容漫衍，识别不清）

9月17日　　乡民叹苦（一）　　天声

大暑过了又秋天，看来炎气尚依然，做着人民身就贱，近来受过祸迍遭。日里两餐难稳食，夜来难以得安眠。频报居乡遭贼劫，居城又报起烽烟，往来迁徙担惊恐，无限凄凉望孰怜。人话居乡还稳阵，免闻大炮响轰大，因携家小回乡住，只□贼党劫人钱，不愁兵衅牵连到，免来兵祸又蹁□。一月虽然无贼全，也增民恨苦难言，天亚，生民何苦将民厌，故令（平读）民等苦无边，是乃天灾人祸变，亲眼儿，泪珠流满面，等我带泪何情诉向众前。前几日，我地谢家村，乡民早起去耕田，忽见鹅飞和狗走，又闻人语叫□喧，原来军队来围捕，民户□□佢在权，乡民惊得嘈嘈震，若人吓到四□弹，儿啼女哭堪嗟也，走出军中一武员，对众声言休害怕，为溺乡人惹祸端，掳得小孩藏此处，自应查搜敢迟延。人民大笑都离宅，纵然家内有金砖，毋愁我等偷和抢，我地当兵人格冲完全。（未完）

9月18日　　乡民叹苦（二）　　天声

人一众，说话争先、搜查谁是属军权，只怕查时失了物，军民当必起争端，不若任人□宅内，任教（平读）搜到几时完，军官答道休如此，我带军来岂扰村，不过尽吾军责任，搜查一遍便完全。众人此际都无语，行出门来叫句冤，任从军界□家搜，携男带女在村前，军人入□都搜过，早晨查到二更天，涉及□疑人一众，二十馀人绑一团，都话彼曾经昨载，□营□办不心伤，倘若芑神□取保，自然我等放他走。常人知到军官恶，想着□钱眼望穿，将人拿办泽间事，监狱□来佢有缘，不谈谁罪谁无罪，得失军官便非□，只可任从他捉去，任他惨杀或留存，众人语罢归家去，有哭郎君有哭孙，及入屋中忙看过，家中什物似飞然，有人说道衣裳失，有人言道失红毡，有人说道青□去，有人说道失金□，有说□儿都被捉，有说军人把犬牵，有说钢枪都被窃，更有人言柜底钱、不翼而飞何认去，□淘哭到我心酸，愧我无言将众劝，心极乱，边有精神倦，更叹将情诉到本本原原。（未完）

9月19日　　乡民叹苦（三）　　天声

闻鼓转，已三更，铜是滴漏几声频，夜雨萧瑟漆我恨，西风飒飒把人□，凄凉人对凄凉景，加倍凄凉着断□，更将我等凄凉论，诉向风前句句闻。我忽□深□被军人□，口粮墙的赖吾民，军人既□吾民养，如何报答始安心，竟把恩将仇报答，想来真可谓新闻。假借搜查行劫我，军人化作贼人身，劫去钱银都可了，堪嗟若辈乱军人，虽然话系嫌疑犯，到营必要讲钱亲，无财不可以为悦，斯言未必是闲文。我闻某字军人恶，欲报私仇掳某君，竟至诬为谋逆犯，本之判罚万多银，罚欺尽丢□里去，人话掳人勒索岂无因。今拿二十馀人去，尽皆良善且非贵，都假嫌疑一字将人捉，个中善恶总唔分，谁人不畏军人恶，护民都作祸人群，绅耆打禀呈当道，求他闲庭与丧根，重防当道无心理，良民不冲冲同宾，□□□想难成语，□楼已是擂残更，欲诉无言空抱恨，心点忿，叫我何能忍，只怨天公太不仁。（已完）

五　星洲晨报

1909 年

9月17日　　　吊某保皇党（仿夜吊秋喜体）（解心）　　　刃很

听见尔话死，我实在见开眉。何苦轻生得咁痴，尔写保皇死心我亦唔怪得尔。死因花柳叫我怎不笑嘻嘻。尔平日共我相交亦曾同我讲句，话把华侨名字报与左日鱼知。往日个种狠心丢了落水，纵有金钱骗尽亦带不到阴司，可笑尔系龟儿折堕尔一世。在保皇党内有日开眉，尔名叫做抵死，只望当龟还有喜意。龟胶时熬常被恶人欺，可恨个的同党系无力春风唔共尔争得啖气。今遭天□葬在□坭，倘或未除毒性尔便频须寄，或者尽吓尔呢点狠心害吓故□。但系尔妾侍咁少年买仔又咁细，枕冷衾寒我邓佢几咁悲凄。个阵尔青山白骨唔知凭谁祭，再搽如意油取泪效个只杜鹃啼。尔同党未必□个□心来共尔掷祗，清明空恨个页纸钱飞。罢略不若当尔□□龟□送尔□□，将尔狠心割去不再□□扶持。尔□□性□清我就□尔罪怨，等尔转过□生再□作龟。倘若坏脑不除一定再罚尔落花粉地，折你来生为女且作客妻，个阵尔野性仍或不驯我有对待尔嘅法子。须紧记，知到我地恩和义，讲到作伥两个字一定要把尔碎剐凌迟。

10月14日　　　社会镜　　千里省亲　　百雁子

看官，汝道呢套□音何以叫做醒世南音呢？因为书中意义，系有个（我佛山人）做出来嘅，历历□社会怪象。尽□写出，睇落□昧，一阵令人笑。一阵令人怒，一阵令人哭，触目惊心，十分醒目，我见佢有□□道风俗噂，故不惜将佢谱写□歌曲。乃名□□社会的人，借佢为镜字，两个解法，一系因为书中能将社会怪象显出，好似照镜一般，故此拈此二字做个□□啫。□□若系想知吓社会嘅怪现像，□听此唱出□□。

千里省亲

书文唱，我就情伤，世界如今变了一个怪剧场。汝睇人心不古多奸险，叫□俗移风把□道倡，不是奸邪险□如狐□，就是凶恶食残似虎狼，世界如斯□系唔愿见。等我略将情事谱入新腔。有一个陶生身姓史，少年□颖貌堂堂，年纪如今

南音

方十五，父在杭州做客商，身外并有弟兄兼姊妹，家中只有老亲娘。一日父在杭州有家信到，话身中染病极深伤，特命陶生□去侍奉。亲娘□□甚彷徨，□晓佢病情凶定吉，孩儿细少又怕佢不惯离乡。况且杭州条路咁远，□江踏海点放得心伤。□□□天又连接□，话病情沉重□□□□□，退两难无主意。陶生不住□□□□□，允准孩儿去，不见亲爹实不□。佢母迫于无计策，□共心头□酌量，想我夫君平日结识那个尤岫，□夫平日合志同方，佢亦当得我夫携□佢，也曾为佢着力帮忙，命儿同着他前去，途路虽长不必慌，想□□句亲儿子，汝可请尤家世伯到家堂。

10月15日　　社会镜（续）　　百雁子

孩儿领□□□去，□□□□回□共□商。此时□一日□□，□□□□□□，明□□□，□□□□□，□□□□□□，一路□□先到□，□杭州，□□□，□□□□□同步，两人问□□佢店□□，□□来□待，乃□□名字□□□□□□□□□□□□□□□□□□□□□□姓为张，待佢哭过一场忙□□，拉□一所□□慢酌景。□□汝早来平日逢亲父，今日□□全□有乜妙□，后□□□□打点，汝有□在心肠。陶生□□□□□乱。况且□□□微有乜□张，同□这位尤云岫，□□相酌或可□忙，佢□□，□□□，妨□佢商，张□此人唔□得。□□□□□，陶话汝□知□□敢，□□虽然□□□，但□阅历深，时而□□共□，□话我□□□□□京来候补。何□打雷□佢□商，□□□得□摇首，□汝□生□佢亦有到杭，来时必□□□皇（□□）与佢共事亦心慌。虽则□你骨肉分离唔□得，你寻一个□□□□从良。陶生暗里偷思想，呢□鼎巨未晓怎样心肝，做乜佢人人介□难相靠，究竟伯系我亲人亦必不妨。想罢□忙呼世伯，说道吾今没主□，张氏话我今问汝照办，总怕□生不测汝莫怨我张郎，况且汝父并无提及佢，祗云将物运返□乡。陶生答道无妨，□我父亲忘记未及□□□。

10月16日　　社会镜　　父丧□□　　百雁子

□□罗□吁气，陈□□□□不问□，□即□伊□打，又□孝子□□□床痛哭□□□，□岫□中行入上，低□□□一句陶生。□□□□同你□□□，□□□，那一层。陶生，□□他□，□□□□□纷纷。问□有何□□□□，□□□□□如今说□□□，佢们□□唔□□，□□佢由□□□□□，□然好丑有□□□，不

· 379 ·

宜□□佢为□，□□□□问汝，汝□呼吾□□，□□人心多狡诈。□□同□万□以□□，□人□□无他□，转眼□□□□□，市□衣□□□，待□回乡始□□□，又过两天无乜□，睇吓父亲□□□钱□。□到□□□□，内里□□□□几，不如将此案了□□□，□□□□□用□□□钱□，况且家□□安□□□□，□□□□纷纷。出□□□□，□□□□□□唔能。不□□□□他□往上海。人□□□□□，□□□□，□此唔忧有□寄人。陶生□□来□□，一百三几□□□少半□，□□世伯托人来寄去。云岫□乘□□□，去了□八九天唔见返，又到□□□音□此□，来到哭了一场同叙话，连□□□□□，取出了片□□来□食。□□□□□□□，鼎□□了史氏□□成中去。说道人父多少赀财，□曾。此铺□□□顶受。□□全盘□有万金。汝伯父依然唔晓，比如可否告佢知门。

10月18日　　社会镜（三续）　　百雁子

史氏话水尘从直说，岂堪瞒佢不言□。听罢鼎臣又□吓气，速忙跑出讲吓闲文。（白）□官阿，出门不离亲兄弟，上阵不离父子兵，此是古人说下没有差错的。故史陶先生凡事皆欲托于伯父，亦是□力体□犹子者否耳。

伯父又闻讣音分泒未，陶生答语未曾分。已发梓人来□刻，请看如今呢一百稿文。伯父闻言忙接转，仔细从头看得真，便问此稿系何人来订几，答道侄儿自定义未求人。伯父听闻开口笑，侄儿聪颖令我欢欣，大大方方□错谈，少年□有此才□。（白）□□伯父赞□一回，又指着中间一□问宾，你父亲四十五岁，便应该写□□四十五岁了，甚么又写春秋四十五岁呢？有人□□□的。侄儿细想，年不着说□，□□存年得□的，这是长辈为卑者□嘅□□，侄儿□古时墓□碑铭，多用春秋□字，□□□来□□，倒□大□呢。

伯父□□忙笑□，□□□你确留心，话完睡下□床□，□□□□又□□，张氏说及唐申□□□，收了□回去始写□，伯父□□□□，□忙□□始□陈。佢话□了□□□□好，□在杭州□□心，把现□□我□回去，快把个盘顶□□，待□□□□闲谋个□□□，免得□离佢母。张氏□替□□□□，一□□□□□□□，□□一日都停当，扶柩还乡殡葬父亲，移懒先行来上海，听候店中顶受计算钱银，十□日问清楚了，鼎臣收歛就抽身，去到上海个间长发栈，寻渠伯父找结钱文。

10月19日　　　社会镜　　家伯图财（四续）　　　百雁子

鼎臣把数来交代，八千银子十两黄金。伯父尽皆收拾好，□谢张君一百银，过了两天张氏□，执住陶生□甚□，佢话回去守丧兼读礼，凡事须防误托人。史氏唯唯说□□□□，鼎臣辞别又抽身。陶生见事皆停妥，又想回家早日起行，怎知伯父唔□返。佢话我如今事务正纷。一天□找着尤云岫，佢两人觉□甚殷勤，非系到酒楼来饮酒，就□戏园看戏颇欢欣，日日招朋兼□友，花天酒地畅心神，足足耽延一个月，始肯运柩回家葬父亲。□船一直回乡井，□时□□葬山坟，□日把父亲安葬好，残冬过了不觉又春。此□伯父要返南京去，即在春□打迭□□，春□□来□则事在家女子□谈心。毋话银子俾□爷□□去，佢□放在□行收□□芳辰，如今□月应□□，你好寄封□讨个回音。陶生□得殊□□，孩儿一向未知□，谁□伯父□□□，待我□□催佢付息为恨，□时问□□你，我付□回家你接到□□，家父□下一百□十多□□□，□托云岫将来寄母亲。□□□□□曾见，□□□到你□□，陶生□得□□恨，云岫居然把□□，回□□，来相问。今日□知佢是夕人。

（白）话，陶生听闻母亲所说，方知云岫把款吞没，乃急寻着他一问。云岫□，我一到上海便寄了，还有信□收条呢。乃乱翻箱匣，却又翻不出来。说道："你今日才来问我，想必你母亲用完了，却忘记呢，答在别人，定要骂你撒赖了。"陶生不便多说，只得回告亲母，说他□去便是。

10月20日　　　社会镜　　□□□□　　　百雁子

□□，□□见，□□父□今□□□，屈指□在□□□，□□银子未□何□。你□□京□□一□，□□□□利息□□，□□□钱寄□□□，□□□□□□，□宜□□□□年□□□，出门□□□曾□，□□□□□，□□□□□□□，□□□□□□□，□□□□□□□，□□山川，□□□红日，□□，里□餐□□□，若□□□□□□□，□□□，做乜□□□□至如□，□□惊醒，□□□□□□□□□，张首出门□□望，□□□□□□，□□一个广东人在此。指天□□□□□，趋步上前忙，问，□□□□□□□□□，□望吓冇□铺床□□□，□□□□□□□见，□□唇红□□□□□□□□□□□□□□□□□□□□□，不觉□□□□□□□□□□□□□，□□□□□□□□□□□□□□□□□□□□，□□□□□□

□□□□。

10月21日　　社会镜　　以官作贼　　百雁子

　　此人听得□声骂,指吾为贼太无辜,乱喝狗才王八旦。听佢声音像两湖,衣箱□着封条纸。谁知知□□江□,□袋在板□□挂起。□有文战插上作□□□,□个跟人□左右。□□长,不□不□,这人赴任为知□,安有同埋□□□□。众人正在多疑惑,粤人对众又乌呼。佢话大家若果唔相信,待□说出去错分毫。□晚比们□睡熟,小儿忽把贼来呼。□我父子同舱床对面,闻儿□贼就会□,闻□我□翻身起,□无踪迹又□□□,看吓失□闹□方□。□兼两□熟罗□,一□衣箱□□□,□出□门就见此□贱夫,佢□在转□□□□,□行欲止似鼠如狐。买□□时来驳□,□来拉乱把人污。岂有立在路边□盗贼,□然伦得佢□□□,成者□□□熟睡,出□眺望亦何拘。粤人答你唔明白,佢望风睇水立中途,虽则眺望平常事,总系今□□□□天乌。况且佢□□□□□眼锁。□□眺望亦不□分享。□□□□□□,你决□回赃物始为□,不如让我入房中搜。□然明白是否强徒。(白)那人见他来势汹汹,喝道："我们□了上海道的公事,往南京见制台的,房里多是紧要的文书,你敢乱动吗?"东人回过头对买□说道："罪尔人了,我是必搜一搜。"话完使□入房里面去。

10月25日　　社会镜　　以良作贼　　百雁子

　　忙跑入,□搜衣箱。此人房里喝骂当堂,叫起跟随人两个,与吾赶佢出房厢,跟人两个来□扯。谁知一掌打佢在船旁,□□□腰忙搜检,□人都替粤人慌。万一搜查无证据,佢为官长恐怕祸患非常。粤人又向床边搜,床底谁知尚有杠箱,举出网篮力一双。此官形状□慌忙。篮里水烟尚不少,七横八竖放着烟枪。众人一阵喧声起,都话赃物谁知化作此房。有个□认得此枪为我物,昨天失去吊瘾难当。有个又认得新□兼烟袋,那知伦在此中藏。当下各人分认夫,□惟不见我们赃,此人呆了在床边立,当时买□叫茶房,把他仔细来看管,莫容逃脱往他方。又取了佢锁匙开杠匣,其中亦有女衣裳,银水□筒兼□师,□物无疑□贼赃。粤人□搜了半天唔见己物,实时发怒骂声狂,我两□长衫偷往何方去。快快归还我杠箱。到此那人无可奈,说道□吾偷窃尔衣裳,粤人一掌来相打,佢话你今为盗冇人帮,我不问是谁来下手,只来问你这豺狼。说着伸手想再打,此人急□愿寻□。船里茶房将其反绑,佢话跟吾去把物相偿。一直出房行过去,转弯

南音

穿入个下等船舱。去到一所床铺人睡着,将其唤醒说知详。(白)话说此县官引到船舱,对着一人叽叽咕咕,不晓去何。说完便对□众人道:"你们物□在船面了。"当下买办又再把□□人绑,再往船里面去。

10月26日　　社会镜　　访伯不遇(八续)　　百雁子

着贼徒□面去,好□随□欲□□,翻起篷布一堆赃在此。□□长衫□出眼前,里有闹钟方一座,众人看见笑喧。□你眼,明兼手快,若为侦探定是□员。总系呢个借官来作贼,□□官场罪不宽,船上你□兼我语,嘈嘈吵吵闹成团。陶生此隙心思想,□途□□实心酸。此后每□□官多谨慎,引因我从前亦少出门。想一回□打睡,睡至明朝日上半天。不觉船到南京人上岸,待我找寻伯父不迟延。一程访到渠公馆,入去门房问一句先。他说用差刚出去了,你访老爷到底□何言。陶生说道我系渠亲侄,由乡到此有事言□,伯父若系出差日去,我门行李暂请收存。公说道:"听从□,我要回明太太事不能专。"说着□时,行人去,息见复出□□端。佢道少爷到此殊欢喜,本要招呼入内门,总系你伯下乡因办案,环须留滞两三□,平日与少爷唔认识,待等老爷回府始接你来前。陶生听得门公讲,甚为诧异有口难宣,不若寻着客栈栖身两三日,伯父回来再到佢门。想罢出门寻客栈,把行装安顿住了三天。即往伯父府中来打听,一连几次亦不见佢回旋。□欲入门求见伯母,亦遭拒绝出门边。住了十天唔见面,偷自怨,如今用剩有限盘缠。

10月27日　　社会镜　　穷途遇友(九续)　　百雁子

愁独坐,咁凄凉。伯父如今去了那方,今日亦须前往打探。是□差事得咁延长,想罢出□忙访问,依然□望眼光亮。一路行时一路想,盘缠用尽甚慌忙,再□□天唔见□,便无盘费返回乡,更且客栈租钱难找结。问谁借贷几咁张皇,□到此时几□泪,异乡流落令人伤。忽然又听呼吾字,是谁识我叫声扬,仰首见一人迎面到,笑口迎举□□□。此人面口真相着,做乜姓名我竟一时忘,不觉呆了一回难说话。此人便对我□□,佢话想你如今唔认得,读书□日共你□堂。佢说到此时方猛省,此人吴姓□同乡,佢别字□之人□好,年华大我十年长,□□我读书每得佢□点,几年都是共佢同□,□见佢门成进士,得为□□□排场,□得□签补用江□去。我竟忘了他们□在此方,□京有□良朋友,不知拜□□□心忙。此□好似婴儿□着□亲母,连忙施礼□路中央,说道请到敝写,□谈能允

· 383 ·

否，□之接语话不若到我家□，公馆就在前街还不□，于□两个□埋手一双，一程来到吴公馆，继之□佢入□房，坐下就把□头来告诉。佢话伯父唔知去到那方，伯母如今又唔□□，所以现居客栈甚觉孤寒。□之听，甚称奇，因何伯母亦如□。总系那位官员为你令伯，现居班次□也野宫儿。陶生说出他名字，话佢捐□原□□同知。继之闻得□心悟，谁知令伯就为□，佢叫子仁曾认识，两回同席共□私，出差□□□回返。木当差□□咁延迟，你伯母因□唔见你，此层□□我疑思，陶生说道唔相识，我未曾见过伯母凤仪，因我伯父在□过面，恐妨□□有差池。继之说道□□，我□佢□□□□□□，总系你□今仍在客栈，少年竟不知□，不着□行李□来□□件，不须客□把吾推。陶生听得多欢喜，一口应承不却辞，又到□之忙□问。有□欠下佢□赀，答道已经前日才清算，尚有三天□欠□□。继之便即差人去，将他□李立□搬归，问过住房为几号，立□陶生取过锁匙。陶生细想我任他家住，必要□渠内眷把□来施，将来出入亦多方便。向前□是启言词，今日托□大哥来眷爱，大嫂还须□见伊。此险□之□句是。□房引入不□辞，请出佢夫人为李氏，见佢□□和蔼可□依。继之先把情由告，夫人闻得甚欢娱，你与大哥宛似亲兄弟，住在吾家亦畅舒，早晚要□兼要水，便叫家人服侍不必□疑。于是□了一回人已返，把行李□迁已到斯，便出书房安置，住在吴家公馆听候伯父归期。

10月29日　　社会镜　　□□□□　　百雁子

陶生安住□家稷，继之明早□衙门，直到午时方返府，同□□又□大。饭罢陶生思出外，□要找等伯父看佢□回□，继之□佢□须□，我到□□一问便知□，不过今日在□□□笑，止□打探为此迟延。讲及□个野难道□□□笑，此□新闻□了半□，陶生□□忙相问，如何好笑请对□□，继之□□待我□之你，如今□□亦好长篇，你要先□野难两个字为何解，恐妨说出你木知然。陶生说道唔知晓，所以求兄说出事端。继之话野鸡便是流娼了，此□上海已流传，到此陶生多诧异，流娼何以做得高官。继之说道不是流娼做，因为有□绍与士佬在上海盘旋。佢在家住得多烦厌，所以来到申江玩数天，佢有亲戚开个钱庄南市外，劝渠在店觅的工钱，佢一心亦想寻门路，就问有何职役可以担肩。亲戚见他□老实，叫佢做个跑街职役甚大然。陶生听得又来相问，跑□□□我□知端。继之话那个跑街系收账职，或者行情打探或送银钱。做了一年□称职，赌嫖吹饮亦不相沾，一日见人谈及流娼好，岂知□老大垂涎，就搵野鸡来去打，带了钱银去马路边。陶生听又唔明□，怎把流娼来打，冇乜□□。（白）陶生问道："然则打野鸡，就是打流娼么？"继之道："你又不□了，打野□即嫖□娼之□也。"

11月2日　　社会镜　　十二续　　百雁子

金戒指，送上婚□，桂花接转笑微微，你往上海有何生意做，年中入息又何如。乡佬也不隐瞒从直说，六块洋银按月支，□己□无□□做，不过□敝□钱店效吓奔驰。桂花大笑称奇怪，你今□了数月工资，土佬□□□□紧，我□□□□□上期，年底本有花红分过伙伴，□与□房商酌顶早挪移。桂问你花红应有几许，□□戒指否有□□□，佢话花□无定数，看他生息有盈亏，多则六七□九常顶□，少则二三十块不为可。桂花说道你成□跑，只得自馀入息是□□，土佬□此□□□□□，生意场中利息微。桂花说道□商贱，乜唔□儿捐□有□□，土佬实话□□连，好轻容易做□官儿。桂花同□你否□□□□。此人答道我□□，有一老都克死，亦无男女仕庭，□化久□□□□，我劝你捐个官儿莫在□□□。土佬话我□□点工钱就欢喜了，□□唔系勿施□□捐个小小□□□□□□，我□如有此□□□。桂花话捐官□小□□□□，□□□是我为之。桂花说□你□□我，□□□□一个□□□。土佬□你□□□□□，你□□□□□□□□依。□□道□□□□，□□要我□□那祇□□□。（白）那个□□土佬说道："捐官讲话，莫来笑我□□，只是你要我依的□历。"桂花道："只要你娶我做个填房，不许再娶□人。"土□说道："好便好，总系我那有钱娶你呀。"

11月3日　　社会镜　　十三续　　百雁子

桂花道："□开□所□身，□□你不必挂牵，□嫁□虽能管我，非宝丫头讲乜要钱。土佬话你若然□嫁我，誓□再娶别人添。桂花说道真心否，怕你中途又另结缘。土佬话我从来我讲大话，请你无□那一边。桂花听得邀人到，你把招牌收了莫挂门前，改作□家唔做妓馆，又叫土佬回庄把杠□迁。职役快些辞却了，不须贪恋这工钱。土佬□依回店里，□想辞工不□预先，万一此□□□伪。这时谋□□□门，我对妓女□□唔□，□日对□东家便要曾，于是□□东家来诈□，我要回家数十天，因为家里有□分忙急事，请人□代我便即日言□。□家□奈□从拒，实时□□就□迁。桂花吩咐家人□，要照□□呼唤不似从前，呼我□

称为太太，我们不日便为官，□是□了几天就□上去。居然捐了一个二品官员，加上花翎威势人，□□即用确系心□。指□□□忙□见，在京□日□盘桓。土佬在家□□□，桂花□走四围□，未晓佢□那方□运动，早晨出去□□回□。一日便□宜□□，□□刚才十数天，一□赴往□州忙□□，怎□佢得了王爷书□奉□衙门。抚□见佢多□□□，总系王爷有信□，□□□，□□抚台□□□□，虽有疑心不□□□□。回□话苏州差事少，不若去□□一边，本乃□□同一□，若□差事□□□，若有差事便来关照你。□□□□边，回对桂花□□过，话要你再□江□怎样□。

11月5日　　社会镜　　十五续　　百雁子

陶生听得他言语，谁知大下有这□奇闻，我一向□在家中唔□得，怪得扮贼□官亦□因。正□□此□□□他知晓。继之谁料又□陈，佢话不□□化人□□□，□渠□实嫁了此个夫君，□过□头□妓妇，你话怎能相配做□二品夫人。此个已□□好笑，更有以命妇为娼事□新。陶生听了尤惊异，命妇为娼就确系怪闻，快些把情节言知我。□他为□抑为□，□之答道此系从前事。因为有个制台□病仿佛心神，这个制台年已老，少年□欲太伤身，如今有六七房姨太。□□知佢□好□之人，每每拿些美色来巴结。□□年轻监察就晓□□因，目已面阵医道□，制台请佢诊脉殷勤。佢□到上房来□脉，完半晌把言申，这个病情唔□鲁莽，恐怕开方不合□，此病□□卑职内人能治理，得渠着手便成□。制台说道□他到，若能医□感佢深仁。（白）制台道："□来尊夫人□得医理吗？明天就请来看看罢。"到了明天，这个□员的夫人，竟打扮得花枝招展的来了。

11月6日　　社会镜　　十六续　　百雁子

到了衙门忙请脉，诊完之后说根由，这个病情非药可愈，总用按摩之法便精神。制台便问离人晓，□得□人始易斟酌。夫人低语来回答，此事平日妾颇能。制台听得多欢喜，就请夫人治我病根。夫人说道应遵命，但系按摩法子我要注一炉香，□要屏绝闲人方有效，祇可吾们一个房，□要念经施咒语，定然除病脱灾殃。制台信了他言语，姨太丫环不许在房，于是闭门施法术。有两三姨太□□商，此人实可思疑甚，不若在门□窥探佢□□□，于是走去板□缝边来一望。谁知一见令人慌，睇见夫人挨在牙床□，做乜唔书符念咒又去走进埋床。又见制台与佢同嬉笑，其中□昧说不出言□，于是大喝一声同□人，手拿木棍大骂泼皮娘。

南　音

□有丫环姨太闻声起，人人持棒又持枪，□着夫人来喝打，走头无路甚彷徨，急切抱着制台呼救命。制台喝住莫把□□，立刻命人抽□到，送渠即刻返家□。姨太更命仆妇多人跟着佢，惊到出辕门不可当，可怜来□花□展，谁知临去散□如狂。一时传遍南京里，□名从此尽昭彰。此事堪人绝倒，可怜□此丑怪□□。听得陶生□□□，官场无耻实堪伤。求委肯借妻为快捷方式，有何□目见回行。继之说道佢□欢喜，如今世界有包官方，你道佢为何还有真色，待吾把佢说你知详。（白）正是不怕头巾□，须知顶□红。且待下回，继之说出□欢喜处，便见分晓。

11月9日　　社会镜　　十七续　　百雁子

继之听□忙申说，佢□□求□得意洋洋，不够十人就差委□，□子相□□□两张。一委山□□中□□办，一为提调个□叫做□防，□了去年□保众。佢□□□二品□□，虽则呢位□□大人平日□巴。唔□□系□有官方。继之□□忙回□，我只晓佢夫人□□一场，此事□□传遍照妨讲，□系贱□□情不必□□。陶生□□称□是。我任□□亦□一个坏□场。佢本□□□来□□。□□□□□委□□□□，嘅□□之长□□，□□□来也□□，□□不□□□佢□□□□□待你□□□，待你出门□□，□□□，□□□□□难过。佢□□□□贼，□□□□□正堂。□□□□□□，因为□□一个□□□□□，好多大人□知，纷纷□省□了佢□行，况且明年又恩榜□，□□还多即□一□，不免又添三几个，要他□候几年长，总系差事亦堪谋一个。不料前年佢□镇江，因办木□搔□甚，□捐闹事激励商场，来省把他来控告，于是联名一众本商，潜司因此多生气。撤差□过甚凄□，兼且两年停了委，官途□□亦堪□，是以丢官来作贼，不料官家竟有此□行□。言听罢甚称奇，如何世上有这样官司，闻说送官来究治，未知办理□何如。总之听罢频搔首，□□办法甚见嬉。天送到巡防局，□□开口不埋渠，赃物各人又□讹去，再有谁入管佢□□□。凑巧局里委员为佢好友，断无止办把佢难为。□是佢又装做□怀□委屈，说道□□跟人□累伊，不合偷了人家烟袋，佢赶到船仓已取回。买办又倚□□人局势，□箱搜□把□□，不如□失东西否。佢□□吾送别嚟，□□□把人情□，□水□□□恕之。只把底下□人□□□，送他返□你话有何词。所以出门要谨慎□□友，你睇为官为宦尚如□，佢不止□外头来做□，棍骗□□那样不为，父□江湖□□□□，外□倚仗那官威，不知□全多小□。可见人□怪象不□提。听罢□□心暗想，□□两个已□□。岂晓□有□个县官为盗贼，他们□□此□□。□起官□之□□，女□□□兼，□里□□□□□□，□□看□□不敢□□，□□□□之一份。佢□□之□人品□□，□□□□□，□□□，□□□□一个□□□，□把□□外□□。□□父□□箴规，□□两人□□□了几句，总之，□□□□楣。

11月11日　　社会镜　　十八续　　百雁子

继之一日衙门去，回来忿气寔难当，□声说道□奇怪。见佢□时□□改常，突然来把陶生问，你今来了有几个□韶光，于是陶生话来了大半月。又问到伯□公□有几多场，答道已经七八次，又问住在甚么公馆有否言张，陶生答语□言过，住在几楼几号也□详。继之说道既系□言□，公馆中人识你地方，有何说话众回你，否曾言语共你商量。□话始终无别说，只云公干下了村乡。继之怒气冲天起，此人太过有肝肠，佢不过去六合县中来□审，□诸事已平康，返来又到潘□处，再来差委去堪□□。此在十年前已去，到了如今伤灾堪□，我说不合□□□，总系令伯□为似不良。陶生听得如痴醉，□□□□暗自□。继之道你无须虑，你□□终要回来不候久长，佢到底亦须同你见面，你放心守候，不必慌张，我今日得一□人□差使还□美。□□□满令我□办□□，□□两大就□文□□，□多公牍□请人□，你共我同窗为好友，□逢□□□不把你身□，你便拣个嘅事情来代□，月中薪水亦可寄□□，又□放心来候伯父，□□□来□□。陶生□□称多□，全家亦受你恩□，总系家伯曾回□定，听人□□□□已知□，□之说道□虚伪，我在潘□个□探得□庄。□完立□忙行出，话□客我几乎一日忘。

11月12日　　社会镜　　十九续　　百雁子

陶生听得□□语，此时心下□□□，伯父本为亲□□，曾何听我说□离，待我再到公馆里头来打验，是□□假使能知，想□抽身门外去，找□伯父始为□，人到公馆门房来一问。又云伯父未曾归，佢话公事仍然唔得妥，数天方可定归期。又闻你老爷前往六合，抑或去通州对我说知。下人见问慌张甚，面泛桃红□□眉，歇了一回方答话，话去了通州为勘□。陶生便问何时去，佢话少爷到日佢已行移，又问他有回来还没有，下人说道未有回归。我听了一番枝节语，斯时满腹带狐疑。一程回到吴公馆，入了书房见继之，便问你今天何处去，住下安心听候伊，我代汝在衙门来打听，因为勘荒难定速还迟，总系你到南京将近一月，否曾付过一纸家书。陶生话到此未曾□付过，已知我母倚门闻，但系我想见伯父取钱方赴返，谁知延误到今兹。继之俯首忙□□，话我借些银两你付返□□，先此付回五十两，但系不必提明话借贷付归，亦不必提明话唔见令伯，只道寄回些少慰吓亲慈，免得老年来□累，恐妨□得累佢伤悲。我听了此言多感谢，急写书文不敢迟。继之说道明朝早，我打发家人返故居，想接母亲来此住，就可便中同汝□信□回。

11月15日　　社会镜　　二十续　　百雁子

□再敢，唤陶生，大兰札子□见明文，大抵半月便可登□来接办。这名书启我要屈君身，因为别件你未曾经过手，权为将就□□能。管帐就系藩□来□下，总系你们亦算自家亲。我在账房兼挂你一席，月中薪水亦不少钱银。史氏听了此□多快畅，自然千万感深恩，就把家书忙写好，包封银子托家人，心下此时安慰□，独系未知伯父为何因，等我写□书文身上带，再来一走把佢来寻，若系依然唔见面，我便书文□上把言申。去到果然唔见面，把书文下叮嘱两□匀，话代我寄与伯爷来阅看。门房应允始回身，过了七八多天无别事，□之一日把□陈，我将要到差难阻滞，但见大关□远两头□，不若在□来住宿，□□家中照应又无人，好在□启事情非速迫，我想留君公馆暂安身，代我内外事情来□应，两三日内到关行，若有□□就差□役到，独怕两□□往□劳君，□□我或者回家汝就关上去，两边照料否相能。陶生难得言遵命，大哥用我便□欣。于是继之关上去，陶生跟着起身行，□了大□说事办安，便回公馆始安身。□后□□天中行一遍，清□无事不过料理几纸□文。所都是处□应酬之信息，好在陶生笔墨又快捷清新，从此两人□得甚，陶生□□□勤能。

11月20日　　社会镜　　二一续　　百雁子

陶生一日□中去，想往前街□马□头，走过一所家门□阔大，听见连呼送客不□，等我停步在门边□一看，大门开展见人稠，四五家丁忙走出，站□垂手礼□□，睇见里便走出一人真丑怪，粗□大□不□名流，身着一□大布长衫灰黑□，快□□底嘴头钩，上罩一件羽绫青马褂，□□□子戴上□头。后便跟着一位主人来送客，花翎红□礼貌周周，□□服□青褂，红□个□长袍系□绸，京□□□京靴子，□□朝珠褂□揪，一直送出门□忙俯首，马蹄袖子拱到上眉头，连叫几声请吓□。客人到此亦把礼来修，说了一声回步上去，把头略□就奔投。此客照申照马□，主人待佢礼何优，待我再留心来看吓，门条写出映射人眸。（白）话说陶生有见主人送客，已自思疑。再□门条，却是红底黑字的牌儿。写出□命二品顶戴，当戴花翎，江苏即补道，长白苟公馆，二十个宋体字。心中暗想：这位大人能这样谦恭，确是难得。想罢乃走过前途，□鸟匹夫了。□鸟实时关上去，长途奔走去如飞，来到大关无要事，大家闲坐说言词，不觉厨人开午饭。几人同席又谈私，史氏把路上事情来说起，佢话今天看见一位官儿，真系礼贤兼下士，算来都怕世间稀。同事几人忙问道："怎么好礼你□言渠？"陶生即把情由说，如何送客逐细言知。继之听得微微笑，我估你如今讲乜谁。这个不是谦恭来下士，内中情节我尽明伊。陶生听得他言语，此时心下不免思疑。

11月24日　　社会镜　　珠店被骗　　二二续　　百滙子

珠店被骗

想必苟官内里多缘故，等我从中间吓□之，□之不答谈他事。佢话扬州太守把□贻，□□一个友□来我处，此间人满实□依，与我□□□□佢，更兼致送一份□仪。□生□得□房夫，写了回书打发伊，打点已完重叙话，又问礼贤下士□□□□，□之□□话□今朝到，骑马骑□□是坐车。我听了此言会意，此际倾钱有不便时，不合再来多问佢，答声今日□跑马来□。于是把闲言谈钱句。已□无事便□。依然跑马城里，一路行时一路思：我昨日留□□伯父，如今已有一星期，等我去探问一声□□否，或时伯父又已回书。一程去到□□□，睇见一封原信重□在□□，不禁怒从心上起，□系难□发作任从伊，回想底下各人何□大，□系上头交代怎敢把信息延迟，纵使□寄伯爷亦要殳我伯□，下人安敢把上头欺，莫不是□之□□□确，有心回□把我□□。于是□不□□回转夫，回□愈想愈□□声。止在胡思□乱想，□头走□叫声伊，□□太太如今□请你，□□□□□□。□了夫人忙请问，□可□咐讲会之，夫人□道非为□，□□玉鈚甚稀奇，乃□人家拿□售□，但系值钱多少□会，价钱佢要银二百。未知值否正□思疑，你拿去□□来一问，叫他估□□几□货，几之□□□忙削去。问他掌□值□何□。

（白）看□，这间□珍珠宝店，乃□□京城里，□□□的□店□了。史陶生会跟□之□过几次，故也相熟。不免倾□□句，唱人于□□□□。

南　音

此□□出一□□□□。（未完）

11月25日　　　社会镜　　二三续　　　百雁子

　　祥珍店，把鋜来评，佢话呢□□□甚□□，一百两□□算贵。话完运气露□愁形。内得有伙□两人频角□，互相埋怨为乜野纷争，便向掌□身边来问，佢答□老兄此□未会开，我店近来因被□，不嫌繁琐我说与□□，或□□□能设法。于是从头，一说出前情，佢话因为铺礼□房□有几所，租人居住亦应，□是出张帖子来招赁，不够二天就□□，彼云赁作刘公馆，行装华□可人□，□了家眷多人来往下，天天□客轿子相乘，在我店门常出入，自然相熟有□倾，一天走出同吾讲，话我有东西几件甚精□，心里本来□钟爱物，因为手头不便想把佢沽清。伙伴问他何等物，佢话一尊玉佛一对玉花瓶，更有一枝如意兼班指，几件东西亦不平，玉佛量来□有尺六，如意三□系翡翠青，□卖要白□需二万，毫不减是□诚，若系卖成除个九五，作为□用送□兄。我于是看过东西约值三十两，要刘二万多银必不成，但见寄卖东西唔犯本，□管应承答应一声，架上一人来过问，继然问佢亦吓到佢心惊，那有一人还吓□，□被人□□我不情。一日有人来买手鋜，又买一副朝珠拣选甚精，还□价钱都老宝，□东西毛病亦说得分明。过□两天又来鬼混，找□佢系任行之□不敢相轻。佢又□带一人来看货，更兼索看个玉佛与及花瓶。（未完）

12月1日　　　社会镜　　二四续　　　百雁子

　　接转手来频赞宾，佢话□从找周那□京，恐亦不能寻得出，禾知定价是怎样行情。我个伙计见他频赞宝，就话三万银元不□减轻。此人听得呼呼笑，虽然此货取□亦要公平，所值顶岛邻系折半，取价三万多银就不应。老兄你试来思想，佢话价□折半亦有一万五千零。□兼□□唔会看，刘为此举必能成。于是将□□呈出有，此为古玉甚精英。佢见了□□亦十分中意甚，诚话□埋□指亦不值此样行情。伙伴就求他□宝价，佢话我会云折半就出万五花□，□件又话万五不□班指在内，□有连□班□又价无零。此人听得微微笑，就加□万六不能增，讲了半天加到万七。我们减到二万六千银，□□未成因□去，我把玉器拈来细□□，翻看再三无好货，又请同行老手看过多□，都话不过□三千零两钱，看来此价不差分，因甚佢们能出重价。况兼买物佢亦光明，莫不是一时因看错，价银重大□肯相轻。到了明天来看过，说道我家为万八亦唔平，想买了送与中堂为寿礼，否能

· 391 ·

让我买送回京。伙伴依依唔肯卖，卒之加□二万四千银。

（白）话说此人已加到二万四千银子，我们想想，连这回头用，已赚得五千银子有多了，于是一口应允。此人□拿出五百两银子作定，说□几天来拿，遇□□定银不追。如果拿来卖了，就赔二十四万我也不依，□是立了凭据而去。（未完）

12月4日　　社会镜　　二五续　　百雁子

定□□□相□□，转眼□经五六。□日已，唔见□，忽然夜听见敲门，□摸此时□□四鼓。我既开门问为何□，佢□里□否是刘公馆，我答□此，是□然。□人指引□前去，佢便会□人裏□，停了息间大□，□伴成，不敢眠，既人头来□听。说道刘家太太已归仙，□□家人来禀报。老爷□泪涟涟，我听了当时唔任意，佢□天早就算租□，说道□□□回籍去，□□东西我□要□。我说此物□□□□近，否能两□□运延，佢□□籍不知何日，怎好丢抛在□边。本应□夜奔驰去，□□今日要□，□□央仍不允，好在交易如今□隔一天，不若□银子与他先买□。店中检过亦够银圆，于是□起一千□万九，搜□□□花边。一□□他佢忙起步，□中一□□出门。到了明天频客□，这□临□，□夜□唔见刘，各□忧闷堪。等到至今成个□，影子都无怎冤，□日东家来到□，□□账□及银钱，方知这事遭人骗。要我□□□□甚□苦酸，想刘某□同来见我。你话有何□□教高□，□生听得低头想，认□无法可言宣。堂□□道刘姓□于□□话。这一□□左右盘□，怎得找□与他来□□，不然□解佢蹄官，问话佢佢东西来佢卖，佢佢勒佢佢佢佢，不过佢自冢来上，□□骗子亦□□。

南音

六　叻报

1907 年

6 月 27 日　　劣贡叹五更　　傍观齿冷人

坏人待月倚南楼，触景伤情我实可嬲，自我私逃避祸离家后，赢得个芳名叫做冇角牛，再到南洋住都未久，被人驱逐不肯容留。恃话有个盟弟扶持都系假柳，无奈扬帆高挂驶出只四方舟。未晓个位盟弟曾知否，居然逐客不准我回头。

初更才报月生西，万般愁绪泪悲啼，只为吞骗祖尝兼会底，至使天南沦落欲返难归。恨我二兄不以为胞弟，联名禀我立乱咁嚟。好在佢时衰兼运滞，去年三月就命归西。我少了个条来挂系，香火绿悭佢就捞坭。

二更明月上窗纱，南洋光景几咁繁华，孤客衾寒真正怕，几回肠断捻得个契家。虽然老藕我亦都唔怕，最难得者瘾上烟霞。三太个芳名亦都唔怕话，就系人人识得个位聘金家，年华不过十五六之马，断估唔慌啥界别人扒。

三更明月月桂香飘，势唔估聘金咁刁乔。卖尽细心正得渠一调，拒重成夜横床吹店箫。去到青楼原系卖笑，强施硬手不肯相饶，总系晚晚嗷嘅行为点得了。想来此恨实难消，借资夜度拒全唔晓，嗷就何难收左我老命一条。

四更明月过雕栏，穷途日暮赶上沙滩。任人辱骂我亦都听惯，总系栖身无地进退为难，独自无聊偷自叹。我本属斯文拒又笑话老山，只望傍观将拒劝谏，留些情面界我转湾。无理咒人天亦都有眼，前申可鉴你就知到艰难。

五更明月上墙东，人人笑我腐败生虫。呢阵个没世功名中乜用，做到新闻不尚古风。况且我山鸡亦难斗凤，屎艇无风祇着嚓篷。往事追思如发梦，秽史留传今日揭盅。咁多祸根系由我自种，心想痛，任人笑骂我亦诈作蒙眬。

9 月 10 日　　赌妇自叹　　渔

愁独坐，慢思量，触起衷情实觉惨伤，只为我好赌赌到痴迷心冇异向，错入个条死路整到魄散魂亡。十二支累人容易上当，一能赔十估话有日风光，有阵老字唔嚟心就妄想，点估到追来追去都系付与东洋。后至问卜求神随处咁荡，黄昏求字等到天光，点想神鬼都咁无灵真系冤孽帐，累得我输穷输极想去自缢悬梁。

· 393 ·

呢阵首饰输埋衣服又尽当，亲朋借贷尽地清光。若系夫君回转越发添惆怅，叫我有何面目对得才郎。记得自如佢门安乐享，不愁衣食举案相庄，自怨我为人唔哙想象，今日输成个样子你话几咁凄凉，问起金器与共衣衫我就难以尽讲，又怕畀郎睇破佢重哙拆散鸳鸯。越想越思神越怆，魂欲丧。赌祸如撑网，但望你地人人知戒咪学我噉样收场。

七　总汇新报

1911年

9月1日　　祸粤记　　宗尼

心打震，想起政界中人，白白无辜惹起祸根。虽则反正以来无甚好处，总系不鸣一炮，免致大众警魂，记得民军起义如风涌，□到张氏鸣鼓大步奔，当日人心一致同公愤，都话满清横暴压抑人民，故此欢迎革命谋光复，重估世界重清气象新，又话成功定必沽平米，从此生平绝乱萌，况且盗贼投降无刑案，你睇满街无处不军民，点想贼性生成难守份，城中白画抢钱银，重兼饷绝防中变，解散回乡乱更纷，当时贼子称绅士，鱼肉乡间不忍闻，故世香港澳门人住满，富儿无怪处危身。

9月6日　　祸粤记　　初续

个阵广东走剩，都是贫穷汉，累到经济艰难，见所未曾，重有银带监人收十足，谁知物价暗增加，日日金银唔找换，总防津贴派唔匀，当时革命成功日，鸡犬升仙确系真，有福同捞唔怪佢，官官相互漫忧贫，但系唔该地骨清光剑，只恐人陆终沉，就会祸及己身，今日人佢熬煎难隐忍，重重抽剥劳如焚，你睇乱开浮数千千万，白地监吾做亚庚，虽则专制推翻曾拼命，得成富贵，应要拔类超群，总系记得当初同立志，都话功成身退，任得政府稽动，今日言犹在耳成虚实，想其翻来尽系驱人。

9月12日　　祸粤记　　再续　　宗尼

况且几成破坏功何在，好似拆灯茅庐，毋计建新，无处栖身诚苦恼，飘摇风雨更警魂，心憎厌清朝甚，故此望佢推翻惹极怨，若系自问无才来建筑，何须破坏咁频偷，金日大义虚劳兼惹祸，国中长日乱纷纷，况且谋生无路艰难甚，旧俗删除自逞能，讲到国民往日多迷信，舞弄神躯够可憎，但系风气未开难改变，你睇念神揾食几多人，各样牵连难以尽说，因为神功一字，就生意加增，今日尽将淘汰难为继，生计萧条只叹贫，想必做官不靠神谋食，故此百计残事事新，重怕民怨沸腾，不久就会开劫运，须守分，同胞休愤恨，望佢将来醒悟咯，或者会愿住吓我地人民。

  10月15日　　　祸粤记　　　三续

  停一顿，启言章，讲到逼民为盗更凄凉，你睇百般生理皆零落，况且资本全无怎做商，雇工两字非容易，自问生平毋样所长，虽则民军曾做过，但系全然未有学烧馆，反正功劳何等大，故话从今可以食长粮，有等辞工唔做来投去，重话机会难达运祭昌，城墙内外皆军队，三五成群意气扬，嗜愍多端虽忍耐称雄花界更重争娼，挥霍金钱无数计，日中抢刼当平常，满街巡逻真无用，风气如斯确惨伤，一时解散回乡去，生计无门欲食祖当。

  10月18日　　　祸粤记　　　四续

  乡人大众心唔分，话佢点□全无，怎配得胙肉食变，佢一时火起就与乡人敌，闹乱频闻祸正长，况且结群联盟来抵祭，枪头吃吃势披猖，恃恶行儿无可奈，众人侧目费商量，择肥而噬，只任得佢来讹诈，重话稍有延迟要拔枪，因此富家防祸远居避，别井离乡出到外洋，有等小富人家虽远去，受其鱼肉暗悲伤，十室九空无可掠，至到贫家被刼，更重凄凉。人话从前佢辈虽无行，有的畏法依然恶未彰，今日居然张造成强盗，真正当过民军个善良。

  11月14日　　　祸粤记　　　七续

  无乜好怨，只怨佢的官场，当日革命成功，不折一钱，都话人心一致如天福，光复一座名城，不费粮，点想召集兵马，只为走鸣歧个位老张，追原祸始心犹愤，声势张皇别具肺肠，登时满地军队，口气荒唐辣过□，声声自把功劳说，夹恨寻仇意气扬，况且军界相残，商场糜烂确心伤，今日元气摧残犹未复，难持补救费商量，点想一波未平一波又起，忽然独立，惨过自食砒霜，讲场按创声威壮，此等行为实属不祥，同胞哑忍脸承认，宣布当堂不许再商。

班　本

一　国民日报

1919年

4月30日　　遥祭黄花岗诸烈士　　天仁恨甫生

（大撞点）（二流）来到了黄花岗地。猛抬头墓前宿草满目凄迷，还是怨霭重重凝眸万里，说不尽猿啼鹤泪、触目皆悲。时把七十二贤、英魂呼起；又只见苍天无语、暮霭茫启。（叹介）唉（二□扫□）陈花圈、奠玄酒、纵横涕泗；（扫灵位）（白）诸烈士，生而为英，死而为灵，苟其双目未瞑，尚祈飨□下忱听我一言呀：（慢板）想当初，诸烈士在于广州倡义、摒弃了身家性命，不惜焦头烂额要把危局匡付；掷却了多少头颅，流却了多少碧血，誓把自由扶起，才得了共和成立，肇此胚基。可算得夙愿既偿，可含笑在九原之地。诸烈士，求仁得仁，尚复何祈？夕谁知，大好神洲，添却了多少城狐、社鼠，倒把那诸烈士一片苦诚尽付水湄。新官儿一个个，多半是无廉无耻，见钱财不要命，放厚了□尺面皮。想他们，日夜衷、帘□大□，□□□□虑有温□、乡吏。□□□、□□目，□管那大局□□（未完）

5月1日　　遥祭黄花岗诸烈士（续）　　天仁恨甫生

（少歇仍慢板唱）到如今，弄到了民穷财匮，银行团干公债，监督行为，眼看着国无余储，道有哀鸿，真是支持乏计。叹黄人，四百兆，求治何时？还有那遍地烽烟，边境不美。那强邻觊觎蒙古，煽惑他把民国脱离。还有那谋西藏，向

· 397 ·

边隅窥伺。看将来民国前途，却是安定无期。南北省还尚是各存私意。各政党你攻我击，意见纷歧。睹斯景，那列强所以劝告两次。某某国，输械饷，却又为北扶持，倘若是到此时，并不思猛策长鞭，就难免四分五裂。言至此，禁不住，魄动魂驰。诸烈士，灵魂有知，也是九泉怒气。问烈士，一胸热血徒洒何为。若然是死为雄鬼，怎堪看江山如此。就该要将那一群狐鼠击杀无遗。说罢了，忙奠酒，哀哀，致祭；哀哀，致祭。（二流）对英坟怀国事，珠泪淋漓。又听得风动寒林，萧瑟树庇。（煞板）那夕阳，无言西下，晚景、凄迷。（完）

5月7日　　徐佩梅哭尸（百砺）

文字漫衍，识别不清。

5月10日　　伤时自叹（仿小青吊影）　　　古

文字漫衍，识别不清。

班　本

二　南侨日报

1911 年

10 月 23 日　　　荫昌败走　　　亚渣

（二当首板）板党人，杀败了，三魂飘荡，三魂飘荡，（冇头鸡出）（二簧快慢板）俺满人，今日里，覆亡将近将近、覆亡。（过序）想当初，受皇恩，兵权、执掌，实只望、京城内享福、无疆，嗳罢了你的大汉人，（过序）怎知道，你汉人，来得如此、快当？起四川，出不意又攻进、武昌，旬日间，尽掌兵、尽杀、革党，眼睁睁、东南诸省就一□，抢还。嗳我真是无奈何！（过序）宣统王，他命我、前来、抵抗，在汉口、来战争真令我、慌忙。你来看，那党人，个个都是英雄、莫挡，惨若是、趁此时不走一定是命丧、当堂。嗳我说罢了，（过序）身边厅，又听得、枪声、乱响，枪声、乱响，（转二浓）嗳呵我身中受弹，苦楚难当，咬着牙忍着痛，见路乱趣，（收板）最怕是，□军追到，道命难长。

10 月 27 日　　　炸凤山摄政惊魂　　　亚渣

滚花开却头上唱，唔唔唔呢件事情真正□，四川起事叫我点□子处为，哼哼哼今日又□□，山□冇鬼，不□图的□弹呤提到埋嚟。（白）又我系有呢，当今图皇帝，就系我□有应并肩矜贵，点知呤做到咁宁落鸡，今日失四川，明日又话云贵，起事向湖北，□应在□西，我即刻调几个大奴隶，一个□□□，一个解桂冠，一个界亚□，一个袁老□，点知含真能都系唔听歌，重有□□个只喜农，番的兵去，味系送转，整到我□真闭□，点想□山又系，到广东就授佢整低，睇见咁嘅时势，实挽救唔嚟。问声我地黼鱼乖仔，唔知你衰抑或我运滞，不若唔好做皇帝，等我见你番上归顽吓沙泥罢咯！（中板）呢件事，悔当初把佢汉人、专制，到呢阵、系热火□调转、头嚟。想从前，当汉人命如、只蚁，试睇吓、人问个阵、耀武、扬威，动不动、发下令□就把全城、屠洗，任官兵、奸淫抢掠好事、多为，各官吏、边一个唔系盲官、黑帝，苛刑酷敛件件、俱许。前几年、亚甜哥一命呜呼，去□，轮到我、做到皇帝老豆劳位，巍巍、想驶钱，所以向民间、乱□，将铁路、来按揭当作自己、东西，有谁知、激□汉人，竖起个枝白目眚人、旗

· 399 ·

存。周□□应重把咯杀、为提谷字琦、虫李华,我都唔多、闭翳□到如今,吾山又系□□点碗吓得我边魄、唔书。这情形、革命党一定杀嚟、直隶。(白)唉点算好呢,(作想介)无奈何了,(收板)到不如,抱起我地脯鱼,走出重围。

10月30日　　祝革命成功　　苏汉

(首板)革命军,电报到,□场大将(中板)我汉人他尝了尽杀情形,那满种以名为姓,种族上必须要清楚分明。今日从复仇排满理当承认,我同胞,定是共表同情,因此上新军个齐齐反正,海内外各华侨无不欢迎,满洲贼无一个有甚么本领。你看荫昌一战即败兵,鲁□受伤生死未定,独还有一个死心奴隶萨镇冰,胆敢登岸对阵把雄逞,谁知革军利害枪炮精,舰上昂炮难教应,因此上兵与舰乞降投诚,道都是我黄祖在天,有灵默佑我。革军场场大将,乘此机连进兵日夜赶程,势如破竹直抵京境,炸弹一发立即被墟,必要先杀摄政命,后杀汉奸不容情,犁庭扫穴人皆庆,真果是马到功成,好消息频报我同胞静听。(收板)从今后,自由幸福,四万万同胞共享太平。

12月20日　　勉同胞速宜北伐　　际升

(武生扫板)叫同胞,快兴兵,斩除异种。(慢板)自武汉,起义来,恢复、重重。不一月,十八行省、反正、接踵,那民心,好一似、不约、而同。看起来,可算得,民心、奋勇,况清官,又多半是、不战、归从。满清官,一个个,逃走、惶恐。他心里,也晓得,胡运、该终。(转中板)际、此时,那北京断难宽纵,劝吾侪,兴大兵努力齐攻。切不可,迟迟行按兵不动,好时机,一错过再后难还。况我国,久浸淫君主绪统。他名号,一朝不去又恐怕有变故其中。那汉奸,少不免为他招用,祸中原,庄庄件件都是这辈盲从。思想起,不由人心头火涌。不斩他,九泉下难对祖宗。今日里,我汉族许多熊黑之众。敢死队,个一个又是年少英雄。论起来,扫虏廷好比扫与鲁国。这一回,定然是马到成功。眼看着,共和国可为预颈。(煞板)但只愿,与同胞,痛饮黄龙。

1912年

1月15日　　祝新总统　　腾澜

(扫板)我汉人,叹问得中山总统(慢板)想满清,攘中国,戮我、祖宗。严刑罚,苛赋数,万民、苦痛。专制久,争报复,仇视皆同。黎都督,起义师,凿除、鞑种。武昌得、群省应，迅奏、房功。军政府，已成立，人人、义勇。恢汉族，建民主，□权、实中。孙伟人，众公举，中华□□。（中板）思从前，革命元祖为盖世、英雄。十余年，经营海外大才、大用，□浩□，救民水火奔走、西东。善外交，欧美各国恶□，□重。今日里，民军齐起个个如虎、如龙。逐胡奴，中央政府谁堪、□拱。尧舜来，易君上为民主千古疑还。孙中山建立奇勋各省、推拥。复祖国，披荆斩棘无异、开辟、鸿蒙。改政治，宣布共和万年、永巩。枉□□，□窃神器欲作主人翁。枉妖党，妄□保皇到处、愚弄。群歌诵，新总统德望、高重。两月余，民国已成外人、惶悚。（收板）祝壹声，绵汉祚万□、无穷。

1月18日　　释保妖　　际升

（□扫板）□□风，冒美雨，亚东□□□□面□□□□。（慢板）□望□，又只见□□，□□□□奋勇，□明老祖是也，在自由山修道多年，已成正果。今日人定功完，闲暇无事，法驾出山游玩。你来看，红尘世界，有保皇妖气污浊在内，做不得，待为师宣下法旨，唤他来□跟前，成释他一番则可。（二簧反线慢板）唤：保妖，跪上来，听吾、宣讲。待为师、把法成细说、一场。叹人生，好一比、蜉蝣、一样。但只要、分清了种类、族邦。何况你、祖与父系出、黄汉，你不该、入错了党派、保皇。那满奴，是仇人、东胡、生长。霸占了、我中华疆土、称王，又岂可、帮助他为虎、作伥？施法力，劝释你改过、心肠。离地狱，转过头来天堂、登上，做一个、共和国文明、蓄良。手拿着，清泉杯杨枝、酒上，念几句，伏维中央共和、民邦。呀，呀（梵音）伏维共和民国万岁，总统圣统，中央政府万岁！（白）革命乃英雄豪杰也。唱（二流）劝你们听我讲，不可违抗，洒一洒杨枝甘露，方显我法力无疆，你好回心转意，休生波浪。（煞板）从今后，你保妖，速散、清光。呀！呀！

1月19日　　溥仪退位　　伟

（二簧首板）这几天，唐绍仪，护和未定。重句（慢板）叫哀家，在宫闱坐卧、难宁。念溥仪，才乳臭，几时、盹醒？叫一声、奕劻载沣载涛载振满奴满膏味个、死清。想当初，奴先酋、燕京、定鼎，平三藩，下两广，篡夺、前明。到哀家，抱孤儿，寡妇、为政，伪立宪，真专制路人皆见谁不、分明。多得那，盛贼实怀，献策收回、路政。激起了、四川变，武汉复几处、称兵。败张彪，走瑞激，大倡、革命，那□许，和山陕义旗、齐兴。留下了、湘赣闽浙，却遇斩军、反正，那凤山，才到粤就被炸弹、一声。奴那里，□□了、四党兵征剿、鄂境。头一阵，荫昌挠败尽地、输清。第二阵，荫镇冰、水狮、不竞，奴对着，黎元洪希望、和平。他那里，下苏杭，场场、得胜。又谁知，不数月兵到、南京。奴那里，要求和，再三、陈请。又谁知，伍廷芳总不、融经，今日里，北伐军、四方、响应。不由奴，愿退位再作、调停。奴这里，有三件事、求卿，齐听□一宗宗、一件件仔细、叮宁。第一件，做皇帝，断不、甘认；第二件，走热河不要、北京；第三件，袁世凯、你算、真命。小那拉纵失位亦是命所、该处，却下了、那国权，奉巾、送敬。（二流）宫闱里，阵阵、预备行程，叫袁贼那江山、顿卿□整，别过了众文武，一个□□。说话之间，神魂不定，手抱着、那溥仪、快快出城。

1月23日　　恭祝政改共和大总统就任

（首板）合军民，同庆祝，民国大典。（滚花）祝我民国，亿万千年。（白）现接□军政厅来电，声称奉孙大总统特验，分电各省，一律改用阳历，特于阳历正月七号，既行停市，升旗悬灯，庆祝民国政改共和，并大总统就任纪念，我国军民人等，□宜遵奉电号，国中庆祝则可。（慢板）大运更，时运转，该用阳历，运才算，承天命，定正、人时。（过板）我民国，当仅效、民主、政体，道才兴，我国民，政事、合宜。（过板）□民国，必须有、总统、统一，这才使，全国政、不至、分歧。（过板）改政体，立总统，皆是非常、事业，理该要、中庆祝，略表、心期。（中板）今日里，已定期正月七日，与旧历、十一月十九、同时，到那天，我民国，无论为官为军为民一同、休息，必须要、将灯悬挂还要高竖、国旗，同庆祝、共和国万方、一致。我国民、自由平等庶绩、成□，更庆祝，大总统将新、在历，施宏猷，动远略，定不负万家、所期。在今朝、□则是反正，伊始，便已立、我民国万载、丕基。你来看，反正各省蓬蓬、民气，势必要、推倒虏廷扫除胡穴慷慨、陈师。今且刊、庆祝大典何等欢喜。（收板）众国民、暂纪念亿万年斯。

1月24日　　唐绍仪自叹　　腾澜

（二簧扫板）叹一声，袁项城，真真、无理；真真、无理。（慢板）想满清，向来暴敛苛捐都是专制、陆夷。到后来，将铁路，收为国有，乱□、四起。民国军，公举黎黄正合应天、顺时。攻湖北、据武昌，由此纷纷兴师仗义。不数旬，群省尽行反正如电扫、风驰。可见得，革命军，人马精强，个个都热诚、敢死，清政府，难以抵挡，眼见众散、亲离。袁世凯，入内阁，授为总理，本是大才、可喜，称名将，□回鲁豫逐渐、而施。怎耐他，军心降，兵穷饷场夺其、所栖，迫得要，命我全权议和暂且停战、限期。我本心，原非是，崇助清廷从他、政治。无何奈，身陷燕京难以主意、自持。今日里，奉袁命，忙忙趁此来申欢喜、无已。乘机会，暗助共和要使君主政体尽数、□除。因此故，来磋商，与伍总长面□、和议。定条款，依我全权签约非是、希奇。岂料得，电来将议和各款数条、中止。开除我，委别人，诡计深藏方谓强硬、难欺。既违约，先行破坏虽肯忍容、于尔；忍容、于尔。（二流）问袁贼，有多大本领能与、革军支持？问清廷，文武个个那是、坚心一志？问列国，能否用电难和、如此罕希？问舆情，谁个不向共和、反对君主？枉费我，力扶大局今日、心事全非，终还要，死战一场两便、飘扬旗帜。从今后，我欲效忠民国，又本知何如，□房□，誓不再、乞怜摇尾。（收板）但只愿，除仇敌，奏凯、班师。

2月9日　　　梁鼎芬出家　　吊

（首板）梁节庵，弃国家，全然、不顾。（慢板）眼见得，此身世，从水面、浮萍。脱袍褂，换谷拔，抛宗、别祖；舍亲朋、和乡里，不念、妻子。以儒生，为道士，禅堂、初步。念大清，冲龄主，北望、燕都。（转中板）看、起来，现时局令吾、气怒。只可恨，臣□贵荣辱，爱富贵，一个一个都是殃国、庸夫。想清朝，二、百余年他的山河、牢固。今日程，失却了饷□、□□。谁说是、圣天子自有百灵、拥护。那江山，难长保，奄、有四海今日富贵、全无。可恨我、万、错千差千、差万错走入了宫场、之路。九重恩，一品贵，红、顶花翎金章紫绶眼前光景不觉是一梦、呜呼。到如今，才晓得清朝、不祚，那忠臣、与烈士谁肯做满族、之奴？我这里，不做官出家、修道，只寻怕，六根不净七情六欲五内里还把富贵、□□。入空门，□佛法何等、□苦。又岂□，到华众那有这□、功夫。（快板）我岂系、与佛有缘□航、普度。无非是，身有屎，怕人对峙还说我死有、余辜。□□□，愤把我死刑、宣布，那时节，谁、为求情□我一力、匡扶？呀呀呀！（介）从今后，弃红尘□依、净土；从今后，佛门中□个、诗豪，望佛□，把弟子的□躯、保护。（收板）望□我，提防着，革命党徒。

· 403 ·

3月6日　　石锦泉归天　　慈

（二簧扫板）石锦泉，被擒到，都督衙内，（慢板）这才间，这严讯，数令我供不欢口、事不离实，就听□、判裁。想当初反王时，曾在十敏主穷却被□军、□□。邻只为，那一班，兄弟想着、钱财。到后来，恃强横，逍遥、法外。胡汉民，命人安抚，却令我大众、回来。在营中，与参谋，□□、作怪。料结着，一群无□，招摇勒索□作、牛□。去长堤，□李准，缴□、军械。因此上，掳却了大注、横财，又谁知、这不宁，一朝、失败。被邻督，浓采□掳令我、难猜。到如今，被擒拿，无从、抵赖，又有□，又有□，有□有□辩也、不来。想到此，不由我心中，想艾，心中想艾。（二流）到不如慢且招□，免把刑□。仆说□□收□□弗欺，商民受害，又说这国攻水师公所，是我干得出来，供出那□语，一声长慨，任由得陈炯明，怎样安排？在衙中知难免、问□之罪。抬□来又见张参谋，也被拉埋，排着了这命儿、同归阴界。（收板）但只愿、快些死早去、投胎。

3月12日　　升允骂载沣　　序

（首板）想起了、那载沣，令人、想气。（上唱）把总□乾坤化作灰泥。（白）俺亡清衰臣升允，只为载沣德薄，苛剥汉人，致使逼虎跳墙，把江山反转。□想起来，真令我不能缄默也。（梆子慢板）俺满酋，得江□何等、苦志，行驱卫，吴三桂，受我所愚，既人主，复命他，把孚琦、行刺。那时节，实只望、万载、邦畿。始顺治，继康熙，迄今十有、三主。同治死，立载淳，才有听政、慈禧。（转中板）这、奴才，他以为同治光绪皆成、绝嗣，这江山、问谁人可以承之？一定是摄政权归你、载沣，就将那、满家天下立嗣、溥仪。受君恩，还须要鞠躬尽瘁慎终、慎始，又岂可、正式公事当作了、儿嬉？你不该，把汉民抽剥、如此；你不该，骄奢淫逸胡乱、行为；你不该，商家铁路收归、于己；你不该，私人任用弄到大局、如斯。口声声，还说道立宪维新更除、专制，谁不晓，藉此宠幸供我、指挥？不怪得，那汉民怒冲、发指。谈革命、灭满清竖起五色、国旗。湖北省、黎总统首倡、起义，各行省随声响应平地、声雷。（快板）骂声狗才、这载沣，江山断送否曾知？□对祖宗应愧死，俺家升允，不受你来欺。我惟有、奔命□古无顾、见你。（收板）不怪得、天道循环，报应不虑。

班 本

3月15日　　　秋蝉哭夫　　　报界瞽者

妓女秋蝉，石字营司令部张汉兴之妾也。张与石锦泉、同受枪刑，秋蝉往沙河客籍寮闻丧云：（二簧首板）见灵牌，不由奴，五中、悲切。（慢板）忍不住，腮边泪如雨、淋漓。我这里，跪只在，尘埃、之地，披着了麻衣，对着了灵牌我就魄散、魂飞。叫一声，夫君你、阴灵、在此，且鉴我、一片苦衷哭诉、哀词。只恨奴、命不辰，鬻身、为妓，好一比，明珠暗投葬在、污泥，每日里，迎新送旧，含羞、带愧。我只怨、命不犹人何口里才把孽海、脱离，又岂料，有奇缘，得我郎、赏识。真果是，恩承雨露何限、荣地。想奴奴，在青楼，阅人、多矣，全都是、骄奢淫逸流荡忘返与及薄幸、男儿，怎似得、张郎你、多情、多义。因此上，委身而事只望夫唱、妇随。多蒙得、好郎君，收为妾侍。忆□从，入郎门就鱼水、相依，念我夫、是富商，我就丰衣、足食。又得你、把奴宠爱胜过结发、娇妻。只可喜，奴此身，得了安乐、二字，我占□、瑟琴永好同谐、昔好不、是□。又讹□□东省，有反正、之事。滚绿□、改邪归正奉命、兴师。那时节，我的夫，投入石字营中救、□司令。□看起，□灵□□才是、愁眉。怎□你、与石□□，为□、□比，持枪械，恐吓法官□□，民荷索手车劫抢财物种种作恶又遇事、把持。因此故，陈都督勃然、怒气，拿住你、与老石同把军法、索□，就在那、都督府前，用刑、枪毙。可怜你，遭惨死好不、凄其。想到此，好叫我、肝肠、欲裂，肝肠、欲裂。（二流）痛我夫为老石、咁就命丧阴司，悔不□投身军队，又不遵从法纪，至今得商民怨愤，都说你作恶为非，岂不知古有言，禽择木人归上，你自投罗湖，无乃庸愚。罢了罢了我的夫君，你忍把奴奴抛弃。（收板）好叫奴，青春年少，怎耐、寡居？

3月16日　　　石锦泉游地府

（二王扫板）石锦泉，这三魂，来游地下，来游地下。（慢板）叹一声，人生在世转眼、繁华。想当初，在绿林，一方、称霸，无过是，勒牧行木打劫以外、无他。眼见得，满洲犬据吾、中夏，因此故，投诚民□光复、医华。到而今，民国成，羊城、□下。我民党，兵不血刃武勇、堪夸。我锦泉、统带着，数千、部下，愧□□，毫无约束微扰、盆沙，因此我、备受了，同胞、唾骂。我不该，仍存贼性称霸、有加，都只为、夺枪支，督顿、令下，□大□，房□党国把我、擒拿，依军律，判将吾、军□、打巴。每自念，莫□一世而今安在不觉两

· 405 ·

泪、如麻，魂□到，□□来，心中、□卦，心中、□卦。（二流板）□上□□白上、望望何处吾宁，□见□□士□□，自生愧怕。他在大庆言笑，说道一死非差；他知道民国已成律光生东亚，不枉生前流血、□□由花。□愧我一死无名，反受人唾骂，真果是泰山鸿羽，我不如他。情望我来世托生、共和宇下。（收板）改前非，归正果，再到、中华。

3月20日　　载沣自叹　　椎

（起板）自从那、革命军、闻风、响应。（慢板）恨汉人、个一个，怨怼、清廷。都只为、他不肯、尊崇、异姓、致令得、这江山、总不、安宁。霎时间，各行省、先后、反正，那清爷、和清后，哭不、成声。因此上，迈了位，保全、生命。我本是、一个亲贵人，难表、同情。（中板）想、起了，到不如提谋、自逞。大祸来，还须要早算、行程。到□天，□□老□反对共和、国政，又□动、单阴天□决一、权赢。想革军、毫无能力不难、平定，无奈何、场力□为终觉呼应、不灵。倘若是、袁世凯□能计从、言听，可信得、满人灭下不至、□倾。今日里，那山河如斯，究竟，道都是、袁世凯畏死、贪生。况又闻、袁为总统已经、举定，从今后、历史上又多一个、亡清。我载沣，方以为销声、息影，在牵天保全得旧日的红顶、花翎。又谁知、袁世凯偏要把我来、抽秤，电奉天、严审侦缉押送、还京。莫不是、欺我庸才□且无权、无柄？莫不是、恨我□诋和□坏□、声名？莫不是、知我财产千万地皮、剂净？此一番，真令我寝□、不宁。实只望、优游岁反消受□□、之□，怎知到、袁世凯反眼就是、无情，待我来，一面深藏一面观他、动□。（收板）我载沣，少不得、胆战、心惊。

3月22日　　康妖写书谋祖国（公脚喉）　　鹃感

三月七号南越假据特约员来电，期天津被外兵占据，□由□□□策，尽已在津，为袁世凯占据，搜获康妖有为亲□书图，可作证据云云。但电文□略，未知其书中之内容无何，记者务用理想，诸人歌谣，以博一哂。

（中板）天生我才、必有用，岂能久困、在樊笼？回国权荣、□希宠，又将见入门下马、气如虹。（白）鄙人康有为，前九年以保皇为饵，煽驱华侨，到后来无皇可保，改为提倡立宪，都是为搵丁起见，眼底不外黄金，心里诸多黑质，人才不知我，在己亦有自知之明，不窃时至今日，孙文快吾一步，返回祖国，实行革命，大告成功、到今时。（介）不特无皇可保，且已敢出共和，试问民主世界，我辈权徒、有何可作？素知袁贼世凯，与某国结有穷仇，为某国所最恨，适予与某国善，而又与袁仇，天假我缘，不忍失好机会，特说合某国，先行反对我国革命，不守中立，并派徒子徒孙、散播京津一带、潜国行驱。今因要事，告知弃徒，特写书前往可。（中慢板）某门生，汝本是人才、超众，前委派、汝回国设法、图功。想至今，定必有非常、运动，在京津，交通之地何等、从容。但时岁、不可失否知、郑重，因何事、有书来后已隔廿四点、多钟。亦不见、汝有书来报知、种种，真令我、三秋如隔不知何去、何从。我倚汝，如马缰善于、控送，自此后，一时一刻，要音问、相通，紧则用电，闲则用信，莫将黄金时刻、精纵。凡人生，出来作弊必要如此、忽忽，今告汝，我在某邦献策已为、所用，他出兵、我出力回国、兴戎。先在那、满洲地方以备、操纵，并运动、北方军队先行、自攻。到其时，借口外患由于、内讧，□有幸，备外兵可得、成功。我师生，富贵功名皆能、不恐，谋大事，先要有□骨汝母教儿、自对，若不幸，奉告瓜分亦是一场、春梦。然某国、兵力素足已如虎、如龙，我逆料、事必能成所以告知、汝众，接书后、预备一切□必、实忠。不一旬，大兵便到必定□于、错综。（收板）将见、时势、造英雄。

3月23日　　军民讨升允　　我

（起板）闻双报，骂一声、满奴升允。（慢板）不用得，我将士，敌怀、同伸。想当初，掣义旗，实只望报仇、□恨，把满虏□泡制、一个个斩草、除根。有严□，遇老猿，就把房巢、保护，停战明，闹和议，愚弄、民军。到而今，优待虏众都是满人、万幸，本该要、□□哀，大汉深仁。倒不料，这巇奴、心心、不忿，逞凶狠，行杀戮，□动、甘军。入陕西、破咸阳，把我生灵、残忍。骂一声，这满奴，休想、逃生。（中板）因此上，催动了二军、临阵，还须要，遵号令兵法、如神。切记着，满贼满奴是我祖宗、仇恨，□然是，不念先仇不知国耻何以为人！大丈夫，为国捐躯乃是应该、职分，何况我、如貔如虎能立功勋，血性儿，提起了满人、就忿，恨不能、剥皮来寝肉、来吞，猛听得、战鼓声亲临、前阵。（收板）愿健儿，轰满贼，大奋、精神。

3月28日　　案冤魂重泉抱恨　　吊民

（二簧首板）众冤魂，遭不幸，惨遭、命丧。（□板）今日里殃及池鱼，好不凄凉。（白）吾乃□民鬼魂是也，广州不宁，□界交□，连天血战，商民无辜被害，今日死□□泉，好不叫人痛恨也。（二王慢板）恨□声，我粤人，不□□□愁恨，怨不住、腮边珠泪□□、行行。为什么、广州城、有如此、惨状，霎时间、风、云变起血染、五羊。当日里，本热心，是遵班、革党，拚掷了头颅牺、牲了性命，誓要驱除鞑虏恢复我祖国、江山。幸喜得、众同胞，人皆、勇往，都知道，提、倡革命推倒满洲已自大醒、□项，到如今，告成功，重兴、大汉，眼见得，推、翻专制建设共和好不得意、洋洋。虏□□，反正时，兵不血刃礮不闻声就同胜、快畅。□然是，和、平独立□飘五色□等、辉煌。我占这，从此□，就把文明、福享。况且是，和、议告成北伐取消可以不用、刀枪，又谁知，今旦祸从、天降，好、个庐州城用作、战场，彼陆军、与惠□□知所因、那样。连日里，互、相剧战自残手足就祸起、萧墙。致令得，安分良民无辜、身丧，那父母，与妻儿、兄弟姊妹个、个同受、灾殃。俺粤民，抚心自问有何、罪状，竟被那，开、花边管机关克虏□般大炮把我血肉、飞扬。今日里，落□了黄泉，我就神魂、怆凄，神魂怆凄。（二流）我睹此中华民国，痛断肝肠，为什么到今日、演出这等怪像？怕只怕瓜分祸，不见于满清见于民国堂堂，风问你革命英雄，有何话讲？令我辈在重泉下，也觉难安，但愿你当事议公，休再如此卤莽。（收板）更愿我、众商号，□把大□、提防。

3 月 29 日　　□□□（模糊不清，看内容与中国时政有关）

（前文内容漫衍，识别不清）想，割据了、东三省，独立、称强。还想来，起大兵，与吾、打仗，恢复□、□宗基柔，希望着亿万、年长，望尔□，□□他，披着了□□□□东方，□□，□清廷，督三省，座镇、□□，□□了、长泽□□□，□□与民□□□反对、无乃、讽唐。□申□恨□□不知我的苦衷□吾□□，□□□□项城□此地□□□、□望。□□□□清廷专制□□□人□无□□□□□旬月□□望了清朝连□□□□、□山，□时间，盈廷（后文内容漫衍，识别不清）

3 月 30 日　　粤人叫苦　　大江

（扫板）痛民军，挟私仇，把洋城糜烂。（慢板）好一座、珠江城，遭此、摧残。悔不该，招民军，养□为患，只占他，能灭虏，还我、河山。到今日，民国成，本该、遣散，还容他、在省会，妄逞强蛮。想我粤、那宦财，数原、有限。皆短衣、和缩食，□助、□篱。（中板）只估道、当他们为同胞、捍患。谁知他，防遣散权利、攸关。因此故，逞众强祸成、一旦，把羊垣、庄严地变作瓦砾、场间。视人命、作儿嬉珠堪、□叹。我同胞、输军饷养成此辈反与自己、为难。须知道，我广东眦财、有限，却焉能、养此十余万众坐食、严山。万不能，才把那民军、遣散。若因此，怀恶感便起、波澜。今才知，革命口头尽是会饯、作眼，况广东、并展观事坐食、安闲，欲想做、旗下兵长缰、食惯、□能把、他民军大赖、偿还。见羊垣、那情形忍不住泪流、满面。（收板）共和国，乃如此，好不心烦。

4月3日　　港商电留陈都督　　鹃

（首板）陈都督，若告辞，大局谁挽？（中）为留陈督，我心烦。（白）予乃港商是也，惊闻陈督、现又告辞，大局无依，于心耿耿，爰集同人，会议挽留，急急打电往可。（慢板）想陈督，在惠州、羊城、而返，带大兵、来镇压，不厌、其烦。自到来，各商民，皆乐他情□、丧□，副都督、那一席，事本、冗繁，幸陈督、允担任，人皆、义赞。到□来，胡都督，又隐、中山，赴江宁，有要事，听胡、专办。胡既去，陈都督、代理、其间。（中板）忆、自从，代理正都督之后尤能扫除、后患。先从那、民军一样淘汰多少以恤、民艰。□兵饷、减兵□□人、可办，独陈督、□尤担任绝不、畏难。各民军，大义深知亦无、抗反，独惠军、和□统□竟敢、抗□，率部下、开大炮暨把坏刀、糜烂。陈都督爰整顿其军、三军，向惠军、展军威大加、剿办，幸各军，齐心协力共挫、野蛮。一日间，便将那惠军、断患。因此上，粤人称颂仰如、泰山。怎估道，陈督涉难不听、人谏，历会那、省会护员坚要辞职国件、纷繁。我闻言，真不禁极力、□挽，快打电，不可迟免失、靠山。愿陈督、鉴下情急平、大难。（仄）（收板）切不可，辞职去，潜回、乡间。

4月4日　　女代表大闹参议院　　铁

（首板）真可□，参议员，全无公理。（梆子）不由我、女同胞、倒置、蛾眉。今日里，中华国，是个共和、政体。男与女，本平等，岂有、分歧？怎容他、强把那、政权、窃据？施压力。行专制，硬要、把持。发狂言，抒□□，全不、知耻。他说道，为国政，只许、男儿，只说我、众姊妹，并无、学识。因此上，黎政权，不与、娇姿。（转中板）听、他言，好叫我又瞵、又气。为什么，把女界任意、欺凌？想如今，共和国又岂可重男、轻女？莫谓我、蒲柳质竟乏、才奇。须知道、国民之母断难、藐视。历史上、数不尽的巾帼、须眉、最著者、当日兴问有大任、□□、曹大姑、续汉书青史、名绝。再有那、木兰李秀代父从征可算是女中、豪杰。到如今、秋瑾殉节其侠□、何如？彼欧西、罗兰夫人以及苏菲亚批荼、女士、个一个、全都是革命英雄舍身救国拯厥、疮痍。你看我、女界中人才、出色、又岂容、轻视我辈是个弱质、娇姿？参政权、誓要与他争持、剧烈。上封书、怀炸弹共佢见过、雄雌。叫姊妹、随着我群英、且向议院、而去。（快板）履行对待、莫迟疑。骂□□员、来泄气。拆平议院、奈何如、切莫畏首、□畏尾。牺牲性命、讵容辞、人不自由、无宁死。罗兰法语、岂忘之□我振臂一呼、奋然而起。（收板）□一出、闹议院的□剧、何等、□□。

4月10日　　黎元洪痛陈时局　　吊民

（二簧首板）痛时艰、不由我、五中、欲裂、五中、欲裂。（慢板）俺元洪、残喘尚存初心未泯我就痛哭、陈辞。庆电文、与总统、并及那四海、人士。俾知到、中华民国的现象、何如？忆昨年、俺鄙人、首倡、举义、在武昌、大声疾呼高竖了五□、旌旗。想我们、革命党、不过是推翻、专制、一心要、恢复中华建立民国又把鞑虏、驱除。可幸他、各省人、奋然、兴起、数月间、全国反正中外惊奇。到如今、彼清王、赞、成共和已将、位退、我民国、举、定总统全完成立夫复、何疑？只可叹、近时局、不胜、忧惧、待鄙人、日把那可为痛哭的现象细说、言词。头一件、是外交、最为、恐惧、彼列国、虎视眈眈其欲逐逐何日不□隙、弃机？忽然间、京津变、瓜分□祸就在于、眉睫。你来看、甲国增兵乙邦□踵联军现象又怕复见、今时。第二件、可痛哭、就是我邦、军事。近日里、互生意见各争私利竟把同种、芟夷。叹军政、未统一、只怕萧墙、祸起、致令得、中原大同危同累卵辜负了你辈、爱国、健儿。第三件、最担心"钱财"两字。他本是、国家命脉关系、安危。今日里、众国民、脂膏、已坏、眼见得、罗□俱穷又怎样、支持。倘若是、借洋债、剜肉医□怕做波兰、之继。有心看、想到此怎不泪洒、淋漓？第四件、是民政、百端、待理、只可怜、众百姓多是迁徙、流离。东南省、□□那、水、灾饥馑兴及兵戈、□疫。为上者、矜此哀鸿加意抚恤切莫、延迟。第五件、是教育、使民知、礼义。占今来、无教之国必至日就、衰微。这几宗、最令人、痛哭、流涕。但只愿、爱、国同胞猛省、深思、必须要、设法挽救、彼此齐心、努力、切莫可、各怀私见互挟、嫌疑。我元洪、感恩戴德受了诸公、之赐,受了诸公、之赐。(转二流)早定那国务各员、授职分司,彼此们共体时艰,早决大计。若再是迁延不决,就祸在燃眉,又岂可鹬蚌相争,至令渔翁得利?还恐怕灭种已成,终悔噬脐。生何以谢群黎,死何以对先烈?俺元洪还有半点血性,断难缄口无词。我写罢了电文,不觉是泪痕满纸。(收板)愿诸公、定国家,我感激、无期。

4月11日　　孙总统功成身退　　汉儿

(首板)经向那、参议院,布告辞职。(中)功成革命,边处为宜。(白)鄙人中华民国第一期临时大总统是也。自议和停战,清帝退位,南北统一,另率总统袁君,鄙人即当如约告辞,以谢天下。今者共和成立,内阁又已完全,已向参议院布告辞职,自此以后,退居国民之列,同享民国幸福,真可善也。(左撇慢板)想鄙人,倡革命,屡次、举事,至今日,方成功,乐已、恨迟。荷同胞,公举为、临时总统予吾、优异,在南京,受□日,已有、誓词,谓共和、已成立,即当、辞去。今袁君、为总统,内阁总理又得唐君、绍仪。内阁立,民国成,休矣!美矣!功既成,当身退,又复、奚疑?(中板)因、此上,布告辞职退归、井里,与同胞、同享幸福快何、如之。喜中国,无待一年已易、民主,专制魔、既要去人尽、开眉。从今后,政体共和国追踪、法美,五民族、联为一体常固、国基。喜人民,自今起永离、专制,得自由、得平等无判、尊卑。尚大同,已深合人道、主义,有治人、有法治远大、可期。喜鄙人,负重任尚非、放弃,得及身、告无罪侥幸、至斯,职既辞,我自当先回桑梓,或游历、诸友邦重访故知。(快□)幸得实行、我宗旨,功成革命、大有为。因此敬将吾心志、布告大众,使闻知。缘卿清明,人在异地,故乡风味、正合时,买棹归回、重见父兄姊妹。(收板)言情、杯酒、慰别离。

4月12日　　溥隽谋袭北京　　鹃

津报云:内蒙古昭皓达盟旗部落各蒙王,从前清大阿哥为帝,纠合蒙兵,合谋进攻北京。

(首板)称帝、称王、本无种。(中)有兵在握、便如龙。(白)孤家大阿哥,当清朝在位之时,也层联合义和团,兴兵叛乱。随后失败,迁回祖家地方。今闻清帝亡国,政改共和,不如火集蒙兵,袭取北京,称王称帝。左右立在一旁,听孤家道来可。(梆子慢板)我蒙古、族大人多、素称、有众,民情、强悍，好把干戈、相从。我胡酋、入主中华，端赖蒙兵乃能、制控。谁不知、从龙鞑虏，建立、奇功？今中国，政改共和，艳说民国、一统，令孤家、闻此议，不禁欲振、雄风。（中板）起大兵，袭取北京神吾、妙用，先联蒙，复联满整我、兵戎。闻北京、汉兵少满兵多不罗、运动，俺曾将、这计策商知蒙古、王公，皆赞成，助饷助军听吾、操纵，此一举，若能成就定必大展、称封，可能得、富贵功名谁不、赞颂？我想来，袁氏世凯对于民国难个、效忠，惜独是、北方军队若肯为我、所用，实无难、耕去袁氏战胜民国任我、称雄。在孤家，语本由衷并非、□华，□起兵、向北京□月、而攻。诸□□、听孤□必当、奋勇。（收）□来看、彼苍天，必□、□□。

4月13日　　讨升允　　玻璃

　　飘飘五色新旗帜，革命成功新立共和，满蒙回藏同归顺，洗涤乾坤斩尽恶魔。怎知满贼尚有唔知死，结埋党羽扰乱山河，宗社党同光复党，虽然解散尚有余波。最堪痛恨惟升允，不知反正举动差□，联合长庚兼董贼，蛇鼠通同共一窝，拥着残兵来反抗。新招旧部共有万教□□，遥□□□闹破坏，把共和反对大逞干戈，借口勤王招匪党，满回汉族拉杂招新，所部兵事无纪律，致使经过居民受害多。佢兵到醴泉人受祸，好似虎狼方困饿，□行抢掠奈佢唔何。人忿恨，佢更逞猖狂，遍地良民大半死伤，醴泉□地南方镇，镇内居民苦断肠，抄抢更□加粮兽，禁毁民房怀不可当。可怜巨镇成鱼干，都话升允凶情其过虎狼，各处听闻升贼到，居民又惧又惊慌，还有一般心立□，若然开伙多系汉种伤亡。

　　因为汉人必令当头阵，战败□他汉族损伤。旗兵督后存伤和。家吓汉种履受欺凌晓得佢意不良，个个倒戈无斗志。若然奋击就要佢丢甲抛枪，是以总统先遣武员游认佢，看他否愿俯首归降。因为大局现时经已底定，不□涂炭生灵把武刀再张，派出段君祺瑞来相劝，怕佢执迷不悟尚称强，拨派劲旅百千援救陕，派人前往保住长安，叫佢实行反正休滋□。若唔遵命必定丧在沙场，又请黎总统派兵同进劝。谁知升允尚归边疆，义勤大军同佢接仗，我军旗正阵堂堂，推国贼铲除伸义愤，佢系釜底游魂点□抵当，三战居然三败北，况且佢军士离心更易败亡。想叫禁卫兵军来协助，怎料禁卫军人有耳装，一时弹子兼军饷，两般困乏问佢怎商量。连日民军齐猛击，兵械俱穷叫边个帮，立刻退出山西唔敢抵抗，笑渠真不量，刻日把佢残兵全扫□，任你妄逞豪横卒要灭亡。

4月16日　　　梁士诒被摈　　诛妖

（扫板）从今后、国务卿、已成梦想，已成梦想。（叹板）不由我泪悲啼，痛切肝肠。（白）本官梁上诒，初为满清大奴，穷穴京中，万般作弊，出身翰苑，素以乃吏著名。自入邮转部以来，由贫致富，家□巨货。清帝会议退位，各部王公大臣、不敢发言，我独倡言反对，辅满耕汉，轻视民军，实不料民国告成，实□出吾意外。（介）但人生在□□不可有一定宗旨，俗人有言一边使风来，就向边一便□，只求名利二字，此外何恤人言。因此换过一个面目，充人民军，藉袁某之力，觑觑国务卿。怎料南京军队闻知，大倡反对。幸得袁总统力荐，以为可安于□，今又闻参议院把我除名，终须被舍，真闷煞人也！（□慢板）想当初，为□个、利禄、是尚，到后来，明功课□希求上述志切、名扬，到后来，赋鹿鸣，并能、点翰，打秋风，收得买□籍胞、私囊。入京中，将贿赂、着为、下上，多其门，为奴为婢称师称弟运动、名场。当是时，在要得、人多、□向。各王公、党羽最大势力最霸端□、奕劻。因此上，俺在□、□□、庆党。幸当时，着为介绍又得、袁唐。奈朝中，因改革、风潮、荡漾，握大权、统治中国全在摄政、亲王。当其时，袁世凯、亦难邀满廷、见谅，世本官，□身邮昂职位、无伤，并能充、该部中、铁路、局长。惜铁路，俺我食囊坐收私利不止千仓、万□，龙杭前、借详叹，民有□有分为□□□使对此，只知害民科□竭力、□张，□讲□，该省中，□□□我量、□其事，还有一个蛰仙、老汤。俺极力、敢为国有、与民、对仗，又暗中、串合宣怀盛氏与及、外洋。各洋大人、见本官、一心、趋向，却又赖、提出借银暗中交我以充、宦囊。因此上，骤致大富。此后盛氏□逞尤有外力，可仗，至是时，羽毛丰富迥异、非常。又谁知，革命党、再动、思想，黎元洪、统率军队先行起义、武昌。不一月，各党人、分布各行省、之上。袁慰亭、力逼清帝退位、朝堂。俺也曾、反对袁，力辅满清心犹、专□，实不料，功成民国有如发梦、一场。至共和、已构成、龙又早出、怪像，我佯为、赞成民党欲博名利、一双，运动袁、踞异都，欲为、总长，却又得、唐君绍仪喜我同任、赞襄。怎估道、各电力攻，诸多、继响，各报馆、各军队孙总统□把反对、□倡。今又闻、参议院、已将阁员参订、安当，把我名、立即涂去宿在、当堂。方知到、运动一场、已成、虚望，已成、虚望。（□板）真是欲哭无泪、九断回肠！从今后国务卿、无庸枉想，真不□□一事、于颜□偿。今若此令本官、徒增惆怅，更虚着民脂民膏、□善盖是。悔当初反对共和，不应如此谬妄。（收板）被民国、推出外，此恨、绵长。

4月25日　　李准哭祖宗

李准自去岁□迹香江后，原优俟风潮稍定，即远返四川。佢料其乡人，以李曾反对铁路商办、赞成国有，故反正后，竟将其祖坟及家屋、毁拆无□。李闻此耗，遂不敢回籍，现已在香江购置大屋，又在山顶买洋楼一座、并广置产业数十万，以为久居之计云。

（二簧扫板）乍听得、传凶耗，我泪珠、乱滚，我泪珠、乱滚。（叹板）恨只恨川人可恶，掘了我宗祖山坟。（白）唉不可，呀不可，想我李准当日、曾做满清奴隶，堂堂一个提督军门，何等威武！广东的地皮、被我削薄，广东的民膏、被我吸尽，因此养到肥猪模样，好不快心！谁想如今、流落香江，难归故里。我祖宗的山坟、也被乡人毁却。不孝之□，百身莫赎，思想起来，好不痛杀我人也！（二簧慢板）想当初，在清朝、服官、一品，由司道、升提督真果是权势、惊腾。搏功名，求富贵，染着一条、官□。每日里，戴着了红顶拖着了花翎好不、精神。削地皮、食民脂，手段势凶又要心肠、狠很。因此上，千百万家财足以永享、终身。都只为、铁路事，激怒了川人、生愤，他骂我、赞成国有不肯反抗就是误国、殃民。到后来，反正时，掘了我的祖坟同心、何忍？纵然是、直绳有罪罪在直绳又岂可戮及、先人？致令得、祖若宗在于黄泉、饮恨，好叫我、闻此消息怎不哭丧、三魂？想起那、凄惨情形试问有谁、怜悯？有谁、怜悯？（转二流）怎估到外婆直绳、竟不容于梓里乡亲？我休想着回乡党，又怕遭人□□。他日里死在黄泉，怎样见我先君？谁料到当世□□，今竟如斯倒运，上不能容于国，下不见谅于民。今日里流□在香江，好一比飘蓬断梗。幸喜我剥削的民膏、可以营生，买产业买楼房、利权阵阵。（收板）从今后，居留此地，托庇、外人。

5月2日　　民军归农

（首板）健儿，此日、功成身退。（中板）如今解甲、卸征衣，归家再理、田园事，披蓑戴笠、负耕犁。且与那、众兄弟殷勤、话别。（介）说不尽离情话，握手、临歧。（梆子慢板）□自从、武昌城、革军、举义，各行省、齐反正，遍树了民国、之旗。那时节，俺广州、有人、倡议，又谁知、遭破坏，可恨着张贼、鸣岐。想此时、革党员、劳心、苦志，为广东、谋独立，把计、来施。数月来，运动了、绿林、豪杰，招兵弹，募民军，尽是敦国、男儿。（转中板）因此上，粤东省和不、独立，赶尽了清奴，光复我土地，好不吐气、扬眉。当日里，不费一兵、不烦一矢，只闻得、连天爆竹高歌畅饮遍地、欢娱。睹此番、文明世界有谁、不喜？与同胞、享此共和幸福欣慰、何如？试想那、太平现象何由、而至？这都是、军人舍命才博得结果、如斯！彼此个、做着共和国民须要尽心、国事，或出钱、或出命，齐心合力救世、匡时，又岂可、自残同种俾人、轻视、耻笑我、新国民智□、卑微？可慨他、无知者重财、轻义，可恨他、保皇妖党造谣煽惑惹起社会、忧疑，可惧他、不肖之徒寻仇报复把人、枪毙，可恶他、大□友作恶、为非。挂起了襟章，穿着了文明，不□、手拿着炸弹，与及驳壳、枪枝，城内外、肆行抢劫屡见医官、神示。□视章，天天纪载中外、咸知。这等人，败坏我民军、名誉，致令得、商民疑惧，军政府又要设法、□持。最可恨、石锦泉张汉兴是为奸、作弊，林三妹、张铁□，或因争权或因遽令种种、贴□。这种人，本该要严行、处置。今日里，粤省秩序应要、整齐，留五成，本不该过为、操切，裁汰净，就不怕饷项、虚糜。我健儿、多半是耕田、食力，到如今，三春和暖正乃农事、之时。飞鸟尽、良弓藏，不如归去。（快板）此日回乡、有荣施，莫请功、来恃势，莫藉功□、把人欺，莫因双胙、来争气，莫恃军人、乱行移，力务整军、兴种植，春耕秋获、力农时。从此后，在家园我优游度岁。（收板）家人、团聚，乐也、怡怡。

5月4日　　黄克强自劾

（扫板）为南京、兵变事，深自、引咎。（叹板）电总统请参劾，不是造作矫揉。（白）鄙人黄兴字克强，承袁总统任命，为南京镇守府。昨适公赴港，不料赣军为宗社党煽惑、藉灭饷为名、陡措叛乱。俺在港闻变，星夜回宁，与各军师团长剿抚兼施，报以即日戡定，惟是累商民无辜受害，自觉职守有亏，不免电袁自劾也可（左撇帮子）想国家，待军人，恩降、礼厚，耗民脂，糜国帑，都无效果、能收。众军兵，本不该、□张、仍旧。才不愧、干坛□、熊虎、号□。□□兴，承总统、任命南京、留守，自受职，常战兢，陨越、□荡。前几天，赴申江，因公、奔走，又谁知、赣军陈、变乱、倡谋。（起板）事、由起，宗社党从中、惑诱，各匪徒、相勾结为幻、张□。藉减饷，蓄异心甘居、祸首，不度德、不量力何异撼树、蜉蝣？在港渎、闻叛乱风驰、电骤，披着星、戴着月不敢、迟留，返南京，与军官共同、挽救，或用剿、或用抚济以、刚柔。还侥幸，即救乎尚称、得手，斩荆棘、图滋蔓判别、□□。只可怜、白门桥惨遭、躏蹂，太平桥、众商民损失、相俘。今日里，虽然是肤功、迅奏，累同胞、罹祸变抱恨、悠悠。愧临事，未歼此跳梁、小丑，在事前、又不能未雨绸缪。愧不比、周亚夫营肃、细柳，又不比、小戎驷骊敌忾、同仇。是能浅、是德薄扪心、自疚，险破坏、共和□震□、环球。天下人，纵过爱原情、见宥，却怎奈、衾影中惹悔、滋尤。功必赏、罪必罚不能、假苟，俺奉职、已无状遑论、□猷。君子过，如日食何惮罪愆，纠谬□倘若见、□非文过转致□□、胎忧？我这里，把电文匆忙、□就。（收板）自弹劾，胡敢谓、卓越、

庸流？

5月7日　　国民欢迎孙中山

（首板）闻报道、孙先生、荣归、故里。（中板）吾人闻此乐奚如，开会欢迎忙预备，今朝何幸得睹、丰仪。（慢板）想当初，我中华、惨无、天日，被逆胡、来吞灭，种族、凌夷，二百年、受尽了、凶残、专制，不敢言，不敢怒，任彼、鞭笞。那独夫、与民贼，狼威、乱肆，害得我、亡国民、残息、难支。如锦绣、好山河，变作膻腥、之地，任由得、虎狼辈、吸尽、膏腴。近年来，那苛政，甚于、往昔，昌言道，汉人瘦，满族、人肥。伪立宪，抑民权，横来、压制。那苛捐、和重税，抽剥、无遗。割土地、□强邻，主□、放弃，任教那、举国人、颠遣无告罔闻、无依。（中板）幸，苍天，不忍令我皇汉遗民永沦、奴隶，诞生了、孙先生拯救、群黎。廿余载，在海外奔走呼号提倡、民智，与满奴、不两立誓要锄而、去之，与党人、屡举义师百折不回旋仆、旋起。勉国民、图自立泪尽、声嘶，弃身命、若□□任怨任劳艰危、尽历，抱定了、共和主义要把国体、更移，因此上，革命潮流沛然、莫□。武汉闽、鄂同胞首举、义旗，各省人、□继着闻风、兴起，同建立、中华民国奠定、邦基。大统领、举先生主持、国事，布共和、诛丑虏四海、欢娱。到如今，南北融和大局已不便功成、身退，虚大位、让贤能高洁、自持，敦世心、抱负愿宏有谁、可比？可算是、功高日月绩过、唐虞。今闻得、已经是荣旋、故里，邦人士、禁不住蹈舞、扬眉，忙预备、盛会欢迎藉申、诚意，崇拜英雄、理所宜。愿先生、宏大愿福吾、桑梓，

还□望、把吾粤祸患、清除。俾国民、同享自由皆赖先生、之赐。（收板）联欢、撮手、乐怡怡。

5月8日　　各社团挽留龙统制

（扫板）闻报道、龙先生、将离、粤境。（慢板）粤同胞、三千万、五内、怦怦。想去年、九月时，广东、反正，各商民、担尽了、风浪、虚惊。张鸣岐、挟公款、私逃、无影，众文武、争慕效、鸿龙、冥冥。我统制，独留省，热诚、可敬，冲商民、剪不□、一蛀、天坚，祈致靡，凡□□、首蛰、财□。公这人、保藩岸，惨淡、经营。枪与械、用军时，倚为、后劲。公对于、军械局，又驻、精兵。（中板）当、是时，芬、如乱丝人心、不靖，蒙统制、任维持秩序、安宁。到今春，有惠军□谋、□逞，起波澜、啸风浪鼎沸、沧溟。仗贵部、□健儿军威、肃整，守西关、阻乱兵跋扈、飞腾。幸喜得、携往熙来如常、繁盛，任风潮、滔天卷地视等、无形。众商民、争告慰和衷、幸庆，倚我公、正好比万里、长城。寇策公、北门锁钥仔肩、堪并，飞将军、从天降且遍、威名。又谁知、闻台从思迹、乡井。恍白昼、半空中霹雳、一声，我广东、虽云是大局、初定，无一片、干净土地□、天刑。米如珠、薪如桂江河、四梗，虎贲隅、蛇当道盗匪、丛生。最可危、□□干涉授人、以柄，□内讧、御外侮关系、非轻。在我□、素知兵操奇、制胜，常言道、西方送佛岂可半路、终停？今日里、叩崇祯言□、尽整，望统制、还须要将顺、舆情，念粤人、函电纷驰仓皇、待命，竞扳□、争卧撤无此、光荣。小婴孩、失慈母声嘶、喉哽。（收板）还使君、□各界、谨真、愚诚。

5月9日　　奕劻自叹

（二簧扫板）恨宗党、梦沉□、昏迷不醒，昏迷不醒。（叹板）为甚么把老夫、宣告死刑？（白）老夫奕劻，乃前清所谓重臣，去岁武昌起义，老夫欲利用□汉杀汉□续，力保袁世凯出山，后来各省相继响应，华京几成孤立无援，老夫为保存财产生命起见，奏请清廷退位，承认共和。不料一班少年，妄思当车以臂，组织宗社党，希图抵抗。老夫不敢赞同，因而结怨。昨闻该宗社党宣告我父子死刑，思想起来，真真闷煞人也！（二簧慢板）叹人生，好一比、将光、□影，说甚么、荣华富贵励业、功名。想老夫、仕满清、做一个军机、袖领，众文武、非故吏即是、门生。在清廷，虽云是、载沣、摄政，朝中事，仍推我练选、老成。记去秋，黎元洪、武昌、革命，闻恶耗，等空半□问、雷霆。幸汉人、自残杀，性同、□獍，洪杨役、曾左胡李前事、堪征。因力保、袁世凯、主持、军柄，谅小□、断不难一鼓、猎平。又谁知，各行省、闻风、响应，眼见得、河山绵延变作国祚、凋零。自思量、寡敌众、料难、制胜，到不如、早退位转免涂炭、生灵。因此上，讲溥仪、把共和、承认，授全权、与袁氏互订优待、章程。各儿辈，昧时机，狡谋、思逞，同组织、宗社党一意、孤行。俺奕劻，睹此情，料定祸无、止境，劝儿辈，切不可附和、闻声。该党人，播流言，将予、诟病，又说我、□臣卖国辜负清廷。昨日里，据风传，机谋、拟定，要将我、来暗杀不得、徇情。思想起，不由人、中怀、耿耿。（重句）（二流板）枉我一世豪华、异日中□权倾，想我是满清三朝老仆，岂在不阅报称？□子，奈大心与人事，都是有意更近某且与族□和，本国言显名正，四百万皇室经费，在不为轻。倘若是觉收回□，内讧不清，只怕列强干涉，妄肆欺凌。自愿望□□唐、何异桑榆暮景？（收板）愿此说，传闻误、应享、远龄。

5月10日　　汉奸鬼重泉抱恨

（首个凄鬼魂走上）（数白□）声声声，发梦都估唔到咁倒米。想我做个中兴嘅功臣，几咁架势，把个汉人江山打□□，俾过满洲皇帝，清朝赐我一间祠，春秋来致祭，谁知哩帐革命起，推倒异族嘅专制，我个溥仪仔，眼白白要退位，我系地府一听闻，喊到□地咁关系，先排我地嘅同乡，话我系一等奴隶，要将我个间专祠拆毁。你话几□肺，呢阵元蛮□□，都唔□□有人盛惠。唉，咁就有乜伤？唔怪得话做鬼都唅运滞，唔怪得话做鬼都唅运滞。（埋位白）在下曾国藩鬼魂是也。想当初打平天国，半壁山河、还奉主上，蒙天恩高厚，官封侯位，这也少言。今闻革命党起事，已经推倒清廷，倒还罢了，还说我是满清奴才，要把我专祠来废了。这等强横，恨当时不将他们杀个净尽，致贻今日之患。说将起来，真是令某可恼也！（叹板）骂一声革命党真真无谓，为甚么不忠异族乱咁施为？咁就枉我一世忠奴也是前功尽废，勤王未得叫我怎不悲凄？罢了不若叫左季高出嚟讲吓闲嘢。（向内叫介）叫一声左季高呀、快快出嚟。（内白）来了！（未完）

5月11日　　汉奸鬼重泉抱恨　　续

（扫板）受厚恩，虽死了，不忘报称。（上唱）百无聊赖在幽冥，听得国藩言相请，待吾且往问其情。（白）在下左宗棠鬼魂是也，方才地府打坐，听得曾国藩相请，待我上前。（介）年兄相唤，有何见教？（曾白）季高不好，（唱）可叹满胡失天命，致令革党事竟成，方才地府来告医，说道民主党推倒朝廷。（左惊介白）甚么当真有此事？（曾白）唔通讲假嘅咋，你睇吓我、喊到眼都肿左咯。（左白）气煞我也！（气死介）（曾看急介）（白）唉，季高起来呀！（左扫板唱）刹那间、气得我、神魂、不定。（醒介）（叹板）唉，好叫于我泪交着，骂一声革命党人揭竿而逞，受许久深仁厚泽也不知感激圣明，事到如今叫我何法救拯、呀呀，罢了我的君主呀，那、那呀呀呀，罢了我的亡清呀呀！（哭介）（曾白）唉，季高呀，事到如今，这也难讲，在此悲痛、也是无用了。（左白）唉，难说了，想列祖列宗艰难缔造之基业，一日归回于汉人之手，说将起来、人人皆欢喜，真令我死不瞑目呀！（曾白）唉，唔驶计咯，我地生时做紧忠奴嚟嘅，唔通死左就要忘恩咯咩？如果尔兄相帮，都重有法子补救嘅。（左白）譬如年兄有何妙计呢？（曾白）年兄有所不知，如今朝廷虽然亡了，惟是宗社党人联合康梁之徒，时思蠢动，将来羽翼成了，大事可图，我们不如快去托生、投入宗社党这里，共图大事，岂不为高？（左惊喜白）也好，果是一言提醒梦中人，事不宜迟，就此前往投生则可。（快板唱）多得年兄来提醒，再为牛马尽忠诚。（曾唱）好在我两人有本领，自然有日戴顶拖翎。（左唱）如奴志切神驰骋，衔环结草赴京城。（曾唱）人话我奴隶我都应，捧番住个皇帝有官升。（左唱）回阳再把朝纲整，剿平民党报圣明，就此离却阴司境，（合唱）杀同胞，媚异族，复我、亡清。（曾白）快去投胎罢！（同走下）（完）

5月14日　　校长承捐（佛山明志小学校长禀承花筵捐事）

（首板）为筹款，不由我、天天、闭翳。（中板）唔见天上黄金、乱跌落嚟。（白）鄙人陈某某，只为佛山明志学堂、经费无着、难以续办，鄙人左思右想，无法筹款，后来想得一计，最好是承办花筵□□年中人息甚□，公私两利，我也曾□其禀□，前去省城投递，若禀教□□批准回来，好叫我得意也！（梆子）想鄙人、为着了、学堂、经费，冇文钱、来办学，怎样、施为？迷着头、迷着脑、筹思、妙计，连心肠、都想烂，只为经济、问题。想到了、几条计，并冇一条、可施，那庙堂、与公产、唔到、我提，只恐怕、被人家、骂我、藉端、舞弊，借办学、来赢利，最棹忌这个、名词。重怕佢、起风潮，将吾、抵制。点样子、去见人，镇厚、面皮。（转中板）想、真吓、个条策都唔、过□，最难顶、是风潮唔好、乱噪。个的野、蛮虫师爷正系困身、之计，虽然是、唔顾名声又怕性命、可危，点似我、用本钱揾番、的偈，（钱）承办那、花筵捐断估、唔曳。（平）计起来，每年中准能、获利。咁多人、饮花酒，断冇、吃亏。头一件，唔驶话□人、乱□。我这里，将本博利谁敢乱唸、东西？若有人、话我校长去做、司香、太尉，我叫他、何妨做吓、生题？等我嚟、熬龟胶将渠、泡□，咁大条、儒学题目不是妄作、胡为，但只愿、教育司、批准张禀我就得权、得势。（收板）唔□谁、无学费，重大冇、便有。

5月18日　　□吊次郎

（梆子诉板）闻报道，世次郎、一朝、身故。（慢板）不由我、念故人，泪洒、缔袍。想当初、在羊垣，专心、办报，为鼓吹、革命事，铅稿、同操。医天下、读公文，斗由、仰慕。要共和，抵专制，笔锐、如刀。论公才、闲不可、斗车、比敌。论公志，常注重、驱逐、东胡。歌社会，连改良、□为、说都。俾国民、同感化，得意、挥毫，到去秋、反正时，才登、仕路。在同人、相忻幸，翱翔、风高，迭坐言，今起行，持之、有素，本文章、为经济，胸具、戎韬，况国家、多事故，正是英雄、用武，看龙蛇、走大陆，天下、滔滔。泰东西、各强邻，纷纷、外侮，胪分瓜、看剖豆，争割、脂膏。无反顾、内地人，疮痍、满目，若哀鸿、和乳燕，待哺、嗷嗷。就本省、桑梓言，亦风荆□、载道，碍交通、频抢掠，盗贼、如毛。（中板）当、是时，外患内讧都是促亡、恶耗，拯苍生、御强敌全仗、英豪。既委身、为公仆何异闾阎，父母、经破坏、宜建设引领、东苏。方谓公、才、非百里不只□处、小补，际风云、为霖雨拭曰、新谟。又谁知、前一月陡闻局交、法务，肖一比、有利刃割我、肌肤，但此时、军政府未将案由、宣布，真令我、临风怀旧怅望、徒劳，到今朝、遭不幸得闻、凶讣，才知道、依刑律一命、呜呼。据风闻，在狱中也曾有书、辩诉，独奈何、指攻确凿法律、□□。想人生、数十载无殊、朝露，既有生、必有死何在、牢骚。但名誉、第一生命非常、贵重，不殉名、殉利□有类、贪夫。我吊公、往日进行革命不死在满清、政府，敬共和、享幸福反赴、阴曹。我吊公、不□□□烈士死后令人、颂祷，又不学、黄花岗上饱领、醇醪。今日里，犯刑章好比灰死、木槁，实可怜、高堂父、莫逆友、妻孥子媳一个一个痛哭、号嘈。夜挑灯、对遗书何堪、终读。（收板）问故交、九原下、双目、瞑无？

班　本

5月20日　　　烟官失运

（烟官上□面耸肩引）做官做到精，同僚请烟经，□成禾□□，换算好灯情。（埋位白）本官新政界人物是也。自从本省反正、混迹官场，每日直竹横床、吞云吐雾，幸喜共和民国、不甚整饬官方，此是多数烟官、如天之福。不料近来叶烟□同、拟设优等□别室，为官员戒烟之所，闻已将章程具呈都督，看来旧公新官、断无两存之理，思想起来，又是烟仙还运也。（烟喉梆子慢板）吹洋膏，虽然是、卫生、有碍，但横床、相对卧，乐趣、无涯。象牙枪、雀笼灯、陆离、光怪，香娘斗、云母盘、不染、尘埃，芙蓉城、称主人，自尊、自大，日三竿、依然是、高卧、衙寮，看世人、有许多、累累、花债，掷头颈、买欢笑、走马、章台，又许多、盘龙□、雄争、胜败，樗蒲戏、拼孤注、粪土、钱财。杯中物，原本是、毒鸩、媒介，翻刘伶、夸李白、斗酒、诗佳，论四淫、同一样，无功、有害，独洋烟、还可以、消遣、幽怀。（中板）想、本官，嗜好深性情莫改，喜沉油、与开硗味□、于回。自思量，黑籍人必归、淘汰，耸双肩、难担任骨瘦、如柴，怎估道、推翻专制变了共和、时代，要鼎新、要革改民国、需才，因此上，携烟枪投身、政界，这时机、可算得幸进、梯阶，坐藤兜、穿制□居然、官派，善钻营、当不尽美缺、优差，快顶继，本不掏姜公、享太。办公时，须要饮烟酒、三杯，在前清，若专制烟官、职解，今自由，官衙门□□、明开，又谁知、听消息令人、惧骇，莫不是、我烟官泰极、否来？禁烟局、禀都督章程、具在，要进所、严勒戒取择、吾侪。（快板）固精提神、何用戒？丹成九转、说凡胎，肯□芬芳、难割爱，熙熙无异、乐春台，纵然设所、名优待，可知束缕、苦难捱，飞烟魄、失烟魂五中、气馁。（收板）我情愿、向□局，领□、烟牌。

5月21日　　　朱志先请解兵权　　重举

（梆子首板）据兵、自衙、糜薪饷。（中板）财尽民穷、□患长。（白）鄙人陆军第二师师长朱志先，自从南北统一、五族共和，财政困难，莫可言说，闻各省裁兵问题，颇多阻力，当此民遭兵燹、商叹凋零，若非力戒虚糜、认真节省，民国前途、有不忍言之险象。志先为大同计，不免呈请南京黄关守，即日解除兵柄，俾得稍节国帑也可。（慢板）想当初。讨虏廷，率师、北向，谁不道、从军乐，我武、维扬？各希望、饮黄□，妖氛、扫□，五色旗、倡独立，到处、飞

· 421 ·

飏。幸清廷、慑声威，先行、退让，愿和平、甘退位，口诏、随颁，合五族、建共和，功成、一日，那兵乱，尽销为、日月、辉光。现民国、初底定，用途、最广，库如洗、屋徒仰，财政、窘难，众百姓、苦离流，本元、断丧，各商务、遭损失，闹□、荒凉。商与民、受交困，莫可、名状，真果是、财与用，支绌、非常。（中板）当是时，南北省化除、界限，陆军人、爱国心初愿、经偿，卖剑刀、买牛犊归农、乡党、享自由、脱专制作息、田间。一来是、免虚糜国家、薪饷；二来是、谋自赡新凿、相安。闻各省、各师团不甘、遣散、显见得、皆不顾大局、恐慌，莫不是、多抱守利权、思想？为甚么、拥重兵罔恤、时艰？莫不是、见政府商借外洋、债项、致误会？可无虑缺乏、精粮。可知道，国家多养一兵，民间多增一分、负担？叹民生，方憔悴怎可、支撑？俺志先，原本是男儿、志壮，抚时局，增感谓忧戚、相关，愿兵柄、即解除何敢、恋栈？愿军马、即放归南山、之阳。非敢谓、大功成退身、养望，非敢谓、邦基掌固可以遣散、投□，不过是、惜国帑力求、节省，问大河、洗兵甲共唱、刀环。具呈词，请留守下情、俯鉴。（收板）彼拥兵、图固位，能勿、增惭？

5月22日　　孙中山祭黄花岗

（二簧扫板）黄花岗，众英雄，留芳千载。（重句）（二簧慢板）掷头颅，捐生命勇冠、吾侪。恨满清，逞淫威，把汉人、虐待，三百年，神明种族沦作奴隶、与□。□志士，一个个，力宏、显大，讲自由，谋幸福气奋风雷。在广州，起义师，涛惊、浪骇，攻督署，思手刃当道、狼豺。又谁料，老苍天，未将、祸悔，师未捷，身先死魂赴、泉台。综古今，论英雄，管甚么功成、事败，果能够，拯民水火就是旷世、奇才。俺孙文，倡革命，辙环、瀛海，二十载、历尽艰危、经尽险阻自愧拙等、驽骀，到今朝，已改□、共和、世界，溯前□，追先烈耿耿、予怀，□愚诚，备香花，坟前、瞻拜。（重句）（二流板）我党人多半是、昧契芩苔，谅诸公皆含笑，九霄云外，赋大招歌楚些、如见飒爽归来，但现在民国初成，不少营私党派，且有假共和行专制、鬼蜮胚胎，终日夺利争权，阋墙于内，不惜动摇大局，为厉之阶，又有强邻虎视，屡谋破坏，借口维持租界，保护商财。况值民生凋敝，迫要取资外债。试看疮痍满目，鸿雁鸣哀，可恼宗社党人，不明利害，看他蠕蠕蠢动，总未意冷心灰，凡此种种情形，皆足为共和障碍，抚时感喟，真是忧感无涯，只怕长此泯棼，人心瓦解，是我们不为功首，转

班　本

为羿魁，愿英魂死而有知，志毋稍馁，为厉鬼杀民贼，免坏民国根茎，不枉铜像巍峨，同胞爱戴，不愧黄花璀璨，根托蓬莱，今日心香一瓣，下凤翘待。（收板）向丰碑，谨酹奠，薄酒、三杯。

5月23日　　章台春梦

（二王扫板花旦内唱）恨苍天，和恨海，愁怀不已，愁怀不已。（病□上叹板唱）叹红颜多薄命，自古如斯。可怜我二人青春、怎把那愁思担起？不堪回首珠江风月、变作一片凄悲，真果是碧泽千寻、怀人千里。今日枇杷门巷，只有柳絮纷飞。（白）奴家章台歌妓是也，投身欲海，久叹蓬飘、堕落情天，复沾絮涸，满望秦淮箫管、早叶和鸾，岂期盆满琵琶、空怜司马，况且珠江花事、停三度而不□，整令穗石春容、付四时而悄去，倚来绣阁，愁绪如焚，盼断邮亭，所思不至，思想起来，真真令人愁闷呀也。（二王慢板唱）叹人生，这不幸，青楼、歌妓，虽然是、风花雪月只觉、栖其，每日里、迎新送旧、全无、羞耻，实只望、跳火坑现出、莲池，怎料到、东堤陈塘、同遭、停歇，徒令我、对妆台镇日、愁眉，又谁知、三次期满、不准、复□，转瞬间、花风吹迟春去、如聪。意中人，雁渺鱼沉，并无、消息。纵有那、缠头十万用去、多时。无奈何、长生库、典齐、钗珥。有日里、重张艳帜慨叹、无衣。非关是、云锁巫山难逢、仙子，又非是、烟迷洞口莫问、渔儿。对着了、春前景、柳绿桃红任他、明媚，耳畔里、莺簧燕语助我、悲啼。想到了、凄凉处，珠泪、交滴，珠泪、交滴。（转二流板唱）好一比残花堕涧、败絮沾泥，任你是万缕柔情，系不住怀人心里，载就了迟文锦字、凭寄阿谁？盼断那亭短桥长，怎奈是烟迷古驿，问一声知心何去、还是你薄幸男儿，可知到冷暖世情，有谁与语？怕只怕台楼依旧、□护何之，怎能够割断情丝？快把那龙泉一试！（收板）到不如长齐绣佛，去念、阿弥。

5月27日　　黄花岗英魂抱恨　　薄迁

（二王扫板）望中原，悲时局，不堪回首，不堪回首。（慢板）犹记得，从容就义血溅羊城屈指纪念、一周。黄花岗、留枯骨，□得英魂不朽，只为着、扫除鞑虏恢复中华夫复、何求？来羊城、首发难，莫不争先、恐后，个一个、牺牲头颅肝脑涂地为着民国的幸福、自由，大丈夫、生斯世，岂可甘作外人、牛狗？纵然是、身亡事败还博得名动、全球，笑虏廷、自鸣得志，不自甘、引咎，幸亏得、众同胞皆能敌忾、同仇。两月来，举义师，恢复中原易如、反手，自古道、

· 423 ·

药不瞑眩厥、疾不瘳，到今朝、民国成，那敢自夸、功首？亦算得、政治革命的破坏、功收。从此后，建设才、又岂可莫为、之后？实只望、同心协力洗此、奇羞，恨只恨、新官儿、积习未除藉党营私所在、多有，只可叹、为国效力今转甘作、罪囚。财政权、借外债，恐落了外人、之手，更有那、滥支薪水中饱私囊不以大局、可忧。军界中、尚意见，冲突时闻累得商民、奔走，更可虑、米珠薪桂盗贼如毛乱象、不休。论教育，学舍中、鞠为、草茂，怕只怕、内讧未靖外患来之便与埃及、为俦。到斯时，黎先生、十害四危斯言、不谬，叹我辈、纷身报国不免为万众、仇雠。举义来、蒙同胞、常享我生刍、醴酒，五色旗、常招展于黄花、岗头，九泉下、慰英魂，更喜不忘、故旧，不忘、故旧。（转二流）但只是计衡时局，不禁血泪长流，望诸公各泯私心、任是国肥貌瘦，莫负革命初心，俾得万众的歌讴。我辈当含笑九泉，徒感同胞恩情深意厚。（收板）你看那、民国现象、好比狂风巨浪的一叶、孤舟。

5月28日　　一周纪念纪念黄花　　如樱

（二簧扫板）今日里，吊英魂、一周纪念。重句（叹板）转瞬韶光、又一年。（白）鄙人新国民呀，可幸革命成功，建立民国，吾民得享自由幸福。固由众英雄革命之功，实由诸先烈牺牲性命的换来，种此良因，才有佳果，今日乃是黄花岗七十二英魂一周纪念之期，不免备齐祭品、前到黄花岗祭奠一番，以表崇拜英雄之心则可。（滚花行完台叹板唱）策马加鞭、前途往，无心浏览、路上风光，行行不觉、黄花岗上，崇拜英雄、祭一场。（白）且住，如今来到黄花岗上，下了马儿，待我陈列祭品，奠啜一回呀也。（二簧扫板）在坟台、陈祭品，鞠躬顶礼。（重句慢板）祝一声、众英鬼听我、言词。恨满奴、据神州，厉行、专制，把汉人、作牛马政令、不时。好中原、全鼎沸，风潮、紧急，激怒了、汉族中铁血、男儿，掷头颅、溅颈血，前仆、后继，才有□汉自由光复、之期。革命军、起武昌，响应、□捷，旬日间，全国反正推倒、清基，今日里，建共和，废除、专制，亲见得、自由幸福享在、今时。想到此，不由人、心中、欢喜，心中、欢喜。（转二流板唱）这都是诸先烈、功德昭垂，方能教我中华、有个共和日。我同胞须感着、当日□□，想去□今日里、□攻督署，个一个争先□□，□□不辞。况且是论英雄，不拘那成败之迹，可信他爱国心重，视死如归。因此上激发同胞、联成一气，故此番成功之速，也是义烈遗贻，致令得黄花岗前、为之生色。何幸着忠骸得□、凭吊淋漓，到如今算起来，一周已历，到坟场行纪念，奠啜一卮，万望着众英魂、□吾诚意。（收板）□奠完，寻归路，□照、□棘。

5月29日　　花志上坠马

五月七日午后二时，有少女乘骏马，西装革履，娇冶可人，招摇过市，驰缘桂香街，绕道出归德门，扬鞭疾行。适雨后泥泞，遇一挑溺水者，闪避不及，马触□桶，骤失前蹄，致将溺水倾倒，少女同时跌下，其西装衣履、悉为溺水所污，途人莫不掩鼻捧腹。少女连呼恨恨，羞容满面，转由南将里面去。

（旦扫板内唱）新雨后，跨马鞍，春风得意。（旦西装革履持鞭上中板唱）你看花明柳媚、更动游思。民国共和、男女一体，何妨巾帼、亦须眉？恨中华、女界中，半是娇姿、柔脆，天生弱质怎能免被、雪霜欺？数千年、已作了男儿、玩器，□策玩弄、无已时。只可叹，自生成同是圆颅、方□，天赋自由、何故独让、男儿？今日里，民国新成混一、区宇，无贫无富无男无女何有贵贱、尊卑？男界中、数千年已占了优先、权利，到今日，论公理他还要倒伏、雌威。行政权、本该要让于、女子，家庭内、井臼中馈轮到他要、操持，奴今生、料不到及见女流、得志，及时行乐、又岂可辜负我玉貌、香肌？春三月、花鸟争妍正是风光、明媚，衣香鬓影、趁着眼镜、金丝，乘肥马、扬着鞭招摇、过市，西妆革履其乐、何如？更可喜，行路人目逆、而视，常有那、潘安宋朝的俊秀、丰姿。息鞭亭，适见是奴旧□之地，怎比得、城廓内外往复、驱驰？瞬息间、经过了桂香街去呀！（驰马介）纵横驰骤、步如飞，扬着鞭儿又到归德门里呀！（□脚扮挑溺水上）（白）易下去，睇碰嚟，迟乍架。（以上均借用）（碰马介）（旦白）马嚟亚、噎吔，乜真正□嘅咁呀！（碰溺水倾倒旦落马介）（西妆衣履溅溺水介）（白）噎，真系衰咯，个佬又态又直，喝佢都唔听，让我个□□眼□望，□也，真系衰咯！（众大笑介）□你唔好笑，我骑一匹马，真系唔曾□过板嘅，唉，无奈何了！（收板）我含着羞、忍着辱，跨马、回归。

6月4日　　卖油郎认国民捐

（二王诉板）劝同胞，须踊助、国民捐项。（重句）（二流板）明知车薪杯水、也要极力提倡。（白）鄙人潘朝保，乃佛山人民，平日挑贩生油度日，仅敷糊口。近闻中央大借外债，民国有灭亡之痛，幸喜黄留守提倡国民捐后，各省极形□□,鄙人虽甚贫苦,也是国民一分子,不免量情捐助,以为同胞激动也可。(二簧慢板)我国民,苦专制,莫可、名状,幸喜得、功成革命日月、重光,经破坏,谋建设,不能、迟慢,又怎奈、库如洗经济、困难,闻政府、叹支□,司晨、□仰,无奈何、借洋债求助、列强。恨强邻、好一比、虎狼、模样,有强权、无公理手段、野□。要监督、我财政,不肯分毫、退让,并要我、裁兵额也要干涉、从旁。想民国、建共和,基础、新创,岂甘受、瓜分豆剖日就、沦亡?幸南京、黄留守,电知、各省,□外债、足亡国慷慨、激昂。因此上,各社团、奔走、骇汗,可算得、□时豪杰爱国、儿男。我广东、有许多、仁翁、义长,(上声)救荒灾,邮邻难尚肯踊跃、解囊。况此番、为国事,岂可不关、痛□?必须要、同资赀巩固、国防。俺自顾、虽是个、肩挑、小贩,恨不能、与卜式史册、传扬,纵节衣、和缩食,不甘、推挡。(重句)(二流板)是国民一分子,量力轮将。今日脱离专制,正是自由花放,□被债权束缚,更觉心伤。刊列强亡国新法、前车可鉴,倘非合谋抵制,定续埃及波兰。记从前有国□,名□天壤,谁不识花魁独占、是卖油郎?但现在国势阽危,应有国家思想,恐被鲸吞蚕食、忍作蝶浪蜂狂,想诸君热心宏愿,断不迟疑观望。(收板)切莫学、鱼游沸釜、燕雀处堂。

6月12日　　清后选宫女　　薄迁

(首板)怕甚么、失江山、荣华依旧。(慢板)弹指间,春已去,绿惨、红愁。恨春光、留不住,不忍见陌头、杨柳,深宫里、伤往事,春思悠悠,想人生、无百年,富贵侯王终归、无有,纵然是、亡国奴,博得个快乐、优游。这都是、我满朝、先灵默佑,母子们、脱灾祸,免作、马牛。(转中板)今日里。深居九重、犹是满清、太后,皇室费、四百万犹是汉族、报酬,清宫里、翎顶煌煌还是圣朝、皓叟,为帝师、来伴读还望他日进嘉谋。他日里,识字知书亦是终归、人后。叹老臣、不忘故旧不觉珠泪、长流,奴如今、看透世情总是逆来、顺受,任你是、与木石来居与鹿豕、来游,但只是、四百万两尚算是资财、丰厚,颐和园、雕梁画栋岂可任他变作青草、蓬邱?况且个、淫乐穷奢就是先朝、西后。到今朝,虽然退但未可辜负未老、春秋,选宫女、道又是先朝、法守。纵然是、有背人道都是废后的权利、独优,忆当初、佳苑三千六宫纷□不堪、回首,虽则是、宠贵殊非又怎可与汉族妾妇、为俦,看将来,溥仪□长比仓平未易与他、配偶。幸亏得、宫女选定他便可情□、自由。袁总统、到宫门尚称臣、谨□，民国成、呼□到清宫□□还可命令、王侯，但只愿、袁总统与天、同寿呀！（收板）母子们，奢华如昨、夫复、何求？

7月5日　　国民捐乞丐仗义　　薄迁

（首板）在长街、来讨食，何有生人乐趣？（中板唱）沿门托钵、为疗饥，可叹富贵浮云，终不外循环、两字，穷通得失、自有时，任你是富比石崇、贵为天子，不过是日食两餐夜求一宿，大抵、如斯。笑他们、坐拥金钱还重争名、夺利，只恐怕、赵孟能贵、赵孟能贱之。（白）小民徐楚，生长佛山，可叹家道清寒、一贫如洗，近日来米珠薪桂，无计谋生，终岁勤劳，俯仰不给，况且年逾半百，血气就衰，更难自食，迫得昂昂七尺、托钵沿门，可幸上人庇佑、民国成立，扫除专制，还我自由，我辈为生尚得一个立足地，今日闻得商会提议国民捐，想我虽是待食于人，仍是国民份子，前几火乞，铜仙四十，净钱三百，全数将来认捐，虽然是杯水车薪，亦可为富豪牵动勉也。（慢中板唱）我中华、恢复山河多赖中廩、烈士，只可叹、财库告罄巧妇儿难为无米、之炊，列强中、多半是侧目、而视，因借债、监督财政匪夷、所思，那时节，财政权落于外人、手里，国权日替波兰埃及以为前事、之师，看将来，我华民已无立足、之地，长街讨食尚恐不比今日、自如，那富豪、坐拥金钱偏替外人、建置，怕只怕、财产不保更恐生命、垂危，到不如、解囊捐□作一个中华、卜式，须知到、国基既立财产巩固为公即是为私，你来看、铜仙四十净钱三百是我毕生、产业，看同胞、个个毁家纾难皆是救国、男儿，莫笑我、乞丐儿一言、不智呀！（收板）且看看、大款立就便可名动、四夷。

7月6日　　黄花岗英魂恨抱　　薄迁

（二王扫板）望中原，悲时局，不堪回首。（重句）（慢板）犹记得，从容就义血溅羊城屈指纪念、一周。黄花岗、留枯骨，英魂、不朽，只为着、扫除鞑虏恢复中华夫复、何求？来羊城、首发难，莫不争先、恐后，一个个、牺牲头颅肝脑涂地为着民国的幸福、自由，大丈夫、生斯世，岂可甘作外人、牛狗？纵然是、身亡事败还博得名动、全球，笑虏虏、自鸣得志，不自甘、引咎，幸亏得、众同胞皆能仇敌、同仇。两月来、举义师，恢复中原易如、反手，自古道、药不瞑眩、疾不瘳，到今朝、民国成，那敢自夸、功首？亦算得、政治革命的破坏、功收。从此后，建设才、又岂可莫为、之后？实只望、同心协力洗此、奇羞，恨只恨、新官儿、积习未除藉党营私所在、多有，只可叹、为国效力今转甘作、罪囚。财政权、借外债，恐落了外人、之手，更有那、滥支薪水中饱私囊不以大局、可忧。军界中、尚意见，冲突时闻累得商民、奔走，更可虑、米珠薪桂盗贼如毛乱象、不休。论教育，学舍中、鞠为、草茂，怕只怕、内讧未靖外患乘之便与埃及、为俦。到斯时，黎先生、十害四危斯言、不谬，叹我辈、纷身报国不免为万众、仇雠。举义来，蒙同胞、常享我生刍、醴酒，五色旗、常招展于黄花岗头，不忘、故旧。（转二流）但只是盼衡时局，不禁血泪长流，望诸公各泯私心、任是国肥貌瘦，莫负革命初心，俾得万众的歌讴。我辈当含笑九泉，便感同胞情深意厚。（收板）你看那、民国现象、好比狂风巨浪的一叶、孤舟。

7月21日　　哭水灾　　重举

（□□板）东西□，□江水，同时告警。（重句）（慢板）真果是、福无双至祸不、单行。想当初，我广东，和平、反正，那时节，不折一矢不费、一兵。我粤人、手加额，交相、庆幸，皆说道，与、闻佚复日月、光明。又谁知、各路民军，生有、贼性，□大□、佩襟章，面貌、□□。专杀人、和越党，绕行、市界，□□得、□□商店无日、安宁。□□闻、□一气，合谋、不逞，虽则是、跳梁小丑转□一鼓、□平。可惜，□□□□、残、□□□，裁民军，节饷□，仅见省城、安静。□可怜，各府州县□□、□□，陈□略，辨□那、□□□程、咸定。又怎奈、□□□□是否惨淡、经营，各会□、□乡□，何异□言、□□。承发吏，也遭□□可知凶□、情形。幸喜得、各早禾，□当、□□，苗始秀，秀而□，指日十足、收成。米如珠、薪如桂，□□、久病，数月来，水深火热都□此□命、□灵。忽占道，老苍天，有□□民、于耕。□□□，好一比、倒、□□。决堤基，没田禾，又□灾民、□拯，不忍闻，□□火陆鸿雁、寂鸣。从今后，四民中，真有仓□、告罄。（重句）（转二流板）□苍生迭遭□□、□不成声，实指望□□清廷、□□□□天下风调雨顺，□□□□谁料天灾未完，□则在□□。今□□灾□□，民不聊生，你□□一片汪洋，何止凶吉灭顶？所有□□□，都□□□□湛湛，愤□首问长天，天呀，你欲作何究竟？若论大心仁爱，□爱善体人情，为甚么任吾民、无此□鱼苦境？何不五风十□，时□时晴？看郑侠流民间，又令予怀耿耿。（收板）长□□□，当意□、老泪、飘□。

7月23日　　　乱党冤魂诉苦　　重举

（二王扫板唱）含着悲，忍着泪，枉死城去。（重句）（二流板）今日间遭枪毙，恨恨已迟。（白）我们乱党凶魂是也，可恨首领不仁，假托教世为名，利己为实，说概□于□泪，□扰乱于羊城，派我们泯进省城，听招党羽。谁料帮兵密探，棋布□□，既如入笠之□，□作脱笼之鸟，今日□□□□，思想起来，真是□□无及也。（二王慢板唱）众同胞，在前清，久苦、专制，如牛马、如奴隶，牛马奴隶怎能□□、脱离？幸喜得、各同志，把革命风潮、鼓起，不两月，满清□倒重兴汉族、威仪。享幸福，倡共和，各依、旧志，纵然是、满途则□正可□渐消除。可恨□、不还□，争让、私利，敢倡言、二次革命无散、妖辞。设机关，□□□□□动阴谋，□□，祸苍生，□众子不顾大局、如际。在内地，散□文，□是□□、满纸，假说道、为，民□火豪杰、乘时，恍无知，□□□，一时，□散，初估道、同、灵扶正定可制胜，操奇，他交我、委任状，同□、□□，某镇统，某协统，□、统□长（仄声）光复、里闾。又谁知、到羊□，竟把机谋、泄漏，这□把、束手无计、□、□□□，实可怜、数十同时、枪毙，众冤魂，荧荧磷火无处、□□、望家乡、□□、□见灵山，万里，恨不能、一言临别父母、妻儿，想到此，忍不住、□□血泪。（重句）（转二流板）长时在枉死城，有□□飞，你来看□浇愁□，绝□□□，四处阴风飒飒，□树□□，□□□顿略，都□滋味，恨不将□□□首，食肉寝皮，来□□众同胞、□□蹈我□□。（收板）沐麻风，□□日暞暞、熙熙。

7月24日　　　北伐军凯旋　　重举

（梆子诉板唱）北伐军，奏凯歌，边四粤□。（慢板唱）一路上，齐拍拿、竹帛、增荣。想当初，整旅师，堂堂、正正，各家人、所战死，一片、欢声，□□儿、一个个，豪杰、脱颖，谁不思、□□□、□□□。抵黄□，□□□，举杯、□庆，□不黑水，□□得、寰宇、清潦。听锣鼓、与唱戏，□容、颇盛，有□前、无□后，军纪、严明，谓北□，刀出鞘，好比睡狮、初醒，一□□，不觉是、山居、烦□。□同胞，受前清，虎狼、苛政，□凯儿、忍不住，慷慨、北行。（中板）可、恨着、张□□□、成性，据徐州，共和反对抵抗，杂兵，虎□□、总不顾千秋、诟病，分明是、为忠仆效力、清廷，□□□、□□了前矛、我勤，□把那、□、□□□一敲、□□了任你是、弹雨枪林胜着牺

· 429 ·

牲、性命，追赶他、叟、兵弃甲不辨、途径、到我来、溥仪退位□、□共和算是□□、奠定，合五族、为一□民物、咸□，虽然是、道、旁子婴未经、系颈，幸喜得、满酋低首城下、指盟，今日里，□□儿回归、乡井，真果是、□、严荣辍□杂、旗旌、千城道、先、声夺人摇坚、制胜，着将□、我辈□冥漠、式□。众军官，□、没眉□用鸣□、敲杂、众□士，□□□气奋雷霆，这一班、□、虎□满山鸣、答应，纪□裳、□、□□□□□、功成，独粤省，军政□□□□收，在码头，彩、□□□得□□、欢迎、凯旋门、旁列着□□、□、着、五色□□□、□□，想□人，本钱□□□、令□□□□、□比□□说、民生，初不可、贪□功说道勋名、彪炳，纵然是、□□□□不必、骄矜、□军校，祗□时须要成□、□□。（收板）深□□、不觉□□□、下□。

7月25日　　疫魁妄想　　重举

（二王□板）（部分文字漫衍，识别不清）恼惊心动□□□□是我自己、不该、左挟衣带诏，右袋□荷油，身、贱烂过出了泽沾、之外，实只望、再、后身死、载湉亲政大赦、回来，又谁知、□霸□臣，有章□□、陷害，幸□着、怕丁怜悯我、捐金纳币任我放浪、形骸，大丈夫，既不可、留、□首□尚妨泪下臭名、□统。有一个、□、氏卓如追随两丈真果、□说，知我者，那我里□，将我诡谋、博鉴，不知我者、□我金钱□处金包、打开，纵□是、偶遇一日穿□、妖党人心、死辨、已过手、闪、闪黄金可免耿耿于怀，携着了赵国，引着了轶□、来到□□、一带，又只见、风飘飘，中间□□、大、书特书功成革命五色、目□、同革党、合五族、共和、□政、低首儿、忍不住苦□、衮衮、□我阁、对我师里、向多、崇拜。有日里好比蛟龙得云，□时再起，又可以□□、涓埃，更指望、妖党间人交下□草不免□冠、以待。（转□板）偷着生忍着辱，放厚块□□□、声大□绕、究竟作何□字？□一声溥仪帝一心□刀载，看□□妖□全归失败，何□欷歔感慨。（收板）但愿得、恢复了君主制，再统、□台。

7月27日　　盛宣怀东瀛抱病　　桑田

（二王首板）在东瀛，染足疾，奄奄不起，奄奄不起。（滚花）忽起前□，实觉伤悲。（白）俺盛宣怀，亡清时曾为□部大臣，怜不□私借外债，□□首选□，收为国有，川人首先抵抗，□□祸起，不□月卤大泽山□化为乌有。俺无奈只得携家人齐到这里，也有许久，谁想染了足疾，奄奄不起。今日抱病床褥，越

班　本

想前事，好不令人伤感也！（慢板唱）想当初、在京时，何等、声势，我门下、许多人、拜我、为师，做宫人，虽不是、自私、自利，实只望、捞边吓、就□润、家庭。悔不该、把□□、收为国有，就全汉、□恶、□动了、人民反抗，介介、心离、鄂应起，好比火燎原，不可、□□，不数月，四方响应，□□、民□。那□主，无奈何、□往无何、□□，那时节，我携□远走、不敢、延迟，一家人、处到了、东瀛之地，只可怜、我一副家财、付窘水湄。常言道"鸟为食亡，人为财死"，从□业，想说致病只怕有□、难声。想起了、从前事，我心如、刀切，我心如、刀切。（转二流）□流异地，□望□□，看将、□起汉奸史，难□杀我名字，万年遭殃，罪不容诛。一病奄奄，料□□□，神魂不定，只怕命在须臾，说□□□，寒痛垒至。（收板）死在□□，□望□退□之时。

　　7月30日　　阔赌商大显神通　　桑田

（首板）这□界，不过是、□神作用。（滚花唱）有钱就可以、大显神通。（白）俺、亚阔呀，人人见我承赌兴家，因此人人就喱我为赌商，亡清时曾欠饷孟□，估这广东反正，此欠款耽可以不交，谁想新统么又苦苦向我来追讨，好在我虽通□大运乱某关谁，与我来说项，花去□须公□，此案就可以鞠盘了结，古云，赌头□神，看想起来，佢不□发也。（慢板唱）俺亚阔，往日里，是个贫寒之□，数年间，捞到阔，□迷、当红，我□日、□□白手飞来，□□长一两盒，承山□，有□二□，系我同茬、老宗。他是个、少年人，任我摆弄，打开了、这个大黄纵、起势，咁□、事可营，我汉人，鬼叫□得嚛、大凄，□得我、就飞□人、怕乜野、阴功？捞几钱，就捐功名，花了万几钱，就居然推□无用。大门外，坐一对、然□二品，嘅亚□、□□，都只为、欠饷项，难以、转□，那田地、与积房，皆□、宫□。（转中板唱）到今朝，民国已成，荡北去时、一统，我话谁，可不用、□抵、亏空，又谁知、新政府、口口声声、说道□饷、为党，姿把我、这边□、一概、充公，幸亏我、肖花小□，把公礼、来送，运动着、某团体、与我、通融，看□来、我呢几十万身家、身唔愧、□□。（收板）子孙、世世，唔使忧穷。

　　7月31日　　乌珍醉酒　　曾经

（左乐二黄首板）大街上，来了个、酩酊醉汉，（重句）（冲头）（白）好酒好呀酒也！（转滚花唱）大杯饮大块肉，饱醉一餐。（白）京城□警督察□满人

· 431 ·

乌珍，自从幼主退位把民统共和，□□绿挂委任我充当京城军□□□，绥□以来也有数月，□也依旧，某生平好饮烧酒，□□不在醉那来迈日，今日出指游玩，遇见许多的好朋友，那个朋友说道"不见□乌珍许久"，这里来一拉，这个朋友又说道"不见□乌珍许久"，又走哩一扯，拉拉扯扯，扯上酒楼，大杯的酒，大块的肉，乌□僮沉沉大醉，好呀酒□，二□□。（转慢板）想人生，在□上，□多、惆怅，情有那、大柱□，可以谁辞、□胜，方才间，在指上，遇见一班好友，这个拉、那个扯，拉拉扯扯上送到酒楼、之上，大杯酒，大块肉，顿顿、三□。（锣就遇位）（醉七星）到如今，这班人，不知、何往，只剩我、只一人，来到、此方，睁开了、朦胧眼，抬头、睹看，又只见、□□内，一片、月光。（锣就遇位）醉□□□□，好一□、净云、□□、□定儿、又不定，好□民说、□扬、□□了、大步儿，回家、而往，（重句）（转滚花唱）心神恍惚，没了主张，来至在松林，把头乱撞，头颅撞敲，炸□汪汪，骂一声老松树，你真是无视之流，为甚么你虽然独立，掏住路旁？越思想不由人、心火上、荣□交加，要把你□敲一番。说话之间，神魂□□。（收板）三魂渺渺，一命、辞阳。

8月3日　　尼姑卖佛　　谛

（二王扫板）自在天，慈悲来，从今□扫，从今、罗□。（慢板）我女尼，抛却了人□扫尽了□□恼烦在□□、之场，只估道、清净身、一生、□□，不用我、生儿育女相夫教子种种烦恼、心肠，□人家、做法事，还得、自养，挥戎刀、割断云□斩除色□□□、焚□，那徒□、选有那、日精、月魅？小沙尼，四五六个□□□□都是□□、容□、□叫我、坐蒲团，联如系之又有何、□望，又谁知、□宫干涉好似、糜乱□□□，这□，那□尼，又不许、把□□、来□，那宫□、藉名花换如狼似虎又回进、□盒，到不如、解散了，回家、挣□。遍辞□，惊担受恐真果□妨不、无妨，我佛门，无长物，只有一尊、佛像，我将来，□都却了执埋那亲□□□□、□常。你小尼，□不要、将师傅、来骂，将师傅、来骂。（二流）从今后，必□袈裟、穿着□□衣裳，□□是□□□□，□□□□□□，打破了那斋钵以换□方长，□时□我老年人，并无依仗。（收板）西方界，到中途、虽□、□□。

8月5日　　老尼姑禀请求婚　　大槌

（中板唱）自少在庵堂、来受戒，心□道、到蓬莱，一心望着登仙界，长年大月、食长斋，日日那□斋，又总怕、□坏。（介）（唱）呢只斋钵，点食得一盘理。（白）□□老尼，自幼双亲都亡遇家道愍笃，多感老师父收我为徒，在于庵堂，饿□食斋，也有许久。近闻得督府出示，劝令少尼还俗，又要把我们的庵堂来充公，贫道年纪老成，并无倚靠，这便如何是好？（水波浪）（白）莫若入禀当道，求他把庵堂来发还于我，□到还俗择配，岂不是好？若□侍我来为禀呀！（慢板唱）我自从、入庵堂，有数十、余载，朝礼佛，晚敲经、朝拜、如来，实只望、弃红尘，早登、仙界，我庵堂，方便门，两肩、大开。又谁知、那警厅，不为我、方便，扰我佛门不得、自在，把庵堂、来充公，□我日后、□赶、□然是、出□人，并无、礼经。只是我□□老来、所靠，纵来、那少尼、□□□，十分、□伟，我老尼、无倚靠，不知怎样、安排。（转中板唱）□□平日，恩如海，何妨为我、择配和鸾？我□□花袈裟、来变卖，□往夫家、作家财，夫妻和好、多恩爱，盐油酱醋、米和柴，那时节，知立一□长生禄位、将你拜，将你拜，望你子孙□世、位列三台，岂不、美哉呀呀！

8月16日　　元绪公叫苦　　一粟

（首板）佬□□，□□宫，一□□□，（泥倡唱）呢□唔知，点□□科（白）在下、何苦、老□元绪公，□许久，自从广东反正之后，许多积□的军人、在花□来闹事，祈宫儿就□酒流妓院，一□热闹，后来我方运动，报销巨款与某贱民，在伤□来尽得花场，□某贱民批准，已欺□饷银三千元，估道可以开抚为事，谁想上□不□，将某县长大□中□，跟白白我这三千银子，归于乌有。思想起来，良可恨也。（慢板唱）恨只恨、某县长，只呀、豆（手势）货，乱咁批、乱咁准，唔呢、咁多，被都督、□下来，转□、□妥，本公司、叟伟办，何来、拍竞？千不该、万不该，都是我自家、知错，今日里、自吃亏，还无、□□，觑白白、唔见左三千银，错在转唔曾兜番、一个，我呢回、番去归，点见、老须，欲想话，唔听从，又怕佢话事、话错，无奈何、救罪笼，免受、灾磨。（转中板唱）呢件事，一千样，都系疑为、埋伏，并无可错，想在、当初，某县长、一味唔闷（平）野，好似双耳、声左，累到我、遍身唔得据又好似、亚经、左右思量、无法可，那庄事□、难以移相，总思越想，拷动了公酉大。（收板唱）走出城，来上控，两足奔波。

8月20日　　自由女拜城隍　　横流

（首板）革履、鞘满，随彷荡，（滚花唱）要进城去参拜城隍。（白）□人丽

· 433 ·

自由是也，冒充自由女，四处招摇，也有许久，往人灾处，我出□不得许多多，方才在□颈闻人说道、裁□□□，今日升产，十分闹热，不免退绕而去，到城隍庙来游玩一番，一来，散散心闷，二来，□拜神槛，岂不是好？济、就此退绕而去可。（慢板唱）闻说道、城隍庙，十分、灵妖，那庙内、□低后，金碧、辉煌，虽然是、那神槛，□人、不讲，我并非、真自由，去拜吓、亦无妨。手拿着、稻□儿，穿街、过巷，那点人、个一个，皆为我、荒唐，带着了、金眼镜，四面、咁望，任人□、任人□，我绝不、惊怜。（转中板唱）来□在、双门庭，就用目、细看，有许多、鲜花宝烛、抵在、两旁，□门外、站正着、两个亨哈、二将，教□司、有一□、告示、仓皇，天阶下、个个啮着三老，有许多丫片烟膏，搽在、口上，认入榻，拈烟嚛、望到、颈长，在天阶、行为梦、就是、神累，却忙点烟、与及□晋、一拜二拜，来城上、城隍在上，□□□、妖妖□中、无别想，望系保佑我自由择配，得配、才郎。拜罢了城隍，抽身别往。（收板）额颈上，有一个□头□、□以收藏。

　　8月21日　　秋女士泉下悲秋　　横流

　　（二王首板旦喂唱）秋风□，愁煞人，黄泉叹气，黄泉叹气。（滚花唱）眼见得□□□为，□□□作□□。（白）吾乃、秋瑾游魂是也，流□至今，已有五载，湘浙诸同悲，开会追悼于我，□我神主入祀忠烈祠，□亚馨香，永□崇拜，鄙人在泉下闻知，亦欢喜无限，愧是民国虽成，蠢□剧烈，我二万万的女同胞，尚大梦未醒，往往误认自由，弄出许多惨剧。诸新乱象，泉下人、怎不□□哑也！（慢板唱）我中国、数千年，皆是重男、轻女，为女子、并无知识，只可俵人玩弄，你道好不、衰颓。近年来我女人同胞，照明那令权、去□□又怎奈、误无自由、弄出许久变幻，离奇，每日里，只晓得、都□革履，招摇过市，□颈；禄，只学得、几句话串、名词，造出了、许多仆财，这累我女界全群、名誉，睹此情景，好叫我难忍、须臾。还有那、沾澍剧烈，纷争、不已，那民国、如累卵，岌岌可危，那介忠、纷纷来，好比眈眈、虎视，（重句）（转二流唱）风雷紧急，祸在燃眉，你且看南北满、□人他人势力□□□，怕只怕瓜分之祸、就出在今时，想□此情，忍不住腮边、流泪。（收板）还望着、我未死的同胞，把党见、消除。

　　8月22日　　程德全痛陈时局　　横流

　　（首板）党见、纷歧、中原破坏。（滚花唱）民国前途、实可衰。（白）俺，

班 本

程德全，乃官僚革命□是也，天命革命成功，民国成立，我荣亦可以安慰，无奈民国虽成，毫无建设，党□剧烈，外患□乘，内阁动摇，人心浮动，革命召瓜分之际，不艰认应在目前，我辈抛掷颈□，□飞血出，才构成这民国，眼白白就断送在蛮□挠议者之手，思想起来，良可叹也！（慢板唱）我民国、□成立，已越、半载，建设事、并不闻，好不、奇哉？各权党、各营私，潮流、澎湃，那党祸、不知何时已、□穷、惊□。往日里，出力人员、须皆匿迹销声，不知、所在，那蛇神、和牛鬼，出现、眼来，国内里、未安宁，何以、对外？怪不得、人都道、我革命汉中，未有、人□。财政空、无奈何，思情、外恨、□民抿，纵蠹□，守财□又舍不得、绕财。（转中板唱）又遇着、一班空言荣、党国伐异、不顾大局垂危，分明欲将我民国、来害，你且看、西北风云、越□、越埋，那萤火、不吊吾民、□陲、灾害，有□人、忍不住、泪满、腮□，瓜分祸、在目前，我相□、等待。（收板）怕只怕、召同胞、要再□异族奴才。

9月2日　　周学熙哭辫　　曾经

（首板）想这当、监住要、把辫来剪。（滚花唱）不由于我、两泪涟涟。（白）本官，周学熙，自从民国成立、满袄纷亡，大总统颁下剪发令，要一岁把辫发全剪去，俺受清廷赏恩，不忍□□剪发，起至今日，大总统改委任我充当财政总长，牵过了我，要我剪发，出于无奈，把辫发来剪□，今日对着镜子，回想清廷，忍不住伤心无说哑也。（慢板唱）我□门、暂代来，宦送、热□，我的父、使为□，也有、多年，又谁知、民党起，叙坐、暴□，不数月、谈古论今，祸若、眉燃，民国成、颁下了、剪发、之令，我斯时、闻此耗，有口、难言。（转中板唱）我平日、诽压民国，怎□剪去？叫话□得、方便，欲想话、辩白□，又慌怕□咁、多说，无奈何、下帽仔、戴□、一件，不分冷□、我都戴住伴帽、舍（仄）得、条辫，今日里、大总统委任于我、做一个财政总长，我就入京、引见，唔除帽、周身大□，好像、□□，那时节、大总统、当堂、反面，被总统、大□一□，□到说唔佐、一文钱，我这时、满面通红，就□□、可怜、无奈何、在总统前、就剪左、佢先，今日里、对辫伤情，忍不住泪滚、两线。（收板唱）依依、不舍，此恨绵。

9月3日　　柏文蔚请督师讨藏　　举

（首板）翘首望、西北方，战云匪场，方欢慢□，欲攘外，先安内，□我、边陲，我国民、自去年、推翻、专制，□先声、□□誉，好比转醒、睡狮，□满蒙、与同□，五统就为、一统，欧□□、和北美，谁敢、觑觑？只可恶、各□邻，未认□□、国体，我同胞、本该要、兄弟、怡怡，一来是、今政府、坚如盘石，二来是、表示人民、程度、□低，泯界限、融地域，同心、协力、□秩上，竖起了、五色、旌旗。（中板）又、谁知，□□□文心、不快，受他人、叨、咬□耸甘作盗弄、浅池，掠十地、杀汉人，倡旧、叛边，□□明，三、苗□扰来有这等猖獗、行为，□归□，尹昌冲、懊□□、何以灭此、□食，统小□、□、□本该一鼓、作气，迎此矢、□、岁□个□□我动一位醒，□有人、为□□时里、□择，胡□来、间用兵，因地用□，变起、无所虑、□、心无期□电、纷□，我□□、把平、识□认电陈、门扉，但不知、我总统意见、何如？大丈夫、坐斯电同是万民、分子，矧自顾、节、岁七尺自余爱树、勇儿，到不如、辞选了皖督、一发，亲督领、貔貅□一二、□□，舍庆州，入□庚不泽□□、百里，到西藏、霄、助川膏来预、权□，管教他、山、岳崩颓风云、变色，或苦劳、直、攻益□□□、江孜，愤不幸、寻、国丧□至累前舍、□续，我自愿、完、晋天骄马革、裹尸，若得助、勒、石燕然□□伏波、□□，□不负、称、民齐托□飒、而归，那时节，陈列强不独眈眈、虎视，组织就、共、和政体共定、邦基。（快板）热血英雄、方携髀，中流砥柱、舍我其谁？天戈所指、称无敌，气齐风云、□鼓□，作一个将军、从天圭。（收板）抵黄龙、齐绣□，指日、可期。

9月7日　　梁卓如出京　　重举

（二簧诉板）我妖党，今日里，无皇可保，（重句）（慢板）眼睁睁、功名富贵，都成泡影，忍不住大哭、号呼。想当初、戊戌年，自把燕祷、（部分内容漫衍，识别不清）□唔法、顾个，幸喜得、早见嘅，认得内廷把风声、泄露，东西拜、枝□栖极□薮作逍遥，在□滨、会□□，一所□民，□□□可始时，□、是鼓吹民族主义终日吮异□□，康先生，游大统，改、□方好，始把□皇、合纪，我希望、思、维有可诸、要办却换着、藏袍，金山了，南洋伯，贡献金钱、无数，祇可恨、那些党，名革命与我辈□、□□，悔不该、诚不党，拂、□贰行必召瓜分、外侮，真不料、为、时数月指、挥天定免却、满都、总统袁，与我党、嫌疑、有素，看将来、官、□权利尽化作缥缈、卢蒿，却□伸、黎元洪，集、谈钦来他□生平、□万，党总统、说我才、原梁统非此专积、樗蒲。那蔡锷、又荐我填充、国□，庆弹冠，十、年伏处何宁一旦、翱翔？同盟者、飘揆一、复挶荐我□绍、扬民，真果是、声、名洋滨转瞬□□、鸿毛。因此上，暗抵京，静静地钻营、利路，糜两□、天、泽寄寓□候着三类、卒□，陈少晋、与秩元、□、真琉璃可爪方、遍布，实指望、内、阁总理□、与都长□属我保党、凶徒，怎知道、都人士、心恨、忌妒，告报纸一□、长任总督谓我是满仆、清奴，悬亭、□典□，起用□□、晋□，任你是、面、皮敦厚空叹作伪、心劳，无奈何，出京畿、东荧、就道，（重句）（二流）枉说我东奔西走、说□赶途、□此番不用□荷锄，把□蛛体造，也压得眼□儿、□□旧荷，初不料兵衅而来，都罪剧如此农稿，你今挽帅和弟，休望禄位□高、到天泽、□鹿先生、□情当斩，感与论□行攻击，那怕你周身刀，□个赏水咁显，又烦又悔。（收板）闷当望，□用□，满目、菡萏。

9月9日　　尹昌衡征西大捷　　大槌

　　（左撇白板）征两党，今日里，全然终庆。（滚花唱）赤党一战，统功成。（白）征西□司令、尹昌衡，群英作□，扰乱川边，本司令兴动大兵，应运□从，幸得讲请转□，商鉴闻□先迁，众三军，（手下白）有！（尹白）站列两旁，听本司令号令可！（慢板唱）恨只恨、那苏益，全无、人性，无□□，来作祸，扰乱、升平。□人□，来肆乱，伤及、川境，那川民，遭兵□，旦夕、不宁，那绿光、冲天起，显来、报警，告乡党、日数起，来请、数兵。本都督、无人马，全军、司令，兴□番、来□战，一扫、两清。杀得教、实甲恣，不教、再遥，我党到、他话间风边，个个、骇惊，今日里，我川境，虽然、妥靖，还须要、再竖限，赶他一□。（转中板唱）众三军，必须要、军容、肃整，人衔枚、马鞠口，不可、扬声，你且看、五色旗，堂堂、正正，并非是、恃强凌弱、师出无名。我这里、有一言，诸君、细听，切不可、乱军纪，有失、文明。我这里、有□□，诸君、细认，为军人，必须要、□□、地形，一路上、喇叭声，山鸣、谷应，尽空袭□、不少停，来至在平原，就把大□倚定。（收板）三更、夺得、□塘机。

9月23日　　黄大仙叫苦　　大雷

　　（首板）黄大仙、今日里，几乎变鬼。（滚花唱）把我佛象、去诱起。（白）吾乃、不用来糜的游魂是也，我本来不是姓黄，夺一班神槛，将我来无弄就叫我做黄大仙，但求元宝陈烛有得靠，我就营小得许多多，数年已来，香烟不绝，□

人见我伤感，又埋祠来祭祀于我，元宝陈烛，块转如山，食之不尽。自从广东反正之后，来了一位杀星，强夺我仙祠，到□□了，又将吾神祗象、投之浊泥，今日遍体泥污，上天无路，入地无门，看将起来，真是神仙绝吾亚也。（慢板唱）本大仙，近年来，真正、运蹇，呢几日，击到我、魂魄、无齐，那元宝、和陈烛，尽行、抵制，做神仙、也要抵肚饿，饿到我意乱、心迷。本大仙，受斯劫，真真、唔抵，好一比、黄□脚，总不、清题，那□么、是一个、杀风、阵□。无□脑、要作杀我，立乱、咁咮。（转中板唱）□外人，唔好然封神号，出来告示，□然、乱□，他又要、无我仙尔后□，然与教养院、好像如取、如觉，众□理，人索求倍，谁知□□、□□，又谁知、遭□□，众伎理就个个、自危，班人、慌怕打抬，就魂不附体，各有各、同走路，既各散、本酉，当是时，本大仙，就束手、无计，惟有那、引领待□、五内、齐凄，他竟然、起升人马、把间门、紧闭，将我偶像、投之河流，整到我□都、跂跛，今日里，上天无路、入地无门，我就真真、驻防。（收板）冤魂、不息，日夜悲时。

9月24日　喃无佬自叹　　大雷

（首板）然□□，因乜来，要唔俾人打醮？（滚花唱）不难就要饿死饿哦□、禽仔一尕。（白）在下、喃无六，当和家道赏点，并无生意可做，好学唔学，学人喃无，整日与人禳星钱斗，求神作福为生，到可以博得两要。自从民国成立之后，神权两字，日渐衰落，起□历遭火星醮也不准人打，我们啸无行，还有何作用？不寻即刻转行，去卖花生罢了亚。（慢板唱）近日来，喃无佬，总有、人叫，成个月，都唔发市，天咁、寂寥，总唔□、有人来，叫我把茅山、来跷，还馆内，静蝇蝇觑唔见有打姓、吹□，我祖师、坐辞□，侬开、口笑，总有、嚟帮亲、自觉、□□。（转中板唱）却、以为、□到八九月、就有火星幡挥，我几月就系□□。本道是、紧要，到个阵、捞闲炮，就系干极□哙、满潮。又谁知、那警□，佢话打火星醮系凶多、吉少，有一张、煌煌告示、出左几朝，传唤了、众街坊、一齐、上庙，他说道、越打火星醮、越发、火燥又况且、近日世界隐彗，不知免左佢、为妙，唔使花鼓、唔使□车，又何等、逍遥！我□时，闻此耗，就心肝药跷。（收板）到不如、去卖花生，灵唔此咁招摇。

9月25日　黄克强早车入京　　剧

（首板）叫左右、随着我、京城而往。（慢板）披着星、戴着月，不敢、惮

班本

烦。忆当年、与中山、提倡、革命，都为着、谋光复、中国、河山，十余载、也偏当、许多、苦难。(仄)把头颅、来抛掷，只望把专制、摈残。今幸得、民国成，共和、有望，伫看着、五大族、寰宇、称强。(中板)又、怎知、朝野上下、各私、其党，既争权、又争利，不顾大局、危亡。众议院、国务员皆同、一样，终日里、争持党见哄闹、一堂，何况是、外侮纷乘又试内讧、扰攘，眼见得、大局如此，若欲南北统一真是难上、加难。我克强、本是一个英雄、好汉，都被他信口诬捏肆意、诋弹，诬说我、暗联张方一同、谋反，造谣言、图陷害偏偏与我、为难，又说道、我问心不过因此逗适、洒上，欲之京、且前且都定必心里、抱惭，细想我、心地光明岂容、诽谤，总须要、尽情表白免令飞短、流长，迫不得、叫随员一同、北上，与孙袁、谈心握手表表、衷肠，一可以、把党见清除同御、外患，二可以、表明心迹免使他疑忌、难忘，举头看、那天边晨光、明亮，到不如、趁早车直上、京邦。叫左右、随着我迈步、而往。(收板)无非是、为民国、来往、匆忙。

10月7日　　纸币平换之叹声　　重举

(首板)广东纸、今日里，不折不扣。(梆子慢板)各行商、明大善，共济、同舟，我广东、原本是、我广东人、所有，又岂等、秦越人、各自、为谋？曾记得，岑云阶、征西时候，发纸币、一千万，那见供过、于求，那时节，基本金、何等、丰厚，不过是、用命令、强迫、销流。到去年、倡义旗，力把共和、造就，悯民生、太憔悴，概免、捐抽，军政府、何处有、点金、妙手？付军币、支政费，该要未雨、绸缪，无奈何、用纸币、履行、沿旧，待将来、图整顿，适合、支收。(中板)转、瞬间，我广东便可民丰、物阜，各同胞、何、庸疑惧刺剌、不休，怎知道、意、识毫无异常，荒谬，将东纸、任、情低折不知有甚、理由，至累到、小、贩商民眉梢、紧皱，那奸商、长、袖善舞多、财善贾一操一纵弓燥、手柔。众平民、损、害大蒙都是在革命成功、之后，或嗟想、滥、行纸币迷脑、迷头。各军人、在市场时闻、角口，最寒心、酿、成变故全局、贻忧，因此事、各商民设法维持、补救，只可惜、银公司、虎头蛇尾贻笑、环球。到后来，意、用意低益觉难弥、厄漏，官与商、集商会解决、同筹，决定了天、上月圆不论商场、授受，纸与毫、要平换不许视等黄□，官钱局、经、将纸币发行数目标诸、门首，通盘计、一、千八百余万未有平点、虚浮，我粤民、从此□已将疑团、解剖，交易中、安、心信用休要视纸、如仇。广纸价、本位复回肤功、迅奏，真果是、欢、声雷动纪念、长留。本记者、愧不才孤闻、寡陋。（收板）常雍熙，如雀□，慢捻、歌喉。

10月9日　　国民悲秋　　年

（首板）听秋风、一阵阵，惹人愁恨。（慢板）举头看、那四面、都是苦雨、愁云。想当初、民国成，估道不同、往阵，离却了、专制阁，做一个头等、国民，又怎知、到如今，还是诸般、受困，曾说道、共和两字、已变作缥缈、浮云。（中板）你、来看，外侮纷来风潮、滚滚，列强中、一波未了一波、又生，那东南、和西北，虎视鹰窥都是无端、起衅，一个个、乘机攫夺好似蚕食、狼吞，最可怜、四百兆民不同、发奋，一个个、自残同种内乱、纷纷，自古道、国家兴亡匹夫应负责任，又怎奈、人无团体好似乱石、纷纭。那朝廷、争利争权党见、不泯，把大局、全然不顾任得他警告、赖□，到今朝，弄成中国如斯有谁、不愤，眼睁睁、把二万万余方里土地坐付、强邻，提起了、家国事已令人、愤懑，何况是、秋风萧瑟轫我、听闻。最可怕、四声虫吟因风、远震，声声是、添人愁绪更自、销魂，为甚么、我中国如斯我欲把苍天、细问。（收板）莫不是、终难免、豆剖、瓜分。

10月10日　　民国肇基之一周年纪念　　举

（首板）庆民国、肇初基，今值一周纪念。（左撇慢板）五色旗，随日影，到处、高悬。我中国、古今来，都是君权、专擅，五千年、专制毒，几等积□、相沿。明季时、李自成，称戈、谋变，吴三桂、引满族、进据、幽燕，（平声）四百兆、神明种，任人、□践，锦江山、沦异族、三百余年，苦苛政、如猛虎，谁能、幸免，□□听、壮者散、老满、沟□。若水旱、□刀兵，天人怨怒，诸志士、□□革命，拯救、黎民，前者仆、后者继，心坚、□□，□□□、□□了、无量英贤。（部分内容漫漶，无法识别）人心、受激刺，无异奔马、涌泉。（中板）到、去秋，运动告成时机、熟遍，在武昌、义旗首举猛着、先鞭，约党人、扑、攻城池□□、□窍，□枪林、冒弹雨凌厉、无前。登高呼、谷、应山鸣各省闻风、莫羡，离满清、谋独立恐后、争先，到后来、清、酋退位南北融和、思□，合五族，推、翻专制改尚、民权，举定了、他、时总统才得邦基、永奠，倡平等、汉满蒙回藏无头、无□，平谐□、民、国共和不分、贵贱，有义务、有权

班　本

利人道、同权，这都是、志、士伟人热心、宏愿，掷头颅、糜血汗泪耗、金钱，我汉民、福、享自由该要报功、追远，□□勋、怀先烈谁不饮水、思源？今日里、一周期果是光阴、似箭，共举行、纪念会乐数厚果、□缘，佛耶西、革、命纪念要奏共和、□悠扬、委婉，美独立、每、周纪念自由钟权欢乐、无边，我民国、告成功全赖武昌、一战，各同志、真果是义薄、云天，张灯影、燃喜炮筵歌、酒宴。（收板）祝民国、万万岁，永脱、奴圈。

10月15日　　刁私娼大骂警官　　曾经

（首板旦喉唱）当私娼、不过是、自由恋爱。（中板）骂声警官、你太蠢才，奴非是、在此间、把淫、来卖，又不是、在此来、诳窃、钱财，不过是、爱自由，贪场、欢快，借酒店、作俱乐部，放荡、形骸，□警伯、缘何故、把我如此虐待？我自忖不知所犯何罪，颇费、疑猜。（慢板唱）我中国、近来是、文明、世界，男与女、皆平等，随□、行埋，长堤中、那酒店，真好、所在，引动着、野蝶儿、对对、飞来，纵然有、苟且事、亦非把道德、破败，为甚么、捉拿我、乱把罪开？又话锁、又话拿，几乎将奴、吓坏，左驳壳、右曲尺，见者、惊骇。（转中板唱）被你们、吓得多，我个胆越吓、越大，罚极我、不过都系十个银钱，我又全不、挂怀。说甚么、共和政体、男女平权、因何弄到如斯古怪？为甚么、样样你都唔干涉，偏要拆散我的露水、和谐？你咪欺奴，是软壳蟹，你欲想讹诈、又怕你吓诈唔来。你若是、激嬲奴奴，奴就拼命同你、嚛嗌。（滚花）你侵人自由、太不该，你家中亦有、临时太太，你就咁禁人开寨，转吓眼你又带住几个埋窦，有口话人，有口话自家、你的新官儿，真正口大。（收板）一庄一件，我要还问吓老父台。

10月22日　　葬端方　　厉

（二簧扫板）披麻衣、对□柩、哀哀下拜，（重句）（慢板）抚着了、桐棺三尺叫我为子怎不、伤怀？想当初、叹无常、升沉、政界，幸得了、十万孳钱一官无差就再上个专制、舞台，为铁路、收国有，将来押款实把、路卖，那川人、首先发难挽权救国激励、贤才，集川人、告各省，要把路约、来改，因此上、闹起风潮你就带兵进蜀估道把民气、抵排。当是时，我又觑、早已种下无穷、孽债，天下人、个一个谁不唾骂你是个、狼豺？为子者，纵跑到、难于、劝成，在资州、□遇武昌起义鄂军兵变就生此、惨灾，家里人、认讣电，惨伤、五内，更闻得、碎身数段支解、尸骸。这一个、好头颅、已把木箱、装载，我出巨资，都愿把尊□首倾收赎，而周巡抚、到资州、犹幸原尸、具在，把残骸、运到汉口与头颅合殓运□、葬埋。那相枢运到了、不禁泪人、相对，泪人、相对。（二流）实可叹豪强世、今安在哉？况且这副尸骸、已经斩开人块，回念当时惨死、我就哭倒尘埃，早知道抵抗民权、终须遇害，又谁知果然猜中，今日祇有□上、一堆拜罢了叫工人、可把棺材钉盖。（收板）从今后、我惟有守、那作孽、钱财。

10月23日　　彭寿松抱头鼠窃　　大雷

（首板）闻听得、岑老三、赴闽镇抚。（滚花唱）我心中乱咁跳、好似□左□□袍，岑老三呢一帐嚟、实在都唔知佢乜头也路，怕只怕我见我见着佢、哈当面里□，左右思量、实在唔知点算好，三十六着、都系走为高。（白）俺、彭寿松、威镇闽中、无所不为、已有数月，后来闻得袁总统派岑春萱到闽来镇抚，俺曾调齐各路军队、驻省来拥护，欲与他来反抗、怎奈岑春萱又密电邻省协防，俺寿松虑敌他不过，遂买了保险，辞去各席，狼狈而遁，你看、天时尚早，就此起程则可。（慢板唱）我闽中、众百姓、畏我、如虎，实只望、削尽地皮、席卷、而逃。又谁知、岑老三、忽然、来到，料老岑、一定是、不肯稍议、分毫，我斯时、调军队、把我、拥护，实只望、与他来、决战、一遭，又谁知、岑老三、鬼头、鬼脑、电邻省、来协助，真真、自豪。（转中板唱）我当时、闻此耗、心里、暴躁，进又难、退又难，惊到我主意、全无。又恐怕、岑老三、发起火嚟，□堂堂、呷醋、见倒我、不难□、当面、确□。无奈何、诈作演剧，把现银藏大戏箱、运往某洋行、收好，□番笔钱、唔理咁多，免使我日后好似水面、浮蒲。我暂时、把各□辞退，让他、一步，有钱在手，我就□要买定保险，天咁、风骚。呢一回、俺寿松、打埋、□数。（收板）一心心、到□洋，不顾民□无前途。

10月29日　　溥伟卖王袍　　厉

（中板唱）盛衰两字、原无定，王府如今、已替陵。呢所府堂、将近要贴召顶。（埋位唱）点金之术、已无灵。（仆却上白）告禀王爷，现在府中钱财、经已用尽，那皇室经费、又未有领到，请王爷将钱发下、得来支用呀。（溥白）甚么讲、府中钱财、已经用尽吗？（仆白）不错。（溥唱）世人偏说、贫非利，我未曾穷过、不知情，回念当时、我称全盛，任情挥霍，视财轻、采色声音、与便佞，□□狗马、宣内庭，几大亲王、专政柄，谁知转眼、看枯荣。今日挪借无

班　本

门,有谁、肯虑?我同转头来、问句亚升。(仆唱)可叹王爷、当逆景,钱财、还要、早经营,不若将府内玩□袍冠、来□□,□□乍钱财、□不轻。(溥唱)听你□□、我做难,暗中□多、红顶花翎,补服□龟,□千余领,不些个日、易沾消,总系制□从新、已规定,恐怕黄袍红顶、有人承。(仆唱)中国如今、虽变政,这些袍服、不时兴,但系蒙□各人、未承认,近□犹且、把王称。何不着他、来承顶,蒙人一定、好欢迎。(溥唱)听说你言、我心高庆,叫他来买,我价钱半,重有班指成千、人所赠,□来一概、尽沾请,稽得钱财、□养命。(白)重有班指千副有多、系人地送魂嘅,你同我卖埋佢喇。(仆应介)(收板)你立刻找人来贺,莫留停。

　　11月1日　　　孙中山电辞大勋位　　重举

(首板)袁总统、□孙文、大勋位。(左撇梆子慢板)孙中山、又何敢、□□、推辞?□必言、劳必赉,□□国民、激励,尧更□,□□□□□阁、名题。但去秋、鄂党人,义旗、首举,掷头颅、糜血汗,尽是爱国、男儿,东南方、十余省,闻风、兴起,拔□帜,易汉帜,反正、恐迟。俺中山、在海外,不禁望风、窃喜,喜革军、齐奏绩,因向祖国、言归。(中板)当、是时,国内同胞四千余年惯睹君主、政体,邦感情,彼、此隔阂不免滋惯、怀疑,况北省、与南方急切未能统一,谁不道、临时政府先要组织、为宜?举孙文、做、个临时总统承乏南都、之地,可算得、国、民厚爱莫大、荣施。到后来、赖袁公艰难、宏济,化干戈、为玉帛不愧豪杰,乘时、建共和,称民国推翻专制,逼清廷和、平退位不至铁血、如糜,这都是、袁总统爱群、心热,任劳怨,保、全大局几、经险阻几历、艰危,独立旗、日、影飘飏山川、增色,自由钟、雷、蠢平地世界、惊奇。在孙文、始、终因依其间实在无功、可纪,大勋位、承特授岂不惭悚、交滋?自古道、受、禄无功难免扪心、自愧,俺初心、早、已忘情利禄只愿拯救、群黎,矧自问、十、余年来极、力提倡平民、主义,倘如今、独、占特殊阶、级岂不是口是、心非?大丈夫、公、财忘私等视浮云、富贵,又岂可、授人口实并与素愿、相违?望总统、俯、鉴征忱偿吾、素志,必须要、收、回成命请勿、游移。倘谓我、革、命首倡不少丰功、伟烈,要须知、国、民义务天职、如斯。我这神、□电文下风、翘皱。(收板)社会上、皆平等、快慰、何如!

　　11月12日　　　挽留粤路詹总理　　重举

(首板)詹总理、是吾国、工程巨手。(梆子慢板)专门学、名鼎鼎,贯耳、

· 443 ·

如雷。粤铁路、在前清、早经失□、比美，他南□曾组织、一个合兴、公司，三十万、粤同胞，知到路权所关、非细，粤生命、与财产，随处、可危，合大群、争商□，一鼓、作气，不数旬，集巨款，中外惊奇。交涉案、费尽了、二虎九牛、之力，交股银、由公众、□定、□个。怎估道、□此后、风潮、涌起，那□程、尤腐败，空叹路款、虚糜。（中板）乱、此□，各□□纷纷、论议，皆说道、扶、持补救除是另举、工师，到投个、得、票最多推定公为总理，众股东、得、人共庆好比旱遇、云霓，又诩公、名、震还珠学识经□尽可兼任工程、一席，上场后，裁、减冗员清、厘积弊□节、开支，谁不道、全、路告成真可翘跃、以俟？可知道、粤、人倚靠不啻众口、一词，自民国、成、立以来叙待援兴、实业，闻中央、收、路国有又复旧事、重提，谭督办、召我公□商、一切，公那时、志、在保全商□不惮跋涉、奔驰。又谁知、离粤后谣言、沓至，经来电、辩、□宗旨解释、群疑。今日里，商办完全已属毫无、疑义，现开收、三期股正仗鼎力维持，忽闻报、见我公回粤正宜言、辞职，各股东、挽、留函电火急、星飞，揆此情、制、造讹言可谓绝无、意识，无非是、正、人在位不便群小、营私，在我公、度、量汪洋何容、介意，不虚誉、求全毁皆一笑、置之。倘若是、引、退避嫌反中奸人、狡计，致全国、不、能收拾后悔、难追。自古道、未、必人意尽如但求我心、无愧，功与罪、□、诸公论自有公是、公非。本记者、亦此路□东、分子。（收板）作短歌，表微意，挽驾、为题。

11月13日　　　华侨声讨梁启超　　厉

（扫板）梁启超、用尽那、梲徒、伎俩。（中板）声名臭恶、远传扬，谬托圣人、倡保党，还说保皇救国、把大言张，骗尽我国民、无穷血汗。（埋位唱）如今闻说、他已回唐。（白）唉，梁启超呀，你个梁贼呀，想你逋逃海外，师徒两人，都不知骗尽我华侨多少金钱，现在民国告成，你又转回唐山、钻营运动，我侨民能恕过你吗？（慢板唱）想当年、在海外，你多端、混账，声声道、奉衣诏矢志、保皇，着书说，常言道、专制、为上，说共和、倡革命，你就骂作、佯狂。到今朝、为甚么、不同、思想，谋□官、回祖国，话要赞助、忙忙？无一言、敢说道、共和、不当，分明是、无宗旨，不过求饱、贪囊。（转中板）前几天、闻得他将为、总长，国务员有了他贪污狠戾是非颠倒真果是民国不祥。这小人、又何可授以大权、执掌？大梲徒、国人公敌正要、提防。大总统、又何尝不知他为、逆党？众豪杰、把河山收，后怎忍败于、康梁？待我们、通告各埠华侨把呈文、连上，大□要、告明总统不可用这匪党来执、政网，举国人、内外□译都要将渠、反抗，求总统、捕捉他付诸、桁杨。他平日、骗尽巨资还要责佢偿还、为望。（收板）众华侨、料得是、一样、心肠。

11月30日　　袁总统决策　　厉

（扫板唱）为俄蒙、累得我、无了、主意。（中板）还须定计、保边陲。（白）太、蒙人愚昧，反对共和，抗拒宗邦，倡言独立，唉，真果是蒙人之蒙也。今日俄人又来煽惑，使内蒙中计，遂他蚕食之谋，征蒙又过伤感情，征俄又患难筹军饷，真真是为难了。（慢板）连日来，国中人、十分、愤气，声言道、不主战、就任得、人叹，诘问我，催促我，定其、大计，国家事、又何可、轻躁、为之。因此上、集众员、须开、密议，外间人、思疑我、决策、迟疑。（中板）我、如今、已经定了方针胸存、定主，那私约、□□，公认虽不、知之，第一件，希望和平须劝库伦取消、独立，他若肯、依然归化我也把前众、赦除。第二件，劝俄邦不可持那干涉、主义，关别国、调停了事取消前约或者遵依，倘若是、他能退让般般我又何须、生气，我民国、也不想战务纷驰。第三件，我国民一面预筹、军备，他强横、来侵犯也要见过、雄雌，破公法、夺我国权分明、无理，我就要、兵戎相见岂敢延迟。那三策，决定了我就进行、办去。（收板）我中华，到今日、有备、无虞。

12月3日　　讨强俄　　厉

（扫板唱）俄罗斯、真果是、强横、无两。（慢板唱）横千兴，那外蒙、把独立、来倡，显然是、与中华、故来、相抗，那蒙人、真愚昧，要引、虎狼，借俄威、相抵制，将我□人、来赶，舍其善、亲其恶，反抗、中邦。问同胞，到今时，否能忍让，务须要、强对待、拼动、刀枪。（中板）自、古道、自反而缩□了万人我堪直往，况强俄、虽然庞大今日已变外强、中干，第一来，前数年□□般般已受日人、天□，又何惮、他们国内那□□、□□？第二来，他们国里极多虚□、□万，那内乱、陆军□军队从命令他又内顾、步迍。第三来，巴尔干风云正当、扰攘，那兵军、四边牵制真是首尾、难防。我华军、兴动敢死之兵问佢怎能、抵挡，大机会、不可小失当要挞伐、大张。看中华、民国初成好比热饭蓬蓬、气上，五色旗、临风招展正正、堂堂，不比他、专制魔君现当、颓丧，我朝气、他暮气势必、难当。争国体、复国仇一定个个摩拳、擦掌。（收板）叫国人、总战备，战胜、疆场。

12月4日　　　陈军统慰粤商　　　竞验

（首板）谓粤商、休得要、等于纪人、疑虑。（中慢板）本军统、为解得可仔细、寻思，恨□人、（部分内容漫衍，文字识别不清）说道与我民国、分离，眼睁睁、失却土地主权被人鲸吞、蚕食。我民国、忍无可忍才□鞠旅、陈师，我粤兵、革命成功声威、众着。趁今时、英、雄用武是个最好、时机，大丈夫、莫幸马、革裹尸沙场、战死，又岂肯。马、牛奴隶任异族随意、鞭笞？至虑到、粤、境空虚又值崔苻、遍地，但酌留、陆、军一旅便可镇靖、无虞。作千城、塞、外立功仍一面保存、桑梓，断未必、激、昂对外不顾内地、安危。各府州、布、置完全军留、警卫，又岂任荆、榛萌孽伏莽、潜滋。望同胞、宏、愿热心共郁、战费，看将来、飘、扬大陆都是五色、旌旗。料此番、四、万万人雄心、一致，摄强邻、平小丑定下麟阁、名题。最可喜、现、办商团好比泰山、足恃，倘若是、力、谋推广并可捍卫、城池。愿诸君、全、局统筹不可囿于、常识，瓜分祸、须知道火已、燃眉。今不图、又何难一蹶、不起，亡国奴、五、洲虽广亦属无处、枝栖。不有国、何有家但愿同舟、共济。（收板）看攘外、并安内，作个豪杰、乘时。

12月7日　　　蒙古逐华人　　　厉□

（扫板）到今天、我蒙人、引虎自卫。（慢板）叛中国、附强俄、以独立、为题。想内蒙、那有性、惯尝、专制，我活佛、利用那、专制、淫威，为甚么、新中华、改作共和、政体？我定然、相反抗，另策、施为。今俄人、转助我，可与中华、抗抵，全付与、听俄国、指挥。宗教权、政治权、陆军之权又兼、矿利，交俄人、来监管，不怕、□亏。从此后，俄与蒙、订定般般、条例，深望他、来保护、蒙古、群黎。（中板）因此上，我要切实履行把华人、抵制，条约上、分明说道不许中华人物在我地土、蠹栖，不公认、那华官先要绝其、交际。你华官、赶快些赋咏归去、来兮，你华兵、我此后也不须你来、护卫，快些儿，遄返宗邦另作、行为，你侨商、休怪我邦施行、无礼，返故邦、不可在蒙经营贸易免陷、险危。把华人、一个一个逐清把关、来闭，看中原、自称国大今日又奈我、何来？我蒙人、不忧自由宁愿作异邦、奴隶。（收板）怕甚么、你中国，把我、推挤。

12月31日　　柳谦叫苦　　厉

（驻前山关日之陆军柳谦为葡人殴伤）

（二簧扫板）连日里、痛得我、魂飞、天外，魂飞、天外。（慢板）抚摩着、鳞伤遍体无完肤真果是痛苦、难捱。当陆军、驻前山，本与葡人、无害，料不到、葡兵无理乱来殴打使我受此、奇灾。想当时、我同彭承寿、与伙吴禄到澳门、买药，返回时、因放飞机葡兵把路竟不许我、回来，他晓我是陆军、改为、□□，有旁人、多方解说他更恶比、狼豺，召葡兵、十余人，强横、对待，拖倒我、拳脚交加当堂吐血我就哭叫、哀哀。旁□人、无一个、不为我怒冲、冠盖，□把我半死之人、拖返、衙来。那衙官、知妄拿，不问葡兵只说我应、无罪，驱逐我、我身受重伤足不能行口不、能开，黑夜里、人不觉，又将推出、关外，一定是、葡兵打雀我军干涉致惹、祸贻，挟私仇、忘公理，□人、自大，我军人、尚且如此若果人民定受、其灾。恨葡兵、太蛮横，谁能、忍耐？谁能、忍耐？（二流）眼光光被他凌辱、切恨无涯，望同胞□国成□民□，共伸敌忾，免被他频频鱼肉、视作奴才。那冤仇真果是□虽共戴，抚□痕伸缩楚泪满胸怀，我灵魂难免得、脱离尘界。（收板）但不知、这冤仇、能否伸雪、得来？

1913年

1月1日　　留俄学生退学归国　　重举

（首板）别宗邦、留异地，希望磋磨、学业。（叹板）恨强俄邦交不顾、显把祖国凌欺。（白）我们留俄学生是也。担登（竹头）负笈，别井离乡，此日借助他山，他年归报祖国，何等荣幸？不料暴俄无理，专向库伦煽诱，反抗共和，阴与逆佛提携，倡言独立，这正是国民公敌，黄□（部分内容漫衍，识别不清）哥萨克兵之头，夷圣彼得堡之地，戴天不共，留寓何甘？翘首战云，转促退学言旋之念也。（梆子慢板）想当初、别家中，寻师、千里，越重洋，冒风雪，不惮跋涉、崎岖，实祇所学、来报国，甘效奔走、驱驰。谁料到、那强俄，蛮横、无理，与库伦、同订约，不顾万国、貤讥，侵领土、夺主权，显是瓜分、诡计，凡国民、有血气，谁不指发、裂眦？闻内地、各同胞，宁愿疆场、战死，不公认、亡国奴，一意、坚持。（中板）倘、若是，边衅既开还讲甚交邦、赠谊？分明是、国、民仇敌誓以武力、扫除。我学生、人、面腼然何堪、居此？执干戈、卫社稷更要祖国、言归。遍目前、高、鼻紫髯无异眼钉、背刺，恨不能、手、刃俄贼做个豪杰、乘时。虽然是、文、弱书生究竟深明、大义。曾记得、里、名胜母曾子、回车，倘若是、隐忍居留是不知人间、耻宁，纵将来、五、车学富也觉坏了、初基。约齐了、诸同学共把归帆、挂起。（收板）返故乡、才不愧、爱国、男儿。

1月7日　　　沈佩贞大闹报馆　　重举

（首板）争不得、参政权，遭人笑骂。（梆子慢板）更何堪、被诬捏，官吏、擒拿。想奴奴、在女界、称王、称霸，充党员、与有力、改造、中华。推倒了、清政府，论我功勋，居、人下，谁敢谓、程度低、智识犹在、萌芽？又谁知、众议院、无异盲声、瘖哑，不公认、女参政，慧拾、人牙。俺佩贞、在上洋，曾提倡抵制男人、妙法，若女界、能遵守、桑榆虽暮还有大半、红霞。各小姑、宁待字，誓守十年、不嫁，各嫂嫂、宁缄默，夫妻十载好比室迩、人遐，恩与爱、情与义、何难、睇化？必须要、达目的，才赋宜室、宜家。（中板）怎、估到、姊妹们指我为火烧、坏瓦，分明是、力、无团结好比一盘、散沙，唐群英、屡、闹议院胸怀、弹炸，依然是、声、沉影寂无异晚树、岁鸦。看将来、前、任总统中山先生未免喜谈、大话，他说道、权、平男女轩轾、无差。为甚么、言、犹在耳至今还堪、记挂，女参政、斩、权不与终等水月、镜花？前几人、皮冠大衣手执□竿在于议院门前、哭骂、消傀儡、不、嗇大江东去高唱铁板、铜琶，到后来、国民军筹饷处被人、疑诧，奴那时、挺、身作保投到、官衙，真可恶、亚、东新闻捉影捕风凭空、弄假，登报界、诬、我被捆并未仔细、稽查，怎知我、巾、帼须眉无论官民见了、都怕，岂不是、坏、奴名誉一片市虎、杯蛇？诬别人、肯更正便可将情、作罢，冒犯我、必、谋对待弄到你纷乱、如麻，太岁头、敢动土定占一纸、凶卦，胭脂虎、敢、撩犯不识美玉、无暇，待奴来、奋雌威先把招牌、毁打。（收板）□律师、再起诉，你试静听、无哗。

1月9日　　　殷天忧蹈海　　厉

（参杨继业□死李陵砖调）

（二簧扫板）殷天忧、愤恨他、强俄、无道，强俄、无道。（慢板）这几天、被暴俄、欺藐我、私行订约强占库伦，定是激励、同胞。想当初、在前朝，也把蒙古、护保，又谁知、中奸计，妄称独立我回媚异逆罪、□逃。第一件，□俄邦、主权、丧失。第二件，背中华旧义、全亡。第三件，让俄权、女才、一样。第四件，利权死丧挽救、不还，只剩得、那虚名、无理、无道，眼睁睁、我属上、双手奉人真果是、流、花飘，到今时，我国人、誓同、决斗。若果是、还退步，定丧、中邦，危迫时、对同胞、哀哀、高□，争国体、□舍得血染、战袍，务须要、废条约、恢得主驱逐俄兵，使他望风、而跑，务须要、同仇敌忾共把、兵招，但只愿、拒俄人，把仇、来报，望同志、有力出力、有钱出钱，快买东市、雕鞍。今日里、征库拒□、倘不同情、共表，权已丧、国已亡，此恨、难消。自问我、殷天忧、绝无、才调，都不甘、为牛为马自进、固牢，无用躯、徒枉我、在此、哀叫，猛抬头、见中华好比波浪、动摇，只恐怕、为隶为奴、看着宗邦瓜分、去了，叹民国、当□时甚□、前朝。对着了、那黄海、哀哀、无告。念鄙人、一腔热血无从而洒都是死去、为高。霎时间、一阵热血、涌到，热血、涌到。（二流）事到头来好叫人、无计开交。低下头又只见、汪洋当道，我并无力量，都难以为国效劳，我一身不过是、为木为草，或可以因吾一死、警醒同胞一遭，对着了江流，我身躯忙忙跌倒。（收板）望同胞、也不惜、血染、荒郊。

1月23日　　刘人镜告俄情　　厉

（起板唱）在俄邦、好一比、垂饵、虎口。（慢板）我但求、无大过，不敢希望、劝猷。想当初、俄约起，我未曾、跟究，全靠他、留学生、说出、因由。到今时、那学生、再来、分剖，他说道、俄国人、一定与我、为仇，交涉间、必难望、和平、得手，若开战、我华人、也不用、心忧。（中板）现、俄人、外强中干实在空空、无有，有战事、飞刍□粟一定、难筹，财政上、困难万般个乎与日人、战后，那银行、发钞票并无印、□、应□，国债券、信用全无靠得何人、消受？加税饷、人人资怨他也暴敛、横抽。军事上、除圣彼得堡只外就全落党人、之手，那马队、□系高加索种人队□□□岂可现、□□，一炮□、还□□镇真果是难攻、难守，那民心、更觉亲离众畔纷纷、怨尤。开战时、当备兵不肯这征已言出、诸口，续备兵、大半党人更不肯为国、宣猷。看般般、可战之墙真果是事机、天授，战事开、兵政财政一定狼狈、堪忧。况且是、各国仗义执言令渠、哑口，现俄皇、也想和平了结不愿、他求。他不过、探我人心看能、欺否，看学生、那呈词调查确当他的内里、情由。（急板）我要电告祖邦、把情讲透，电文忙拟、不停留，执笔忙忙、将稿文挥就。（收板）望总统、莫退让、随他、计谋。

2月14日　　班本　　欢迎姚雨□（举）

（首板）闻姚君、今日里，迨回粤境。（梆子慢板）我粤人、本该要、开会、欢迎。想姚君、原本是、革党、袖领，在军界、又获得、伟人、声名，憧往年、攻督署，□集了前茅、后动，实只望、□精锐、一鼓、功成。怎知道、愿未偿，枉牺牲党人、多命，失败后、犹运动、军界、诸英。迨吾粤、庆光复、雄心、大逞，组织就、北伐军，慷动、行旌。当是时、汉日焚、清氛、未□，汉阳失、武昌危，惹起疑惧、群情。南七省、救清师，尚少□程、驰骋，独姚君、十月杪、领众奔抵、江宁。（中慢板）睹、旌旗、半、壁江南人心、大定，谁不道、军容壮军纪、严明？到后至、取宿问、□张□、迭□旗开、得胜，飞将军、随大降至图说、皆倾，笑北军、心、胆俱寒刁斗、声静，潮自从、江、南克复南军获胜此役最得、时称。在姚君、本、拟穷追直把□续、扫净，却囿于、南、北议和之局致未扫穴、犁庭。和议成、统、率粤军班师，下令、奏凯歌、附轮回粤鸣□、敲经，将所部、给发恩粮遣回、乡井，这才是、功成身退不屑利禄、钻营，袁总统、满□声威不惜虚怀、电聘，特任为、军、事顾问留驻、燕京，近兼任、政、党联合军事调查可算大名、鼎鼎，料将来、丰功伟绩长□、汗青，昨又闻、辞、职上书因励欧西、游兴，（仄）弃富贵、如敝履匆促、登程。潮汕人、共、表欢迎先抒、爱敬，探行踪、闻昨日安抵、羊城，虽然是、俗套虚文多是无谓周旋、关应，但我们、垂、劝后人崇拜先进也该略尽、心诚，备壹桨、瞻、仰仪容私衷、庆幸。（收板）在下风，同甘拜，与、有光荣。

2月19日　　□新议员　　顽石

（中板）今天议士、登台日，正是风云、际会时，同具热心、谋国利，群策群力、共维持。讲到民国前途、殊可虑，好比大厦方将、一木支，一发千钧、谅诸君洞悉，恕我婆心苦口、念兹在兹。（转慢板）歌此开、敬贡上、新还、议士，虽则是、未谋面、久仰、芳姿，待鄙人、把事情、从头、细说，望诸君、不河汉、葑菲、无遗。想国民、经告成、不少、日子，到于今、那头绪、纷若乱丝，那总长、贪冶游、不理、大事，还有那、分党派、意见、存私，讲起来、真令人、殊堪发指，恨他们、总不顾、五色、之旗。（中板）再、提起、我广东不堪、来记，个一个、素餐尸位醉、酣嬉，四乡关、盗贼披猖风声、鹤唳，每日里、报纸上书不、胜书，最可忧、男和女沾染自由、风气，说甚么、自由恋爱、总是放荡、行移，恐将来、那风俗日趋、卑鄙，有心人、睹此情不自禁、欷歔，讲到那、新广东绪□、政治，又何妨、微诸兴论叙此、自知，闻一声、新□□有问、□□，必□□、问良心切莫、□□。（小歌仍中板）第一件，对于立法权□力行、整饬，切不可、随声附和有负、所司。第二件，对于风俗人民改长、□□，又不可、徒任那败俗、□□，登舞台、一发言洋洋、盈耳，无非是、国利民福注重、前提，我有言、愿诸君来雪、此耻，有人道、捐班□贯铜臭□土语□、含□，这等人、虽成是含沙、射影，但其中、一二人事成、有之，今日里、是诸君舞台、新试，舞台下、人人仰望慰那、平恩，想诸君、□□抱□有、见地，须顾着、三千万人民代表不少、民□、待鄙人、拿着毛瑟三千拭目、观视。（收板）但只愿、新广东、模范、可仪。

2月21日　　谭人凤缔结奇缘　　顽石

（中板）老气横秋、原不浸、美人醉酒、自流连，往事不堪、频眷念，堪叹鳏居、数十年。何幸今时、大功建，革命功成、老且益坚。只是中馈无人、心心眷恋，天涯何处、胜娇妍。（慢板）想鄙人、原本是、书生、贫贱，藉文章、来糊口，穷措、可怜，虽然是、走官场，毫无、振勉，我居心、和行事，志在、金钱。今何幸、共和告成、有机、可钻，居然是、老革命、炫耀、人前。路督办、巡阅使、皇皇、冠冕，真果是、一举成名、猛着、先鞭。想前清、孤闷里，不无、鳏怨，又何幸、唐女士、缔结、奇缘？（中板）他、介绍、王昌国一位女英雄与我、相见，王本是、留学生态度、翩翩，想当年、具奇才留学、当选，曾矢志、不嫁人致志、心专。唐先生、匠巧心甘为、引线，开谈判、心满意足绵绵、俱圆。但只是、允结婚要订明、条件，虽成婚、同居义务不允担任、完全，不过是、年假暑休尽情、缱绻，余时候、就要筹谋国事奔走、争先。我闻言、不由人心心、暗揣，看彼美、才和貌令我、垂涎，我当时、应允他偿我生平素愿。（收板）庆洞房、行大典、璧合、珠联。

3月13日　　段芝贯祭七　　呀

（二簧扫板）我皇后、亡故了、如丧考妣，如丧考妣。（慢板反线）到灵前、哀哀叩拜是个头七、之期。自古道、上至帝王、下至庶民不论富贵庸愚终须、一

· 451 ·

死、叹先后、退位以来、汉人优待都算是优加、礼仪。袁总统、订条件一件件从慢都为感恩、知己、到如今、山陵崩逝他更格外、伤悲,声言道、铸铜像、持等国人、瞻视,治丧费、二百万元举行大礼还要开会悼、追,想□臣、那一个、不礼真公、意旨? 就是我、段芝贯饱受前朝、恩典岂有、不知? 想当年、做个道员、一旦就放抚台也是朝、恩遇,不过是、御史指参谓我公行贿赂,故此撤任、家居。到前年、扰乱时、思念旧臣又诏我、复起,革命军、起于武汉我也竭力、奔驰,保皇朝杀民军、料得定受高官、赏赐,怎知道、满清失运难敌、汉儿,我功名到这时、料然、化水,还幸着、袁大总统笃志微交就将僚友、调剂,任命我、陆军总长我也踌躇、满志,复命我、□同王公大臣治理、丧备,对灵位、我当然、致哀、尽礼,佢有灵、保佑袁公仍为总统使我官□、不移,炷名香、多叩首,我频挥、涕泪、挥、涕泪。(二流) 望先后你有灵有频圣、保□我个官儿,大总统若举别人、我可以武力从事,保总统便是保着君王、不怕人欺,总统深情与先朝恩遇、我常常念记。尊一声、先皇后、你要鉴我言词,奠过了一杯酒、再拜而起。(收板) 望着了、那神位、不尽、依依。

3月14日　　小德张卖履　　铁头

(中板) 自少宫中、操权柄,谁人不把、我逢迎,贿赂公行、此风盛,卖权鬻缺、价重连城。我因此积资、奚止千顷? 后先辉映、李莲英。(转慢板) 可巧者、隆裕后、绵绵、患病,看将来、病已成,难以、回生,何况是、国已亡、伤心、触景,每日里、不思食、夜不、安宁。最惨是、小溥仪、还未、定性,皇室中、有许多、自弄、刀兵,他因是、病奄奄、大数、已定,前几天、竟不起、自赴、幽冥。(中板) 闻恶耗,不由我中怀、耿耿,好一比、如丧考妣两泪、盈盈,无奈何、随、众观其、究竟,闻言道、迁皇室正在、起程,内廷中、有许多名珠宝□,当是时、皇妃皇嫔□夺、分清,我小德张、真果是生来、好命,竟窃得、西太后鞋一对金碧、晶莹。你来看、这一鞋珠□满顶,后□是、某宫保购□、进早,今日幸、落在我手中真真、□侍,算来是、数十万□在腰□,拿着□、高寻呼谁人、□□。(收板) 五□万、来交易、丧可、应承。

3月15日　　郑师道托介求婚　　鹃感

(生唱首板) 唐群英、累得我、魂飞魄荡。(慢) 忆自从、唐女士、抛别家堂,到北京、肆邀游,形骸、放宕,参议院、闻前去,欲与、参详,都只为、参

班　本

政权、女子、难让，挺争、进前上，不畏、豪强。适当时、仆在京，亦呈、怪状，持炸弹、入议院，举动、非常。因此故，两相识，更同、志向，视议员、若无物，藉此、名扬。然争名、不过是、随波、逐浪，惟有那、为色心、格外、难忘，况唐君、貌佳、品尤高尚，真丈夫、还未有、话不求凰？（中）看、起来，如此美容却又如此、令望，诗与吾、经与史常伴、红妆，若得他、肯与我结为、俪伉，真果是、一生有幸百世、流芳，为独是、婚贵自由岂能、束缚？若□得、唐女士愿作、鸳鸯，问谁能、强迫伊与吾、□抗？□□上，托冰人□共、赞赏，我自从见唐君久已明□、睹迹，直□那、瘦人肤骨断、人肠。无奈何、□□垂青为、我谅，□中花、茶饭不思神又、凄怆，想起来，未知何日始得、联床，桃花木、欲渡无舟空解、画舫，真无计、令得他入我、□□，张某君、重托渠亦非、一仗，奈唐君、竟嫌我疴染、疯狂，不角咏、齐眉诗同登、锦帐，致□望、二人偕老地久、天长，怨春风、不为予吹残、魔障，犹被他乌云黑丝遮面、才□，问□□、究何日光明、始放？开遮眼、一盼及这个、疗郎？这姻缘、莫不是终成、梦想？游月殿、不离不即如痴如醉甚于唐室、明皇，又岂止、方寸中难得、舒畅，□风时、第一句就是假寐、不遑，令鄙人、把酒临风徒然、惆怅，问天公、何时赐我得列、椒房？倘得他、与我联婚门迎、百辆，好一比、众仙□日咏、霓裳，就答谢、汝冰媒可以任由、好尚，总求着、天鹅之肉大愿能偿，还望那、介绍人多出花样。（收）手拈花、欲微笑，都为、老唐。

3月18日　　蒙古王公抱恨　　紫仙

（二簧首板）恨逆佛、妄称皇，普天、同愤，普天、同愤。（慢板）在库伦、飞扬跋扈残贼、平民，甘犯了、大不韪，凶横、以逞。贪图着、带台之乐利令、智昏，建皇都、办国号，居然、称朕，头戴着、帝皇之冠身登宝位这便顾盼、骄人。总不晓、帝制自为、世界、共愤，廿世纪、暴君专制当要消灭、无痕。总不晓、我蒙古、势穷、力用，倘若是、妄言独立实□徒扰、纷纭。总不晓、赞共和、是我蒙人、福幸，五大族、建成民国足以凌驾、强邻。只晓得、肆淫贼、居心莫问，分明是、虎狼成性，奴我、蒙民，与暴俄、结私约，真果、□□，这主权、丧失尽还要倚□、为亲，你看那俄兵、声威、大振，□尽了、我蒙要害好比虎视、鲸吞。叹蒙民、遭此□、有体、见悯，不敢言、而敢怒□地、伤神，恨不能、指日里、□此、仇恨，恨不能、指日里杀尽那民贼、一群。怕只怕、我蒙人、永无、生幸，怕只怕、我蒙地长此、沉沦。今日里、我蒙古、好比蚕丝、自困，蚕丝、自困。（二流）骂一声哲布尊丹、真是愚昧、堪憎，你是个亡国罪魁、天日共愤，要与你势不两立、灭此仇恨，望华军出发□□，苏此危困，倘若是因循坐视，终兆瓜分，我王公也际此时、横磨、白刃。（收板）诛拟佛解倒悬，拒绝、俄人。

4月5日　　吊宋教仁君　　拍

（二簧首板）中华国、伟人才，□了一个，□了一个。（唱）同声痛哭泪雨滂沱。（白）不好了，宋教仁君、在火车被凶徒暗系，枪伤要害，竟于民国二年三月二十二号四时半逝世。中国人才，又弱一个，眼见南北党争、从此益剧，东西强国、从此益横，为宋君一人固可哭，为中国前途更可哭了。（介）唉，宋君有知，其亦同声一哭呀也。（慢板唱）骂一声、你凶徒，受了何人主使还等、凶暴，素知到、我宋君，只谋公益绝无私怨当非为个人、所图，定必是、为党争，枪杀宋君以为可少一人、急愿，便可令、关于政治与选举胜券、可操，又谁知、一鸡死、一鸡□，死一宋君还有宋君、无数，徒令得、党争益烈个个奋臂、齐呼，还恐怕、我中国、根基、未固，众列强、承此机会割据我的、舆图。想到此，知宋君你定死不、瞑目，死不、瞑目。（二流）真足令我众国民、大哭□□，各国党争剧烈、不过各抒抱负，今乃暗中谋杀、非政客直是凶徒，这等杀机，只可施、专制政府，用于共和民国、手段何乃卑污。敬告大总统，快把凶手捉捕。（煞板）必须要、穷治□□，方望蔓□、可图。

4月7日　　裘平治走路　　重举

（首板）悔不该、青天白日，发开日梦。（叹板）今日弋骑环募，除是□窿。（白）在下裘平治，前用汉口商人名义，电请袁总统恢复帝制，只望有一个好□，谁想今日恶耗传来，中央反□我谋叛民国、令湖北民政长严拿惩办，这是自贻伊戚，于人何尤？三十六着、走为上着可。（梆子慢板唱）我中国、数千年，都是民轻、君重，视天下、如私产，不惜武黩、兵穷，自改建、共和国，二十二省欢声、雷动，最顽痼、康梁派，也要慕义从风。俺平治，亦国民，本非丧心病狂何至出言、远众，都只为、存奢望，遂至语不、由衷。（中板）事、由起，南、北谣言如潮、暗涌，皆说道、名、则共和政体实则专制、相同。各政党，争、利争权对于大局安危又好比不关、□痛，各人民，绝、无公德对于共和真理又极面□、头□。论外边，西、藏外蒙迭被强邻、诱耸，论内患，萑、苻遍地各省又军队、交讧，虑将来、大、好河山不难一朝、断送，想到了、瓜分豆剖要□外人奴隶宁不、心悯，又加□、近、日各界疑心多方、簸弄，劝进我、中生有白□、倪冯，我商人、无、识无知只道英中别□、作用，拾牙慧、讲、恢复帝制说可望于变、时□，怎估到、驷、马难追转惹出一□、系□，叛民国、□拿惩办罪实、人□，恨不能、双、遍身生学得翔鸾、□风，倘被人、追、□拿摇一定国法、难容，无奈何、鼠、窜抱头忙将、步纵。（收板）□逃□，知何处、无异□半、飞鸿。

4月8日　　梁代表吊唁宋先生　　举

（首板）率总统，命士诒，权充、代表。（河调慢板唱）到灵前、忍不住、泪涌、如潮。宋先生、原本是、间世英才人物最为、重要，倡革命、建共和，宗旨坚定、不摇，十数载、奔走国事，可称不群、矫矫，轻利禄、薄功名，乐在陋巷、筜□。现建设、正需才、断不任汉为、自了，看灵程、初发□，何止万首、齐翘？怎知到、黄钟器，不容于金士、宵小，出□手、行暗杀，不音梁木、轻□。（起板）想、民国、改、建以来凡百施多未完全、中窍，方渴望、苍、生霖雨有以润泽、枯苗，况边陆、蒙、藏离心西北风云、扰扰，各强邻、视、眈欲逐好比虎瞰、鹰睢。我国民、戮、力同心仍□民鱼、国沼，又岂可、燃萁煮豆火惹、原燎？虽然是、许、国以身死死生生早在生平、意料，但不甘、奸人暗算坐令长此、风刀。今日里、代表总统到此竭诚吊唁，愿鬼雄复仇杀贼切莫、轻饶，为大局、日、黯星沉固知哭公、不少，为私情、痛、哭知己益觉情切、心焦，曾记得、力、驳某氏宜言灿花、舌妙，公说遍、□、□□□□为正式总统言大、非骄，对国家、□□□有心□可环喟，冷笑，今天下、为、国□实只言袁氏志气、凌霄，□公言、真不愧慰亭、同□，（仄）此时、邦、基新造各抒抱负砥砺、群僚，为甚么、天、妒英雄不顾□□、破晓，莫不是、前、途黑暗故滨□□□、风□？想到此、泪下涔涔心忧、悄悄，更恐怕、侵、寻仇杀祸起、崇朝，哭先生、月、冷风号山鸣、海啸。（收板）追凶手、严审讯，誓要扑杀、此獠。

4月10日　　段芝贵自危　　薄迂

（梆子扫板段内唱）段统帅、不由得、心如刀刺。（梆子慢板行完白唱）身戎装、坐帐前，撩起了五中、愁绪，想人生、最怕是、案涉、□□，虽然是、谁似我、今能炙手、可热？但可叹、小百姓，任意、瑕疵。俺生平、最厌是、这班同盟、狗子，逞奸谋、邀殊宠，他反说我、居奇。我今日、居权要，已被万人、所忌，恨无端、便遇着、有此命案、支离。（转中板唱）想当初、俺本是前清、末吏，厚着脸、钻营奔竞结识了贝子、王儿，贺生辰、十万黄金□献个杨氏、翠喜，事不密，反被斥革空负了无恨、心机。袁总统、到后来与我联通、一气，是爪牙、是心腹匪夷、所思。今日里、掌重兵谁敢、訾议？还说道、袁不作总统以武力、从之。真可恨、国民党有个教仁、宋氏，他敢来、与乃公作对真是不量、高卑，应夔丞、本与俺是个高情、厚谊，到京城、还记得尽过宾主、礼仪，昨电传、他主谋将宋公、行刺，疑及我、此巨案从中、主持，虽则个、口说无凭难定、非是，但只是、人言啧啧岂不。可危？想到此、真令我亦难自明、心迹，怕是怕、株连祸结当今总统亦难置、一辞，那时节、纵有黄金美人也难可恃呀！（收板）但只望、武隐两子不要再弄、供词。

4月16日　　洪述祖落难　　薄迁

（二王扫板内唱）洪述祖、在长途，能无陨涕，能无陨涕。（上叹板唱）遥望着云迷远岫、烟锁长堤，悔不该与应夔丞、该此□□，今日纵有护符可恃，亦何所用？（白）本官洪述祖，自少善于钻营，□财政界、满清中亦算大人个红员，后来反正，官僚派用事，本官不忘钻营手段，在内务部陪充当一个秘书、□□，任是甚么革命党、甚么留学生，不及我一个旧官僚了。可恨阴谋败露，致落难他乡、思想起来、真真是愁杀人也。（二王慢板唱）思想起、不由人、五中、凄悔、无已，今日里、功成落难岂不、可悲？洪述祖、初本是、善迎、上意，实望着、得时调认何止做一个小小、秘书？赵总理、又是个、泰山、可倚，因此上、誓志□功□言擢职成□、一时。应夔丞、□是我、密谋、同意，数月来、互通消息□□、交驰。宋遯初、大有才、已为世、所忌，更可恨、提倡政党内阁不识、权宜，同党中、谁不想、致之、□死，故此我、首谋暗杀鄙夷、所□。有日里、遂阴谋，同党、得志，那时节。论功行赏先奖述祖武应、随之。又谁知、武士英、失手被擒在于洋场、之地，应夔丞、相□就获真是坐失、事机，今日里、洪述祖、□非有真凭、确据，但只是、难免得案涉、嫌疑。想则此，难免得、珠泪、如雨，珠泪、如雨。（转二流）真是三十六着走为上着，事不宜迟，最可恨那反对党人、更电各省来通缉，如今欲逃无路，能不作阮氏之悲？只

· 456 ·

叹败露阴谋、冰山倒置，叹弄巧反拙，狡说难期，叫一声武应两公、幸毋再道言三斟四。（收板）又恐怕、众国民、不尽可欺。

4月22日　　追悼宋遁初　　百炼

（扫板）宋先生、成千古、同深、哀悼。（慢板）俺同魂、本该要、赴会、一遭，想起了、我宋先、手把共和、建造，十余年、倡革命，不惮、辛劳，□待着、七寸管，发扬人道、□纸□，唤醒了、万豪、□起，□合了、众英雄，把高□、□□，入□□（后文部分内容漫漶，不能识别）我生先、此□不少，只望着、从此后万里、扶摇。（中板）又、谁知、那奸贼、惨无、人道，车站里、一声枪、断送、英豪，恶耗来、真果是、地覆天翻神惊、鬼叫，我民国、何不幸、有此剧烈、风潮？痛哀哉，大伟人、竟以此身、殉道，叫吾侪、对此事、怎不、心焦？痛先生、大学问，渊源、深造，痛先生、大文章，凤起龙蛟。痛先生、磊落襟怀，俨若月明在抱。痛先生、挚情高义，好比地厚、天高。痛先生、道德精纯，早已探玄、入妙。痛先生、长才深识，真是超迈群豪。到如今、奈若何，哲人、已杳，空有□、两眶热泪、递向、风飘，但愿得、公在九原、早把灵魂、显耀，拿住了狠心奸贼，把他万斩、□刀。恨我们、无秦镜，未能、照妖，至使那一班、鬼邪精怪还在白日、招摇。我伤心、痛哭先生，禁不住高声、大叫。（白）宋先生，宋伟人，唉！（收板）后死者、当念着、勇□、前矛。

4月25日　　倪嗣冲宣言　　哀

（起板）倪嗣冲、杀人王，驰名、中外。（中板）分明当道、一狼豺。前在清朝、为统□，提起杀人、笑眼开。革命党徒、遭我败，村乡焚杀、乐开怀。杀得人多、胆益大，横行无忌、诚快哉！（慢板）又谁知、革命成，我□十分、危殆，估不到、杀人王、又□、□□，与冯□、称五霸，累恶□□。西北方、一□人，见了我□遇、□□。（中慢板）我、□□、不再大杀一回我心、不快，那杀星、应该要下降、两淮。想一带、匪党众多无从、散解，我一身、并无德望又何处感化、得来？不理他、只有玉石俱焚不分、良歹，千万军、如狼如虎把开花大炮、来拉。有人命、我何妨完全、收买？杀到他、并无□类如扫、尘埃。计此间、不过百万人民我何难、杀哂？且看我、则除净尽方算、能才。我中国、有四万万多人正忧无地、装载，杀却了、百余万也不必为彼、悲哀。众同胞、莫怪我大开、杀界。（收板）那政府、容许我、不怕滥杀、无涯。

4月29日　　　冯国璋写状　　玻璃

（中板唱）一世强横、行霸道，终日杀人、逞功劳，做事本来、多颠倒，今日被人打破、我沙□，强辩自知、终无□，看来□论、也难逃。但伪掩饰弥□，仍要向总统来告，免得人家唾骂、计还高。叫差人、拿过那文房四宝。（介）实时伸纸、挥洒狼毫。（慢板）上写着、大总统、听吾、苦告，冯国璋、被报馆、把我、冤诬，望恩准、派兵军，拿人、封报，挽救我、那恶名，恩义、深叨。看广东、杀记者，有如、斩草。看长沙、拿主笔，纷纷、而逃。陈都督、尚可以、拿主笔如拿、大盗，唐群英、一女子，尚且不惧、分毫。虽则是、共和国、可以自□言道、可恨他、那斯文，何异败类、儿曹。□拣□、对待他、不□、横暴，免教他、对官僚、□□、滔滔，□我、到进表、奏呈、□老，这等事、实不可、表露、分毫。极其祸、又□□，把致羽、推倒，可怕他、那大笔，其利、如刀。（中板）望、总统，退□雷霆之威禁他、胡闹，□□但、发行报纸免把耳目、混淆，处置他、一个淆乱□体罪名免他、乱掉，惩创了、一个报馆以外就不敢、□□。大总统、日月之明还望令行、宜早。（收板）写罢了、我心事、快乐、陶陶。

5月24日　　　袁世凯定计　　摩厉

（扫板）适才间，与各员、在府中、会议。（中板）最要紧、厚其兵力添购军械招募、健儿。（白）总统袁世凯，因为宋教仁一案，被程德全、将杀人证据来宣布、累我一番焦虑，还恐这个总统皇帝、轮不到我，争论起来，岂不是闹成兵戈吗？所以招募兵军、下令戒严，噎吔好，待我把各样计谋、打算停妥，预备与国民开战则可。（慢板）野心家、做事儿，但求、进取，断不肯、因错误、□首、低眉。横暴人、又何怕、事事、决裂，他强来、我强去，任性、所施，任如何来攻击，我不能认错、半字。口头间、拿凶犯、无过虚与、委蛇。（中板）我、首先、命令□□在奉直一带招募、□匪，还有那、好多马贼都要招抚、莫迟，倪嗣冲、可命他在亳□地方招募淮北、勇士，由火车、载来通州训练、成师，派专员，把军械军粮还要般般、预备，传令他、军械局把长枪子弹运到、京师，搬兵械、解交徐氏宝山待他与江南□军、对峙、叫五霸，如冯如张如段巩体，近□、如山东、河南山西陕西各省□令严戒、预备。若人民、反对于我任他地方、□縻，最可忧、李柏谭孙各都督有些、兵力，战起来、他若反对于我□

是、可叹，□机谋、夺他兵权□他、□劳，□□问、任我称呈（部分内容漫衍，无法识别）我、如何，大借款、经已成功我有钱财，可恃，断不妨、总统一位可以、动移，愁□□、想到此反为、快意。（收板）拼一身、为万恶，我也不改、行为。

5月29日　　袁世凯大宴进步党　　又一掴

（袁中板唱）今日里、本总统十分欢喜，与诸君、谋一醉切莫、从迟。党人、还须要同心合力，任他人、笑为御用党也不用畏人、相讥，任他人、中立□然纷纷、脱籍，任他人、笑你们托我大脚也不用、忧□，我同人、现在人数还多但要共同、一致，那党务、但求发达不怕□快乐、之时，倘鄙人、若得仍为总统一定有些、好意，与诸君、情同手足互相、提携，那时间、政党内阁都凭、君、组织，国务员、总次长真果是指日、可期，望诸君、选举时还须、注意，举得我、为正式总统就大众、扬眉，料同人、个一个都有这般、心意，这时间，就享尽大利占尽、佢宜，想前天、我已□拨款、万余无以为扩充、经费，从此后、党务自然发展我就牙爪、相依，威力能□、怕甚么反对、人儿呀呀。（党员唱）拜谢袁公、多盛意，醉□、更欢娱，从此定然、齐合力，听从命令、共□持，□党内阁、归同志，但请□公启愁思，饮罢琼浆、□□□□别。（收板□唱）但只□、袁总统，□不、更移。

5月31日　　老魔受戒（仿小娥受戒调）　　厉

（二王扫板）施法语，讲正经，谆谆诰诫，谆谆、诰诫。（慢板）我国民、出生入死、前仆后起，才经造这个共和政体，民主、舞台。国即民、民即国，万众一心，众心、一致，扶进那文明、世界，务须要、五族共和，满蒙回藏、如手如足不隔、形骸，看起来、奠定国家、可见得英雄、是赖。新造邦、巩固国基、恢复秩序，都是个总统、主裁，你老魔、你的位你的权、何不见造福生民，反施、祸害？你也曾、受起人民公举，应该要替民、消灾，你本是、一个军界人民，身历戎行，已非、一载，我估道、南北携和、位膺总统，尽力新邦，一定辛苦、能捱，开国人、利国家，真是人人共爱。为甚么、强横不道、害民误国清奸、无才，要皈依、观世音阿罗汉，把那□服、化解，待我来、把戒条、件件、安排：一不可、逞威权，把声名、不忧；二不可、悖共和，专制、是怀；三不可、□强权，夸甚么英雄、气概；四不可、行独断，把大款、借来；五不可、做皇帝，把心肝、立坏；六不可、生妒忌，将志士、伤残；七不可、恋奢华，经营三海想闲冽娥眉、粉黛；八不可、结私党，怀了、鬼胎；九不可、为国事始勤、终怠；十不可、谋复任，就立念、邪歪。□守着、那共和二字不宜、变改，做一个、开国人，莫作商纣夏桀、与法之拿破伦、鲁意十六，使那唾骂、纷来。（二流）到今朝、你的秘密（后文内容漫衍，不能识别）妙哉！

6月2日　　情字恶　解

情字愚解，解极都将佢唔通，若系解得佢通情达理咯，就易得依从。（后文内容漫衍，不能识别）得至正大公，可见得个情字皆由、私字主动，唔好纵、显你斩断情根种，以后人情唔讲，就可以解说得是非丛。

6月20日　　狗肉知事自叹　　结缘

（梆子诉板）提起了、烹肥狗，心花开放。（中板）大开狗会、叹一声，自到西宁、为县长，狗子天天、是重阳，还喜县会议员、情同一样，果是高山流水、合心肠。烹饪科、最擅长又是督学、局长，加辛椒、和香料，更觉美味、甜香。（白）狗肉知事黄凤和呀，自从来到这西宁县，作一个知事，却喜是地肥狗最多，足□口腹，又得那督学局长、和县□诸公，皆大表同情，天天开狗肉大会，可见得口之于味，有同□焉，这一句话，确是名言不朽了。（叹介）唉，只可惜干不上数月，那个吴志人，就把我的劣迹、一宗一件的呈到省会纠举，看起来、这处的狗肉、恐怕食不成了。（慢板）恨只恨、这班人，绝不原谅，将本县、来纠举，实属、无良。还说我、勒收军需、又是迟延重案，□安局、那宗捐款，提起了更是令我、张皇。想他们、总不知、本县、事干，倘若是、非如此，狗肉巨款、叫我怎样、来偿？（中板）到如今、真令我，满□、惆怅，还恐怕、事情发露，立要、拉箱，眼睁睁、这肥狗儿、再□、我望，徒□了、那一县（后文内容漫衍，不能识别）

7月14日　　徐传霖质问政府　　一剑

（起板）总粤东、民政长、泯来、陈氏。（慢板）我徐传霖、想到此，无限、惊疑。广东人、还多着、贤才、巨子，又何必、用到他、陈氏、局蓻？我做议员、一定是、关心、世事，又何堪、任由他、把我一名、来□？待等我、把公文、即行、订装，□总统、□问他，事不、容迟。在案头、秉着笔，快把公文揽起。（中板）上、写着、□上总统□□□一概、得知，陈昭斧，□起来无□一称赏堵、之子，在台湾，□□捐败三十余万都是血汗、之□，唐景□、通□于怀他□涕为、躲避，到后来、□□得一个吉帝还从他又万象、施施，记前年、因为军界国统在东方、经事，□手上、又他□□□那个，□说甚，到去年，象个□□又在、公欺二百余万全获、利己，那食□、与□愚无异□虎、□□，各党派、因此就□□、纠事，益因为、不安其位追着把职、来辞。那劣迹、分明是彰彰、昭□，大总统、应该要为我粤界、□得，在吉林，他已经□出不良、之事，又何可、调□他回□□□□削、地皮？若何果是做福吾民应要得人、治理，莫不是、除了陈氏就□□□、□之？又何怪、民党人□□、□□，任用那、贪恶小人□系？不然，但望着、大总统俯□□言把他、□去，早秋回、那成命不必、运紧，再还求，我粤人一□贤才然于、政治。（收板）我广东、才终□、治理、可期。

7月31日　　打更佬辞职　　厉

（无日令）打更佬、至享福，快颐□住个卜卜，二更三更四更五更，打完之后打教宿，日眼冇乜事，唱吓无本曲，朝一杯、晚一杯，无家无业无拘束，□头□马有养的，何□驶到□看臣，点知到、项令木、话要拆门楼，□如拆左我的大府□我□，唔紧要、□领□□□□，唔驶我看□，越教享清福，电□点满□，□□是□□。（尖音）不必点□□，一□□驶节，点知亚□□？妆计捱到□，□□打更佬，咁得□、一定要你□住盗贼共火烛，瓦面晚晚□，恐怕有□将□□，若□唔儿□，惟我是问有得都、叫我点唔愤，分明搵一叔，分明搵一叔。（白）在下、系打更佬九亚，晚上抱住个碌□，估话□养由□，□□说肉喇、点□□□□话，失窃为我是闻知，（上声）呢们□都睇保我□嘅咯，不如□纤欲愿观罢咯。（唱）做到更夫、大□□，叫我捉□、□上□，瓦面况□、我唔□□。（收板）不如、辞□唔做，落得□到闲。

8月6日　　都督报捷音　　厉

（扫板）发□文、申报复，以安、大家。（慢板）江西省、因起义，抗拒、元凶。□只为、那袁氏，□□、□种，把共和、来□坏，□祸、不容。我华人、又怎可、把贼、容从？□此人、祸国袁，军心、正。那袁军、大仓皇，□兵、□轿，战德安、全败北，好比歌□、遭□。□□□、他军心，又十分□动，卒不能、败民党，□师、冲□。第三□、在□间，我□、□□，说到他、话三丢，□□、交攻。（中板）计、□□，皖闽□鸿□□□□皆不曾把袁□、□坏，何况我、踊袭我□痛□专制这□若大、□□，那宁注、与上深又已纷纷、□□，□□统、□伸□话那个不表、□□。那□军、□除□多，现已多为、我用，看民军、摩肩擦掌真是却应、如□，□非是、南北战争□非党印、交关，不□是、看民一人□□不注致此、□我，他□下、诸将官多有不将、他□，计掌事、□目可举同奏、肤功。最紧要、镇定人心莫□、惊恐，实恐怕、□□失言不知、内容，□众军、绥□地方验众、□□。□□，□可乱□为与、优容。有预□、□□称□□为，可□，务须要、严行临励□营、英雄，保地方、巩固□方是知方、有勇。（收板）爱国家、除□晓、□兴民□。

8月20日　　李纯骂段　　厉

（扫板）我李纯、恨煞了、段氏、芝贵。（慢板）想当初、袁世凯、派我来打、江西，总司令、任命我、把全军、节训。初以为、到赣省、大震、声威，况且我、杀人王，谁人、不畏？一生来、无他技，只有以杀、为题。有谁知、他民军、勇猛、难抵，险些儿、杀到我、片甲、不归。取救兵、非容易，得他、接济，无奈何、退出了、十里堡外按兵、不提。添兵来、勒令我、把城池、破毁，限两日、破德安，不得、有违。（中板）我、是个、败军之将难兴□兵、几□、妙计，方筹钱、养军蓄锐，乃可联兵、合围。败一次、败二次三次真是对人、羞愧，既然是、做了袁家走狗，仍要竭力、而为。奈袁公、以为我□把赣闽、剿洗，怎知到、德安虽破、就憎恶我为无用、东西。段芝贵、乘着机到来把我、节训，袁总统、任命他为总司令就把我、降低。想段氏、在前清谄媚、权贵，进歌妓、与□贝，就运动得官位、巍巍，军事学、并无半分弄权、倚势，到今时、巴结总统就把我、□低。上电文，辞退兵权他又不许我解除、职位，他段氏、□到浔阳又要把我、指挥，我惟有、按兵不动断不听渠、差使。（收板）但只愿、解战甲、以归耕、为题。

8月29日　　劝袁军（废帝青年）

（扫板）袁家军、且听我一言、□告。（慢板）南北省、本一家，谊属、同胞。北边人、与江西，及南省皆为、至好，有何怨、有同仇、何苦入室、操刀？不过是、为袁世凯一人、力保，又谁知、保着他、就要残杀、同胞。赣何罪、君何辜、残杀、如草？莫学他、专制时、拥护一姓、之朝。今共和、那军队，非作一人、牙爪，看军人、那资格，实在、最高。（中板）断、不肯、做一姓一人、犬□奴才，帮扶、不道，痛诸君、受驱使真是、徒劳。这战争、不名誉不过是助他、强暴，纵然是、牺牲身命，也无甚、荣褒。袁世凯、现在人人认他是个独夫，必须、推倒，尔北人、深入南方、枉送生命、无可奔逃，到不如、反兵倒戈见机、宜早，燕赵间、多豪杰未必不晓、分毫。我中华、断不肯戴此不法之人以为、元首，我同胞、切不可附从国贼升木、教猱，军政府、一视同仁断不可把前时、追究，快些要、共攻袁氏不可、阻挠，奋雄心、联合南北，各方同把、贼讨。（收板）巩固我、共和国，其乐、陶陶。

10月1日　　张勋扯龙旗　　可哀

（扫板唱）□□军、快□□，□□社起将军、不识字，休笑将军、少礼仪。我一概不知，只晓武人专制。（介）且看三军威勇，攻破城池。（白）咄，陆军上将张勋呀，今天仗我才能、攻破南京，全是我的勋劳，我但知专制，不晓怎么叫做共和。左右（介）快些传我盘龙的令箭，一直杀进城中呀！（慢中板唱）我、张氏，世受满恩做惯清朝、臣子，依旧制、应该是仍挂龙旗，那政治、与□编制兵军我全依、旧制，看看我、一条满洲辫子犹未、割除，有谁人、敢说我半个、名字？犯着我、休想望还得、全尸。要知道、金陵城坚固、如此，仗着我、兵军如虎才可打破、城池，到如今、任我强抢奸淫尚且无人、阻止，又何况、用那满人官制与及清□、威仪？北极阁、未能杀绝党人我今犹、愤气，幸遇他、又开战衅正好把我威刀、来施，杀绝他、好比切菜斩瓜我十分、欢喜，成就了、我大大功勋犹觉、开眉。任得人说我反对共和我也不□□、□色，高举着、黄龙旗子何等、光辉！众健儿、有功劳我他日还要赏他、顶子。（收板）我张勋、行我□，随意、而为。

10月13日　　村妇骂衰军（军队轮奸妇女之可愤）

（梆子首板女丑唱）快的、搵水，将眼嚟洗。（冲头）（白）啋、咁衰嘅喝。（滚花）（唱）我大早就叫隔篱二叔餐，但（借用）起个一□鸡，开口话鸡犬不宁，早知到的军人声势，点知佢唔要两□鸡？（白叹）我都唔讲的出口嘅。（唱）都实在不堪扰，都系我今日今时、遇着运滞，几多唔□见，睇见的敢嘅野□，真正系要搵的上等清泉，将眼来洗。你话个的军人咁样，重有乜军规。（慢板）叹人生、最不幸，生逢、乱世，我百姓、真果是、贱似、沙泥。恨平时、频遭劫，横行、贼仔，村有盗、夜难眠，更难保、笼鸡。况且是、收行水，累到柴米、价贵，不论赏、不论富，都是被贼难为。幸遇着、军队来、大张、声势，本该要、除暴安良、谨守、营规。（中板）又、谁知、贼过如梳真是兵来、如箎，近日来、来了一班外江壮士越发系四、淫奔，在省城、搵亚姑他就曾经、乱袭，点知佢、见了乡下婆佢都要立乱、施为。这纔间、见着几个本村女人他就披头、散髻，又见着、个的衰鬼军兵枪头兀兀系咁、示威。这情形、我自家真真唔愿、去睇，睬佢一声、走左出嚟。我要问、问一声、龙大都督你乜得咁多风流、子弟，任得他、奸淫无道重以捉贼、为题？我又问、问一声、你的衰鬼军兵从何、出世，可是个、饿鬼道中放你、回归？我重问、问一声、我地广东嘅商民乜你咁多、闲米？（收板）养一班、虎狼军队，把自己难为。

　　10月16日　　　绿林客投诚　　厉

（起板唱）众弟兄、必须要、大家通气。（中板）打家劫舍、非所宜，只为饥寒、难御抵，流为盗贼、在于兹。弟兄们、趁时机还须变计。（介）丈夫行止、贵知时。（白）呔，某乃绿林豪呀，想某做一个贼上，幸而众人□命，洗村劫城，常常胜利，所有珠宝金银、供吾使用，到也快乐。独是嚱、闻起良心上来、终是难过。今天政府既然有意招安，我们还要归□为是呀。（慢中板唱）想吾人、好身手何堪、自弃？劫钱财、掳儿女寡人之妻孤人之子实与天道、有违，不过是、想发财就抛了良心、天理，到底是、多种恶因还收恶果难得、全尸。你且看、顺理者昌逆理者亡向来、如是，到头来、终归刑戮悔恨、也迟。近日来、吴皮□亡形韶盘志□都已变其、宗旨，念从前、杀人害人今日反而保护可谓善于、迁移。手足间、在平日既是□求、声气，在如今、还□□我□□不可、有违，□亮会、暴戾横行是个人人、切齿，若投效、反得人人见爱吐气、扬眉。那臭名、与芳名任得诸君、中意，若不然、归耕十亩也是、相宜。问诸君、曾否赞成我这个、主旨？（收板）放屠刀、成佛果，又何用、□疑？

　　10月25日　　　老孀骂壮士（已见粤省新闻）　　一粟

（首板）（女丑唱）势唔估、的衰军，唅搅到我。（水波浪）（白）晓，真真该□咯。（滚花唱）佢唔分老少、□要到我地伯爷要、睬你唔边、又试嚟睬过。我长（去声）成几十岁，都唔曾见过的咁大泡和。（白）不好呀，不好，方才闭门打睡，忽被一个外江壮士推门进来、强把玷辱一回。唉，这一回，真真真系前世唔修了也。（慢板唱）想老身、年已老，并非系娇姿、裊娜，排年庚、计起嚟，足足六十、有多。遭不幸、夫先死，剩左我寡人、一个，又无儿、又无女，徒唤、奈何,卖息香、来度日,才能、举火。近日来,有军队到,就系拜神嘅亦渐渐、人疏。呢一牌、几几乎、要捱乱、抵饿。又谁知、衰起嚟、重要受的敢嘅、灾磨。(转中板唱)今晚夜、二更时,我正在闭门、家里坐,忽听得、有人来,把我、门□。我当时、走近门边,就细听、清楚,又谁知、有个外江佬、喺处乱咁基咕,(借)□把、门锄。忽然间、响一声,把我度门、打破,走入嚟、不由分说,把我随□咁拖,监硬要、把我玷辱、一回,吓到我魂都、失左。临去时,佢重放□一毫子,笑口呵呵。我广东、嚟□、□政府□□真真、为祸。(收板唱)强奸案、时有所闻,不知搅到点样收料。

11月20日　　土地哭　　桑

(首板)势唔估、做菩萨,都要饮尿。(滚花)的人野蛮成敢、总唔怕犯大条,将吾神放在尿缸,呢熨真系多□佢唔少,将我嚟敢搅法,真系此恨难消。(白)吾乃、街头土地是也,当初蒙阿厘吉帝看顾,封我为街头土地,历任猪栏监舍数处,虽无十分好处,元宝□烛、到也足食,游也休言,这几年神权衰落,土地祠被人家拆毁、到还罢了,还将吾神的偶像抛在尿缸,长日要吾神来饮尿。唉,这一回,真系龙舟菩萨、都冇我咁衰也。(慢板唱)叹世情、多变幻、总难、逆料,你且看、川流水,积极、潜消。往日里、中国人、专注意在神坛、社庙,到如今、神权衰、庙宇、寂寥。自从系、反正后,就总有人酬神、建醮,总不见、诚心人、来把、香烧。累吾神、抵肚饿,亦无人、关照,每日里、夫妻们、闷坐、无聊。(转中板唱)□日□,我间土地祠、都俾人乱拆、乱□,有好多、无知者,专处鼓动、风潮,有的又话要敲头,有的又话要敲脚,喺处滋滋、扰扰,纷纷其说,总不肯将我、放饶。有一个、野蛮头,在此来呱呱、咁叫,走埋嚟、抱住我,脚断、就了。(读平)拉我走入屎坑,个的旁去睇见,就一惊、非小,点知佢、放我落个尿缸嚟、就□都、唔瞧。今日里、困在尿缸,我就飞不能飞、跳不、能跳。(收板唱)我此后、宁愿变鬼,再不敢在世上招摇。

1914年

1月13日　　赌王归天(仿周瑜归天)　　　桑

(首板)为承赌,用尽了、千谋万计。(河调慢板)费钱财、用心力,总唔得手,揽住□十变(借)花尽了许多钱钞、亦无所、用之。无奈何、俺赌王,又出过一番、妙计,这一番、揽判那、周围郁晒,我又重整、旌旗。那赌约、实只望、功成、有日,又谁知、广东人、齐起来反对,整到我无计、可施。(中板)据励了报界,激动了群情,□电交驰,又来纷纷、谣□,致令着、一班赌棍一个一个日夜、奔驰。想当初、革命兴,就四方、风起,张大帅、逃走后,我亦快走、如飞,恨胡陈、带了一班烂乞儿,来找我、晦气,任从他、严拿通缉,我亦不在、心期,到后来、广东独立,我又从中、设计,幸喜得、陈氏逃,我又再有、转机,叙功劳、酬答我、一个会办、之职,又遇着、(部分内容漫漶不清)会、提议。一心心、欲弛赌业、事不、容迟,又怎知、事不成,我机谋、先泄。这一回、好比准□落水,各饮、东西,忽然间、晋一阵,我缩阳、坐起。(介)晋利我、魂不定,命在、须臾,只可怜、那赌业、难望有复弛、之日。(介)飒时间、搅到我屎尿齐□,好不、惨凄。叫一声、亚保、亚胜、亚茂、亚□,四大跟班,一齐、站起,常言道、鸟之将死,其鸣也哀,人之将死,其言也善,你们须听我、言词。愿你们、从此后、不可向赌场、求利,必须要、务正业,才有发达、之时。说话间、又听得、有人唤我、名字。(收板)倘若是我不死,广东就难望又安静之期。

2月6日　　困债台(仿困南阳)　　桑田

(首板醉喉唱)耳边厢、又听得、人声嘈吵。(河调慢板)重重迭迭、□和信、嚟到、催交,袋内里、冇个钱,真真、忌掉,我此时、心无主只望、发茅。蒙将军、带人马,到来、领教,困我在、债台上,好比墓上、燕巢。割骨肉、也难填,不知如何是好。(介)(唱)放厚着、那面皮,亦难以、解嘲。孔方兄、真无良,总不来把驾保。(介)(唱)又无柴、又无米,一定难以、久熬。蒙将军、在门前,把我、来闹,□□子、要来到,把我、家抄。(转中板唱)企定在门内、就把蒙将军来叫,欠户有言、禀上、年高。长年咁帮□,而家欠□你亦唔系几多、钱钞,家吓你嚟到□赈,又何必做得、咁草苞?我今年、世界不前,去晒的钱、并非固系好行、好搅,成年都有入息、坐喺□嚟熬□,一家几口人、时时也要抵冷挨饥,难望、温饱,如果我有讲大话、就任得你把我、牙敲。家吓我白米都唔曾有、断难望有□、来咬,你若想要钱、除非系俾条命过你、拼之丧在、阴曹。小弟并非、系车大炮,车大炮呀,罢了我地蒙光顾先生呀,论起情理两个字,你应该要把我恕饶。

班 本

3月30日　　声价十倍　　天声

（武生上唱中板）谁谓宦情、如水淡，官声不显、便若惭，我有门生、统战舰，青出于蓝、胜于蓝。请我过船、把燕啖，贵人都向、我扳□，声价一高、难再减，（埋位）可见宦情、深似潭。（白）水价句长汤自寿呀，昨天门生刘冠雄到粤，就在海容舰中设筵邀我，聊尽师生之谊。哈哈，座中的长官、忽然又称我做老先生，这一个要献我一大觥，那一个又敬我一大觥，食得俺沉沉大醉，归来醒起，好大的一张委任状又来了。（滚唱）若问是甚么、委任状，兼任海军教员、上学堂，薪水自然、多□百两，从今渐厚、我宦囊。（白）哈哈。（地□甲军长上）拜见汤局长。（武）行、回府上，待些时候、我便到场。（甲白）知道。（下）（武）哈哈。（唱）夏秋纨扇、本同一样，为甚么一样情人、有两样眼看？（滚花乙课员上唱）一步一步、行的爽。休问我缘何、这样忙。（入介）一进局来、称局长，奉命特来、请金安。（武白）何人所差？到此何事？（乙）行政公署，今天特宴局长。（武）哈哈、闻后就到。（乙）请呀。（下）（武）哈哈。（唱）朝上有人，声誉自壮。青眼看吾、□所当。

3月31日　　纸币销场　　忱忱

（小锣打七星）（女丑上数白榄）人话纸币低，我话老□贵。你睇人客开到嚟，声声都话无所罚，点解呢、想落亦都系、张纸咁薄做人情。你话抵唔抵，酒局要两文，就系银纸计，打预驶六乘，六二一二个二篦。唔在散车花捐个老爷，又唔在送官礼，有阵大开□嚟食一餐，嗟、咬实牙筋当□鬼。唉，人话纸币低折就凄凉，我地趋住呢个风驶，低低地、惯一铺，我地有柴又有米，边个系花捐□□嘅大功臣，我想赏佢励一位，赏佢励一位。（埋位）（白）我就系亚九嫂亚，自从喺东堤，间呢间寨都唔细，个年民军嚟、生意就阻滞，私娼唔禁絷明娟，打烂乌龟个米权，成班龟女散枳扒，你话翳肺唔翳肺呢？（介）之嗷、前事不消提，而家乜都复旧制，花亦有花捐，人人都要捐到灯□底，扲提严纸嚟，来养龟皇带。（介）唉，之我想起番来又闭翳，□□呢，死□死□哇，系□龟人亚、都咪话唔果劳咯。（介）闭翳都闭翳无嚟荣，提亚容出嚟倾吓伤亚搏。（介）亚□。（□内白）来了。（小锣叫山上）乜野事干亚事愿□。（女丑）亚容，你知喇。（占）知乜野啫？（女丑）而家香国恢复，我地乌龟得志咯。（占）自然。（女丑）人地□当的报纸低，□地又低嚟我地呢一处咯，佢有佢地喇，我地的老□身

· 467 ·

价反为高阻□。（占）都系旧的言俾面啫。（女丑）言俾面。（占）系定喇？（女丑）点解有人话言唔好呢，我地乌龟都话佢好咯。（占）做言嘅野，求祈谏得厚个浸面皮，由得人话佢龟，佢就龟，话佢鳖，佢就鳖，佢得有龟话佢好，佢就自然好喇，点解呢，同声相应同气相求丫喝。（未完）

班 本

三 中兴日报

1907 年

8月23日　　黄帝□中兴　　沧桑旧主

（二黄首板）唱，岁月里，□□，皇兴出报呀。（中板）庄言正论遍当送，棒喝痴迷行萍渡，管教梦梦也昭昭。（白）我乃中国老祖黄帝是也，数月来闻得南洋地面有的贤孙肖子组织一□中兴日报，他宗旨唯一爱国议论力主救亡，若果愿力相□他日民智发扬效功□国中邦兴盛歌有勋劳思想起来真真喜笑人也。（梆子慢板唱）从古来，贤孙子，何止盈千万数，俺言道，欲救国呀，须要驱绝胡奴。那明朝、有一个，朱君洪武，□英杰，举义师誓扫元胡。没奈何，几百载，山河不固，空遭下、黄皁裔，受尽辛劳。到如今，我孙子，奔忙相诉，他知道、我民族呀，□振雄国欲国强，须要把、民心开，开民智、又须要报馆为高。（中板）因此上，那南洋乃有中兴日报，这报馆，一定要激动人曹，他内容、先有邻庄言正论不惜苦心警告，更有那呀，□歌谐语奇文小说淬在一遭。众民人任你是至愚□陋也可转移鼓□，何况那、由余万华侨□旗都是慧种根苗。虽独是、朝披、纸□到，真岂有全无觉悟，常言道、方寸未可使岑楼百尺下□高，但愿他、毅力相持必要全功见告呀。（收板）那时节呀，民智启，他效焕发皇□呀。

9月16日　　缠足妇吊影　　玄理

清廷复拟重申禁令，嗣后女子缠足，贬为贱民，不受其夫封典。缠足妇闻之，能勿悲哉。演为粤曲，以写其意。

（子喉二黄首板唱）闺帏里，闻消息，神魂无主，神魂无主。（二黄慢板）恨苍天、不为奴、祛愁去。到今日偏发惹我、忧思。昨闻得、有纶音，将行、法旨，他令到、缠足女子就要贬作、贱儿，苦作凄凉意。放不尽妈姨姊妹都是玉笋、纤差。想我们、女子身，那不是嫁夫从夫母凭子贵这样思量、仔细，怎知道、今日忽垂禁令把我吓个、忧疑。想此情、和此恨，忍不住飘飘、红泪，莫不是、奴前生、修不尽福门因果至有今日、难危。至不可、奴的夫、染了烟霞之癖，记前天、艰难困苦才把烟引、刁离。曾几时、忽又来、这般、恶气，今日

· 469 ·

里，看奴奴、两足似弓昔日以为娇肖到今日偏是形秽、难辞，恨当时、我的娘、狠心很鸷，他说道、女人足小可以比美、杨妃，奴此时、从伊命，真个以为、声势，怎知到、这等伤形残体都是大背、天施。看到那、女儿们、怎不伤心、痛气，伤心、痛气呀呀。（二流）亏我半老徐娘、偏尝人事，看到那夫家封典，有甚觊觎，怎奈的儿女盈前、个一个都是金莲弱质，叫他们将来半世、如何过目。想罢了这样苦情，不由人匹时泪洒呀。（收板）但只愿、那纶音呀、勿过操切呀。

9月30日　　闻乱事闷□宫闱　　沧桑旧主

（二黄首板子□唱）宫闱里，□闻得、防城乱起，防城乱起。（二流）好叫我、魂□□、□丧□□，□甚么烽火□□，无时□□，□□眼□茫茫四望，□□□呀。（白）□家富今太后是也，自从先帝讣□，（部分内容字迹识别不清）眼见四方乱起，怎不闷杀人呀。（慢板）思想起、我朝家、心如、刀刺，论外交、好一比弱肉、强食，想当初、我少时、清平、无事，在宫里、与先皇万种、欢思，到如今、国陵夷，所谓今非、昔比，记去年、江西作乱、江南煽变，江北江东都是荡析、分离，费尽了、多少钱，始把事端、妥置呀呀呀。（转快板）今日里、一波未平、一波又起，忽报西事、牵□，叹一声、南方事，一定终遭、大变，你看那、广西一隅经已负固、连年，这祸根、芟不尽、不知何时、安燕。若还是、革命党运动、军前，那时间，革命军、声威、四振，倘若是、提军北上破我的安乐、颐园，到此时、真果是、全家、不免。只可惜、我费尽了千万金钱筑就了一个安乐不免一炬、荡然。想此情、和此恨，岂不心如、刀钻呀呀、呀呀。（二流）到此目□而不死，岂不心酸，早知到这□艰危呀，悔不早将国献，我亦曾笼络汉人，满汉通姻，□曾谕廷内诸臣、预备立宪。怎知到他们□□、看破在先，今日里坐困宫闱，好比窝鱼猛煎，但只愿革命军暂时勿起呀呀，我又作乐无边呀呀。

10月2日　　徐庚陛魂归地府　　沧桑旧主

事详昨日本报内阁新闻，按徐为满清奴隶辈中，划地皮之能手，十年前曾宰粤南海，当时粤人，亦有称其办事有才者，李鸿章督粤，徐亦随幕，李死而徐奔走江苏，今因搜捕松江韩半池案，为官绅所不容，羞愤而死，是亦可笑矣。度以粤曲，为写其意。

（首板生喉唱）匹时间，昏得我、魂不定。（梆子左撇唱）这一日、好一比、

班本

海上、浮萍，那身体、没一点、清爽、安宁，耳内里、像有人、把我唤醒，睁开了、我的昏花眼，只见娇妻美妾小儿娇女床前、站定，众妻子、在榻前，你且敬听，待我来、把遗嘱、详说、一声，必须要、记我言，当心、在性。（转中板）想、当初，我少时心欣、仕进，习八股，考科举幸掇、功名，到后来，身入了宦途我转拖翎戴顶，居然是、像一个、场奴□奔走、不停。记从前、在于广东地面做□□首名、军□，那时节、出我的阴谋、□□，□□□□□□称诵我□借势、饮钱，□□□，去官离粤亦已金钱、大进，迟数载，李公□相，督官两粤，喜我有才有干他又聘我、南□，这几年，李公政绩，那一件不是我力为、□□，怎知到、今日里，在于松江地面把我平时才干一扫、无在。这件案不可完全、□面。怎奈得、金钱□动我□睦目、无言，今日里、官绅交闻斥我妄□、不善，知叫我、数十年、才名震动今乃一时、已然，想全□，真令我心如、火煎，（后文文字无法识别）。

10月17日　　□□□□□　　虎军

（起板）为满人、作鹰狗，被闽、电拒。（中板）幸蒙猿公恐长民气催我赴任莫慢迟，只怨当始恃强、还逞势，估道藉他圣主、任施为。谁知今日舆情、如鼎沸，前程难报、怎放愁眉。（慢板）想本藩、按平生、毫无、本事，念出身、原本是、一个王爷、孙儿，客绍氏，司会稽，百端、苛抑，恐祸作、埋头项，数载、有余。到后来、知武定、觊觎盐商、之女，升粮道，又纳星士女子诬他不贞四百金只偿其半，不给、余资。自思量、今与昔，已是多行、不义，我历史、臭而劣，谁个、不知？在官场，十余载，不过素餐、尸位，真不愧、人号我走肉、行尸，逢迎手段，百般、献媚，对下民、施辣手，唯事敲骨、剥皮。（中板）去年间，蒙圣恩，派往外洋考查、政治，到上海为狎妓，竟将国书遗失。抵外洋，五奴中，因我这样又各生、意气，同僚们、挟私怨，奏我、卑鄙。一日间，声和名、一败、涂地。今日里，奉皇命，为闽、藩司，那料他、屡电拒，要把朝谕、搁起，幸遇着、猿食蚧，从中运动，促我丁场履任不可羁时。因此上、立意出强硬手段把印、来接，看他们、绅商界又更、何辞。说话间，□歌唱，我且到闽、而去，只是我、为虎作伥难免人皆、集矢。心跳跳，胆震震，暗杀、正历，恐怕出山有日，归家、无期。（收板）有将来、此优缺，旦夕可危。

10月24日　　悯吉伶佛祖下九尘　　虎军

（扫板）马自鹤，捡彩云，星洲、而隆。（中板）今日里，文明世界还把那

· 471 ·

木偶、来领，叹众生，无端迷信令人、可叹，覆巢下、犹是醉生梦死痛痒、不关。（白）某西方如来佛祖是也，数日来合十蒲团，偶开慧眼，遥见星洲之吉伶人，结彩张灯、无端□闹，拥木偶到处□巡，劳民伤财，愚蠢已极。本佛识有救世，不忍坐视，不免大发慈悲，施我法雨，即此挂锡穿云，晓□冥顽，悟□□谛可。（慢板）我佛门、与尘世，本无、往□，都只为、吉伶、迷信、一斑，打大锣、敲大鼓，声震、瀛寰，况且他、亡国民、浑忘、忧患、千般、万件，都是忏剧、难□，亏得他、除□了、盲□、习惯，余□□、□神怪，不再、（部分内容文字识别不清）灭，不过是渺冥、泡幻，那能祸、那能福干预、人间，劝众生、睁目儿舞台、一盼，丹□□、□物□优胜劣败何等、艰难，倘不醒，国亡种灭珠泪、不干，何不将、泥像木偶碎身万股扬灰、天半，试看他、英灵安在自身难保怎能恩泽、偏氓，我佛门、一片慈悲，却无奈何现身、劝谏，愿汝等、回头是岸好一比鸟倦、知还，说罢了、那言词我就转回、天汉。（收板）但只愿、众生们、跳出、火坑。

10月28日　　　□□□□

（部分文字无法识别）身子、疴染、育膏。记从前、甲午岁，受那东瀛、虐侮，到后来、戊戌岁，奋发、雄图，又谁知、被康党、将孤、□舞，说什么、行新政、扰乱、规模。（中板）多、感了，我母后垂帘诚浩，把朝政、重奠定巩固皇图，到今朝，我士民殷殷奏告，他说道：速行立宪君民一德可以抵制强徒，因此上，我母后就把张袁召到，将国事、托诸□人责其报称咁就日献嘉模，俺孤皇、虽然是奄奄病苦，少不免、撑精力勉布嘉谟，叫奴才，须奋发为孤引导，遇着了、关于宪政面陈未备那等政策、良谋，必须要、随时缮折无容忌讳把言、伸诉呀。（收）你看我呀，虽然病，也算力瘁心劳呀。

10月30日　　　王振铎匹马走京津　　　逸亭迁客

（首板老生喉唱）某闻得、有诏旨，召吾北赴。（中板唱）不由□不欢呼，喜事临头无限好，官阶早日（部分文字无法识别）回朝，指日高官升爵，岂不令人喜笑也。（梆子慢板唱）想人生，谁不想、高官、厚富，何况我、丁振铎、是个名利、之徒，记从前、初作官，钻营、宦路，用尽了、钱和力，才到今日、程途，昨日里、蒙政府、将吾、奏保，又蒙着、老佛爷、把我宣进、京曹，叫家院、快与爷、把马、装套，又与我、预备着、马褂、蹄袍。叫家□、忙挑着、金珠、财宝，好备着、到京时，献与老佛、阉曹。（转中板唱）整、我冠，拭我裳我就忙忙出户，一路上，风餐露宿不敢、言劳。你来看，天边鸿雁一字字朗若秋毫，那樵夫、声隐约在那前山伐斧，那前渡，又只见牧童□笛响动呜呜，对此景，却无心赏临当□，到不如、热中宦往北走、为高。叫家人、策马儿忙忙赶路。（收板）到京时呀，□帝后，一定是□见陶陶呀。

10月31日　　　□□□□□

（二黄扫板）列思复，被缧绁、香山监内，香山监内。（慢板）数日来，遭□讯，逼我口供谋为不轨这事未有就难于、主裁。想当初、到东洋，身进学堂受尽了辛苦始毕业、而回，实只望、做一个惊天动地救国、人才。又谁知、才卸征鞍住于寓内闲把炸药研究一声霹雳就祸从、天外。那狗官、与巡警，无端、作怪，拿我去、并拘伍医汉持到案诬我二人同谋、为害，不几天、激动了、全省、学界，各联名、将伍医、担保、出来。看他们、不过是想大发、横财，到于今，解我回、香山县内，被钱贼、百般刑辱百般痛苦、无涯。他见我、无罪名，将我、抵赖，不安分，三个字，定罪、十载。想至此，不由得、令人、悲哀，令人、悲哀。（□□）事到头来□□□地□门打开，壮志未尝即死去有何面目见黄祖于泉台？可羡那吴樾功虽未成亦轰轰烈烈名扬四海，又可敬□扬□□异卫同剜心殉国是何等慷慨，只可怜我刘某辜负此好头颅未能不陪，说话间愤郁填胸怒气如雷，骂一声尔等人面兽心万代奴才太不该。（收板）但只望、快光复、或可、离灾。

11月12日　　　□上腴旗妇求神（二黄）　　　虎军

（二黄）（扫板）奉圣旨、将驻防、无端裁撤，无端裁撤。（叹板）好叫奴家、胆碎神驰。莫不是我的旗人、多行不义，昊天不吊，所以凶降灾危？想我满洲，本是不耕地而食不织衣，循环天道，就不撤裁也要偏爱凌夷。于今祸已临头，究竟有何法子。无奈何乞灵木偶，且拜祷神祇，烧着了泪烛心香，就忙忙跪地，精诚、一片，愿达大垩。（慢板）跪蒲团，且叩首，望空、顶礼，还望着、三光神佛，云头且按细听、言词。想我们、逐水草，跟踪、到此，夺中国、二百六十余年安乐、于兹，驻粤省，防汉人，计不尽日繁、生齿，但只是、种族界限并、不移，论婚姻，两不通，是奉承、祖意。虽近日、心怕汉人革命思想变夏、为夷，下明文，准满汉、共绪、佳期。那料他、保全种族不听、人愚，我虽则、女子流、也晓得其中利弊，不通婚，总虽泯彼此、嫌疑，思想起、这问题，实煞费、踌躇。上有命，在下者竟然、不依，还有件、最失计，是不准旗人、置业，偶犯的，必然执法递解、回旗。虽然是、有长粮、发给我们养、儿女，只是嗷嗷八口少不免有乞食、之虞。做人难，已觉得、凄凉、极地，何况那、霎时裁撤叫我怎样、支持？因此上，恳神恩，将新□岸、早赐，俾旗丁、得以生活免却、悲啼。若不然，看□来，总难逃饿□、以死，□丰脾，能到□慢慢建醮报答、不□。拜罢了、□神明，抽身□起，（部分文字识别不清）天有意，把难向满界来施，徒自怨天，莫若先尤自己，怕只怕天演淘汰，神力也恶扶持，尔看那旗灯，闪缩无异色，天岛地黑，怎望老天降仁慈，耳畔又听邻人、频叹腹饥，令我胆战心寒，无限凄其。（收板）遭此殃，却令人、紧皱双眉。

11月14日　　旗下佬耕田　　沧桑旧主

（首板唱）奉圣旨，去耕田呀，披蓑戴帽。（梆子左撇唱）讲至那、耕田事，好比另起、灶炉。想我们、旗下人，不织而衣，不耕而食，百余年都是民粮、来耗，怎知到、今日里，叙传布告，奉圣旨，着我们，同归、绝路。（中板）那、圣旨，曾说道兵粮载到，我旗人，一个个都要食力为劳，昨日间，满洲旗也去三堂禀告，求官吏、把堤岸给作田庐，若果然，有求必应本来是好，怎奈着、粤东人力量常豪，假使间生反抗与吾对付，我自问，零零晚户怎敌他千万强徒，到不如，安本分锹锄背负呀。你看那呀呀，浓音缘得一犁膏润触起俺满腹牢骚。（中慢板）想、俺家，自幼儿亡娘丧父，剩下我、单一个弱息、零孤，自少时，并未进诗书、门路，因此上，今生世不识、之无，凭例文，得一份兵粮、照顾，懒半生，做一个闲汉兼、吸食、烟膏。今日里，叫我耕，又无锄犁半副，叫我种，又未习老圃、规模，只恐防、下得秧来他又变为茂草，只恐怕、禾已长又会变作蓬蒿。莫不是、着袍褂、去耕田，今日输来我造、这中事，真果是惨痛鸣号，怨一声，那朝廷为何昏暮，言立宪，假面目鬼混糊涂，像你们欺骗人虽然是好，因此上，累到我走入穷途，骂一声昏朝廷狠心太毒呀呀。（收板）弄得我呀，做一个、耕作农夫呀呀呀。

11月21日　　拒款会汤绪勉同胞　　虎军

（中板）人生自古谁无死，何须因死便伤悲。只要舍生来取义，纵然一死复何辞。（白）吾乃浙路工程师湖州人氏汤绪灵魂是也，可恨虏廷狡毒，勒借外款、卖送铁路，愤恨填膺，故拚一死以勉励同胞，庶几人人激发天良，竭力补救，今日乃国民拒款会成立之日，未免前往邀同□君，莅会□言可。（慢）恨满人，恃专制，全无、公理，勒我们，借洋钱，压力、来施。股已足，车已行，忽然、作孽，想这路，数年来，费尽、心机。一旦间，拱让人，是那汪奴、主使，他无端、来欺凌，变本、加厉。因此上，吾同人，发电、抵制，并组织、拒款会，举省、如斯。想鄙人，是堂堂、国民、分子，眼见此，又怎能、安然、无事。又恐怕、我同胞，坚持、不力，才把此、七尺躯、□□□□。（中）□□片（部分文字无法识别）惶切满人、所致，望同胞、还须要无忘、我志，九泉下，虽死之日犹生、之时。真可叹，民族强弱无常竟弄到、如此，好一条、苏浙铁路强要、把持，最不平，还有个于君热心、之士，风潮起，力争不能也曾先我、捐躯。泉下人，自思量真令人、切齿。看将来，茫茫大局实在、可危，今日里，闻同胞将汉奸铁像、铸起，居然是、人头高□与野兽、无异，安放在、拱宸桥车站、之地，沿途上、任人千载、唾骂、评讥。又闻得、要将他的祖先枯骨掘起碎割、凌迟，但只是、他一班人并非忠臣、孝子，即实行、他又有何、足惜。但只愿、要办铁路须要先把那鞑虏、除去，若不然，虽有铁路也、难为。（收）望同胞，听忠告，须做个铁血、男儿。

12月2日　　汤绪吊于钢（仿吊柴桑河调）

（梆子扫板）猛听得、于志士、一朝身故。（慢板）虔备着、那酒肴，前往、燕□。叹志士，命□牲，为□亡于、铁路，可算得、社会上、（部分文字识别不清）呜呼。（中板）实只望、铁路功成谁人、不慕，真果是、利权发达光耀、前途，只须要、团体共联人心、巩固，自不然，成功有日事竟、可图。又谁知、起动风潮悲愤填胸你就魂归、仙府，实可叹，未酬壮志把命丧、鄂都，见阎君，你就把来由、尽诉，但只愿、英魂不泯把那路事、保扶。见灵前、不由人五中、痛苦，哭一声、知己友我就泪、如珠。三页钱、三杯酒可到黄泉、大路，可怜我、单人独手谁为、招呼。心已灰、意已乱不能、顾后到不如、与君家伴侣、冥途，泉台上得相亲同归、乐土，男儿汉、虽死如生不算、无辜。这时事、多艰难何堪、举目，怎忍见、这世间满地、藜芜。哭于君，哭得我死而复生，知己友，在阴间稍停、一步，待鄙人、同作伴免得、身孤。我一心、绝粒轻生早寻、归路。（收板）阴曹地、我两人、携手泉途。

12月3日　　　哭黄祖共立死绝会　　　虎军

（中板）可恨满人、太可恶，全凭压力、公理无。哀我同胞、遭痛苦，百余载，作他奴。作奴还是、招他妒，欲行灭种、实何辜，试问谁人、无种族，缘何虐待、当囚徒？我想起汉弱满强，诚堪痛苦。（掩泣介）忍不住遗民泪、串串如珠。（慢板）问一声、老苍天，生人、何故？我汉人、同是个、方趾、圆颅，为什么、独要我、为人、奴仆？国之内、十八省，好比砧上、之肉，铁路权、相矿产，任人、所欲，分者分，送者送，皆是□胡。（中板）那苍天，屡问他总总、不语，岂真是、为汉人就要备受、荼毒。无奈何，俯着头哭声、黄祖，我黄祖，在九泉之下或者、怜吾，你子孙、今日里求生、无路，□立□，死绝□□、早图。问黄祖、对此名目你就动怒、不怒？眼睁睁、求为牛马尚不可、能□。悲夫！□怜我、同□如斯、多□，到□今，死亡□命□、呜呼（部分文字识别不清）。

12月27日　　　长乐老（京腔）第一场　　　哭主

（二家院侍立）（生员外装束扮张瑶星上）（引子）热血一腔，恨未能报君王。（诗）有明养士三百年，国破家亡太可怜。世界已无干净土，人间何处是桃源。（白）老夫张瑶星，崇祯皇帝驾前为臣，官居锦衣卫正堂，不幸李闯作乱，清兵入关，耻遵剪发之令，恐上断头之台，因此隐居栖霞山中，□造一阁，名曰松风阁，以为世外桃源。可恨故友王国恩，先降于闯，又降于清，竟作三朝之官，难入二臣之传，今告老还乡，老夫恨他不过，明日请他松风阁赴宴，排成戏剧，羞辱于他来。（家院白）有。（张白）持我名帖，请王阁老明日松风阁赴宴。（家院白）遵命。（下）（张白）等他道来，待我当面叫骂于他，看他尚有人心否。咳故主情深，好不痛煞人也。（唱）崇祯爷，坐江山，国运不好，普天下，众黎民，劫数难逃。李自成，张献忠，将来反造，破潼关，困北京，遍地火烧，只逼得、崇祯爷，煤山上吊，忍听那凤子龙孙□，文官个个将钱要，武官临阵便脱逃，皇亲国戚不见了，逼死先帝命一条。吴三桂清兵来请到，一统江山归清朝。最可恨丧心病狂王阁老，领袖着、不忠不孝，不仁不义，无父无君，无羞无耻，一斑一斑立当朝，明日里，松风阁，请他来到，骂死了老贼恨方消。哭一声先皇可知道。（哭介）学一个正平击鼓骂奸曹。（下）（未完）

12月28日　　长乐老（京腔）第二场　　赴宴

（四青袍丑家院副净红顶花翎扮王国恩排子上）（诗）好官我自为之，笑骂由他笑骂。请看今日域中，举竟谁家天下。（白）老夫东阁大学士王国恩，一代明臣，两朝领袖，且喜新主恩深，那管人后论断，富贵已极，文章盖世。今蒙圣恩，告老还乡，故人张瑶星请我松风阁赴宴，左右开道。（排了下）

长乐老（京腔）第三场　　讽刺

（张瑶星上唱）伯夷叔齐二大贤，耻食周粟美名传。隐居山中来避难，栖霞山变作了首阳山。王国恩难入二臣传，叩首称臣已第三。松风阁请他来赴宴，骂死老贼心始干。（家院上白）王阁老驾到。（张白）有请。（排子王国恩代四青袍上）（张王对坐）（张白）不知老仁兄驾到，未曾远迎，面前恕罪。（王白）愚兄来得唐突，贤弟海涵。（张白）岂敢。（王白）有帖相约，所为何事？（张白）只因老仁兄两朝领袖，一代名臣，今告老归乡，长享林泉之乐，弟备得酒席，与仁兄洗尘。（王白）多承美意了。（张白）待弟把盏。（王白）不必客气，摆下就是。（未完）

12月30日　　长乐老　　（京腔）（第三续）第三场　　讽刺

（排子饮酒介）（张白）席前无以为乐，小弟有一部梨园，请仁兄顾误。（王白）对酒当歌，是妙极了。（张白）来。吩咐开戏。（扮丑跳加官）（王白）赏他一只细纹的元宝。（加官下）（生净扮□正平曹操演打鼓骂曹下）（张白）正平当日鼓三挝，骂得阿瞒心胆麻。百般叫骂操不怕，不如那王朗一死气性佳。（白）仁兄那正平一骂，千古称快。曹操忝不知耻，尚不及王朗稍有人心。（王白）操虽乱世之奸雄，然亦治世之能臣也。（场上生净扮邹应龙严嵩演打严嵩下）（张白）邹应龙当日打严嵩，打得贼臣双眼瞎。反把仇人当心腹，可笑他眼瞎心也瞎。（白）仁兄，严分宜目不识人，被应龙打的倒也痛快，足见其全无心肝。（王白）分宜相国，词章之才是好的。（张白）笔下虽有千言者，恐胸中实无一物也。（未完）

12月31日　　长乐老　　（京腔）（第四续）第三场　　讽刺

（王白）贤弟，当今圣人在位，四海又安，正当歌舞升平，何必演此乱臣贼子之戏？愚兄直言，莫怪莫怪。（张白）领教领教。弟还有一出新戏，仁兄可□

看否？（王白）新戏是史□。（张白）来。□□□□。（□□红顶花翎穿大红袍踏草鞋上）（□□板）长乐老，长乐老，我□好比墙头草，成者王侯败者贼，那边风劲那边倒。长乐老，长乐老，功名富贵我能保，头戴红顶大花翎，迎降两上劝进表。长乐老，长乐老，马蹄袖子大红袍，天恩留我好头颅，胜朝身子改不了。长乐老，长乐老，粉底官靴穿不好，闯王的官不久长，穿着草鞋好快跑。（诗）一二三四五六七，孝悌忠信礼义廉，从明从清又从闯，两朝领袖三朝官。（白）老夫长乐老是也。我这个长，不是长生不老的长，是命不久长的长。我这个乐，不是乐天知命的乐，是死于安乐的乐。我这个老，不是天下之大老的老，是老而不死是为贼的老。八股名家，三朝良辅，知时俊杰，见机明哲，相明仕闯，富贵已极，且喜盛世贤君，弃瑕录用，依旧位极人臣。今年登耄耋，告老还乡，因盖一堂，以享林泉之乐。不料观成之日，堂上忽挂一联，上写一二三四五六七，孝悌忠信礼义廉。明明骂我忘八无耻，因此心中闷气，不免堂前散步一回便了。

1908 年

1 月 2 日　　长乐老（京腔）（第五续）第三场　　讽刺

（唱数板）长乐老，长乐老，争下金银真不少。闯王刑法吃不消，咳献个一千大元宝。长乐老，长乐老，十二金钗都姣好，只为要博外人欢，进与王爷几个小。长乐老，长乐老，家中田产原不少，门前高插顺民旗，纵然国亡我家可保。噫，一旦无常万事休。长乐老，乐不了，长乐不了，未必长乐直到老。呜呼，长乐老。（丑下）（王白）可恼呀，可恼。（唱）羞的我白面似红面，骂的我坐立也不安。后人叫骂我不管，当面寻訾太不堪。有心与他变了脸，哑谜说破我更羞惭。（白）贤弟，你还是请我赴宴，还是请我来挨骂呀。（张白）请兄饮宴，谁敢寻骂阁老大人。（王白）既如此，为何扮此新戏？（张白）此戏乃伶人所扮演，连弟也不知。不料触兄之忌，逢君之怒也。（王白）贤弟，自古云，顺天者昌，逆天者亡，又道是识时务为俊杰，兄之归降，原有不得已苦衷，正如管仲之相桓公，那管仲后世无人叫骂，单单叫骂愚兄，令人不服。（未完）

1 月 3 日　　长乐老（京腔）（第六续）第三场　　讽刺

（张白）兄不必，动怒弟即刻责打他们。（王白）但凭尊意。（张白）传扮长乐老的伶人。（丑上跪）（张白）唉，大胆奴才，竟敢扮此不忠不孝不仁不义无父无君无羞无耻的长乐老来，扯下去打。（家院拿板子打丑介）（丑白）小人扮的是戏，小人又不是这样丧心病狂、卖国求荣之人，打的冤枉。（张白）你说是戏，又何尝不是真。辱谤大臣，还说无罪？（王白）此人罪不容诛矣。（张白）如此说，小弟打的不如法，本来他的屁股不如脸来。将他这无羞无耻千层厚的老面皮，打四十嘴巴。（家院打丑介）（张白）我这松风阁，那有你的跕处，来将这骂不死的匹夫，赶了出去。（丑白）我从今后再不作这不忠不孝不仁不义无父无君无羞无耻的人了。（未完）

1月4日　　长乐老（京腔）（第七续）第三场　　讽刺

（丑下）（张白）仁兄，我打得这长乐老、爽快不爽快？（王白）很爽快。（张白）有趣不有趣？（王白）有趣得很。（张白）我恨不得将这长乐老、千刀万剐。（唱）这一顿打的真爽快，三朝元老老奴才。我当面叫骂他不能怪，管教老贼口难开。（王唱）他那里骂我也难怪，后悔今天不该来。（张白）仁兄，再饮几杯。（王白）兄一点也吃不下了。（张白）我料仁兄也吃不下了，弟也不便久留了。（王白）告辞了。（唱）含羞带愧将阁下，定想去意将他杀。（王下）（张唱）骂得他满面带羞惭，骂得他有口也难言，只恨老贼忘国难，□对先皇于九泉。（白）且住，我今这般叫骂，他岂肯与我干休？想我未遵制剃头，他必借此害我性命，如之奈何！（急介）有了，我不免故作道士装束，□道海上，以避此难便了。（改道装唱）伯夷叔齐二大贤，双双饿死首阳山。我今道妆来改扮，从此云游海上边。国家兴亡再不管。（家院白）送老爷。（白）免。（家院下）（张唱）学一个无忧无虑小神仙。

1月7日　　风波亭誓师　　十三龄童黄兴

（生戎服上）（满江红）怒发冲冠，凭阑处、潇潇雨歇。抬望眼，仰天长啸，壮怀激烈。三十功名尘与土，八千里路云和月。莫等闲，白了少年头，空悲切。靖康耻，犹未雪；臣子恨，何时灭？驾长车踏破贺兰山缺。壮志饥餐胡虏肉，笑谈渴饮匈奴血。待从头收拾旧山河，朝天阙。

号令风远迅，天声动北陬。长驱渡河洛，直捣向燕幽。本帅岳飞幼熟班马文章，长读孙吴兵略，叵耐胡虏构衅，汉族罹凶，三河陆沉，二帝囚虏。蹀铁马于京华，伤哉破碎；埋铜驼于荆棘，痛矣沦胥。虽决东海之波，未足以洗此耻；即磬南山之竹，乌足以写其仇。这真是中国三千年来历史上所未有的奇痛大创了。

· 479 ·

本帅奉吾血族同胞、大宋天子之命，征诸小丑，迎回两宫，扫清胡尘，恢复汉土。咳俺岳鹏举生在今日，惟有拼着满腔热血、一个头颅，酬报国恩罢了。今日正当出师之期，不免集齐将士，激励一番则个。兄弟们那里？（大鼓吹高坐升帐小生扮岳云暗上侍立）（生外末净同上）（生）壮志欲□新世界。（外）雄心期复旧神州。（末）旌旗直□黄龙府。（净）杀得鞑子没处溜。（生）□□怀。（外）□□（末）□□□（净）□□□（□转身参见介）元帅大哥在上，末将等参见。不知元帅有何吩咐。（生）兄弟们一起请坐。（众坐介）（生）本帅这回出师，大□金兵，是我中国兴灭的关头，汉族存亡的机会。我兄弟们正要整顿军容，同仇敌忾，方不至有差失之处。（生外末）正是。兄弟们敬听。（净大叫）列位，我也不晓得甚么，只要谁杀得鞑子多的，就记他头功，赏他几十坛好酒，就是了。（生）牛兄弟说得正是。（未完）

1月8日　　风波亭誓师　　十三龄童黄兴　　续

（念奴娇）胆大妖孽，把马足跎蹉，蹂躏金阙，千里神京惊堕坏，□得晓月明灭。这回要王濬数船，益州直下，风利不得泊，与君巡抵黄龙，痛饮一月。（白）兄弟们呵。（青玉案）十年恸哭郁火热，异种凭陵恨欲绝，中朝大官真愧儡，□□忘耻，父死忘仇，愧煞夫差报越。（白）咳兄弟们呀（荆州亭）神□天胄，撑持勠力，同心杀贼，壮士不复回，此行誓□胡羯。

（众白）元帅说得正是。兄弟们□遵命令。（大鼓吹众将校上）（参见介起立两旁）（生）□位兄弟取齐了么？（众白）取齐了。□□神出令。（生）□呀。

（上兄弟）猛将□尚武□英，□□的侠烈。定乱时极已决。这□□□□造新乾坤。这气象可□□□□□起来可洗那历史污面。

众位兄弟们听着，□□□□□□先进之邦，□□□□□□只有被灭□□□□失运，金□□□□□，剩□半壁山河，北望□□□□□也不知死了多少。□□□□□□京，频□注了□□□□□他鱼肉了。大□□□□□□如何不□□，一归□□□□承朝命，敢不勉力以□□□□位兄弟们同是汉族，□有□□□自必奋勇前进，先□□□□□古杀贝勒大酋，□□□□，□□无恙□□不负此间出□□。

1月9日　　风波亭誓师　　十三龄童黄兴　　三续

（生戎服上）战玄黄，天地变色；斗风云，虎龙猛剧。我中国吐气扬眉，一

· 480 ·

霎时日月黑,一霎时天光白。(白)况且这回,我与金贼胜负之数已决了。(以手作指点介)(沉醉东风)你看我这厢呵,雄赳赳兵强马烈,你看他那厢呵,阴惨惨声沉气绝。一个是天赐之功,一个是鬼夺其魄,造成了灭胡事业,只拼这英雄脑尽大刀环缺,要弄得他蠢□奴头颅滚腥□种灭。(众大观呼介)(生)今日正是出师吉日,就此摆队起行,直捣胡虏营寨则个。(众起行介行)(合)(尾声)汉家灵光辉赫,扫异种□用热汤泼雪,伫看我兄弟们、马足纵横、燕然南北。(下)正一是:忍令上国冠裳、沦于夷狄;相率中原豪杰、还我河山。(完)

龙按岳王当日所拒之金人,其遗孽,即现在据我汉上之满虏。然剧场上演岳飞战败金兀术事,我同胞见秦桧和金,谋杀岳王,无不发指眦裂,唾骂秦桧之奸,而深惜岳王之忠而被害,是知我同胞于种族之思想,原甚富也,特无以触之,则隐而不见耳。今志士之倡排满,即岳王当日之拒金人,而康梁之倡保皇,非特和金,是直引金以灭宋矣。由是以观,康梁之罪,浮于秦桧,而倡排满者,即岳王之俦也。乃我同胞于岳王则知崇拜之,于今之革命志士,则多方诋毁之,于秦桧则知唾骂之,于康梁则附和之,无他,习而不察,忘却满虏之即为金人,故明于彼,而昧于此。驯至认贼作父,视为固然,亦无足怪,何也?以其未知满人之为我世仇,如为盗杀父夺母之小报,认盗为其父,而至孝养之,亦固其所。因其昧于所知也,今我大声疾呼,痛告于我同胞曰:今之满虏,即宋之金人;今之排满志士,即当日倡伐金志士;今之倡保皇,即当日引金灭宋之宋奸。自兹以往,我同胞不得委为不知矣。若既知之,而仍附和保皇,诋毁革命,是我同胞明知故犯,甘做汉奸,以后慎勿崇拜岳王:崇拜岳王,岳王有知,必将怒目。慎勿唾骂秦桧:唾骂秦桧,秦桧有知,必将反唇,何则?汝之□□革命,是则汝之反□□□□岳王所必□汝枪,且为秦桧所不容也。

1月10日　　安乐窝　　第一出　　唱歌

(女丑满装扮西太后上)(皂罗袍)梧桐深院,秋风容易,暗换流年。星星华发老红颜,晓来怕同妆台见,早是个轻霜草上,短烛风前,能几回看春花艳艳、秋月娟娟?正好同华堂筵宴,莫放金樽饯。

(鹧鸪天)称制临朝到白头,及时行乐漫索愁,骊由烽火□深目,南海龙舟乐闹秋。行专制,逞机谋,繁华未改旧风流,誓将汉种作牛马,□楫虽横祖□舟。侬家那拉氏是也,生成倾国倾城之貌,千种轻狂,愧无羞花闭月之容,万般袅娜，真是难比杨妃娇艳，不□更较武后风骚。自幼父母早亡，弱质无依，浮云蔽月，骤雨摧花，幸得入宫以后，荷蒙圣眷，妲己以艳质见怜，褒姒以□姿得宠，不久即恩承雨露，侍寝西宫，正博得花朝月夕同受享也，不管别院离宫秋月长。不料龙迷少典，燕□娀商，好事多磨，变生不测，天翻地覆，乐极悲生，蒙尘热河之祸乃起，紫霞笼山，苍烟罩水，月照警□，露滴衮龙。翌年，先帝御崩于离宫，侬家不觉一声河满，百转惊鸿，啼珠泣粉，情伤海棠之花，怨绿愁红，肠断杜鹃之鸟。（叹介）（咳）想念及此，尚不觉芳情懊恼，泪痕模糊，实一生苦事之大纪念也。（未完）

1月13日　　安乐窝　　第一出　　唱歌　　续

想那时啊，（唱）（沉醉东风）那消□几曾经过，竟到那断肠地步，便是铁石人，也禁不起那般摧挫，把苦味都来尝过，膏沐谁鲜，春随水渡，惹多少病鬼情魔。

后来摄政两朝，总揽万机，修造万寿寺，充余年游乐之场，建设颐和园，为歌舞湖山之所，飞栋冲霄，连楹接汉，真是九洲仙岛，一天明日去蓬莱；极乐琼宫，四季春风吹不谢。（笑介）（嗳）侬家穷奢极欲，只知精上求精，魔中求魔，挥霍任情，那管民间死活，府藏空虚，想来好不安乐也。可恨东清一战，国事日非，□匪召祸，狼狈奔走。（咳）这种过去之事，说他则甚。今遇日俄事起，就是祖国沦亡，却也并不在意，只是汉种风潮，频思革命，怎能放心得下。（叹介）（咳）且莫去管他，侬家自有道理。内侍们，宣李莲英见驾。（内侍应白）（女丑唱）莫管他一殿功成万骨枯，（内侍唱）猛见得辉煌都是血模糊。（副丑扮李莲英）（白）手执朝纲二十年，黜升不奏九重天，文武百官皆义子，一身荣耀似神仙。侬家李莲英是也，一来口齿伶俐，自幼心思乖巧。本是一个小小光棍，不料时来运来，被侬家混进宫里，就把敝业师傅□心法，试验出来，果然摸着老佛爷欢心，把侬家另眼看待，十分宠幸，封侬家一个总管太监之职，朝中大小事礼，都付侬家掌管，外面有个绰号，叫做李总管。（笑介）你看那满朝文武，谁不拍侬家马屁？只要侬家眼一动，嘴一歪，那黄的是金，白的是银，要多就多，要少就少，□侬家受用，哈哈，好不快活也。只有一件，如今出了什么新党，嘴里胡言乱道，说一国的百姓，都可干预政治，还要侬们太监，不许弄权闻事，思想起来，心里到有些纳闷，方才正在宫门打坐，闻得老佛爷宣诏，不知有何事故。（行介）（唱）移步宫闱来叩首，山呼万岁拜冕旒。（白）嬖臣李莲英见驾，佛爷万岁。（女丑白）平身，坐下。（李白）谢坐。（作坐介）（白）老佛爷宣诏，有何懿旨？（女丑白）惟无别故，侬家因心里有些纳闷，宣你来解个闷。（李白）让奴才出出戏罢。（女丑白）串什么戏？（李白）界牌关，盘肠大战，最有趣，最热闹。前几年到了夜里，老佛爷天天要奴才串这出戏的。（女丑白）嫌老不新鲜。（李白）侬家有个新鲜小调，唱给老佛爷听听如何。（未完）

1月14日　　安乐窝　　第一出　　唱歌　　再续

（女丑白）甚好，唱来。（李白）请听。（唱）（扬州调）倚栏独自盼遥天，愁煞多情对月圆，今宵只可谈风月，一年容易又秋天。凋冷金粉羞蓉镜，虚度韶华负管弦，只恨青春随水去，纵有膏沐为谁鲜？试想深闺多少离人恨，衣单寒怯为情牵，侬是散花天上女，谪作人间七十年。记得六宫粉黛人争羡，四海膏腴我占先，独惜热河随远狩，几曾月缺再重圆？暂把幼主冲龄扶践阼，大权倾倒付中消，只道江南既定销兵衅，怎想朝内昏庸误国权？况且圆明遭火后，上苑荒凉闷更添，无奈就把颐和园来建，土木频兴乐晚年。万寿山前罗绮地，昆明湖内水云天，龙舟十丈宫人戏，竞渡何须吊屈原？尚忆南朝一段风流案，陆地行舟锦缆牵，随堤柳影连宫禁，夹岸花丛拥画船，真是无愁天子风华擅，锦绣山河任变迁。又观天宝开元事，花蔓楼高御苑连，同临七夕长生殿，君王携手拜婵娟。独惜马嵬人去后，几生重得订姻缘？今古兴亡同一辙，但得及时行乐漫愁牵。自从高丽屏藩乱，东洋乘衅起兵端，抽残国帑输钱去，差保京华幸瓦全。任他携去台□□，□曾蹂躏到幽燕，恼煞俄人封豕长蛇态，旅顺要求及大连。胶州威海今何在？英德争雄猛着鞭。惊魂甫定思良策，漫说维新仗荐贤。记得康梁负义谋宫禁，话说满汉深仇不戴天。怆悼又逢庚子祸，那堪回首义和团。十万联军驰关下，百年祸首叹刚端。玉砌雕栏几损折，青衣麦饭怎哀怜。当日奔驰千里西安去，忘忧能得几春萱？几番回首京华路，纵有御苑繁华尽荡然，满园草木都罹劫，万种图书亦化烟，京津噩耗纷传播，只道今生无复再回銮。飘离好像秋来燕，衔泥无计补梁穿，虽是高台歌舞仍无恙，总觉故地登临最可怜。总有吹箫王子晋，再无度曲李龟年，况且韶华一去如流水，秋容留得几时鲜。（未完）

1月16日　　安乐窝　　第一出　　唱歌　　三续

回想四方兵报悲戎马，中道孀寡负女牛，怆怀伯道悲皇嗣，太息增祺误满

· 483 ·

洲。残局恐随流水去，量沙谁复□边筹，西陲党派依然盛，东路风云迄未收。暂欲抛开国事休提记，总怕是群雄鹰视一发难留。且看天河万里清华影，二分明月遍扬州，玉人箫管题桥处，几时重见旧风流。侬啊，轻移莲步临雕椆，风景宜人未全收，那边南海萧条景，瀛台依旧锁天囚，他日啊，地下若逢唐武后，愧我无才尚怯羞，只答道，君王傀儡能操纵，独握皇权到白头。岂料四面楚歌惊人耳，黄梁梦醒反增愁，古道水花镜月成幻相，蜃楼海市总虚浮，重怕骊山烽火驰警报，岂□□氏灭宗周，纵云立宪暂笼络，看□汉家光复旆纷□，思前联想后，不觉对月凄凉泪暗流。

　　（女丑白）唱到唱得好听，只是有些像那党人的口气，我看你近两日，鬼鬼祟祟，也有些不正经，难道你这个贼心种子，也变了心，与那党人一路儿去不成？（李白）奴材怎敢。这个曲儿，也不知是什么人所作，里儿头也不知说些什么故事，□家因见他是个南曲，想□们北□人，只□□唱京调□□西皮，□南曲从没有人唱过，侬家□想学着老佛爷□□法，无事时，□打着大屁股，唱起来，觉着甚是好听。（女丑白）□说，我□什么新法来？（李白）□们同□后，□是下过几□什么变法的懿旨么。（女丑白）□□做没，□□衔□，幸罢了，我心中最恨的是□□。（李白）老佛爷既不喜欢□法，怎么见了□式的头物，□爱□不置起来。（女丑怒介）放屁，敢在老佛爷跟前胡言乱语，可恶，下次不准。（李白）知道了，下次不唱这个曲儿就是了。（女丑白）再唱，打断你的狗腿。（同下）正是：莽莽黄尘里，中藏安乐窝。不知门外柳，迎送近如何？

　　1月25日　　　演说粤梁启超被逐

　　（首板）感不到，梁启超，一朝□□运。（慢板）处此境，却令我，有甚、心神。想当年，曾上了、一铺、官□，热心着、满清功名，不顾奴隶、其身，侥幸得、也中过，举人、一份，在乡中，都算是、名列、缙绅。又后来，上京邦，师徒、入觐，郝着颜，事胡虏，北面称臣，行奸诈，师弟们、又把清皇、蒙混，口声声，将旧政改革、维新。（中板）有谁知、众同僚全不、公认，那西后、他还要把我身首、支分，当此时，真果是令人、可悯，满目中，皆荆棘没处、没奔，逼不得、逃出了京华、左近，在海外，出法卫运动、侨民，因此上，师若弟不忧、饥馑，还可以、积得了多少、钱银，怎知道、公理日明就无人、过问，只落得、在东洋，暂作、闲人。前几天，在东京将会大开把人、招引，方以为、政闻两字就可以煽惑、同群，岂料到、才登台就有将我、教训，斥驳我、妖言惑众还重议论、纷纷，你否知、邪不胜正，本古人、口吻，我只得、抱头鼠窜奔避、频频，最恐怕、从此后不闻再寻、老□。（收板）看将来、我不敢、再蹈、前尘。

5月1日　　　张人骏出巡东江

（首板）叫亲军、跟随我，东江之路。（中板）为国家，又岂可跋涉、辞劳。（白）本帅张人骏。想我督粤以来党人倡乱，祸连东西，各军攻剿，均不能得力。东江一带，又恐乘机窃发，不若先到此处，巡察一番则可。（慢板）想本帅，在广东，身为、总督，到任来，将一载，也算是禄厚、官高，蒙圣恩、眷顾我，感铭、肺腑，一心是、把朝家，盘力、匡扶，只望着、这满清、皇图、巩固。讲甚么、我汉家人，为隶为奴，可恨着、那党军，如狼、似虎，扰乱得、东西省，地暗、天乌。（中板）近、日来，乱警纷纷向吾、禀报，你来看，数千里，也都是荆棘当途，革党中，声势汹汹已觉难于、对付，何况是、伏莽潜滋、群盗、□毛，叹众军，一个个全然、败腐，恃官威，乘势抢夺害及、无辜。想吾民，既畏兵、又遭乱如何、痛苦，怎怪得、把官兵仇视痛切、肌肤，怎奈他、地□文武术穷，缉捕，把乱机、酿成如此这等、糊涂。每日里，风声鹤唳警吾、耳鼓，好叫我、身为总制□，心操，只恐怕、内□□起义复交乘、外侮，坐令得、□危人局□力、难扶，又恐怕、惠州□党□隅、自负，倘若是、东西联络滋患、□图，到不如、雇着了船□东江、□步。（收板）但不知、那乱、能否、远逃。

5月26日　　　锡良督师　　太岁

（扫板）恨党军，起云南，长驱进内。（慢板）这几天，吓得我，胆落、心灰。想当初，奉廷旨，就持这双旌、出塞，镇苍山，抚滇海，柄握、制台，到此地，我估道、可以患消、内外，怎知到、这强邻，就要我却顾、徘徊。恨只恨、你革命党，偏向着越南、而聚，因此上，我又奉廷旨，搜索、穷追。又谁知、你革命党、又走入法、界内，拿不能、杀不得，真是气煞、奴才。迫不得，拟公文，就频把法人、照会，蒙友邦他许我驰赴五里追捕、渠魁。那时节，真果是、好比风声鹤唳，痛捕捉，皆风影，遂尔弄出、祸胎。（中板）到、如今，惊动了南方、一派，溯源流，问西江也怎样、安排。固藩篱，迫住要先防范滇垣、城内。霎时间，猛听得河口、先摧，无奈何、调两兵着□□、统带，南西河、与蛮耗就各扎、营寨。我以为，小丑跳梁，命一武员可以遥为、牵掣，况□臣、与华甫又是战阵、长材。怎估道、进关化，攻南溪，延敌开关敌就场场、战败，眼光光，或降或遁又复败走、新□。叹我军，守边陲只有个黄茂□、尚在，思想起，思茅若失你话怎样、消灾。况今朝，听军情，令人、可骇，说党军、攻蒙自又逼近、前来。白金柱，为甚么你毫无、严戒，看将来，难道是你免战、挂牌。想我们、近年来真真、狼狈，莫不是我满人命运疲颓，自古道，食君禄忠于、君位，想我皇、恩泽我几许、心怀，到不如、学古人□□□□革袋。（介白）你看党军声势如□，□我主上南顾忧虑，伏□□□□着奴才亲视师行。（四望介）唉，□知此去无裨，没奈何□□□□难以抗命。（摇首介）中军，打听□。（反线滚花拖枪唱）亏我霎时□阵、愁闷来。（介）对着那旌旗、□大帅（介）长途渺渺，触我悲哀。（□）□则是一字排开，有熊虎队。（介）□闻古来征战、几人回。（介）□□□情，真令我肝肠欲碎。（介）（□□）真是无奈何呀呀呀，出城□呀呀呀，我就一步一徘徊呀呀呀。

四　侨声日报

1912年

10月12日　　烟精吊影（仿小青吊影）

（二王首板）衣裳裹，苦无钱，赖无指拟，并无指拟。（慢板）恨天□，不为我、□穷去。到烟瘴，钱偏□惹□戏、迷宁。对烟灯，燃烟荷，实□□心、有理。有瘾人，到瘾起，总□□拿，我就魄散、魂离。在烟□，□□吓不望有旧沉油，只有几分、烟星。不管尘世事，但愿得灯明斗叫，□道烟浓，就虚度、四时。自古言：后枕薄削，终归、命鄙。问苍天，缘何□，既生我、如此聪明，却又如此、□黑地栖。点归，才起身，真果是□天。（重句）（老鼠尾过序）（唱）又只见，一个面盆、一张烂椅，乘着一盆清水、猗猗。眼朦胧，见亭亭、彰在盆中、独立。好一似，天公欲雨不雨走出一只饱水、禽余。莫不是，铁拐大仙、魂留、此处？莫不是，来了一只游魂野鬼，就名叫、陈其？细留心，睁烟眼，细观、仔细，却原是，我大瘾烟精，面色、如泥。猛开眸，看烟容，真果是今非、昔比。问烟精，缘何故，成个肥仔，变作弱不、胜衣？上着了，大烟瘾，食到我风吹、得起，莫不是，我祖宗、葬错了唔好山，故此折堕在、孙儿？烟瘾起来，忍不住两行、眼泪。（重句）（转二清唱）亏我人虽未死，不过是走肉行尸，往日里那些身财，今归何处？到今日要领牌撮影，限食三月为期，你看警局拿获那班烟人，几多因戒烟戒死。（收板）从今后，即刻戒，不敢延迟。

12月4日　　袁总统决策　　厉

（扫板唱）为俄蒙，累得我，无了、主意。（中板）还须定计，保边陲。（白）吪！蒙人愚昧，反对共和，抗拒宗邦，倡言独立。唉！真果是蒙人之蒙也！今日俄人又来煽惑，使内蒙中计，遂他蚕食之谋。征蒙又过伤感情，征俄又患难筹军饷，真真是为难了！（慢板）连日来，国中人、十分、气愤，声言道：不主战，就任得、人欺。诘问我，催促我，定其、大计。国家事，又何可、轻躁、为之？因此上，集众员，频开、密议。外间人，思疑我，决策、迟疑。（中板）我，如今，已经定了方针胸存、定主，那私约、断难公认讳不、知之。第一件，希望和平须劝库伦取消、独立。他若肯，依然归化我也把前罪、赦除。第二件，劝俄邦不可持那干涉、主义，请别国，调停了事取消前约或者遵依，倘若是、他能让般□我又何须、生气，我民国、也不想战务纷驰。第三件，我国民一面预筹、军备，他强横，来侵犯也要见过、雄雌。破公法，夺我国权分明、无理，我就要、兵戎相见岂敢延迟。那三策，决定了我就进行、办去。（收板）我中华，到今日，有备、气虞。

12月14日　　健儿义愤　　兰室

（首板）（小武内唱）恼俄国，煽库伦，公然无理。（滚花）（执鞭上唱）侵我权，辱我国，何恨如之！（白）吾陈创秋，乃广东人氏，素有侠气，好与壮士结交。自民国成立，深愿五族共和。不幸强俄构煽库伦，宣布独立，岂不是破我共和，欺我民国？（急七揸锣）（上气硺眼想介）思想起来，真果是全国之羞，数天之愤呀！（停语）（焦灼介）唉！（顿足介）（慢两揸锣）（读白）况蒙古为北疆屏障，若隐恶不□，无以为国，当集合全国健儿，伐库征俄，雪国耻，挽国权，虽粉身不惜。今取道幽燕，一来结交壮士，二来竭力鼓吹。（望介）你看，天色尚早，催马加鞭可。（帮子慢板）（正面马上左边唱）我民国，曾宣言，不失、分疆，邻暴俄，萌旧态，有心夺据。（上声）（□锣鼓）（挥鞭蹈舞立左边）（唱）施诡计，俱怀柔、相待、蒙王，使库伦、发起着、协约思想。（落锣鼓）（挥鞭蹈舞立右边）（唱）称帝制，歌共和，逆命中央，今中华，抢出个、瓜分现象。（落锣鼓）（挥鞭蹈舞立正面）（唱）龙若是、恐不国，立见、消亡。（转中板）闻斯言，不由人泚盈于颡，有血气，本该要効死沙场。蒙，古来虽尚武，亦不过装模、作样，调遣不灵，调拣不讲。军器又不、精良。前清时，增练新军，亦祇库伦、一厂。论教育，既不兴，论交通，又不便。原本是弗敢、逞强，况如今，中华光复，日进文明，与前清判若、天壤。合满汉回蒙，共和五族实在、相当。诟野俄，惑活佛，聘如里斯克佛俄人、为军事顾问、官长，明中承认独立，暗里有吞并二字、包藏。蒙、不知，命蚕兵权，揸在俄人、手上。心向俄人，忘却了中国、堂堂。（高声）问活佛，曾知道俄库约成，即是蒙古败亡、真相。问暴俄，怕不怕我全国健儿剑气、光芒。端坐马儿，举头观看，呀！（白）哦（唱）又只见，空亭幽雅，古木荒凉。（白）且住，此处有空亭一所，尽堪驻足，待我下马憩息一时便了。（下马做手入亭坐望介）（白）人影依稀，惟有景

物多情、也。（未完）

12月16日　　健儿义愤　　续

（西皮）（唱）空亭畔，见山禽、独宿，忽闻着、有人声，蓦地、高飞。（白）你看鸟犹如此，人何不然？行□家所当研究一番呀！（唱）彼南山，那樵夫、伐木，总不畏、路崎岖，直上、翠微。（白）你又来看，樵夫如此毅力，难道是剑术家无此雄心？思量起来，正健儿发奋之时呀！（唱）西阁上，一男儿、无语，抱着了、那古琴、独立、斜晖。（二流）问同胞默默无言，所因何事？知不知中与俄库，谁是谁非？若远知关系存亡，也羡奇伟。（邀介）请下来与我披肝沥胆。（二流收板锣鼓与送尾弦索齐下）勿负时机。（白）吓！我是长吁短叹，他不答一辞。这等清静无为之凉血男儿，无心国事，讲多也是无用。你看夕阳西下，投店寄宿、也。（五搥锣）（中板）（唱）仆仆风尘，不惮劳人、□草，马非羸，人非倦，怎怕路尚、迢遥？骑上马儿，徘徊瞻眺。（锣鼓做手上马介）（收板）（唱）义愤起，满腔热血，沸涌如潮，呀呀呀呀。（下）（完）

12月18日　　筹饷蒙征　　兰室

（七步捷）（武生扮壮）七上（快板唱）边危日急风声树，三路提兵拍手呼，不患英雄无用武，（埋位）（唱）尚期豪侠乐捐输。（白）吾，梁国光，自从俄库协约，中国关系存亡，今□电传来，日急一日，全国健儿，剀切激励，欲效力疆场。也羡奇伟，独惜国库空虚，不惜振臂，真个令人愁煞！（焦虑介）今宵客栈寄宿，寂寞无聊，楼头散步、也。（□□跂直起弦索）（梆子慢板唱）我中华，光复后，百端、待理，论头一件，富国强兵，救急、扶危。故中央，令各省、和衷、共济，消党见，急宜团，相劝、相规。（起身缓步作手介）免强邻，不承认、鹰瞵、虎视，可恨了，国基未固民智未开，有以、致之（转中板）会、日理，大祸之来悬于、眉睫，保存惟有一线，切莫、迟疑。凡属国民，岂独知敌忾同仇、则已。首先要、毁家纾难勿惜、高訾。若然是财政不充，即兵力不强亦万难、效死。虽及锋而试，都辜负了奇伟、男儿。方才同、清风入座，明月当头，真个天然、可喜！转瞬儿，风萧萧，云点点，令我忧心、伤悲。际此万变风云，寓意这里，（设横台左边）（埋位）（唱）关心国事，不觉神驰。噫！（曲肱支首作睡介）（撞点）（花旦扮女志士抱子上）（中板唱）忆去年，武汉褰旗同胞，振奋、慷慨从事，从容就义大不、乏人。幸我郎，能人弹雨枪林之中、而殉，方不愧、论语云"杀身成仁",臻道得,光复中华文明、日进。今不料,俄欲吞并构煽、库伦,我赵敏儿,才三岁,□则是大资灵,年纪幼,不能效力,亦枉曰麟趾、振振。(平声)思想起来,胸怀义愤。(埋位)(唱)涔涔血泪、被沾襟。呀呀!(未完)

12月19日　　筹饷蒙征　　续

(白)吾,何若英,我邮为民因□□,单死对生,非为憾事。独恨蒙古□为暴俄吞并。我儿年少,不能效力疆场,殊深抱□你看,我儿欲唾,抱上榻中打睡便了。(过场)倒卷珠帘(设横台右边侧设椅作榻)(何置子□上坐对子介)(白)唉,怀人竟夕,好梦难成,不觉愁人悲叹、也!(提琴横笛)(八板头)(何唱寡妇扫冤)恨恨恨俄真是无公理,恨恨恨俄真是无公理,把邦交抛弃,如入无人地,官禁派、兵禁住,外蒙家库伦这里。指强俄属一声,对我对不住、一宗宗,一件件,并吞不离。欲效沙场死,又可惜,我娇儿、年少难继起。枉我为孀妇,空对那孤儿,(大笛吹二声作子哭介)声呱呱,有何辞?越思越想越流涕,伏希壮士、早难持。(何作子醒抱起做手介)(梁作醒介)(慢板唱)耳、边响,忽听得妇人、叫喊,一声声,一句句,总是关系民国、存亡。睁开了昏花眼举头、一望,又只见,窗明几净电火辉煌。走走走,走上前殷勤、拜访,看起了、这个女子豪杰住在地字、号房,敬请爱国娘行,相见堂上,呀呀!(何闻邀放子榻上作手出房介)(何唱)因何事,男儿相请声气、堂皇、忙出房,看过是谁,慢慢来讲呀!(开目)哦。(续唱)原来是、一壮士磊落轩昂。(白)先生有礼。(梁白)有礼,请坐。(分坐介)(何白)坐。请问先生贵姓名?相邀何若英出来,有何贵干?(未完)

1913年

1月7日　　壮士□□

(首板)今日言,巧遇着,蒙俄事起,(中板)正是男儿立志时,敌忾同仇须奋起。□□轩□合□□,□□□校阅声□。这□□□□儿,□□长城□壮志。(过中板)不□□□□不□。(慢板)我□□,幸喜得,人□一致,富出财,贫出力,□□□□同党,还须要、团结用事。□□□施相略,创胜出奇,俄虽强,□□内,革命频起。前数千、数千日,□□雄□。(转中板)值如今虚

班　本

□□□在外蒙尝试，我民国、终不遇□□□又奈何如？告一声，众同胞，须要齐心合力，此关头、□□□一□□耀环区。我粤军，勤□陈待赴□□，那军人，虽不欲马革裹尸，□日□，到沙□祈战死，祈战死。（收板）那时节，我中华民国，中外惊奇，呀呀呀！

　　1月8日　　　黎宋卿电辞参谋长　　重举

（首板）蒙俄事，将决裂，战云弥漫。（左撇梆子慢板）参谋长，责与任，重要、非常。想元洪，自去年，义倡武汉，各行省，同响应，力把专制、推翻。不数旬，那清帝，愿将政权退让。联五族，成一共和国，光复大汉、江山。在南京，组政府，旋径、解散。举项城、正总统，由南而北仍旧都建、朔方。举元洪、副总统，无德无能自惭、颜汗。因民阀，初底定，勉强备位，冲烦。又兼领、鄂都督，作一个东南、保障，竭智能，萃心力，不敢稍懈、关防。袁总统，复任我、全国参谋、部长，顾藐躬、□三缺，未易片刻偏安。（起板）幸、喜得、电、力发明消息□通无处沉鱼、滞雁。每发生、国、家大事均可拍电、筹商。最可危、霄、少奸人夺利争权只解各私、其党。尚□执，喜攻击不辨忠佞、贤奸，几弄到、中、央政权统一、无望。俺宋卿、电、文诰诫痛哭流涕屡次沥胆、披肝，物既腐，虫必生致被外蒙、侮慢，与暴俄、定私约无异亲近虎豹、豺狼。外交家、隐、重老成不肯遽用干戈、相向，还希冀、和、平解决免主□权、泪澜。讵俄使、倚、恃强权一味野蛮、犹悍，迭增兵，外蒙要隘好比饿虎、擒羊。看将来，东、亚风云转瞬、变幻，扬国威，伸天讨定要剪彼、凶顽。开兵衅，参谋部必须目光、四放。驻帏帷，山、川险要作战计划尤要自重、糇粮。我自问，才、力不胜必于戎极蒙其、影响，夜扪心弩、骍惭愧手足、彷徨。倒不如，避贤路免诮临时、卤莽。（收板）望中央，恕狂瞽，另简贤良。

　　1月11日　　　梁顶髫哭辫　　重举

（首板）在汉口，却被人，强剪了这条、猪尾。（叹板）今我不能保存国粹，抱憾何如！想顶髫在前清，侥幸少年迕籍，为纠盭权臣跋扈，革职回归。到后来多感了，一个南皮张氏，在鄂省特垂青盼，迫作冯妇下车。历任按察藩台，可算得腰金衣紫，君臣们如鱼得水，受尽了高厚鸿慈。可叹冰山失靠，张恩师骑鲸西逝，从此稍衰圣眷，渐觅雨露恩稀。到去秋武昌城，民党倡义，我犹道疾同疥癞，谅不至□虚轻移。闻民党中有一个、黎宋卿主持军事，我也曾贻书规劝，不可抵抗清师，又谁知二十二行省、相继人心解体。转瞬又报清廷退位，料大厦非一木可支，回想受恩深重，具有天良，本该君辱臣死，我那时预备牺牲殉难，把后事嘱咐妻儿，不料普天下臣民，未睹一人尽节，始悟汉满不同种族，实在枉死非宜。复想祝发白云，幽隐在双溪古寺，耻食民国菽粟，意欲□袪□斋，□□□清旧臣，一个个联□出仕，因此方针再变，不愿在古刹栖迟。但民国成立以来，剪发已成风气，我获□此豚尾，聊表示臣节□亏，常□□身体发肤，受之父母，岂可轻尝伤毁？又况用夷变夏，□□贤哲贻□，我中国文物衣冠，岂非泰东西□能媲美？三千根丝名烦恼，□不□捐橐如遗？距料昨在汉口泮寿，□人强行剪去，欲叫巡差□他拿住，他又非抢掠东西。恨此人恶作剧，耐不住无名火起，向尘埃□□子□拾，涕泪交挥，待我痛哭一场，作□兴办分别。（收板）不作声，仍削发议应、前时。

1月13日　　烟鬼哭　　举

（首板）阅报纸，众烟鬼，心跳胆震。（重句）（二黄慢板）但不知，传、来消息是假、还真。想当初，好倾谈，见了烟床打横，就□、人如虾、灯如豆吐雾、吞云。有一个、执屎九，一见我来就摆开了迷魂、之阵。用足了、丹、田气力吹足几口说不尽地理、天文。初占道、阿芙蓉，百病能医无双、妙品。偶遇着、头晕腹泻筋疲力倦可以取效、提神。又谁知、不自觉，昼夜沉酣上了一铺、重□。吹迟些、类、打喊路满面泪溃□痕。自前□，让□烟，徒托空言多是脂脂粉粉，纵然是、领牌影相那半点伤损、烟人。革命后，改民国，风声、渐紧。犹希望，一年禁尽出自传闻。谁料到，内务部，初订章程便如冰心无、恻隐。□辣手、扫除烟毒剧尽烟根。他说道：四十岁，立限三个星期逼你告终、烟运，倘逾限，要枪声骨暴、沙尘。四十外，至花甲，限五星期不许与烟，再近、若抵抗，三四等有期徒罪千里、充军。花甲外，八星期，仍要提防、谨慎。若不戒、一、经拘获重罚、金银。看将来，各道友，难免黄泉、实恨。（重句）（二流板）悔当初明知是火，犹在火里藏身。说戒烟口话口赔，又心不心相印，购备了烟丸烟酒，计不出几多匀。欲约齐烟怪烟精，搅得他烟尘滚滚，怎奈皮黄体瘦，一个个像地狱游魂。（喊路介）含，含，含，口水鼻涕一齐来，又好比爹娘出殡，（收板）心中事，向谁诉，拭泪、频频。

2月22日　　国民声　　陈智英

（扫板）闻电报，又听得，暴俄欺我。（小武扮军装佩剑携枪上唱）如此可恶却因何？（白）某，中华民国新少年是也。昨岁武汉起义，也曾负戈从军，稍尽国民义务。今日暴俄如此可恶，煽蒙独立，真令我怒气冲天也。（慢板唱）想人生，谁不爱、国家、强盛？国能强，民可富，事理、显明。数年来，我同胞，多存、血性，推专制，建共和，远震、威声。又谁知，那暴俄豺狼、成性，煽蒙古、倡独立，可恶、无名。想蒙古，原本是中华、边境，何干汝、何涉汝、俄国事情？分明是、谋瓜分，这个毒性。（□中板）叫一声同胞须醒定，强权对付不用惊，此次征俄我必胜，不可解决用和平。（白）同胞呀，同胞国家兴亡，匹夫有责，暴俄如此野心，须要合群策群力对待才好，待我嚟唱数首从军歌，振振我精神可。（奏军乐从军行介）枪在右肩刀在腰，灭尽暴俄把恨消，头颅虽好何须顾，惟保五色空际飘。弹丸如雨炮如雷，喇叭声声战鼓催，志愿捐躯救祖国，不抵森京誓不回。（白）威也好，自古道，人生快乐，莫如从军。今逢中俄宣战，我辈英雄，还有用武日子，真令我壮气如虹也。（唱）人生好比如春梦，欲寻快乐是从戎，如此时机非易碰，果然时势造英雄。（收板唱）我喜听，沙场中，炮声隆隆。

五　星洲晨报

1909 年

8 月 19 日　　保皇哄　　哲

（杂清装上唱）本圣人，好手段擅长，棍骗，历年来，棍骗得多少，金钱，骗皇帝，骗得个声名，大显骗华侨，一个个如蚁，附毡，保皇党吗，推总长何其，体面，群弟子，恭且敬遵本。圣□，圣□，遍天下交通，利便。孔老二，也不过弟子，三千，看将来，今胜□□□。无儿，孔圣□，怎比我门下，诸贤，只可惜。须□，行大才，未展。在海外，栖迟了今□□□。望北方，冀万岁圣躬，康健。（跪拜介）（两杂脚泻上扶起介）曾知否，臣今日残喘，苟延。（埋位）（白）□革癸，科举人，乙未科进士，工部主事，军机章京，保皇党□□□，营□圣人、康有为，原名祖□，康字臣素，干□我。（□□甲□）□丑科举人梁启超，（□□）□□附生，徐勒（康）圣□，（梁□□）先生，（康）自从在中国被逐，居流海外，今已□年，待罪至今。未有赐还至日，看将起来，这个宰相，恐怕做也不来，就做一个当代圣人□终吾身罢了。（梁）先生何必如此说，昔孔子为鲁司寇，□月而□人□，先生也曾□□□□，□尝乎是。□月，况且，□的栖会尽多。先生□□要□心才是。（徐）跪禀先生，□今□朝浊乱。（此句系徐勒至言）就尽赐还，于先生也是无益，不如权且忍耐，日□机会为高。（康）两个圣□□，□果然不错，□□本圣人作□□场，为师□□，心事□闷。□谁去而圣人。消遣消遣□，事事由你，□□长，□在一□，听本圣人□□□。（介）（未完）

8 月 20 日　　保皇哄　　哲　　初续

（康唱）我如今，进内房日图，消遣，圣人婆，他与我无限，缠绵。本圣人，年虽老兴殊，不浅。两圣徒，切不可口角，流涎。（梁）先生你，休乱把我门，责谴，虽则你，与师母相爱，相怜。食与色，本天性圣贤，难免。我也晓，在外头酒地，花天。（徐）你两人，说出的庄庄，件件，好一比，神经病发了，疯癫，怪不得，外间人间言，一片，做圣贤，也向着女色，流连。（康）徐圣徒，

· 494 ·

你此言未经，历练，甚么话，不经心说了，为先，论好色，本来是有经，有典，问一问你师兄你便，恍然。（白）枉你圣门许久，此等圣人大道理，也不晓得。我也传授不得许多，你问问你的师兄。你便明白了。你两人慢慢的研究真理罢。（下）（徐）哈哈。一撇须两句唔埋，就敦起个老师款。系威系势咁闹。畏畏，师兄。（介）撇须叫吾请教你。究竟呢的系乜野嘅圣人道理咁呀。（梁）抵闹喇，□□左康先生咁□，都中唔晓。□好的在二水初出嚟嘅咁去喇。食面嗝。（徐）咪讲嘅笑咯，老老实实，讲的圣人道理我听吓罢咯。（梁）讲你听呀，康先生都有话嘅咯。天下有好酒既英雄。好色既英雄，康县在上海个阵时，佢话避债无台有舟，是真名士自风流，英雄名士，都要圣人至做得到既嘛。你的二水佬，净系晓□了哥。的咁既野都唔晓。做乜野圣人至徒呀。（徐）咁我又明咯。故此旧时个圣人孔老二，都唁保盲姝。四书都有话咯。子见瞽者，虽少必作。再伯牛又嫖生野，孔老二对□佢话，别人也。而有□疾也。子游又都有话，大德不踰闲，小德出入可也。可见得做圣人贤者，唔怕去行去搅，总要落力的去保皇，就得既咯。是不是呢。（梁）有错喇你都算聪明，跟住我嚟喇有作既咯。（未完）（喂嘅）

8月24日　　保皇哄　　哲　　二续

（撞点）（慢中板）（圣人婆上唱）想奴奴，不知是甚么？福□。嫁得个，康有为当世圣人，他爱奴，生就一般风韵，奴爱他，热心肠爱国，忠君，又爱他，赚金钱心灵手敏，带挈奴，长日里穿金带银。圣人婆，这徽号荣于，华衮，凡圣徒，见了我也爱。礼云却何因，镇日里多愁，多恨。（埋位）心里事，说不得默默，含颦。（白）当世圣人婆，何氏，自幼随父，侨寓美洲，得近圣人之居，遂作圣人之妇，自从结婚以来，到也彼怜此爱，以□平民□儿，得与圣人敌体。若是别人，定必心满意足。只是奴吗？（介）却别有一宗心事。（唱）别样，奴何必优思阵阵。奈老天，配□女撮合，不匀。今圣人，甚年纪尚何。须问，只看他，嘴边的胡子，根根。说话间，又听得履声渐近，他来了，□等语休被，他叫。（白）圣人进来了，不说也罢。（康上唱）唔系圣人唔立品，总系唔近什女人个□就痕。（白）圣人婆等我好耐定咯，入去。（埋位）（何白）圣人呀，为甚么演个□□，才进房来。不怕等坏了好吗？（康）等左好耐咯丫。递时早的番人嚟系喇。之做圣，好唔得闲□嘛。个皇帝疴屁唔出，都要打电时，□安□嘛，你如果嫌等得耐，哩阵□交带的学生做哩□工夫就系咯。（何）哦，做圣人好唔得闲嘅。个皇帝疴屁唔事，都要打电话安嘅。（康）系罢。（何）我又问你咯，皇帝疴屁唔出要□安□之我圣人婆疴屁唔出，有驶请安唔驶呀又。（康）圣人婆唔驶咯扑，人妻上□，揾咁□嚟要丫。无谓咯。（何）无谓番喇，有□啫，你唔请皇帝安，慌皇帝抵制你，唔俾官你做啫吗。你唔请我安，你估我唥抵制你吾唥呢。（咩）

8月26日　　保皇哄　哲　三续

（康白）□□咪个时时咁顽我。我就多得你咯，圣人婆。（何）你请得皇帝安，就要请过我，皇帝有屁疴。我都有屁疴，你睇笑我老婆皇帝，你重唔知错。我共你请我正式谈判，睇你奈我乜何。（康）请讲讲，咪讲到圣人都出火，少句喇圣人婆，讲多就错多。而家咁夜咯，我已经见肚饿。番人房至消夜，撑住台脚，至嚟，叹烧计。（白）嚟喇，入去消夜罢喇。（同下）（内首板）不好，不好了，不不好了。（冲头）（梁徐跄忙奔上）（跌介）（同白）弊家伙咯。（唱）接电报，至知到我地大皇帝昨日。死晓。（梁白）师弟。（介）我们保党中人，一生运动，只靠有这个皇帝，才能够到处欺人。如今皇帝也死了，我们党中，还有甚么作用呀。（徐）师兄呀，皇帝死了，不能复生。但我们难作上意。不若赶速报知先生才是。（梁）师弟之言有理，大家站起来。（同起介）听师兄□□呀。（唱）今日电报来。我受惊不小，好端端没了。皇帝的命一条，这一件事情，非常的紧要。最怕是党中震动，那便大势冰消。若报知先生，看他有甚么才调。（上台）□□他，把会歇，又可问镇。（同下）（□口旁）

8月27日　　保皇哄　哲　四续

（撞点）（康上唱）圣人应分，唔着讲顽笑，总系唔抵得圣人婆，对住我诈娇。你话唔，佢话要。分明想攞我圣人，命一条，唔奈得佢何，因佢生得肖，但之见佢，就魂销。闲无事夫妻相对。哈哈笑。（何随上）（埋位）怕你咯圣人婆，我劝你咪对住我咁潮。（何白）哚过你，我点潮呀。（康）又唔潮唔潮，不过攞命啫。（何）哚，点罗命呀，你重生动动坐处，唥揾丁添。（康）顽话小说，打听。（滚花）（梁徐上）（梁唱）我地遇着国丧，知到不妙。（徐）见了先生说根苗。（梁白）来此是康先生府中，一同进去。（同入介）（白）拜见先生师母。

班本

（康何同白）圣徒到此，傍坐下。（各埋位）（康白）圣徒不在外运动，替本圣人揾钱，到上何事呀。（梁）先生不好。（介）方才博得急□，我们的圣主，昨天驾崩了。（康惊白）甚么讲，我的圣主，驾崩去了。（介）噎，你个不中用的东西，半点的忠臣也没有，闻得圣主驾崩，为甚么？泪也不流一点，眼泪□□见红。你看先生，那涕泪不知怎样竟然□□的流下来了。（暗□薄荷油介）（白）圣人婆泪下。（何）哦。（下）（康哭白）唉，我的圣主。（介）圣主呀。（介）想□□臣受□遇□□□□□□□□□□□□□□□□□□□□□□□□□□□□□□□□□□我圣主，微臣十年以上，竟是枉□心血了呀。（跪拜介）（挈徐□□）

8月31日　　保皇哄　哲　　五续

（康叹板唱）哭一声我的圣上，心如刀宰，念着了□的圣。假泪盈腮，臣当初受过了。□□□□□。学微时，不能够。图报涓埃。想□了□□。辱蒙□□□，岂料变起宫廷□□□。谐□□了的□愿。如今□□，枉却了□□□。片□□□□□□，见机□□，栖□□□□。□去会，圣主□，难□□臣□□。□身□□□□苟延残喘。□冀□。臣早□□□北□□。□□□，□□□□□□□□□□□□□□□□□□□□□□□的圣□，呜呼哀哉！（白）□□的圣上，□□□□□□□□□□□，如□一□报□圣上驾崩，微臣有□想□。□的圣主，□□□是死得□□呀。圣□。（梁□）□（□）你□□□接得圣驾崩□□报。电文□□，什么说话。（梁）得□了□徐□□。先生门生一路□□□□，闻一路上筹款。说领事罢又接□□西后。（即孝钦皇后）连党□西后称□。□□□□□□□。由于今日有亡清□讲。（康喜）是吗？西后事□亡去了。（介）□事□□，又是吾党大大的机会，圣□。（介）可听得本圣人□句说话。是什么的意思？（梁徐）这个吗？（想介）门生自维鲁钝，未喻斯旨。望先生□□见教。（康）亏汝两人，从学本圣人许久，此等意思，也不晓得。倘若□回末死，定然会我的意。只是今事则亡了。圣徒。（介）既是你们不晓得，待本圣人说你知道，听我□来句。（介）

9月2日　　保皇哄　哲　　六续

（康唱）看不出，两圣徒不明吾意，本圣人教导你跪听，既然是，西太后已经身死，此一事，大可以函电，交驰。先哭临，吾圣主从中，图利，更移祸，害

· 497 ·

他人以遂。吾私，当朝中，有一个军机，袁氏，变政时，就是他泄我，玄机。□念着，也不禁常常，切齿。看将来，图报复正在。此时，诬陷他，把圣主暗中，毒弑，传播了，令华侨同起，义师。那时节，吾师徒乘机，得志，两圣徒道此计奇□，不奇。（白）圣徒。（介）我说这计，你道如何？（梁徐）先生高见，门生望尘不及了。（康）你两人依计而行。若有别事，速来通报。听圣，盼呀咐。（介）（唱）圣人盼咐圣徒你，依计而行莫延迟。说话讲完回房里。（下）梁徐出。（介）（合唱）尽心运动，义不容辞。（同下）撞点（□□□□）自从入了皇保党，梦里，问也保□□□皇不住都难讲。怪得人人笑老康。□□□为真灵鸾。伤辛苦为谁忙，却□□□□他，神通广，（埋位）你看保皇□会□□□□堂皇。（白）鄙人易说，乃鸨王机关□□□是也。平日颠倒是非，妖言惑众。报纸□□□，不问可知，只是我吗？（介）为他人□□衣裳，但得优给薪水，便无所不可了。（□）这也不言，你看，天色不早，在编辑房□□寺候新闻可。（唱）等候新闻眼望望，闷在奄在编辑房。（滚衣））（梁徐同上）（梁唱）不过了圣人之命报维往。（徐）心中有事不敢忘。（白）来此是吾党的机关报，大家进去。（人介）（易起迎）（各埋位）（易白）不知两位驾到，有失远接，见谅见谅。（梁徐）好说。（易）请问两位到此，有何指示？（梁）不错，□了圣人之命，有一段紧要新闻，先生还要□晚发刊。（易）比如可有稿来。（梁）未有拟稿，待我口述，听我道来可。（仍未完）

9月6日　　保皇哄　　七续

（梁唱）方才问，奉过了圣人，命令。（徐）有一件，吾党中紧要，事情。（易）甚么事，请明言我当，敬听。（梁）就为着，圣主死藉以，捉丁。（徐）又适逢，西太后也都，丧命。（易）此一事，已登载岂有，留停。（梁）你未知，今圣人安排，已定。（徐）赖报纸，鼓吹着其事，必成。（易）要如何，望明示我当。报称。（梁）不过是，嫁祸于袁氏，慰庭。（徐）这件事，你只管捕风，捉影。（易）如此说，我这里心内，已明。（梁）既会意，便告别说一，声请。（白）既然会意，不用多嘱咐。好好干去。圣人断不有负，就此请呀。（同起易送介）（梁徐下）（易转身唱）此可见，保皇党狗苟，蝇营，可不管。且用心操吾，笔政。有酬劳，甚么事我也，应承。（白）闲话休提，待我用心干了这事便了。（下）（大撞点）（旗牌引武生上唱）想本公，受两宫隆恩，知遇，赞军机，补授了外部，尚书，据要津，真个是权倾，人主，军国权，在掌中操纵，自如。却不幸，遭国恤须谋，自处，看将来，我前程大费，踌躇，闻监国，对于我誓□，去汝。（埋位）我何故？遂恋恋忍死，须臾。（白）本公袁世凯，多感两宫知遇，破格迁升，由山东巡抚，擢授直隶总督，今年调我内用，以外部尚书，入赞枢密，深思未报，谁想两宫，先后不过两天，竟然大行，当今的摄政王，对于本公，好像无限恶感，看将起来，本公的前程，真真的难以逆睹呀。（袁唱）我的前程其可虑，不由于我不心虚，无限忧来无限惧。自家取祸怨阿谁。（白）大王明鉴，臣罪当诛，倘若事到头来，也说不得，旗牌。（介）拿今天的报纸来。（旗牌递报纸袁接看介）（白）金山某报接北京来电云。大行皇帝，为袁世凯毒死。（反复细看介）岂有此理，保皇党的机关报，竟把大行皇帝宾天的事。移祸于我，我把你这保皇党呀，保皇党，你当初，谋为不轨，若不是被我识破，我中国亡了许久。想你竟因此挟嫌，莫须有移祸过我。你这等无价值的报纸，奈我甚何。我如今自知不免，下场时节，你定藉此邀功，我不要这个功名，有什么紧要。只可惜，无知华侨，一个个受你所愚呀。（介）这也难讲，有日你撞在本公的手上，管教你，哭望天涯，总没有好过，才算我的本领。旗牌。（介）府中无事，不去伺候也罢。（分下）（内首板）袁世凯，这一次，下场不好。（总生带旨上唱）位高势危岂易逃，（白）下官，毛明胜，奉皇之命。带旨谕饬袁世凯即日开缺。须这□□可。（唱）加上征鞭忙就道。（完台）奉君之命不辞劳。（下）（未完）

9月7日　　保皇哄　　八续

（旗牌引袁上）只为冰山今已倒，自然宦海起风涛，前程自料终难保。（埋位）想来悔人此笼牢。（内白）圣旨下。（旗牌）启大人，有圣旨下。（袁）有圣旨下。（介）打开中门迎接。（大开门）（袁出迎）（毛上）（对揖介）（同入）（毛白）圣旨下。（袁）万万岁。（毛白）外务部尚书，军机大臣，袁世凯，着开缺回籍钦此。（袁）万万岁。（接旨转递旗牌介）（毛袁埋位）（袁白）有劳大人，带旨到来了。（毛）奉君之命，理所本该。（袁）请问大人，这道谕旨是何人主意。（毛）是监国主意，监国初意要把大人革职，后得老上□与各同僚力求，才改□同缺□样，大人。（介）下官有言奉告，大人愿问否？（袁）领教。（毛）古语说的，君子见机而作，不俟终日。这一句语，大人当会意了。（袁）

多蒙指示，我也早知。今日事已发表，断不久了。□□摆宴。（毛）且慢皇命在身，不敢久停，就此一别。（同起）（大开门）（袁送毛下）（袁复入介）（白）旗牌过来。（介）传谕阖府。亲信人只管停留，其余一概遣散。限三日之内，各要收拾行李。随老夫回籍，不得有违。（旗牌应介）（分下）（撞点）（院捧杯盘引毛上唱）劝世人，切莫要醉心，宦海，任你是，扶摇上位列，三台，狡兔死，走狗烹万方一概。宦途中那变幻实在。奇哉！你不信，看一看袁公，世凯，佐先朝，倚他为梁栋，之材，到今日，竟如何英雄，安在，同僚中，还有那乐祸，幸灾，不做官，反得个逍遥，无碍，做了官，无时不伏下，祸胎，念着了，曾与他同僚，数载，我此行，为与他饯别，而来。（仍未完）

　　9月8日　　保皇哄　　九续

（白）唉，自从袁氏开缺，平日同僚中忌他的人，自然是幸灾乐祸，便是平日阿附他的，如今也视同陌路，曾不见有一个，向他慰问的。唉，官场中的炎凉世态，大抵如斯，我虽厕身在官场，未肯同流合污，问得他今日起程回籍，我平时虽未阿附他，念在几载的同僚，人情尚在。特来与他饯别。就在此等候于他可。（唱）冷暖情，炎凉态古今，同慨。锦上添花有，雪中送炭无。大都如此真不，胜哀。我不肯，同流合污在此把袁公，等待，与袁公，饯别一场是理所，本该。（下）（内首板）喜保得，好头颅，归告故里。（旗牌引袁改民装上）（慢板）跳出了，这宦途，今是，昨非，富与贵，如浮云，身外事。（介）似一枕，黄粱梦，怪怪，奇奇，古有言，祸我者，福之倚。（介）得如此，便是我，大大，便宜，我今日，算得是天作美。（介）归故乡，脱羁绊，岂肯，迟迟。（中）行，色匆皇，别样事情。我且置之，不理，见机而作，不俟终日，乐乎天命，复何疑，加上了一鞭，来到此。（毛泻上）（袁唱）看前途，有人在若即，若离。（白）吓，老夫开缺回籍，路经此处，前面像有人在，究是谁人呢？（毛行近白）大人，下官在此候久了。（袁）原来毛大人，在此候我何事呀。（毛）非为别事，大人今日回籍，下官念在同僚几载，故而在此等候，与大人饯别一场□。（仍未完）

　　9月9日　　保皇哄　　十续

（袁）哦，原来如此，毛大人。（介）想老夫在朝，有权有势的时节，趋附门下的，一个个有如子侄见父兄，今日一旦失势，慰问也没有一个人，难得同僚如此恳情，真令老夫吗，感激涕零了。（毛）趋炎附势，幸灾乐祸，下官实在干不出。大人今日归乡，下官临别赠言，人来，拿过大杯酒，（院递酒袁接饮介）（毛唱）大人你，满饮此一杯，清酒，听下官，把衷情说个，因由，自古云，狡兔死便烹，走狗，有甚么，大功业尽付，东流，望大人，归故乡矜矜，自守，若不然，无穷祸尚在，后头，此消息，我已经知之，许久，愿大人，须子细免再，招尤。（袁）蒙指示，铭五中感□，不朽，明且哲，保其身不事，他求，该往事，正所谓不堪，回首，吾此后，归故里顾我，田畴，管不得，朝野上悠悠，之口，做一个，田舍翁何等，悠游，我有言，劝同僚也须，虑后，在朝中，时时要善自，为谋。（毛）官场变幻曾看透，何若甘心作马牛，后会有期重聚首。（袁）悔教当日觅封侯，此后云无心出岫。（毛）脱却羁囚少却忧。（袁）话别依依同握手。（合唱）从今后，各一方，别况悠悠。（袁白）有劳同僚远送，前程无量，望自珍重。不敢再劳贵步，同僚可请回了。（毛）临别赠言，大人不要忘却，就此请呀。（袁）请□。（袁引旗牌下）（毛唱）下场如此功何有，宦海已沉再不浮，送别已完原路走。家丁引路莫停留。（白）引路同去。（仍未完）

9月10日　　保皇哄　　哲　　十一续

（滚花）（梁徐上）（梁唱）闻报道，袁世凯已经，斥退。（徐）何见得，凡事儿盛极，必衰。（梁）当日里，何苦与我们，作对。（徐）到今日，下了场被悔，难追。（梁）这事情，又由得我们，说嘴。（徐）快报与，先生知不可，徐徐。（梁白）师弟。（介）方才接得京师消息，袁世凯开缺回籍，看来此事，是我党中机阅报说收的效果。料想先生未知此事，须速前往报知呀。（徐）说得有理，一同前往。（下）（撞点）（康上唱）日望赐环□望岁，岂真所望竟成虚，为甚事过情未赦我的罪。（圣人婆随上埋位）想必是运蹇时乖，却怨得谁。（地锦）（梁徐上）（入白）拜见先生师母。（康何）一傍坐下。（埋位）（梁徐）真真是好笑呀，哈哈。（康）两个圣徒到来，坐也未暖，这等好笑。比如笑者甚么呀吓。（梁）先生问我笑甚么？（介）讲俾你知呀圣人，当初戊戌变政个阵时，袁世凯穿左我地嘅煲，撞左大板，心心怀恨佢，有仇报，到大皇帝宾天，圣人你出条计党中机开报谛佢，话佢谋弑皇上，圣人，而家条 计应咯嘛，袁世凯开缺回籍咯嘛，圣人，你话好笑唔好笑呢。（徐）好笑唔好笑呢，师母。（康）甚么讲，袁世凯已经开缺回籍了。（介）好了，君子道长，小人道消，袁世凯既已下场，我们定然得志，圣人婆。（介）你好好预备，来做宰相夫人了。（何）系咯，我放长眼睇你嘅咯，俾心机喇你。（康）休说这等顽话，圣徒。（介）这件事情，非同小可，我们大可揽在身上，谓袁世凯开缺，由我们奏的。将这话向金山丁演说，好歹再弄些他们的血汗，圣徒你道如何？（未完）

  9月13日 保皇哄 哲 十二续

  （梁徐）圣人高见不差。（康）就此前在演说，听圣人一言可。（康唱）消息传来无限喜，想是吾人得志时。吾党各人须预备，拖翎戴顶复何疑。（何）听你言来真笑死，梦中得实喜成痴。皇恩大赦谈何易，回心细想未为迟。（梁）世中消息原真事，大赦党人谁不知。师母此言真悮矣。为何说话太离奇。（徐）大赦党人原好意，为何师母以为非，他日圣人偿素志，那时方信语非欺。（康）是真是假都如是，面皮练厚自为之，圣徒带路抽身起。（同起介）（康梁徐出门何送介）（何唱）我放长双眼睇，你要俾心机。（各做手云云）（康梁徐下）（何转身）圣人真正好脾气，况且生成厚面皮，事事任他奴不理。落得偷闲得暂离。（下）（地锦）（四拉扯上）（甲白）党友请了。（乙丙丁）请了。（甲）今日总长康圣人演说，大家去听吓都好嘛。（乙丙丁）好甚，去啰。（全白）听野呀菩萨。（下）（二王）（内首板）叫圣徒，□□师。进□场去。（重句）（梁徐引康上）（二流）（康唱）莫离了我左右，紧紧跟随。（白）本圣人康有为，闻□袁世凯开缺，一厢情愿，以为吾党的机会，由此起了贪心，生在此向金山丁演说一番，好歹再爬刮□华侨血汗，帮助我们的运动费，□不至白花一场心血，圣徒。（介）随着为师左右，寸步莫离，看我颜色行事，听为师吩咐也。（介）（仍未完）

  9月14日 保皇哄 哲 十三续

  （反线）（康唱）圣，徒你，须知道，为师，旨趣，休说道，本圣人其道，已衰，叹，我们，栖海外，十年，待罪，想做官，又怎奈所望，终虚，但我们，此一心未尝，少馁，恰遇着，两宫晏驾，贤王监国把袁氏，驱除，正是我，好机会因此溜滑了一张，利嘴，把此事，对华侨硬把，功居，看将来，吾素颜看来，可遂，少时间，且看那金山丁，欢呼动地鼓掌，如雷，我圣徒，你也须认真，鼓吹。（二流）须好好来干去，休自衰颓，今日里本圣人，言来句句，必须要看着我，亦步亦趋。（埋位白）圣徒。（介）来到演说场，为甚么静悄悄。不见一个人呢。（梁）启圣人，近来吾党演说，时时也是听者寥寥，圣人还要设法维持才好。（康）这也何难。你可在外边招呼，不沦什么人，也要拉多几个，听听圣人

班本

立言,快去。(梁)从命。(出白)今日圣日演说,听者快来。(丙白)嚟咯嚟咯。(甲乙丙丁上白)噎也。梁会长卑,到好耐喇。(梁)到好耐咯,圣人就演说嘅喇。想听就快的入去喇。(甲乙丙丁白)好,入去听吓咋。(同入白)噎也圣人卑,又话演说。(康)各位已到,请坐下。(好听本圣人演说。)(各埋位)(康大哭介)(甲乙丙丁白)喂喂,圣人,你话演说,乜喊起上嚟喫,你喊我地就唔听嘅喇。(康)心伤起嚟,点得话唔喊呀。你估我痛哭流涕,因乜事干呀唉。你地怕都知嘅喇。我地个大皇帝。已经死左咯嗡。你估因乜野死嘅,而家我讲起都重嬲,就系我地个对头毒死,佢嘅啫吗?你估佢因乜事咁黑心呢。因系大行皇帝,想召我地返京,对本圣人做宰相,就系平日许诸君嘅官,都系呢账俾过你地做嘅咯,点想个个对头,慌死我地返京,做左宰相,佢一定唔得了嘅。故此趁上谕未落,先下手为强,毒死左大行皇帝,甘我地就唔返得京,佢就唔怕喇。大行皇帝死左,传左个位过当今皇上,我地依然系甘保住系定喇。之佢年纪重细,故此由大行皇帝个细佬监国,佢都唔知到我对头咁黑心嘅嗡,好彩□地知得快。实时打电入京,穿左呢件野嘅傢。大行皇帝个细佬就嬲到极喇。连随落道上谕。□左佢番去归。(仍未完)

9月15日　　保皇哄　　哲　　十四续

(续演说)诸君,呢阵好咯,赶左个对头,系我地嘅世界咯,我估得唔使几耐,就有上谕嚟召我地做官嘅咯。诸君,要大家合力,保住呢个新皇帝咯嗡,之现在首先要打电请安先至得,但系现在公款渐渐开销到冇咯。诸君睇过点样,大家商量吓,设法维持,别样都重犹其次,现在呢笔打电嘅款。系唔迟得嘅。诸君个个,都系咁热心保皇嘅。总要彼此尽力,系本圣人嘅厚望。(点首介)(甲乙丙丁白)讲完喇吗圣人。(康)讲完咯。(甲乙丙丁白)咁我地扯咯嗡。(康)咪自咋。捐款呢?(甲乙丙丁)好,咪拘咯,讲呀请呀。(康)咁又点得呀。多少都要□吓意得架。(甲乙丙丁)好咯,做得咯,我地有咁得闲嘅钱,请咯请咯。(急脚下)(康)哦,乜咁削架,刁架刁得咁透彻嘅。(梁)都恶讲呀圣人,我地保皇党刁架,唔系今日起嘅咯,重亚初羊。(徐)佢的□唔系热心保皇既。由得佢唔啫。我地做官个阵时至泡制佢。(康)唉,据你讲来,正是未登天子位,先置杀人刀,官尚未知得做未有,便说这话,岂不是望梅止渴,画饼充饥,□是我保皇党,时机未至,故宜如此,说他则甚,不若带路回家,另做打算。听圣人吩

· 503 ·

咐可。（介）（唱）演说一场成画饼，几多运动总□□，镜花水月空留影，何日回朝保大清，岂是这头虽戴项，莫非无福戴花翎，我欲问天天不应，看来真个费调停，古道万般皆是命，时乖难与命争衡。无奈何，圣徒你，带路回家由观，动静。（介）但不知，何日里，得返朝廷。（同下）（既羊口旁）（仍未完）

9月16日　　保皇哄　　哲　　十五续

（撞点）（跟班引丑翎顶上）（引）万般皆下品，惟有做官高。（埋位）（白）半生辛苦为谁劳，不顾奔波入仕途，红顶花翎候补道，陞官。（介）全在榨民膏，下官，刘士骥，本是康门弟子，经济特科出身，以候补通判，办广东学务，也有数年，只为钻营得力，过班道员，分发广西，蒙张大帅赏识，历委要差，如今藉名兴办实业，来到欧美招股，与同党叶欧两君同行，赖他到处介绍，左右。（介）请两君出堂叙话。（跟班向内白）两位老爷有请。（叶欧上）（叶白）鄙人叶恩。（欧）鄙人欧榘甲。（叶）欧君，（欧）叶君，（叶）刘大人相请。（转身白）见过大人。（刘）两君请坐。（叶欧）有坐。（埋位）（叶欧）不知大人相请，有何指示。（刘）非为别事。下官奉命到此，招股兴办实业，蒙两君不弃，力为介绍。现在的办法，当要如何，尚祈指教。（叶）大人放心，小弟在此，颇负时望，若向各华侨运动，区区股份，不难招足。（欧）保皇党连年事事失败，良山平日作事，棍骗者多，华侨已不相信，我们今日之事，虽则比棍骗也差不多，但究竟师□有名，又有张大帅的札子为凭，华侨定是疑惑，看来此事，不难办妥。大人不用过虑。（刘）如此最好，□想康先生离此不远，我们也须前往见见，尽师生之谊，两君心下如何。（欧）大人差了，康先生是何等样人，我们倘若见他，不能不把来意对他说知。倘若他将此事，揽在身上，我们便难办了，不见为高。（刘）叶君，此说何如？（叶）欧君说的不差，不去为高。（刘）康先生那里，不去也罢了，若向各华侨运动，及招股事情，全仗两君，两君还要尽力。（叶欧）这何消说。（刘）诸事有劳，后堂备酒，两君叙。（同下）（仍未完）

9月18日　　保皇哄　　哲　　十六续

（撞点）（梁上唱）保皇党，到呢阵衰到话，贴地，金山丁，一自自精过。旧时，想捉佢，点知佢一于，懒理，讲到话，要捐款快快了支。康圣人，都有法自晒。（平）唉气。（徐随上埋位）一个人，当倒运许你，哙飞。（白）师弟。（介）自从圣人运回不灵，销声匿迹，已非□□，谁想笼里鸡作反，我们同党这个刘鸣博，入了官场，奉命兴办实业，到此招股，华侨个个，解囊相助，闻道股已招足，把这一大宗华侨血汗，运入官场，古□邻厚君薄，□眝眝这一宗大大的买卖。愉□□我们，却怎能下得这一口气，可恨叶恩与欧榘甲，与他的同一气，到了此处，不来见见我们，倒不罢了，就是圣人那里，也是迹不□，全□把□们看在眼里。看□起来，怎能与他上床，师弟有何高见。（徐）师兄。（介）事到如今，人心解散，这也难讲，师兄何不前往对圣人说知，看他有何高见，小弟再去见了刘欧叶几人，责以党中大义，看他有何回答，师兄意下如何。（梁）果然高见，就此分道而往可。（唱）你去见左佢地几个人，分吓道理。（徐）你去见左康圣人搬是非。（梁）一人一路抽身起。（离位出介）（徐唱）快些前去不宜迟。（分下）（撞点）（康上唱）枉却圣人能运动，一场运动一场空，灿花妙舌都无用。（埋位）君子原来亦有穷。（地锦）（梁上入白）拜见先生。（康）坐下。（梁埋位）又到此何事呀。（梁）先生有所不知，吾党中刘欧叶几人奉命到此招股，兴办实业，闻道股已招足，不日便把大宗华侨血汗，运入官场，夺了我们买卖，到还罢了。他几人在此许久，总不来见本党中人，这气怎能忍得下，特来对先生说知。（康）原来如此，笼里鸡作反，也都难讲，你们不要多事，本圣人自有主意，你回去也罢。（梁）告退了。（下）（康）刘鸣博几人实在可恶，我口中虽叫他们不要多事，只为几事不密则害成我心中已有一个对待他几人的法子，现在尚须一个人，做不得，待我亲身到处访寻可。（未完）

9月24日　　　保皇哄　　哲　　十七续

（唱）他们甘自残同种，岂能一刻暂宽容，可惜圣人男贾勇，故而到处访英雄，将彼头颅来断送，手段非常自不同，离却家门将步纵。（出介）管教他们几个头血□红。（下）（撞点）（刘士骥上）（唱）可喜华侨帮我手，股份虽多亦易筹，方信华侨真富有。（埋位）筹款何须别处求。（滚花）（徐上完台唱）三步挪埋半步走，见了他们问情由。（白）来此是他寓所，待我进去。（入介）（白）原来同志刘观察，小弟见一个礼。（刘关门故作诧异介）（白）哈哈，你这汉子，走□进来，口称同志，究竟谁是你的同志，你是谁的同志。同志同志，同甚么志吔吓。（徐）哦，难道刘观察你忘了，当初也是康门弟子，是康门弟子，就是我的同志，难道观察如今做了官，便忘了前事不成咕呀。（刘）糊说，我虽则从学康门，但如今已做了官，康门的人，是保皇逆党，难道堂堂观察，也配与他来往吗？但这也不说。究竟你姓甚名谁，到此有甚么事，快快说个明白，不要吞吐，快说快说。（徐）观察，你还诈你不用，你借着振兴实业这个名□，来到此处，把他们华侨的血汗，夺了许多。又不通知他们，观察你真真不是了。（刘）放屁，华侨，几时是你的，你这保皇党，平时好事多为，今日区区的华侨血汗，也看不破，还来与我理论。忘八旦，不配与我讲话，快些扒了去。（怒气下）（徐白）哦，呢个大猫面，又省得抵呀，刘鸣博呀刘鸣博，你刁我架有何紧要，待我对圣人说知，慢慢才来摆布你。（下）（仍未完）

9月30日　　保皇哄　　哲　　十八续

（首板）（内唱）苦问我是保皇党有何？（滚花）（反骨小□上）（唱）何必苦苦保皇？（白）某□□名望，字□武。（介）乃□□□□□，蒙欧徐二师兄介绍，入了保皇党，待□□之徒，后来相出□□，为省□□□□□，□□□报发行人，这也少□□□□□□□、刘士骥，自□□□□□□□，不免，往与他会□，处此□□□，□□□□□。□□□□□□□，彼此□为紧□□□往则□□□□□。□□□□。出门而往。（起□□□）上□□□。（下）（□□）□□□□上望，□□□□□□□□□以。□□□□□□□□，□□我们，□无物□□□□□□□□□□□□□□□，□□□令他一命，呜呼，□□□□□□□□□□□□□□□□□。（白）为着刘士骥，□□□□□□□，□暗中□着他□□□□□□，□□□□，须速斩待□□□□□□有何□□，与他商继办法。就此前往。[□□]□□□□□□来徐□□□几时来的。（徐）□□久。此非□话所，□□□，转回□□□□□□□□□（请我来），（□□□□□□□□□□□□□）（未完）

10月2日　　保皇哄　　哲　　二十续

（唱）迈开大步前□□□。（介）四□□□□最心肠。（下）（地锦）（何上白）奉师兄之命，访寻一个男士，□一件紧要事情，我想骆木保，其有胆力，与我相识，不若访寻着他，而量此事便了。（地锦）（骆上开口）（何白）原来骆大哥，有礼。（骆）康先生有礼，今欲□□。（何）正在访汝，此非讲话之所，西面有一所酒楼，就此进去，沽饮三杯，□□一件要□□，□□前往。（骆）又来多□了，请呀。（□□）请呀。（同下）（小锣）（丑上）（□□□）我当初，本来系保皇党，多得老康，佢□□来启宰相个时，保我总□两广，个的□法，唔系咁

· 506 ·

班本

□。我后来，到处咁查□，知佢系一个大光棍。讲的唔，不过贪□，揾我嚟做丁。我唔□佢当。即刻□□走番嚟香□，女吓份罢咯。保乜□□，□□呀，唉，□□□。（白）在下吴□如，□被保□党所盛。□了□多金钱，□□机□□。□出党外，□□此闻□一所□□安份□生。如今见他□□□多怪矣。□□□□，我□有先见之明也。（唱）人话我系□人，点知我□□存□□□□，□□，故□我□左出嚟。□□□，□□□□□咁□闲。□□□□□□，唔□□□，（□□）何骆同上，（□台）何□）莫问□□□□，（□）□名酒馆在前，（□）一□行来手携手。（介）大家拾级共□□，（入介）（吴白）□□客，□是□□食□，（□）正□，有□□地方（吴）后楼十分幽静。（何）□□。（吴）□我来，（完台）（埋位）。（何）有□□□□，□□搬上来，（吴摆酒介）（何）下去。（□□下）（□举杯欢饮介）（各饮介）（未完）

10月5日　　保皇哄　　二一续

（何唱）□□，□□□□□□□□□，（骆）先生□□□□□□□□□□。（何）□□□□□□，□□□□，疑。（白）□□，（□）□□，□两个字，如今正有□烦，不□大□，能奋力相助。（□窃临介）（骆）□□差遣，□□明言，自当竭力。（何）□□□□可。（唱）刘士骏□□，可□□□□死我父亲，烦大哥□我，仇□□□生生世世感汝神恩，（骆白）□□□□（□□唱）听此□来心火□，□□□□，今是果然天□近，汝今□我，□□□，回头便把先生问，（白）先□□（介）这个□士骥。在那里来，□□□□本□地方，（骆）既如□，□不□了，（□）取他性命再说时文，（□行介）、（骆阻止白）且慢，大哥既肯相助，小□有一个□较。这里地方。□以下手，他不□□□回省城，大哥可跟踪□□。□手，万无一失，到时做得事成，□□□三百两银为□，（骆）先生吩咐。□当□得下，（吴□下）（何）相约已□，就此分手，免得人家思疑。酒家那里，（吴□上）（白）有何吩咐，我们食□已完，这些银子，作为酒资。（□银吴接介）倘若有人问及我们两人，千□不要说出，（吴）晓得（□）□呀（吴）□呀（□引骆□）（吴白）而衣，呢个唔系保皇为何其□□□呢个咕哩嚟商□，要□刘士骏□，（□旁）□衣，呢件野唔系讲小嘈，□吓省□□有件非常嘅案出系定嘅咯。之我唔□佢咁。我走左出嚟咯由佢□唔鬼□□啫□。（仍未完）

10月7日　　保皇哄　　二二续

（吴下）（首板）（内唱）离香港，返省城，回家一走（跟班引刘，□上唱）

· 507 ·

公事已定□逗留。（白）□□补甲道刘士骏，□坚帅之仑，前往美洲招□□办实业，今日招股事竣，□返羊城，迟日再赴复命，家丁（介）引□回家可。（唱）家丁引路休停□，（完台）转回家里再绸缪，（冲头）（骆木保上）（□鬼架）（白）吥，骆，（掩口失言介）（四望介）吥，骆木保呀，奉丁先生之命，暗中跟随刘士骏□省，□取他性命，就此前往。（跳舞下）（冲头）（骆提刀上□白）一举乘功，刘士骏也会被我杀死，做乜不得，立刻回港。见了何先生□取这三百两银子，□□走□了，我走，走，走，（上□□板）（内唱）□可恨，保□党，□□□□，（□小□□□□唱），怎□□，□为□□，（白）□，妖□者□，身为□□□□，□□□□人的□物，□□□□人的□□□□保□□，□□□尽也可，（慢板）人世□，□可，自残，同种，保皇党，最擅长，媚异，戕同，（介）他辈妖，不过是，为财，是□，那晓，何为私，何者，为公，（介）此藉彼，彼藉此，各相，利用。竟不愿，为社会，□矢之□，（介），此□彼，彼□此百□，运动，妖与妖，遂至于，唯利，与戎，（中）刘士骏，□一己□□，舞弄，藉官场，馀□□欺藐，党中，党中人，□把他头□，断送。□凶手，跟踪至暗地，凶，刘士骏，一世人恍如，一梦，具无穷，大希望，一旦，成空，那妖党，还想着，祸贻，大众。事既发，妄□□毒甚，蝗虫妖，除，急须要□吾大勇。（介）取板，把妖党，除灭尽，直抵黄龙，下。（完）

1910 年

5 月 23 日　　圣人失败走星洲　　橙

（首板）叫圣徒，随为师，星洲而走，揾丁不到枉筹谋。（白）近代圣人无为，自从诈骗之术败露，几若无地自容，可幸馀钱尚有，不至于在□，故而潜逃□城，一年之多，圣人婆到也彼，怜此爱，藉此消愁，日夕差遣圣徒出外打探消息，如今得门徒回报，近来风潮渐息，故而再行出外揾丁。先往吉隆，惟是今日丁伯两途，俱也醒悟，他们不上我钩，运动不灵，因此假道星洲。众圣徒与我快将行李一齐检好，一同前去。（徒白）知道。（圣白）就此□□也。（中板）本圣

班本

人，搵丁钱都□，妙手，棍骗他，南洋伯个个，垂头，讲机器，体白佢唔够，我批□捉□□，佢的人任我自由。数年来，□花园□在，新埠，朝与晚，与圣人□□□，风□，点知到，革命党将我□□，登报纸，果然是半点不留。□□□□人排到第九，想出嚟，□□转无乜，作头，今日里，到吉□，□□，食猫面，佢重要加重，猫□，□唱，劝圣人，切不可如此，气唱。天大事，你且要慢慢筹谋，须然系，吉隆人唔入，我斗。又何妨，去别处再剥，死牛。况重有，星架坡系我党人，窝□，自不难，此一去把愿来酬。（圣唱）门徒话，须然是唔系假柳，总之系，叹途穷无处乞求。你与师，打迭行程，星洲而走。（撤板）从今后，搵丁无术，恨悠悠。

5月26日　　南洋伯欢迎圣人　　橙

唱，闻报得，圣人来，码头恭候。见了圣人问根由。（领白）得党走狗阿伯丁白，圣党大□亚丁，（伯）丁哥，丁，喂，伯闻得圣人已到，何不前去问安。□□□到我憎昧公司□□一番，□本公司□□，况且圣人□□我门大□虫。我又□他门之走狗，若不加意逢迎，恐触他□□□，他责罚，个阵时，圣人□起□□□狗，叫我们点得下场，不若快□□□码头恭迎，丁哥意下如何？□□□□伯，圣人今时唔同往日，自从□□□发现，我知佢系削野，我呢阵□□□当咯，为圣徒者本该要去嘅，□□□出钱我就唔哼啰，况且呢□□□□借树乳嘅路嚟，讲种植佢点□□□我呢。（伯白）点都要制埋呢□□□必多言，快些前去也。（慢板）保皇党，都算我，面皮，最厚。□□□腿，造叩头虫，奴婢，之流。□□□□年来，办党事，真真，荒谬。□□□佢言语，一片虚浮。（伯唱）□□□我党名誉，真好似老糠，□□□□，映起来，难以埋□，自见，担□□□唱，我圣人，原避债，来到□□□，谁知，又来搵我，把欸，来筹。□□□，他到来，都为着，的树蓉股，□□□不防，多助佢，方称是大憨，□□□，（丁唱）近时来，那金钱，都也□□□，如果系再造丁，筹拨，无由。□□□当真是，亚丁哥，唔应，佢手□□□人，自不然，失了，派头。（转中板）□□，党人，都算我第一走狗，想□□□必要咁样人头，况且我，向人□□□监佢，赖厚又岂有，圣人来□□□头，今晚夜，摆□酒，欢迎恭候□□□园，来设宴，讲吓，风流。呢阵□□□顶硬，又怕当场出丑。况且□□□当与我为仇。到如今，□都□□□佢手，皆因是，党人交哄败露□□□，圣人来，原为着个□，单逗

· 509 ·

□□□造懵丁，人佢想头（丁唱）□□□说此话须然当我亚茂。唯独□□□倒转，怎样筹谋，如果是，要□□一味，诈吽，等佢□，如何□□□□乞求。我党人，孝敬佢惨过□□□□本是，鲤鱼精，乱食人油。□□□□□丁哥，我劝你收吓把自□唔□□□□得你自己自由。讲出嚟，咁□□□□命报，□佢□臭，又为他，发□□□□就□□油□，携手□，□□□□□□，去讲吓圣人安，再闻乞求。

5月28日　　丁伯谈情　　橙

（中板）想人生，造懵丁真正，无谓。皆因是，冇宫引，立乱，咁嚟。前年宁，欢迎圣人何等声劳。点知到，讲大话，把我来咪。佢重话，保皇党招牌执埋，唔制，转吓头，又捻过。险症，出嚟，这事情，本来是无容题起，（埋位）今日里，自己大懵，悔恨也迟。（白）懵人亚丁，自从与南洋伯中了保皇毒之后，家财被他们骗得干干净净。今日又闻得圣人再来星洲，前日曾见过他，据圣人说道，近来不谈国事，皆因他的奸谋败露。改向方针，又设立什么险症党，日夜乞求闻国会。想我圣人如此厚面皮，难为他出得日，今时忽然又欲为农为圃。他们实欲借此又来捻丁，好在我醒悟得快，不然又哙被他所愚。这几天，未知他们南洋伯如何，真真令我气闷也。（伯上唱）自从上了圣人当，日夜奔走甚彷徨，只为失了想头，心带怆。不觉来到是亚丁府堂，（伯白）鄙人南洋伯，□此便是亚丁第宅，待我人去共亚丁哥扳谈一时，谗做得，（入门）□见丁哥（手白）我道是谁，原来是埃布尔到来请坐。（伯白）告坐。（丁白）喂，埃布尔，乜呢几日唔见你嚟坐亚，呢排圣人来，大底你甚冗忙，欢迎圣人好唔得闲定嘞。（伯白）重好讲，圣人今时唔得同往日，往时我自己愚蠢，呢阵时，□的老革闹醒我咯，我重上佢当□，喂，丁哥。乜呢排面口咁黄嗽亚，我体你中得保皇毒重都唔定咯。（丁白）唉，埃布尔，你休提起这事，题起上来，益增悲闷，你且讲我知到。（丁白）你既然有问，待我来申诉一番也。（西皮唱）叹懵丁，俾他阴谋，诓骗。到今日，我输尽，多少金钱。（伯唱）我本是同一样蠢见。甚么故，入牢笼。可悲，可怜。（丁唱）既然是，你本该，猛醒。逸免得，被妖计受累拖连。（伯唱）我应该，早跳出，佢圈。不明白，被他们，苦苦纠缠。（丁唱）大丈夫，既往□□作云烟。为甚么，如此，迷懵运□。（伯唱）到今朝，我两人，何怨。不怨天，但只怨，悔恨从前。（丁唱）须然是，他骗术已穿，总系我，那金钱，难得保全（伯白）哦（转二流）听他言来，不由我心如芒莿，我上前来劝一声丁哥，休要朱泪如泉。（伯白）丁哥你在此怨也是无用，如今既然猛醒，钱财二字乃倘来之物，千万不要伤心谗是，小弟有事不能奉陪了，就此告退。请（丁白）伯哥已去不如走番入房抖番吓泡气可□滚花。埃布尔已经出门去，走番□去自己蹒踷。

5月30日　　　圣人怨丁伯（□□□□）　　　明□

（中板）奸谋到此，穿到透。丁伯含冤，泪未收，本圣人，面皮厚，忆丁哥使我恨悠悠。一场运动。空回首。都只为丁伯难咪，枉筹谋。（慢板）捻丁钱，都被仇对党，把我来攻，今日化为乌有，语尖酸使我气难平。见财化水累得我日夕担愁。从今后，都是羞提起，我把保皇倡首。十余载，也是枉筹谋，怎知到庚丁明白他就一概，唔候。（上平）我一心，村棍骗，都看透。到星洲，再运动，自己献丑。（转中板）我今日，不愿反对党人，只问丁钱就否，任你是唔上吊夹硬开喉。亚丁哥，唔入我手。南洋伯，唔共我交游。一条身，寓新埠。无奈途穷冇法筹。往日里，揾佢造丁都忍受。今日里，捉佢羊牯难得自由。（歇再唱）□坐芳园把计扭，园林纵步，解烦忧。想将来，令我眉头皱。财神上，一片是虚浮。往日里，我地师弟们，设计捻丁都算非常就手。今日里，冷清清真正无人秋采。（目旁）独自含愁。从今后，难忘着赐环。个单逗再难望，脱翎带顶，把愿来酬。想念之间，迫不得已心问口（转叹板）自见愁烦泪两流，问一声丁伯你们往何处走，使我回肠欲断，病难□，金钱补救都为革党骂臭，使我捻丁不遂，怎罢休。越思越想越难受，从此含愁忍辱，欲报无由。哭罢了前程（转快中板）空抱首，泪滴空阶点点流。恨丁哥，唔人斗，从前事，付于水东流，但愿你回头，把我救，但愿你怜我，把钱兜。含情哀恳，把头叩。（煞板）丁哥亚丁了呀，使我恨悠悠。

5月31日　　　圣人悲□□　　　直斥

（上首板）恨革□，把华侨，□然唤醒个然唤醒，□□□流，你看他天天排击，总不容情。（白）不好呀不好，本圣人自从创立保皇会以来，，许多无知华侨入我圈套，惟是近日公理昌明，保皇二字不合时宜。本圣人也算见机得早，将它改为险症会，以为借此险症名目，可以攫取金钱。又谁知那革党将我阴谋和盘托出，使我等无地自容。你来看这回来到星洲，是何等寂寞，正是从今难遂保皇

· 511 ·

愿，怎口朝家顶与翎也。（二流）你来看然申码头，绝无动静。又不见亚丁伯，伫候恭迎。（转二簧反线）想当初，戊戌年，乱言，变政不过是，贪图利禄弄得他祸起家廷。他见我一片胡言全是捕风捉影。传圣旨，说我欺君罪，颁布廿一省，拿住我处以极刑，那时节，险些儿丧了这条老命，顾不来，那妻儿和胞弟，我死里逃生。到海外，假衣带诏，是我平生本领。保皇会三个字捉尽华侨无数。庚丁，得许多，那金钱，只有首徒，哈剩唯有我好挥霍，数年以来，建筑花园，买置姬妾。易把囊倾，况且是到如今。讲到保皇似乎全然扫兴会名。再思量，最合时宜莫如险症，我以为，换名目就有许多美洲亚丁，南洋埃布尔贡献输诚。又谁知，他华侨，就全无供应，更有那反对党，嬉笑怒骂连天攻击晒平等，个尽情。今日里，难道是本圣人就要在此星洲吊颈。星洲吊颈。（转二流）又怎奈，舍不得圣人婆生得娉婷，到不如耕由巴，把树乳种定，笑骂由他笑骂，一味自作经营。但只望那树乳，一磅卖到四万个司令，那时节唔慌我，再去揾庚丁。伏乞你众同胞，咪度度把我来抽秤。（收板）从今后，我情愿，隐姓埋名。

6月21日　　嫖王上朝　　梦云

仆前读四淫齐一书其班本栏中有《烟王上朝者》，其中所言多口烟界事实。文字虽稍关诙谐，然而寄意箴规，寓言劝勉，要皆可以惊醒黑籍中人。而为改良社会之一大助者，其功用岂不深乎？兹再就嫖界一门，而作《嫖王上朝》。阅者幸毋以俚言粗俗，而失却劝善规过之深意也。

（众嫖臣上唱）嫖臣饮到五更寒，家亡国破当为闲。（新充阔佬白）青楼大学士新充阔佬，（水围口白）考察老举外务部大臣水围口，（口口白）青楼上行走口口，（单料铜口白）总理带老举上厅腐部侍郎单料铜煲。（新充阔佬拱手白）列位同道请了，（众白）请了，（新白）疳疗作反，攻烂身肤，败将求妓追救，口上临朝，一同上奏，有礼请。（嫖王上中板唱）想为王在青楼周时，欢畅，口老举，琵琶仔摆在两旁。有旨酒，有嘉肴多食几样。一面猜，一面饮，得意洋洋。叫跟班，参扶我青楼之上，（埋位唱）只可怜，床头金尽又叹凄凉。（白）大败家仔，当衰在位，自从登位以来，嫖得爽快，今夜上朝，周身麻木，众卿有何本章奏。（新充阔佬白）陈奏嫖王，疳疗作反，攻烂身肤败将便毒求救，现有鱼目候旨，（嫖王白）不好不好了。（唱）只为疳疗口作反，不由为口泪潸潸，口口口对，众口口，有何法子，救得身亡。（新充阔佬唱）我生平在青楼口为臣

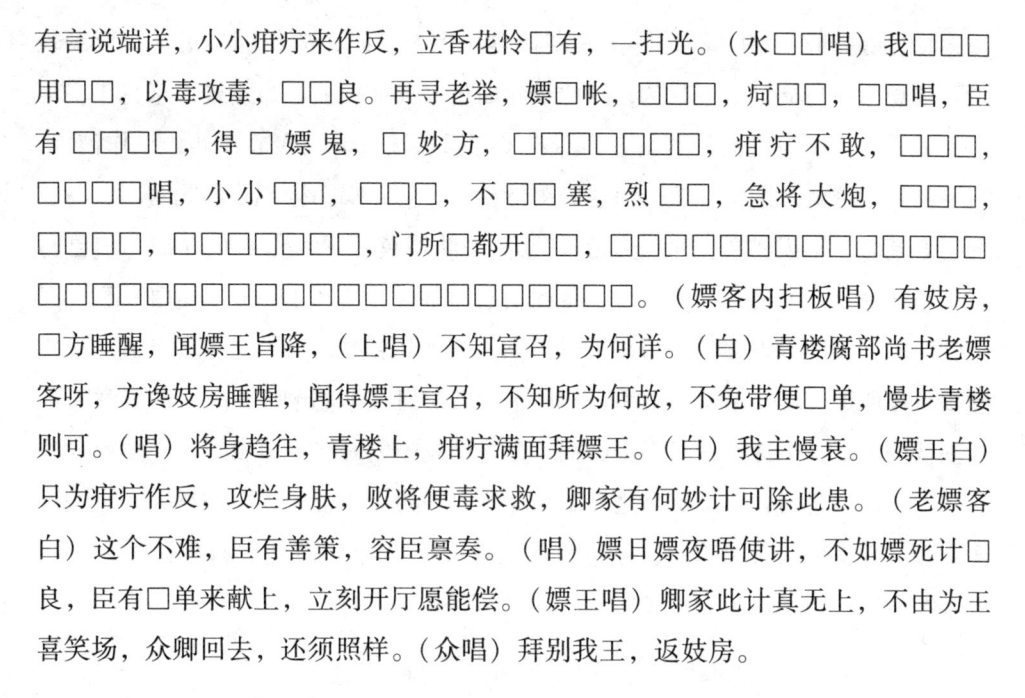

有言说端详，小小疳疗来作反，立香花怜□有，一扫光。（水□□唱）我□□□用□□，以毒攻毒，□□良。再寻老举，嫖□帐，□□□，疴□□，□□唱，臣有□□□□，得□嫖鬼，□妙方，□□□□□，疳疗不敢，□□□，□□□□唱，小小□□，□□□，不□□塞，烈□□，急将大炮，□□□，□□□，□□□□□□，门所□都开□□，□□□□□□□□□□□□□□□□□□□□□□□□□□□□□□□□□□□□。（嫖客内扫板唱）有妓房，□方睡醒，闻嫖王旨降，（上唱）不知宣召，为何详。（白）青楼腐部尚书老嫖客呀，方谗妓房睡醒，闻得嫖王宣召，不知所为何故，不免带便□单，慢步青楼则可。（唱）将身趋往，青楼上，疳疗满面拜嫖王。（白）我主慢衰。（嫖王白）只为疳疗作反，攻烂身肤，败将便毒求救，卿家有何妙计可除此患。（老嫖客白）这个不难，臣有善策，容臣禀奏。（唱）嫖日嫖夜唔使讲，不如嫖死计□良，臣有□单来献上，立刻开厅愿能偿。（嫖王唱）卿家此计真无上，不由为王喜笑场，众卿回去，还须照样。（众唱）拜别我王，返妓房。

7月1日　　商人自欺　　亚乜

（扫板）痛商会，到于今，公行贿赂。（慢板）事无大与无小，都是，胡涂。受了贿，昧了心，是非颠倒，把商人，来鱼肉，藉势，自豪。我商民，无权勇，不言，敢怒，好一比，养狼虎，为患，当途。有谁知，这一次，事情败露，有商民，能指证，清议难逃。（中板）这都是，恶贯满盈人怨，天怒，把情弊。一件件都尽地穿煲。坐办某，协理谁家珍如数这一千，他八百，议论，滔滔。想我们费货财，把商会织组，只望他，持公理种福，吾曹。谁知他，为营私，摧残商务，于我们，众商界裨益毫无。到不如，无商会，从前，更好，少一个，营私窟免坏商界前途。幸今朝，这情弊终能表曝光天下，岂容此妖魅来骚。把商会，乘时机整顿，及早，商场上，还希望元气能苏。□弊端，于商会居然冇造，（收板）见青天，拨云雾，天振宏图。

7月6日　　保妖现形　　圣人悲末路　　橙

（中板）想圣人，到吉隆运动，失败，因此上，走星洲再作安排。又谁知，路遇窟头，把我机关泄晒。到如今，捻丁无术，好不，哀哉。从今后，休想着，赐环，项戴，每日里，穷愁送饭，把命来捱。莫不是我命□难得，久耐，（埋位）到不如，叫圣婆来叻，解吓愁怀，（白）当衰圣人就系我嘞，自从收山，不去运动也有数载，只□老糠□（去声）臭，无人过问，故而□出运动，以图恢复。谁想丁伯门徒，唔上我钩，因此长厚面皮，久留星洲。命圣徒出来捻丁，但不能就手。日夕担愁，总不如愿。不若飞□□槟城，请圣人婆来叻，以作消遣，岂不是好。着就是这个□意，门徒研墨侍候，写信介唱，揸起□□□写□，写成的字好趋时，圣人愁闷无时止。圣婆见信来叻切莫延迟，作封信介白，信已写好，圣徒（徒白）在，（圣白）你将此信前付邮筒，不可有误。（徒白）□□□□□□□□圣人婆到来消遣也罢（下）（边上滚唱）为人如我真衰透，只望戴顶日夜叩头。谁知钻营唔就手，（埋位）未知何日把愿酬。（白）已废举人周六劝从前中了保皇毒，费了多少金钱，方能摆脱，免大清皇帝责罚。谁知奴隶根深，上了戴顶之引，再中保皇之毒。如今圣人到叻，莫若前去探访圣人，举圣人研究吓道理，你话着唔着呢，着咯，就此趱程可（唱）就此起行出门去，见了圣人把话题。（入）

7月7日　　保妖现形　　圣人悲末路　　橙　续

（首板）保皇党，到算我，真真大憎。想去造官变了叩头虫。（陈梁同上）（陈，白）我系□仓谷，（□白）我系梁富浪。（陈白）喂，老梁。（梁白）乜家火呀，老陈。（陈白）闻得圣人到阻星架坡好耐嘑□，你知唔知呀。（□白）知到好耐咯，你唔见的报纸卖咩。（陈白）都唔见我地，丁伯设欢迎会嘅。（梁白）你唔知么，先排丁伯唔系设欢迎会啰。（陈白）哦，就□你□□。（梁白）□□□。（陈白）□□□□处什呀，（梁白）□□□什之啰，（陈白）喂，梁，□然众人嚟□，我地□□□实华都好□，□地□佢嘅□□，□□□□□□，□□唔□咯，呢阵时□人唔肯处嚟□，□，点咯呀。（梁白）你唔知□，呢阵□□革命□□□，□□□□□佢，□□□，捻丁唔，手，圣人虽然面皮厚，而家缩埋唔敢出头。若果你想请佢一餐，不如就在你住家，请佢一晚罢咯。（陈白）都着，喂，老梁，同埋我去备□出帖□。（梁白）都好之。（梁陈完台）（周擅上）（周白），喂，老陈老梁，你两个去边处。（陈白）你问我去边处呀，冇错，想番去归设宴请圣人呀。（周白）想请圣么。（陈白）系。（□白）喂你又去边处呀。（周白）我呀，我又想去搵圣人，研究吓圣道，作吓搵钱路□。（陈白）咁呀，岩勒，唔岩一齐去我住家，请圣人嚟研究吓。敢唔系好啰。（周白）都着，（陈白）而家同埋去啰。（梁白）去啰，完台人门埋位作写帖。（介周白）喂老陈，出帖请埋阿丁阿明班多几条友至好睇嘅。（陈白）系定哪。（写帖完叫侍者白）妹。（妹上陈白）你拈的帖去请人，今晚请圣人宴会，你至紧造好的菜正得，（妹白）知道。（妹下）（陈白）喂，大众人去倾吓，先，等圣人地嚟罢啰。（下）（丑办丁明全出）（滚花丁唱）我造亚丁真正牛豆。（明唱）我造亚明真灿头。（丁唱）圣人唥把荷包逗（埋位）（明唱）若唔出钱老糠炸出油。（丁白）保皇党资本家阿丁。（明白）保党走狗亚明。（丁白）明哥，我两个人入了保党，钱又都出到穷，乜粒顶子重未曾有得戴呢。（明白）有嘅，等吓或死倒，个阵时就唥冇嘅嘞。（丁白）噉唔系冇得过引。（明白）闲话小讲，睇过揾的乜野消遣吓□咯。（妹持柬上入门呈帖丁接帖妹出丁看帖）（明白）丁哥今晚冇作呀。（丁白）系，老陈请圣人，请埋我两个去嗷话番（明白）如果系又去作番□□，着咯，就此起程可。（明唱）今晚有番两杯醒，丁哥与我□前程。（丁唱）见了圣人把安请，必须□傍帖□去恭迎。

7月8日　　保妖现形　　圣人悲末路　　橙　　二续

（圣人上中板唱）已经修书邮筒寄，圣婆不久到叻嚟，心事不开都为钱个字，（埋位）好在生来厚面皮，（白）前天也曾修书前往槟城，叫圣人婆到来，料他行程，要再迟几天，方才到得，这几天穷苦万分，正是食愁送饭，未知何时方兴圣人婆会晤，以解愁怀。真是令人悲愤交集了（妹入门呈帖圣人开帖看毕白）你先回去，说道本圣人随后就来，叫他们必须要扫径以待。（妹白）从命。（妹下）（圣人白），全目有甚么事，陈圣徒请本圣人，想吓都要前去，或者□此机会，捻番多少金钱，做圣人婆与本圣人消遣之实，横□呢阵咁穷，此次机会不可错过，即刻启程可。（唱）捻丁全仗□机会，保皇心尚未曾颓，最忌革党，作我对，（出门）好在门□尚懵，□把头回，（下）（陈中板唱）□□上了保皇引，好比食了药□魂，年来实事，唔使□党人交□，乱纷纭，革党骂我，真可愤，心中惆怅，入梦何曾，我造羊牯应本份，□□□□与圣人，我入圣人迷魂阵（陈埋位）□□□谁人学□我，懵□陈白，□梁同志呀，我已经着人往请圣人□丁□两同志，料他不久就到，□□□，□们到来也罢。（丁门全上丁白）□□，来到老陈处咯□，□□□，□揸手陈白，丁哥□哥，二位可谓诚信之人嘞，（丁□□白）若得□有□□咩，□之闻得你请圣人，我地唔知想见圣人几耐咯，一来请吓圣人安，二来想听吓道理，开吓愚蒙，故此快的嚟啫，（周白）系哪，你两位都算唔话得,肯根究圣人嘅道理,等下圣人就到嘅咯,(跟班持帖入白)圣人到了,一同前去恭迎,(众出门迎入延上座,众叩头介陈白)今蒙圣人光降寒门,何幸如之,真令弟子距跃三百了(圣白)为长者有时亦都要俯就吓嘅(妹白)餐已齐备了(陈白)请圣人同到□餐所,慢慢叙谈。

  7月9日 保妖现形 圣人悲末路 橙 三续

  (众引圣人入餐室埋□□酒□圣白)今日你们得与圣人共餐,都□幸福,喜出望外也,(慢板圣唱)众圣徒,宴会我,什么,意思。有疑难,你不妨细说,言词。(陈唱)今日里,睹圣容,何幸之至,祝我师,那赐环,定有如愿,时期。(梁唱)近世来,圣道衰,无药可医,令我师,终日里,双锁愁眉。(周唱)我自从,入保党,真真得意,皆因是,奴隶瘾重,故此再就范围,(丁唱)保皇党,改宪政,甚么道理。烦圣人,细指示,破我团疑。(明唱)近日来,求开国会,是何主意,倘国会又不成,再改什么名词。(圣唱)众圣徒,休得要,出罔言,难师道不行,为农圃,乘桴浮海只叹道微(转中板)劝一声,众门徒休要退志。凡出言,当谨慎休要乱嚟。好在我生成的是最无耻。枉你们,从师数载,心理□迷,从游着,必须要孝敬你师。为甚么,近年来,一毫不拔,总总支离。我今日,也不讲得许多道理,与师兄,再研究,便晓得,□离奇。(白)枉你们随师许久,一些道理不明,我也不能传授得许多。我要转回杏坛,等待圣人婆到来消遣。你与师兄,慢慢研究罢。(周白)丁明两同志,你有所不知,圣人之术,变幻无常,棍骗手段,迭出不穷,相机而行,噉至称得造圣人□□。(丁白)噉呀,想我门初言保皇,又改宪政,而家又话乞求开国会又话九年立宪,我地就有顶戴。倘若九年不立宪,我地顶子想戴都咪只以,个阵时又唔知改甚么名目。近来外方,总唔听见人地讲保皇、宪政,只听见革命革命两字,撞入我耳鼓。我恐将来,难以收拾我党人,故此问圣人有乜。嚟维持,噉遮。(周白)圣人之道无穷,随机应变,□能一时说得出来,总要你地出多的钱,圣人就有机器□咯。丁明全白咪□咪拘。(丁白)我钱都被佢捻得八九,圣人在新埠与圣人婆,风流快活,连闻米绞都花费去咯。明白重制得过□,□□□保皇宪政,讲出目就□□□□,□□我在圣门众,习惯炼,厚的面皮,可以□□□,唔系就红□涨面,民间□点取料,免□圣人又去叫圣人婆嚟星架坡咯。□□□我个荷包,容乜易俾佢倒转嫁。(丁白)系丁啦,唔系你估好轻易造得□□,保皇党呀。(丁白)

咪讲咁多嘞，扯罢□□，请呀，（出门）（陈梁周入周白）唔怪的人□，呢阵时唔轻易捻丁，□□佢两个就知到几多咯，我唔理咁多□□，不如我都走人罢咯。

7月11日　　　保妖现形　　圣人悲末路　　橙　　四续

（日扮何氏上中板唱）想奴奴，生就了一宗，风韵。嫁得个老憒懂心旁都算衰神。为贪财，因见他心灵手敏。更爱他，唔知丑自认圣人。近年来，道衰微，真不堪闻，风流中，呼变起交□，风云。到今时，受人嘲侮外光棍，计穷术尽，自叹在陈。他前月往星洲再把丁揾，去许久，到今日未见明文。想起来，当真是，令奴愁闷。（埋位）孤夜里，无作伴，怎不伤神。（白）献世圣人婆，何氏，自从圣人搜刮丁伯钱财，任情挥霍，阔绝一时，到如今，米绞被人封闭，几乎在陈。前月圣人前往吉隆，运动不灵，再走星洲，许久未见明文，不知事情能否如愿。抛别于奴，孤零寂寞，自古道，过得日唔过得夜，真令我心火腾胸，未知何时止得，真真愁闷也。（唱）圣人去了星洲后，无人作伴实担愁，难道如今空抱首，未知何日，□□襟绸，邮差持信上交信下，何氏拆信唱，拆开鱼□来观视，圣人近况又何如。（看信介白）哦，原来圣人写信到来，说道他在星洲，自叹孤零，无人作伴，因此叫奴取拾行囊，前往星洲暂寓。既然他有信来，如此正是同病相怜，前去星洲，游也罢，丫环。（环白）在，从命。（何白）听我吩咐可，（唱）你今前往捡行李。宗宗件件，要拈齐。至紧拈埋，那本，咪丁记。细心查点，勿忘遗。（环唱）圣婆吩咐，奴谨记。此事何须挂心嚎。呢阵咪丁，难指拟。怕只怕丁伯心醒，不被他迷。（何白）闲话休题，随我下去，明天起程也罢。（下）

（小生办□虾仔上中板唱）我生来原本是重重奴隶。叩头与及拜跪，件件学齐。况且我出身系翰林门第，你的人学吓我都系唔拽。（平声）保皇毒，我中了何等声势。一定是，拖翎顶戴，有作有为。又谁知，革命党将我乱谛。近日里，捻丁钱，难得如取，如携。我党中，那米绞曾经倒闭。因此上，我圣人□走，叻嚎。到如今，一倒如水，真正系弊。被他人，来攻我魂魄，唔齐。呢阵时，保皇党，可算献世。（埋位）我前去，请圣安，设法持维。（白）小生□虾仔，我父亲乃是一个末造翰林。我又是有一□奴隶引。现在憒昧铺，当一名译员。近日闻得圣人到了星洲，以御园作杏坛，传播保皇之毒。今日又值星期，不如前去恭请圣安，岂不是好着，就是这个主意可。（唱）为请圣安御园走，见阻圣人乱叩头，保党中人何怕丑。（出门）但得顶戴，唔怕下流。

7月12日　　　保妖现形　　　圣人悲末路　　　橙　　　五续

（圣上滚花唱）为人最怕贫穷，兼运滞，在陈自叹，怎施为，可恨报纸不停，将我吠。冬瓜豆腐，一齐嚟圣人婆未到真□□，（埋位）想我途穷，实在自危。（白）前天也曾寄信，着圣人婆到来，许久未有佳音捷报，穷愁无以自聊。莫不是沉鱼□杳不成，唉，等下佢系□，干上完台唱。为请圣安把步□，不觉来到是杏坛。（白）来到圣人寓所，待我入去请吓圣人安罢咯。入门叩头白，□师在上，弟子叩头。（圣白）干师□不在铺中□□，到来何□，干白，不错，想望圣颜许久，未有馀□，今天乃藉星期之□，故特自到□请安□。（圣白）干师□，果然纯孝□□了。请□□，（干白）蒙我师嘉奖一句，弟子喜不自胜。作见圣状，吓，老师，圣容如此清减，却是为何。（圣白）贤□，□□□问□我把□头□□，回□□。（西皮圣唱）师徒□，问□我，憔悴。□为师，□□□□，□□，你□，干唱，□，□我□师，句□□，□□□□□□□□□□□□□□□□□□□□□□□□长，自有捻丁法，可以有为。（圣唱）你不知，处如今，时世。纵使间，有那最妙计，施设，不如。（干唱）真可恨，革命党，乱谛。每日里，将我党中事，攻揭无遗。（圣唱）不怪他，来嘲骂，实有据。总系我，党中不检点，难怪，于渠。（干唱）问师你，丁伯钱，能否心遂，求师长，尽说与我知，我有，主持。（圣唱）休提起，我□中，困逼。你与师，想吓有何计，设法，筹躇，设法，筹躇。（转二流干唱）听师言，真令我，胸中无主。回头来对师长，把言来启。（白）圣人休得如此，待弟子与圣人设法，想星洲地面，只凭弟子三寸不烂之舌，向坡中富商运动，或可能就绪，也未可定。（圣白）贤徒既有妙法，至紧待圣人运筹一番，况且圣人婆不就来呐。倘若运动不灵，那些费用难以措办，你今既肯与师代劳，听我吩咐可。（圣人中板唱）圣徒出去来运动，当年如今我困穷。快些前往把计弄。（出干唱）谨领师命，设牢□。

7月13日　　　保妖现形　　　圣人悲末路　　　橙　　　六续

（张三上中板唱）商场中，讲起来必要机器。不如此，欲致富难把，愿如。况近世，商学奇谋，无微不至。想求利，定要制胜出奇。处今日，环球商战，莫不争利。（埋位）镇目里，为理财，力倦神疲。（白）鄙人张三在于商界中经历

班本

有年，营谋颇能如愿。获利到□裕如，闲话休题。不免坐在店中，□事也罢。（干上完台唱）领过圣人捻丁计，不如前去慢□□，白，来到老张铺头，待我找着□张乘机□□，运动□多少金钱，□济圣人之急，岂不是好，着，就此进去，□门□，好生意。（张白）喂，老干咁□□呀，饮茶食□，（干白）好好唔□□，（张白），乜呢□咁的问亚□，（干白）□□，冇乜事，嚟倾吓□嘅遮。（张白）□□□亚，（干白）冇乜，近□商场中，□□都□冷□□，□，你□作□□□吗。（张白）树胶股份牙，因呢场□□得多少嘅，喂，老干，闻得来星架坡运动，欲开办一个钟乳嘅大公司。近日情形点样亚□，（干白）唔驶讲咯，前日我人处请安，问吓佢近日嘅情形，到佢话，近来运动大不如前，冇两人之叹，不独运动不来，连现费都冇，几有失炊之叹。讲到□落，佢话叫我出嚟运动吓□，呢运动，点得就手，今日我嚟揾你倾想话求阁下处，借三五千过圣人清吓圣人之急。想老兄乃系豪□人，断冇托佢手□嘅。（张白）咪□咪拘，我呢阵时银口未便，老干，休提起借钱二字罢，况且我又唔有官引，又唔系想戴顶，近来保皇党捻丁嘅臭□穿晒咯，重上佢当，若上佢当，借钱过佢，容乜易被的革命党数臭嫁。我唔得闲，第目至紧倾嘞老干。（张入干出白）唉，睇白冇机会，一定就手。谁知佢重精□我，食个大猫面，要托脚出门□，在我的面皮咁厚嘅啫唔系点落台呀，不入走去回复圣人罢咯。一□□近日的人，重精过鬼，想捻佢丁□碗猫面嚟，噉样情形，唔方大吉，不如同覆圣人，再把话提。

7月14日　　　保妖现形　　圣人悲末路　　橙　　七续

（何□首板上唱）□□□，忙□□，□洲面去，环临上何□□，煞人风景觉□□，满目□□□思，□□，飘荡□□，□□□圣人□何氏□□，接了圣人书信。□□□□□，金日在此□□，□□□，难忘，三春意，风景□我，起□□昔已殊，不堪比。浓浓朝露，□□□衣，今日孤凄，为客旅。奴家悲□□阿谁。只为圣人老了去。身如□□又何如，此情景真令奴流泪□□如斯，暗里悲啼。（丫环唱）圣□□□题起，伤心事。人生衰旺，自有□□□，经曾享人生趣。一时寂寞，也□□□□。苦乐也须，随所遇。惟时所□□嚟。况且就到星洲地。别离□□□会期。此后愁怀当抛弃。莫因□□损金躯。你体态娇娆，未减去。□□□圣人年老已近唐颓。（何唱）□□环言得，虽有理，总是如今，与□□往日资囊，何等丰裕，也曾享□□一时。今日堕落难如意。金钱□□觉凄凄，穷愁两字怎能去。□□恨，如泪珠。朦胧遥见，星洲地□□行装，莫迟迟。（白）丫环，你□□山影遥遥，不久就到星洲地面□□些代□检好行□，打点登岸□□。（环白）知道。（何白）随我回房□□修饰芳容，待等圣徒们到来迎□□，可有悮。（环白）从命。

7月15日　　保妖现形　　圣人悲末路　　橙　　八续

（圣上滚花唱）圣人今日算折堕，避债无台无奈何。好在娇妻就到啰。（埋位）园中无事，等候圣人婆。（白）近日前途来电，说道圣人婆经搭船来叻，计程今日一定到来。也曾命圣徒前去迎接，不免独坐园中，等吓声气咋。（何氏上完台唱）离别槟城星洲走，见了圣人，慰我心头。（白）来到御园，待奴进去（入门圣人起相见□□）圣婆嚟到。无忧冇快乐咯。（何白）□，而家你好快活咩几十岁都重唔立品，咁风流做乜呀。（圣白）休说闲话，后堂备下酒筵，与圣人婆洗尘，随我入去，痛饮一番也罢。（完台埋位饮酒白）圣人婆，圣人好耐唔听见你唱个枝野咯。今日大家团聚，咁高庆，唱嚟听吓都好挂。（何白）有你咁快活（圣白）俗语云，穷风流饿快活。圣人须则系穷，都唔穷得晒，更重有咁多贤徒出。代我运动，都重使得好耐添。（何白）而家边处重有，你在处讲大话。（圣白）嗄，估我懵□，□重懵过我，都话冇门徒共我运动咯。揾到钱番嚟，就唔忧嘅□，□讲咁多咯。唱枝野听吓罢□。（何白）系咯，咁我唱过你听□唎，好听啰□。（唱仙花调）好一个亚丁哥，好一个亚丁哥，丁哥亚一个个，落在我地家，金到手，我安乐。大家都要丁钱呀多，好一本眛丁记，好一本咪丁记丁记亚，一本本，藏在我地家，圣有道，才用得，家且好，近日圣婆唱的□更有进步。闻位齐圣婆白，嚟大家再饮□尽余欢罢。

7月16日　　保妖现形　　圣人悲末路　　橙　　九续

（干首板内唱）适才问，去运动，总唔就手。（出）如今丁伯已回头。（白）适才领了圣人之计，前往运动张三，谁想不能就手，如今回到杏坛，不免回复圣人罢了。（入门）拜见圣人师母，（圣白）干门徒，你前去运动事体如何，可能就绪吗。（干白）启禀圣人，弟子也曾前往，找寻张三运动于他，料然就手，谁料他们，如进醒悟起来，不独他们不允借三千元与圣人，反被他煮碗猫面过我食

·520·

班本

添，真正无法。（圣白）不防，再去运动别人。一个唔上我当，唔通第二个都唔上当咩。（何白）系唎，星架坡咁多官□重嘅人，我唔信冇人送钱过我驶呀。（干白）一个酸梅两个核，今时唔同往日，你唔睇吓个今求开国会嘅代表，去打抽丰。个个至富商处，都系打得四百银遮，三千银咁多，你咕好易运动。圣人睇过冇□□□□条，或者可能揾到手都唔定（圣白）噉呀，你去运动唎，话米绞生意实在可惜，所欠至紧要还者，不过三千银遮。如果有三千银，就可以挽回，得番□几万□，噉样□过佢听，个的亚丁一定□□。（干白）果然妙计，待我再去运动就是。（圣白）既然前去，□□圣人□□可，（圣唱）圣徒前去，把□□，试我□□，灵不灵。睇□亚丁，□会醒。金钱到手，荷包丰盈。（何唱）圣徒灵利，真可敬。快些前去，不宜□，你须□着，圣人令，不忧运动不得成。（干唱）圣人圣□□□，我□□□然□□，这情形，忙□出门，□□□出门。（圣人唱）□快些回来，□□□□，□□□□□。（圣白）□□□，圣婆□我□□□听消息。（何白）□□。

7月18日　　保妖现形　　圣人悲末路　　橙　　十续

（梁上中板唱）想鄙人，自生来，性情忠厚。见同胞，为奴隶皱上眉头。近年来，我汉人愈加苦透。你不看，水深火热，映我双眸。腥膻气，若提起。令人作呕。我汉人，有许多□佢，马□□□，保皇党，班走狗，□□□，□□□乱咁，叩头。可见□，□面皮总□知□，可□虫。原本□大憯，□□□□，历史真真系臭。□□□□□，□□国会，乞求□□□，唔骂佢怎□□□，（埋位）□□□，在公馆□□□□。（白）鄙人□□□□□□□□，经济上□□□□过□□，□□□见中国久亡，□□□□□，因此□□不□，□□□□□□□□□□。□□□□□□，□□□□□□□，□□□□□□□□□□我入去□□梁无。□□□□□□□得□□。□□，□□□，□□□。（干白）唉，冇乜心□□□□，乜事干冇心水亚。（干白）你唔知我个心，不知几烦闷。前日因去请圣人安，圣人话，□间米绞，真可惜咯。生意原本有钱□嘅，因银口唔狗转，冇三千银期单，冇得交，故此被人封了。你话可惜唔可惜。若果有三千银顶住，就唔驶倒，兼之得番□几万，故此佢叫我出嚟运动。但系揾得三千银，就可以挽回咯。我想冇乜边个系疏财大义嘅，爱就系老梁，可能造到□，故此今日揾你一日，而家至揾倒你，喂，老梁。呢单野，都要帮吓圣人手嗜。（梁白）老干你真正大懵咯,你在懵昧铺嚟,越法懵吓添咯。(干白)我唔系懵亚,(梁白)你重唔认懵。等我闹醒吓你得,喂,老干,世上边处有咁番货架,有廿几万嘅公司,岂有欠三千银欸,就有得还。致被人封闭,但就可见得佢实系捻丁嘅遮,但你都唔醒。你重迷头迷脑,造佢嘅奴隶走狗,况且我闻得有人话佢有意嘅,倒盆个阵时,揭人几十万至嚟倒,此时闻得人说如此,是不是就唔知。□地话圣人呢账捞野添嗱。噉样你话三千银,就得番闻米绞。你真真大懵咯。你想揾我借钱嚟救米绞呀,真系咪搅播。我的人俾佢捻得丁倒嘅咩。蠢虫(干白)我都唔知,不过佢噉样叫我出嚟运动,我就出嚟,共佢行吓嘅遮。(梁白)你快将我说话讲过佢知啰。(干白)噉牙等我话过佢听罢嘞。请呀。(出门白)呢个猫面重□,(梁白)干虾仔已去,不免人去抖吓罢咯。(下)

7月19日　　保妖现形　圣人悲末路　橙　十一续

(圣上滚花)□□倡首,讲立宪。引得门徒个个似疯癫。好在有咁多帮手,嚟造风炉□,唔系圣人,□捻得丁伯金钱,可恨年□,我唔检点。钱银二字,化云烟。这样情形,唔知点算。(埋位何上一揖)今日穷成嘅样子,有鬼可怜。(白)自从干圣□,前往运动,□□□□,再去运动别位丁伯,许久未见□回复,未知事情怎样。若果□□□就手,本圣人有□□之叹。如何打算,闷坐无语。圣人婆,打□琴□□吓。□□□□,(何白)你真正唔知品□咯。今日咁穷,□有乜心水唱□,等吓干圣徒番嚟,点声气罢咯。(圣白)□□,唱门白,拜见圣人,师母。(圣白)一傍坐下,吓,圣徒如何面带愁容,莫不是不能如愿不成。(干白)唉,唔好讲啰,运动张三,个个猫面都唔系几□,今日去运动梁天尺,估话实得。谁知俾佢闹一大餐。话我大懵,真正唔值咯。我而家真系冇法子咯。□人闹大懵,闹到慌,请圣人揾过第个去罢□,铺中有事,我要番去办公。就此告退。(干出门圣人复白)时局如此,大势已去,难得挽回。当真愁闷也。(慢板唱)想起我,十年前,何等丰□,衣带诏,骗华侨,哄动,全球。(何唱)休提起,衣带诏,全然假柳。讲出来,那丁伯,更快回头。(圣唱)我不讲,有别人,共知,澈透。故如今,难运动,就是道个理由。(何唱)须然是,捻丁钱,唔得就手。必须要,另设法,再作奇谋。(圣唱)我今日,未有法,再来,出丑。经改名,险症会,把国会,来求。(何唱)那国会,最难望,功成,凯奏。不要提,国会事,快把钱路来筹。(圣唱)讲揾钱,我无计,揾丁，来救。求圣婆，想别法，可以劏得死生。（何唱）到如今，将失炊，你可曾，知否。难道是，夫妻们，难展一筹。（圣唱）丁伯们，到此日，人人，□手。干圣徒，代运动，难得把愿而酬。（转中板）我，圣人，当运滞，遭时，不偶。米丁法，唔驶得默默含愁。不怨丁，不怨伯，只怨我性，难道是要圣人□去乞求。又恐怕，托手□怎□□□，时至此，悲末路忧上眉头。（何唱）圣人你，真果是蠢才，谎□，难道是，今日□有的□谋。皆因你，向圣婆，每□大□，自称□，着手丁伯，□头，为甚么，呢阵时□□，搔首。□□□，真令奴悔恨悠悠。（圣唱）□休□把我，来引咎。时至此，不由我，血上咙喉。圣婆□，且扶我入房，□□，（煞板）遭逢着，那末路，没法可筹。

10月21日　　国会代表三上请愿书

（起板）在京师，请愿书，第三次上。（中板）叹今日，我们代表真果是跋涉艰难。为同胞，开国会，不辞劳惮。总祈着，吾监国早日把立宪来颁。虽知到，一片热肠不过为国民，救挽。为代表，不知历尽了多少辛艰。看今日，中国由河真果是令人可叹。革命党，频起事邻国又虎视眈眈。到于今，宪不速行一定深贻后患。又只怕，不君不臣就哙各自摧残。众人民，那时节怎能保得性命财产。想到此，令我们，眼泪潸潸。因此上，请愿书，初次进谏。怎料到，那监国一概当作为闲。他不准，还说道九年未晚。可见得，般般笼络都是一片虚谈。无奈何，第二次呈书进览，只可恨。那枢臣从中阻挠秘密而弹。枉费了千里迢迢真实虚劳往返。只闻得，他说把三次上书，望他知到其中，利患。倘若是，不把宪政，速行颁立怕你悔恨，难翻。这封书，血泪相和，其中苦情无限。可见得，人民无不翘首盼望，天□。吾愿你，把书中之言细想。纵然是，不允所请，我辈誓不回还。今日里，为民所请，为众所托必须要功成。一旦（收板）但只愿，贤监国，照请，施行。

板　眼

一　南侨日报

1912 年

5月3日　　马宝森自叹　　剑仙

弊家伙，呢账点商量，真系初时，唔估整到咁羞，咁大个法官，捞番九十两。(我呢个系终身官潘) 点知撞板，撞得咁凉凄。(一日都系个的主笔喇) 估话身做法官、谁敢抗？纵然嫖舍、有人装。(边个装你呀) 报馆唔该、卖得我地咁臭当，逼住我把法权滥用，等佢心寒，立刻串合书记官，来诉佢一状。亚□咬狗虱，等佢唔死都有排慌，好咯，拉左人嚟，估话佢气丧，报馆谁知、重发了狂，弊咯，个阵知到一错难番、有乜好讲？有人劝我、话不用慌张，(你估佢点话喇) 嗱嗱，新□队个件案情、办得咁妥当？实时处罚、在当堂，老朱当时、人地话佢卤莽，谁知佢才阵到无疆。(主笔都唔欺得个咩) 嗱嗱，又有个亚番、俾你做样，因为刊刻新闻、话佢附和老王，封报拿人，将佢捆绑，拉出东门、要问鎗，一概唔驶忧愁、将新放，我闻佢敢讲，当时稍稍放下一阵愁肠，唔料到、命该穷。(命水唔及人系咯) 睇住人家把报馆封，做乜我个法官、咁有用，当时气势、都系猛如龙，点晓司法司晨、唔识我猛勇，反转话我将人强押、太唔公。(揸得咁正咩) 主笔骂及新官、点好将佢纵，利乱杀佢一两个，眯优客。唔惜得佢架我拼身资恶名，来作备，戏起番嚟、就唅势凶。家吓话我不合舆情、实在冇用，及时调省，不准通融。重话要查办我们、心更切痛，另调人员、去接充。又

· 524 ·

话民事兼理、刑事诉讼,总要公平处断、勿受欺蒙。无党无个、唔系懵懂,正可以出来判事,不致被人攻。生命钱财、为至重,不能保护、就系朦胧。已把法官来断送,重受司员申饬、怒气加重。调省呢回、有乜好敬奉,早知当日、我唔逞威风,人地逞威风、无有郁动,唉心内痛,更要担惊恐,自后再有放缺之时、我都要把公论服从。

5月13日　　清芬绅庇赌

真得意,实见心开,今年估话失去呢注横财(唔系中左澳门彩票呀噶)都系好似中了彩票、咁好彩,赌规每日、银成堆。(嗟也、有赌规收咩)有乜话见左钱财,唔哈爱。(爱得其所至好播)见钱无贪,不过嚟小孩,捞家胜话,我想开当牛牌怕唔怕犯罪。(你慌打巴咩)揾番餐晏仔食吓、也应该。大眼仔又话、我想揸挡番□,孖埋大王涤、祠堂侧便、摆摊□。(我话只管开喇)一万大担承、有我在,有我出头、不怕惹祸灾。(你指得鼻嘅喇吧)咁就个个喜欢、行出外。唔够两个时辰、就送银来,怕乜野,做个包爷,边个唔知到我恶过巴山、毒过蛇。(你认就得咯)佢地开赌嘅人、真大舍。(一当三文钱㗎)话个的什碎嘅钱、悭得嘅咩。我日日坐落收银、唔驶话多谢,老婆睇见、都笑茄茄,话生意边门、好得过呢嘅。日日交来、冇得赊。至怕食得肥水太多、哈呕泻。(包庇唔嚟就弊啰)个时有乜法子、可能遮。(我话妻妻)家吓重有谁人、管到呢嘅野。(放心喇)纵然干涉、点敢干涉到本大老爷。有个唔生性、重话要打醒精神。你做个懒头、怕有首尾跟,个阵有得慌张、冇得困。(都系□□□嘅咋)拉你出村前打巴,问你重爱唔爱账银(妻、唔顶得愿嘅又制咩)就俾你包庇得嚟,都系心不忍,开赌边个唔知、系祸根。个位绅士答声,话你俨正混沌,愿得自己又点雇人,你的说话认真、唔驶恨,度度都话要问良心,驶乜认得咁真。(儿依,原来你咁有良心架)你记唔记得旧年、□秀才钱,包阻三当牛牌,一日都有五两银,况且如今、无个敢问过,有事何妨、我出身。(亚乜我识嘅,乜字营我又熟嘅)有事一于、唔驶震,阴功两字、更□文,坐地分赃、我都唔知分过几多百份。(何况包赌呀)谁人敢告我、告我又边个共佢把冤伸。你地不妨、开多两当过吓引,我单门晓逗银,唔理益人抑或害人。

6月17日　　师姑自叹

弊家伙咯,呢账正系白□上沙滩,就系典来典去,唔死亦整得一身泥。想我自少出家，菩萨拜惯，（南无阿弥陀佛）估话有神灵庇佑，就一世脱尽辛艰，一日□系我个师傅□世累人，要我今日咁受难（仄声）想收徒弟，总不顺到被人□，（害死我咯前世）我自一出娘胎，就话我条命至烂，（佢话算过我条命咯噶）惊怕唅克爷丧□，又刑并孤单，（就唔死都有一排□唱）况且排算我嘅流年，又有太岁挡，睇我个的呀呀声气，一唔系佛母佛女临凡。如果唔送我出家，就怕家里掉旦。（俗语反言掉忌也）断咯跳得出天吊鸡啼，与及落井□，故此噤倒我父母送入空门，重话同我□洒病患。（咁就佛保佑我长命有乜病痛咯）做左佛前弟子，细纹仔就冇咁刁蛮，咁就监我至到食斋，朝早夜晚，又教我南无经咒，绣佛长旛，一路至我成人，唔俾我把头发挽，（的咁大个就同我剃光）要我同埋受戒，跟住和尚埋坟，（受戒要和尚至得架）睇见个的同我咁大嘅女人抱住个乖乖，真正督眼咯。（恨错恨错两呀无错咯错咯）唔系我个仔好大个，重怕寺观有乜蒸党，就弊过和尚挂丹，见人地报烛高烧，嘹到拜雁。（真正个心唔知几□过）就想起我守到老年生寡，外分为难。

7月13日　　乡下佬救基围

（彭、彭、彭、彭彭彭彭彭敦基亚）敞家伙咯，听见叫救基围，锣声咁紧，一定系好惨凄，意乱心忙，唔知点至系计，个个老婆慌到、向处发软蹄。（女喉）（唉，唉，弊咯咯弊）雨水咁多，大早知到唅有弊，果然今日、有咁嘅灾非。最是凄凉、有粒隔夜米，若系救基唔住，就苦不堪提。况且子女成群，真正累世。（亚二亚，你咪咁唔生性喇，真系前世咯）快的出到街头，去揾亚九亚七番归，待我拉□拈来，拉起亚细，若然水到咯，就要走上高堤。（观昔菩萨亚，救苦救难亚，保住个度基围咪俾佢崩亚）乡下佬登时、想话绕起个只猪屎□，光头秃秃，重绕乜野东西，（心忙起上嚟，自己剪左辫都唔记得咯）□起个把锄头、忙便去，发脚如飞，走出巷嚟。出到街前，真系恶睇，睇见满街男女，似足一只落汤鸡，街上水深，已经没到大髀，匀身衣服，都被水淋漓，心事着忙，就唅遇鬼，践错落坑渠，几乎被佢□跛，（嘻呀真系越穷越见鬼咯）咬实牙根将□抵，走到村前，踏上大围，睇见水势滔天，真系无法可制，流如箭急，好似万马齐飞，纵使神禹复生，都怕□免闭翳，你话有何良策、顶得住佢唔嚟。（交关咯）几江水倒埋□，远望东边□带人如蚁□定然个处，一定系弊鸡□，待我走起上前，去睇一睇。睇过崩成点样子，再作□为、将身据，个人□里一眼起个把

板眼

锄头、未敢放低，睇见□□时、经已阔□丈□。弊咯弊咯，看来真正、□分危□。（未完）

7月15日　　乡下佬救基围　　续

各人援手、唔成势，有个把椿栈拈来、调转□。（喂喂喂、呢头正系亚）唔想错手起来、吉亲亚乜人只大髀，登时碌倒□，重估意佢系风迷。（唔怕丫马）势势汹汹，个个孖指桂。（等我嚟喇）□起个条丈二杉、就树落坑陂。（好，顶顺佢、出尽力树来，都唔树得到底）（砰硼）连人带马、跌左落坑嚟。（弊家伙、跌左孖指桂落水亚）好彩佢平生、知到水味，唔系位个水鬼媒人，请佢去归。大只安想话托几把桑枝，拦住水势，二伯父又话至好用麻包，去袋泥。（即刻去兴隆米铺摆麻包喇）所有蚕窝蚕箔、亦要拈来驶，高凳、床板，与及上泥梯，紧急起来，唔在□理。（事紧马行田，就系拆埋个间烂屋、亦要救住基围）点想塞尽咁多家伙，都皆无济，水头紧急，重惨过檀溪，丢下几十个泥包，当你系牲鼻。越冲越围，救罢唔嚟。（真系冇法咯）忽然个□又话通围底，顾罢东来，又要顾西，想话搵泥，又无地可企，四围皆水，点样子担泥。（仍未完）

7月16日　　乡下佬救基围　　再续

纵使掘得几箪，亦系唔济世，真系担沙塞海，有力都难挥。各见人睇，就心头噎，炒虾拆蟹，向处乱□□为。（天大地大都系□□□咯）忽然一阵、好似天崩势，三十几丈□基，被水撞低。（真系弊家伙、擎大围喇）个阵好似□人，兼共震地，排山倒海，□人乡嚟，乡下佬登时、知到大声，及时发话，就走翻归，睇过家内如何，方系计，恐怕老婆子女、保命唔齐。想话闲步走时，亦唔到□，只为四围水浸，除是□翼龙飞，心急到万分、行又不起。个的泥头又滑，实首恶行移，步步行来，都要拈实脚趾，恐怕一时错脚，就唅跌落塘基。行到□□个口鱼塘，噎一啖气，（弊咯，呢帐亚运洗镬咯）睇见四围过面，走晒塘鱼，（真系有阴功咯）成副本钱，俾佢一壳绕起，一塘咁大，剩得几茜条，越睇越见眼冤，真系死都唔得眼闭。（跳落去死埋都系咁话咯）出于无奈，都要走返家嚟，行到入村前，更重闭翳，睇见各家男女，都系叫苦悲啼，个个凄凉、搵定避世，有的拖男带女，有的又要把父母提携。（仍未完）

7月17日　　乡下佬救基围　　三续

个个三叔公、□住个张棉胎被，二伯母、重向处、挽住一笼鸡，点想水深、浸到佢个鸡笼底，监住要提高、举到眼眉。（二伯母，你几多唔好顾，使乜顾住个笼鸡丫）二伯母话，唔通白白生生，听佢浸弊，佢亦系一条生命，故此亦要把佢提挎，我认得佢咁话时，亦唔在打理，运（借用俗音）开水巷，走番归，走到入屋嚟，真系唔想睇，登时不觉，眼泪淋漓，几十窝大眠蚕、浮满地，浮起晒个的蚕窝，实在儿惨凄。今日真系全副本钱、丢晒落水，爱天吓，你因何将我咁样子难为？枉费我生借买桑，纳到九分钱利，今日一场灾祸，共成本利无归，只有担高个头，抖嚟大气。（真系心肝痛咯）重未晓小老婆女、点样安危。（唔知走左去边处添呀）忽见屋内水深，浸到夹底，嗱吔吔，唔系计，总要搵所地方来躲避。恐防不久、就要浸到眼眉。水浸到咁深，唔到企起，唔行得监嘅即时取出，个把九层梯、浮在水来，当作系扒艇仔，登时骑上，泛出街嚟，就把担杆拈起，当作竹篙使，撑住□边，又把力挥，点想一时、唔仔细，额头碰在一个展开门楣，（坎起一个大楼添）斯时痛楚、都唔计，（死都咁话咯）望住高岗个处，尽力撑嚟。高岗个处，已经人如蚁，合村男女，都向处把身栖，个个呼天、兼哭地，头披鬓散，重整得一身泥，好似九重地狱、放出含冤鬼。纵是铁石人间，也觉惨凄。况且此地又有柴、兼有米，大家肚饿有得抵，你话闭翳唔闭翳，前□唔前世□伏望你列位仁翁善长，广行赈济，救此数万穷黎。（唱完咯）

8月23日　　女赌界花样翻新　　如樱女士

消夏日，有乜野亲顽，同众姊妹、飞□成斑，日子偕长，□时等到食饭，夜来□偈，几□等不到三更，说话讲得多，亦□□到口汉，天时咁热，□觉亦系□□，从系两门七事，唔忧惯，纵系苦无消遣，实见心烦。（大良声女喉）（嗱呀，我估少奶你闭翳乜嚟噶，你钱有得消遣之）正系你自己自由，唔□识□，打场天九，又唔在把脚色□斑。（亚西，你话打天九呀，□□，我都输到怕咯）咁就打□铺十五平，容乜易得□晚，说系摆庄牌九，觅见□□。（我又唔□打十五平，牌九我□未能从□架，□吓人地厄我呀）唔系就麻雀打□，天咁，一吓满乎食左，又咁再食三番，乜野叫到麻雀□，我都未见□，□谓打哗，又都有调色丫。可笑你大个少奶奶唔会□□账，呢吓天咁时兴，□□遭开，我贬讲□咁多，由得你□，总唔合意，叫我点估得中你心□，咁就作完饮食、嚟仰懒，□□之时、日已残，又剖食完晚饭，随缘逛，等到晚来领偈，又至开餐，咁就日子□□。用极亦都有限，自家受用，□有嘴受人弹。（阿四，我估你教我乜野□，

板 眼

你慌我产唔哙叹咩，我想赌吓钱咋）我想点钱方法，无千万，我□极咁多，你有□意一车，况且呢阵赌钱，须要忌惮，个的大路□端捉赌，天咁□□。（未完）

8月24日　　女赌界花样翻新　　如樱女士　　二续
（模糊无法辨识。）

8月26日　　女赌界花样翻新　　如樱女士　　三续
（模糊无法辨识。）

8月27日　　女赌界花样翻新　　如樱女士　　四续
（模糊无法辨识。）

8月29日　　女赌界花样翻新　　如樱女士　　五续
（模糊无法辨识。）

8月30日　　女赌界花样翻新　　如樱女士　　六续
（模糊无法辨识。）

9月10日　　龟公自叹　　如樱女士

唉，真正□滞，我地花界行头，唔话今时，有得咁忧，自从□□、□埋口，毫无□□、两头□。（有得捞，钱就一样驶架）咁耐都有得捞，乜野都传佢□边，正系□年□□，都食陋人□□，骇得□爪□球，个个都作芰，牙□成□，□话有乜条。（白云山、都食□□）估话戴在□十年□，□得一，点作□来支□，好似泉流，老举番□人去住家，□□□□，□□□□狗，实在自觉□□。（有□丫，你话将把若举待□咩）荷包打玲唧，有日叫到□够，日日系时□饭，几咁□愁。自己亦□近□□，何况养咁多把□，生钱入情，点把架子来凶。（厚食到恶，□□□穿嘅喇）想话□晒去别□搭灯，又千一处□落到□。（借用）再继□三个月，真系□拆无谋。当初估□三□□颈，未算太久，故此偃肚吉（借用）刀，望在后□。（咁都系□举嘅□，大□□都有岂紧要了）点估禁□几次□□，仍系□却，□起龟公鸭母，着乜由来，近日秩序渐觉安宁，唔悦到有民群打斗，若怕歹人泯述，亦系防范唔□，宁愿□□从□，□系冇得□款。（断□怕一壳□起了）你睇□灭地下逃□唔开设□样，估佢自禁未必自□，得咁就手。□望准先开复，至到交□。（我地咁全上□行会员之□）一则心急在□□，二则又话运动可以将就，至得行尊决议，合算□□，个个都把愿望了，断

· 529 ·

有反对咁咩，闻到可能复业，边个唔吼，一定□合力公□、将饷凑，若系花捐承实，□□不怕虚浮。（未完）

  9月11日 龟公自叹 如樱女士 续
 （模糊无法辨识。）

  9月12日 龟公自叹 如樱女士 再续
 （模糊无法辨识。）

  9月13日 龟公自叹 如樱女士 再续
 （模糊无法辨识。）

  9月14日 龟公自叹 如樱女士 四续
 （模糊无法辨识。）

  9月16日 龟公自叹 如樱女士 四续
 （模糊无法辨识。）

  9月17日 龟公自叹 如樱女士五续
 （模糊无法辨识。）

  9月18日 龟公自叹 如樱女士 六续
 （模糊无法辨识。）

  9月19日 龟公自叹 如樱女士 七续
 （模糊无法辨识。）

  9月20日 龟公自叹 如樱女士 八续
 （模糊无法辨识。）

  9月21日 龟公自叹 如樱女士 九续
 （模糊无法辨识。）

  11月4日 梁启超失望自叹 吊

  真系失望，枉费我心机。我心机用尽，想显吓自己嘅才奇。细想中国人才、边有咁本事，声名全播，欧美皆知，胸中抱负、非凡志，一心想着、弄个官儿。往阵我党结保皇，原有用意，欲把清皇辅助，巩固佢邦基，点估道时运不济，唔争得啖气，要逃遁海外，不敢番嚟。估不到佢革命唅成功，我就无所顾忌，立心好耐，想着返京师，总系当初昏昧，不晓因时势，力排革党，话佢冇能为，呢阵被佢夺回祖国，除专制，若空走番来，岂不吃亏？故此出尽千谋，和西计。东洋三岛，竭力奔驰，运动个的权门、来出偈，召吾返国、几咁声威。返到天津、何等架势，欢迎随处系，人人望我、好似望云霓。谁知系第九，被个总统鸡酥，佢唔接见。整到趣味都无。我咁艰难返国，不外想抒怀抱，做乜一出就碰正钉头，又□□□唔通我未曾作福、求神保，就要吃了□面成盘，剃去眼毛，抑或范氏源□，将我摆布，定系袁公个的左右，故意把我来捞。我满腹经纶，无可展布，要学长沙贾氏、日夜哀嚎，估话挟策□时，容我讨好，筹蒙□藏，识见殊高，重有政治方针，为今日要素，洋洋议论，系富国嘅良图，我于秘密，唔宣布，要见了当今总统，□□我的□□，个阵抵掌而谈，料必投佢所好，一定暂吾□□，就报答我的功劳。若不让位遇英雄，都系总理国务，我党人得志，你话几咁风骚，怎料个老衰一味、唔听古，一声冷水、咁就泼落我个头颅，枉费我心血一番，目的难以达到，禁不住喉中呜咽、泪滔滔。唉，做乜无情白事、走入呢条路，心懊恼，苦衷无可诉，重怕同胞对待呀，我有路难逃。

1913 年

3月29日　　　自由女抱恨（仿客途秋恨体）　　　石头

点想人情好似、沧桑变。我把□情提起，鼻里生烟。家鸡唔恋，□□寻花去。深闺苦□，亦徒然。近日又听得人言、多外遇。时常密约、在花村。前盟在耳、诚虚负。我恨不得学人避世、入桃源。大抵红颜薄命，唅招天妒。枉你美貌如花、赛过仙。好花猝被、狂风损。枝残叶碎，倩乜谁怜。清风明月，□把相思许，任得飞絮□风，柳化烟。惹起我□□□病，多□怨。恨不得化为蚨蝶飞在君前。最惨是花园人静，多□倒，明月含情，照耀碧天。月呀，月若有情，要替我行方便。把杨枝甘露洒透并头莲。荡子回头，金不换。□有野草残花，莫个惹□。但得我耶心□，□无转，心眷恋。有日□我多情□，就算系异乡明月，归自故乡间。莲□转，夜三更。又只见，天中明月，照住愁人。不堪回首，思前事。当初枉费，自由心。实保世间不少，真情侠。几多才子，配佳人。自由结合，双情愿。□□看上，□前生，愧我生□，真薄命。各有前因，愧去能。记得□□，

□□子、含情默默，对住□□。重细解书中，文共理。把教科文字，说我知闻。新名词满嘴、多丰韵，吐属谈锋、蔼若春。我一见魂飞、多仰慕，魂思梦想，都为意中人。佢生来本是、多情种，况且明眸皓齿、烂浸天真□才貌双全、真出众，丰姿潇洒、响绝凡尘。佢系男人、应晓事，多情肯负、美人心？我便把情由细说、求婚配，得那怜爱、永不嫌贫，浮云富贵、终何用，名缰利锁，困住自由身。可叹浮生、浑似梦，堪□插足、在红尘。何幸有缘、相会合，好叫明月、认□身。郎若有情、应应允，呢阵文明世界，摆脱□□□□。

9月12日　　耕种佬上条陈　　厉

　　□，朋友，呢□有乜新闻，我听尽咁多新闻，都好少真，盖野边处有咁多呀，乱车大炮，车到天都震，车来车去，车得满灭神。嘻嘻，你想听新闻唔好将我问，（唔系□边个亚）要问不如、问吓亚军，耕种佬话你个大憨佬，分明唔驶恨，天光天黑，□系晓得醉訾訾，咁嘅世界，唔饮多两杯做乜呀。咁嘅驶入带有几分偿，将来如何，一概不闻。□讲得你知，怕你听出引，□□讲喇，我的新闻、格外新，点新法亚，等我静耳听龟音至得，近日好多、□官总□成群成队去上条陈。嗱嗱，先□有个黄绿星，佢话□势多危，上一个条陈，去把都督危，点亚□哈哈佢□粥谁知唔落来，话想兵都督领二万大元，出手唔系□□，话要三万大元，做盘费□□京□以，救国为题。佢拜见大总统□时，有大咁好计，算□大胆、乱咁噪嘶。话包保三个月□□见工夫仔，天下太平，（部分内容模糊，不能识别）怕失礼，西游乱讲，实在无糟。我估乜野新闻、谁知乱□，若果有人□□，就系□昏迷，□□，你真大憨，不识东西，我的说话系新闻，□□嘤，唔信我亦都、唔怪你乜滞，但系有的实在新闻，我好想□择，想话□一封书，俾□□□睇，或时刊出，都知到吓我地难为。（未完）

9月13日　　耕种佬上条陈　　续

　　呵呵，你有条陈，揾去报□，唔好拈去衙门，或者宁意你的条陈，呠俾你做官，个阵带挈我揾的野嚟捞。（□饭亚）大家有伴，唔过耕种佬，就唔做得官员。耕种佬个时、话咪咁叹，字都唔识多个，你又想为官，我耕种优游，顾住只饭碗，何须要咁险，要入宫门，睇吓我、上呢封书，我非为求官，揾着渠。（唔系上乜野书亚）我见近日的兵军，唔过得眼去，是以讲明这件事，可见实在无虚。佢的军人，终日去奸妇女。（儿依、这样也行嘅）是以人人□到，好似掬气禽渠。广东佬主嬲呢件野嘅有的漏夜拍门，去揾□影，任脚妹、话查军火、就把门推，有的假意做衫、帮□佢，死唔生性、大只累累。人地嬲亦唔知，推佢唔去，一头倾伤，一自话唔掂，借意入门，来□戏，佢重说一句，话你唔招接我就十分愚。（未完）

9月15日　　耕种佬上条陈　　再续

（部分内容模糊，不能识别）有账丢落五毫子，话要人人地□□，人家□佢、当作唔闻，个女人话。（女喉）㖿㖿，做乜搵咁嘅野□，我呢应唔系客栈与及娼寮，你快一步奔。（你快扯亚，唔系叫□□拉你架）（男喉）个阵佢又发威，话你真正□，我地家乡唔驶、咁多银。（我地处二毫子嘅诈）咁都嫌少，唔应允，都唔驶话叫警察拉人。哈，你想吓咁奇嘅□，真正撩人恨，怕你大懵佬听闻，都会嬲到颈起筋。重有买卖个杀唔公允，借□争执、搅得乱纷纭，银纸买一要找九毫，边个肯？若然唔肯，又怕激怒佢兵军。（这样也行嘅）嗱嗱，佢重地摆摊□，搅得嘈嘈□，好似赌场、□满一群。重有好多个人，有烟引，□盘咁大、把烟熏，坐卧街边、合眼□，我把渠坏陋、尽地条陈。俾你□透佢□脚咯，我望老龙听闻，立刻发奋，即时整顿，把法纪来伸，重有吏治般般、唔驶恨，我地听闻、就火焚。若果我广东、行好运，定然都督唅整顿官军，总要刻出报纸之中、等人见悯，真不忍一般般写出、怒□我无文。（完）

9月20日　　外江佬拉马松人　　优哉

（喂喂，我生得胆正，命又十分平，唔驶理我点呆，嗼□点新。）胆正命平，就应份要拗颈咯，乜谁敢得罪我呢，我要共佢□吓输赢，几句那个这般，都□□□。我冇俾人恶嘅，开声就吓到，你地面都青。（部分内容模糊，不能识别）

9月22日　　外江佬拉马松人　　优哉　　续

巡官听见，就把笑口嚟开，称呼一旬、老兄台，就系兄台、将马爱。（宝剑赠英雄，名马赠壮士丫）即时送俾你、亦系应该，总系大家，知到吓大概喇。有人失马，就要问到官来。个阵唔到我巡官，语唔自在噚，大声唔瘾得，因系道理唔□，重怕新闻纸费，话官为害噚，又系实情□，官为害，点到外江人发、外江财。外江佬、听见即时□，就话乜你时文，讲得咁牛，呢匹系我旧时、会买受，跑过梧州，正跑□广州，不过一时慌起，慌到边城走□，你巡兵拉我嘅，系冇乜来由，如果你立刻送书，我唔系罢手。（是打甚么紧要）若果有半声唔肯，怕你有后来忧。你睇吓□□都系、横尸首、鸦、死得咁凄凉，都为共我地做对头，巡官个阵，就把笑声收。（唔嬲都唔得咯）乜你当堂反面，系咁冇情留。条条法律，唔到人荒谬潘，莫哂命得咁荒唐，打预你系老□，骂你一骑，边个亦有，到底你有何识认、要咁样要求？若果有图章担保，拉去亦罢就睹，有图章担保，叫我点样干休。外江佬听闻，又开吓笑口吩，（你这样可恶。）睇你分明、想共我结仇。个阵扎起四平大马，摆起军衣袖吩。（要担保噶）拔出枪一口，我有洋枪担保，你就不必忧愁。巡官个阵，系几慌张，唔通共佢打过一场，恶系恶得咁凄凉，都要退让丫。来路姜应该、辣过本地姜，外江佬即时、骑上马上，重闹糊涂兼混账，一面杀人一面、笑扬扬，都算辣卦、来路姜。（唱完咯）

9月24日　　三大懵告官　　天声

（部分内容模糊，识别不清）哈甲牙，唔怕人家话我系口花花大炮乱军，车到你怕，认车大炮，就住得官衙。乜你想做官咩，讲起做官，唔做就罢吩，草鞋咁贵，要买足成打，时常足路，□的□嘅嚟顽要咩，笑到老番，要跌甲下扒，既系有官唔做，乜率要车车吓呢。（呢个世界唔车都得嘅咩）我想极亦唔明，我自家、个口□开，就有成□炮码，随处咁打潘，好似麒麟咁边诈，就算我唱歌唱大话，鼻有边个□□，有三个大懵，真系惰得心伤，一个绵弥，要懵六七场，大懵系姓□，二懵系姓蒋，三懵原来、系姓张。行埋三个、一定同思想，大开权口，论短谈长。□老懵，话到处□灾殃，而家世界、实□凄凉。（点样凄凉呢？）佢话自从赶阻，我地个今王上，成条辫要割，真系僵到吾僵。呢阵着起长衫，亦唔似□咯。□□□□，你话改乜野良，咁样改良？就真系混账潘，你睇吓人人头□，都好似一□秧。我系街边听见、人把新闻讲潘，真系咁讲□。（点讲亚）佢话一定要叫番宣统、做番皇。（未唱完）

9月25日　　三大懵告官　　天声　　续

呢个张老懵，听见就开声，原来我发梦，梦得十分重。记得我前朝发梦，梦里都唔醒潘，梦见宣统行来，人到我□，金口一开，就话赏我一粒顶，咁你唔系坐处都有得食□，搵的咁嘅讲笑咩。铲铲铲，咁就铲倒十万零，三懵听闻，又忙顶颈咯。乜你呢个懵人，说话咁大声，近来皇帝、系吾同姓。（边处系姓实嘅啫）系唔同姓，看来你发梦，都系冇的灵铲。讲□吓，听住打三更，疏疏疏（借音）更更更，眼□得咁凄凉，好似要盲。张老懵忽然、话乜咁鬼猛，有鬼入

板 眼

10月18日　　缉私员误探大毕丸　　厉　续

呀呀，睇吓呢个野，掩掩遁遁，佢唔系邪，都要话佢邪。喂喂，睇佢肉色青黄，好似捱过几晚夜，一定食烟之人，不是把大炮出。（佢唔系食烟嘅，就烧相□喇）黎黎黎咪行自，睇过你身中，有乜野。忽然有关缉私佬，重笑骑骑。佢话嗯嗯，睇佢身中，一定冇野嘅。唔系□带私烟，冇行成咁□嘅咩。个阵吓到黄痞佬失魂。话你快的放我扯，（咪阻住我喇）你快的放我行开，我愿叫一声契爷，我有病在身，重□水□。（疴亚）又唔系走私嘅人，唔知搜乜野喇。哈哈，出句说话都声低过人，好似姐姐，有神无气，边个共你讲嘻嘻。（叶韵）又到缉私嘅人，话唔得嘅。（放□你咁快活呀）定然要搜过，睇你冇乜藏过。（郁手喇伙计）搜过佢上身，无乜野。点知到一手摸落阴囊，好比神仙摘茄。噎吔，救命呀，乜你咁阴功，几乎揸破，我个大灯笼，连大叫苦，噎吔痛。乜你一手居然，摸有个太公，悒曾嘅啫，朋友。微乜查私，查得咁懵懂，好在你手摸未曾落到搅□。烟□拿唔个，拿倒我小□风，痛到我死过番生，唔哙郁□。呢阵肾囊越发□，重引得□□□呵呵大笑，笑到佢涕□□□。（唱完咯）

11月14日　　外江佬枪银　　如何

嚟到嘞，唔共你讲人情，一脚踏入头门，大叫一声，搜私烟呀，几个女人，忙答应。话我家无烟赌，乜你地总唔查明。（我地冇人食烟梨）又到几个人，恶到冇影。兜起个枝驳壳枪头，吓你一惊。话虾虾，乜我地人到嚟，你都想将头顶，我知到你地观音山望到落嚟，好多大丁，烟赌窝藏，谁肯认，就系你无烟赌，我都要搜过你家庭，明系搵丁，你都□扰命。（乜咁恶□）埋手一声，□起弟兄，开杠开□，搜得好高庆。（你咪乱咁拈我的野亚，若然唔合用嘅野）俾我□唔拈，（叶韵）搵起的野番来，嬲的女人头拧拧，又怅又□，又慌过一只屎蝇，有个大胆问声。话喂喂，你又唔系□□，睇来个□，你似兵丁，擅自入来搜屋，我真系唔公认，做乜唔知纪律，胆大过桂林埕。话口唔完，佢举起枝枪柄，（出亲声打死你）如果出声，把你杀清，吓得几个人，眼瞪瞪，人声都肃静，睇见所有钱银，俾佢搜去几成。（未完）

11月15日　　外江佬抢银　　续

又到谈□氏，走埋嚟。吓失魂头，把裤乱筛。话噎吔，我有咁多银毫，与及金仔。重有好多银纸，在杠箱挤，你话查烟，乜又拈我银毫共纸币，你快俾番过

· 539 ·

我，咪把我难为。（好赌为你咩）几个壮士睇见亚嫂团，梳□只□。喂喂，你睇影衫裤时与，又咁辉，拍近佢身边，牵吓衣袂，话喂，驶乜咁巴□，有钱大家驶，一自话时，一自摸到嚟。（女喉）嘻也睬，乜你的咁嘅畜生，咁唔□□。乱□乱抢乱入深□，你几个分明系打把鬼。（咳，三又八卦，□头扫把，顶住。）

11月22日　　尿缸捞土地　　吁吁

嚟呀，睇野落位亚，做乜逼住咁多人，厕坑有乜好睇，实在臭亨亨，唔生性个亚湾，又埋去睇一阵。话亚黄，（看厕者多名亚黄因其面黄也）今日乜咁多人帮衬，塞满间坑，败佢唔匀，儿依，谁知个个对住尿缸，搅震震。（搅乜野唎喂，影相咩）唔通缸里，有跌落钱银，（个样疴尿跌银纸过）一望谁知，吓我一镇，边个抛个死仔落缸中，得咁发昏。（系死仔咩，快吐口水话过亚）唔通野仔丢入缸中浸，搅起臭气熏天，实在恶闻。哈哈，捞起谁知，硬□棍，不过一个木头公仔，我也认唔真。（嗖，乜话佢系公仔亚，菩萨怪架）哦哦，奇怪嘞，原来菩萨，做乜揾咁嘅野混，究竟系尿缸菩萨，抑或屎坑神。（乜野神咁亚）激得大声公，吁震震，话你后生唔晓，快些奔。话四噙三，许乜□。呢位土地公公，系福德正神。

11月24日　　尿缸捞土地　　续

闻此语，笑孪肠，呢位土地公公，浸得咁誉。（香过花□水亚）你地不如，塑过第二个神像，捞起仍须，送出去海旁。（丢佢落湾罢喇）大声公话，冇人学你，咁□戆，不论丢过落屎缺，抑或尿缸，咁好灵神，点好□过别样，你睇景□话耍搬佢，就唅遭殃。你快快喺缸脚叩过个响头，认句卤莽。（快□唔□喇，唔系犯你架）若果灵神怪你，命唅唔长，个阵亚湾，真系叩头响。得罪呢位尿浸灵神，恕我不当。（吓，咪话尿浸得□）个阵几个不怕污糟，将佢捧赏，佢话捧回门楼脚，伴番住个位土地娘娘，（咁臭戛，难为土地婆共佢坐埋一拍咯）尿水淋淋，佢都捧得在手上，一定灵神，唅保佑佢生子食姜，若系捧过唅发财，我都唔怕捧佢一熨，至怕话亵渎神灵，就反惹祸殃。（嗱嗱嗱）安番起咯，去喇，有个去买花红，有个去买炮仗，呢位赖尿嘅神，真系笑刺肠，迷信得咁交关，真正难以讲。若系真果有灵，怪到你慌。神少见咁污糟，人亦可见咁签戆，尿浸不头，都当作佢系神安放。重话安番土地公公，就唅唔得好住场。（完）

板 眼

厨房，打烂锁，□老懵开嚟，拈住碌棒，声声□顶硬，捎阻个花□落地、一声兵冷彭。哦，原来系落雨，落落铜锅，咁都系鬼咩，算你系第一个疏。（喺嘞，唔行得添）大雨一场，就留客两个，而家点算好，我要问句懵哥哥，张老懵开声，话唔驶怕嗱，打吓横床，都系冇奈何，回到天光，□□□□□□□□□□□多，（部分文字模糊，不能识别）

9月26日　　三大懵告官　　天声　　再续

三个大懵，共睡一张床。一篷□到，将近大天光，□老懵醒来，话乜咁雺然呢，一睇吓我只大髀呀，居然流血，系有成塘，□阵连忙摇醒老蒋咯，□背老蒋，好似好慌张，就开一声，话乜你咁混账呢，我听□□眼，到底有乜事商量？个阵老□，就话你将眼望，做乜□成我大髀，好似一盆，"呢呢，系嚟□"。蒋老懵听闻，话你真莽撞咯，冇边个咁的闲，共你忙。我只大髀痕成，唔似机唅，自家痕□极，唔到自家慌，"自家大髀痕都唔得闲□，几时得闲同你□呀"。个阵老□，就无乜话讲，谕非系张老懵，正有咁心狠，"吓，唔见□佢呢"。摇□□□，就□□望，走去天际，一手拽住老张，睇见佢条□谕开，重唔肯放，寐埋只眼，好似面都黄，个阵老□，就话真胆壮咯，系都唔着做得，咁冇天□，"乜野啫"，嚟到我血流大髀，流到红当档，痛到心胆怆，我□唔忿你，你呢个颠头忙，呢个张老懵，□□旬□家瘟。睇你个衰神，一定□错人，我昨晚起身，成晚尿滚，重要除开条裤，咬实牙根，疴到天光，重唔敢忍，重打紧尿阵，冇边个得闲同你，去嚟痕。

9月29日　　三大懵告官　　天声　　三续

（嘻嘻）三大懵，睇你懵得交□，一个痕其番嚟，系计回烦。（嚟错隔离）嚟到人家大髀，当堂烂。自己重□唔止得痕，想着嚟过一烂餐。呢个懵人懵到、□埋眼嗱，俾人地嚟到血淋血濑，重话大髀□□，呢个疴尿企喺天阶，重话乜咁擅□呢，个尿管唔通，系有度转湾，（疴到天光都疴唔完□）点晓得檐到滴水，滴极都唔慢，佢重估话尿未疴完，戴暂不肯还，三个懵到□堆，真可叹咯，真系一团懵□，边个亦学唔□。（懵□万岁）言来语去，□住□家产，□的咁嘅顽。（仄声）是必要告富告宦，点到你□，□者懵，话要去告诉官。重话住良心天理，系最难瞒，睇吓新官近日，敦言款丫，法律□□，势冇把你敦宽。（你犯□损害人家身体律□）了得咩，况且去告富，系唔驶本。（系唔驶本嘅）咁就控住

· 535 ·

□州人，就走出门，忙举步，过横□，扯扯拉拉，扯到跌甲鞋，一路行时，一路咁隘。当时走出，有个话系衙差，"整乜野事干亚"。□老憎即时，称旬管带，噎□管带，共我当堂控住，呢两个扭纹染。（仍未完）

9月30日　　三大憎告官　　天声　　四续

衙差个阵，就把憎人拿，憎头憎脑，一味喊冤来。衙差用手，就将渠打咯。□□打对，入官衙，个阵哀哀哭哭，话我忙怕怕，唉陷也，又噎□。（嘱托）冇□官长升堂，就来问话，捻撮两条虾饺，咕□有饿扒来，（你们为着□□事情，只管禀上来）（吓）话本地佬□官，禀实系假□，点解有问家无解，要讲得糊理糊打，钟老憎上堂，戟话怜悯我□，睇吓佢两个□成我只髀，好似一片红霞，条条法律，我听见人家话□。佢系撮害人家，嘅身体丫。我要告官，将佢两个打巴咯，忙把令下喇，将佢两个衰客，锁又事，个官听见，就好心嬲，（王八蛋没账东西）声声王八，拍住□头，吓得几个大憎登时，忙把步走，个官话拿来打打，憎佬更心忧，被衙差□住，郁起齐齐手，（哈哈）乜佢几多唔打，要打□柚，（打人地嘅啫，你慌打到我地咩）当堂三憎，就出门口咯，你把身抽去，我又把身抽，一个话而噎，乜咁□呢，一个□唉，乜冇血流。一个话□柚好痛，痛到眉头皱，（亚唉，原来就系打我地嘅嘑）人话乜野法律改良，改得咁冇收，官系面皮厚极，我地又□柚厚，所以冇咁嘅气受啫，告官告宦喇，你话着乜来由。

10月4日　　尼姑担壮士　　播黎

呀呀，乜冇人招呼架，等我直入庵堂，吹牛大王你跟住嚟喇，□唔驶慌，喂喂，你乜传亚，乜见我地入嚟，都重眼望□，通气嘅人，唔忧你唔在行。（女喉）噎哋，你系边位亚，入到呢处地方，饮茶请坐，慢慢商量，（好好，唔驶掏□）是不是到来，瞻拜佛像，□吓灯池，上一炷香。抑或想请我地去念经，将佛倚仗，我□执齐经卷，去共你召重亡，（点叫做召亡亚）招魂咯喂，（凄，唔系）抑或去念倒□经，送佢西方往，诚心念佛，一定可上西方。（凄，你估死人咩）或者你打斋，我□带便坛色来开档，经资先要，讲定烟和长。（男喉）闻此语，又言张，原来亚傅，你□晓我地心肠，你想□钱，唔怪得你想，可惜我荷包咁涨，都系纸和姜，（有嘅，你讲得诚嘅啫）你估我两个入嚟，因乜事干。（乜野事咁亚）想你地请我食餐大把，就感情长，亚傅个时，望吓佢个□，见佢半似捞家，一半似老乡，打雀咁限睇住人，首语唔□嚟亮，想必他们，不是着良。（未完）

板眼

10月6日　　尼姑担壮士　　续

忙笑答，正应该，你两位心欢，特地到来，可惜山门溃狭，难□待，（唔掏嘅）□蒙贯□，点听你壮士食斋，你大量嘅人，唔好怪。（唔怪你）但求原谅，感你栽培，壮士含笑微微，话驶乜整菜呀，豆腐冬瓜，就够妙哉。（嗱嗱嗱你话冇□啫吗）收下五毫纸一张，唔好见外，我墙出门总唔，吝惜钱财，又对亚傅再开声。（女喉）噎也，□好无端，倾你盛情，各样算为，多失敬，请你拈回，我不敢应，个阵壮士□起上嚟，头拧拧。（吓，你们不知抬举吗。）企起身来，把佢责成，话虾虾，睇你个大萝筍，分明□得我庆咯。唔通睇小，我的兵丁，怛重认军兵喝，叫你整菜依然，唔肯整，多端倘塞，总唔欢迎。（唔系唔欢迎，怕你啫。）我菜式如今，又唔系将你限定，食野而今，又不用你念经，何苦耐我呢的人，将颈顶，（边个顶你啫）若然要我扯，一定唔应承，劝你的尼姑，须要醒定，莫非五角，都重嫌轻，我自己买清入嚟，要饮得佗佗拧，饮完在呢处，□到天明。（吓）师姑庵都□得你地，喺□□嘅咩。（未完）

10月7日　　尼姑拒壮士　　再续

如果你唔肯，我要打死你的大头和，有眼无珠，不识亚哥。（认真吓人啰朋友）我呢的人，做事断冇认错，我人来不识想拜头陀，（唔系嚟做乜亚）我要歇宿一宵，劝你唔好阻（□□□□□□□□□□）至好系□□个□任（发头），□□□，（咪，我呢处□□□系冇□嘅，好□今宵，都要揾两个我）陪埋我嚟，或者揾□□斋饔。（女喉）咪咪，你快的□术吐□，来讲过，唔通当我呢□，系私窝。（呀，你知到□得咯）搅到清净地方，你怕唔得妥，（点唔妥法亚）打把之时，□知到自人绸罗，（□，咪揾咁嘅讲）我呢处清修，唔比别个，扒抢□艇嘅人，虽系好多，我地断非，地做得咁喐喐妥，讲你咪来搅扰，我念弥陀。（男喉）虾虾，你唔应承，怕你有左，唔通故意，共我□风波，我第二次到来，就唔止两个，我班埋一大班到此，看你奈如何。佛地我地不妨，嚟到坐卧，定然激死，你几个应承，总唔怕到，激起我心头火，劝你唔着惹祸，得□我呢班大帝，定必要你受灾磨。（完）

10月9日　　地保自喜　　□好

□□，亚地保□。做也今日□□乜又手上猪猪□鱼。挽住一□抽（□□。一心行□□你去食饭亚）□□□□□。而□正□□□，□□咁盛，□乜来由。

· 537 ·

□□地保□□眼吼吼□你□□唔知、枉□□亚谋。你估亚谋，犹好大□□□□）往日革去我地保一名、捱□□□。唔知捱□。□咁□□。咪□□保正做到□□□共□狗 □□□□术情空。并有□□油。往日人□。我定然□一□。朝风晚肉。□□□街坊有事。要我来弄走，你又走。

10月10日　　更夫拜土地　　绰板

一叩首。再叩首。儿依。争的叩□头。乜你重叩头□□。（打更老）呢阵与番叩头。叩拜□□做礼□。唔见咁耐土地公公。见左就依开门。（唔，□耐亚）因为陈景□□□要拆门楼。神像□□□□，如似捉狗。又唔怕犯□□□唔妨神怪，又唔怕、□打破土地□头，又打拆封□。重打到土地婆婆，两泪流□□□□唔知□□得咁□（去声）、金都浮□ 跌□散碎□沙，不可收。佢就□□、跌倒□□泥一□ □我□□□□，咁□□□□□。好在未晓□时势变迁，抑□我时□就。吓把一地安回，我重驶乜忧。（儿依益陋你咯）嗥嗥嗥，□番呢个土地龛，你睇几讲究。嗥，□新又整过，呢个闹门楼，叫□呢□工□，□□口，今日又有钱兜，又有卖口否，所以见左土地公公，□□喜边，快活□如火碌藕，我拜完土地、又去上灯油。

10月17日　　缉私员误探大毕九　　厉

埋头□，朋友，又到广州城，有两个人，话埋□就出声，嘻吔，我顺着□乎，唔知醒。（到步嘅咯鼻）（口旁）谁知一觉，□醒就睇见天晴，快把□席卷埋，折到正，起身行得，脚步□轻，眯惯倒处亚拿。儿依，一脚几乎，蹉晓落井，（喥，火船都冇井嘅咩）睇见上岸有多人，我重明（未也）踏稳跳□上前，唔眨竟，常时出入惯咯，驶乜心惊，不过今朝，身有病，（病病咁）所以艰难行走，唔似往日咁□□，系咯，乜咁各个截住搜食，真至□□。唔知点解，自己又面青青，我唔系心慌，不□□佢阻定，阻住我行，我愿共佢□吓□，（俱俗韵）又到缉私佬，眼核光丸，搜完一个，又搜别个行囊，□□包□都要俾佢□□，唔到你阻挡，你□□□都□起，□搜私盐，因为近日走烟，多到冇样。（你睇几多澳门货呀）每人走几十两，当系平常，有的缆在胸前，边个把佢慰。有的大髀几乎，挟得几箱，缉私佬所以注意下身，唔肯放，见有可疑形迹，越发搜得凄凉！（未完）

二　益群报

1919

12月16日　　道友戒烟　　仁甫

真□肺，好悲伤，势唔咕到今日咁凄凉，眼泪流干，辛苦几□，因何冤孽，要咁遭殃，（乜事凄惨得咁交关呀，你问银行倒灶咩）据你讲来，非系个一样，银行倒灶，亦当寻常，目下我嘅家财，都有几百两，蓉园百吉，落在山巴乡。（又试讲大话嘞）昨日重听你讲，话冇钱□烟咯，咁就唔通你个仔进，斗有一个件□，□唔襟想，况且我仔面家，□了西洋，你件件猜来，都系混账，这事唔知，请你睇吓报章。（究竟因乜野事呀）我若讲起番嚟，你都话凄怆。

口未开言，苦断肠，（咁就慢慢讲喇）愁倍苦，怨句时乖，你睇我面黄□黑，又系骨瘦如柴，（睇你个楼，真系肉酸咯）我食烟至到如今，都有三四载，忧游床褥，委实心开，（纳好多福呀吗）点想官府将烟，嚟卖贵晒，七占加上，你话几咁恶□，白米顾完，黑嘅就遭破坏，三□减一，静系鼻涕离拿（粤谚急也）。唉，我军咕系整乜野事□，咁就削性成左佢把呢。

三　振南日报

1913

4月21日　　大罗经扫墓　　痴

而倚，今日系乜野日子呀，个个都话系叫做清明，你睇满街满巷，都系人声，我地中国向日拜山，有个一定。话等鬼门开放，至表得个念心诚，（清明时节，阴司开左鬼门，至好拜山嘅喎）个的好信风水嘅人，就偏把龙脉去认，想佢葬落财爻顺遂，又夹添丁，风水尾就弊嚟。成日去到捉龙，瘟咁把风水先生请，五行金木水火土，去细辨个个山形。（睇好多风水书，重要揾人教过来）我平日讲起堪舆，真正重紧要过性命，故此人人叫我做大罗经，边个唔想发财，时时（读仄）顺境，几多人（仄声）揾山唔倒，数十载去把棺停，第一要讲龙真，然后得个穴正嚟，明堂阔大，又要拥护行星，的穴我见尽几多，真正系醒咯，我认声第一，唔系话老鼠跌落天平。（唔系自称自，风水先生，嚟你十年八年啫）风水我揾廿年，好穴都冇乜剩，前年葬落个卦，委实系精玲。（读上平）点占葬楚未够半年，就死了个个令正呀！（真正唔好彩，唔知系撞喘唔系，大概佢整定命短嘅啫。）枉佢下关咁好，妙手又分明。（未完）

4月22日　　大罗经扫墓　　痴

今日我暂且把风水丢开，唔讲佢有咁庆。（借用）等我父子两个同埋，去吓踏青。真正系两仔爷拜山，叫做一族齐咯。开口就叫亚苏，听我号令，（亚苏去拜山呀）个阵个个细蛟□到，好似马骝鬼左麻绳。佢话我听见话拜山，欢喜到冇影。（至好系拜山喎）越多山拜越好，呋乜你讲出个时文有答讽，去咁牛精，（拜山多就弊家伙吁）快的着定草鞋，预备行远路径嚟，（哈我又唔系新官，驶乜着定草鞋赶路呀）你今年十八岁咯，都重系咁顽冥，元宝蜡烛都要熟齐，唔好话漏剩，冇咁大个人剩系呠食，真正督我双睛。（乜乱话呀，你正呠食元宝蜡烛）可恶荒唐，专顶老豆嘅颈，冇时唔系，激得我眼擎擎，（龟旦亲生老豆教，都唔听话咩）老豆你话亲生，劝你唔好乱认，我听见话系疏堂老豆，好似三服内嘅族弟宗兄，（哈越将越混账）听见你个的说话蠢才，我就头拧拧，乜你生来情性，咁不通灵，拈起伞扇手巾，重有铜鼓帽一顶，金银虽则大串，亦几轻升。扫墓红钱，记得带便去掷山穴护领呀，若果个时行够，个处有个半山亭。（先话定过你听啫）（未完）

　　4月23日　　大罗经扫墓　　痴　　再续
　　个阵齐出户，就向前奔。佢话你睇今日天气清和，又咁早晨。（呀好喇，豁摩拧，乜你讲起鬼话嚟添呀）我记得古时，诗一句呀，话系清明时节雨纷纷，（丕咁好天，你望佢落雨嘅）你咁大个仔唔肯读书，真至混沌。（点解呀，混沌初开，你估我唔曾读过咩）唉诗词唔识，你真正系呆人，我重把你教精，唔着咁地震，昨日就叫做禁烟时候，名目你话几鲜新，（禁烟之吗，冇乜新啫，而家边日唔系咁禁丫，禁一日中乜用呢）你讲出个的时文，全系冇引。（冇引重得掂，咩，捉到要罚架）呢段事情因为，今日把介子推焚，故此以后寒食一天，留作念品，炊烟唔起，想念佢的功勋。（一味听古呀）亚苏你咁愚呆，我睇见心就忿忿。唔通你把老豆将嚟激死，至得精神。（重好，激死老豆攞山拜，咁话咯）大罗经听知，越发火滚，等我捆得你清清醒醒，免至终日昏昏，父子两个齐齐，嘈吵一阵，冇厘趣味，又试步走如云。（未完）

　　4月24日　　大罗经扫墓　　痴　　三续
　　行出东门，有几里路近，亚苏话我而家行到，冇的头晕。你睇人又逼得咁交关，天暖得狠。（哈乜咁多人拜山架）至怕重系后头踢脚，个个好似失了三魂，唔该呀朋友，乜你匆促慌忙，随路咁打运呀。哦大抵你见前边有几个女将军，有两个好似梳佣，真至四衬，脚睁头过了水磨，（仄声）行路整得好斯文。（而倚睇卦）只髻梳得咁光，令我无限咁恨。（豁声一啖口水吞佢）见晓咁靓，我密歇把口水嚟吞，黄丝蚁亦都难游，汕滑倒褪，个条颈柄，省到白如银，朋友你走得咁凄凉，一定想着毕粉啫，总系近日女权咁重，我睇佢唸闹你几句灾瘟。（亚妈姐唔闹人嘅你睇吓佢重欢喜添）我地呢的赏鉴大家，唔怕冇品架，若果赞声盖野，佢就一身痕。（一身痕呀你睇人打你啫）个个大罗经，都为身材跫敏嘞。行晓咁远，委实系见艰辛。一路行时，一路咁呻。（仄声）（咪哈喺路边坐吓先至咯）就向大树头坐落，抹吓个面沙尘。（未完）

　　4月25日　　大罗经扫墓　　痴　　四续
　　时近午咯嗻，快把步行移，呀呀，乜得咁多人系处，笑嘻嘻，做乜野呀，个便山脚墟墟冚匕呀，引动得个个飞奔，挤拥到极地，等我又都行前睇吓，为乜咁离奇。过吓眼引都好卦，个个大罗静虽则年纪唔轻，重有的孩子气，跟住亚苏背后，亦步如飞，哈哈，一阵越发人多，唔通佢系分银纸，一定系咯，快的去攞番份喇。如果分番一旧，我就好开眉，亚苏答言，佢话你想死，想死重易啧，呢个世界边处有咁便银分，重驶做乞儿。（上平）（个的乞儿成目咁乞，都唔乞得餐饭食呀）银纸唔分，大概都哙分吓毫子仙士卦，（哈也你想得咁吊腰架穷憨你咩）老豆你偏开言得罪，真系抵凌迟。亚苏个阵唔声，惟有赶起，点估到踢倒石头，整损个只脚趾尾。（上平声）话发咯发咯，今日拜山，真好运气，血流滴滴，掉转有句言辞。（未完）

4月26日　　大罗经扫墓　　痴　　五续

个阵人声，嘈彻耳。有的笑到湾腰，跌落草陂，（乜笑得咁交关，唔系偷左门官茶饮呀吗）断估唔系喺山边，嚟到做戏卦。又唔见澄橙锣鼓，与及搭起蓬葵，（做鬼仔戏都唔定呢）我睇乜野冬冬，一未咪理喇，只管行前，过眼就知，走到埋山，只脚都重未企。人多塞实，点样逼得埋（嚟嚟借开吓，睇过做乜野咋，兄弟）监硬人到人丛，睁目细视，哦，点知到有个自由女子，痛到口啧啧，（肚疼呀救命呀）喂，佢大抵系急症风痰，边个身上带有药味呀。（风姜蛇姜果皮红灵丹呀啰）有个就快的摸吓荷包，就露出个肚脐，摸出好多，姜共纸潘，就话我呢味灵擎圣药，百病能医。有个又摸出一味灵丹，话吹落佢个鼻，救人性命，事不宜迟。等我嚟挤药入佢口喇，个自由女听闻，乱摆手指，频仑掩住个肚，整得好腰肢，我怕佢痛得凄凉，故此瘟咁呻气，就话若然急症，我味药最相宜。（未完）

4月28日　　大罗经扫墓　　六续　　痴

见个个自由女身边，还有一个使婢，睇见个女主人肚痛，就眷恋依依。（又想去扶住佢潘十一二岁之间，唔系乜大年纪）（虽然年级细啫打扮都几在行嘅）走埋一便，要把女主扶持，自由女越痛越交关，乱摆个条掘辫尾。哟哟声咁叫，对眼全咪吗（叶音）唔够一刻时钟，呱呱声有个细蚊仔落地，呵呵自由女原来生仔娴，恭喜恭喜咯，执妈唔驶，就得一个小孩儿。个阵山前，嘈到震耳，哈哈睇野呀苦萨，汉山缘草，变左红痴痴，有个话唔好染着产妇血光，须要晓避，人丛里便，急把身离，一个话快的整便羌汤，兼夹草纸，红鸡羌旦，重要染番。

（第一件喜事嚟噃几多人娶十个八个妾都冇得生呢）边个好心，全佢拜吓天地，生产咁平安白快，应份要答谢神祇。个个亚苏，笑到绝气呀，就话坟头失运，俾佢淋过个山碑，俾佢个件东西向过，真正大吉利市，我怕鬼清头发，剩得一块白出出嘅头皮。（未完）

4月29日　　大罗经扫墓　　七续　　痴

碰着一个伯爷公，真正好心事，佢话女人分娩，唔好当左儿嬉，（乜你的人静系晓得笑啫）险死还生，都唔知几多难产死噃。山头风狂，实在产妇总不相宜。开口话咯性命濒危，好似同阎罗王隔张砂纸啫，（咪咁雺憨喇，我见个大瞢婆，生细蚊仔重易过疴个屁）系咯，个的生惯仔嘅姣婆，当左佢乞痴。虽则我几十岁人，唔曾见过生野仔嘅唅死。（真系噃，生野仔份外易生嘅噃）总系救命人，事不宜迟。重讲话叫你整路修桥，把钱银布施，（仄声）多吓口共佢叫顶与兜，就好过打万人缘个阵签香资喇。个阵真正有个飞奔，同佢去叫娇子，又到大罗经开口，说句言词，（伯父今日人地生仔，多得你个口嘞）又问个妹仔你地姑娘，因去边处呀。大肚临泵，自己要知，（咁大个肚，周围去有乜益架个妹子答言，话个的各有各人嘅情义，生前恩爱，就死后都断不更移）你地姑娘咁好情分咩，因为相与男朋友多，故此上山拜扫掷纸呀，自早晨拜到晏昼，又要一卦卦咁烧衣，好多卦山嘅。重有几卦未拜得完，就话肚痛想去疴屎。点估到添丁咁快，尚未得步转门楣，□的山都算发得快卦，即刻添丁咯。（未完）

4月30日　　大罗经扫墓　　八续　　痴

还未说毕，个的人笑到抖气难翻，就话你地姑娘情分，真正冇乜人弹，相与男子咁多，大约都有几万，（真二妹老公多罗罗咯）就系死嘅已自成堆，故此冇几十卦山。唔系瞒死欺生，嚟到反眼。（好多人死左嘅重理到咩）尚且去到山前烧纸，不计佢月缺花钱，唔怪得天地保佑有情人，就有得佢生产。产个宁馨小子，总冇的辛艰。（勃声就生出嚟咯）咁又多个小儿帮手，去把油瓶挽，（啐乜你咁话呀）正经的算系国民制造厂，阔大过神坛，我睇边一个嘅血统唔知，随佢乱拣。冇几耐重一胎十二只仔女成栏。（你估系猪乸咩）个伯父闻声，话你地的人（仄声）唔着咁褒慢呀，撩人妇女，不是虚闲。如果遇着自由女行街，你就撞板。（唔唔你顾住啫）近来风气，女人（仄声）恶得好交关，（女权澎胀你都唔知咩）你系咁乱噙无遗，遇着佢掉旦，佢拧起个把鬼婆遮乱碰。（叶音）同你

· 545 ·

讲反呀，打到你诗赞羔羊，都冇递个共你劝拦。（未完）

5月1日　　大罗经扫墓　　九续　　痴

亚苏开言，话已经我见惯咯。近来个的咁野，真正包袱挂在门闩。（唔止话三枝桅靠唔住架）冇耐有顶轿嚟，抬佢往返，几个人扶佢上去，见佢行动实在艰难。抬起步走如飞，途路快。个妹跟住，转眼已过了山湾，（都赶得几快嘛）大罗经个时，翻吓眼，话弊咯，原来呢卦系我葬老豆嘅。个阵真正心烦，睇吓个个山碑，的字尚未烂呀。哈真正碰乔嘞，写住皇清显考，大字书丹，个的血迹淋漓当头，真正烂慢。几个官衔大字，染得好斑斓，（个清字真抵淋咯）咪嘞，今日拜过的山，唔知哈唔哈遇，呢六个钱利市，断估难悭，快的起程，休要怠慢。睇过埋便村前，边个正一道士得闲。（快的去揾先生嚟南无呀）亚苏个阵时，话我遇着脚筋反，做乜你叫我去揾，南无佬旺山，哦好彩好彩，条路冇个出山，人数有限，（棺材嚟）后而冇个楂烂茄（仄声）。先生，拧起大钞去顽。（都系咁楂都系咁渣）（未完）

5月2日　　大罗经扫墓　　九续　　痴

有个孝子跟住棺材，左顾右盼。（岩晒咯，等我去叫个南无佬喇）材头插住，个枝私人旗。走得咁频仑，须要顾住哈踬嘛。个阵个个先生，听见笑到开颜。（哦叫我南无呀，又有得捞嘛）就话唔知你叫我南乜冬冬，揾钱我赚呀。大概系死人开路，等我把符颁。（利市过你把口）唔系呀，或者叫我去拜吓十王，逆吓水饭卦。抑或死唔断气抖过番苏，叫我去拜下坛。（一的都唔系叫你去旺过卦山啫）亚苏就把自由女就至喺佢山前，嚟到把仔诞。血污坟墓，满地朱殷。你睇吓现在山前，人重未散，搅到山碑拜桌，好阑潺。个个南无佬闻知，哈吓对眼。话我见咯，大早我估咁多人睇，系做过山班。楂住丁丁，等我同你去办喇，（快的跟住尾嚟）一摇三摆，行得几咁风繁，行到埋嚟，侧首去瞷，闻声边个系孝子呀，做乜孝衣唔着，咁都想话悭番。哈哈乜先生你咁累睡架，都话系叫你回山咯，个楂烂茄先生，声气慢慢，话我知咯，样样都要问清问楚，乜你两个咁口蛮。（未完）

5月3日　　大罗经扫墓　　九续　　痴

即刻楂气丁丁，唔理佢鬼反。（旺山吗做得咯）话令日唔知双日，抑或系单（双单日南无都唔同嘅咩）自然喇，快的点着蜡烛装香，唔系就哈搅到夜晚，

（点蜡烛香喇我南无要好耐架）咳嗽频频，去吐口水屑。（真正南无少咳嗽多咯，咪嘈开无噪）

呀呀，焚香一拜请，焚香二拜请，焚香三拜请，请到前园花公李师伯，后园花母祝夫人，送生司马，接生娘娘，丁丁丁。

喂喂，乜你请晒个的神，真正得唔得盏嘞。我又唔係为想添丁，抵闹你一餐，（乜你请起花公花母嚟呀）唉，一日都系为自由生细蚊，把龙脉犯丫马。你要听埋后尾，快的烆起沉檀。

呀呀，请呀，请到满天神佛，龙王太子呀，呀东方青帝，西方白帝，南方赤帝，北方黑帝，中央黄帝，乜你重喩皇帝呀。而家都有左皇帝咯。你唔知嘅，叫呀，玉皇大帝，阿哩吉帝，华光大帝，龙师伙帝，周身诈帝，瘟咁乱帝，白马黑帝，呀呀呀，丁丁丁，今禀奉为弟子大罗经呀呀，个仔亚苏呀呀，成族人等。上嚟拜山呀呀，遇着个自由女腥臊秽恶，淋过祖公山坟，故此颁起符嚟，共佢解除解除，旺过土。起过采，呀喂豆钱嚟咋，声零生，西方旺，南方旺，北方旺，哦好嘞，恭喜嘞。番归连楼发妹都不歇咁添丁嘞。（未完）

5月5日　　大罗经扫墓　　十续　　痴

哈哈，乜你咁喩架，咁样叫做南无。（搂毛妹有仔生唔系弊啰）南无咁少，咳嗽偏多。（旺山系咁多句无嘅咋，快的封利市唎）实在话你知丫，正一先生唔似得我，如果请佢嚟南，怕你要豆（手旁）一信老磨。大罗经听闻，话弊家伙，乜你系楂烂茄嚟咩，佢重态一句忽科，（系定啊）亚苏乜我叫你去揾旺山，你都揾错呀。贪利是嘞，呢的系做丧事嘅先生，真正冇乜奈何。红白事两样你都唔分，乜咁喝妥。佢话咪讲嘞豆（手旁）完利市，我即刻就要了（平声）哥，点估到开值个孝子又要起程，山上去嘴，棺材抬起，话上去重要把穴嚟锄。等住个个楂烂茄先生，同佢南过无。（仄声）离拿催攒，就话先生呀你咪等金梳。（我都要豆旺山利市正嚟）一味催住大罗经，瘟咁叫豆□。你睇吓人地抬亭起脚，打起个对大头锣。乜叫你利市封封，擒钱咁立鞾，（喂你如果话唔抵等我共你番去喃多□系喇）亚采话你首尾唔清，豆什么，你要血迹洗清，然后正把利市攞，今日我个荷包，未记得挖。（未完）

5月5日　　大罗经扫墓　　十一续　　痴

南无佬碌起眼睛，想话起火，我一世唔曾见旺土嘅钱财，哙欠拖，要我把山上血迹洗清,真系两阻,做乜拜山唔带钱,(仄声)遇着你两只大泡和。(边处有人叫南无唔俾利市)大罗经个阵就向衫襟,擒出铜钱六个呀,(嚟嘞细佬哥嘞)若然嫌少,我怕你重要揸座。(打也)南无佬即刻豆哓,话真系折堕,你两父子恶得咁交关,抵受折磨。(唉也,我怕你成族都齐啫)楂起丁丁,话唉咁就算系清楚,跑番去棺前便,不敢行摩。(迟也)亚苏就话等我炮仗烧包,嚟到恭贺,呢阵拜过龙山发达,刟只大肥鹅。(哈一味细蚊仔为饮为食)元宝蜡烛点齐,把头叩过,快快拜完呢笪。又去别处奔波,山未拜完,亚苏又话肚饿,咪咯顶硬一阵肚饥,重要道左,两仔爷一路,又笑呵呵,话等今日拜完,番去同你饮过。咪话将懒躲,呢阵自由女咁多,容乜易捞番三两个,好彩重添丁快趣,遇着一个有驮。(唱完咯)

拍板歌

南侨日报

1912 年

1 月 27 日

　　梁十诒新授议和使真争架势咯，呢俊了哥，你睇粒项责落佢头中，重大过个称陀，恭恭□□扰出一个清廷货，重有长靴喺，脚下拖，面□生米，都唔系乜错。你地想□吓满奴忠仆，呢个样就较对□□。佢平日点样子行为，经已讲□，如今史重，□过□初，点解亚语□问吓佢现时，做乜家伙，（新授一个人臣嘅街头播），乜你地唔知，得咁疏。（下□）（移伊）近日我地广东，都算头，（咪拘咯）家吓唔同，前日咁妥，因为有锄奸团系处日自把汉奸好锄。唐绍仪唔□咩，佢几乎命都有个，（算佢好彩）快的□□，唔理咁多，点知老唐，才正扯□，老梁又试，再出求和，替代鬼呀！死唔怕丑，我誓佢真曲窝，（上声）如今和议，点得商搓，唔通恃住尚亚哥，系头洛货（第九咯）任你出资毛真，又奈……可惜佢为着功名两字，又试把精力□磨！

3 月 25 日　　东南关居民叫苦　　感

（模糊无法辨识。）

4 月 1 日　　伙头军担炮屎　　剑一

　　手震震，脚难行，做乜个心仆仆，跳得咁交关，我往日见过死尸，都唔□得入眼，可怜呢几日，吓得我一身潺，家下事头未嚟，我先步返，路上犹如，有鬼拉住脚睁，好在伙记两人，手挽挽，有人陪伴，重有咁担烦，儿依，睇吓度铺门，打得咁烂，好似豆皮佬个件面，咁样花斑，伙记快的，我向你抽开件板，扫净铺面门前，正去打理尾栅，两个心慌，仍旧顶硬，晓见左邻右里，静得咁交关，你话打起上嚟，就够撞板。我地两人几次，险死生还，嚟嘞，咪讲咁多，唔好重躲懒，等我去打扫一楼，你扫净铺面一间，噎□，睇吓周围，起晒花窗□，四□都系□□，打得咁残，事头旧年，都话无钱（仄声），打烂□的□□，又要揾杀整番，一脚踏上楼梯，争的惯，砖石跌落楼梯板，等我扫开衣上，正可以上楼了。

忙踏上，响了一声雷，瓦面谁知，跌下，白石灰，吓得下便个位伙军身□□，一直跑出街头，叫救命几问，楼上个位伙头大哥，争的跌亲只腿，你话躲迟一步，就该煨，擘大□□，叫住亚会，不必惊慌，快快跑回，亚会话，我闻见炮声，就心胆碎，估话个的□军，又驶大炮摧，你在楼上唔知，啥打量唔啥，呢阵要提防，顾佳渠，知道咯，你快快扫净的泥尘，不过佢跌下□泥，未有打亲，噎地，你听吓枪声，还有一阵，唔知你在地下，否曾闻，讲讲吓扫到墙边，烟滚滚，枪码谁知，扫起一大墩，个的兵军，真果混沌，开枪拉乱，打商民，街口个间，有个伙记将近死紧，个头闲绕，又话死剩一个人身，生意旧年，唔问，点知今日，又抬着咁嘅衰神。伙记呀，你自话自言，谁可怜，扫起两簸炮屎，要倒去为根，家吓生意开番，都唔慌多人帮趁，吖，人人多怨恨，话唔该佢两个，搅起咁大风云。

4月5日　　旧绅衿自叹　　离

（模糊无法辨识。）

4月17日　　缠足叹　　□

心□恨，□□□□□□□我□□□。□□冇足不□□□下贱。□以含辛茹苦□□□，几回欲□父母心唔愿。话专秦心□守着吓先。放脚虽然保多利便，依然忧虑唔人得名门。因此亡清示禁心唔转。至到今年都争相得笋标尖。索吓总统合行人共见。话速行解放勿把足来缠。□话肢体伤残元气损，一身□□更把□□流传。举动□□真不便，不能做事就□□尖。民国□成应革免恶俗何堪令佢再存。若系执迷仍眷恋，不知改革爱受困苦连□，就要编为另户休嗟怨，更□要削夺佢公权。等佢□□自知同激劝，□时陋俗可全捐。我闻□令生□□，小足□时尚

□□。从迟放门□敢缠。十整年来受苦煎，唔通女子只系供人玩，自残肢体陋俗相沿。处罚将□□失体面，不如及早故闻先。讲乜金莲三寸自家□促贱，点似人家□足六寸□□。

4月18日　庙祝毁神方　　剑

无乜可望，因为我□得人多，唔估到今年做个舌本祝鉈，严禁神方唔得妥，而家慌到我有屎难屙，佢话即刻就要□□唔系冇错，严拿究办奈佢唔何，呢阵饭碗根芽都冇左，剩系指拟拜神有几多，有的病人床上卧，都话要搵灵丹妙药正脱得灾磨，求福不知还得祸，有病唔知……（下文不可辨识）

4月29日　庸医叹　　剑

愁默默，合眼低眉，想我前年，正话学医，金□曾经，看过几次，总系未曾看得出页，就□瘦，脉决人地话□吓王叔和，至好法子，睇烟□本本草备要，就算良□，我几个月就分出连数浮沉，都算本事，寸□尺□，我也能知。肾与大肠，相表里，心肝脾肺，我一□考究□□，不过寒热有时，唔分得出乜□，有时寒病，唅当热病未□，热症有回，落错两子，冇回寒症。我落错山枝，若要□命，我性命百条唔够死，为谋衣食，不顾人危，别样谋生，我又唔多识字，学倒行医，把人地性命教飞，先几日问得西医，须要考试，中医估话，不必忧虑，点想有个上度条陈，泡制我地，即时交过，□生司，考试医生，把规则摄，叫我安能□考，实见心驰，本草□非，写得几十味，好在有时写错，冇人知，若系考起上嚟，无乜妙技，一定话我庸医误命，要把艺术来辞，问阵收下招牌，越更坠死，你话有何挽救，费寻思，我养子养妻，都系凭三只手！唉，无乜指拟，至怕不准我悬壶在城市，若系要我们别业，就见冇边一件相宜。

4月30日　乡下佬剪发

无可奈，要我剪去条辫。睇吓梳起光乌滑又圆，系上一条乌□线，随风摇曳风度翩翩。人□叫我几回唔肯剪，受尽人嘲我亦竭力保全。个个都话未剪就出城未得便。我咁大个仔唔会去过别□，□埋裙脚更有谁人见。点晓近来闻得又告示保严，话□比劝人休眷恋，速行割去正当先，此系满洲遗俗人人厌。如今改革不许留存，重话背后拖蛇形体变，更留污秽在头□，五洲笑骂成汗点，务要□□净灵勿拖延。城市共乡村传已选，定限无非二十天。若有不遵难恕免。□□□法在当前。有的□□虽然经剪断，四面□脚量剃一个圆圈。剃发依然把身作贱。看来难以再留存，总系□舍好多重似拖□□。既系满洲恶俗都要□捐，等我把左右乡人齐奉劝，时事应更变。呢样长□迫住要共你割断情缘。

5月24日　　梁顶粪番生

又话佢死左咯，乜又哈番生，因何生得，咁不分明，断冇话诈死可能将架项，实系咁嘅时闻，亦冇乜好听。（平）唔通佢将死之时，食倒救必应，唔通佢魂离躯壳，遇着医灵，抑或佢衣禄未曾，享到尽净，故此无常未敢，收佢只大瓜精。抑或佢当时，迷却本性，托言已死，谢绝交情。记得当日粤垣，倡议反正，旗风独立，鸡犬无惊，惟是商民，防有恶□，商店殊多，暂闭停，我见佢担□，劝谕百姓，重话粤域唔怕，起刀兵，大众须要安心，兼镇静，亦要照常贸易，与经营，曾不逾旬，粤事大定，民军又已，光复南京，大好河山，归汉挟管领，政府从新，组织成，联合各省民军，挑选勇劲，出发如期，向北征，电报捷音，谁不祝庆。个阵道路相传，话减却□廷，顶粪斯时，点嘅动静，有人见佢，饮泣吞声，对住北国叩头，无限礼敬，重见佢容颜憔悴，好似一片忠诚，又听见佢吟诗，哀绝命，声声口口，话殉节亡清，美酒盈樽，将饮到酩酊，左手执住刚刀，右手执住草绳，料得佢即时，双目暝，但愿做满虏忠奴，不愿做寿星，但愿地下条文，将佢聘请，三魂七魄，赴幽冥，我度佢地府长眠，嫌夜永，一定去共阎罗王把偈倾，谁知佢依然肉体居尘境，话死原来，系欺世盗名。近日政府消息传来，话将有起用嘅命令，闻得佢色舞神飞，预备进京，纵然委任，未必邀公认，因为佢死过番生，太不近情。

5月25日　　劝募公债　　百枚

情急切，哭告同胞，如今中国，好似燕处危巢，虽则系锦绣江山，还汉族，松方茂盛，竹方苞，独惜府库空虚，财政竭，卦象占来，不是吉爻，国内未必有热心，人助饷，但系澄清黄海，只有寸余胶，经过兵戈，一定多损耗，况兼财政，又咁纷淆，是以提倡借贷，暂把燃眉救，呢的叫做饮鸩止渴，实惹人嘲，况且债权重负，堪亡国，何难因此，裂土分茅，昨日电文，曾有话，债团欺藐，不顾邦交。又话要监督我邦，财政出入，分团越俎，欲代厨庖，虎视眈眈，图我国之我地国民莫把脑后来抛，我想国人未必，无钱钞，急宜齐报效，唔系俾外人吞噬，当一段肥肴。

言再启，泪如藏，点得大众爱国犹如，系爱家，不必与外人，多借债，就用我中华财物，教中华，提倡公债，同担任，睇吓香港商人，甚可喜，发起广东，公债票，免使土地人民，送人虎牙，家国兴亡，人有责，点好任大局分崩，似散沙，我广东容易，借出千余万，众人合力，把钱拿，各省定然，同□□，无难转集，不是矜持，若系国家，悟□国，国亡家破，问你冇乜债□，赏者亦要减衣，和绘食，富人慷慨，分外增加，争回点气，免受人欺藐，唔系声声财政，要受稽查，估话佢唔借款，就要亡中国，个个想把华人啄食，好似一群鸦，痛告同胞，休吝惜，大家水大，正可把船扒，政事般般，□款项，恐怕重担外债，必致分瓜，殷户财翁，还大把，救亡非假话，□见得人民爱国，边个敢藐视我地中华。

1913年

1月10日　　女烟精被拿　　玻璃

无可奈，步出街头，你睇街头巷尾，个个眼吼吼，（上平）点估到巨族名门，都要出丑，亏我哭声唔出，咽住咽喉，事到如今，无法解救，估话门高狗恶，边个敢到我深闺，点知瞽伯，唔将就，佢话□行职务，不把情留，错恨当初，贪捻两日，上放大瘾，几世唔俴，当日我在大家生长，称闺秀，自从上瘾，就变了一只病□□□，好在夫妻不来□□□□□□□□□□，料到唅把烟具搜，人情讲尽，想请佢唔根究，含羞忍辱，去把警察跪求，卒之牵我，要出门边走，纵使买来笑面，亦盖不住娇羞。况且如今，烟瘾未够，一头走路，一自溜出烟油，个只病坏脚，痛楚真难受，劳唔估今时，唅受秤抽，札记一把烟枪，如似大碌□，烟□十几盖，重有油流，成担烟膏，藏已旧，被渠拿去，几咁心嬲，拉去唔知，要我点样将难受，眉头邹，牵住好，比丧家狗，呢会若系再行嗷食，就要担过一所避世知楼。

1月27日　　孔子见北帝　　废帝

近日粤省神庙，多有改为孔圣庙，而神座添设孔子像者，戏而歌此。

哈哈，呢个边位，系边庖请佢番嚟□，自请问佢高姓大名，佢一自坐低头上犹如，梳起只反正□，长袍大袖，衣服着得几归齐，孔子举眼把北帝爷爷睇一睇。（孔丘，你都唔识呀，就话我孔某何为，是□精，人地供奉我人嚟，冇防闲，冇冇所谓亚。）想话保全你间庙，借我孔圣为□。（嘻□，敢又多得你嚟）儿依，睇落谁知，一间烂庙仔。（屈吓惊嗱喇虾虾，乜你为神，又咁冇礼体。）（点冇礼体亚）披头散发，枉你服饰光辉，挞脚冇对靴鞋，越发语□礼，睇你双脚如今，积满泥（你咁拣挞嘅拿），头又唔梳，面不洗，终日共你群埋，都怕影低，本来咁拣挞，□称帝，我孔丘生平，不屑咁嘅所为。北帝听闻，嬲到气翳，双眼争□，发起□。话孔老二你一生，拘执得滞。（我时中之圣，都唔算拘执卦）抵你厄于陈蔡，受匡围，今日一到就时文，多过来，怪得当日无人见用，走飞东西，可以止则呀吗？我习惯不羁，唔算失礼。（衣冠不正，都唔失礼啹）若然唔过得眼，请你回归，孔子嬲起上嚟，话大家系伟人地敬礼，你又非关地主，点阻得我唔嚟。儿依，乜你脚下有单野，咁唔好睇，分明个只，系大乌龟，（个系我嘅大将嚟，臧文仲养龟，曾俾我谛）（谛佢居蔡亚，呢只家伙系在陈塘流到，抑或东堤）（你咪理人间事喇）又见侧边，有条蛇仔，因何毒物，在案前挤。萍实与及商羊，我考究得好仔细，独系呢条蛇仔，实无稽，□青龙入将唔识，重讲乜智周天地呀，唉，我同你住埋，究闭翳。睇你大□□大废。一拍坐埋羞死鬼，点耐得你□咁头（仄）。又打大赤个只鸭屎蹄，点斜惊动警察听闻，里便巴巴闭，踏入门边闹一句也批。睇见庙堂，系安北帝，做乜又有孔圣像一位，即时干涉，话不准你地把神迷。

5月7日　　　哭吊黄花岗　　　废帝

思念起，泪潸潸。想起广州起义，把烈士摧残。今日幸得革命成功，人赞叹。估话烈士呀，你生前这恨，亦可全删。试睇吓忽忽两边，如转眼。点料国家缔造，得咁□□。一则人心仍带浅散，二来斩□，尚有相争，三则暴徒妖党，佢意见□相反。人地进步文明，佢□故守□□，致使世界升平，都系空切盼。□□整顿，岌岌嘅河山。民生痛苦，重怕□鱼□。枉你烈士□挪头颠，视作等闲。记得当年，□米饭。此系烈士为国□劳，□□一餐。估话把鲜血染得江山，皆灿烂。或成或败，好虚闲。有志竟成，无过早晚。是以汉隅起义，就把帝仗推翻。呢随□到如此江山，望闭眼。烈士呀，你九泉知到，乜怕血泪□弹。大同阴霾，何日复旦。望你一班雄鬼，助力除奸，使我□□，除却祸患。唉，愁千万，忧虑仍□□，□我□起黄花岗上，就上不□涕泪□澜。